U0066446

臺文館叢刊　29

# 新鄉・故土／眺望・回眸
## 2013 兩岸青年文學會議論文集

國立臺灣文學館◎出版

# 「臺文館叢刊」出版緣起

　　國立臺灣文學館典藏、研究及展示臺灣多元文學內涵，為兼具圖書館、博物館、研究機構等多重功能之國家級文學館，自 2003 年 10月 17 日開館以來，在靜態的徵集、維護、典藏作家文學文物，蒐集、整理、出版作家全集之外，並且積極策劃、舉辦文學文物特展、文學學術研討會、文學講座、文學教室等具學術價值與教育意義之各類活動；近年來更加強「文學向下扎根」之館務推動，落實文學奠基、讓文學親近民眾，引導民眾認識臺灣文學，期能培養喜愛文學、具文學內涵之現代公民，共創臺灣文學之未來。

　　文學以文字為基本之表現媒介，臺灣文學館開館至今年（2011年）6 月，已編輯、出版 288 種圖書，內容涵蓋作家全集、研究學報、文學年鑑、研討會論文集、特展專刊、館藏圖錄、活動紀實、台灣詩人選集、全台詩等，其中並包含報導館內各種活動訊息、展覽內容、出版概況，以之做為與社會大眾交流、對話之平台的《台灣文學館通訊》季刊、《國立台灣文學館年報》；2011 年 7 月起，並計畫出版「臺文館叢刊」系列圖書。

　　「臺文館叢刊」由館長、副館長擔任正、副召集人，館內同仁共組編輯委員會，研議、討論叢刊編輯內容方向、年度編輯計畫、審稿等事項，初步決定朝「臺灣文學史料」、「臺灣文學導讀」、「走進臺灣文學館」三方面來規劃。

　　臺灣文學館館員懷抱著文學理想與熱情，進入文學館工作，各依專長分擔不同職務，共同為臺灣文學之扎根、推廣而努力；「走進臺灣文學館」系列匯集館員研究成果、工作過程所累積之經驗與體悟，呈顯文學館之「場所」意義與本質；「臺灣文學導讀」系列為文學館

如「府城講壇」、「臺灣作家專題」、「行動博物館」等，各種「文學向下扎根」、「文學普及教育」活動之讀本化；「臺灣文學史料」系列蒐集、整理臺灣文學相關文獻、史料，彙編成書，內容包含文學文物之評述、重要文獻重刊及詮釋、版本校勘、文學憶述等。

　　不同於文學館過去之出版品大多委託學界或民間文學社團研究辦理，「臺文館叢刊」之編輯、策劃皆出自內部館員之手，集稿完成再委請專業印刷廠商美編、印製。除聚焦、彰顯文學館內部文學研究、文學推展之成果，亦可將分散之出版品予以書系化使具整體性。

　　期待「臺文館叢刊」之出版，能讓臺灣文學的內涵更豐厚，也讓臺灣文學館更接近民眾、民眾更親近文學。

臺文館叢刊

編輯委員會　謹識

# 館長的話

　　我最早接觸的大陸當代文學是 1970 年代一本青年詩文選《敢有歌吟動地哀》（書名語出魯迅〈無題〉詩），是從大陸到香港的一位文藝青年吳旵所編，頗受震撼；其後是香港的北斗社所編的《反修樓》，然後便是傷痕小說、朦朧詩、反思文學一路下來的新時期文學。

　　我曾治晚清之學，下及民初，對於傳統與西潮之衝撞，特有探索之興趣；因之而強烈感受到對岸於新時期的巨變，乃在我當時任職的文訊雜誌社策畫了兩次有關當前大陸文學的研討會，分別出版兩輯《當前大陸文學》專書（臺北：文訊雜誌社，1988、1991），第二輯以「苦難與超越」為名。「超越」是我真誠的期待，而且兩岸都有這個必要。

　　1989 年 5 月，我第一次去大陸，到北京參加一場紀念五四運動 70 周年的學術會議。當時，我明顯感到和大陸學界朋友對話之困難，卻也體會到對話之必要，以及尋找可能的對話空間之重要。我曾為此撰寫一篇〈真正的對話〉；此後多年，我在許多場合和大陸文壇與學界的朋友相遇，除了維持基本的禮貌，總希望能真正談些什麼，我發現情況逐漸在改善中，特別是相對比較年輕的學者，通過學習，他們在實踐的過程中基本上已掌握了學術主體的要義。

　　1997 年文訊雜誌啟動了首屆的青年文學會議，2004 到 2006 三年，這個會議改成國立臺灣文學館主辦、文訊雜誌承辦的合作模式；去年，文訊提議在過去的基礎上擴大成兩岸青年文學會議，我們深感真正的對話與交流之必要，在走完法定程序後，仍由文訊承辦，由於

地點在北京的中國現代文學館，我個人無法現場參與，但從會後的論文集中略知梗概，也更確信兩岸青年已努力學習真正的對話。

　　這個會議今年續辦，地點在臺北的國家圖書館，論題從故土到新鄉，從回眸到眺望，有太多可發揮的空間；兩岸的青年作家和學者共聚一堂，在開放多元的論述空間裡，想必能激盪出燦爛的知識火花。

國立臺灣文學館館長

李瑞騰

# 目次

## 作家自述

## 主題演講

## 作家對話

# 第一場討論會

# 「不在」亦「在」
## 莫言書寫故鄉的方法

> 對於生你養你、埋葬你祖先靈骨的那塊土地，你可以愛它，也可以恨它，但你無法擺脫它。
>
> ——莫言〈我的故鄉與我的小說〉[1]

## 「本地人」莫言

今天，莫言的「高密東北鄉」已經成爲中國文學乃至世界文學中蓬勃旺盛神秘莫測之所在。「在地理學的意義上，高密東北鄉是膠河平原上的一個小鎮，面積小，影響低；在文學的世界裡，高密東北鄉卻是一個偉大的王國，擁有浩瀚的疆土，豐沛的河流，肥沃的田野和無以計數的人口。」[2]這是深深打著莫言印跡的王國。一如王德威所言，「現代中國文學有太多鄉土作家把故鄉當作創作的藍本，但真正能超越模擬照映的簡單技法，而不斷賦予讀者想像餘地者，畢竟並不多見。莫言以高密東北鄉爲中心，所輻輳出的紅高粱族裔傳奇，因此堪稱爲當代大陸小說提供了最重要的一所歷史空間。」[3]本論文的主旨在於討論莫言書寫故鄉的複雜性和獨特性，認識他對中國現代鄉土書寫傳統的繼承與與拓展。

莫言出生於 1955 年，在高密東北鄉生活了近二十年。之後離開家鄉參軍，再進入解放軍藝術學院讀書、寫作，成爲作家。理論上講，

---

[*] 天津師範大學文學院副教授。
[1] 莫言：〈我的故鄉與我的小說〉，《當代作家評論》，1993 年第 2 期。
[2] 葉開：《莫言評傳》，河南文藝出版社，2008 年版，頁 5。
[3] 王德威：《千言萬語‧當代小說二十家》，三聯書店，2006 年，頁 217。

成為作家的莫言早已成為都市人。但從人到文，你很難發現他身上的「都市」印跡。30 年的寫作實踐中，莫言目光堅定專一，他的取景器永遠對準高密東北鄉，一刻不停地書寫他的故鄉。

　　遊子書寫故鄉，在中國文學史中源遠流長。在中國現代文學傳統裡，書寫故鄉多與書寫鄉土社會有關。1921 年，中國現代文學之父魯迅發表了傑出作品《故鄉》。故鄉巨變使敘述人處於深刻的震驚體驗當中。為真切表現這一體驗，魯迅採取了身在都市者的回鄉即「離去—歸來」的敘事模式，這一寫作模式深刻影響了幾代中國作家的回鄉寫作。與之相對，沈從文之於故鄉「湘西」的建構則別出路徑，他以建設紙上鄉原的方式對抗「現代化」和「都市病」，並以《邊城》開啟了中國現代鄉土文學寫作的另一種傳統。魯迅、沈從文是有著不同藝術追求的小說家，他們認知故鄉的結構並不相同。一如汪曾祺先生所言：「魯迅作品貫串性的主題很清楚，即『揭示社會的病痛，引起療救的注意。』我的老師沈從文先生，他作品的貫串性主題是『民族品德的發現和重建』。」[4]

　　莫言崇敬魯迅，對其作品很熟悉。魯迅的人道主義與啓蒙精神在莫言身上有著強烈印跡。在小說〈白狗秋千架〉中，莫言有著與魯迅同樣的視角，對於故鄉有深為痛切的感受。〈紅高粱〉發表之後，人們也開始發現他也與沈從文有某些相近之處，他有意在故鄉發現和重建民族性與民族精神。許多研究者們發現莫言與沈從文經歷的相近，比如共同的早年輟學、生活於鄉野以及從軍經驗。此為他與兩位文學前輩書寫故鄉的相似。

　　但也有研究者注意到他們的不同。程光煒在〈小說的讀法〉一文中認為，莫言與魯迅、沈從文重要的不同在於他的本地人身分，他的農民身分。「說莫言與魯迅、沈從文不同，首先是說他們重返農村的『決定性結構』的不同，由於認知結構不同，他們與農民的關係實際

---

[4] 汪曾祺：《晚翠文談新編》，北京：三聯書店，2002 年，頁 40、41。

是不一樣的。這只是外部觀察。其次再從小說的內部看，魯迅和沈從文從未做過實實在在的農民，沒幹過農活。魯迅因為祖父犯案跟母親逃到鄉下呆過三個月，沈從文是鳳凰縣城的居民，他因從小當兵跟著軍隊在湘西沅水上下游一帶換防，接觸了一點鄉下人的生活，所以他們是『外地人』的身分，不是『本地人』的身分。莫言小說與魯迅和沈從文小說的不同，就在他完全是『本地人』身分，他對農活的細切手感和身體感覺，以及農活知識是非常內行的，一看小說就知道這是一個地地道道的本地人。」[5]

　　程光煒先生的「本地人」說法極具啟發。這種當地人的說法，令人想到另一位農民出身的現代作家趙樹理。但莫言與趙樹理的鄉土書寫也有著明顯差異。本論文擬以莫言不同階段的幾部重要作品：〈白狗秋千架〉、〈紅高粱〉、《蛙》為例，觀察莫言與中國現代作家魯迅、沈從文、蕭紅、孫犁、趙樹理鄉土書寫的不同，分析其故鄉書寫路徑的獨特與複雜。

　　論文關注的是：莫言如何倚重他「本地人」的身分與視角寫出別一樣的故鄉之景；莫言如何調整他與故鄉的關係；故鄉在他的筆端發生著怎樣的變化；他如何尋找到獨屬於他的寫作路徑和方法。——站在哪裡寫故鄉是重要的，就地理空間而言，莫言遠離他的故鄉，但是，在精神上，他從未遠離。在書寫故鄉時，他並不是完全站在故鄉內部、本地人或民間立場書寫，他既不回避他作為本地人的立場和經驗，也並不隱瞞批判和審視。這位「從農民中走出的知識者」，在反啟蒙與啟蒙、在現代與反現代之間尋找著他書寫故鄉的最佳路徑和方法。

## 歸去來：讀書人回故鄉

　　大約三十年前，1984 年第 4 期《中國作家》上，刊登了莫言的短篇小說〈白狗秋千架〉。這是一部對莫言有重要意義的作品。「我在剛

---

[5] 程光煒：〈小說的讀法〉，《文藝爭鳴》，2012 年 8 期。

開始創作的時候，有一段時間很苦悶，因為我覺得找不到東西寫。到
了 1984 年，寫小說〈白狗秋千架〉時，我開篇就寫『高密東北鄉原
產白色溫馴的大狗，綿延數代之後，很難再見一匹純種。』這篇小說
在我的整個他作中具有重要的意義，因為我在這篇小說中第一次使用
了『高密東北鄉』這個文學地理概念，從此就一發不可收拾。」[6]它
給莫言帶來了好運，這部小說贏得了臺灣聯合文學獎，之後被翻譯成
多種外文。「從此之後，我高高地舉起了『高密東北鄉』這面大旗，
就像一個草莽英雄一樣，開始了招兵買馬、創建王國的工作。」[7]

　　〈白狗秋千架〉是典型的離去歸來模式作品。「我」，一位已在大城
市生活的大學教師回故鄉的路上遇到暖。暖是一個美麗的鄉村女孩兒，
曾經有過美好的對生活的憧憬，喜歡那位在村子裡駐紮的軍隊幹部，她
渴望參軍，渴望逃離鄉村。「我」在當時則是暖的追求者。他們有過快
樂時光：「我站在跳板上，用雙腿夾住你和狗，一下一下用力，秋千漸
漸有了慣性。我們漸漸升高，月光動盪如水，耳邊習習生風，我有點頭
暈。你格格地笑著，白狗嗚嗚地叫著，終於悠平了橫樑。我眼前交替出
現田野和河流，房屋和墳丘，涼風拂面來，涼風拂面去。我低頭看著你
的眼睛，問：『小姑，好不好？』你說：『好，上了天啦。』」[8]

　　不幸的是，「繩子斷了。我落在秋千架下，你和白狗飛到刺槐叢
中去，一根槐針紮進了你的右眼。」這一次相遇，即是多年後回故鄉，
我看到成年了的只有一隻眼的暖。

　　「這些年……過得還不錯吧？」我囁嚅著。
　　我看到她聳起的雙肩塌了下來，臉上緊張的肌肉也一下子鬆弛
了。也許是因為生理補償或是因為努力勞作而變得極大的左眼
裡，突然射出了冷冰冰的光線，刺得我渾身不自在。

[6] 〈尋找紅高粱的故鄉──大江健三郎與莫言的對話〉，《南方週末》，2002 年 2 月 28 日。
[7] 《檢察日報》，2000 年 3 月 2 日
[8] 莫言：〈白狗秋千架〉，《中國作家》，1984 年 4 期。

「怎麼會錯呢？有飯吃，有衣穿，有男人，有孩子，除了缺一隻眼，什麼都不缺，這不就是『不錯』嗎？」她很潑地說著。我一時語塞了，想了半天，竟說：「我留在母校任教了，據說，就要提我為講師了……我很想家，不但想家鄉的人，還想家鄉的小河，石橋，田野，田野裡的紅高粱，清新的空氣，婉轉的鳥啼……趁著放暑假，我就回來啦。」

「有什麼好想的，這破地方。想這破橋？高粱地裡像他媽 X 的蒸籠一樣，快把人蒸熟了。」她說著，沿著漫坡走下橋，站著把那件泛著白堿花的男式藍制服褂子脫下來，扔在身邊石頭上，彎下腰去洗臉洗脖子。[9]

這是故鄉的女人。記憶中年輕美好的暖已經遠去。她甚至「旁若無人地把汗衫下擺從褲腰裡拽出來，撩起來，掬水洗胸膛。汗衫很快就濕了，緊貼在肥大下垂的乳房上。看著那兩個物件，我很淡地想，這個那個的，也不過是這麼回事。」[10]苦難、不幸和命運的不公全部降臨在這個女人身上，她嫁了個啞巴丈夫，生了三個啞巴孩子。

程光煒在〈小說的讀法〉一文中高度評價了這部小說，認為這部回鄉小說之所以新鮮，在於「殘忍」。莫言殘忍地書寫了一個被愛情故事包裹的歸鄉故事。暖和暖的現狀給予讀者以巨大的震驚體驗，並不亞於魯迅〈故鄉〉。我認為，此處所說殘忍，首先是指命運的殘忍，其次是小說結尾，暖偷偷離開家，來到高粱地，她央求白狗帶「我」來。在她自己製造的那個高粱地空間裡，有一場「我」與暖的對話。

「好你……你也該明白……怕你厭惡，我裝上了假眼。我正在期上……我要個會說話的孩子……你答應了就是救了我了，你不答

[9] 莫言：〈白狗秋千架〉，《中國作家》，1984 年 4 期。
[10] 莫言：〈白狗秋千架〉，《中國作家》，1984 年 4 期。

應就是害死了我了。」[11]

正如我們所明瞭的,這位年輕的少婦希望從「我」身上借種,以此作為生活下去的光明和希望。小說沒有說「我」是否願意,小說的結尾是暖對我說的話:

**「有一千條理由,有一萬個藉口,你都不要對我說。」**[12]

王德威認為,「〈白狗鞦韆架〉一作尤其具有強烈文學史嘲諷意圖。」「莫言以一個女性農民肉體的要求,挪揄男性知識分子紙上談兵的習慣。當魯迅『救救孩子』的吶喊被『落實』到農婦苟且求歡的行為上時,『五四』以來那套人道寫實論述,已暗遭瓦解。」[13]我同意他說的「救救孩子」的幻滅,但卻也認為,五四以來的人道寫實論述,其實也包含在這個故事裡。應該認識到,莫言深受魯迅影響:〈白狗鞦韆架〉的歸去來模式源自魯迅,小說中有諸多段落令人想到〈故鄉〉,這部小說的敘述倫理也與魯迅鄉土小說有一脈相承之處。──小說敘述的是鄉村生活的苦難,生活在鄉村裡的人依然是被拯救者。暖寄希望於「我」的種子,這與五四以來現代文學中男性知識分子拯救女性的敘述於水火的敘述邏輯如出一轍,只不過,前者是靠男性知識分子的思想,後者,則是靠他們的身體。後者似乎更為具體──通過一個男人的「種」,來解救一位女子出「水深火熱」。

這部小說的負罪感與懺悔主題也並不新鮮,這幾乎是中國現代回鄉小說的共同言題。程光煒分析過其中原由:在於處境的變化,逃離家村的寫作者們幾乎都進城當了教授作家官員記者或軍人,「而曾經與他們一起泥水裡摸爬滾打的一班兒時夥伴,卻還是面朝黃土背朝天的卑賤小農,他們自己的父親母親兄弟姊妹還在操持艱辛的農活,過著像暖所咒罵的『高粱地裡像他媽 X 的蒸籠一樣』的焦枯人生。人性

---

[11] 莫言:〈白狗鞦韆架〉,《中國作家》,1984 年 4 期。
[12] 莫言:〈白狗鞦韆架〉,《中國作家》,1984 年 4 期。
[13] 王德威:《千言萬語・當代小說二十家》,三聯書店,2006 年,頁 217。

之悲憫原是人類最根本的倫理取向，更何況這些成功人士每天呆在書房裡要而對那些如螞蟻般在廣闊田野裡無端操勞卻擺脫不了一生貧困的父老鄉親們？……這是中國農村題材小說自魯迅發端而歷經百年始終連綿不斷，在各類文學題材中作家陣容最大成就最為顯赫的深刻歷史原因。」[14]

不同之處則是，莫言比魯迅更具有農村經驗。「但魯迅寫不好農村生活的具體細節，他揣摩鄉下人的心理來自新銳的知識者，是明顯的外來人，莫言在這方面要勝魯迅一籌。」[15]曾經的本地人身分使這部小說別有意義。首先，作為曾經的農民，他深曉農活的辛苦與乏味，對其中辛苦感同身受：

> 我在農村滾了近二十年，自然曉得這高粱葉子是牛馬的上等飼料，也知道褪掉曬米時高粱的老葉子，不大影響高粱的產量。遠遠地看著一大捆高粱葉子蹣跚地移過來，心裡為之沉重。我很清楚暑天裡鑽進密不透風的高粱地裡打葉子的滋味，汗水遍身胸口發悶是不必說了，最苦的還是葉子上的細毛與你汗淋淋的皮膚接觸。[16]
>
> 猛地把背上沉重的高粱葉子摔掉，她把身體緩緩舒展開。那一大捆葉子在她身後，差不多齊著她的胸乳。我看到葉子捆與她身體接觸的地方，明顯地凹進去，特別著力的部位，是濕漉漉揉爛了的葉子。我知道，她身體上揉爛了高粱葉子的那些部位，現在一定非常舒服；站在漾著清涼水氣的橋頭上，讓田野裡的風吹拂著，她一定體會到了輕鬆和滿足。輕鬆，滿足，是構成幸福的要素，對此，在逝去的歲月裡，我是有體會的。[17]

---

[14] 程光煒：〈小說的讀法〉，《文藝爭鳴》，2012 年 8 期。
[15] 程光煒：《小說的讀法》，《文藝爭鳴》2012 年 8 期。
[16] 莫言：〈白狗秋千架〉，《中國作家》，1984 年 4 期。
[17] 莫言：〈白狗秋千架〉，《中國作家》，1984 年 4 期。

在這樣的敘述中，回鄉人不是作為旁觀者出現的，他不能冷眼旁觀他們的日常生活，因為他曾經是他們其中的一員。因此，當敘述人講述他的回鄉際遇時，他雖然對鄉村的苦難感到震驚，但卻並沒有批判和審視他們的愚昧和麻木，他要表達的是身處那種境遇裡的無奈以及來自生命內部的絕望的反抗。這樣的態度表明，這部小說並不是純粹意義上的具有啓蒙視角的小說，這是〈白狗秋千架〉與一般知識分子回鄉小說的重要不同。

## 紅高粱精神

苦難、無奈、掙扎著的故鄉是莫言書寫故鄉的開始。但他很快調整了他的寫作方向。把〈白狗秋千架〉中的「高粱地」與〈紅高粱〉地裡的「高粱地」做對比，會發現這位小說家書寫故鄉時所發生的隱密而重大的轉向。〈白狗秋千架〉裡有一段「高粱地裡相會」場景。「我」隨著白狗來到了高粱地裡：

> 分開茂密的高粱鑽進去，看到她坐在那兒，小包袱放在身邊。她壓倒了一邊高粱，辟出了一塊空間，四周的高粱壁立著，如同屏風。看我進來，她從包袱裡抽出黃布，展開在壓倒的高粱上。一大片斑駁的暗影在她臉上晃動著。白狗趴到一邊去，把頭伏在平伸的前爪上，「哈達哈達」地喘氣。
>
> 我渾身發緊發冷，牙齒打戰，下齶僵硬，嘴巴笨拙：「你……不是去鄉鎮了嗎？怎麼跑到這裡來……」
>
> ……
>
> 「我信了命。」一道明亮的眼淚在她的腮上汩汩地流著，她說，「我對白狗說，狗呀，狗，你要是懂我的心，就去橋頭上給我領來他，

他要是能來就是我們的緣分未斷，它把你給我領來啦。[18]

　　以被壓倒的高粱地為空間，暖為自己建立了一個臨時的避風港灣。她希冀在這裡獲得「種子」，借此，對生活、對命運進行反抗。但這個空間對於回鄉的「我」來說，分明是令人窒息和絕望的所在。這是莫言小說中最初的高粱地風景和故事。兩年之後的小說〈紅高粱〉中，這一場景重新出現。但敘述視角、敘述語氣以及整個場景傳達的氣質，都迥然不同。

　　余占鰲把大蓑衣脫下來，用腳踩斷了數十棵高粱，在高粱的屍體上鋪上了蓑衣。他把我奶奶抱到蓑衣上。奶奶神魂出舍，望著他脫裸的胸膛，彷彿看到強勁慓悍的血液在他黝黑的皮膚下川流不息。高粱梢頭，薄氣嫋嫋，四面八方響著高粱生長的聲音。風平，浪靜，一道道熾目的潮濕陽光，在高粱縫隙裡掃射。奶奶心頭撞鹿，潛藏了十六年的情欲，迸然炸裂。
　　……
　　奶奶和爺爺在生機勃勃的高粱地裡相親相愛，兩顆蔑視人間法規的不羈心靈，比他們彼此愉悅的身體貼得還要緊。他們在高粱地裡耕雲播雨，為我們高密東北鄉豐富多彩的歷史上，抹了一道酥紅。[19]

　　此處的高粱地，不再是痛苦的承載，它是戴鳳蓮和余占鰲交歡的場域，是展現他們生命力的空間，它蔑視一切規則、法度。高粱地重新煥發了生機和生氣：

---

[18] 莫言：〈白狗秋千架〉，《中國作家》，1984 年 4 期。
[19] 莫言：〈紅高粱〉，《人民文學》，1986 年第 8 期。

八月深秋，無邊無際的高粱紅成洸洋的血海。高粱高密輝煌，高
粱淒婉可人，高粱愛情激蕩。秋風蒼涼，陽光很旺，瓦藍的天上
遊蕩著一朵朵豐滿 的白雲，高粱上滑動著一朵朵豐滿的白雲的
紫紅色影子。一隊隊暗紅色的人在高粱稞子裡穿梭拉網，幾十年
如一日。他們殺人越貨，精忠報國，他們演出過一幕幕英勇悲壯
的舞劇，使我們這些活著的不肖子孫相形見絀，在進步的同時，
我真切感到種的退化。[20]

　　此高粱地與彼高粱地，有雲泥之別。之所以發生如此重要的變
化，在於莫言開啓了故鄉記憶的另一個閥門，他的立場、審美、對故
鄉生活的理解，都發生了重要轉向。

　　有多種原因導致了這一變化的發生。最初進入文壇時，莫言模仿
過孫犁，也受到魯迅的影響，這兩位作家，都使用的是對農村生活回
望式講述方式，只不過是一種是冷峻的啓蒙主義式的，另一種則是唯
美式的，但這兩種講述方式都是作爲他者對故鄉的隔岸相看。進入軍
藝後，莫言讀到了福克納和馬爾克斯，這兩位作家的作品和經驗告訴
他，他可以使用另一種方式激活他豐饒的農村生活經驗。他完全可以
寫出故鄉本身的生命力，它的「眾聲喧嘩」。

　　〈紅高粱〉的卷首語是：「謹以此文召喚那些遊蕩在我的故鄉無
邊無際的通紅的高粱地裡的英魂和冤魂。我是你們的不肖子孫，我願
扒出我的被醬油醃透了的心，切碎，放在三個碗裡，擺在高粱地裡。
伏惟尚饗！尚饗！」[21]這很清楚地表明，莫言在試圖重新想像他的故
鄉，他希望從故鄉尋找我們久違的民族品質和民族精神。事實上，這
是一部在「尋根文學」浪潮中出現的作品，也具有濃烈的「尋根」色
彩。

---

[20] 莫言：〈紅高粱〉，《人民文學》，1986 年第 8 期。
[21] 莫言：〈紅高粱〉，《人民文學》，1986 年第 8 期。

　　小說寫的是高密東北鄉人的抗日歷史，是向民間英雄致敬，甫一發表，便在當時的文壇引起強烈反響。批評家孟悅說，「很難設想，若是少了莫言的〈紅高粱〉及《紅高粱家族》，那麼新時期小說史上會少了多麼鮮明的一筆。……莫言帶給我們的是一種震驚，一種完全不同的震驚。我們不是忡忡於傷痕——靈魂深處致命的、不可測的創洞，而是震動於生命的輝煌——高密東北鄉人任情豪放的壯麗生活圖景，燙灼著我們這些習慣了黑暗和創傷的眼睛。在那株鮮紅茁壯的紅高粱面前，彷彿我們背負著歷史豐碑屈膝駝背的生存，我們小心翼翼苟且偷生的願望，我們自以為擁有或希圖保有的一切，從沒有過地蒼白暗淡，卑瑣無光。」[22]

　　雷達說，「讀〈紅高粱〉（載《人民文學》1986 年第 3 期），我體驗著一種從未有過的震悚和驚異：震悚於流溢全篇的淋漓的鮮血，那一直滲瀝到筋肉裡的感覺；驚異於作者莫言想像力的奇詭豐贍，在他筆下戰慄著、號叫著的半個世紀前的中華兒女，不僅是活脫脫的生靈，而且是不滅的魂靈。面對小說裡的人物，我們彷彿透過沉實穠麗的紅高粱，突然窺見了祖宗的真容，就像哈姆雷特在城堡忽然看見雲霧中的亡父般驚呼起來。」[23]他認為，這部小說貼近了我們民族「強勁的心臟」。

　　批評家們發現，「莫言在寫作《紅高粱家族》時就痛感現代都市中人性的齷齪和生命力的萎縮，轉而在高密東北鄉那一片粗獷、野蠻的鄉土大地上發現爺爺、奶奶們那種強悍的個性生命力，自由自在、無所畏懼、樸素坦蕩的生活方式，這種現實人生與過往歷史的交流，使過往民間世界中所蘊含的精神轉化為當代人重要的組成部分並對其生命人格精神的生成產生重要影響，從而在作品中創造了一個個感性豐盈、生命鮮活的藝術形象。」[24]同時，莫言也尋找到了一處「精

[22] 孟悅：《荒野棄兒的歸屬‧說莫言》，遼寧人民出版社，2013 年版，頁 228。
[23] 雷達：《遊魂的復活‧莫言研究資料》，山東文藝出版社，2006 年，頁 97。
[24] 王光東：《民間的現代之子‧說莫言（下）》，遼寧人民出版社，2013 年版，頁 117。

神家園」。「作爲『無父的一代』之一員，以某種方式結束了他在意識
形態荒野中無始無終的遊蕩，他『聽到了整個紅高粱家族的亡靈向他
發出的指示迷津的呼喚』，他確立了自己在現在與過去、現在與理想、
陌生的外部世界與遙遠的內心家園之間所處的位置，進入了一個由歷
史上高大英雄『父母』與現實中『孱弱子孫』、『過去的』紅高粱與現
在的『雜種高粱』構成的負正關係式，從而也確立了自己與文化及歷
史現實的想像性關係。」[25]

　　作爲書寫鄉土／故鄉的典範之作，〈紅高粱〉的意義在於他重新
刷新我們對鄉土中國的理解。在通常的書寫中，知識分子習慣將農村
視爲悲慘苦難之所在，回鄉知識分子也往往習慣使用啓蒙視角去理解
他們的生活，同情他們的際遇。但是，「農村，尤其是中國農村，與
苦難雜揉在一起的往往還有一種生活和快樂，這正是鄉間文化的複雜
性所在。中國鄉間文化 自古以來就是這麼一種苦難與快樂的奇特的
混合物。80 年代中期的『文化尋根運動』對此特性有所發現，但『尋
根派』作家無法理解這一特性奇妙之處，因爲他們往往抱定某種僵死
的文化理論模式和簡單歷史進步論觀點，而不能容忍鄉民在苦難與快
樂相混雜的泥淖之中生存的現狀。『尋根派』作家只能根據自己的文
化衝突模式（野蠻／文明，古老／現代……）對鄉間文化作出生硬的
評審，在『蒙昧』、『荒蠻』、『落後』等簡單標籤的掩蓋下，將農民生
活的複雜性和真實意義化爲烏有。」[26]正是在此意義上，批評家張閎
認爲，「莫言的早期作品在一定程度上帶有『文化尋根運動』的痕跡。
不過，莫言的意義在於，他沒有簡單地追隨『文明衝突』模式，而是
卸去了種種遮蔽了農村文化上的觀念外衣，將農民生活的最基本方面
暴露出來了。……但莫言在這部小說中更重要的是描寫了北方中國農

---

[25] 孟悅：《荒野棄兒的歸屬‧說莫言（下）》，遼寧人民出版社，2013 年版，頁 240。
[26] 張閎：《莫言小說的基本主題與文體特徵‧說莫言》，遼寧人民出版社，2013 年版，頁
155。

村的生存狀況：艱難的生存條件和充滿野性的頑強生存。」[27]

如果說〈白狗秋千架〉中，莫言將故鄉及其子民視爲「絕望的生存」和「絕望的反抗」，那麼〈紅高粱〉則寫出了他對故鄉的另一種看法，即艱難環境下的不屈不撓的生存。這是一次重要的轉折。「我曾經對高密東北鄉極端熱愛，曾經對高密東北鄉極端仇恨，長大後努力學習馬克思主義，我終於悟到：高密東北鄉無疑是地球上最美麗最醜陋、最超脫最世俗、最聖潔最齷齪、最英雄好漢最王八蛋、最能喝酒最能愛的地方。」[28]事實上，〈紅高粱〉的發表對長久以來的中國當代文學家族寫作和革命史寫作都是巨大衝擊。它寫到了民間抗日。批評家們注意到了〈紅高粱〉裡潛藏的「民間視角」。這一切也都緣於莫言作爲本地人的身分，以及他在農村生活時的「道聽途說」。

之所以要寫〈紅高粱〉，莫言回憶說：「〈紅高粱〉源自一個真實的故事，發生在我所住的村莊的鄰村。先是遊擊隊在膠萊河橋頭上打了一場伏擊戰，消滅了日本鬼子一個小隊，燒毀了一輛軍車，這在當時可是了不起的勝利。過了幾天，日本鬼子大隊人馬回來報復，遊擊隊早就逃得沒有蹤影，鬼子就把那個村莊的老百姓殺了一百多口，村子裡的房屋全部燒毀。……這兩個事件《高密縣誌》上有記載，但沒有進入革命正史。原因在於這個伏擊戰是國民黨遊擊隊和當地農民武裝高仁生大隊及冷關榮大隊幹的，跟我黨領導下的膠高支隊沒有關係。」[29]

「這個故事的奇異處在於，敵人是明確的，英雄缺席了，到底誰是小說裡的正面英雄？」那是作爲本地人才能知曉的秘密，作爲知情者，他有必要寫出來。他要書寫的是本地人看到的歷史，一個與官方歷史相悖的「民間史」。他固然感受到了故鄉人生存的艱難，但也必

---

[27] 張閎：《莫言小說的基本主題與文體特徵・說莫言》，遼寧人民出版社，2013 年版，頁 155。

[28] 莫言：〈紅高粱〉，《人民文學》，1986 年第 8 期。

[29] 葉開：《莫言評傳》，河南文藝出版社，2008 年版，頁 242。

須寫下故鄉子民的神勇和不屈，他必須把他的所見所聞表達出來，才能不辜負他在這片土地上的生活。

## 罪感意識與自我救贖

「莫言從情感上重新返回那個他對之『愛恨交加』的故土時，是從傳奇和衣錦還鄉這兩種方式首先尋找到相對合適的態度的。莫言一直在小心翼翼地校正自己的態度，而這種校正到了最後，無疑需要最高的、也是最簡單的人生修養：誠實。莫言自己在最近的談話中，就說到：我要做一個誠實的人。」[30]

2009年發表的《蛙》即是一部誠實之作。《蛙》的主人公是姑姑，一位名叫萬心的共產黨人，一位助產士。她曾經是高密東北鄉著名的送子觀音，後來成為當地計劃生育政策的基層執行者。小說中的姑姑一個人走夜路，兩邊是一人多高的蘆葦。一片片水，被月光照著，亮閃閃的。這一刻，姑姑聽到了叫聲，「蛤蟆、青蛙、呱呱地叫。這邊的停下來，那邊的叫起來，此起彼伏，好像拉歌一樣。有一陣子四面八方都叫起來，呱呱呱呱，叫聲連片，彙集起來，直沖到天上去。」那個夜晚，姑姑體會到恐懼。「常言道蛙聲如鼓，但姑姑說，那天晚上的蛙聲如哭，彷彿是成千上萬的初生嬰兒在哭。姑姑說她原本是最愛聽初生嬰兒哭聲的，對於一個婦產科醫生來說，初生嬰兒的哭聲是世上最動聽的音樂啊！可那天晚上的蛙叫聲裡，有一種怨恨，一種委屈，彷彿是無數受了傷害的嬰兒的精靈在發出控訴。」[31]

蛙聲如泣訴，姑姑跪在地上，她像只青蛙樣爬行。姑姑恐懼，因為姑姑知道，那萬千青蛙是她曾阻止出生的生命；她知道，那「蛙」聲一片，是「哇」聲一片，也是「娃」聲一片。──那些被扼殺在胚胎裡的生命，就這樣在某一個夜晚集體向姑姑追索、聲討。

---

[30] 葉開：《莫言評傳》，河南文藝出版社，2008年版，242頁。
[31] 莫言：《蛙》，上海文藝出版社，2009年版，214頁。

　　《蛙》象莫言其他小說一樣，寫得茂密苦壯，幽深而詭異。儘管它直面當下現實，但又具有荒誕性和傳奇性。在夜晚，姑姑聽到蛙鳴，意識到那是無數嬰兒在哭泣和控訴後，她最終決定嫁給捏泥人的郝大手，希望將消失在風中的那些孩子們重塑。此後，姑姑的屋裡，東、南、北三面牆壁上，全是同樣大小的木格子，每個格子裡，都安放著一尊「娃娃」。每個「娃娃」，她都能記起他們是哪一天被引產、流產，18 年前、17 年前、16 年前、15 年前……如果他們活著，他們早已長成翩翩少年。

　　《蛙》是另一個高密東北鄉的故事，與〈白狗秋千架〉不同，也與〈紅高粱〉的講述角度迥異。這也是「我們村的故事」，但整部小說使用了對日本友人訴說的書信體。敘述人是村裡人，是家在高密東北鄉的現役軍人。這種身分意味著，當他講述故鄉人民生活時，他不僅僅是在講述他們的生活，也是在講述我的生活。因而，這裡所有的苦難和不幸都不是與己無關的，他為高密東北鄉的男女子民們頑固的子嗣觀念迷惑，他為走出那塊土地的陳耳和陳眉的悲慘命運而痛楚：她們中一個在東麗玩具廠的大火中一個被燒成焦炭，一個被燒毀面容這慈悲是姑姑面對那些「娃」們的懺悔，也是敘述人蝌蚪的懺悔，因為他對公職的貪戀，懷孕的妻子最後死去。

　　《蛙》中再一次將遙遠美好的有著豐美紅高粱的故鄉拉回到現實的泥地裡來。這部小說中，〈白狗秋千架〉裡為讀者熟悉的懺悔之情再次出現，這使人意識到莫言書寫故鄉時態度的轉向。在〈白狗秋千架〉中，那位讀書人離開了家鄉，〈紅高粱〉裡，「我」也不在家鄉，他跨過歲月的阻擋看待爺爺和奶奶的生活。而在《蛙》中，「我」又回到了故鄉：即使這位敘述人離開家鄉在外地服役，但他的家人妻子依然生活在故鄉。在高密東北鄉，從事計劃生育工作的姑姑是罪人，敘述人蝌蚪也是，不僅僅是施害者，也是受害者。在無數消失的孩子們面前，所有的倖存者和父輩都背負罪責。他和他的父老鄉親們在一

起，——受苦在一起，疼痛在一起，反省在一起，贖罪在一起，受罰也在一起。《蛙》的獨特性在於，面對高密東北鄉的巨變，敘述人沒有啓蒙視角，拒絕審判，他選擇和高密東北鄉的子民們一起，痛楚、煎熬、受苦、懺悔，此處故鄉也成爲中國社會的微縮景觀。

## 唯一一個報信人

據許多去過莫言家鄉的人說，現實中的高密東北鄉並不像其紙上描繪的那樣美妙精彩，它跟中國無數北方鄉村一樣平淡無奇。這多半因爲我們「外來人」的身分。我們沒有喝過那裡的井水，吃過那裡的糧食。沒有人看到過那個姓藍的單幹戶推著獨輪車頑固地行走，身邊有瘸腿毛驢和小腳妻子陪伴；也沒有人瞭解那個將千言萬語壓在心頭、一出聲就要遭禍殃的「雪集」。——作爲外地人，我們到過現實中的那個地方，但我們並不瞭解它。畢竟我們沒有與這個地方朝夕相處，相濡以沫，它沒有成爲我們身體不可分割的一部分。

而莫言不同，故鄉在他的身體內部，在他的骨頭裡，在他的血肉裡。他在那裡生長到 20 歲。在最初，他恨他的故鄉。「15 年前，當我作爲一個地地道道的農民在高密東北鄉貧瘠的土地上辛勤勞作時，我對那塊土地充滿了仇恨。它耗幹了祖先們的血汗，也正在消耗我的生命。我們面朝黑土背朝天，付出的是那麼多，得到的是那麼少。我們夏天在酷熱中掙扎，冬天在嚴寒中戰慄。一切都看厭：那些低矮、破舊的茅屋，那些乾涸的河流，那些狡黠的村幹部⋯⋯當時我曾幻想：假如有一天我能離開這塊土地，我絕不會再回來。所以，當我坐下運兵的卡車，當那些與我一起入伍的小夥子流著眼淚與送行者告別時，我連頭也沒回。我有鳥飛出了籠子的感覺。我覺得那兒已沒有什麼東西值得我留戀了。我希望汽車開得越快、開得越遠越好，最好開到海角天涯。」[32]那種恨沉澱在〈白狗秋千架〉裡，他書寫暖的悲劇時，

---

[32] 莫言：《我的故鄉與我的小說・當代作家評論》，1993 年第 2 期。

有痛惜，也有某種慶倖，逃離的慶倖。

但是，很快，他的另一個記憶被打開。作為高粱地裡發生的故事開始持續發酵，煥然一新。「故鄉留給我的印象，是我小說中的魂魄，故鄉的土地與河流、莊稼與樹木、飛禽與走獸、神話與傳說、妖魔與鬼怪、恩人與仇人，都是我小說的內容。」[33] 〈紅高粱〉裡，寫滿故鄉的傳奇。他換了個視角看家鄉，他開始認識這座村莊的美麗和秘密，村莊在此時呈現出與眾不同的明亮、奇幻。

在〈紅高粱〉裡，莫言開始意識到故鄉的迷人，但他依然謹慎。但研究者注意到了莫言小說的民間身分與他所使用的語言之間的間離效果[34]。比如寫到奶奶的纏腳。「奶奶不到六歲就開始纏腳，日日加緊。一根裹腳布長一丈餘，曾外祖母用它，勒斷了奶奶的腳骨，把八個腳趾，折斷在腳底，真慘！我每次看到她的腳，就心中難過，就恨不得高呼：打倒封建主義！人腳自由萬歲！」[35]——這裡的敘述人，身在鄉野，心卻在遠方。他有他的現代觀念，他有對那些鄉村的風俗習慣，有看法，有批判，有審視。

莫言對故鄉既留戀又審視的態度讓人想到蕭紅《呼蘭河傳》，但蕭紅的鄉土書寫有著不加克制的感傷和濃郁的「鄉愁」。而這種鄉愁在莫言那裡是不存在的，作為道地的農民，他拒絕藉故鄉抒情。這種作法讓人想到同為農民出身的現代小說家趙樹理。趙樹理小說也拒絕抒情，拒絕啟蒙，認同本地人立場和觀念。和莫言一樣，趙樹理對自己的農民出身有清晰的認識，他將自己視為現代知識分子與民間形式之間的一種媒介人物，一個溝通者和中間人。只是，趙樹理更著意看重民間表達形式，達到了一種狂熱地步，「他對『五四』新文學以及外國文學的反感也表現出比較狹隘的文化心態，妨礙了他的創作朝更

---

[33] 莫言：《莫言散文》，浙江文藝出版社，2000 年版，頁 18。
[34] 王光東：《民間的現代之子·說莫言》，遼寧人民出版社，2013 年版，頁 114。
[35] 莫言：〈紅高粱〉，《人民文學》，1986 年第 8 期。

博大精深的路向發展。」[36]莫言的寫作視角也有那種「中間性」特徵，在本地人視野和外在視角之間，他有著他中間性的位置，但他的強大在於他能吸納外來文化並使之成為己有，這使他的寫作走出了一種封閉。而趙樹理在強調自己農民本色時也迷戀「民間」文化而拒斥外來文化，這最終導致了他創作的困窘。

　　與趙樹理相比，莫言有他脫離本地人視野的勇氣。現代人的視野使他有能力重新審視故鄉人民的生活。奶奶臨死前的表達，並不只是一個普通女性的表達，其中有一種豪放、自由、擔當的紅高粱精神：「天哪！天……天賜我情人，天賜我兒子，天賜我財富，天賜我三十年來紅高粱般充實的生活。……天，你認為有罪嗎？你認為我跟一個麻瘋病人同枕交頸，生出一窩癩皮爛肉的魔鬼，使這個美麗的世界污穢不堪是對還是錯？天，什麼叫貞節？什麼叫正道？什麼是善良？什麼是邪惡？你一直沒有告訴過我，我只有按著我自己的想法去辦，我愛幸福，我愛力量，我愛美，我的身體是我的，我為自己作主，我不怕罪，不怕罰，我不怕進你的十八層地獄。我該做的都做了，該幹的都幹了，我什麼都不怕。」[37]

　　「現代視野」在〈紅高粱〉裡極為重要，一如王光東所說：「『民間』通過敘述人的雙重身分所運用的語言在間離中的內在統一，轉化成了當代人文精神的重要資源，形成了莫言『批判的讚美和讚美的批判』（莫言語）的藝術態度和人生態度。正是從這個意義上說，莫言是一個『民間的現代之子』。」[38]換言之，在書寫故鄉時，莫言雖然倚重他的本地人視角，但他更有力量將一種外在視角與本地視角的結合。《蛙》則是將這種混雜視角融合得更為精妙。小說中，作為敘述人的「蝌蚪」與故鄉的關係意味深長，他不在場，但也在場。作為軍

---

[36] 錢理群、溫儒敏、吳福輝：《中國現代文學三十年》（修訂本），北京大學出版社，1998年版，頁 484。

[37] 莫言：〈紅高粱〉，《人民文學》1986 年第 8 期。

[38] 王光東：《民間的現代之子・說莫言》，遼寧人民出版社，2013 年版，頁 114。

人，他不在故鄉，但是他的妻兒父老都在故鄉生長，他離故鄉並不遙遠；但同時，他也有著他的外部觀看，他書寫故鄉的生活並有一個確切的傾訴者，日本作家。這是關於「我故鄉的故事」，關於故鄉人民的痛苦，其中也包括他親身體驗——他懷孕的妻子有著同樣悲慘的經歷。甚至，他也是其中的施害者，因為貪戀他的公職身分，他要求妻子打胎。

這是唯一的報信人的意義所在。——「不在」故鄉，亦「在」故鄉，在廟堂與民間之間，在鄉野與都市之間，在他鄉和故鄉之間，莫言尋找到獨屬他的講述位置和觀察角度。

尋找是有效的。莫言的「高密東北鄉」再不是那個沉默而陰鬱的未莊，莫言也不是如魯迅一樣的回鄉知識分子，即使是在「讀書人回鄉」的震驚經驗裡，也飽有這位本地人無法訴說的複雜情緒：沉痛、慶倖、懺悔與罪感，這不是來自外在的啓蒙的回鄉者，但也不僅僅是本地人；在〈紅高粱〉裡，他陷在高粱地裡講述那些傳奇時，卻也具有作為現代人的經驗與認知；在《蛙》中，他開始誠實面對故鄉，他認識到他對這裡牽腸掛肚，從未遠離。一如傳記作者葉開所言，莫言有屬他的創作秘密，「那就是對故鄉的愛恨交加，對故鄉肉身的逃離和精神的反芻，還有一個重大的任務就是超越地理學意義上的故鄉，給自己創造一個精神家園。」[39]

不完全屬於民間，一如他也不完全屬於廟堂裡的精英階層，莫言具有中間性：在都市與吾鄉之間，在農民與知識者之間，在「不在」與「在」之間。這是有別於魯迅式啓蒙立場的寫作，也是有別於沈從文式湘西王國的書寫。不同於蕭紅、不同於孫犁，也不同於趙樹理。30 年的不斷摸索和尋找，獨屬於莫言的新型故鄉書寫範式已然完成。

---

[39] 葉開：《莫言評傳》，河南文藝出版社，2008 年版，頁 242。

# 講評

◎陳建忠[*]

　　張莉教授這篇論文談莫言如何書寫故鄉，文中認為，莫言應用了「離鄉─歸鄉」的敘述視角（這是在魯迅與沈從文那裡都已被使用過的視角），脫去現代啟蒙的視角（魯迅），而且也不那樣反對現代化（沈從文），「他不是來自外在的啟蒙的回鄉者，但也不僅僅是本地人」，莫言以本地人視角，帶來現代的看法，但又與鄉親站在一起。換言之，他又能看到故鄉的問題，但又能對鄉親的處境感同身受。論文裡對這種如何不是啟蒙，但又是現代，如何看出故鄉問題，但又與民間同在的第三種視角多所發揮，甚有見地。

　　因為論文主要就是分析三篇作品〈白狗秋千架〉、〈紅高粱〉、《蛙》，看其中莫言的轉變，並歸結為莫言一種獨特的書寫故鄉觀點，有別於魯迅和沈從文。因此我也由三篇作品的理解出發，補充一些看法。

　　〈白狗秋千架〉裡瞎了一隻眼的女主角，又嫁給啞吧，只生得出三個啞吧孩子，因此想向男主角「借種」，救救「我」。文中認為，像五四時期一樣，男性在文化上是解救者，只是這裡換成用身體拯救。但，莫言並非批判其愚昧，而是表達那種絕望裡的反抗。魯迅回鄉如果表明啟蒙視角，莫言回鄉為了什麼？莫言只是要逃離，他本來就不是為啟蒙而離開或回鄉，因而他回鄉也只是為了某種印證，印證自己離開是正確的。但所見則鄉村依舊貧窮、瘖啞。我的問題是，如果這不是啟蒙的、批判的視角，那他印證下依舊落後的故鄉，不也有某種

---

[*] 國立清華大學臺灣文學研究所副教授。

對現實的諷刺性？魯迅關心啓蒙，沈從文關心現代化對傳統的破壞，那莫言小說裡主角回鄉，他關心的不正是生存？是舊人的幸福與否？由這個角度看，非啓蒙、非反現代的莫言，正是由當代新中國的語境裡找出了新的視角來寫故鄉問題。

再說〈紅高粱〉。張教授說，〈紅高粱〉的發表對長久以來當代文學家族寫作和革命史寫作都是巨大衝擊。針對莫言如何以民間抗日的視角，來達成對故鄉形象的創造，論證較少。例如莫言說自己是「報信人」這一說法，到底書寫故鄉如何衝擊了家族與革命史寫作，並未申論。不過文中關於「轉向」這一判斷，極有意思。轉向是說，「白狗」裡男主角回鄉卻並不喜愛故鄉，但〈紅高粱〉裡回鄉卻是要發掘鄉人的高貴品質，也就是民間抗日的血性傳統。

但這可全然認爲是「轉向」嗎？轉而理解故鄉的苦難，艱難環境下的不屈不撓的生存？我倒認爲，如果重點還是描寫了生存意志，描寫了民間血性的抗日史，這都有與既存的黨國歷史、進化論歷史觀的對照，換言之，莫言的書寫故鄉，仍一脈相承「白狗」裡那種關切生存、民間的立場，對正統與主流觀點採取的一種類似諷刺的態度，且不管這種諷刺是否輕微到令人難以察覺。

至於談《蛙》時，文中頗深刻的一段話說：「蛙的獨特性在於，面對高密東北鄉的巨變，敘述人沒有啓蒙視角，拒絕審判，他選擇和高密東北鄉的子民一起，痛楚、煎熬、受苦、懺悔」，由於不是啓蒙者，那對於計畫生育的這種批評，顯示莫言又一次看到生存、政策的問題所在，所以如果這是一種現代人視野，那正好不是反對鄉土落後，而是針對計畫生育的政策本身。

莫言提到，他對故鄉原是仇恨，慶幸能逃離故鄉，從軍去。莫言的好作品，總是基於對飢餓、生存的當代語境所激發出來的一種反思與張力。但如果滑向存在即合理的思考，或表演性大於諷刺性的寫作技巧時，就會讓人感到作家失去讓人感動的特質。所幸，這裡選的幾

部作品，都能讓我們看到作家的觀察與思索的深度，所以他對故鄉的書寫，才能成為一種帶有新意的故鄉書寫。

# 「田園將蕪，胡不歸？」
## 新時期以來中國人與土地關係的變化

◎李雲雷[*]

在 20 世紀，中國大陸的土地制度發生了天翻地覆的變化，從「土地改革」到「合作化」、「人民公社」、「家庭聯產承包責任制」，土地的所有權與使用權數經更迭，經歷了較爲複雜的歷史過程。1980 年代所建立的「家庭聯產承包責任制」，是在「土地改革」與「合作化」基礎上形成的一種新的土地制度，這一制度的特點在於：在所有權上，土地屬於集體所有；在使用權上，土地則以家庭爲單位分散經營。這一土地制度在 1980 年代曾創造了農村改革的輝煌，並一直沿用至今。

本文主要結合當代文學作品，研究當前中國鄉村出現的新情況，並探討其未來的出路。這主要包括：（1）人與土地情感的變化，如第二代打工者對土地情感的淡漠，又如在發展主義視野下對土地的功利化態度，鄉村生產方式的工業化及其造成的生態問題等，這在不少底層文學、打工文學作品中都有所體現；（2）「土地流轉」中的鄉村故事，如陳應松〈夜深沉〉、關仁山《麥河》等；（3）「城鎭化」與中國鄉村的未來，如高建群的《大平原》等。可以說中國大陸鄉村正面臨前所未有的的變化，這也是中華文明所遭遇的最爲劇烈的變化之一，在傳統農耕文化發展中起來的中華文明，在城市化與現代化的進程中將會發生怎樣的變化？這是值得我們關注與思考的問題。

---

[*] 中國藝術研究院《文學理論與批評》副主編。

## 一、人與土地情感的巨大變化

　　在賈平凹的《秦腔》中，最令人觸目驚心的莫過於農村的荒蕪了。這裡的「荒蕪」，既包括土地的荒蕪，也包括人的荒蕪——很多人，尤其是青年人都離開農村到城市去了，在農村裡剩下的只是老人和孩子，整個村莊暮氣沉沉。小說中村裡不少土地都撂荒了，夏天義心疼荒了的地，為此以較高的成本租種了俊德家的土地，但他一個人的力量使有限的，後來村裡兩委會收回荒地和另作他用的土地，由村裡人承包，而又由承包人轉租給外鄉人，從中收取租金。但在由誰承包上沒有明確的規定，村裡仍有不少荒地，後來夏天義在「各家的地裡查看，凡是荒了的地，或者在自己分得的地裡起土掏取蓋房用的細沙的，挖了壤打胡基土坯的，或者像書正那樣，在地裡修了公公廁所的，或者老墳地以前平了現在又起隆修了墓碑的，一一丈量了面積。又將誰家在分地後嫁了女，死了老人或出外打工兩年不歸的，和誰家又娶了媳婦，生了孩子的一一統計。」然後他拿著材料，請夏天智寫了一份建議書：為了使每一寸土地都不荒蕪，使每一個農民都有地種，公平合理，貧富相當，建議重新分地。

　　他拿著這一建議，徵求村裡的人簽名，但大部分村民不願意簽名，這裡有涉及到自身利益者，也有對「分地」甚至對夏天義的歷史抱有偏見的，後者中最典型的是書正：

> 書正看見了夏天義，放下鍬，坐在塄上吃旱煙，打老遠就說：「天義叔是不是讓我簽名呀？文化大革命的時候我簽過名，現在什麼社會了，你還搞運動呀！」夏天義說：「誰是搞運動呀！」書正說：「天義叔，你真是個土地爺麼，一輩子不是收地就是分地，你不嫌潑煩啊？」[1]

---

[1] 《收穫》2005年第2期，頁162。

　　在這裡，「重新分地」聯繫著「土改」、「合作化」、「家庭聯產承包」等歷史記憶，正是由於「合作化」搞運動的失敗，使書正的諷刺深深刺傷了夏天義，他作為以上三次運動的村領導，直接經歷過政策的反覆與變化，這使他的威信受到相當大的挑戰，但也使他深深知道土地對於農民的重要性，在新的時期正是對土地重要性的認識，也使他敏感於時代的變化與土地的撂荒，從而提出了「重新分地」的建議，不過這一建議卻被擱置了。

　　在王祥夫的小說〈五張犁〉中，五張犁是一個人物的名字，他們村裡的地都被徵了，被用做建高爾夫球場，五張犁是農村裡以前幹活的一個好手，但他出於對土地的熱愛，每天還到他以前承包地去幹活，把原先屬於他的那塊地種得特別好，後來還把人家種的花草都拔掉了，別人說他是「神經病」，最後他被趕走了。這篇小說寫出了五張犁對土地的感情，被剝奪土地之後那種無奈的、絕望的情緒。

　　如果說在夏天義、五張犁等人身上還保留著中國農民對土地那種傳統的深厚感情，那麼對於更多年輕的打工者來說，這種情感則越來越淡漠了。對於打工者來說，城市既離不開他們，又不願容納他們，而他們對城市既沒有認同感，也無法回歸家鄉，處於一種進退兩難的境地。如果說這是第一代農民工的典型心態，那麼到了現在，第二代農民工逐漸登上歷史舞臺，問題無疑更加複雜化與尖銳化了。在王昕朋的《漂二代》中，我們可以看到，對於第一代農民工李躍進、韓土改、趙家仁、肖桂桂等人來說，北京不過是暫時寓居的「漂泊」之地，他們總還想著回歸河南老家，但是對於他們的子女來說，卻已經發生了很大的改變，這些孩子出生、成長在北京，他們認同的是城市生活，回到農村生活對他們來說是不可想像的。他們既無法融入城市，而在城市之外，他們又無處可以容身，小說中肖祥、肖輝、宋肖新、李豫生等人形象地向我們展示了這一代人的困境。

　　據研究，「從成長經歷來看，新生代農民工沒有經歷過父輩那樣

從農村到城市的變化過程，與城市同齡人更為趨同。很多新生代農民工自小就跟隨父母移居城市，或是在農村初中（高中）一畢業就到城市『謀出路』，因此他們對城市生活環境比對農村生活環境更熟悉、更適應；即使出生、成長在農村，他們在務工前也同城市裡的同齡人一樣，大多數時間在學校讀書，不熟悉農業生產。據統計，89.4%的新生代農民工基本不會農活，37.9%的新生代農民工從來沒有務工經驗。」[2]

在《中國新生代農民工》、《中國新工人：迷失與崛起》等非虛構作品中，我們也可以看到，對新一代打工者來說，鄉村已經成為回不去或者不願回去的家，「長期在外的打工生活已經改變了打工者的觀念和生活方式，一些打工者真的回老家的時候，即使已經蓋了自己的房子，卻發現自己很難適應那裡的生活了。所以說，打工者『不能回家』的原因是多方面的，客觀原因是需要打工維持生計、需要掙錢蓋房、沒有假期，但是主觀原因也已經越來越重要，就是打工者已經不願意再回去了。」[3]

當打工者離開鄉村，而鄉村只剩下老人、兒童、婦女的時候，一方面我們可以看到農村的衰敗凋敝，另一方面也可以看到，農民與土地的感情已經分外淡漠。這可以說是中國歷史上前所未有的狀況，作為農耕文明的國家，中國對土地的重視貫穿於所有歷史之中，農民對土地的感情是深厚的，在 20 世紀，圍繞土地的變革與革命更是牽動著所有中國人的心。比如《創業史》中的梁三老漢：「在土地改革的那年冬裡，梁三老漢在他的草棚院裡再也蹲不住了。他每天東跑西顛，用手掌幫助耳輪，這裡聽聽，那裡聽聽。他拄著棍子，在到處插了寫著字的木撅子的稻地裡，這裡看看，那裡看看。他那灰暗而皺摺的臉皮上，總是一種不穩定的表情：時而驚喜，時而懷疑。老婆嫌他

---

[2] 〈關於新生代農民工問題的研究報告〉，《工人日報》2010 年 6 月 21 日。
[3] 《中國新工人：迷失與崛起》頁 142，法律出版社，2013 年 1 月。

冒著冬天的冷風在外頭亂跑，晚上盡咳嗽一夜；但她稍不留意，草棚院就找不見老漢的影子了。她跑出街門，朝四外瞭望，果然，那羅鍋腰的高大身軀，孤零零地站在空曠的稻地中間。」[4]

　　類似梁三老漢這樣對土地飽含深情的農民，是我們以前經典的文學作品經常描述的，但在今天，這樣的「老式農民」已經越來越少了。這一方面說明我們正在經歷前所未有的現代化進程，這一進程極大地改變了中國鄉村，極大地改變了中國農民的情感結構與生活方式；另一方面，如此劇烈的變革衝擊著傳統鄉村的文化與生態，也應該引起我們的思考：在這一進程中，作為一個人口大國，我們如何避免農業凋敝可能帶來的糧食危機？作為一個文明古國，我們如何避免中國文化可能發生的內在斷裂？

## 二、「土地流轉」中的鄉村故事

　　陳應松的〈夜深沉〉涉及到當前農村中出現的一個新問題，並以一種獨特的角度講述了出來：小說的主人公隗三戶早年外出打工，在廣東做生意並小有成就，在一場大病之後，他萌發了葉落歸根的想法，但是當他回到家鄉，向村支書、村長武大雨提出想要回承包地、批一塊宅基地時，卻遭到了拒絕，他為此四處奔波，費盡周折，終於也未能如願，只好失望地踏上了回廣東的路，然而走到村口時，卻意外地被偷牛賊殺死了，他活著不能留在村中，但臨死時，「他突然想，這下就可以死在家鄉了」。——小說通過隗三戶回鄉奔波的歷程，向我們展現了他這一代打工者困窘的精神處境，他們儘管獲得了一定意義上的成功，但是無法融入當地城市（廣東）的生活之中，也無法對之產生情感上的認同，但是當他們回到家鄉，卻同樣無法找到歸宿感，就像小說中寫的，「自欺欺人的隗三戶終於回來了，回來卻如走在異鄉，沒有一點兒回家的感覺，家鄉已沒有了親人，房子早賣掉，

---

[4] 《創業史》第15～16頁，《柳青文集》第二卷，人民文學出版社，2005年。

已經拆了。承包地早就退了。心茫然而虛空……」

　　小說對隗三戶無所歸依的精神處境以及他為走出這一困境所做的努力與掙扎，做了精彩而細緻的描述，但是在我看來，小說中最為精彩的部分並不在此，因為打工者類似的精神困境，在不少小說中已經有所表現了。我以為小說中最引人注目的地方，在於對隗三戶無法回鄉的原因的探討──即，在他離鄉的這一段時間，農村的土地關係已經發生了巨大的變化，正是這種變化，使得武大雨不可能再批給他承包地與宅基地。這種變化就是小說中所寫到的「土地流轉」，──「十年前一大批在外打工做生意的人都失了地，跟他一起出來的，基本都不要了。那時的地是個吃人的老虎，張著血盆大口，一畝竟要四百多的稅賦，送給人家代種人家也不要。那時也沒有這麼高產的雜交稻，這麼高產的油菜。稻穀也便宜，根本賣不出錢來，刨去種子、化肥、農藥七的八的成本，根本賺不到錢，還倒貼，隗三戶的田一年就要交近五千塊，只好拋荒。錢村裡還是得找他們收，拋荒了也收，你名下的地麼。聽說鄉里的幹部臘月二十八還在村裡，不交的一繩子捆到鎮裡去，讓你過不了年。有錢的交錢，無錢的揭瓦牽豬。殺了豬的，收豬肉。村裡就說，交錢呀，不交我工資都拿不到。這樣，你不找我要錢，我不找你要田。好呀，你說的。行。村裡貸款交。村裡就把田收回了。至於收回後是怎麼變成大驢的豬圈，他這就搞不明白了。」

　　在這裡，我們可以看到「土地流轉」的一個軌跡：外出打工者拋荒──村裡收回──土地流轉到村幹部私人手中。於是村幹部武大雨（綽號「大驢」）便成了「土地流轉」的最大受益者，他事實上成為了村中土地使用權的最大擁有者，並且以規模經營的方式「養豬」，在某種意義上，甚至可以說他成為了村中最大的「地主」與「資本家」，雖然村裡的土地名義上仍屬於「集體所有」，但並不影響他對土地的支配權。在這種情形下，作為一個既得利益者，他自然不會按照1980年代「包產到戶」的慣例，將承包地再分給隗三戶，而且土地作為一

種他可以支配的資源，甚至可以成為他交換政治或經濟利益的籌碼，「胡妖兒……要跟大驢爭村長的，大驢發動族人要她別爭，條件就是收回外人承包的這片河灘，給她承包種樹搞農家樂，這事兒就這麼搞掂了。」

　　在這裡，所謂「承包」已經成為了一種利益交換的手段，而這一權力則掌握在村幹部的手中。這可以說是我國農村土地關係的一個重大變化，儘管這一變化的後果還沒有充分顯現出來，但如果按照這樣的趨勢發展下去，我國農村勢必會發生激烈的貧富分化與階層分化：少數掌握權力與資本的人掌握了「土地」這一農村中最重要的生產資料，控制著農村中的政治與經濟局勢，成為集地主與資本家於一身的土地的「新主人」，而更多的人則將失去土地，只能淪為雇工或傭工，「自由得一無所有」。如果真的發展到了這樣，那麼20世紀中國在「土地革命」上所取得的成就——以「土地改革」、「合作化」、「家庭聯產承包責任制」等不同形式表現出來的——將化為烏有，中國農村將重新回到弱肉強食的狀態，而且將因為歷史條件的變化而更加惡劣化：現代農村已失去了傳統社會「互助」的思想與組織；資本主義現代化進程的加速——如此，將來的中國農村不是回到傳統的「治亂」模式，就是會發展到現代階級社會的劇烈鬥爭，這對於現在土地只能起到社會保障作用的中國農村來說，無疑是災難性的。具體到小說中，由於隗三戶在廣州已成為小老闆，他無法回到故鄉的痛苦還只是精神性的，但是我們也可以想像，像他這樣的「成功者」並不多，大多數的打工者並不能真正融入城市之中，在這種情形下，故鄉的土地至少還可以為他們提供一個立足之地，如果連這樣的土地也失去了，他們就只能進退失據、走投無路了，而這對於中國來說，則將有可能會釀成更加嚴重的社會問題。所以，小說中所寫到的「土地流轉」雖然還只是一個苗頭，但應該引起我們足夠的警惕與注意。

　　關仁山的《麥河》表現了當下鄉村中國正在實行的土地流轉政

策，以及面對這個政策麥河兩岸的鸚鵡村發生的人與事。小說中的主人公曹雙羊的創業道路是艱辛的，他窮則思變，投靠官員子弟合開煤礦，又扳倒老闆獨佔企業，實現了原始的資本積累。他創立「麥河道場」食品集團有限公司，擠垮多家同行，佔領了大片方便面市場。鸚鵡村上城打工農民越來越多，土地出現撂荒。曹雙羊的「麥河道場」方便面廠急需麵粉，除了到冀東平原收購小麥，每年還從美國進口小麥。曹雙羊受到白立國的啓發，發誓以後從善，回歸土地，統一到村裡流轉土地，搞規模經營的現代農業。曹雙羊的麥河集團要跟鄉親們搞土地流轉簽約。曹雙羊方便面廠資金緊張，提前弄到農民的土地證，到銀行抵押貸款，回來給鄉親們發放土地使用金，這一切都是秘密，連能招會算的白立國也蒙在鼓裡。對待簽約上，農民心態非常複雜。在城裡打工的人願意流轉，可是，像郭富九這樣的農民，就非常擔憂，怕土地給糟蹋了。土地流轉到麥河集團，曹雙羊採用工業化經營管理，連年豐收。但是，好多農民卻極爲不適應這樣的生活。而且曹雙羊使用了美國化肥，土地板結厲害，土地深度污染，不斷有農民到村委會田支書那裡反映。資本是貪婪的，資本要獲取最大利益，曹雙羊在資本中迷失，也非常痛苦。爲此。雨季到來了，麥收一律機械化收割，讓流轉土地的麥子收割到倉。可是，沒有土地流轉的農戶，麥子還有收割完。曹雙羊爲了爭取郭富九，讓機械給他幫忙，卻被郭富九給拒絕了，韓腰子等莊稼人給他家幫忙，讓郭富九落下了眼淚……。

《麥河》從正面描述了曹雙羊創業的過程，涉及到了當代中國鄉村的諸多深層次矛盾，讓我們看到了土地流轉過程中的複雜社會現象。在資本介入當代中國鄉村時，鄉村內部也發生了巨大的變化，在人與人之間、人與土地之間，傳統的相互依存的關係在慢慢解體，而新的矛盾與新的問題則不斷湧現，這既是中國鄉村的新現實，也關係到中國鄉村的未來。「土地問題」是中國農村問題的核心，近年來農

村中土地關係已發生了不少新情況（包括撂荒、「土地流轉」，以及新的「合作化」等），但農村題材的作品中卻很少涉及到，陳應松、關仁山敏銳地捕捉到了當前農村土地關係的最新變化，並以藝術化的方式呈現了出來，值得我們認真思考。

## 三、「城鎮化」與中國鄉村的未來

高建群的《大平原》，爲我們描述了中國鄉村正在發生的巨大變化，祖父一代的逃荒經歷，父親一代的下放經歷，以及「我」經歷的鄉村正在城市化的過程，讓我們看到了中國鄉村近百年的變遷，以及生活在「大平原」上那些人的苦難、辛酸與血淚。如果說祖父、父親的命運仍然與傳統鄉村及其生活方式密切相連，那麼「我」所面臨的則是更加劇烈的變化，在「我」的面前，傳統的鄉村消失了，「家」也消失了，在那片土地上生長出來的不再是樹木與莊稼，而是一片片樓房。

「在土地被徵用了以後，他們離開了自己的生身熱土，被安置到了這裡。按照政策，被解決了城鎮戶口，從而成爲西京城的市民。而過去的村民小組，也成了街道委員會，鎮政府則變成了辦事處。但是，當握著這藍皮戶口本的時候，大家覺得，一切都不是那麼回事。對自己的以後，多出了許多憂慮。……安置小區的一部分人，拿出自己得來的那爲數有限的錢，開始瞎折騰，做點小本生意，買輛出租車，在街區開個洗腳房，等等。而大部分人，茫然無措，不知自己幹什麼才好。他們的孩子，這些脫離土地的青年們，一部分在第四街區辦技校裡經過速成班培訓，成爲區內企業中一些做簡單技術的藍領。而另外一部分孩子，穿起制服、皮鞋，做了這些企業的門衛、保安。……也許，要真正成爲西京城裡的一個市民，要真正進入和融入西京城的主流社會，那還需要幾代人的努力。」[5]

---

[5]　《大平原》頁405～406，北京十月文藝出版社，2009 年 10 月。

在《大平原》中，我們看到傳統的中國鄉村在城市化過程中的命運，在城鎮化之後，村民轉變身分，成為了市民，但是離開熟悉的鄉土生活之後，他們還不能在城市中找到自己的位置，也不能找到適合自己的生存方式，這可以說是城鎮化之後所面臨的重要問題。同時這也將是中國鄉村在此後長期面臨的一個問題，傳統中國文化與中國人的生活方式，都是建立在農耕文明之上的，雖然在 20 世紀中國鄉村經歷了各種變革的激盪，但是「鄉村」作為中國最基本的單位卻始終未變，而今正在進行中的城鎮化必將對中國鄉村及中國文化的生態產生極大的影響，可以說是這是中國鄉村前所未有的變化，從「鄉土中國」到「城市中國」雖然還有較長的路要走，但可以預見的是，隨著這一進程的展開，「鄉村」、「中國」都將會呈現出與我們經驗中不同的樣貌，這將會是一個重要的轉折。

當然不只是「城鎮化」之後會面臨新的問題，在「城鎮化」的過程中會遇到新的問題，我們以喬葉的〈蓋樓記〉和鄭局廷的小說〈上樓〉為例來看。

小說〈蓋樓記〉中的張莊和喬莊，被規劃為焦作市高新區的組成部分。這對張莊和喬莊的村民而言，雖然會從此失去賴以為生的土地，但也是一個千載難逢的脫貧機遇。他們可以趁著房屋尚未被拆、土地尚未被徵之前，搶建搶蓋，以此獲取更多的政府補償。小說圍繞著「蓋樓」，開始了一系列故事的講述。小說中的「我」，靠著多年的努力和奮鬥，終於從焦作鄉下調入省城鄭州工作，成了這座城市中的體面人，漸漸與農村失去聯繫。某天，鄉下姊姊一個關於「咱姨高血壓犯了」的電話，將我拉回曾經生活了二十多年的老家，並捲入了一場因拆遷而引發的蓋樓事件當中。原來，「我」三姨媽之所以犯高血壓，是為蓋房子。從城裡退休回到鄉下的她，聽說要拆遷，就自顧自地挑頭蓋起了房子。用「我」姊姊的話說，「這一蓋，上頭一拆，錢一到手，多好。」沒想到，三姨媽剛一有動靜，村支書就帶人過來把

匠人們的工具沒收了。姨媽跳腳跟支書吵了一架，便犯了高血壓。「我」為了替姨媽打抱不平，在姊姊的攛掇下，決定幫她們蓋樓。最主要的阻力當然來自村支書王永，他為人正直厚道，堅持原則。但直接阻力來自王永的弟弟王強，這個有些狡詐的支書弟弟，很想蓋樓卻迫於他哥哥的壓力不敢帶頭。為了「拿下」王強，讓他成為同一條戰壕裡的兄弟，「我」、「我」姊姊和姊夫、三姨媽、退休教師趙老師夫婦等人，又是借錢、又是請客，費盡周折地拉攏王強。最後，在大家的共同斡旋下，終於搶在政府拆遷之前把樓給蓋起來了。

　　〈蓋樓記〉細緻地呈現了農村在城市化進程中的歷史細節和複雜微妙的農民心理。逼近生活真相，呈現出了內在的生活邏輯，同時表現出了作者的困惑與矛盾；敘述簡練、自然。但作品也有值得思考之處：「我」與底層乃至自己親人的關係，是高高在上的，是「哀其不幸，怒其不爭」的，其中很多描述雖然真實但又很殘酷，甚至對自己姊姊、姊夫，也有某種程度上的「歧視」。作品中「我」的「介入」只是為了個人或家族的「私利」，而並非作為一個公共知識分子，去謀求公共利益，甚至當「私利」與公共利益發生矛盾時，很鮮明地站在前者一邊。最突出的一個例子，是「我」出謀劃策、合縱連橫，去對付一個不謀私利的村支書，在這裡，「我」反而成了「公義」的破壞者。以上的問題涉及到作家與敘述者「我」的關係，也涉及到非虛構與「小說」的關係。「我」的「介入」調動了個人的社會資源，是在承認潛規則的前提下，最大可能謀取私人利益（為自己的姊姊增加了 6 萬元賠償）；「我」的寫作是一種「公共性」，而這種「公共性」的表達只是表達了謀取私人利益的過程，之間存在著的矛盾與分裂。？——但無論如何，小說細膩而真實地呈現出了「城鎮化」過程中農民的心態及他們的生存技巧，雖然他們無法改變拆遷的進程，但也以他們的方式參與了「博弈」，這部作品也讓我們看到了「城鎮化」中複雜而真切的現實場景。

　　鄭局廷的〈上樓〉寫的就是當今農村中出現的「上樓」，所謂上樓，是對農村城鎮化、農民改變身分成爲城鎮居民的一種形象化描述，即農民在出讓耕地之後，搬入樓房，開始樓上樓下、電燈電話的生活。小說〈上樓〉以夏家坮村民拆遷爲線索，「隨著城市化的快速推進及工業化的迅猛發展，工業項目像雨後春筍一樣在城郊周邊條地冒了出來，把工業園擠得滿滿當當，惟有夏家坮自成一體，成爲名副其實的『都市裡的村莊』」。辦事處主任曹軍祥出於熱心，爲孤島夏家坮引來一個大項目，98戶農民簽訂了搬遷「上樓」協議，項目落地後，村子的發展、農民的收益，無疑都能有較大的提高。然而，拆遷工作遇到了未曾預料的問題。養豬大戶夏繼承因不滿拆遷賠償，兩次上訪，給曹軍祥造成了極大壓力，拆遷遲遲不能展開。夏繼承要求拆遷補償的金額與投資評估公司評估的賠償金額相差100萬。夏繼承爲了達到自己的目的，暗中聯絡村民，建立攻守同盟，答應將未來得到的賠償款分給他們，使拆遷阻力倍增。最終，曹軍祥將自己應得的100萬獎金充當了村民的拆遷補償款，及時化解了一起群體暴力事件。〈上樓〉從基層幹部的視角寫了「上樓」過程中各方博弈的過程，讓我們看到了城鎮化複雜進程的另一面。

　　以上，我們從「人與土地情感的巨大變化」、「土地流轉」中的鄉村故事、「城鎮化」與中國鄉村的未來等三個方面分析了當代中國人與土地關係的巨大變化，這是正在展開的歷史進程，也是「中國故事」在新時代的延續，我們在這些作品中看到了中國人的新經驗，以及中國人的「心靈史」，我們期待能有更多作家，爲我們描述出中國和中國鄉村在新的歷史進程中的變化，也期待中國和中國鄉村在未來的歷史中可以穩步前進，在傳承中華文明的同時鳳凰涅槃，再造一個嶄新的中國。

# 講評

◎徐秀慧[*]

　　本篇論文以小說與社會的視角，考察當代文學作品反映出當前中國鄉村農民工與土地的關係變化，並思索未來的可能出路。中共的土地制度，從「土地改革」到「合作化」、「人民公社」、「家庭聯產承包責任制」，土地的所有權與使用權歷經了巨大的變化。文中藉由文學作品，使讀者了解到改革開放後，農民工在發展主義的驅使下流離到城市後，出現了第二代農民工對土地的感情日益冷淡的功利態度；在「土地流轉」的過程中，村幹部與財團利用在 1980 年代曾經締造過農村改革成果輝煌的「家庭聯產承包責任制」，以利益交換的手段，迫使想回鄉村重拾農業的農民工，面臨無地可耕種的情形，這些農民工又無法融入城市的生活，導致進退維谷的窘迫情況；最嚴重的是在資本進入農村的「城鎮化」過程中，農民為了利益爭奪，也參與了與官商勢力博弈的複雜過程。藉由這些文學作品，作者分析了以傳統農耕文化發展起來的中華文明與中國農村在現代化與城市化的進程中，正在經歷空前的劇變，也道出作者對此一中國人「心靈史」巨變的憂心。

　　由於中國當代文學史的寫作往往嘎然止於 1990 年中期，對於有心透過文學來了解新世紀以來切實反映大陸農村在現代化過程中產生的問題的讀者來說，本論文提供了很好的文本索引。尤其是對臺灣讀者來說，論文中除了賈平凹的《秦腔》之外，其他的作品都不容易見到，對於這些不是名家的小說作家也感到很陌生。希望作者能對這

[*] 國立彰化師範大學臺灣文學研究所副教授。

些作家的背景稍作介紹。以及這些小說在大陸讀書市場的反應,小說中反映的農村問題是否已引起高度的重視?學界對這些問題的關注是否可能進而影響大陸當局在體制上也所因應之道?同時,也希望本文能從文藝美學與文學社會學相互參照的視角,進一步剖析這些作品在藝術手法上的經營是否成功?能否再次締造現實主義美學的浪潮,使新時期以來流於過度搬演寫作技巧的風氣,能回歸到反映社會現實的道路上。

1998年中國作協在北京開風氣之先召開黃春明作品研討會的時候,我印象很深刻地聽到與會者感嘆過中國有這麼廣大的農村,為什麼就沒有產生一個像黃春明一樣的作家,寫出反映農村現代化過程中土地倫理淪喪,重現農耕文化敘事的作品。這篇論文讓我們知道,隨著現代化從城市移轉到農村的進程,中國大陸已經產生了很多的「黃春明」,在作品中對農耕文化的衰微一樣也有著切身之痛。臺灣新一代作家的新鄉土小說,更多的是個人記憶的懷舊敘事,因為缺乏農村生活的經驗,已經無法著眼於社會整體性或結構性的問題。我也衷心期許大陸這一波反映農村土地經驗的小說,不要走向臺灣鄉土小說的發展,成為現代化發展下的回眸一顧而已,而能發展出更多人與土地永續經營的敘事。

# 第二場討論會

# 《出梁莊記》與「反景觀」寫作

◎楊慶祥*

一、

　　梁鴻的新作《出梁莊記》毫無疑問是《中國在梁莊》的自然延伸：
2010 年，梁鴻將目光和筆觸聚焦於她的家鄉——河南省穰縣梁莊，用
口述實錄和田野調查的方式完成了一組對中國農民生存現狀的描
述，這就是《中國在梁莊》。2013 年，梁鴻將視野延展開來，追蹤探
訪走出鄉村的梁莊人，記錄他們在現代城市中的掙扎與困惑，以及身
分的轉換與重塑，這便是《出梁莊記》。這一創作路徑基本上是一個
必選之題：對於梁莊的鄉愁式的描寫只是中國這一巨大「現代神話」
的半張臉，而另外半張，則在梁莊之外，在那裡，無數的人群和無數
的故事構成了奇怪的沉默之臉，高懸在「盛世中國」的城樓上，可遠
觀而不可褻玩。至少在意識形態的探照燈下，我們默認了這張臉的表
面性的存在，而把可憐的疑問，轉化為酒足飯飽後的談資。

　　但梁鴻與眾不同。作為她的朋友，早在《中國在梁莊》還沒有出
版之前，在一次餐後的交流中，她偶然提到她正在書寫的梁莊，語氣
與神態別有一種關切和凝重。我當時意識到，這會是一部特殊的作
品，甚至不僅僅是一部作品，而更是一種特殊的關於我們此時代的存
在方式的追問。《出梁莊記》再次證明了這一點，證明了梁鴻有一種
特別的堅韌和勇氣，她走得比我們都要遠，遠離高談闊論的知識分子
腔，遠離不痛不癢的所謂學術和講臺；她走得遠是為了走得近，她一

* 中國人民大學文學院副教授。

步步走近一種更真實的、有血有肉的世界，在這個世界裡，她看到了她的兄弟姊妹，她的親人們——也是我的兄弟姊妹和親人們——在他們巨大的沉默和失語中，有一種東西在擊打著我們的心。

《出梁莊記》的版圖浩渺廣闊，梁莊人「西到阿克蘇、阿勒泰，西南到日喀則、曲靖、中越邊界，南達廣州、深圳，北到內蒙古錫林浩特。」梁鴻前後歷時 2 年，走訪 10 餘個省市，採訪了 300 多人。梁鴻的敘述具體而開闊，幾乎每個被記錄的故事都關聯著廣泛的現實社會問題：身分歧視、戶籍管控、留守兒童、非法傳銷、環境污染等等。比如，全書以梁莊流浪漢梁軍的溺亡開篇，而他的家人卻遲遲不願意認領屍體，由這個有悖人之常情的故事，梁鴻引出了「南水北調工程」與農民之間的利益博弈，這種博弈的深層隱喻，正是現代化的巨大工程與渺小失敗的個體之間的衝突和矛盾。需要強調的是，梁鴻沒有像中國當下一些膚淺的知識分子那樣，停留在簡單的同情和批評的表層，在中國當下最流行的批評方式就是，以一種先在的理念為標準，不符合這些標準的，則被判定為非法或者是邪惡。梁鴻的優勢恰好在於，她始終立足於本土的經驗，而不是盲從於那些所謂的普遍真理，比如自由、民主、公平和正義。毫無疑問，和所有有良知的知識分子一樣，對於這些真理的追求構成了我們生命價值的一部分，但這並不意味著我們可以罔顧現實的複雜，以一種非歷史化的普遍性來書寫和解釋中國的當下。事實是，中國的問題遠比這些概念複雜生動，梁鴻意識到了這種困難和可能性，她在《出梁莊記》的後記中說：「如何能夠真正呈現出『農民工』的生活，如何能夠呈現出這一生活背後所蘊含的我們這一國度的制度邏輯、文明衝突和性格特徵，卻是一件非常困難的事情。並非因為沒有人描述過或關注過他們，恰恰相反，而是因為被談論過多。大量的新聞、圖片和電視不斷強化，要麼是呼天搶地的悲劇、灰塵滿面的麻木，要麼是掙到錢的幸福、滿意和感恩，還有那不斷在中國歷史中閃現的『下跪』風景，彷彿這便是他們存在

形象的全部。『農民工』，已經成為一個包含著諸多社會問題，歧視、不平等、對立等複雜含義的詞語，它包含著一種社會成規和認知慣性，會阻礙我們去理解這一詞語背後更複雜的社會結構和生命存在。」出於對這種既有成規和想像的規避，梁鴻的著力之處在於「做好對生命本身的一種敘事，這種敘事具有無限的開放性，它不是結論，每個人都會以不同的角度去思考」。這恰好是梁鴻的敘述的獨特之處，她並非是一部社會學的著作，指向某種解決的方案或者現實的答案，比如上文提到的「南水北調工程」與農民之間的矛盾，顯然沒有一個「合理」的解決問題的方式。在另外一個故事中，大學生梁磊既不能在深圳找到滿意的工作和奮鬥的目標，又不能回到梁莊重新做一個農民。梁磊找不到解決困境的方法，梁鴻也找不到，在這些結構性的社會矛盾面前，梁鴻和梁磊其實是完全平等的，他們同樣困惑，同樣無能為力。因此，她停留在敘事的本身，至於「敘事」將帶來何種閱讀的效果，那是另外一回事。在這個意義上，即使梁鴻的著作被很多讀者作為調查報告甚至是社會學著作來閱讀，但在最本質上，它是文學的，它展示的是一幅廣闊生動的生命圖景。正如李敬澤所指出的：「《出梁莊記》具有『人間』氣象。眾生離家，大軍般、大戰般向『人間』而去，遷徙、流散、悲歡離合，構成了中國經驗的浩大畫卷。在小說力竭的邊界之外，這部非虛構作品展現了『史詩』般的精神品質。」

　　梁莊是這一生命史詩的起源。中國大地上有多少個這樣的梁莊，有多少這樣的梁莊人，他們從一個個微如細點，在地圖上無法標誌的小村莊湧入城市，改變著自己同時改變著中國甚至世界。可以找到一個詞來形容這人類史上都少見的大流動和大遷徙嗎？「漫遊」顯然已不合適，它太過於浪漫主義的詩情畫意；「盲流」更不合適，它帶有奇怪的偏見和有產者的自高自大。也許只能這麼說，他們遵循著讓人驚訝的強大的生命本能去完成自我和歷史，即使被冰冷的歷史攪拌機攪成一堆肉末，即使在我們的理論詞典裡找不到一個詞來予以命名。

## 二、

　　梁莊不過是一個小小的範本。但正是在這個小小的範本中，我們得以窺見一個「看不見的階層」。如果要用一個詞來形容今日的中國——我想這個詞應該是「圍」。今天的中國是一個「被圍起來的中國」。這裡的「圍」有多層的含義，它可以是政治意識形態方面的，我們四面楚歌，堅持著某種獨特而悖論的政治實踐；它可以是經濟發展方面的，我們拘囿於簡單的經濟 GDP 的觀念，以巨大的破壞換來短暫的繁榮；它更是一種景觀意義上，在中國的景觀世界中，遍布著高樓大廈，CBD 購物中心，燈紅酒綠車水馬龍，我們看不見那些具體的勞動和具體的勞動者，他們爲這些景觀所包圍。這造成的後果是，我們生活在一種並不真實的生活世界中，這個世界以高度的現代化爲其形式，卻罔顧其肌理的血肉內容。從這最後一點來看，《出梁莊記》是一種反景觀式的寫作，也是一種突圍式的寫作。不僅要突破景觀之圍，更重要的是，要突破一種人心之「圍」，在這一「人心之圍」中，我們出於安全的考慮——安全的生活和安全的意識形態——而拒絕去看見「景觀」之內的東西，去看見真實的世界和真實的生存。而我們這個時代最基本的寫作倫理，恰好是應該去看那些「他者」，那些在我們的日常生活中缺席者的存在。從這一點看來，《出梁莊記》中的「出」有一種「反包圍」的意義，僅僅從字面意義上看，這很容易讓我們想起偉大的《出埃及記》，摩西帶領以色列人走出異教徒的包圍，尋找真理和幸福。但是從《出梁莊記》的內容來看，它顯然不是一個聖經式的拯救故事，甚至可以說它恰好是《出埃及記》的「反故事」，因爲摩西缺席了，只有藐視人類的歷史本身在引導這一切。除此之外，更有意思的也許是來自中國現代史的啓示，早在 30 年代，中國革命的領導者們就提出了農村包圍城市的革命戰略，並通過這一戰略獲得了革命的成功，在這一歷史過程中，農民作爲一個階級獲得了前所未有的文化主體地位。這是中國極其獨特的歷史語境，這一語

境恰好構成了《中國在梁莊》、《出梁莊記》等一系列以農民為書寫對象的作品的潛在背景，正是因為農民階級一度在中國當代史上的主體地位，當歷史在 90 年代發生逆轉之時，當城市開始包圍農村之時，當現代化不停地以犧牲農民和農村的利益而向前推進之時，農村和農民的命運尤其顯得富有戲劇性和悲劇感。我特別需要提醒的是，從中國現代歷史的脈絡來看，我們今日的社會其實是一個不斷背叛的社會，背叛農民，背叛工人，背叛知識分子，與此同時，這些群體之間，這些群體的內部，也在不停地發生著背叛。這種背叛導致的最嚴重後果之一，就是階級與階級之間，群體和群體之間，甚至是個人與個人之間產生巨大的隔閡，這是另外一種意義上的「圍」，我們彼此自動區隔，拒絕去觀察、記錄、對話，最終拒絕理解彼此。

　　像那些偉大而殘酷的時代一樣，比如 19 世紀，對於今日中國的觀察要求我們有一種攝像機般的冷靜和客觀，去記錄和呈現那些看不見的階層和那些被過濾掉了的生活。他們毫無疑問是這個時代龐大的失語症患者群，但恰好是這群失語者的背後，有著豐富而龐雜的故事空間。當鏡頭打開，哪怕是像梁鴻這樣一種樸素的採訪式的掃視，單一的歷史也變得豐富和生動起來。在此時刻，梁鴻不僅僅是一個記錄員，她更是一個傾聽者，她要放棄自己的成見和經驗，不僅要以一種全新的方式去看，更要以一種全新的方式去聽。德國哲學家瓦爾特‧本雅明在論及現代之時，特別強調「講故事的人」，但本雅明卻沒有意識到，在現代之後，在今日的中國，「聽故事的人」和「講故事的人」同樣重要。只有在這種平等的「講」與「聽」之間，歷史才不會被知識、觀念、理論所阻隔。歷史原來就是我們的父母先人，歷史原來就是我們的兄弟姊妹，歷史原來就是親人啊，只要我們放棄了姿態，他們就變得清晰可見，他們就變成了真正的人，在我們身邊發出雖微弱卻溫暖的呼吸。原來他們並非失語了，他們只是被一種語言所閹割——那種所謂現代的、文明的語言，他們一直在以自己的語言，

同時也是以自己的血肉之軀在創造並講述著歷史。

《出梁莊記》在敘述上的最大特色就是多種敘述聲音的並置交錯，這裡面，首先有一個典型的敘述者，這個敘述者既是梁鴻，又高於梁鴻，也就是說，通過《出梁莊記》中的敘述，梁鴻實現了其自我的一種超越。更多的敘述者由此紛至沓來，講述其個人故事，這裡面既有像梁軍這樣開場就陷入永恆沉默的亡靈，也有像梁磊這樣接受過高等教育能夠敘述並反思自我的個體，更多的人，如大哥、二哥，他們憑藉某種語言的本能來勾勒自我的生活。他們意識到他們的失敗和屈辱了嗎？更進一步，這種失敗和屈辱是否是一種語言的強盜般的指認，根源不過在於知識分子冷冰冰的啟蒙邏輯？在《中國在梁莊》出版之後，就有評論指出梁鴻的敘述視角過於知識分子化，但是如果沒有這種知識分子的視角，梁莊這一「風景」會被自動呈現出來嗎？顯然不會，梁鴻不可能活在現代的「身分政治」之外，即使她萬般克制，她依然不得不服從於與其身分相一致的生理性反應。在《出梁莊記》的開篇有兩個細節值得一提。一是她在農民工聚集的城中村德仁寨看到的生活環境：「挨著二哥房間左邊，是一個公用廁所。……房間約有十五平米大小，地面是灰得發黑的老水泥地。進門左首是一張下面帶櫥的黝黑舊桌子，櫥門已經掉了，能夠看到裡面的碗、筷子、炒鍋、乾麵條、蒜頭、作料等零散東西。桌面上放著一個木頭案板，案板上放著一大塊紅白相間的五花豬肉。」一是對其下榻的「如意旅社」的敘述：「如意旅社不如意：房間積塵滿地，鞋子走過，能劈開地上的灰塵。床上可疑的物品、拉不上的窗簾不說，到衛生間，那水池裡的污垢讓人氣餒。小心翼翼上完廁所，一拉水箱的繩子，繩子斷了。轉而慶倖，幸虧還有個熱水器，雖然面目可疑，但總算還可以洗澡。」如果梁鴻沒有一種先在的生活經驗，她能感覺到這環境的骯髒和不潔嗎？或者將主體置換一下，在那些農民工，在梁鴻所採訪的對象中，他們會覺得他們的生活環境骯髒或者不潔嗎？或許也有，但他們肯定

沒有梁鴻這麼敏感，因爲對於他們來說，這就是他們的日常生活最結實的一部分。這裡出現了一種典型的斷裂，一種生活和另一種生活的斷裂，一種經驗和另一種經驗的斷裂。毛澤東在〈在延安文藝座談會上的講話〉中曾說過一段非常著名的話：

> 拿未曾改造的知識分子與工人農民比較，就覺得知識分子不乾淨了，最乾淨的還是工人農民，儘管他們手是黑的，腳上有牛屎，還是比資產階級和小資產階級知識分子都乾淨。（《毛澤東選集》第 3 卷第 851 頁）

這一段話曾被奉爲經典，並成爲農民和工人確認自我主體的重要法理依據。但現在似乎又回到了這段歷史之前，農民和工人再次被降格爲「不乾淨」的群體，而資產階級和小資產階級（當然包括可憐的知識分子）則沐猴而冠，竊取了所有優美詞語——文明、禮貌、謙讓、高雅、乾淨——來爲自己塗脂抹粉。梁鴻應該是對此保持有一定程度的警惕，在《出梁莊記》中，她儘量克制對其採訪對象生活的厭惡和反感，她知道如果不首先克制這種生理性的反應，她就無法在精神的層面和他們進行有效的勾連。因此在我看來，以《出梁莊記》爲代表的這種非虛構寫作，在更大的層面上應該是實踐性的。它暗示了當下中國因爲匱乏而尤其需要倡導的一種實踐態度，一種生活和工作的方式：一個人不僅應該寫，還應該像他寫的那樣去生活。或許沒有人能真正做到這後一點，但即使我們不能像我們寫的那樣去生活，那麼至少，我們應該在情感的層面上和我們的對象保持必要的血肉相連吧。從這個角度看，《出梁莊記》有某種「和解」的意味。城市和農村之間的和解，知識分子和農民階級之間的和解，更具體一點，一個出身農民階級的知識分子與她背叛了的階級之間的和解，或者更大一點，我們和他們之間的和解——歸根結底，也是人與人之間的和解。和解

需要一個契機，一個結點，一個合適的舞臺和故事，這是和解的密道。梁鴻找到這個密道了嗎？我不知道。就在我讀到《出梁莊記》的一個下午，我辦公所在地的大樓正在進行維修，我在大樓前的工地上遭遇了一個男孩，他大約十六、七歲，正光著上身，坐在一架小型挖掘機的駕駛窗裡，非常嫻熟地操控著機器。當我走過他前面時，他突然停止，目光直直地盯著我，帶有某種挑釁的色彩。那一刻我們四目相對，我覺得我不能理解他，就好像他也不能理解我一樣。那一刻我強烈感受到了一種割裂，雖然我們近在咫尺。我想起福斯特《印度之行》中的一句話：「因為走了不同的路，要和解，還不是此時，也不是此地」。

　　《出梁莊記》究竟想要表達什麼？是法國社會學家孟德拉斯所謂的「農民的終結」，帶有那麼一點遲疑和審慎？是重新看見那「看不見的階層」和看不見的資本的「手」，批評原始積累的惡貫滿盈？是中國現代化的寓言，帶著我們愛憎交織的情結？全部都是，也全部都不是。梁鴻或許會被這些概念和理論所綁架，並被脅迫進各種社會學、歷史學的微言大義中，但是好在她有一個作家的敏感，她以一種直接性——他者的語言和他者的故事——突破了這種種的桎梏，在這個意義上，她不過是在寫人——這亙古不變的，不服從於任何觀念的動物——普遍的求生的欲望意志。在《出梁莊記》中有一幅「他們在西安」的照片，照片中的九個男性建築工人笑容燦爛地面對鏡頭，他們背後，是高大的腳手架和尚未完成的景觀樓體。——是的，他們在笑，這笑容感動了我，歷史在此刻依然殘忍，生活在此刻依然艱難，但是我們——這些活在歷史和此時此刻的人——可以笑！這笑，似乎有一絲嘲弄和反諷；這笑，卻又有更多的生生不息；這笑，如寓言一般蘊含著中國當下的種種複雜和神秘。

# 講評

◎郝譽翔[*]

　　首先要感謝大會邀請我來講評這篇論文，因為如此，我才有機會仔細地閱讀了論文裡所討論的，梁鴻教授的《出梁莊記》，以及《出梁莊記》的前身《中國在梁莊》，這兩本書在中國引起很大的迴響，也得了許多重要的大獎。但很可惜的，這兩本書在臺灣的媒體不見討論，也都沒有出版，所以我相信絕大多數的讀者是不知道的，就連我自己也是。

　　但在上一次於北京召開的青年文學會議中，梁鴻教授也有參與，我才因此得知《中國在梁莊》這本書。目前兩岸的交流看似非常頻繁，但在出版和文化的交流上，其實是很狹隘的，我們對於大陸文學的認識仍有侷限，若非青年文學會議，年輕一輩的創作者很難得到平等交流的機會。這次與會，透過講評這篇論文，我更因此拜讀了《出梁莊記》，也因此衍生出來以下幾個想法。

　　首先，這是一部藉由一座河南農村：「梁莊」，去探究整個中國社會底層，農村真相的作品。梁鴻採取的是紀實寫作的方式，也就是臺灣所謂的報導文學，她走訪了農村，以及《出梁莊記》是走訪從農村外流各大城市去打工的農民，而為了保留真實感，書中許多段落是直接採用農民的話語，從他們的視角所寫成的。

　　報導文學這個文類在臺灣尤其年輕世代，已經奄奄一息，但大陸卻還蓬勃發展。而臺灣何嘗沒有類似的「梁莊」？但臺灣農村的故事，卻一直還不被以臺北為中心的臺灣人所知道。梁鴻《中國在梁莊》和

[*] 國立中正大學臺灣文學研究所教授。

《出梁莊記》這兩本書，卻好像打開了兩扇窗，讓我們看見大陸農村非常赤裸和殘酷的真相。我自己也曾經有過短暫的大陸農村經驗，在1991年，二十多年前，我跟隨我的父親，回到大陸山東的老家，我們的村子叫做南坦坡村，和那些村民渡過了一整個夏天。我後來也特別寫了一本書來記述那趟旅行，而讀了《中國在梁莊》，又喚起了我回憶的點點滴滴。但我所看到的1991年的大陸農村，在梁鴻教授的書中，應該是屬於那還沒有發生變化的，原來的農村樣貌，而我感到那樣河南「梁莊」和我去過的山東「南坦坡村」，有非常多相通之處，她們的生活，情感，困境，乃至農村的景觀，讀來彷彿歷歷在目。

我很吃驚這兩本書雖屬於紀實報導，但絕不枯燥乏味，描寫景致之細膩，刻畫人物的生動，甚至比小說還好看。我甚至不禁油然生出一種想法，在這個快速變遷的21世紀中，小說家虛構的想像力，已經追不上時代的瘋狂運轉了。尤其大陸農村所面對的劇烈變遷，農民命運的戲劇化，恐怕超出歷史上的任何一個時代，這也是為什麼從紀實角度出發的《中國在梁莊》、《出梁莊記》，讀來會如此震撼人心的原因了。

當現實比虛構更加光怪陸離，現實的故事比虛構的小說戲劇都更加精彩多元的時候，我們為什麼還需要去虛構一個故事？所以我感到，以虛構為本質的小說，來到了21世紀後，不管是在大陸，或是在臺灣，都恐怕要陷入某種瓶頸。

我個人以為，《出梁莊記》寫梁莊的農民流入各大城市，比起單寫梁莊一地的《中國在梁莊》更精彩，而且如果去過大陸的人，見過流落在各大城市街頭打工的外地農民，很容易在書中獲得共鳴。楊教授在這篇論文中，特別提出了「反景觀」這個特別的用語，來說明《出梁莊記》突破性的視角，但這個辭彙乍看之下，是很容易令人誤解的。因為「景觀」這一詞是中性的，但在楊教授文中，是特別指都市冰冷的大樓，所構成的一種令人無法，也拒絕去看見現實真相的，心靈的

牢籠。所以這部分恐怕要再特別說明清楚，才不會造成誤讀。

　　這篇論文最後提到了階級的對立：高階的知識分子，相對於底層的農民工。我覺得非常有意思的是，在書中，梁鴻教授是出身農村的，換言之，她為什麼寫這些農民工，會令人動容，因為那些是她的親人，左鄰右舍，甚至她從小玩到大的夥伴。這有點像是魯迅〈故鄉〉中，魯迅回鄉見到童年的夥伴潤土。我以為這和一般知識分子下鄉的報導不同，這其中的上下階級，並不是涇渭分明的，甚至有時是相混淆的。因此論文中引用延安文藝座談講話，也簡化了階級之間的複雜性，上個世紀的觀點，是否適用於 21 世紀的中國社會？恐必需再斟酌檢討。

# 消失的民族傳統、遊離的民眾現實

## 冷戰下臺韓兩國的文學風景

◎崔末順[*]

## 一、前言

　　臺灣和韓國文學的現代經驗，雖然有時間和方式上的一些差異，但基本上呈現相當類似的樣貌。進入現代初期，兩國都被迫在日本殖民統治當中，共同面對西方現代所帶來的全新歷史經驗——包括現代思想和價值、科技的進步、現代文學的成立等與自身傳統迥然不同的異質性文化；戰後在世界冷戰秩序中，也同樣被編入由美國所主導的自由陣營，受到反共主義意識形態的支配，並同時走上以經濟開發為主要導向的現代化路線。如果說文學能充分而真實地反映時代和歷史，那麼無論是在戰前或戰後，我們可以從兩國文學的展開樣貌中發現值得比較考察的面向。例如，殖民地時期臺韓文學都呈現了所謂殖民現代性的文學面貌——包括現代文學語言的確立、啓蒙的文學方式、文學和大眾媒體的關係、傳統文學和現代文學之間的衝突和連帶、面對殖民支配的抵抗和批判、資本主義和人的疏離問題、社會變革的文學形象化、由接受皇民化與否而產生的內心矛盾與認同問題等等。而兩國脫離殖民支配獲得解放，進入新的歷史階段時，這些文學焦點也隨著各自的狀況，或持續或斷絕地展現新的面貌。在戰後臺韓文學的對照了解上面，首先可以提出比較考察的，就是兩國國民都背負著建立新生國民國家的任務，而且必須處在冷戰邏輯的影響下達成此一目標。

---

國立政治大學臺灣文學研究所助理教授。

　　筆者多年來以比較觀點和東亞角度，持續觀察臺韓兩國各個時期的文學狀況和歷史經驗之間的關係。最近在檢視戰後臺韓的文學論爭焦點時，發現針對六、七○年代文學所進行的評價和討論中，共同出現了兩個議題：其一是民族（傳統），另一是民眾（現實）。雖然各不同時期的論爭焦點互不相同，但是此二議題始終扮演著驗證作品內容，並且指引文學方向性的角色。例如，參加鄉土文學論爭的文人，提出反西化和民族傳統的文學刻畫，以及關懷社會現實的文學要求；而同時期韓國的文學論爭，也同樣要求文學要參與現實、作家要用現實主義創作方法來反映民眾的生活情形，可見該時期兩國文學論爭都共同討論了民族和民眾的相關議題。

　　兩國文壇共同呈現此一樣貌的主要原因，應該來自因反共主義造成思想貧瘠，以及一面倒的西化所造成的文化偏向。不過，仔細觀察此二個議題被引出的方式和發起陣營所聚焦的文學傾向等方面，當可發現兩國的情況並不完全一致。因此，如果進一步追蹤此共同議題在各自的文壇中如何成為討論焦點，當有助於深入了解戰後臺灣文學所處的客觀環境。有鑑於此，本文首先將簡單回顧戰後的臺韓文學以及其論爭展開的狀況，觀察兩者的共同性和差異性，並擬在此基礎上，提出深入了解戰後臺灣文學的另一視角。本文目的並不在分析各時期文學論爭中雙方爭論的內容，因此將採取比較觀點和宏觀角度，思考戰後臺韓兩國文學的發展如何反映所處的歷史時代課題，進而試著找出未來進行討論東亞文學中冷戰秩序影響的可行方案。

## 二、戰後臺韓文學的概況

　　一般都認為戰後臺灣文學的展開，與其時代的歷史脈絡有著相當密切的關係。因此，無論是戰後初期文學、反共文學，或者現代主義文學、鄉土文學，各個不同時期成為文壇主流的文學傾向，在當時或是之後，其文學和社會關係蓋都會以論爭的方式拿來檢驗。戰後初期

創作的小說，在量的上面並不算多，但是面對急遽的歷史轉變呈現的社會狀態，如光復前夜的風景、殖民期遺留下來的問題、兩岸人民的交流和接觸、戰後初期的社會混亂等，文學創作都提出了相應的看法。不僅如此，殖民壓抑一解除，文壇馬上就出現建設臺灣新文學的聲音，從《新生報‧橋》副刊上以建設臺灣新文學方向而引發的論爭來看，其討論的主要內容即是「現實主義人民文學」、「人道主義文學」、「開放個性，尊重感情」等建設性的文學議題。

接著，五、六〇年代的臺灣文壇，以「橫的移植」為口號，詩壇開始朝向西方現代主義文藝思潮傾斜，小說也同樣受到現代主義影響，充斥著尋找個人成長和存在意識的作品。此時臺灣文壇的現代主義，雖然因其帶有對抗政治壓迫，以及確保文學本身的獨自性而受到肯定，不過在這些現代主義文學所生產出來的過剩蒼白當中，卻可發現「全盤西化」下的過激現代化以及它所帶來的負面影響。

到了 70 年代，臺灣文壇開始出現指向回歸傳統和現實層面的聲音：這時可以看見兩種情形，一是在極端追求現代的詩壇，經過現代詩論爭而進行反省之後，出現了中國民族風格；另一是在一連串對外的國家認同危機中，定出回歸鄉土和關懷現實的主張。例如，黃春明小說中所追求鄉土社會的共同體意識，以及陳映真小說對西方經濟侵略所進行的批判，都在思考著現代化的屬性和本質問題。面對西方資本主義的經濟策略，他們呼訴文學應該清楚反映此一趨勢的得失。此外，80 年代的臺灣文學從政治小說朝向本土小說發展，散發出臺灣民眾面對現實處境的堅強生命力。當然，戰後臺灣文學的發展經過，還需要更詳細的分析和考察，不過大體上來說，從反共文學到政治文學的 40 年發展過程中，文學是否能夠呈現民族傳統和反映民眾現實，一直是頗受注目的重要議題。

再來看看韓國文學的情況：1945 年韓國光復，韓國人民有如在睡夢中突然甦醒，民族力量一時之間難以彰顯，此時在殖民地統治下被

抑壓的矛盾與衝突，又紛紛湧現開來，以致造成極度的混亂狀態。不僅如此，以主宰戰後世界為目的而活動的美蘇兩大強權，始終或隱或顯地在背後互相較勁，因此，韓半島乃進入了南和北、左和右的極端分邊狀態，民族力量也跟著急速地喪失。

　　光復後的韓國文壇，為了鋪墊文學活動的社會基礎，開始進行文壇整備作業。這個作業以肅清殖民文化和要求文人自我反省為目標，但是在推動的過程中，卻掉進了文學理念的對立與衝突當中，致使文壇分裂成彼此對立、旗幟顯明的左右陣營。左翼方面以掃蕩日本帝國主義殘渣、清除封建社會餘毒、反對國粹主義、建設進步的民族文學、促進朝鮮文學與國際文學的相互合作等五個綱領作為指導理念，而右翼團體則採取擁護文學本位精神的立場。在左右文壇對立和分裂之下，左翼文壇的民族文學變成了階級文學，而推崇階級理念的文人開始往北出走；右翼文壇的純文學主張，則因徹底的逃避意識形態，而無可避免地使得文學內容越變越形狹隘。

　　1950年6月爆發的韓戰是同族相殘的民族大悲劇。韓戰不僅暴露戰爭的殘酷本質，同時也加重了因理念形態的拉扯而引起的暴衝性質。再加上戰後民族的理念分歧更趨深化，對立和衝突越來越為嚴重，韓國社會在冷戰體制的進展過程中，民族分裂變成既定事實。在北韓，為了鞏固獨裁體制，將南北分裂的狀況視為危機，而南韓的情況也不遑多讓，「安保」一語成為超越民主和自由，發揮無上威力的尚方寶劍。像這樣，韓戰促使南北分裂成形，理念對立持續，民族的同質性遭到毀損，民族文學的理想也受到破壞。因此，韓戰發生之後，在南韓，與南北分裂和理念對立有直接關聯的社會主義思想問題，乃被排除於文學的題材範圍之外，而作家也開始有意無意地逃避這個議題。雖然戰後的作家們，能將戰後現實的荒蕪以及生活的痛苦，從作家個人的內部意識裡，拉出來勾畫在文學作品裡，但卻無法從正面來剖析理念形態的虛無，也無法擺脫精神上的萎縮狀態，而這種情況，

在韓國被稱作「民族分裂時代的分裂文學」。

　　綜觀 50 年代戰後文學，雖然呈現出多樣的傾向，但最重要的特徵仍是對戰後黑暗狀況的批判與抗拒。不過，戰後文學所呈現抵抗意識的本質，雖然具有它應該受到肯定的意義，但實際上卻無法掩蓋其自我邏輯的跛腳性質。那是因為作家所呈現的精神的指向本身，似乎並非取自於對自我認識和現實狀況的自覺。他們眼裡的戰後現實，只是廢墟的黑暗，因此很難以多樣而具體的角度來掌握具體的狀況。就因為如此，我們認為，戰後世代作家雖然重視對廢墟現實的抵抗，但表現於外的姿態，大都傾向追隨西歐的厭世主義或存在主義。如果說戰後作家是為了人的根本自由和權利而堅決抵抗的話，其抵抗的對象不外乎漠然的既成世代或社會倫理問題，這樣的抵抗意識如沒有獲得歷史的具體性，很有可能又將陷進另一個觀念的幽谷裡。而且他們的作品，相當部分離不開敗北感、虛無意識、無奈以及無意志的屬性，假如 50 年代文學現象的特徵算是這些的話，那麼，或許該說這就是戰後文學的局限所在吧。

　　戰後文學的這種性格，到了 1960 年初開始有了轉變的契機，這與 4.19 革命有著密切的關聯。4.19 革命帶給一直無法從戰爭被害意識裡脫身的韓國社會，既是對自由與權利的自我覺醒，也帶來對社會現實的批判性認識，同時也讓他們對民族歷史再度燃起了希望。4.19 革命同時也包含了對自由民主主義的巨大渴望，以及對貪污腐敗政權的果敢批判，這不僅表現在政治和社會層面，也涵蓋了所有的領域，形成了一個精神史上重大的轉捩點。在文學方面，它提供了擺脫戰後文學萎縮和倦怠的機會，讓所有文人能更具體清楚地認識現實狀況，他們開始自我覺醒，進行改變，也認知到文學的世界必須更積極地發揮包容力量。首先被提出來的是，文學能表現對歷史和現實信念的當為論調，開始高唱現實指向的文學精神。

　　到了 60 年代中期，韓國小說文壇出現了所謂的「新感性」作家。

這些作家以相當細膩的手法，描寫用個人感性捕捉到的現實問題，而成爲 60 年代小說的標識，其中金承鈺小說全方位檢討現代人的內心世界，李清俊的小說主要用觀念來詮釋經驗事實，而洪盛原則以銳利的眼光追蹤現代世界風俗的變化樣貌。70 年代可說是韓國社會走向急速工業化、產業化的初始時期，各種社會變化蠢蠢欲動。經濟的急速成長、近代產業體制的建立、都市範圍的擴大、大眾文化的擴散、社會結構的變化、生活方式的多樣化以及物質價值觀的形成等等，都是在產業化過程中產生的社會新樣貌。當然，這些變化並非都能受到肯定，事實上從 70 年代開始的經濟成長背後，一直存在對國外資本和技術高度依賴的弱點，也暴露出韓國社會經濟根基的脆弱性質。加上維新體制常以必須強力推動產業化及國防安全爲藉口，加強鞏固其獨裁體制，以致如此強大的統治權力，擴大到社會的各個層面，引出了許多矛盾和對立現象。譬如像都市勞動階層爲不合理的生活條件起而抗爭，農村受到疏離和地區間差距逐漸增大而帶來衝突，產業施設的增加和伴隨而來的公害問題等等，在在都構成了新的社會問題。更糟的是，當時的統治階層並沒有提出合理解決方案的能力，反而強化其一貫的嚴厲統制手段，致使惡劣的情況越加嚴重。

韓國在產業化過程中暴露出這些窘境，意味著現代化過程本身，是在相當不穩定的基礎上進行的，而這種特質自然影響到文學面。被稱作產業化時期文學的這個時期的文學，直接勾畫了韓國社會的變化以及矛盾衝突的樣貌。從 60 年代中期開始引發論爭的文學現實參與問題，到了這個時期，已經擺脫了參與、純粹的兩分法邏輯，而發展爲多方面、多方向的論爭。民族文學論、現實主義論、商業主義論、農民文學論、民眾文學論、勞動文學論等等，這些批評活動的相繼展開，也直接影響到創作活動。這些圍繞著當代現實問題和文學指向的討論，其重點都在民族文學論上，呈現出濃厚的抵抗體制色彩。

民族文學論的出現，主要是在進入 70 年代之後，目睹到政治和

社會動盪不安、社會階層針鋒相對、文化精神萎靡不振，因而在試圖克服這些困境的氛圍下所衍生而來。當時的韓國人，普遍認爲當代現實嚴重影響到民族的自主生存和絕大多數成員的精神生活。隨著這種批判角度的抬頭，在文學方面也做出了追求民族生活整體意義的一些努力。民族文學論在定出民族文學的理念和方向的同時，也特別結合社會科學領域上所進行的相關主題共同討論，透過季刊《創作與批評》、《文學和知性》、《世界的文學》、《現象與認識》、《文藝中央》等雜誌，將討論出來的成果直接傳達給每位讀者，由此以確保足夠的力量來對付政治文化的獨斷性和封鎖性。因此到了 70 年代後期，民族文學論又進一步發展爲著重民眾意識且以民眾爲主體的民眾論。

　　光復後的韓國文學，一般都會以現代主義和現實主義文學的對立與和解來加以把握。例如，在韓國現代文學中成爲中心話題的民族文學和民眾文學，向被歸類爲現實主義文學，而其他的文學則被納爲現代主義文學。雖然，這種歸類方式帶有兩分法的粗糙性，在實際作品中也無法一一得到印證。不過，透過從解放後到 70 年代的幾場文學論爭中，可以得知民族傳統的保有和民眾現實的刻畫一直都在文學發展中獲得重視，而這一點與臺灣的文學論爭焦點並無二致。

## 三、反西化與反純粹——六、七〇年代臺韓文學論爭中的焦點

### （一）反西化——回歸民族、關懷現實的前提

　　在戰後臺灣文學的進展上，民族傳統的缺乏與否問題，是由新詩論爭中開始提到的。早期針對紀弦所提出的「橫的移植」[1]，覃子豪曾以「民族的氣質、性格、精神」來予以批駁[2]，創世紀詩人也提出

---

[1] 紀弦，〈現代派公告〉，《現代詩》13 期，1956.2.1。
[2] 覃子豪，〈新詩向何處去?〉，《藍星詩選叢刊》第一輯，1957.8.20。

所謂「新民族的詩型」[3]，但這些現代派內部的聲音並沒有引起實質反響。[4]此問題較爲正式被討論，應該是從現代詩壇之外的人士指出現代詩過分晦澀與激進時開始。古典文學研究者蘇雪林，對於《自由青年‧新詩園地》所刊載青年讀者的詩作，提出了「巫婆的蠱詞、道士的咒語、匪盜的切口，叫人搖頭」的批判，並從 30 年代詩人李金髮的象徵詩當中找到原因來印證自己的立論。她說原本「隨筆亂寫、拖沓雜亂、無法念得上口」的李詩，大陸淪陷之後，其「幽靈渡海飛來臺灣，傳了無數徒子徒孫，仍然大行其道。」[5]照覃子豪撰文回應的內容，[6]可知蘇雪林所謂象徵詩在臺灣的復活，是指對當時臺灣現代詩壇的批判，她認爲包括李金髮在內的中國象徵詩，以及臺灣現代詩，並沒有接受到西方象徵詩的精髓，例如，西方象徵詩雖然不講文法技巧，但卻具備內部旋律的音樂之美；其風格雖然朦朧恍惚和晦澀曖昧，但卻是從神秘的感悟中得來的；加上它接受讀者的互動，換句話說，它不讓作家單方面傾箱倒櫃，一概說盡，而是留給讀者一些空白，但是 30 年代中國的象徵詩和當時臺灣的現代詩，並沒有具備這樣的特色，導致詩作非常生硬難解。她舉出西方象徵詩時，特別提出古典漢詩的傳統來作爲傍證，例如，引用宋代趙漢的五律詩，證明即使是難解又新奇的詩作，相較於當代現代詩，反而易懂得多。又舉「玉盌盛雪，明月藏鷺」、「眾裡尋他千百度，驀然回首，那人卻在燈火闌珊處」等傳統詩的句子爲例，來補充說明西方象徵詩的特色。不僅如此，提出「五四後，新詩由『繁星』、『春水』、『草兒』、『女神』發展到了新月詩派，已有走上軌道的希望。忽然半路殺出一個李金髮，把新詩帶進了牛角尖，轉來轉去，轉了十幾年，到於今還轉不出，實爲莫大憾事。」基本上她肯定中國新詩的發展，唯在象徵詩和它影響之

---

[3] 〈建立新民族詩型的芻議〉，《創世紀》5 期，1956.6.3。
[4] 前者被認爲係爲爭奪文壇主導權而發，後者也很快走上西化之路。
[5] 蘇雪林，〈新詩壇象徵派創始者李金髮〉，《自由青年》22 卷 1 期，1959.7.1。
[6] 覃子豪，〈論象徵派與中國新詩──兼致蘇雪林先生〉，《自由青年》22 卷 3 期，1959.8.1。

下所產生的臺灣現代詩，卻缺乏傳統詩如音樂性等原有的優點。[7]

　　對此，現代詩壇提出中國新詩的歷史考察和各詩派的得失來擁護象徵詩，同時也間接為當時的臺灣現代詩辯護。[8]不過，對於「成為臺灣主流」的新詩，一般讀者也紛紛指出它的難解問題，並呼籲詩人們應該「從象牙塔塔尖下到群眾，創作出可以理解並欣賞可能，同時啟發民眾的好詩」。[9]

　　現代詩被指出具有形式弊端和內容空虛的主要原因，一如紀弦所講，是因模仿學習 19 世紀象徵主義以來西方現代主義文學思潮，也就是強調知性和偏重意象的塑造所導致。可見五、六〇年代的現代詩是因缺乏中國傳統詩可讀、可歌、可誦的韻律和清新意境，才是受到非難的主要原因。詩的晦澀難解，當然招致與大眾的文學生活疏離的結果。不過，即使受到如此批判，60 年代現代詩的現代主義傾向仍然持續發展，[10]而它的轉變，經過內部的「天狼星」論爭，以及龍族詩社、大地詩社、草根詩社等新世代成立之後，逐漸回歸到中國傳統和明朗風格。

　　而且，1972 年發生現代詩論爭之後，現代詩轉向明朗化路線。這一波的論爭更是直接提出現代詩缺乏傳統的問題。關傑明提到現代詩割斷傳統、偏向西化，以及缺乏民族風格；唐文標提出了現代詩逃避現實的問題。[11]該論爭被評價為「現代詩的發展方向帶來深刻影響，同時成為鄉土文學運動吹響號角，鋪路造勢，是整個臺灣文壇 70 年代轉向的主要要素之一。」[12]繼新詩論爭，接著又討論到現代詩的歸

---

[7] 蘇雪林，前揭文章。

[8] 覃子豪，〈簡論馬拉美、徐志摩、李金髮及其他——兼致蘇雪林先生〉，《自由青年》22卷 5 期，1959.9.1。

[9] 門外漢，〈也談目前臺灣新詩〉，《自由青年》22 卷 6 期，1959.9.16。

[10] 如從戰鬥詩和民族精神，轉向到現代派的創世紀的改版，即可窺知一二。

[11] 關傑明，〈中國現代詩人的困境〉，《中國時報》1972.2.28、29；史君美，〈先檢討我們自己吧〉，《中外文學》1 卷 6 期，1972.11。

[12] 奚密，〈臺灣現代詩論戰——再論「一場未完成的」革命〉，《國文天地》13 卷 10 期，1998.3，頁 72-81。

屬性問題——在時間上討論民族性和傳統的問題、又從空間上面討論文學應如何反映及因應現實和社會的使命問題。

對於上述批判，前行代詩人雖有強烈回應，但是各新生詩社的年輕詩人開始認知到，必須轉換路線和風格，臺灣現代詩才能回歸民族傳統，展現對民眾現實的關懷。龍族詩社提出不做西化傳聲筒，創作有國籍的文學，走民族風格的路線和寫出時代性，並且強調入世精神；[13]此外，從大地詩社和草根詩社的說法，也都可看出回歸傳統文化以及關懷現實的兩大課題，[14]開始落實到文學創作上面。

另外，五、六〇年代的《文學雜誌》和《現代文學》等學院雜誌刊登大量的現代主義小說，主要在刻畫個人內心和人的疏離、被扭曲的人際關係等內容。對於這些小說傾向，1974年郭松棻提出了批判，[15]他認為以20世紀臺灣文學和殖民主義的關係來看，二戰前後的差異相當的大：殖民地時期的小說，雖然「語言稍嫌粗糙，結構略缺經營，人物刻畫不夠圓熟，情節演進沒有足夠的說服力，但是內容富鄉土色彩，面對現實，主題與歷史的動脈息息相連。」相對於此，戰後20年間的臺灣文學，雖然「語言漸趨精練，結構錯綜複雜，人物多屬內向、慘綠、夢幻等等的類型，刻意經營一個一個的意象，著迷於打譬喻，內容局限於少數個人的感受，與大現實脫節，主題往往與歷史的潮流相背」，他並舉出白先勇、七等生、王文興的小說，余光中、洛夫、周夢蝶的詩，以及張秀亞、曉風等人的散文作為例子。他把這些文學的面貌，整理如下：

　一、在意識形態方面：就縱的說，與民族的大傳統割絕，從橫的說，向西方攀附套取不遺餘力；

---

[13] 陳芳明，〈檢討民國六十二年的詩評〉，《詩和現實》（臺北：洪範書店，1983.3）。

[14] 李弦，《大地之歌》（臺北：東大，1976）序；《草根詩刊》創刊號，1975.5。

[15] 郭松棻，〈談談臺灣的文學〉，原文以羅隆邁筆名刊在《抖擻》，1974.1；本文內容，轉引自《左翼傳統的復歸》（臺北：人間，2008.1，頁9-25。）

二、在生活態度上，不是樂觀進取，前瞻外鑠，而是悲觀頹廢，
回顧內縮；

三、就作家的背景來說：兩種作家主持當前臺灣文壇的風會，一
種是軍中作家，很受僵化的反共思想的薰染；另一是學院作家，
一個個成為西方各種思潮的在臺總代理；

四、就創作的趨向而言，大多執迷於形式的多方變化，而忽視了
題材、主題與大現實脫節。[16]

　　他的主要看法可歸納為「與民族的大傳統割絕」和「題材、主題
與大現實脫節」兩點，強調這些作品中看不出二戰以前文學的「衝破
殖民控制的窒悶，透放民族意識的空氣」，而「遺忘了自己民族的形
象，而去追逐西方的神」。他認為造成此傾向的原因，係來自美國的
軍事、經濟和文化的莫大影響力。自 50 年代臺灣經濟依賴美援，在
思想上接受了西方發達國家所提倡的現代化以後，精神氣概就淪入自
甘墮落的深淵之中，於是「全盤西化」幾乎成為臺灣知識分子的活動
基調。他總結臺灣社會的思想真空狀態，主要來自與中國文學傳統脫
離、反美民族主義者大量被逮捕虐殺、大陸來臺右派知識分子的精神
枯萎凋弊、本土作家的語言問題，以及二二八慘劇所造成的無可適
從；加上，與五四反帝國主義傳統的斷絕、中國三、四〇年代文學思
潮的斷絕、戰後西方國家的思想冷戰攻勢等等現象，在在都促使 50
年代臺灣知識分子開始全面吸收西方冷戰政策下的「個人、自由、民
主的價值體系」思想。受此冷戰思想影響，進入全面西化之路的文學，
自然無法反映仍然具有殖民主義課題的臺灣現實。從他非常肯定吳濁
流、鍾肇政、鄭煥、廖清秀、林鍾隆、葉石濤等人能夠寫出臺灣社會
和現實的各種面貌，特別是他們能以鄉土背景襯托近代民族的坎坷，
直接以歷史作為主題，個人的遭際搭配著歷史的起伏來進行創作，就

---

[16] 同前注，頁 11-12。

可知道他所批判的主要對象爲現代主義文學。

　　70 年代後期的鄉土文學論爭，更明白地呼訴文學要反映民族處境和民眾現實。從揭開論爭序幕《仙人掌》所刊載的文章來看，該論爭的焦點集中在該如何看待臺灣的政治和經濟現實面，如王拓所提出，[17]政治上被大國孤立，經濟上遭到強權的殖民經濟侵略，美日外資剝削臺灣底層勞工血汗，農產品價格又遭到壓制，以致農村經濟凋零殘敗，但這種景象在工商業繁榮的表象之下，卻普遍爲人們所忽視。文章暗指既有文學盲目模仿和抄襲西方文學的潮流，尤其現代主義文學作家在外國殖民主義對臺進行經濟侵略的過程中，卻反而麻木無知地競相模仿西方的感情、思維、頹廢與病態。於此，他也就非常肯定吳濁流、黃春明、王禎和小說對現實的刻畫：

> 他們作品的可貴，……在於作品中所反映的現實生活中的人的感情和人性反應，他們的悲歡、他們的奮鬥、掙扎和心裡的願望，而透過這些作品能使我們對這個社會和人多增加一些了解和關切。

　　如同他重視「現實主義文學」一般，他認爲應該積極關切現實社會的文學主張，也顯而易見。尉天驄也強調呈現現實關懷才是文學的價值所在，他說小說必須刻畫小人物的心聲，重視民歌、兒歌能反映民族痛苦與血淚歷史的真誠。可見該時期論爭的問題意識，已從民族和傳統問題轉移到對民眾和現實的認知。[18]陳映真以西方文藝思潮的演變爲例，進一步強調文學和社會的密切關係，認爲近三十年來臺灣社會受到美國援助，經濟成長和完成經濟自立雖然已達成一定成果，但是由於美日外來資本和技術的滲透，卻誘使民眾精神生活嚴重偏向

---

[17] 王拓，〈是現實主義，不是鄉土文學〉，收錄於《鄉土文學評論集》（臺北：遠景，1978）。
[18] 尉天驄，〈什麼人唱什麼歌〉，《鄉土文學討論集》，頁 184。

西化。[19]他舉出《文學雜誌》、《現代文學》、《筆匯》所刊載的作品為例，指出在此情形之下，文學的西化現象非常嚴重。如同其他鄉土文學論者，陳映真也肯定 70 年代以來的變化，如保釣後產生的社會意識、社會良心、社會關心等風潮，以及鄉土文學登場，對殖民地時期反日抵抗文學的再評價等趨勢的出現。

　　文學在創作上以現實主義為本質的所謂「鄉土文學」的文學思潮，對西方附庸的現代主義展開批判，提出文學的民族歸屬和民族風格，以及文學的社會功能；在文學史上，對前行代臺灣省民族抵抗文學的再認識和再評價，使得日治時代民族抵抗文學中反帝、反封建的意義得到新一代青年的認識。[20]

　　可見主張鄉土文學的思想根據和理由，為文學要反映民族和民眾的國家社會議題。如此，從 60 年代新詩論爭到鄉土文學論爭，戰後臺灣文學一直被要求反映及回應民族傳統和民眾現實。而進入冷戰緩和氛圍濃厚、強調多元價值的 80 年代，臺灣文學更是穩健地走上本土關懷和民眾現實的路線。

## （二）反純粹——參與現實、民族文學建立的前提

　　1945 年光復後的韓國文壇和文學，可以說是由代表右翼反共理念的純粹文學所主導。光復初期韓國政局混亂，左右兩派文人壁壘分明，相互對立，在歷經單獨政府各自成立、韓國戰爭爆發以及南北韓分裂的過程中，右派文人一方面為了守護自由民主主義積極奮鬥，同時也因掌握了各種文學刊物媒體[21]，從 50 年代開始即長期支配著韓國文壇。由於右派文人接受的是反共意識形態，乃以「純粹」作為他們的文學理念，也因此光復後韓國文壇的主要文學論爭，一直是由純粹文學陣營和始終與它保持反對立場的陣營之間相互對立所形成。

---

[19] 陳映真，〈文學來自社會反映社會〉，《仙人掌》5 期，1977.7.1。
[20] 陳映真，前揭文章，頁 67。
[21] 例如，《文藝》、《新天地》、《現代文學》、《月刊文學》、《韓國文學》等文學刊物。

　　純粹文學論的具體內容，透過主要的理論建構者金東里的說法可以得知。既有研究已觀察到純粹文學在確保其主體性的策略上，與反共主義相當類似。[22]換句話說，所謂的反共主義，除了反對共產主義的主張以外，並無特定的思想內涵，它通常是與其他概念結合後才發揮其影響力。在韓國，填補反共主義空白的，大多為「反北主義」或「親美主義」，「反北」透過鮮血淋漓的戰爭經驗獲得說服力，因而產生了所謂反共=反北=親美的公式。純粹文學也與反共主義一樣，它並未具備明確的文學主張，只不過是由運用「排除邏輯」指責對方陣營的問題所構成。

　　金東里純粹文學論的原型，是在30年代後期的新世代論爭當中形成，他主張的文學精神本質為「探究人的個性和生命的究竟」。當時屬於新世代的金東里，提出了人間中心主義的主張，以與「傾向文學」[23]形成對比，建構出所謂的純粹文學論。按照他的說法，文學中的一切「偶像理念」均當視為不純，文學的本質就在於探究（人的）個性和（生命的）究竟。所謂「偶像理念」，其所指包括傾向文學在內的資本主義、物神主義、馬克斯主義、軍國主義等一切現代精神和潮流都是。除了否定理念以外，他以追求民族原本的精神作為探究人的個性和生命究竟的方式。他認為從民族特性當中能夠找出固有傳統，因而建構起民族的=傳統的=韓國的=土俗的等式，因此它所謂純粹文學就是追求民族文學的說法，也跟著成立。不過，仔細檢驗他的文學論所使用的傳統和民族文學，概念都非常抽象，他口中的傳統，可說就是進入現代之後被挖掘的鄉愁，也就是作為非合理主義的傳統。更嚴重的問題在於純粹文學論否定了文學具體把握現實的態度和

---

[22] 金漢植，〈金東里純粹文學論的三個層面〉，《反共主義和韓國文學》》（首爾：尚虛學會，2005），頁11-47。

[23] 「傾向文學」是指1920年代中期以後所登場的文學思潮，它批判20年代初期盛行的自然主義、浪漫主義文學，主張文學要反映有關現實社會的問題意識，以及社會主義思想。在韓國文學史上，它是在三一運動失敗之後，為摸索新的民族運動以及新的文學形式的過程當中，接受了經由日本進入的社會主義思想後所發展形成的，一般也叫做「新傾向派文學」。

價值，此在反共主義主導的韓國社會中，成為排除「現在」和「現實」
的理論根據。

　　也因此，純粹文學一派乃成為文壇的主導勢力，長久支配著韓國
文學的創作，加上又掌握著教科書選編文學作品的權力，也就影響了
一般讀者的欣賞和再創作。不僅如此，它還扮演了肯定政治現實，以
及順應體制邏輯的角色，以致造成韓國文學長期以來脫離民眾現實的
惡果。不過，話說回來，經歷過戰爭和民族分裂的 50 年代，對純粹
文學的批判看法，事實上也未成形，因為反對純粹文學論，並不僅只
是外在上所顯示的文學觀差異而已，更有可能因此即被認定是違反反
共意識形態。這種情形進入 60 年代就有所不同了，文壇上開始出現
對純粹文學的批判聲音，甚至進而發展成純粹‧參與論爭。持續十年
多的該論爭，純粹文學論者和主張參與論者之間，圍繞著文學的功
能、作家的社會責任、自由與不安份、社會性與文學的本質等問題，
來回攻防，不知凡幾。簡單整理此次的論爭內容，可歸納如下：純粹
文學陣營強調只有他們的文學才忠於文學本質，對那些意圖抹殺文學
的任何作為，他們都會全力抵抗。他們對文學和現實之間，以及文學
和意識形態之間的關係，持相當負面的看法，而此負面看法，又被拿
來與南北韓的分裂情勢連結，作為攻擊參與文學論的重要武器。他們
把社會參與文學視為社會主義革命文學或無產階級文學，深信經過理
論化的參與文學論，必然會走上左傾之路。[24]

　　對此，參與論者從提出文學為何的問題出發，對長期以來掌握韓
國文壇的純粹文學，表示出無法認同和抵抗的態度，認為唯有與純粹
訣別，才能推動文壇革新。他們特別強調作家的社會責任，認為必須
對現實社會表現關懷，作品也必須通過社會參與才能是有意義的文
學。同時對純粹文學可能淪為世紀末性格的藝術至上主義的危險，也
提出了警告。不過，對他們來說，面對參與文學被曲解成社會主義文

---

[24] 元亨甲，〈engagement 與神秘體驗〉，《現代文學》，1959.3。

學的現實，應該如何化解與應對，才是當面的課題。

　　在這裡參與論者所主張的「參加現實」，其實是來自存在主義文學論。存在主義之傳入韓國，主要導因於戰爭體驗。韓國人民經歷過戰爭，對人的存在問題產生了深一層的體認。在此背景下，他們開始接觸沙特、卡繆、安德烈‧馬爾羅的文學論，然後逐漸轉移到存在主義文學創作。在此過程中，他們把存在主義和人本主義文學，以及行動主義文學相連結，進而接受並據以討論。由此可知 50 年代韓國所接受的存在主義思潮，重點是在關懷社會，以及試圖摸索出達成社會變革的實踐和方向上面，而並不是存在論哲學本身。其理論根據爲存在主義哲學強調的人的自由和責任，以致有些時候又與純粹文學所提出的人本主義有些契合。不過，純粹文學陣營舉出沙特的例子，指控存在主義理論和馬克斯主義有著密切關係，逐而提出了思想上的左傾問題。對此，參與論陣營的李御寧強調所謂文學的現實參與（engagement），指的是要求作家面對歷史和現實，站在現實條件上尋找人本主義的真正意義。[25]崔一秀舉歐洲文學的例子，主張文學要探討政治現實，積極介入民族所處的現實狀況，同時也要擔負提示民族未來方向的重責。這裡所謂民族所處的現實狀況，具體指的就是民族統一的歷史課題。[26]

　　由此可見從西方傳播而來的存在主義文學論，一開始是與人本主義文學論有所連結，之後卻被參與論者挪用，站在與純粹文學相對立的位置。類似的情況也發生在 50 年代的現代主義詩運動和新批評的傳播上面：一如臺灣文壇一樣，韓國的現代主義詩人強調主知、知性和感覺，並透過意象和隱喻的配置，追求與既有韓國詩不同的新傾向，同時也把抒情詩的變革和人性的確立，作爲他們詩運動的第一原則。這樣的現代詩，同樣引起了批判，而且批判的焦點也集中在缺乏

---

[25] 李御寧，〈參與社會的文學──其原理上的問題〉，《凌晨》，1960.5。
[26] 崔一秀，〈文學的現實，我們的悲願〉，《知性》，1958 冬。

韻律和解讀的困難上面。與臺灣文學比較來看，韓國的現代主義詩運動也受到英美主知主義的影響，生產出大量晦澀難解的詩作，而且被認為是知識和文學陷於殖民主義狀態的傍證。

另外，50 年代中期，文學研究者白鐵主張接受西方新批評理論來探究作品的審美本質。他認為既有的韓國文學批評，蓋以道德性、社會性、政治性、民族等外部條件或作家的傳記等背後條件，作為評斷作品的基準，這種落後性格應該早早揚棄，而應把評價基準放在文學本身的內部條件上面。不過，接受現代主義和新批評的要求，卻引起缺乏歷史意識及不顧現實狀況的反彈聲音，加上，只強調文本本身的這些理論，在上述純粹・參與論爭中，也曾是純粹文學論的重要理論基礎。

主張文學的現實參與聲音，之後發展為 70 年代的現實主義文學論爭。與前時期不同的是，這時大多數文人基本上都肯定文學的社會功能，普遍認可民眾性和現實性為民族文學的核心內容，而開始討論文學應如何呈現民眾生活這一課題。接著他們更深一層地討論了民族文學的形象化方法和內容：在形式層面，經過激烈的「現實主義（Realism）論爭」之後，確定把現實的客觀性和社會實踐視為現實主義文學的重要原理，將現實主義作為民族文學的創作方法；在內容層面，要求文人必須面對民族現實，也就是民族分裂的現狀，並為克服此狀況做出文學上的努力，因此，有關民族統一的意志和行動乃成為文學的主要內容[27]。70 年代初期主要就創作方法拿來討論的現實主義問題，到了 70 年代後期，逐漸擴展為第三世界文學論的理論根據。

---

[27] 參加論爭的代表性文人和文章有趙東一，〈現實主義再考〉（現代文學，1967.10）；金允植，〈諷刺的方法與現實主義〉（現代文學，1968.10）；白樂晴，〈韓國小說與現實主義展望〉（東亞日報，1967.8.12）；鮮于輝，〈近代小說・傳統・參與文學〉（新東亞，1968.7）、〈現實與知識人〉（亞細亞，1969.2）；具仲書，〈韓國現實主義文學的形成〉（創作與批評，1970 夏）；金鉉，〈韓國小說的可能性：瞥見現實主義論〉（文學與知性，1970 秋）；廉武雄，〈現實主義的深化時代〉（月刊中央，1970.12）、〈現實主義的歷史性與現實性〉（文學思想，1972.10）；金炳傑，〈現實主義論爭〉（現代文學，1971.1）；林軒永，〈韓國文學的課題〉（現代文學，1971.3）／金東里，〈文學沒有任務〉（朝鮮日報，1978.9.27）；白鐵，〈武器化了的文學，不是文學〉（朝鮮日報，1978.10.18）等。

白樂晴等主要理論家，提出了現實主義與第三世界文學之間的連帶關係，也特別提到兩者共同具備了克服殖民性的努力和民眾性基礎。該時期民族文學的理念，透過主要活動舞臺《創作與批評》季刊，傳播極爲迅速：白樂晴、高殷、林軒永等人均積極投入論爭，分別提出民族文學的解放精神、擊斥反民眾文化、提倡勞動者文學等議題，一方面確立了民族文學的民眾性基礎，同時也深化了理論層次[28]。

　　對此，雖然有純粹文學陣營提出批判，但是進入 80 年代的實踐運動時期，進步的民族文學論進一步獲得了多數文人的認同。80 年代韓國文壇會從理論轉向實踐的主要原因，應該是受到 1980 年光州民主抗爭的影響最深[29]。當時文人認爲光州抗爭之所以失敗，在於此次運動是自然發生的、孤立分散的、缺乏組織性的緣故，他們深入檢討抗爭的過程之後，體認到抗爭必須具備明確的、科學的認知，同時也須紮根於大眾。如此對民主化運動的省思，影響所及的就是民族文學的方向轉換[30]，亦即他們開始具體地探討文學實踐的方法。經過一番激烈論戰之後，民眾應該成爲文學創作和享有主體的「民眾文學論」獲得基本共識，從此，「文學運動」以及「帶運動性質的文學」乃成爲 80 年代民族文學的主流。此一認知，在內容方面，要求注重勞動者、農民、都市貧民等底層民眾的生活，以及歷史認知應該如何形象化的問題；再者，他們認爲民族分裂狀態的持續，造成底層民眾生活困苦，因而有必要熱烈討論文學應如何反映民族統一的議題；此外，

---

[28] 相關文章有白樂晴，〈民族文學理念的新展開〉（月刊中央，1974.7）、〈新的創作與批評態度〉（創作與批評，1966 秋）；廉武雄，〈殖民地文學觀的克服問題〉（創作與批評，1978 冬）；林軒永，〈轉換期的文學：勞動者文學的地平〉（創作與批評，1978 秋）、〈民族文學的史的展望〉（世界的文學，1978 秋）；高殷，〈民族文學的踪影：其民眾視角〉（創作與批評，1978 冬）等。

[29] 光州民主抗爭是指 1980 年 5 月以光州市爲中心所引發的民主化抗爭。1979 年朴正熙大統領被刺殺身亡之後，以全斗煥爲中心的軍人集團，進軍青瓦臺，掌握政權，但卻完全無視韓國國民對民主化要求的心聲，對此，光州地區的大學生率先喊出廢除戒嚴、剷除維新勢力的呼聲，並隨即走上街頭遊行示威，如此在光州市民陸續加入街頭抗爭，致使示威規模逐漸擴大之時，政府擔心事態蔓延全國，乃封鎖所有訊息，並進而調派戒嚴部隊前往光州，鎮壓掃射學生及一般市民，終至造成難以彌補的眾多死傷。

[30] 參考韓國民眾史研究會編，《韓國民眾史 II》（草光出版社，1986），頁 375-76。

著眼於當時底層民眾與支配階層之間的對立日益加深，民族文學應如何解決此社會對立問題，也迫切需要進行討論。

　　整體來說，80 年代的韓國民族文學論，雖然是在缺乏實際批評的基礎上展開[31]，而且還帶著抽象性質，但該時期出現的各種理論，基本上仍具備了進步性和科學性，同時還把民族文學推到實踐文學和運動層次，強化了文學的社會參與角色。

## 四、冷戰的文學風景──代結語

　　本節將就上述針對臺韓兩國戰後文學和文學論爭焦點所做的考察做一整理，並在此基礎上思考其異同之處，進而了解戰後臺灣文學所處的環境和條件。

　　第一、臺韓兩國二戰結束後，同樣從日本的殖民地處境中獲得解放，並各自按照自身的歷史條件和國際間的力學關係，為戰後建設付出努力。但是兩國很快即被編入戰後世界冷戰體系，各自面對中國和北韓的共產陣營，建立起以反共作為國是的統治架構，從此也就無法擺脫冷戰架構的影響力。雖然其內部的進行過程和作法不盡相同，但兩國從 50 到 70 年代，包括文學在內，基本上是由反共意識形態支配著社會文化。在文學部門，臺灣盛行官方主導推動的反共文學，但在韓國則由去除階級思想的純粹文學掌握了整個文壇。

　　第二、兩國分別由反共文學和純粹文學主導的局面，50 年代中期過後開始起了變化，而這主要是因受到西方傳入的文藝思潮和文學理論的影響所致。在臺灣 1956 年前後開始的新詩運動，刻意學習和模仿自象徵主義以降的西方現代主義思潮；在韓國，同時期也開始接受以英美主知主義為主的現代詩風格，排除了傳統詩的音樂性，只由感覺和意象的運用來達成現代感性，其結果卻產生了被批評為晦澀和難解的缺失。不過，在兩國的文學論爭中，這些西方文學思潮和理論

---

[31] 之前的各種文學論爭，大部分都以實際韓國文學作品作為對象，而提出了具體的意見。

的移入，一般都認爲是受到冷戰體制下美國的思考方向、價值體系、生活方式、美學趨向的影響。而這背後含有兩國同樣都接受了十年左右的美援，使得無論在物質制度或精神意識層面，都容易接觸及接受冷戰時期以美國爲單一窗口的現代化影響。

第三、六、七〇年代所發生的兩國文學論爭，均係針對反共文學和現代主義文學提出批判而起，且其焦點集中在民族（傳統）和民眾（現實）議題。對於反共文學的究責，主要指它與臺灣現實和民眾生活遊離；而對純粹文學的非議，則著重在它無法反映民眾現實。針對現代主義文學，兩國都提出了看不見民族傳統以及與現實生活的乖離問題。由此可知，冷戰體制下在兩國所發展反共意識形態的文學呈現──反共文學和純粹文學，以及依賴在美援和新殖民主義架構中追求經濟成長，並在此基礎上滋生文化影響力的直接反映──現代主義文學，在兩國都被指責爲缺乏民族傳統以及與民眾現實背離，由此可見冷戰架構可說是生產此種文學風格的溫床。

第四、臺韓兩國由於在戰後被編入世界冷戰體制，因而對舊殖民主義以及它所留下的問題，在來不及反省或清算的狀況下，就迎接了新的歷史轉換期。在臺灣，從國共內戰中戰敗的國民黨政府遷臺後所主導的反共復國政策，成爲主要的歷史課題，同時也進入了長時期遺忘臺灣歷史記憶和經驗的階段。戰後一方面與彼岸對峙，另一方面又被編入美國爲防堵共產勢力擴張而建立的東亞戰略構圖內，實施以進口爲導向的經濟開發政策，其結果導致美國和它的東亞地區反共伙伴日本的經濟資本和生產品支配了整個臺灣的經濟。在此情況之下，文學無法刻畫新殖民的現實，也與民眾生活脫節，只能專注於個人和存在問題，而無暇考慮民族傳統的內容。這種文學趨勢，從 50 年代到 70 年代持續了二十多年，期間透過文學論爭形式，缺乏傳統的問題乃被提起，加上 70 年代初經歷了退出聯合國、保釣、國民黨世代交替等一連串國內外大事，國家的孤立感和危機意識升高，關懷臺灣現實和民

眾的訴求應勢而生，因而有了全面檢討文壇和文學狀況的訴求。從民族和民眾成為新詩論爭、現代詩論爭，以及鄉土文學論爭的焦點議題，可以知道在開發至上主義和新殖民主義的框架中，文學無法反映民族固有傳統和民眾的生活現實，其背後的掌舵者就是世界冷戰秩序。

　　韓國文學的情況也大同小異。只是比起臺灣，韓國更快速又直接地進入美國影響力和冷戰體制當中。隨著二戰結束，韓國人民雖然希望建立自主性的近代國家，但迎接的卻是美軍政時期，以及在美國影響之下成立的南韓單獨政府，接著爆發民族悲劇韓國戰爭，以致與北韓形成對峙的緊張局勢，直至目前仍在持續當中。由於韓戰時有過面臨生死存亡的體驗，左翼理念自然成為南韓社會禁忌，這給予建立反共體制一個堅實的正當性，從此反共主義乃支配著全體社會。也因此，光復後的韓國文學，雖然也重視人性，但基本上理念和思想缺席的純粹文學，替代反共意識形態，掌握了文學制度和媒體，長期主宰著南韓文壇。因此 60 年代開始，對純粹文學的批判聲音不時響起。與臺灣文學雷同，批判意見集中在文學中缺乏真正民族的傳統，也看不到民眾的現實狀況。於是，強調文學要參與現實的看法，經過六、七〇年代，慢慢深化為包括文學的本質、作家的社會態度、文學的社會角色，以及文學參與社會現實的方式、創作方法等方面的討論議題。

　　如上所述兩國文學情況的共性，我以為或可命名為冷戰的文學風景。無論是理念過剩的反共文學，或是理念不在的純粹文學，抑或包攝於美國經濟援助和新殖民主義框架的經濟發展模式中成長起來的現代主義文學，我們同樣都可從中看到民族和民眾議題的缺乏。對此提出批判及反對意見的陣營，在兩國同樣都曾被扣上社會主義左翼文學論的帽子，[32]這也證明了這些文學理念與在冷戰體制下的反共意識形態有著密切的關係。

---

[32] 在臺灣，鄉土文學被認為是農工兵文學；在韓國，參與論則被認為是社會主義寫實主義文學。

　　不過，兩國在提出民族和民眾議題的方式上呈現一些差異。臺灣對現代主義文學的批判，主要集中在反西化，韓國文學的批判焦點則放在純粹文學上面。此說明了戰後臺韓兩國文學的環境差異：解放後韓國人民依照自身力量，努力建設民族文學，排斥左翼理念的右派反共意識形態率先掌握住船舵，揚帆啓航，但純粹文學爲既有的文學傳統發聲，提出了批判，固然它所強調的傳統內容不甚明確，但至少喊出了恢復民族傳統的口號；相對的，臺灣在進入戰後時期時，殖民地時期的臺灣文學傳統幾乎都跟著被遮蔽了起來，反共文學之後又大量生產模仿西方現代主義文學傾向的新詩運動和現代主義小說，其批判焦點自然指向反西化上面。

　　再者，臺灣的反共文學是由官方主導的方式，透過各種體制等人爲手段推動，但50年代中期過後逐漸走上枯竭之路，接著現代主義文學全面登場。與此相反，韓國的純粹文學，由於其理論早在30年代即已建構完成，且是在當時殖民地環境下自生而成，並且得到文壇認同，光復後自然能夠在此基礎上承襲下來，加上它是以去除理念而不是以先導理念的方式運作，同時又能與文學的普遍主題──人本主義，以及土俗性和民族情緒結合，因此如同臺灣現代主義文學般受外勢直接影響的印象得以減低。

　　本文就文學論爭中曾被提出的意見，進行戰後臺韓兩國文學內容的比較考察，其結果得知，從50到70年代的兩國文學發展，都同樣受到缺乏民族傳統以及與民眾現實遊離的負面評價。對此，本文在具體考察遭到非議的各個時期文學傾向，以及戰後兩國歷史經驗之後，擬將它命名爲冷戰的文學風景，以突顯戰後兩國文學所處的時代環境，以及提供客觀了解臺灣文學的一個角度。此外，未來也將就冷戰秩序鞏固化過程上的差異、個別文本做出的文學對應、反共意識形態在物質上、制度上、日常生活及審美活動上如何運作，以及有何影響等等面貌，持續關注與研究，期許能夠更爲深入地了解冷戰文學的東亞面貌。

# 講評

◎黎湘萍[*]

　　崔末順用她的論文描繪了一幅「冷戰的文學風景」：曾經淪爲日本殖民地的朝鮮半島和臺灣島在 1945 年光復之後，很快被編入國際冷戰結構中美國主導的陣營，面臨著國家分裂、民族分離的狀態，「建立起以反共作爲國是的統治架構，從此也就無法擺脫冷戰架構的影響力」，這個半島和海島的社會、文化、文學思想和創作，就是在這一基本框架和意識形態之中孕育和發展的。崔末順敏銳地觀察到，戰後韓、臺兩地的最大問題，是來不及很好地清理日本殖民地時期留下的種種問題，就在新一輪的強勢的反共聯盟及相應的意識形態之下，開始其戰後的歷史進程，因此，它們所經歷的社會、文化與文學發展的變革有諸多類似的狀況，而彼此存在的共同問題和差異，正是戰後東亞問題的共同問題和差異。這一視野是觀察戰後東亞諸問題所必需的，也有助於在更爲寬廣的背景下理解戰後臺灣文學。

　　崔末順沒有全方位敘述韓、臺兩地文學發展的歷史，而是選取「文學思潮」作爲切入點來觀察兩地的文學議題，從梳理文學思潮的流脈入手，討論了這兩個地區作爲日本帝國的殖民地在二戰之後發生的重大變化，分析了彼此深受美國影響的思考方向、價值體系、生活方式和美學趨向，對韓、臺兩地的反共文學、純粹文學、現代主義文學和在反共體制下受到壓抑卻堅持其抵抗路線的左翼文學，進行了頗爲精到的比較研究。令人印象深刻的是，她不僅注意到兩地的共同點，而且分析了兩地的差異，例如她關於韓國存在主義「參與現實」的分析，

---

[*] 中國社會科學院文學研究所研究員。

就提供了獨特的視野和比較的方法。以東亞視野引入臺灣文學研究，是近年來的新突破之一，值得高度肯定。

　　不過，作者在處理論文的兩個關鍵詞「民族」與「民眾」時，似乎忽視了這兩個重要議題所蘊含的複雜性，譬如她似乎將「民族」等同於「傳統」；「民眾」接近於「現實」（「前言」），認為臺灣的鄉土文學論爭中「提出反西化和民族傳統的文學刻畫，以及關懷社會現實的文學要求」，與韓國在文學論爭中「同樣要求文學要參與現實、作家要用現實主義創作方法來反映民眾的生活情形」是相似的。表面上是如此，但實際上卻有明顯的差異。我注意到，韓國較具思想力的評論家白樂晴在關於「民族」與「民眾」的概念上就有很清晰的界定，白樂晴並未把「民族」簡單地等同于「傳統」，相反，「民族」的概念對他而言正是「現實」的概念，也包含著「民眾」的參與，他在寫於1975年的《民族文學新階段》中指出了「民族文學」被盜用的事實，強調「並非凡是大韓民族之一員寫出的任何文學作品都算是民族文學，也不是什麼貼『民族』標籤也可，不貼也可的那種太平盛世，而是民族尊嚴性與生存本身面臨著迫切的危機，我們的文學也不得不紮根於對於民族危機的認識之中。這種民族危機之認識，才是民族文學概念的現實依據，也成為其存在的價值。」（白樂晴：《全球化時代的文學與人：分裂體制下韓國的視角》，第4頁，北京，中國文學出版社1998年12月版）民族文學的價值在於它是感受到了民族危機的文學，而不是太平盛世的文學。關於民眾與民眾文學的概念，白樂晴等韓國評論家也有相當深刻的認識，他在寫於1985年的《民眾、民族文學的新階段》一文中指出，「我們時代的『民眾』不是哪一特定階級的代名詞，也不是一兩個階級的聯合體，而是更加廣泛而又複雜的構成體。」（同上引書，第65頁）。在白樂晴那裡，「民眾」不是特定階段的概念，這一點似乎也與臺灣鄉土文學論戰中的「民眾」的概念有所差別，如果沒有仔細辨別這一點，就有可能忽略兩地文學

思潮的微妙差異。因此，崔末順論文題目的所謂「消失」、所謂「游離」，可能是不太準確的表述，特提出來討論，願就教於作者。

# 第三場討論會

# 新世紀中國大陸小說都市體驗的「吾鄉書寫」

◎房　偉[*]

## 摘要

　　該論文探討了小說中都市體驗的吾鄉書寫的概念範疇，並指出新世紀中國大陸小說在這一範圍內的傳承和變化，即圖探討都市文明和吾鄉書寫的審美契合點，更加豐富的代際體驗，題材的拓展與歷史感的怎強，藝術手法和觀念上的創新四個方面。

關鍵詞：新世紀大陸小說、都市體驗、吾鄉書寫

---

[*] 山東師範大學副教授。

　　都市與鄉土的關係，是糾纏中國現代文學的基本主題形態之一，又是現代性的衍生性問題意識的表現。沒有現代性的發育，就沒有真正哲學意義上的都市與鄉土。近年來，雖然著鄉土文學邊界的延展，出現了「都市鄉土文學」、「都市鄉土小說」的說法[1]，特別在港臺文學的研究中，作為故鄉的鄉土和作為本土的鄉土，對於表述特殊文化坐標下的港臺文學的特質，有一定的闡釋合法性。在這裡，筆者所界定的都市體驗的吾鄉書寫，主要針對新世紀的大陸小說，而現代都市體驗的「吾鄉書寫」，是指將都市時空秩序與潛在的、闖入的鄉土時空，進行參照性和互文性寫作，通過「鄉土」和「城市」經驗的碰撞、衝擊、抵牾與融合，形成獨特的現代性體驗。這種都市吾鄉書寫，因此也就具有題材上的交叉性，既是鄉土文學的拓展，又是都市文學的亞類型。因此，「雙向性」也決定了「都市的吾鄉書寫」具有了雙重意義：一是書寫都市異鄉人的「吾鄉的經驗」如何溶入「都市體驗」；二是書寫鄉土城市化的過程中，「鄉土意識」如何演變為「新都市體驗」。在西方發達國家已進入「後現代」的全球化氛圍，作為農業文明歷史悠久的，多民族的古國，中國大陸十幾億人口實現都市現代轉型的歷史經驗，是人類歷史上規模空前，也非常獨特。因此，都市體驗中的「吾鄉書寫」，也就成了中國文學的一道「獨特風景。」

一、

　　然而，「知其然」還要知其「所以然」，中國都市體驗中的吾鄉書寫，不僅是鄉土小說的外延拓展，更是獨特的中國都市文學所表現出的，後發現代的民族國家的「歷史的必然。」柄谷行人的《日本現代文學的起源》，論及日本現代文學主題，認為那些文學表現的風景是「顛

---

[1] 如范伯群教授認為，現代文學的都市鄉土小說，是將上海、北京等大都市想像為「鄉土民俗」的都市通俗文化小說，見范伯群，〈論都市鄉土小說〉，《文學評論》，2002 年 3 期，有關「都市鄉土文學」的概念，還見章妮的專著《三城文學都市鄉土的空間想像》，中國社會科學出版社，2012 年 11 月版。

倒」和「扭曲」的景觀，是認識性裝置，這種主體裝置一旦形成，其起源就被遮蔽起來了[2]。無論兒童的發現、言文一致、病的隱喻，還是自我告白及對結構深度的重視，都表明了現代文學是制度性建構，它嵌入民族國家政治。以此來反思中國現代文學都市體驗中的吾鄉書寫，我們也會發現，這些都市的「吾鄉書寫」，其實也糾纏於中國民族國家想像的結構性政治變遷之內。從啓蒙時代到革命年代，從新時期再啓蒙到後革命時代再造「中國夢宏大敘事」的政黨政治策略，新的寓意的生成，舊的寓意的退隱，期間前現代、現代與後現代的糾葛，都使得中國的都市吾鄉書寫，充滿了表述的難度、悖論，及突圍的決絕與新生的可能，都有深深的時代烙印，成爲中國「再造都市想像共同體」的表徵。這些書寫表現的歷史經驗，就豐富性和複雜性而言，早已超越了德萊塞的《嘉莉妹妹》。同時，中國現代文學中，都市體驗中的「吾鄉書寫」，鄉土始終對都市造成巨大的批判性緊張關係，與此相聯繫，則是都市體驗表現的不充分，甚至有批評家聲稱：「中國的城市文學，本身始終是一個幻象，它是一種不可能的存在。[3]除了革命話語下，中國現代都市文化不發達外，鄉土意識對都市的巨大遮蔽也是不可忽視的原因。「鄉土」既是中國人生存經驗的基本元素，也在文化上隱喻了中國作爲「第三世界國家」在全球的弱勢地位與「文化鄉愁」心理——鄉土既是對中國自身的城市而言，又寓言了整個中國對於西方世界的「鄉土」處境；而鄉愁既是對現代都市化而言，也是針對中國幾千年的，但正在消失的農業文明。

　　五四文學發端時，都市與鄉土尚未形成大規模遷徙性人口交集，「鄉土」常是離鄉進入城市的學子，用以反觀自身傳統，進行批判性自審的對象。用魯迅的話說：「凡在北京用筆寫出他的胸臆來的人們，無論他自稱爲用主觀或客觀，其實往往是鄉土文學，從北京這方面

[2] 柄谷行人，《日本現代文學的起源》，趙京華譯，三聯書店，2003 年版，頁 24。
[3] 陳曉明，〈城市文學：無法現身的他者〉，《文藝研究》，2006 年 1 期。

說，則是僑寓文學的作者」[4]。魯迅、蹇先艾、王魯彥、許欽文等「鄉土文學家」，在客居都市的鄉愁中著意描繪的卻是「鄉土」及其社會倫理秩序的閉塞、野蠻和愚昧，無可奈何的悲憤中表現的是一齣齣冷酷悲涼的人生慘劇。而 30 年代之後，沈從文的「都市鄉下人的牧鄉愁與哀怨」，老舍式的「都市原罪與傳統再造」，才成為現代性體驗下都市體驗的吾鄉書寫的深化。新中國成立後，「進城」在大陸十七年文學中，曾是非常重要的「革命敘事模式」，蘊含了鄉村文化的保守及革命意識形態的規訓。但都市的吾鄉書寫中，大多通過「進城」來表現資本主義對革命的「腐蝕」。這些小說不僅固化了「都市現代性批判」的左翼文學主題，且在社會主義實踐的「反現代性的現代性」中，將「都市」作為「被改造的資本主義」對待，「鄉村文化」則成為都市對立面，成為革命建國神話的道德源發性話語場域受到褒揚。如《霓虹燈下的哨兵》、《我們夫婦之間》，「都市」成為革命的考驗，而「鄉土」的道德性卻受到讚揚（儘管，《我們夫婦之間》的鄉土認可，還有知識分子式的猶疑），而《三里灣》、《創業史》等農村合作化小說中，范登高、姚世傑等反面人物的都市體驗，如「村鎮糧食市場」都被貶斥為損人利己的行為。只有在《百煉成鋼》等革命化的工業題材小說中，大工業生產才被賦予詩意的壯美和道德主體性──但一切必須在「革命」的前提下發生。

　　這種十七年文學的都市吾鄉書寫模式，甚至影響到了新時期至今的文學表述。雖然，新時期的改革小說中，「都市」被祛除了革命色彩，而保留了現代化大工業時空美學，但 80 年代中後期至 90 年代，很多小說作品中，都市與鄉土的關係，再次出現現代性二元對立的道德批判模式，而都市體驗中，「鄉土」作為純潔性道德想像，再次被弘揚和讚美。「欲望都市」母題和「鄉土抒情」母題進一步被凸顯出

---

[4] 魯迅，〈《中國新文學大系》小說二集序〉，《魯迅全集》（第 6 卷），人民文學出版社，1981 年版，頁 247。

來,「鄉土啓蒙批判」的色彩卻被弱化了。而這背後體現出來的,依然是文學的道德激情和規避性寫作的現實主義策略。如路遙的《人生》,最後以高加林對土地烏托邦的回歸表現道德懺悔,無疑削弱了小說的深度和力量感,而賈平凹的《浮躁》也讓走出家鄉,對抗強權的「金狗」,再次回歸水邊放排的寧靜。又如蘇童的《米》,農民五龍的進城歷史,就是被腐爛的城市生活所毀壞的歷史。雖然五龍也曾在祠堂受到族長懲罰,但樸實、天真的他,從未感到精神痛苦,當他踏入城市的第一天,就被碼頭流氓阿寶踐踏、蔑視,並無時無刻被城市排斥著。他的反抗和墮落,與其說生存所迫,不如說是以生命爲代價,對城市的「復仇」。直到瀕臨死亡,他才滿載一車皮大米,奔馳回他魂牽夢繞的楓楊樹故鄉。「米」是五龍都市體驗中唯一純潔之物,是他的「吾鄉記憶」,又是他的「吾鄉再造」的象徵物。這種道德化的都市體驗的吾鄉書寫,在新世紀文學中依然佔有重要比重。當然,這期間也不乏對都市和鄉土進行雙向反思的作品,如李佩甫的《城的燈》、《羊的門》,都市的醜惡在於欲望對和諧的農業倫理關係的傷害,而鄉土的罪惡,則不僅在於它的保守和愚昧,更在於它以頑固的權力關係網,將鄉土文化中的封建專制性加以極限張揚,並滲透到都市體驗的生存法則。《羊的門》塑造了呼家堡「四十年不倒」的當家人呼天成的形象。他把村人控制在掌股之間;他營建了一個從鄉到縣、從省城到首都的巨大的關係網。90年代還出現了大量以進城農民工爲題材的小說,一定程度反映了鄉土向城市遷徙的社會轉型,但某些小說表現手法單一,主題思想的概念化、人物的臉譜化與道德化、創作思維的模式化也非常嚴重。城市往往被簡化爲原罪和欲望的載體,葛紅兵曾對中國小說中對都市的負面化想像表示不滿:「都市書寫的色情化、都市書寫的另類化、都市書寫的妖魔化、都市書寫的幼稚化、僞浪漫化」[5],色情化與妖魔化,常是都市體驗中吾鄉書寫在自我道德

---

[5] 葛紅兵,〈「上海文學」:作爲一種「中國敘事」〉,見第一屆兩岸青年文學會議論文集。

化的另一面對城市的簡化策略。

二、

　　進入新世紀以來，小說中都市體驗中的吾鄉書寫，有了明顯的新變化。一方面，原有的道德批判式的「吾鄉書寫「還在延續，有模式化的平庸之作，也不時有佳作出現，如尤鳳偉的《泥鰍》；另一方面，伴隨著中國經濟崛起，在世界政治格局中的地位變化，新世紀小說中的吾鄉想像與都市發育一起進行，無論是「都市」還是「吾鄉」，其氣象與格局都逐漸變得闊大，表現手法更加多樣化，表現的主題也更深刻，鄉土與城市的關係也變得更爲複雜深化，而非單一的道德評價，這也表現出了中國民族國家敘事新的審美想像特質。就創作主體而言，也不再僅限於曾有農民身分的農裔作家，很多城市出身的作家，以及學者型作家（如梁鴻教授），也開始涉及這一題材。而就創作代際而言，不僅 50 後和 60 後作家，如莫言、賈平凹、尤鳳偉、羅偉章、荊永鳴、畢飛宇、王方晨等頻頻有佳作問世，而且更多的 70後、80 後青年作家，如劉玉棟、徐則臣、鄭小驢等也開始關注這一題材。這些變化都讓都市體驗的吾鄉書寫展現出了更多的新特質。很多作品不再滿足進「城異鄉人」的敘事套路，有的小說不斷增強作品的批判性和真實性，力爭真實再現都市體驗與吾鄉書寫之間的原生態情境。如新世紀文學出現的「非虛構寫作」、「底層寫作」潮流。都市也不再僅作爲罪惡象徵，而是作爲現代精神表徵出現，很多作家都能在更高的歷史和民族性的角度，關注城鄉一體化、中國鄉村衰敗與城市原罪轉型等宏大問題，去理解和闡釋「吾鄉之傷」和「我城之思」，莫言、賈平凹、關仁山等作家對此都有很好的創作問世。而在都市和鄉土的關係上，一些抒情化的都市吾鄉想像的小說開始探索新的表現內容，表現出對鄉土特質與理性文明的都市內涵的「雙向肯定和挽留」的作品，如遲子建、邵麗、池莉、方方、喬葉等女性作家在新世紀的

創作，都顯現出了獨特的美學價值和認識價值。

　　具體而言，一是在大陸小說的都市體驗的吾鄉書寫中，其基本情感也由單純的道德批判變得更尊重歷史的複雜性，甚至出現了一些抒情性的寫作，力圖探討都市文明和吾鄉書寫的審美契合點。其實，在新世紀初期的一些中短篇小說中，很多作家已開始致力於不同意味的進城故事的描述，例如，挖掘其間的奮鬥精神和人性閃光的積極一面，這既是一種「新城市」精神的塑造，又與傳統的鄉土文明有著共通之處。而對於鄉土的認知，也從單純的讚美，變成了一種歷史化的，人性化的複雜處理，力爭對其中的愚昧氣質進行批判，如〈民工〉（孫惠芬）、〈歇馬山莊的兩個女人〉（孫惠芬）、〈誰能讓我害羞〉（鐵凝）、〈蒙娜麗莎的笑〉（何頓）、〈奔跑的火光〉（方方《收穫》），以及遲子建的〈踏著月光的行板〉，池莉的〈托爾斯泰圍巾〉等。這些吾鄉書寫都表現出對都市所代表的現代精神的讚美，以及複雜化地處理都市與鄉土關係的傾向：「他們強烈的物欲和權利欲不像賈平凹、北村等很多作家那樣被描繪成墮落和罪惡之源，相反較多的具有一種與當年美國西部拓荒者體現的精神氣質，是追求成功和解放的生命騷動；如〈褐馬山中〉中的虎爪子、金子、買子，正是他們身上不安分的思想、不拘常規的舉動閃動著靈性的光輝，作者沒有讓這些富起來的人像以前描寫的那樣成為不擇手段的掙錢，毫無目的的花錢的為富不仁道德淪喪的暴發戶。在孫慧芬的筆下他們都成了農村現代化的帶頭人和推動者，甚至隨創新而來的破壞都掩蓋不了他們身上閃現的人的主動性最大限度的釋放和英雄本色。正是這些沒有規範的努力和衝動讓這個世界變得年輕、充滿勃勃生機。」[6]在這些創作中，都市不再是僅僅作為罪惡的載體，鄉村也不再僅僅被作為想像的牧歌之地，作家們既能在在雙向反思之中，清醒地看到二者的問題，也能在「雙向的挽留」

---

[6] 軒紅芹，〈「向城求生」的現代化訴求——90 年代以來新鄉土敘事的一種考察〉，《文學評論》，2006 年 2 期

的基礎上，試圖在人性化的視野內，聯接都市的現代精神與鄉土的淳樸美好的情感。方方的〈奔跑的火光〉為我們塑造了一個野性勃勃的奇女子英芝的形象。她是一個淳樸可愛的鄉下女孩，由於有著歌唱才能，她參加了歌唱團，來到城裡掙錢。現代文明的洗禮使得英芝個性獨立、個性解放的要求非常強烈，但是，父母的麻木順從，丈夫和婆婆的狠毒專制，都使得她對婚姻的反抗，充滿了悲壯色彩。小說最後，她將丈夫點燃，在奔跑的火光中與這個殘忍的命運同歸於盡。小說傾注了方方對真正的現代理性精神的呼喚，對美好人性的嚮往。

　　二是都市體驗中的吾鄉書寫的歷史感大大加強，這表現在題材變得更為豐富，更貼近歷史變遷和生活實際，所反映的內容既有都市異鄉人在都市的生存掙扎，也有鄉土轉變為都市的城市化轉型進程中巨大的歷史風景。而就基本元素和敘事模式也在改變。「離鄉與回鄉」模式，「于連」式的野心家模式，女性墮落模式，通常都是這類主題的慣用模式，而身分認同的疏離，與無根的精神飄泊感，也常是這類題材的哲學性提煉。而在新世紀大陸小說的都市體驗的吾鄉書寫中，很多作家常常能在中國現代轉型的大的歷史視野下構思故事，展現出開闊的藝術感受力和厚重的歷史感。代表作品有莫言《四十一炮》，賈平凹《秦腔》，關仁山《麥河》，喬葉的《蓋樓記》、《拆樓記》等。這些作品中，當農民們不再是在城市中被動接受命運挑選，而是因歷史契機，突然被財富和歷史拋入了一個鄉土退隱，城市凸顯的過程中，成了一個「城裡人」。真正文明的，理性的城市主體，還在建設之中，而這些「新興的城市」，沒有北京，上海等大城市的歷史感，而是在野蠻，不仁道和虛偽中走向新的城市原始積累的歷史重複。所謂新市民主體塑造，依然充滿著悖論，掙扎和血淚的沉思。

　　莫言的《四十一炮》，通過一個想出家的「肉孩子」羅小通的眼睛，再現了鄉土的屠宰村演變成「雙城市」的歷史變遷。這個過程中，莫言看到的是農村血氣的衰敗，民間野性自由精神的喪失，和城市化

進程中無處不在的混亂、粗鄙、野蠻和精神的平庸化。「食」與「色」，原是羅通、野騾子等人在鄉村的差序結構中，自由抵抗的手段，卻被挪用為城市化過程中欲望與消費聯姻的賺錢工具。而當城市真正來臨之後，那些變成了市民的農民們，並沒有保留「吾鄉」的美好記憶，而是在混亂中，將鄉村的「惡」與城市的「惡」結合，創造了不倫不類的「怪胎」。人們在追求物質利益的同時，不僅丟失了原有的道德規範和自由氣質，而且並沒有與工業文明相適應的思想價值體系，西方「自由、民主、平等」的民權思想不僅沒有紮根，反而被變本加厲地剷除，以至於「民間」精神也被拋棄。老蘭帶領村民吃上了商品糧，成為城裡的職工。但他們依然選風水、搞土葬、搭建超生臺，恢復五通神的拜祭，大肆揮霍剛到手的財富。黑社會勢力和歌星、妓女、商人、官員、文化人各色人等穿插於故事中，鴕鳥歌舞隊、京劇、大秧歌、現代歌劇、流行樂可以共同彙聚一堂。羅小通怪異的通靈能力被權力和資本利用，在官方意志和消費主義的雙重改寫中，以「肉孩子割肉飼母——封為肉神」的傳統文化形式出現。莫言將一個精神自在、封閉的民間淡出視野，轉而出現在讀者面前的是被政治和消費主義雙重改寫的血氣衰敗的民間。這是一部民間被閹割的歷史，也是屠宰村變成雙城市的歷史。這可以看作莫言「民間被侵犯」的主題延續，即「民間的消失」。莫言揭示了農村在消失的過程中的種種欲望衝動、價值混亂。這也體現在野騾子、羅通、楊玉珍、老蘭等人物的命運上。野騾子敢恨敢愛，然而，楊玉珍用五間大瓦房和一臺拖拉機輕易地擊敗了羅通和野騾子的愛情合理性。老蘭作為鄉村無賴，迅速成為原始積累時代的城市英雄。他是企業家、人大代表、政協委員，又是無恥的造假者、卑劣的行賄者和瘋狂的縱欲者。不僅城市知識分子喪失了人生準則，而且淳樸的鄉人如姚七、蘇州、黃彪、楊玉珍等也日益沾染了都市市儈氣，在價值標準的喪失後迷惘不知所措。莫言筆下那群個性張揚、無往不勝的鄉村土匪，已成為城市時代最後一群絕種的貴

族。賈平凹的小說《秦腔》，也是一部非常厚重的作品，它借助一個瘋子引生的眼睛，再現了曾經是淳樸鄉鎮的清風街如何走向了衰敗的過程。和莫言相比，賈平凹更看重鄉土的倫理傳統價值，而不是與現代溝通的野性叛逆的民間氣質，那些鄉村賢人如夏天智等，孤獨地終老，而那些傳承數百年的鄉土節日也不再熱鬧，在鄉村向城市的過渡中，只有美好的鄉土想像，留在文字和人們的記憶之中。

相比較而言，關仁山的長篇小說《麥河》並沒有批判民間精神的衰敗，也沒有一味反映傳統精神的衰亡，它的關注點在鄉土被轉換為現代的過程中，城市如何擺脫原始積累的原罪，融合鄉土的歷史經驗，再造美好的「中國城市精神」。《麥河》用新的人物形象來印證並描述了轉型社會新的希望。關仁山並沒有回避這個轉型過程中人心的失範和社會的罪惡，隨著城市化進程的加深，農村的衰敗和打工人口的遷徙，房地產新圈地運動，農村基層政治的家族化等現象，深刻地糾結在了一起。農村中的惡勢力，如村長陳鎖柱，依靠當縣長的兄弟陳元慶，不但取得政治的優勢，且控制著經濟權力，對農民和農村土地，進行敲骨吸髓式的壓榨和瘋狂的掠奪，成了新的「地主」。而這部小說最大的貢獻，在於給我們樹立了新興資本家曹雙羊這個人物形象。他是鸚鵡村產生的一個奇跡，他也有著原始資本的「惡」，他開辦工廠和農場，曾依靠土地流轉欺騙淳樸的鄉人，他行賄受賄，官商勾結，也曾一度醉生夢死、沉溺於物質欲望的快感。他領著村民們共同富裕，適應現代都市文明的遊戲規則，如標準化制度，然而，這直接導致了桃兒父親的慘死。他要把麥河變成真正的機械化農場，把農民們變成企業員工。可曹雙羊也清醒地認識到自己在資本面前的迷失，特別是金錢對資本持有者本身的傷害。它可以讓一個善良的好人，變成橫行無忌的鐵石心腸的資本機器。在瞎子白立國的幫助下，他開始了自我反省和重生之路，他試圖在保留「麥河」的淳樸鄉村情感的同時，努力探索新的城市精神。在現代化轉型的歷史潮流面前，

唯有在保留對土地真摯的情感基礎上，實現自我的理性自覺，才是民族國家的重生之路——儘管，這個過程充滿扭曲的痛苦和內心的毀滅。小說結尾，雙羊和立國一起最後執行了慶祝麥河的儀式，神奇的百年蒼鷹虎子，居然歷盡萬難，跨越大洋，飛回了鸚鵡村，並在白立國的懷中死亡，這不能不說是一個歷史隱喻。民族傳統的精魂，最終以自戕的方式，實現了現代的鳳凰涅槃。

## 三、

　　三是都市體驗的吾鄉書寫的代際體驗更豐富，50 後作家、60 後作家、70 後和 80 後作家，加入到了這個題材的寫作中，並出現了不同的代際特徵。40 後的山東作家尤鳳偉的《泥鰍》、《給國瑞兄弟善後》，既有著齊魯文學獨特的理想主義的悲壯情懷，又有著魯迅式對鄉土的批判和憐憫的雙重啓蒙目光。小說記述了樸實的鄉下人國瑞在罪惡都市喪命的故事，既批判了都市，也批判了國瑞自身的不覺悟。國瑞進入城市，是一個不斷「遺忘」鄉土的過程，而他的「遺忘」，只是一種行為性的遺忘，他的發家致富夢，他的倫理方式，還是農民式的，也並沒有讓他得到真正的認同，反而成為城市壓榨和迫害的對象。悖論的是，他被都市所讚賞的「本分」，卻恰恰來源於他的鄉土特質。他的都市體驗，充滿了誘惑與欲望，也充滿了痛苦和屈辱，是對 90 年代都市原罪題材的深化。國瑞從搬家公司的黑勞工開始了進城後的生活，毫無保障的生活逼得他作了牛郎，作為性工具而滿足城裡高等女人的欲望，並因此被扯進了權力圈子。他非但不能認識自己身處險境，還以為獲得了一個發展的好機會，於是認真地學習、負責地工作，直到成為陷阱中的犧牲品。直到刑場上，國瑞還努力地要做一個守規矩的本分人，他跪著挪上一步與另外的被執行對象列隊看齊，至死也不知自己做了有權勢的城裡人的替罪羔羊。這一幕無疑是黑暗沉重，又深刻的。尤鳳偉指出了農民在都市中自我的迷失和真正

的都市現代性精神的缺失。相比較而言，50 後作家賈平凹的《高興》，
成爲新世紀該代際作家同類題材作品的代表作之一，他描述了進城農
民劉高興在城市的生存感受和痛苦掙扎。該作品表現出 50 年代作家
特有的社會關懷和道德批判的責任感，也表現出賈平凹對鄉土文明的
哲學高度的體認。賈平凹並沒有將作品停留在批判城市的水平，而是
深入到城市的現代精神中。從「劉哈娃」改名爲「高興」，暗示著高
興希望能獲得城市的身分認同，他把腎換給城裡人，是一個隱喻，隱
喻著鄉下人以身體奉獻給城市，卻被城市所隔閡與拋棄。五富的死亡
與孟小姐的追凶，是該小說的高潮部分。被城市拋棄的高興，逐漸發
覺，自己既無法回到鄉土，也無法真正進入城市，他不過是城市邊緣
的一道風景。他對故鄉的眷戀與痛恨，如同他對城市的依戀和憤怒，
同樣讓自己在無根的漂泊中尷尬曖昧地存在著──無家可歸。相比於
前代，60 後作家在處理類似題材的時候，往往抒情化的成分更重，而
道德色彩漸漸淡化，批判的目光也更爲隱蔽，更注重現實的複雜性和
對人性的悲憫，注重對人性美好情感的挖掘。比如，畢飛宇的小說《玉
米》，就以女性的青春浪漫和善良心性的喪失，表現了鄉土情懷消失
的痛惜。王方晨的小說〈巨大靈〉，農村的破敗、殘酷的原始積累和
現代化的轉型，都化爲一個巨大的時代背景，並沒有讓作品呈現出傳
統的批判現實主義的高高在上的啓蒙筆法，而是用限制性的第一人稱
視角，將農村「幻想家」李保寧充滿激情而又悲劇的一生流淌在筆端。
那些生者和死者的對話，那些知識考古學般對鄉村地理的細節再現，
使小說有著一種迷人的抒情魔力。他的另一部作品〈魚哭了水知道〉
雖然是農民工的妻子受侵犯的題材，卻沒有停留在道德義憤的層面
上，而是探討人性的尊嚴的可能。探討的是當一個人軟弱的時候應該
如何去對待他。寫到激烈的場景時很清淡，很疏朗，沒有煽情的描寫
卻更沉重更凝練，「於無聲處聽驚雷」，穿透了人性的軟弱而達到了堅
硬的內核。小說最後終於出現了「大象的聲音」，這種「大象的聲音」

既是對權力的恐懼，又是內心勇氣的到來。

很多 70 後作家也開始涉及這些題材，當然，70 後作家儘管在鄉村生活過，但大多是童年和少年記憶，他們大多是從中學就開始在學校住校，後來通過上學離開了農村，來到了城市。他們很少有 50 後、60 後作家那樣刻骨銘心的鄉村記憶和鄉村體驗，以及對鄉土精神和鄉土政治的深刻洞察。然而，他們的優勢在於，他們對鄉村的記憶和認知，更多地是以童年和青春記憶的方式呈現，而他們對於城市精神的認識，則比前兩代作家更為細膩、感性、具體與完整，表現出抒情的，想像性的鄉愁與對都市文明的嚮往。在他們身上，都市與鄉土的對立，往往不是那麼緊張。例如，劉玉棟的小說《年日如草》，顛覆了原有的城鄉二元對立的都市成長主題，而用一種詩意的時間，縫合了城市和鄉村的記憶，展現出了一種超越性的人文視野和深刻的人性深度。小說主人公曹大屯，少年時代由鄉村來到城市，並經歷了心靈和靈魂的痛苦追尋。劉玉棟的目光，最終還是鎖定在城市，鄉村生活，是作為誠摯的、矛盾的，又是內省的青春人格範型的背景出現的。作者探討的是，現代中國幾十年來的城市巨變中，一個青年追尋自我的意義的故事。年日如草，滄海桑田，現代化的步伐，卻讓人們在飛速的發展中，將時間量化，進而失去對時間的直觀把握，陷入「一切堅固的都煙消雲散」的（鮑曼語）的空間化恐慌。這裡，鄉村和城市，不再是對立的二元價值主體，而成為一個大的中國國家民族現代化轉型的連續性歷史進程。曹大屯從鄉村走向城市的記憶，驗證了一代青年人精神成長的寓言，而期間的困惑與憂傷，欲望和反思，都顯得格外細緻動人。然而，這部小說卻沒有那些概念化的野心，作家以真誠的心靈，訴說著一個個有關成長體驗的感性故事，讓那些愛情、友誼、事業和人生價值的探索，與我們一起共鳴，震撼我們的靈魂。曹大屯的性格非常複雜。一方面，他面對變動的世界，總是被動的應付，他自卑、封閉，懦弱；而另一方面，他又敏感而多情，善於思考，心性

淳樸善良。曹大屯的自卑和傷感，使他始終無法擺脫尿床的成長的恐懼。他始終是一個處於成長中的人物，隨著年月成長，他承擔了很多義務，卻無法忘卻善良的同情，真誠的友誼，甜蜜刻骨的愛情。他在這個爾虞我詐、生存壓力空前的社會，不得不苦苦地掙扎、承受，也一次次經歷靈魂煎熬。曹大屯的記憶是「緩慢」的，他試圖用美好的記憶力量，抵抗袁婷婷的背叛，袁師傅的意外死亡事故，好友胖子的出賣，父親的出軌，母親在暴雨中無辜的死亡，及越來越沉重的生活枷鎖。除了 70 年代作家，很多 80 後作家也開始涉足這個領域。只不過，他們的描述中，道德意識更為淡漠，而批判意識則更為泛化，鄉土經驗更多的是作為背景，都市色彩更濃，而彰顯的是強烈的，個人化的「個人奮鬥」的資本故事，而表現出來很多底層群氓們對社會不公的嬉笑怒罵和小人物成大英雄的戲劇性情節。在這些小說中，鄉土經驗成為都市的潛在回憶，並成為都市個人奮鬥的卑微的注腳。因此，具有更強的文學消費性和娛樂性，而小說的喜劇色彩也更濃。例如，鄭小驢的〈都市奇遇記〉講述了河南民工鄭小驢無意間冒充大公司的宋秘書，介入都市光怪陸離的生活，最終贏得了金錢和美女的故事。該小說有很強的網絡文學的草根色彩，語言幽默，諷刺意味強，那些公司老闆、女強人、政界要人，在農民工鄭小驢的擺弄下，被耍得團團轉。在這篇小說中，鄉土的道德批判意識，被轉為對財富不公的諷刺與對城市裡成功人生的嚮往。

## 四、

　　四是都市體驗中吾鄉書寫的藝術觀念和手法的創新。藝術的創新預示著其背後的藝術理念的變化，而藝術思潮的變化，也預示著文化現實的改變。「非虛構寫作」和「底層寫作」，是新世紀以來影響都市體驗的吾鄉書寫的兩個重要因素。底層寫作在關注底層打工者的文學題材上，出現了大量優秀的作品，如劉慶邦的〈到城裡去〉，何玉茹

的〈素素〉，關仁山的〈傷心糧食〉，羅偉章的〈大嫂謠〉，荊永鳴的〈北京候鳥〉閻連科的〈黑豬毛白豬毛〉，鬼子的〈瓦城上空的麥田〉等，而非虛構寫作則更是為「吾鄉書寫」增添了很強的真實性和探索性。一直以來，「為鄉土發言」和「作為鄉土發言」都是糾纏於鄉土小說的問題。很多專家認為，鄉土小說的一大困境也在於，作為真正的鄉土代表的鄉村農民或農民工，無法為自己發出真正的聲音[7]。非虛構文學的概念，對於都市體驗的吾鄉書寫的好處在於，它力求描述現實生活的複雜性，也力求在客觀的基礎上，再現並確立被描述的主體的「發聲位置」，讓這些沉默的大多數，發出自己的聲音。非虛構概念最大的好處，就在於取消了「真實」這樣一個霸權性概念背後的意識形態性。非虛構是中性的，在概念上是要大於現實的，至於非虛構性是不是就是真實性呢？還應包括虛構和真實之間的灰色曖昧的地帶，這裡，客觀的呈現是因其複雜性，而不是因其道德判斷性。同時，非虛構要有對現實「直言不諱」的能力。這種直言不諱，不僅是要敢於秉筆直書現實問題，更要直言不諱地面對內心的真相。當然，直言不諱的非虛構，不應只成為一種「姿態」，而應為一種更為艱苦的對現實真相的「發現」過程。而這個艱苦的過程，只有在體驗、介入和行動（李雲雷語）之中，才能真正為我們呈現出生命個體對豐富而複雜的世界的真實感受。

對於描寫「都市體驗中的吾鄉書寫」的大陸新世紀非虛構小說，喬葉的〈蓋樓記〉，一反她平時溫婉的女性化表達，在平實，甚至有些嚴峻的筆觸中，描寫了張莊和喬莊成為城市的過程中，有關拆遷的故事。這對張莊和喬莊的村民而言，雖然會從此失去賴以為生的土地，並產生「被上樓」的不適應，但也是一個千載難逢的脫貧機遇。他們可以趁著房屋尚未被拆、土地尚未被征之前，搶建搶蓋，以此獲取更多的政府補償。於是，小說圍繞著「蓋樓」，開始了一系列故事

---

[7] 賀仲明，〈如何讓鄉村說出自己的聲音〉，《文藝爭鳴》，2013 年 7 期。

的講述。在當前的法律規範下，明目張膽地搶蓋屬違建，明目張膽地強拆屬違法。因此，為了各自的經濟或者政治利益，拆遷雙方絞盡腦汁，目的只有一個，拆或者不被拆，從而達到利益最大化。在這裡，喬葉用不言掩飾的事實，再現了城市化過程中，吾鄉的「異變」，這種異變不僅是空間感上的，也是時間性的。然而，都市化並沒有帶來想像的幸福，而是人的欲望被刺激後的無限膨脹，這無疑引發人們的深思。

　　梁鴻的《中國在梁莊》與《出梁莊記》，特別是《出梁莊記》，更是非虛構寫作在都市體驗吾鄉書寫的代表作。以河南小鄉村梁莊為坐標，梁鴻經過艱苦跋涉，以大量鮮活生動的口述實錄與田野調查，厚重大氣的學術思考，和無所畏懼的心靈，完成了一次具史詩氣質的非虛構現實衝擊波。它考察了梁莊與現代中國的「深度相遇」，以北京、西安、青島、鄭州等不同地域大城市的梁莊打工者為藍本，為我們展現了當代打工者在中國幾十年現代轉型中的夢想與恥辱、絕望與抗爭、尊嚴與等待，也寫出了他們一次次「以頭叩石」般血淋淋的現代自我認同。梁鴻在梁莊血脈上延伸，彷彿頑強的枝椏和根鬚，她的目光穿越了中國，在時間和空間上延伸出一種「闊大」的力。也許，梁莊對梁鴻而言，不僅是學者梁鴻試圖透視中國現代轉型的著眼點，更是「梁莊的梁鴻」對回憶和現實的一次血肉糾纏的「追認」，一次自我駁詰的「精神拷問」。該書沒有回避農民打工者的「傷」和「罪」。那些殘酷的原始積累，傳統倫理在金錢面前的崩潰，大規模的黑心制假，坑騙鄉親的傳銷夢，都是打工者在城市的精神畸變。然而，書中更寫出了農民工們的尊嚴和夢想。他們堅守城市，雖然他們的心還在梁莊，他們希望通過努力，不僅過上物質豐裕的生活，且從精神上成為真正「現代的人」。該書最驚心動魄之處，還在於真實展示了打工農民的嚴酷生存現實。我們看到電鍍廠韓國老闆的黑心情婦，不讓工人喝水，不給防毒設備；我們看到富士康等血淚工廠如何將人變成機

器；我們看到被撞傷的工人如何哭號無門；我們看到小女孩「黑女兒」如何被侮辱和強暴；我們看到積勞成疾的農民工在家中等死。我們更看到新時代「駱駝祥子」們的灰色人生。梁鴻飽含悲憫地分析這些「打工暴民」的成因，即當侮辱和被損害成為生活常態，「羞恥」就成為弱勢打工群體唯一被公眾接受和重視的方式。應該說，梁鴻的這些思考和探索，其深度和藝術真實性，遠遠超過了很多以進城打工為題材的小說。

同時，具體到非虛構的手法，梁鴻的非虛構小說，還有第一人稱親歷者介入與旁觀視角的結合，以及口述實錄和作家描述結合的手法創新。《出梁莊記》的「非虛構性」，表現在對現實的忠實描述、分析，以及有學術味道的真人真事的口述實錄，細緻的田野調查和實地採訪；而其「文學性」，則表現在靈活的多敘事視角運用，親歷者飽含情感的主體反思，以及對故事性、細節性、人物特質的文學把握。整個作品的敘事時空視野非常開闊，囊括了北京、青島、西安、內蒙、鄭州等不同時空，而整體敘事結構則巧妙地呈現出閉合的圓形，從第一章「梁莊依舊」到最後一章「過不去的春節」，是一個「梁莊——中國——梁莊」的結構，既在結構上呼應了作家從梁莊看鄉土中國現代轉型的主題，也呈現出了地方性與全域性，個體生命體驗與整體觀照的有機結合。口述實錄和田野調查的恰當運用，則讓梁鴻理性分析的哲學思辨能力，廣闊的學術視野，和那些鮮活沸騰的真實緊密結合在一起。口述實錄提供了鮮活真實、未經包裝和規訓的打工經驗，而採訪筆記則以親歷者第一人稱，提供超越其上的學術性和情感性的主觀分析判斷。作者視角對受訪者故事的介入越來越隱蔽，議論與敘事的結合也更圓熟，能在突出學術高度的同時，力圖「貼著人物的心」去寫——既能對人物所處的文化語境進行「鄉愁般」地考察，又能在含蓄內斂的克制中表現巨大的情感張力。那些生動的口述實錄，又是一部活生生的「鄉村詞典」。從大廟小廟的喪葬習俗，到「沒材料」、

「生紅磚」、「賺膿了」這類鄉村土語，這裡濃縮著中國農民幾十年從
鄉村到城市的生存經驗。

　　當然，在考察新世紀中國大陸小說都市體驗的吾鄉書寫中，也會
發現一些遺憾，比如，正是這種身分、倫理和認知的尷尬曖昧，與新
的生成狀態，才導致了該題材的生命力。甚至可以說，這類小說暗示
著現代性的缺憾與新的想像。而有些小說對都市中吾鄉書寫的認識深
度，體驗真實度，表達的哲學高度往往有限，常常是從新聞軼事出發，
閉門造車，憑空想像，例如，對於「農民工背工友屍體回家」這樣一
個新聞，就多次重複出現在很多作家筆下。而有的作品，如劉震雲的
《我叫劉躍進》則具有太多消費性文學特徵，從而消解了主題深度，
「過分戲劇化的華麗情節和喜劇化的敘事方式湮沒了它的思想鋒芒」
（黃軼語）。正如丁帆教授所說：「強化作品思辨理性的鈣質才是這類
作品的急待解決的問題，要在提高作家人文意識的基礎上加強他們對
歷史和社會的宏觀理性認識。是的，僅僅批判是不夠的，我們的鄉土
小說作家還缺乏那種對三種文明形態的辯證認知，所以在鄉土小說的
創作中還罕見那種超越感性層面、具有人類社會進步意識的深刻之
作。[8]新世紀大陸小說中都市體驗的吾鄉書寫，還需要更為寬闊和深
邃的歷史性把握，才能走向真正經典的作品行列。

---

[8] 丁帆，〈「城市異鄉者」的夢想與現實──關於文明衝突中鄉土描寫的轉型〉，《文學評論》
　2005 年 4 期。

# 講評

## ◎楊小濱[*]

　　本篇論文從鄉土與城市經驗兩者之間碰撞的角度來考察作爲當代文學中都市體驗的吾鄉書寫，有相當的新意和深度。對於現代文學傳統中這個主題的回顧也帶來很寬闊的歷史視野，特別是提出了鄉土意識形態對都市文明的遮蔽，都市和鄉土的二元對立模式，宏觀把握相當準確。文章也對文革後文學中同類主題的小說作品進行了分析，其中提到蘇童的《米》對鄉村理想的重新塑造，李佩甫《羊的門》對城市鄉村的雙向批判視域等等，都有敏銳的觀察。在對 21 世紀同類主題寫作的論述中，作者看到了一些新的傾向，比如都市不僅是罪惡象徵，現代性出現了正面的表達。

　　但本文中的不少結論我也想要表示質疑，比如在談論方方《奔跑的火光》時，斷言「小說傾注了方方對真正的現代理性精神的呼喚，對美好人性的嚮往」這樣的評語我以爲過於簡單無效，所謂「現代理性」或「美好人性」都是極爲空洞的大詞，其實也恐怕早已被 20 世紀以來的哲學思潮所拋棄，至少是應當認真進行批判性反思的觀念，個人覺得應當愼用。同樣，在論及關仁山《麥河》時，用了「民族傳統的精魂，最終以自戕的方式，實現了現代的鳳凰涅槃」，以及「唯有在保留對土地真摯的情感基礎上，實現自我的理性自覺，才是民族國家的重生之路」這樣的言辭，我個人認爲都是對模式化的傳統宏大敘事缺乏批判性反思的說法。

　　對賈平凹《秦腔》的點評，我也覺得也過於簡略而並未擊中要害：

---

[*] 中央研究院中國文哲研究所副研究員。

「美好的鄉土想像」並不是《秦腔》的主旨，而且我相信，對於作者而言，「美好的鄉土想像」，甚至「鄉土的倫理傳統價值」這些觀念本身也需要進一步反思。文中對莫言《四十一炮》的分析，可能是最令我感到振奮的部分，特別是談到「鄉村的『惡』與城市的『惡』結合，創造了不倫不類的『怪胎』」這樣的方面，我覺得也許應當作爲本文更重要的論述焦點。另一個重點，我希望是對於新一代作家的作品定位，因爲文中所述的 50～60 年代作家作品，似乎並無太大突破，而鄭小驢的小說，讓人耳目一新，可以說標誌著對城鄉主題的一次範式轉移（paradigm shift），可惜文中著墨過於簡略。

　　最後一部分有關非虛構文學的研究，是否需要單獨列爲一章，還可再思考，目前看來有一點突兀。另一個重要問題是，並沒有交代文章標題中「吾鄉書寫」中「吾鄉」概念的出處，我比較好奇。作者也許需要說明爲什麼創造這樣一個概念來替代「鄉土」或「懷鄉」或「城鄉」或「原鄉」等可能使用的概念。我覺得「原鄉」可能比較接近作者的原意，也是較爲常用的一個概念。

# 心間伏藏
## 柴春芽西藏小說中的漢人流浪主題

◎洪士惠*

## 摘要

　　漢人作家柴春芽近幾年在臺灣陸續出版了《西藏紅羊皮書》（2009）、《西藏流浪記》（2009）、《祖母阿依瑪第七伏藏書》（2010）三本小說作品集，寫作主題除了以魔幻寫實主義方式呈顯西藏文化特色外，也敘寫漢人逃離都市生活後，選擇流浪西藏追尋精神自由的景況。柴春芽自承有些小說篇章具有自傳色彩，貼近他個人的人生經歷，尤其現實生活中的藏傳佛教信仰，形塑了作家在作品中暬於探索內心世界、存在之謎的寫作風格。藏傳佛教宗教術語「伏藏」，意指被埋藏的珍貴寶藏，因而漢人流浪至西藏追尋精神上的自由，也就成為具有宗教哲學意涵的「心間伏藏」。

* 元智大學中國語文學系助理教授

　　現代都市生活形態日益繁華富足，但是充裕的物質條件有時卻無法補足人們心中的空虛感，漢人作家柴春芽在其小說作品中，也就屢屢呈現自己或是漢人出走至西藏沉澱心靈、追尋精神自由的故事情節，他在小說《西藏流浪記》封底以一段話表達其內心想法：「我就是想當一個流浪漢，願望非常簡單，我就是厭倦了都市生活。──柴春芽」。從都市到西藏，柴春芽在不同的區域文化、宗教文化中，感受到了異於往常的生活經驗與人生態度，因而在小說中也就處處呈現維護、尊重西藏文化的立場。

　　1975 年出生於甘肅隴西一個遙遠小山村的柴春芽，西北師大政法系畢業後，曾任文字記者、攝影工作。他接受採訪時曾說過，他在17 歲就開始發表詩歌與散文創作，亦已構思一部長篇小說的題目與敘述框架，2003 年擔任文字記者工作期間，因推介六四民運人士廖亦武先生的著作而被政府當局列為黑名單，後才轉任攝影記者一職，但是他說：「做了幾年的攝影記者以後，我覺得自己內心深處還是更加渴望文學的表達。我迷戀文學。文學能夠讓我深入到自我的內心深處。文學與哲學一樣，它所面對的問題歸根結底只有一個問題，即，思維與存在的問題。」[1] 以致於當他在文學作品中表達真實的內心世界同時，也就不免涉及一些禁忌議題。即使他曾在採訪中表明，無論是漢人或者是藏人，皆同屬中共極權體制的受害者，他無意塑造漢、藏兩族之間的民族對立或仇恨衝突[2]，但是從他的創作中，已可看出作家因文化喜好而影響政治立場的內心趨向，例如中共政治治理下唯物論者的侷限性、西藏人民仍虔誠信仰流亡在外的達賴喇嘛等等。也因為如此，他的創作作品《西藏紅羊皮書》（2009 年）、《西藏流浪記》（2009 年）、《祖母阿依瑪第七伏藏書》（2010 年）僅能選擇在臺灣出版，即

---

[1] 訪問稿：〈西藏對一個作家的意義〉（叢峰採訪），收錄於柴春芽：《西藏紅羊皮書》（臺北：聯合文學出版社，2009），頁 326。

[2] 柴春芽：〈騷亂時期的西藏魔幻之旅〉，收錄於柴春芽《祖母阿依瑪第七伏藏書》〈跋〉（臺北：聯合文學出版社，2010），頁 234。

使後來《西藏流浪記》易名為《寂靜瑪尼歌》已於 2011 年在中國大陸推出，但是內容卻明顯的已經經過刪減或更易。[3]

　　漢人從都市到西藏追尋心靈自由時，映現於他們眼前的除了是自然原野外，鑿刻或彩畫在石頭上的「ཨོཾ་མ་ཎི་པདྨེ་ཧཱུྃ།」（唵嘛呢叭咪吽）六字真言、隨風飄揚的風馬旗或是沿路磕長頭朝聖的藏民們等等，這些隨處可見的宗教文化，亦啟迪了這些漢人重新思考人生的存在價值。尤其在講求科學唯物論的中國社會，西藏神祕的神靈世界，除了賦予了人們不同的世界觀，藏傳佛教中講求的善惡業報、因果輪迴、靈魂轉世觀，亦發展出有別於法律規範外的自發性良善作為。馬克思（Karl Marx）曾提出「宗教是人民的鴉片」論述，意指宗教是無產階級走向社會革命的絆腳石，若以藏族藏傳佛教信仰而言，藏民（尤其是窮人）接受現狀，並以身心奉獻、行善積德的方式為來生累積善因，的確是發揮了維持社會秩序的效果。另一方面，對於畏懼死亡的現代人來說，傳統藏民們面對死亡的態度也具有重要意義。死亡不再是生命的終點，而是另一個生命的開始。

　　從宗教議題到政治議題，柴春芽始終與中共官方立場迥異，且以大陸目前仍存在「禁書」規範的情況來看，作家似乎也有以此類爭議性話題引起國外讀者關注的傾向[4]，然而當他自述人生經歷：兒時成長環境的有神論信仰、從事新聞工作時遭受的政治迫害、親近藏傳佛教的機緣、辭掉工作至藏地生活等經驗，一連串的生活積累構築成他現今的世界觀。以致他除了希望藉由小說寫作釐清自己內心的想法外，在敘寫漢人到西藏流浪的原因、西藏特殊的神靈時空，以及思考現實社會環境等主題裡，作家也就直接呈現出他對於生命的體會與看法。

---

[3] 刪減或更易內容將於後文詳述。另需補充說明的是本論文討論範圍以柴春芽《西藏紅羊皮書》、《西藏流浪記》、《祖母阿依瑪第七伏藏書》這三本小說作品為主。今年（2013 年）8 月方於中國大陸出版的故鄉三部曲之一：《我故鄉的四種死亡方式》及由作家親自執導的同名電影則不在探討範圍內。

[4] 例如章詒和、閻連科、唯色、余華等人的作品因觸及敏感的政治議題，因而部分作品（或未刪節的完整作品）除了選擇在臺灣出版外，亦以異議作家之姿引起媒體關注。

## 一、放逐邊疆──從都市到西藏

　　人類歷史從神學、形上學時代到科學時代，漸漸地以實證主義爲主，都市文明發展也就朝向理性秩序的控管方向，評論家傅科（Michel Foucault）論述「瘋癲與文明」的辨證關係說明了現代化都市的秩序要求，凡是不符合秩序的精神病患、流浪漢、邊緣人、具異端思想者，皆被社會排除在外，這些人或被迫強行關進醫院治療，或被迫矯正思維模式，企以回歸正道。柴春芽在自傳色彩濃厚的長篇小說《西藏流浪記》裡[5]，敘寫一位遠赴藏地的流浪者，在某種寫作意圖上，即是反叛、逃離既有的都市秩序。一位因厭倦都市生活遠赴藏地流浪的漢族年輕人亞嘎，選擇在藏地執教，但卻因一場意外而過世，亞嘎死後，他先前的戀人「她」也從都市到了藏地尋找丟失的自己，成爲一位留在藏地生活的修行者。小說中這兩位男女主角離開原有生活的原因皆是厭倦了都市生活。男主角亞嘎曾解釋且說明了自己的想法：

> 我沒有逃避。我從來敢於直面現實。在我離開城市進入草原之前，我是一個敬業的新聞記者，我爲身在農村的父母寄去了一年的生活費，我爲正在上大學的妹妹寄去了學費。我盡了全部的責任，然後才去實現夢想。我就是想當一個流浪漢，願望非常簡單，我就是厭倦了都市生活，厭倦了虛僞、粉飾、做作、御用文人、官僚、商人、掮客、強權、非道德非人性的教育……我只想在大自然的懷抱裡淨化肉體和靈魂。[6]

　　有別於一般流浪者的自私形象，亞嘎「盡力」完成社會、家庭的

---

[5] 作家自承《西藏流浪記》具有自傳色彩：「爲了更深入地了解西藏，我在唯色的介紹下，於二〇〇五年赴四川甘孜藏族自治州一個名叫戈麥高地的高山牧場義務執教。那裡沒有電沒有通訊沒有公路，所以，那裡是一塊漢化不太嚴重的地區。在那裡，我找到了自己的第二故鄉。我的第一本長篇小說之所以帶有強烈的自傳色彩，正與那一年我在戈麥高地上的生活有關。」訪問稿：〈西藏對一個作家的意義〉（叢峰探訪），頁 320。

[6] 柴春芽：《西藏流浪記》（臺北：聯合文學出版社，2009），頁 237-238。

責任後，方才遠走他鄉。隨後進入藏地的女主角「她」，也是在婚姻受挫及工作倦怠後，打掃房子、清洗衣物、採買生活用品，「盡著爲人妻子的職責默默地做完了這一切」後，離開沉溺在虛擬網路世界達到「王」的級別的丈夫，走向自然原野生活，試圖找出生命的意義。都市文明發展的過程，固然帶來了更爲舒適與美好的生活，但是科學工業以及人性中的貪慾，卻也帶來了災難。做爲社會新聞記者的女主角「她」，尤其見到更多的社會陰暗面。小説中屢次提到「這世界是瘋了」、「這世界真他媽的瘋了瘋了瘋了」固然呈現了某種歇斯底里的吶喊，卻也見出了選擇自我放逐遠離都市的心理因由，女主角自問：「在這喧囂的城市，她總覺得身體裡丟失了什麼，到底丟失了什麼」、「爲什麼，我如此殘缺」（頁 38），在「丟失了什麼」以及「殘缺」的字句中，除了顯現女主角的內心空缺外，也有著都市文學中常見的現代主義特徵。

較爲弔詭的是，當女主角感覺「這世界是瘋了」、「這世界真他媽的瘋了瘋了瘋了」的同時，社會中的大多數人，卻也以「瘋」形容這些遠赴異地尋找自我的流浪者，女主角丈夫說：「我建議你趕快回來上班掙錢，要麼去炒股，全民都在炒股，但千萬別去當聖徒，那樣會瘋掉的。我們這個時代，需要的是金錢而不是信仰，需要的是中產階級而不是聖徒，你明白嗎？」（頁 147）她的丈夫在「那樣會瘋掉的」的話語裡，宣揚了社會的主流價值。先不論日常生活中人們頻繁使用「瘋」字來指涉事情違反常規的便利性，兩者的「瘋」分別呈現了人們追逐心靈生活與物質生活的目標。

這些自絕於都市生活的漢族流浪者，拋卻「俗名」[7]，到西藏追尋心靈自由，渴望接觸且參透人生真義。《西藏流浪記》男主角到達藏地生活時，給了自己一個藏語「春天」的新名字：「亞嘎」，然而即使如此，名字在此已經失去了意義，作者寫道：「從此，人們就叫你

---

[7] 藏族喇嘛皈依或出家後會重新得到一個法名，與先前的俗名不同。

亞嘎。其實，後來你一查藏漢詞典，發現『亞嘎』是夏天之意，春天在藏語中叫作『謝嘎』。不過，這有什麼區別呢？在這袤延千里的大草原上，你就是個無名無姓的流浪漢，只需要一個符號就可以了，像那些馬一樣，牛一樣，狼一樣。這裡無需身分證、暫住證、護照、綠卡，這裡沒有員警半路攔住你檢查。」（頁 118-119）於是作家在其他短篇小說中，流浪到藏地的漢人也就沒有了名字。〈格桑梅朵〉主角被命名為「那個不知名的人」、〈送給拉姆措的一卡車石灰〉是「厭世者」、〈長著虎皮斑紋的少年〉以及〈西行三十里，我們只談死亡的事情〉的「旅行者」，都是顯現了流浪者到藏地追尋自我過程中的「非我」特質，名字不能、也不再呈現這些流浪者「我是誰」的自我定位，而是直接表達「別人認為我是誰」的身分意義。

《西藏流浪記》曾寫道這些流浪者的勇敢特質：「我們之所以熱衷於談論切・格瓦拉，不是因為我們勇敢，而是因為我們怯懦」、「我們之所以熱衷於談論傑克・凱魯亞克，不是因為我們喜歡上路，而是因為喜歡賴在床上」（頁 20），無論是切・格瓦拉（Che Guevara）的古巴革命，或是傑克・凱魯亞克（Jack Kerouac）垮掉的一代的背包革命，都是離開都市走向荒野的行動派，藉以換得全新的觀看視域或思想啟迪：

> 「必須要上路了，」你說。「像個沒落時代的莽漢，拋棄中產階級的空洞無聊和小布爾喬亞的矯揉造作，到西部去，到遠方去，到異域美人和孔武有力的男子組成的自由國度去。」（頁 20）

先不論主角真正的目的是否真是為了「異域美人和孔武有力的男子組成的自由國度」，這浪漫且刻版化了的西部形象，除了彰顯自然的男女之情外，也成為吸引都市人流浪西部或西藏的動因。如同作家在短篇小說〈神奴〉中寫道，一位離了婚的北京女人因著異域風情，

夢想在拉薩發生一段豔遇，因而眼前所見的男女往來皆與性相關：「倚著車窗的北京女人突然亢奮地又跳又叫。快看啦，快看啦，藏族女人要強姦那個男人啦！哇噻，好原始好野蠻好刺激喔！」[8]，原先僅是一群藏族姑娘試圖拯救一位發瘋的藏族男人的畫面，被火車上一群相信「眼見爲憑」的漢族遊客誤解，傳達了東方主義式文化想像的同時，也揭示了被都市文明壓抑的性趨力。即便在西藏現實生活中，曾經是一夫多妻或是一妻多夫的社會，這民族也以崇尙自然而然的性愛關係，異於漢族的道德規範，但是在這些藏族文化特色，卻僅成爲漢族觀光客慾望化的對象，而非其他。

這些選擇到藏地生活的「藏漂」[9]們，或因工作、因理想、因挫折、因逃避、因省思人生而進入藏地生活。廣闊天地間，西部原野的晨光夜色、草木魚蟲自然生活景態，以及隨處可聞的「ཨོཾ་མ་ཎི་པ་དྨེ་ཧཱུྃ།」（嗡嘛呢叭咪吽）六字真言，安定且撫慰了藏族人民的心靈，緣由於此，柴春芽在小說中也就描寫漢人進入藏地的原因即是冀望也能由此獲得心靈的解放或解脫。〈誰在爲你唱一首古老的西藏情歌〉描寫一位與英國男子交往卻失戀的漢族女性，聽到一首反覆播放的西藏民歌後，決定放棄自殺念頭並遠赴西藏學習藏語，多年後，她開了一間酒吧屋，說、聽藏語外，也夜夜跟來自四面八方的不同男人做愛，但在一次登山活動中，她才真正戀上了一位素未謀面、被冰雪封凍在冰川中的藏族男子：「他的死亡凝固了時間。像是對待一個相愛已久的戀人，她俯身在冰川上，親吻著埋住了他面孔的那塊冰面。她想擁抱他。」[10]當她有一晚在住所聽到一首她不懂歌詞的古老的藏族民歌時，她先是疑惑聲音的來源，經過一段時間，她知道是誰在唱這歌的同時，也就預知了自己即將以死亡方式奔赴冰川藏族男人的愛情。這篇長達約八千字的小說，以不分段落的方式，延續訴說故事的情緒感染力，也以此暗合藏族文化中特

---

[8] 收錄於柴春芽：《西藏紅羊皮書》（臺北：聯合文學出版社，2009），頁 261。

[9] 「藏漂」已成專有名詞，專指到藏地生活的異鄉人。

[10] 收錄於柴春芽：《祖母阿依瑪第七伏藏書》（臺北：聯合文學出版社，2010），頁 10。

殊的時間與空間氛圍。一般而言，日常生活語言轉化成文字，從口語變成書面語，表述內容以理性清楚爲主，然而在這篇小說中，以及收錄此篇作品的《祖母阿依瑪第七伏藏書》中的其他小說〈養豹子的人〉、〈停在迷途的水面上〉、〈你會看見龍石在跳舞〉、〈蜜蠟一樣的黃眼睛〉、〈烏喇嘛顯靈的日子〉、〈祖母阿依瑪第七伏藏書〉，作者皆以不分段的方式呈現藏族特異的時空特色，區別於現代西方（漢族）現代性的理性與秩序社會特徵。〈誰在爲你唱一首古老的西藏情歌〉一首西藏民歌莫名牽引漢族女性遠赴西藏生活，並且愛戀已經死亡的藏族男子，除了彰顯反抗社會秩序的意圖之外，因愛而無懼死亡的心理驅向，有著藏族文化中超越時空、超脫凡塵俗事的精神。即便女主角聽不懂西藏古老語言的情節設置，似乎隱喻了藏、漢兩種文化之間的隔閡，但是其情感上，卻仍是以藏族文化爲依歸。

　　除了上述小說表現的內心趨向外，作家也描述漢人赴藏地贖罪或尋求解脫的情形。〈長著虎皮斑紋的少年〉裡，一對心裡藏著秘密的漢族夫妻到西藏旅行，原因是一個人再怎麼罪大惡極，到了藏地「印南寺」都會獲得救贖，但在旅途中，深愛妻子的漢族男人卻殺了妻子，爲此，漢族男人更加堅定一定要找到「印南寺」。當「印南寺」出現在河的對岸時，漢族男人決定自己動手搭建橋樑，但搭建的過程始終如西薛弗斯神話一樣，每近完工時總是不敵年年汛期洪水的侵擊，當漢族男人耗盡一生的精力，準備帶著遺憾死亡之際，一位具有神力的喇嘛起了憐憫之心，將他帶去了「印南寺」。〈西行三十里，我們只談死亡的事情〉男主角進入西藏旅行，只爲求有尊嚴的、英雄般的死去：「旅行者向那幾位獵人說。唯一的解釋是，我身患絕症已經到了晚期。這也就是我到西藏旅行的原因。我不想屈辱地死在醫院裡。我想死在路上。」[11]他在路上遇到的巴巴益西老人也將他引導至「印南寺」，了悟生死。除了上述這兩篇小說外，〈格桑梅朵〉、〈神奴〉、〈你見過

---

[11] 收錄於柴春芽：《西藏紅羊皮書》（臺北：聯合文學出版社，2009），頁 179。

央金的翅膀嗎〉、《西藏流浪記》等小說中也頻繁出現這一座具有心靈解放象徵意味的「印南寺」，柴春芽在〈西行三十里，我們只談死亡的事情〉是這麼描寫的：

> 那印南寺坐落在荒涼的山崗下面，既沒有金瓦大殿，也沒有僧侶宿舍。其實，所謂的印南寺，只是一間黃泥小屋，屋前有三棵樹，一棵是菩提樹，另一棵也是菩提樹，還有一棵，仍然是菩提樹。沒有一個朝聖者願意在那樣破敗的寺院裡稍事駐足，禮佛唸經，也沒有一個僧侶願意在那樣破敗的寺院裡，窮其一生，像格桑喇嘛那樣，每天坐在菩提樹下，只吃七粒青稞。[12]

破敗的印南寺形象與文革過後整修得金碧輝煌的藏族寺廟形象大相逕庭，作家將內心的佛理及空無思想轉成具體的空間概念。文中再三強調的菩提樹，寓意了回到釋迦牟尼佛最初悟道的精神。著重物質表象者，並非是真正的佛教思想。這樣的思維觀念，對比於都市人富裕的物質生活，甚至是燈紅酒綠、紙醉金迷的生活場景，有著甚大的差距，導致都市人看不起邊疆地區的貧瘠生活，也無法感受藏民們絡繹不絕邁向磕長頭朝聖之旅的動因與心理，作家為此感嘆：「當夜晚來臨，朝聖者就在公路邊，裹覆著破舊的羊皮袍子，席地而眠。大月馳入的青藏高原，精神空虛的觀光客們在汽車和旅館中聲色犬馬，談論著一路見聞，譏笑著貧窮而骯髒的朝聖者，但誰能體會一個抱風而眠的朝聖者內心的純粹與幸福？」[13]現代化交通工具縮短了時間與空間的距離，尤其青藏鐵路、川藏鐵路開通後，絡繹不絕的觀光客進入佛土之地試圖感受藏族文化，卻鮮少有人能在被稱為「觀光客的凝視」

---

[12] 引文出自〈西行三十里，我們只談死亡的事情〉，收錄於柴春芽《西藏紅羊皮書》（臺北：聯合文學出版社，2009），頁181。

[13] 柴春芽：《西藏流浪記》（臺北：聯合文學出版社，2009），頁53。

搜集文化符號裡[14]，真正沉澱內心、解悟世事，因而柴春芽筆下追尋心靈自由的流浪者形象也就更具深刻性。

## 二、神靈世界──西藏生死書

　　從 1980 年代迄今的知名藏族作家扎西達娃、阿來，或者是以寫藏族主題聞名的漢人作家馬原，作品中皆洋溢著濃厚的魔幻寫實特色，柴春芽《西藏流浪記》、《西藏紅羊皮書》到《祖母阿依瑪第七伏藏書》也是如此。短篇小說〈一隻玻璃瓶裡的小母牛〉內描寫玻璃瓶內裝著一隻小母牛的奇異景觀、〈阿依瑪的種子〉曾祖父身體長出樹根、阿依瑪變成一顆種子，〈西行三十里，我們只談死亡的事情〉人趕魚的奇景：「那少年像個牧羊人一般，揮舞著手中的皮鞭，抽打著砂金浮動的輝煌水面。魚群擁擠著，奮力向上游動。牠們不得不飛越岩石和瀑布，以便翻越一座座山崗。」[15]、〈你見過央金的翅膀嗎〉央金身上隱形的翅膀、〈八月馬聯手〉獸醫站站長用聽診器聆聽大地的心跳等等，皆是此類作品，柴春芽甚至以超越族群、宗教信仰的方式讓神靈們示現，彰顯其世界觀，小說〈你會看見龍石在跳舞〉敘述：

> 那是個六月將盡的黃昏，索菲婭第一次提到龍石的秘密。她要求唯色無論如何應該陪她到長著核桃樹的岸邊去看看，以此證明她以前是如今也是而且將來永遠是，一個誠實的穆斯林。你準會看到龍石在月光裡跳舞，唯色，我騙你就是小狗。索菲婭一本正經地說。我那活著時愛唱一首花兒死去時愛托一個夢兒的阿媽，說她跟你們藏人一樣，在真神阿拉的授意下，投生轉世變成了一條魚，因為魚和人和鳥和其他萬物一樣，都是真神阿拉顯現在人間

---

[14]　《觀光客的凝視》一書中，作者論述現代觀光客的旅遊過程，其實就是搜集「符號」的過程，這些「符號」只是觀光噱頭，而不是真實的文化歷史。參見 John Urry 著，葉浩譯：《觀光客的凝視》（臺北：書林出版有限公司，2007 年）。

[15]　收錄於柴春芽《西藏紅羊皮書》（臺北：聯合文學出版社，2009），頁 173-174。

的幻影，如今，她生活在龍石下面的一個漩渦裡，每當龍石跳舞
的夜晚，她和其他許許多多一起生活的魚就被龍石帶出水面，在
月光裡飛翔，等到月光的潮水緩緩退去，疲憊不堪的魚群才能跟
隨龍石重返河流，長此以往，我的阿媽總是擔心自己的雙鰭終有
一天會變成翅膀，對於一條魚來說，長出一雙翅膀其實並不是一
件好事。[16]

若參見柴春芽的出身及經歷即可看出其世界觀的形成過程：「柴春
芽，1975 年生於甘肅隴西一個遙遠的小山村，1999 年畢業於西北師
大政法系」[17]，作家曾自述小山村童年時期的有神論教育[18]，與中學
時期的無神論觀念陸續影響了他的思想，到了大學時期，他才確立自
己的世界觀：「等我上了大學，由於專業的緣故——我上的是政治系
——我開始重新省視自己的思想，並通過大量閱讀哲學著作，才發現
無神論和庸俗唯物主義真是魔鬼的宗教。到了西藏以後，博大精深的
佛學思想一下子就把我內心中殘存的疑惑清掃一空。」（頁 321）柴
春芽雖是漢人，但童年時期萬物有靈論的思想，聯繫了大多少數民族
中這種類似薩滿教的宗教信仰[19]，更進而思考生命的意義。

　　爲了指出漢族人們有限的生活經驗，柴春芽在小說中敘寫各種
「匪夷所思」的魔幻情節，〈我要說是巴依老爺的刀子〉鎮長原先是
無神論者，他認爲：「自從有了馬克思，神就死絕了」[20]，但多年後他

[16] 收錄於柴春芽：《祖母阿依瑪第七伏藏書》（臺北：聯合文學出版社，2010），頁 58。
[17] 柴春芽：《西藏紅羊皮書》（臺北：聯合文學出版社，2009），封面折頁作者介紹。
[18] 「我小時候實際上也是受有神論教育。這種教育是潛移默化的。等到我開始寫作的時候，我才發現，一種原始樸素的有神論信仰和善惡報應的觀念早在我的血液裡扎下了根。」訪問稿：〈西藏對一個作家的意義〉（叢峰採訪），收錄於柴春芽：《西藏紅羊皮書》（臺北：聯合文學出版社，2009），頁 320。
[19] 根據研究指出，中國大陸北方阿爾泰語系中的突厥語族、蒙古語族、滿一通古斯語族各民族曾經普遍信仰薩滿教，一些民族至今還保留了豐富的薩滿教信仰傳統。維吾爾族、哈薩克族、柯爾克孜族、塔塔爾族、裕固族、土族、蒙古族、達斡爾族、滿族、赫哲族、鄂溫克族、鄂倫春族、錫伯族等等皆屬之。孟慧英：《塵封的偶像——薩滿教觀念研究》（北京：北京出版社，2000），頁 10。
[20] 收錄於柴春芽：《西藏紅羊皮書》（臺北：聯合文學出版社，2009），頁 95。

卻在女兒身上看到不合理現象:「鎮長的女兒長到十二歲生日的那天,一種怪病突然降臨。那是一個下雪的早晨,鎮長的女兒從一場噩夢中醒來,發現自己的身體裡長出了樹根」,爲了防止樹根扎入地層,鎮長用魚網把女兒吊在了天花板上,但「那得了怪病的女兒由於忍受不了長期飄在空中的痛苦,遂乘醫生不備,咬斷了把她吊在天花板上的繩子,結果,她雙腳剛一落地,身上的樹根便牢牢地扎進了地層。」鎮長女兒最後說到等到有一天她所在的地方變成森林後:「那時候你就叫我班丹拉姆[21],因爲我會成爲森林女神」(頁 91、134),從鎮長的無神論論點到他女兒變成森林女神的情節發展,作家有意揭示魔幻世界的存在。

　　與此相似,小說〈神奴〉中的漢族導遊也對這類事件的真假與否提出疑問:「小靈童是一頭青毛母狼在一個風雪之夜送到祖母阿依瑪門前的」、「雖然祖母阿依瑪什麼都看不見,可她能用心靈感知一切」、「我們毛卜拉村的一頭母豬有一年生出了一隻小象,由於我們全村人盯著那醜陋的動物看了好幾個小時,最後竟把可憐的小傢伙給看死了⋯⋯」,最後小說寫到:「當那個漢族導遊問我們這一切是否屬實時,我們異口同聲地說,那都是真的。⋯⋯」,這樣的內容固然傳達了都市文明人對落後文化的質疑,但作家也藉此反諷都市文明人的世界觀:「漢族導遊和長紅毛的外國人第一次發現自己對世界的了解幾乎還停留在中世紀。他們唏噓感嘆著,甚至面帶愧色地離開了毛卜拉。」(頁 262-263)作者在此刻意以社會達爾文主義進化論視角,諷刺西方啓蒙時代以來自以爲是的科學本位主義,也批判了漢人政治治理中的唯物論思考方向。

　　〈烏喇嘛顯靈的日子〉則描述烏喇嘛附體在人身上時,散發著藏民身上的檀香味,以此聯繫嗅覺與民族的關聯性:

---

[21] 小說後文注釋寫道:「也稱吉祥天女,是藏傳佛教萬神殿中位居首席的密宗女性護法神,是藏密中最重要的出世間護法神之一。」收錄於柴春芽:《西藏紅羊皮書》(臺北:聯合文學出版社,2009),頁 135。

烏喇嘛附體在他繼母身上借用她的嘴來回憶或是預言未來，用的
是一種檀木的氣味。這種檀木的氣味少年哪吒比較熟悉，因為檀
木的氣味是藏語特有的氣味。少年哪吒隨著家人在軍隊的保護下
初來這個名叫毛卜拉的村莊時，滿村莊都是檀木的氣味。後來，
隨著一批又一批藏人遷離村莊，這檀木的氣味變得越來越稀薄。
當他再也聽不見藏語的時候，檀木的氣味便消失了。少年哪吒這
種用嗅覺來辨別語言的功能一度使他困惑不已。[22]

　　與文學手法中將人的聽覺、視覺、嗅覺、味覺、觸覺等不同感覺互
相溝通的「通感」修辭相似，藏族的魔幻寫實特色超出一般人們熟知的
日常經驗。柴春芽在此不以食物的味道聯繫獨特的民族文化，例如〈阿
依瑪種子〉：「好多漢人說他們之所以討厭藏人，就是因為藏人的身上有
一股濃濃的酥油味」（頁301），而轉以檀木的清香表現藏族生活的自然
原始特徵。藏族中的山神、湖神、動物神、植物神、戰神、巫術信仰等
萬物有靈的神靈世界[23]，正是構成了柴春芽筆下這類魔幻色彩的主因。
即使柴春芽早期有些小說為了突出主題的特殊性或隱喻政治議題，致使
其與藏族相關的內容顯得有些矯揉造作，〈手持玫瑰魚的卓瑪〉以卓瑪
以及玫瑰魚象徵香格里拉是人間天堂的形象，但因表達寓意太過明顯，
以致鑿痕斑斑、〈皇帝企鵝在岡底斯〉小說以皇帝就是企鵝、企鵝就是
皇帝，托喻君王神聖形象的荒誕性，其中的聯繫點也顯得太過刻意、或
者〈八月馬聯手〉描寫都市出現能讓母牛替女人懷孕的機器，但從母牛
的肚子裡誕生的男人和女人卻失去了生育能力，小說批判科技文明違反
生命傳承價值的同時，雖彰顯了藏族社會崇尚自然的民俗觀，但卻也讓
整篇小說的立場顯得過於刻意而不自然。

---

[22] 收錄於柴春芽：《祖母阿依瑪第七伏藏書》（臺北：聯合文學出版社，2010），頁105-106。
[23] 林繼富：《靈性高原——西藏民間信仰源流》（湖北：華中師範大學出版社，2004）。

　　然而無論是自然呈現或刻意爲之的林林總總神秘氛圍，已組構成作家柴春芽筆下繽紛多彩的藏族世界。更爲重要的是這些神秘事件的發生源或關鍵點，是源自作家一再強調的靈魂觀，尤其是死亡與靈魂的關係。如前一節所述〈西行三十里，我們只談死亡的事情〉寫道一位身患絕症的漢族年輕人「不想屈辱地死在醫院裡」，因此到西藏旅行，他在進入藏地後遇到一位剛剛去世的老人跟他講死亡的意義，這位老人面對旅行者提問藏人叛亂的事情絕口不回應，只願講述他對於死亡的感想：「在這次旅行剛剛啓程的時候，巴巴益西老人就對旅行者說起有關時間與死亡的事情。年輕人，我從未感覺到時光流逝，讓記憶轉化爲火燄，相反，常年堆積的時光像水一樣在我的身體裡蕩漾。這可不是一件好事，因爲它總是讓我活得既傷感又疲憊。有人說，死亡能讓時光重新流淌，但我很快就否定了這種說法。」[24]。小說還描述了死亡後有另一個世界的存在，或是靈魂轉世的可能性，這是漢人唯物主義者所反對的。如同小說中提到當漢族年輕人提出懷疑時，藏族老人的反應：「巴巴益西老人有些嫌惡地皺皺了眉頭，似乎對因沒有信仰而對萬事萬物總是持有懷疑態度的漢人有一種極度的反感」（頁 173）；另一篇短篇小說〈爲了埋葬兒子的河流〉也寫道一位留在藏地的漢族解放軍，最後娶了藏族女人，在他兒子死後，他相信靈魂轉世，他聽到魚叫他阿爸的聲音。作家具有自傳色彩的小說《西藏流浪記》中的一段話，更直接揭示了藏地文化中死亡與靈魂的關係：

　　在這裡，轉經的人們一臉從容和自信。在徹底的信仰中，他們心安理得地相信，靈魂不滅，死亡也並非迷津，而是輪迴之路上往生淨土的必然之門。

　　否認靈魂的哲學是世界上最虛無的哲學，這樣的哲學把人導向絕望。可是，太多的人信仰這種否認靈魂的哲學了，因而在耄耋之

---

[24] 收錄於柴春芽：《西藏紅羊皮書》（臺北：聯合文學出版社，2009），頁 172。

年，對死亡充滿了恐懼。(頁 143)

藏人的生命學說認爲，生命主要是魂、魄、軀合一的情況，魂是指「靈魂、神識、意識的流動和凝聚，意念的反應和指導」，魄是指「精氣、氣魄、元氣、膽力、營養、壽命等」[25]，一般雖是魂魄合稱，但是宗教學上主要還是討論靈魂問題。以藏傳佛教觀念述寫死亡問題的重要著作《西藏生死書》內容就曾經提到，當人瀕死及死亡後，靈魂將經歷中陰過程，找到輪迴、解脫或走向涅槃的道路[26]，也因靈魂的存在，使得生命哲學成爲藏傳佛教重要的思考議題。柴春芽在自剖人生歷程時，曾經說到 1999 年時，一位藏族詩人才旺瑙乳帶他接觸、進入藏傳佛教的過程：「一九九九年八月，我跟隨才旺瑙乳第一次進入藏區——天祝藏族自治縣的天堂寺。才旺瑙乳的父親多識仁波切就是天堂寺的轉世喇嘛，在『文革』中受迫害被逼還俗。在天堂寺，我第一次親身體驗到了宗教對我心靈的撫慰」、「從那時起，我就覺得自己的命運與西藏開始聯繫在一起」[27]，宗教信仰因而成爲他思考人生存在意義、生命價值的重心。

　　柴春芽小說也以精神病院與藏傳佛教信仰，呈現了無神論者與有神論者在科學與信仰之間的差別。〈神奴〉中來自北京的漢族女人被拘禁於精神病院，顯見「這女人發瘋了」的社會定位，但對於藏人來說，這發瘋的女人所說的內容卻句句屬實。小說敘述當尼瑪茨仁的朋友擔心他已經死亡的時候，輾轉聽說有個住在精神病院的漢族女人說有個叫做尼瑪茨仁的人出現在她夢境裡，他們就相信尼瑪茨仁依然以另外一種方式活著。精神病院的女人說她夢到：「他赤身裸體，牽著一匹白馬到處流浪。騎馬的人面容模糊，讓人看不出他到底是苦還是

---

[25] 尕藏才旦、格桑本編著：《天葬——藏族喪葬文化》(蘭州：甘肅民族出版社，2005)，頁 143-144。

[26] 索甲仁波切著、鄭振煌譯：《西藏生死書》(臺北：張老師文化事業股份有限公司，1996)。

[27] 訪問稿：〈西藏對一個作家的意義〉(叢峰採訪)，收錄於柴春芽：《西藏紅羊皮書》(臺北：聯合文學出版社，2009)，頁 319。

樂……」，聽聞這樣的夢境，尼瑪茨仁的朋友也就放心了：「他們終於放棄了對尼瑪茨仁的擔心，因為我們相信他還活著，只是活在一個我們常人看不見的世界裡而已。在那個世界裡，他有著自己的生活方式。」[28]這段情節內容，呈顯科學與信仰之間的差別，也見出了靈魂不滅的藏族文化觀。

一般人冀望能在有限的生命旅途裡，實現個人理想，但隨著資本主義而來金錢為尚的價值觀，人們在實現理想的同時，卻不再思考存在的真諦與意義，異於此，柴春芽從都市到鄉村的現實景況，不僅是聽從大自然的呼喚，還藉由藏族宗教哲學思考探詢生命之謎。《西藏流浪記》中，作家羅列了一長串的都市象徵，並以「腐植質」稱之：「秋雨迷濛。樓房。天橋。公路。汽車。員警。士兵。公務員。藝術家。政客。妓女。囚徒。無個性的人。手銬。安全套。證券交易所。機械裝置。一切均為腐植質。一切為一。腐植質絲狀的觸鬚伸向天空，擋住了太陽。」（頁 16）物質化、慾望化、政治化的都市社會以及中共官方單位奉行的唯物論主張，框限了人們今生的作為，柴春芽即使一再提及死亡並非大限、尚有靈魂轉世的問題，但是大部分的人們仍沉溺於物質化的富裕生活，無法參透生命的真義。

## 三、政治議題之外──心間伏藏

柴春芽在小說中，除了探討藏地或藏族的特殊文化外，內容尚觸及西藏獨立、達賴喇嘛等中共政治禁忌，因此其作品幾乎都選擇在臺灣出版，三部在臺灣出版的作品《西藏紅羊皮書》（2009 年）、《西藏流浪記》（2009 年）、《祖母阿依瑪第七伏藏書》（2010 年），目前僅《西藏流浪記》於 2011 年易名為《寂靜瑪尼歌》於中國大陸發行。柴春芽除了在小說中以明示或隱喻的方式表達自己的政治立場外，《西藏紅羊皮書》附錄〈西藏對一個作家的意義〉、《祖母阿依瑪第七伏藏書》

---

[28] 收錄於柴春芽：《西藏紅羊皮書》（臺北：聯合文學出版社，2009），頁 278、279。

跋〈騷亂時期的西藏魔幻之旅〉這兩篇涉及當今藏族政治議題的紀實散文，仍著實讓人印象深刻，這位漢族作家在〈西藏對一個作家的意義〉便直言：

> 在中國，人們幾乎看不到真誠的寫作，因為所有的真相都要被掩蓋。謊言與恐怖是所有共產國家的通病。凡是通過了中共新聞與出版檢察機關的審批而發表的小說，都在刻意回避和遮掩這個獨裁國家的邪惡、不公正與不平等以及這個民族整體的墮落。中國作家在擔當御用文人的角色上是成功的，但在擔當作家的職能時則顯得極為尷尬。所以，真正的作家都不得不在國外發表作品。[29]

值得玩味的是，當《西藏流浪記》於 2011 年易名為《寂靜瑪尼歌》於大陸出版時，作家似乎為讓小說內容表現得更加完美，重新調整段落語句的同時，更直接刪去或刪改某些段落，例如臺灣版《西藏流浪記》中一段描寫格桑喇嘛正面形象的內容，便在中國大陸版《寂靜瑪尼歌》遭到刪除：

> 你去三郎瑙乳家的時候，居住在洞窟裡的格桑喇嘛也來了。他是一個多麼慈祥的老人啊──頭髮已白，明亮的眼睛裡擴散出柔和而悲憫的光芒，那是菩提之心的光芒；笑容掛在臉上，像月亮掛在天上。他有著一張孩子般天真的臉。他是那樣喜歡微笑。看著他，依偎他，自然會讓人把滾滾紅塵中顛簸的心、提防的心、慾望的心、功利的心放下，把貪嗔癡放下，把一副歸依的心情給他。他坐在窗下，光芒湧入的下午，他是這光中之光。他在唸經，金

---

[29] 訪問稿：〈西藏對一個作家的意義〉（叢峰採訪），收錄於柴春芽：《西藏紅羊皮書》（臺北：聯合文學出版社，2009），頁 324。

剛杵纏繞在他手結的契印中。[30]

先不論在一篇自述中，柴春芽曾經提及他筆下的格桑喇嘛是一位能夠化解藏、漢民族衝突的智者形象：「在小說中，我將希望寄託在格桑喇嘛的身上。我在塑造一位智者的形象。這位智者能夠讓藏漢兩個民族趨向和解，他也能夠為西藏找到自由，當然，他是一位非暴力的倡導者。」[31]，這段文字會被刪除的原因或許是因為這段內容太過主觀，也或許涉及敏感的宗教議題所致。而更值得討論的還在於從《西藏流浪記》到《寂靜瑪尼歌》的數字變化問題。《西藏流浪記》最後一章「寓言書」[32]提到，一位來自城市的漢人到了藏區後先是擔任教師，但在教育結果不如原先預期、科學和知識也不敵當地宗教勢力的情況下，他選擇閉門不出，而「用五十六種語言來寫作一部永難結尾的長篇小說來度過漫長而虛無的歲月」（頁284），五十六種語言似乎隱喻包含漢族在內的五十六族[33]，最終勢必無法齊心協力建造通往天堂的巴別塔、通天塔[34]，因而成為永難結尾的小說。與此同時，原先沒有宗教信仰的漢人去世後也被認定為是一名隱居的苦修者：「這群舉行完天葬的僧人從老牧民阿爸丹珠口中得知，那個從都市來的志願者曾在這裡隱居了大半生，於是就認定他是個真正的苦修者。一個僧人脫下袈裟披在那個業已死去的志願者身上。」（頁291-292）這位來自都市的漢族志願者去世後，手心裡長出了象徵幸福吉祥的藏族之花格桑

---

[30] 《西藏流浪記》，頁145。

[31] 柴春芽：〈跋：騷亂時期的西藏魔幻之旅〉，收錄於《祖母阿依瑪第七伏藏書》（臺北：聯合文學出版社，2010），頁237。

[32] 這「寓言書」篇章，後來也獨立成為柴春芽的另一篇短篇小說〈格桑梅朵〉，兩篇之間字句雖略有不同，但情節一樣。〈格桑梅朵〉收錄於《西藏紅羊皮書》。

[33] 目前在中國境內包含漢族在內共有五十六族，五十五族少數民族中，除了回族、滿族通用漢語外，其餘五十三族原先都有屬於自己的語言，但後來因與漢族相處或雜居，有些語言已流失。施哲雄等著：《發現當代中國》（臺北：揚智文化事業出版有限公司，2003），頁183。必須說明的是在中國大陸的官方版本中，五十五族少數民族包含了臺灣的高山族，但本文不擬討論其合宜性。

[34] 《聖經》創世紀記載，上帝為了阻止人們搭建高塔展現人類的力量，因而讓人們講著不同的語言，並使他們分散各地。該座無法成功建造的塔即稱為巴別塔（或稱通天塔）。

梅朵，既彰顯其已參透人生真理得道之外，也意喻了這位漢人最後僅能在藏族文化中成就自己，而無法解決五十六族之間的民族紛爭：「你用五十六種語言寫作的長篇小說《西藏流浪記》，永遠沒有結尾。」（頁 299）但弔詭的是，中國大陸版的《寂靜瑪尼歌》，卻將數字由五十六改為一百零一：「你用一百零一種語言寫作的長篇小說《寂靜瑪尼歌》，永遠沒有結尾。」（頁 239），即使一百零一這數字具有如《天方夜譚》一千零一夜中循環或超越的意思，但是對比於原先的五十六種語言的隱喻意義，似乎已減低了原先的批判色彩。

　　柴春芽在他的小說中屢屢寫到漢族與藏族之間的民族紛爭。〈一隻玻璃瓶裡的小母牛〉描寫藏獨問題：「雖然我流浪在別人的土地上，但我仍然有自己的祖國。我的祖國叫西藏，那是獅子盤踞著雪山的地方」[35]，或是在一些作品〈你見過央金的翅膀嗎〉、〈西行三十里，我們只談死亡的事情〉、〈一隻玻璃瓶裡的小母牛〉、〈神奴〉、〈阿依瑪的種子〉等，提到流亡於印度德蘭沙拉的達賴喇嘛。從這些敘述中可以發現作家抗拒漢族政府的姿態極為明顯，〈我要說的是巴依老爺的刀子〉更直接寫道：「我這個藏人就是趴在地上舔羊糞，也絕不靠旁人過日子」、「黃禍很快就會降臨草原」（頁 102、106），作家以此明示了其認同與支持的對象。早先西藏以政教合一的方式統領藏民，無論是因果輪迴或靈魂轉世等藏傳佛教說法，既是藏族傳統文化觀念，也是促使政局安定的方式之一。[36]如今主政者變成主張無神論者的中共政權，其去魅化與訴諸理性的政治治理方向，讓藏民們也漸漸改變了他們的一些文化觀念。即便漢族官方已在自治區、自治州等「自治」名稱裡訴求民族平等[37]，但是仍無法掩藏官方權力壓迫，以及潛藏在後殖民主義下的民族認同危機。當部分藏民試圖以抗爭方式奪回真正

---

[35]　收錄於《西藏紅羊皮書》，頁 34。

[36]　當然在藏傳佛教之前還有本土苯教，但是本文以討論藏傳佛教為主。另這種政教合一的例子，在伊斯蘭教國家或基督教國家都曾出現過。

[37]　以藏族而言，除了西藏自治區外，還有 10 個藏族自治州、2 個藏族自治縣。

的自治權時，也就被迫關進監獄、或是受到監視。柴春芽曾經說過，當他認識西藏異議女作家唯色之後，就特別想隨她的腳步拍攝一部紀錄片，這部紀錄片要講述一位西藏女作家如何尋找自己的民族歷史與疼痛記憶的故事。[38]因此對於柴春芽、對於部分藏民而言，這片象徵靈魂可自由飛舞的地域，卻飽含無法釋懷的民族創傷。

　　當然，在這以追尋心靈自由的佛教國度，仍有其不完美之處，但是對於作家來說，這卻是開啟他思考人類社會中是否存在公平與正義的重要觸媒，《西藏流浪記》寫到一名年輕貌美的西藏女性遭受了不公平的對待，因為她的父親曾經因為飢餓而「打雪豬」（旱獺）讓一家溫飽，然而在當地藏族禁忌裡，誰家若是娶了這個曾經獵食雪豬家庭的女子，將會遭致災禍，所以沒有人願意娶她，作家因而思考：

> 人類社會永遠沒有公正和寬容，迷信和偏見瀰漫在生活的每一個角落。你從都市來到這裡，以為在這遠離現代文明的地方，可以找到純樸、善良、寬容和悲憫──這可是一塊被佛教之光照耀的土地啊。人類歷史也許從來就沒有過真理，而寬容和悲憫也從來就不曾存在過。想到這些，你感到一陣絕望和幻滅。（頁 135）

柴春芽在這部具有自傳性質的小說中，以「出城記」、「行路記」、「孤命記」、「修行記」、「涅槃記」、「啟蒙記」、「寓言書」七個標題，層遞性的揭示他拋卻都市塵俗、邁向荒野的修行之路。尤其當他發現現代教育的成果亦是無法對社會有所助益之後，也就僅能獨善其身、尋求解悟。

　　「啟蒙記」裡跟隨前男友步伐進入藏區的女子，最後成為身穿絳紅色袈裟的修行者，她除了度己之外也幫助他人、利益眾生，開辦了

---

[38] 訪問稿：〈西藏對一個作家的意義〉（叢峰採訪），收錄於柴春芽：《西藏紅羊皮書》（臺北：聯合文學出版社，2009），頁 319。

一所名爲「格桑梅朵」濟弱扶貧的學校:「我們每個人身上都有一條寬廣的河流。這條河流超越悲哀,把我們洗成一粒塵埃。我如塵埃。忘記我罷。我身之外,唯有眾生。唯有眾生,值得關愛。無量他人,利益眾生。眾生爲基,由此證悟。菩提生起,蓮花盛開。她把這所學校命名爲**格桑梅朵**。**格桑梅朵**就是一種祈願,祈願每個人心中的花朵因爲超越層層鋪展的悲哀更加燦爛。」[39](頁 271)從漢人都市到西藏,從利益眾生的佛教語句裡仍可見教育的重要性,但是到了「寓言書」裡,教育的成果卻不盡如人意:

> 其實,在二十歲之前,你並不是一個寫小說的人,而是一名來自城市的自願者。你來到戈麥高地,負責教育三十個牧民的孩子。隨著年齡的增長,你那教育的熱情像風中的燈盞一樣,逐漸熄滅,因爲教育的結果並不盡如人意,那些受過你的教育從而走出戈麥高地的孩子要麼成了金礦老闆要麼就是縣城各級政府部門的貪官。(頁 281)

「教育」是啓蒙的過程,卻也是墮落的開始,知識與權力的關係在此連結的愈加緊密。小說〈神奴〉中出現的瘋子也像是隱喻在西藏傳統與新式教育中無法取得平衡:「他在縣城中學上高三,能說一口流利的漢語,還能講點怪腔怪調的英語」(頁 262)。柴春芽一再描述邊疆地區聚集著各民族、各種文化宗教信仰,如〈我要說的是巴依老爺的刀子〉:「此刻,語言、膚色和長相各不相同的神靈召喚信徒的聲音在這藏、漢、回三個民族雜居的阿干鎮,紛亂地糾纏在一起。」(頁 86)但包括藏族在內,這些不同的信仰終究還是無法抵擋少數民族接受新式教育後,不再勞動、以金錢導向爲主的「墮落」之路。柴春芽曾經在一篇採訪稿中提到:「在中國,每一個在城市裡長大的人都背負著

---

[39] 文中字體皆是作家柴春芽原先的表達內容,非筆者自行所加,特說明之。

一種原罪。這種原罪，就是對農牧民的盤剝，一種國家主義式的、通過龐大的官僚集團對農牧民在五十年來實施的集體盤剝。」[40]但是從計畫經濟到市場經濟，農牧民們的勞動價值逐漸減低，年輕人的價值觀也跟著改變。

柴春芽曾經強調「作家的職能」首重個人的社會參與過程，並期許自己成為人道主義者：「對我而言，寫作不是遊戲，而是一種思考方式。我希望藉寫作而成為一個人道主義者，一個努力在探索內心世界與存在之謎的人。我希望藉寫作來解放自己的心靈。」（頁 325）尤其在其自傳色彩濃厚的小說《西藏流浪記》中，作家更藉由主角揭示了他認為作家這一職業所需具備的「乾淨」的精神：「一個作家絕不應該以墮落的生活方式，用精神錯亂和自殺向世人證明天才，而是應該用智慧和愛。我們必須過一種健康的生活，這樣才能用一種健康的文學引導人們去追求真善美。我討厭病態和變態。」（頁 237）在柴春芽的觀念裡，作家擔負著社會責任，是引導人類走向健康心靈的精神導師。

〈阿依瑪的種子〉中的阿依瑪，不畏瘋瘋男人醜陋不堪的外貌、無懼身體生出樹根的怪異男人，她以身體「度化」了生命中的九千九百九十九個男人，同時也從中得到了心靈的昇華：「在那如夢似幻的夜晚，我的曾祖父一再覺得自己身體裡的阿依瑪從魚變成了鳥，帶著他在綴滿藍寶石的蒼穹中隨處遨遊。而我們的阿依瑪也在那樣一個忘情的良宵第一次萌發了度母般聖潔的菩提心。她發現自己從來都不曾恨過男人，也未曾恨過世人，因為她的心中盛滿了大海一樣的愛以及對一切有情眾生的悲憫。」（頁 308）被社會大眾認定已髒污的身體並不影響心靈的聖潔，只要心生菩提心，即可救己救世，更何況，柴春芽更以男人為土、女人是種子的生長意象，隱喻佛教菩提種子存在

---

[40] 〈西藏對一個作家的意義〉（叢峰採訪），收錄於柴春芽：《西藏紅羊皮書》（臺北：聯合文學出版社，2009），頁 330。

於人世間，給予眾人希望與期待：

> 「毛卜拉！」我驚訝地叫出聲來，因為我發現自己居然在毫無知
> 覺的情況下，獨自抵達了毛卜拉。可是，發現這一點反而讓我局
> 促不安，因為我擔心有關阿依瑪的故事純屬藏人的杜撰。
> 我默默地背過身去，向著遠離毛卜拉的方向走去。我在心裡一遍
> 遍地告訴自己，阿依瑪果有其人，如今，她變成了一粒種子埋藏
> 在大地的深處。我甚至相信，阿依瑪的種子也會做夢。(頁 316)

小說人物「我」原先有意調查阿依瑪事件的真實性，但是當他度過如
夢似幻的旅程後，最後放棄探尋之路，寧願相信阿依瑪已經變成一粒
種子的傳奇故事，因為這粒種子代表的是度母般聖潔的菩提心，盛滿
了大海一樣的愛以及對一切有情眾生的悲憫。從漢地到藏地的漢人流
浪者所要追尋的，或者說是柴春芽所要追尋的，即是這粒埋藏在大地
深處的種子。他期望自己或其他作家，除了追尋精神上的自由外，度
己之外亦能有能力度人，引導人們尋找埋藏在心間的菩提種子、珍貴
的「心間伏藏」。[41]

## 結語

　　藏地特殊的人文風情，除了吸引一般觀光客入藏參觀外，也成為
厭倦都市生活的漢人們尋求心靈自由、解悟生死的最佳地點。柴春芽
在小說中描述漢人入藏的心理因由，更以藏、漢對比的方式，思考生
命的價值與意義。藏族宗教文化存有的神靈世界或靈魂不滅論，讓藏
族人們不害怕死亡，因為死亡不是人生的終點，而是另一階段的開

---

[41] 伏藏，藏傳佛教中本意為「埋藏的寶藏」，意指一些尚待發掘的佛教經文。柴春芽〈祖
　　母阿依瑪第七伏藏書〉註釋提到：「心間伏藏：藏傳佛教寧瑪派所說修行者心裡自然悟
　　到或說出的佛教經文。」(收錄於《祖母阿依瑪第七伏藏書》，頁 214)，但是本文在此
　　論述時，擬將其擴大解釋為具有宗教哲學意涵且象徵智慧的「心間伏藏」。

始。也因爲如此，當都市漢族人們汲汲營營的追尋金錢利益、企求長壽的時候，信仰藏傳佛教的傳統藏族人民，卻在犧牲奉獻、知足常樂與修行來世福報的信念中，無懼死亡的到來。藏、漢兩族人生觀的差異性，體現於此。而迴異的漢、藏文化，也讓作家思考政治治理的問題。當中共官方的無神論立場，與藏族傳統的有神論信仰產生衝突之際，童年時期成長於有神論鄉間文化氛圍、以及成年後曾受到政治迫害的柴春芽，自然而然地選擇了符合其內心依歸的藏族自治方向。即便當他說作家必須擔起社會職責、強調真誠寫作的重要性時，他的書籍卻面臨無法在中國大陸出版的窘境，或者作家也在小說中提及藏族文化並非絕對完美，但是對於作家來說，藏族宗教文化的特殊性，給予人們精神的撫慰與安定，卻是凌駕一切。因而小說中選擇流浪至藏地追尋心靈自由的漢族流浪者，是真實的社會現象，也是作家藉以依托的對象。

# 參考書目

## （一）作品

- 柴春芽：《西藏紅羊皮書》，臺北：聯合文學出版社，2009。
- 柴春芽：《西藏流浪記》，臺北：聯合文學出版社，2009。
- 柴春芽：《祖母阿依瑪第七伏藏書》，臺北：聯合文學出版社，2010。
- 柴春芽：《寂靜瑪尼歌》，上海：上海人民出版社，2011。

## （二）參考書目

- John Urry 著，葉浩譯：《觀光客的凝視》，臺北：書林出版有限公司，2007 年。
- 尕藏才旦、格桑本編著：《天葬——藏族喪葬文化》，蘭州：甘肅民族出版社，2005。
- 孟慧英：《塵封的偶像——薩滿教觀念研究》，北京：北京出版社，2000。
- 林繼富：《靈性高原——西藏民間信仰源流》，武漢：華中師範大學出版社，2004。
- 施哲雄等著：《發現當代中國》，臺北：揚智文化事業出版有限公司，2003。
- 柴春芽：〈騷亂時期的西藏魔幻之旅〉，收錄於柴春芽：《祖母阿依瑪第七伏藏書》，臺北：聯合文學出版社，2010。
- 索甲仁波切著、鄭振煌譯：《西藏生死書》，臺北：張老師文化事業股份有限公司，1996。
- 叢峰採訪：〈西藏對一個作家的意義〉，收錄於柴春芽：《西藏紅羊皮書》，臺北：聯合文學出版社，2009。

# 講評

◎袁勇麟*

　　柴春芽的西藏寫作別具一格，他以不分段、一氣呵成、自由無拘的敘事格式，開啓了「西藏魔幻寫實」的小說路線，堅持以「捍衛人類古老智慧」、「讓具體的國家和民族……消失，……只想道出人類」的姿態來將自己與其他所謂的觀光涉獵者區分開來。作爲一個「相信西藏人的智慧終將爲整個人類帶來福祉」的精神朝聖者和道德追求者，研究他的寫作其實並不容易，因爲在某種程度上，他將自己與西藏這個地方的生命氣質聯繫在了一起，在他的筆下，魔幻不是魔幻，是寫真；虛構不是虛構，是生活；信仰也不是信仰，是存在。因此，任何考察其創作的研究，不瞭解西藏的生命氣質，不清楚西藏的生存情狀，是不可能真正深入而透徹的。

　　洪士惠的這篇論文巧妙地選擇了一個特殊的角度：漢人流浪。確實，不論柴春芽再怎麼強調自己的西藏體驗，不論他再怎麼重申自己的西藏情感，都無法抹殺自己的漢人身分。到西藏去──流浪，或者在路上──寫作，是許多作家不可遏止的激情和衝動。到西藏去是一種姿態，在路上也是一種姿態，寫作更是一種姿態。這種姿態，保留了一個知識分子的價值理性判斷，同時也爲審美創造提供了更多騰挪的空間，所謂「身在此山中，雲深不知處」，有時候保持適當距離，更能窺見真相。所以與其耗費精力對種種外象刨根究底，不如認真觀察研究「姿態」本身，看看作家究竟在姿態的呈現中表達和說明了什麼。

* 福建師範大學教授、協和學院院長。

　　厭倦都市生活、批判都市文明是柴春芽寫作的出發點，也是他一系列作品反復呈現的主題。在第一部分，洪士惠敏銳地抓住了這一點，從《西藏流浪記》中「遠赴藏地的流浪者」這一形象入手，又進而以《西藏紅羊皮書》與《祖母阿依瑪第七伏藏書》的一些情節和意象深入探討了柴春芽厭棄都市文明、以藏族文化爲心靈依歸的寫作旨趣。在以「神靈世界」爲題的第二部分，洪士惠著重探討柴春芽筆下呈現的各種魔幻色彩，更爲重要的是，她準確把握住了柴春芽魔幻手法產生的「主因」，即對藏族文化靈魂不滅，死亡不是生命終結而是另一生命起點這一觀念的信仰。如果說第一部分的「邊疆放逐」講述了種種赴藏的漢人流浪者的初衷，第二部分的「神靈世界」表現了流浪者在西藏從生活到情感的體驗，那麼第三部分就真正觸及到了流浪者在經歷了種種衝擊之後的沉澱和思索。這裡面有出於對西藏歷史和生存現狀感受的政治判斷，也有出於對西藏社會生活真實觀察的反思批判，同時還有出於文明和蒙昧碰撞的價值建設求尋，比較完整而清晰地展現了柴春芽「漢人流浪」的主題意義，其實也點出了柴春芽作爲一個紮根於西藏文化的作家，與其他西藏寫作者的不同之處。文章從「邊疆放逐」、「神靈奇觀」、「心靈探求」幾個方面論述了柴春芽寫作中表現出來的「漢人流浪」主題，可以說是比較準確地抓住了柴春芽寫作的主題與特色，整體脈絡比較清晰，格局也較爲嚴整。因爲這幾個層面展現的正是從身體行走，到精神體驗，再到靈魂求索的一個生命價值與意義的追尋過程。

　　洪士惠的這篇論文始終以細緻的文本分析爲主，在細密的分析中處處可見作者學養的閃光，但是稍嫌可惜的是，論文在許多方面點到爲止，有些內容其實可以做更深入的思考。比如，從《西藏流浪記》到《西藏紅羊皮書》、《祖母阿依瑪第七伏藏書》，柴春芽放逐邊疆、依歸西藏文化的主旨寫作是有變化的。《西藏紅羊皮書》、《祖母阿依瑪第七伏藏書》體現了強烈的「二元論」，完全肯定藏族萬靈皆靈、

靈魂不滅的文化，也完全排斥科技與都市文明，但在《西藏流浪記》中這種主旨則遊移不定，例如「涅槃記」中主角回到都市旅館的一次洗澡，竟然有「回到家」的感覺；第六部分「啓蒙記」，寫留在藏地的主角開辦一所學校，課程設置卻是都市學校的所有課程外加靈修之類的課程，那麼這是啓都市文明之蒙還是啓西藏文化之蒙？抑或是作者認爲這兩者並不完全對立？另外，柴春芽也直接寫出藏地的不平等及值得警惕的宗教「非理性迷狂」。因此，除了指出柴春芽作品主要寫作主題外，還可以通過這一主題寫作變化的分析，深入探討其最後將物質與精神、文明與原始、都市與藏地截然二分的原因。或者還可以與阿來等作家流動的藏地時間寫作相比較，進一步探析柴春芽後面兩部書完全將藏地時間處理成靜止狀態的考慮。

# 鄉土的情結、現實與想像
## 關於當下鄉土文學中人與土地關係的思考

◎郝敬波*

上世紀 80 年代以來，隨著中國農村經濟文化的複雜轉型，鄉土文學也發生了深刻的變化，正如鄉土文學史家丁帆指出的那樣：「在如此複雜的社會歷史文化語境中，中國鄉土文小說創作不僅出人意料地從上個世紀 80 年代末至 90 年代初的低迷中走了出來，形成一個新的高潮，而且從外形到內質，都發生了不同於以前的頗為顯著的變化，生長出許多不容忽視的新質，亦即發生了新的轉型。」[1]人、土地無疑是所有鄉土文學最主要的書寫對象和敘事主題，伴隨著幾十年來中國社會改革的巨大變化，人與土地關係的改變是空前的，因而也成為鄉土文學的敘事焦點。從創作情況來看，無論是對「農民工進城」的觀照，還是對「城市異鄉者」的書寫；無論是對鄉村傳統的批判，還是對鄉村風土的懷戀，實際上都是圍繞中國鄉村的這次人與土地的變化而展開的。對於人與土地關係書寫得是否豐富和深刻，可以說也是衡量鄉土文學作品優劣與否的重要標準之一。因此，我們有必要從人與土地關係的視角來審視和反思當下的鄉土文學創作，從而為更加全面、客觀地把握鄉土文學的發展提供更多的可能路徑。

## 一、情結

當我們評價一部鄉土小說時，通常說該小說描寫了鄉村的一種什麼樣的現實，譬如鄉土文化的衰落，傳統鄉村機制的瓦解、人與土地

---

* 江蘇師範大學文學院副教授。

[1] 丁帆：《中國鄉土小說的世紀轉型研究》，人民文學出版社 2013 年版，第 1 頁。

關係的改變等等。在這樣的闡釋中，我們有時把小說文本的世界視為了現實鄉土的一種寫照，自覺或不自覺地來印證頭腦中鄉村變化的種種模式或可能。可以說這種情形在一定程度上遮蔽了對作品本身的深入探討，其意義是值得審視的，正如韋勒克和沃倫所說：「倘若研究者只是想當然地把文學單純當做生活的一面鏡子、生活的一種翻版，或把文學當做一種社會文獻，這類研究似乎就沒有什麼價值。只有當我們瞭解所研究的小說家的藝術手法，並且能夠具體地而不是空泛地說明作品中的生活畫面與其所反映的社會現實是什麼關係，這樣的研究才有意義。」[2]因此，探討鄉土小說中的「生活畫面與其反映的社會現實」之間的關係就應該是一個值得重視的問題，其中最值得關注的是，當下的鄉土小說到底書寫了怎樣的人與土地的關係。對於這個問題的討論，創作主體的「鄉土情結」是一個不可忽視的重要視角，可以說，鄉土情結的不同形態在很大程度上決定了作家對人與土地關係的書寫方式。從鄉土文學創作的實際情況來看，當下幾乎所有的鄉土作家都有著不同程度的「鄉土情結」，這也是他們進行鄉土文學創作的原點和動力。情結總是伴隨著某種距離的產生而發育、積澱的，對於鄉土情結而言，鄉土作家往往是離開了「鄉土」之後而產生的一種內心深處的情感糾葛，「一般來說，和現代西方鄉土小說所不同的是，中國的絕大多數鄉土小說作家，甚至說是百分之百的成功鄉土作家都是地域性鄉土的逃離者，只有當他們在進入城市文化圈後，才能更深刻地感受到鄉村文化的真實狀態；也只有當他們重返『精神故鄉』時，才能在兩種文明的反差和落差中找到其描寫的視點。」[3]這一點顯然與其他作家的創作情形是不一樣的。

為了從整體上把握當下作家的鄉土情結，我們可以將其大致分為以下三種形態：一是懷戀式的鄉土情結。這種情結形態具體表現為作

---

[2] [美]勒內・韋勒克、奧斯汀・沃倫：《文學理論》，劉象愚等譯，文化藝術出版社 2010 年版，第 107 頁。

[3] 丁帆：〈鄉土——尋找與逃離〉，《文藝評論》1992 年第 3 期。

家對鄉土的一種極為濃郁的情感，沉浸著對鄉土故鄉揮之不去的記憶和懷想。更為重要的是，在作家的頭腦中，懷戀式的鄉土情結是現實和具體的，是歷歷在目的人與物交織在一起的鄉村圖景。賈平凹應該是懷有這種情結的典型作家，其小說《秦腔》就明顯表現了這一點。賈平凹則在《秦腔》的〈後記〉中寫道：「我決心以這本書為故鄉樹起一塊碑子。」「當我雄心勃勃在 2003 年的春天動筆之前，我祭奠了棣花街上近十年二十年的亡人，也為棣花街上未亡的人把一杯酒灑在地上，從此我書房當庭擺放的那一個巨大的漢罐裡，日日燃香，香煙嫋嫋，如一根線端端沖上屋頂。我的寫作充滿了矛盾和痛苦，我不知道該讚歌現實還是詛咒現實，是為棣花街的父老鄉親慶幸還是為他們悲哀。」[4]賈平凹的這種沉鬱的鄉土悲情，明顯是從對故鄉的人與物的具體記憶和想像中孕育和積澱的。二是聯想式的鄉土情結。與懷戀式的鄉土情結不同，儘管作家對故土鄉村同樣有一種沉積的情感，但這種情感的存在形態是不一樣的。作家往往把這種情感在廣闊的時空中彌散開來，以故土鄉村為一種精神圖騰展開聯想，打開鄉土情感的時空縱深，從而來表現積澱在心中的鄉土情結。最為典型的應該是莫言。莫言一直說自己是農民，他與山東高密的鄉土情結是難以割捨的。值得關注的是，莫言的鄉土情結是以對高密的時空聯想方式存在的，他以高密作為情感原點，以發散型的思維探尋著鄉土世界的歷史和現在、物質和精神的複雜世界，而不同於賈平凹在《秦腔》中對棣花街細密的情感編織，因而他在《紅高粱家族》一書的扉頁上為小說作了這樣的情感注腳：「謹以此書召喚那些遊蕩在我的故鄉無邊無際的通紅的高粱地裡的英魂和冤魂。」[5]三是寓言式的鄉土情結。這種情結形態往往表現為對鄉土情感的抽象化，它不是懷戀式的情感念想，也不是聯想式的情感抒發，而是從濃烈的鄉土情感中抽離出一種

---

[4] 賈平凹：《秦腔‧後記》，作家出版社 2008 年版，第 517 頁。
[5] 莫言：《紅高粱家族》，解放軍文藝出版社 1997 年版。

觀念，把豐厚的鄉土情感簡潔化甚至符號化，以一種寓言的方式表達對鄉土世界的情感和思考。閻連科可以稱得上是寓言式鄉土情結的代表作家。

　　無論以上哪種情結形態，都是來源於作家對鄉土世界的記憶和眷戀，來源於作家對鄉土世界中人與土地的情感親近，以及來源於由此而產生的複雜的鄉土情感經驗。可以說，中國當代優秀的鄉土文學作品都是在這些鄉土情結中產生的，比如陳忠實、路遙、王安憶、韓少功、劉震雲、遲子建、李佩甫、張煒、孫慧芬、關仁山、趙本夫、劉醒龍、劉恒、喬典運、劉慶邦等作家創作的一些鄉土小說。在這些作品中，鄉土世界中的人、土地以及二者的關係顯然是不可能遮蔽的主題話語。值得注意的是，如上所述，鄉土情結是作家離開故土鄉村後所生成的情感積澱，也就是說正是作家與鄉土的現實距離產生了不同形態的鄉土情結。那麼接下來的問題是，這些在鄉土情結中產生的文學書寫是否能夠有效地表現了變化中的鄉土世界？或者說變化最為複雜的人與土地的關係在當下的文學創作中是否得到了真實的藝術呈現呢？有學者指出：「當前鄉村社會正經歷著巨大而艱難的轉型，其中的政治、經濟、特別是倫理文化在接受著現代文化的巨大衝擊，較之新文學歷史的任何一個時期，當前鄉村社會的變化和複雜都是最顯著的。但是，我們在當前鄉土文學中卻鮮見對這種變化的深刻揭示。它們或者是流於作家個人情感的宣洩（包括賈平凹、陳應松等較突出的作家創作中都有顯著的表現），或者是對生活停滯的記敘（在許多西部作家的創作中可以普遍地看到這種跡象）。其中或許有地方風情，或許有文化記憶，但卻沒有對現實的深刻把握和真實再現，沒有展現出鄉村社會在時代裂變中的真實狀貌、複雜心態和內在精神。」[6]因此，鄉土情結所生成的鄉土書寫與現實鄉村中人與土地關係之間的關聯性

---

6 賀仲明：〈鄉土文學的地域性：反思與深入〉，《首都師範大學學報》（社會科學版），2012年第 5 期。

是值得反思和審視的，而這必須建立在我們對於人與土地關係的現實觀照基礎之上的。

## 二、現實

在中國鄉村正在發生複雜變化的歷史背景下，鄉土作家都試圖真實而深刻地反映人與土地的時代變遷，這應該是沒有多大異議的。那麼，我們應該怎樣認識鄉土世界中人與土地關係改變的現實圖景呢？這或許是一個社會學的問題，我們在這裡不妨對此進行一個大致的梳理，以便從整體上觀照當下文學創作關於人與土地的敘寫。從鄉土生活中人與土地關係的疏密程度的視角出發，我們可以把這種關係分為三類：一是緊密型的關係。緊密型的關係是傳統人與土地關係的延續，具體表現為人與土地是不可分離的依附關係，人依舊把耕種勞作作為賴以生存的主要方式。根據我的一些相關考察，從當前中國鄉村的整體情況來看，50 歲以上的村民是構成緊密型關係的主要人群。這部分群體是中國傳統鄉土文化的最後留守者，他們秉承了祖祖輩輩對於土地的觀念和情感，以「莊稼人」的身分保持了與土地的緊密關係，以傳統農民的生存方式不自覺地抵制著鄉村的時代變化。二是鬆散型的關係。具有鬆散型關係特徵的主體多集中在 30～50 歲之間的群體。他們與土地之間的關係不是完全依賴式的緊密關係，而是一種「半依賴」的鬆散關係。他們的生存狀況已經受到鄉村變化的巨大影響，傳統的鄉土觀念在他們身上已經發生了較大的變化，與土地根深柢固的關係已經逐漸鬆動，於是他們的腳步已經從鄉村的土地上邁開，走向城鎮和城市中去獲取更多的生活利益。然而，他們依然是以土地為家，也從事農忙耕作，只是把城鎮和城市作為臨時的「打工點」，不斷地穿梭在城鄉之間，相對於緊密型的關係而言，這種聯繫是一種較為鬆散的人地關係。三是脫離型的關係。脫離型的關係是指無論從生活方式還是情感觀念等方面都已經與傳統的人地關係區別開來，這部

分群體主要集中在 30 歲以下的青年人。他們基本上都已經從鄉村的土地上脫離了出去，幾乎沒有從事農耕活動的經驗，分佈在大大小小的城市裡從事著各種各樣的謀生行當。這個群體是當下中國城鎮化的主體，他們一部分漂泊在大城市裡生存下來，更多的是在小城鎮中定居了下來。儘管從土地制度上來說他們在農村尚有一份土地，但他們基本上與土地上的農事無關，間或踏上故土或者尚存的一些對土地的情感或許更多地來源於一種家庭倫理關係的需要。

　　鄉村中人與土地的關係是由以上三種關係交織在一起的複雜網絡，正是這種紛繁交錯的人地關係構成了當下鄉土世界豐富變化的現實景觀，缺失了其中任何一種關係的呈現，當下的鄉土世界都是不完整的。而且，這三種關係都不是孤立存在的。由於鄉村複雜倫理關係的存在，三種關係在此基礎上相互影響、相互滲透，共同融進了中國鄉村巨變的時代洪流。因此，對任何一種人與土地關係的孤立書寫都是對鄉土現實圖景豐富性的遮蔽，也極易形成對當下鄉土世界的一種烏托邦想像。當下的鄉土文學書寫實際上也注意了這一點，以不同的表現手法力圖完成對鄉土中國的藝術建構。然而不可忽視的是，如上所述，由於作家鄉土情結形態的不同，作家往往不能夠較好地實施對人與土地關係的整體把握，或者說在全面把握人與土地關係變化的能力方面在一定程度上顯得力不從心。更值得注意的是，由於鄉土情結是作家離開土地之後積澱生成的，因而他們筆下的人與土地的關係往往是記憶中的鄉土圖像，也就是說當下不少鄉土文學中的鄉土世界是「過去式」的，而不是「進行時」的，這與當下的城市文學形成了鮮明的對比。從文學對現實生活的書寫來看，這很大程度上形成了對當下鄉土世界變化的一種遮蔽和誤讀。

　　當然，鄉土記憶是鄉土文學作家創作的重要源泉，人與土地的關係也是作家關於鄉土世界極其重要的記憶空間。從現代文學史來看，魯迅、彭家煌、許傑、蹇先艾、許欽文、臺靜農、沙汀、艾蕪都是在

作家離開故土的環境之後，通過對鄉土的記憶來書寫的。文學創作的實踐證明，從小說題材的來源來看，魯迅等早期的鄉土作家僅僅憑自己的鄉土記憶就能創作出優秀的鄉土小說，譬如魯迅的〈故鄉〉、彭家煌的〈慫恿〉、許欽文的〈病婦〉、臺靜農的〈地之子〉等。有一個值得注意的問題是，在這些作家所處的上世紀二、三十年代，中國鄉村的總體變化並不是非常顯著的，特別是人與土地的關係並沒有出現太大的改變，因此，作為鄉土小說的敘事背景是相對穩定的。作家的創作訴求也不是聚焦鄉土世界的變遷，不是展示人與土地關係的可能變化，而是深刻地審視和剖析社會制度和傳統鄉土文化對人的影響。在小說〈故鄉〉中，「我」「回到相隔兩千餘里，別了二十餘年的故鄉」，算是簡單交代了敘事的背景，並沒有鋪陳當時鄉村的現實圖景。魯迅只是以自己的方式對閏土進行了藝術刻畫，便深刻地表現了那個時代農民的精神世界和物質世界。如果把閏土放在一個動盪變化的鄉村世界中，特別是在人與土地變化的鄉土背景中，那麼這個形象就缺乏必要的建構空間，缺乏必要的闡釋背景，也就不可能成為一個文學經典形象。上世紀五、六十年代，由於政治因素的影響，中國鄉村人與土地的關係發生了較大的變化，從而影響了整個農村面貌的改變，這當然對鄉土小說的創作也產生了深刻的影響。如果作家再僅僅依賴一種鄉土情結和記憶，就很難準確地展現鄉土世界的真實變遷，於是才有柳青落戶陝西鄉村、周立波遷往湖南老家等一批作家融入鄉村生活的創作活動。除卻政治因素對作家的影響之外，體驗鄉村生活、把握鄉土變化無疑是作家走進鄉土世界的內在動力。儘管像《山鄉巨變》、《創業史》這樣的小說明顯帶有時代的局限性，但它們對鄉村變化以及農民精神狀態的鮮活展現無疑給人留下了深刻的印象，「作家對農民的歷史境遇和心理情感的熟悉，彌補了這種觀念『論證式』的構思和展開方式可能出現的弊端」[7]，它們的表現方式和藝術價值也一直是學

---

[7] 洪子誠：《中國當代文學史》，北京大學出版社 1999 年版，第 101 頁。

術界討論的問題。而到了八、九十年代，中國農村的變革無疑是一場更為深刻的革命。如何豐富地展現當代鄉土世界的複雜景觀，深入地探析這場變革中農民的精神世界，是當下鄉土文學創作不可回避的問題。但是，從閱讀感受來看，當代鄉土文學中讓人感受深刻的依然是「記憶中」的鄉土世界，從而也顯露出作家鄉土歷史經驗的一種斷裂，正如有學者指出的那樣：「進入新世紀以來，與『鄉土世界』相關的小說有一個明顯的特點：作家的歷史意識出現了裂痕，不再有著完整的內在邏輯，對於充滿了生機和混亂的現實，在價值判斷上呈現出茫然和困惑。」[8]在這種情況下，當下變化中的鄉村往往作為鄉土記憶的一種續曲，而這種續曲在很大程度上也是由作家的烏托邦想像構成的。

## 三、想像

　　文學創作當然離不開想像，但想像也必須具有藝術的邏輯性和藝術的真實性，由此而產生的象徵和寓意也應該建立在對現實真實性的把握之上，「小說也正是以這種方式達成了它的敘事與它由敘事所顯示的象徵寓意之間的平衡──作品的象徵寓意，是由對於人物境遇的極具現實性的真實展現凝結而成的。」[9]譬如，卡夫卡想像小說主人公格裡高爾變成甲蟲就是一個典型的例子。鄉土小說對當下鄉村變化以及人與土地關係變革的書寫當然也少不了藝術想像的表現方式，但這種想像不是憑空而來的，不是僅憑作家的才氣聯想而來的，也不應是為一種預設的觀念而進行的鄉土情節虛構，而應是建立在作家對當下鄉村生活變化的熟悉之上，建立在對人與土地關係改變的瞭解之上，建立在對鄉土中國歷史變遷的深入認知之上。只有這樣，鄉土文學才能真正對應於鄉土世界的時代變革，才能鮮活地展示當下的鄉土

---

[8] 王光東：〈「鄉土世界」文學表達的新因素〉，《文學評論》2007 年第 4 期。
[9] 王耀輝：《文學文本解讀》，華中師範大學出版社 1999 年版，第 154 頁。

生活，深刻地表現歷史變遷中的鄉土世界，真實地觸摸當下鄉土中的
精神世界。在我看來，這應是讀者對於當下鄉土文學的一種閱讀期
待。然而，鄉土作家們往往以自己的「想像」方式來呈現當下的鄉土
世界，闡釋人與土地的時代變化，從而在很大程度上回避了讀者的這
種閱讀期待。關於鄉土作家的這種「想像」以下兩種情形是值得反思
的：

　　一是「結構性」的想像。不少作家在創作時已經明顯感到當下的
鄉土世界已經今非昔比，自己的鄉土記憶已經覆蓋不了鄉村的變化。
作家在一部作品中嫻熟地使用完鄉土記憶的資源後，此時文本中的鄉
土世界對於真實的鄉村來說並不是完整的，其中關於鄉村「現場」的
圖像缺失就是一個不得不解決的問題。為了彌補這種鄉土書寫「結構
性」的不足，作家往往通過想像來擁有這部分並不熟悉的鄉土資源，
從而來完成一次完整的鄉土世界的藝術建構。在這個過程中，作家的
心態是非常失落和矛盾的，正如賈平凹所說：「我的創作一直是寫農村
的，並且是寫當前農村的，從《商州》系列到《浮躁》。農村的變化我
比較熟悉，但這幾年回去發現，變化太大了，按原來的寫法已經沒辦
法描繪。農村出現了特別蕭條的景況，勞力走光了，剩下的全部是老
弱病殘。原來我們那個村子，民風民俗特別醇厚，現在『氣』散了，
我記憶中的那個故鄉的形狀在現實中沒有了。農民離開土地，那和土
地聯繫在一起的生活方式將無法繼續。解放以來農村的那種基本形態
也已經沒有了，解放以來所形成的農村題材的寫法也不適合了。」[10]賈
平凹在小說《秦腔》中力圖敘述清風街近二十年的鄉土景觀，特別是
表現該地方正在發生的時代變遷。小說用極其細密的書寫方式去編織
鄉村的精細圖像，塑造了夏天義、夏天智、夏君亭、張引生、白雪等
鮮明的人物形象來表現多種文化力量的融匯和對抗。在小說描寫的整
個鄉土世界中，最為生動鮮活的依然是傳統的鄉土畫面，很容易看得

---

[10] 賈平凹、郜元寶：〈《秦腔》與鄉土文學的未來〉，《文匯報》2005 年 4 月 22 日。

出作家對於這些生活畫面的熟悉和眷戀，小說也因此成為傳統鄉土文化的一曲輓歌。而小說關於對清風街帶來衝擊的一些變革元素的描寫則顯得有些生疏和僵硬，譬如夏君亭力建農貿市場、丁霸槽開的帶有色情服務的萬寶酒樓的描寫就多帶有主觀臆想的印痕，像擠進去的「楔子」，用以建構變化之中的鄉土世界。類似的情況同樣出現在莫言的小說《蛙》中，譬如，小說對袁腮開辦代孕公司的描寫就顯得較為單薄，完成代孕公司的指代意義或許正是作家對其想像書寫的主要訴求。這種「結構性」的想像在一定程度上延長了小說敘事的長度，拓展了小說敘事的空間，在表現作品主題方面也發揮的直接的作用。但不可忽視的是，它在很大程度上破壞了小說的藝術邏輯性，弱化了小說應具有的藝術感染力，對於鄉土小說而言則大大影響了作品對於鄉村變遷中人與土地關係的書寫深度。

　　二是「闡釋性」的想像。長期積澱的鄉土情結無疑使作家對鄉土有一種發自內心的情感關注和創作衝動，但由於不少作家對當下的鄉土世界缺乏像以前那樣的體驗和把握，在創作中往往表現出一些概念化的思維。比如，鄉村的人與土地的關係發生了劇烈的變化，傳統的農民身分產生了歷史的改變，傳統的鄉土文化受到了時代的衝擊，農民離開土地的漂泊和掙扎，打工者難以融入城市的尷尬和苦痛等等，對於許多作家來說，諸如此類的觀念並不是從新鮮的鄉村土地或活生生的農民身上獲得的，而是從社會學的一些結論或大眾媒體的觀點上截取的，不少作家在表現這些主題話語的時候其創作往往就出現了主題先行的問題，小說所進行的敘事就很容易產生「闡釋概念」的先天不足，此時敘事中的想像部分就具有了一種「闡釋性」想像的特點。這種「闡釋性」的想像在當下的鄉土文學創作中是較為普遍的。米蘭‧昆德拉曾經說過：「小說惟一的存在理由是說出惟有小說才能說出的東西。」[11]因此，「闡釋性」的想像在很大程度上消弱了小說本身的藝

[11] [捷]米蘭‧昆德拉：《小說的藝術》，董強譯，上海文藝出版社 2004 年版，第 46 頁。

術魅力。從這個意義上說，鄉土小說應該豐富、鮮活地展現當下的鄉土世界，以文學藝術的方式爲讀者提供包括人與土地關係在內的鄉土多種變化因素的複雜性和可能性，而不應是以想像的故事去說明一種觀念，去闡釋一個道理。

　　由於人與土地關係的改變，鄉土小說的敘事邊界也隨之擴大。進城的農民工作爲一個特殊的群體進入到作家的創作視野，作家對農民工的書寫多爲描述農民工在城市中的經歷片段，並沒有把農民工放在人與土地的層面上去觀照，而是更多地敘述農民工在城裡的掙扎和艱辛，間或增加農民工的某些不合時宜的行爲來營造黑色幽默的效果。對於豐富的精神世界而言，我覺得這是對農民工書寫的一種簡單化處理。農民工離開土地走進城市，其物質世界與精神世界都發生了巨大的變化，這爲作家的創作提供了一個廣闊的敘事空間。但由於作家對當下農民生活的陌生感，致使他們在創作時要麼割捨農民工之於土地的複雜關聯，只是憑「農民工」一詞試圖讓這種關係不言而明；要麼就採取「闡釋性」想像的方式去彌補體驗和認知的不足。在這種情況下，作家往往選擇敘述農民工的「另類」故事，用以增強自己創作的自信。小說中的故事一般訴說農民工奔波和辛酸的求生之路，表現他們作爲「異鄉者」的漂泊的精神感受，反映這部分底層群體的生存狀況。這些故事實際上弱化了農民工與土地之間的精神聯繫，如果從農民的視角來看，這些故事只是一種「傳奇」，而不具有農民故事的普通性，難以有血有肉地、深入細緻地表現人物的精神世界及其當下人與土地關係的複雜變化，因而小說的敘事想像也難以達到一種藝術的真實。《泥鰍》是尤鳳偉新世紀以來創作的一部較有影響的長篇小說。小說以農村青年國瑞的生活爲主要敘事線索，描寫了一群打工者在城市的悲慘命運。其中，國瑞的遭遇最具傳奇性。他經過一番打拚，似乎要混跡到城市的上層，被委以公司的董事長兼總經理，但這是城市的一個陷阱，只是被人利用以便從銀行騙貸。因騙貸而付法律責任，

最後國瑞被判處死刑。小說故事光怪陸離，讓人印象深刻，表現出作家強烈的現實批判精神。小說顯然在很大程度上阻隔了國瑞等人與鄉土之間複雜的內在聯繫，只是簡單地賦予了他們以農民工的標籤，並用「泥鰍」作為其身分的一種象徵。因此，國瑞與城市裡非農民身分的底層打工者的遭遇實際上並沒有什麼特別的不同。這樣一來，小說關於農民工的敘寫就缺乏對這個社會群體獨特屬性的具體觀照。換句話說，這部小說的創作起點是從農民工在城市裡的生活場景開始的，並沒有從國瑞所走出的那塊土地上去尋找人物的精神蹤跡，正如尤鳳偉在講述創作這部作品的緣起時所說，「他是在晚報看到了打工妹受到凌辱、打工仔在中介公司受騙的社會新聞，促使他要為這些農民工『立言』」[12]。因此，在我看來，這部小說的敘事便在一定程度上打上了一層「闡釋性」想像的色彩。如果小說從國瑞離開的土地展開敘事，打開人與土地關係變化的時代縱深，也許更能充分地表現人物豐富、複雜的精神世界，為鄉土中國的藝術呈現提供更多的可能性。

## 四、結語

　　毋庸置疑，近幾十年來中國的鄉土文學已經取得了有目共睹的成就。無論從哪個角度展開對鄉土中國的書寫，實際上都繞不過人與土地關係的時代變遷。正是這種關係的複雜變化，才賦予當下鄉土文學創作極為豐富的言說空間。鄉土情結是鄉土作家積澱的一種情感和創作資源，它的存在形態也在一定程度上促進了鄉土文學風格的多樣化，並繼續成為鄉土文學創作的重要動力之一。人與土地關係變化的複雜性實際上也影響甚至衝擊著作家的鄉土情結，從而不同程度地調整著作家鄉土情結的形態。懷著濃郁的鄉土情結，面對著人與土地關係的現實複雜性，鄉土作家用一種烏托邦的鄉土想像來調節自己與創

---

[12] 尤鳳偉在復旦大學中文系和上海大學當代文化研究中心聯合舉辦的「《泥鰍》作品討論會」上的發言。見〈尤鳳偉新作《泥鰍》引起關注〉，《文匯報》2002年6月3日。

作客體的緊張關係，這也只是當下鄉土文學所表現的一種創作特點和敘事方式。當然，也有一些作家如關仁山、孫慧芬等一直用一種深切的關注來延續自己的鄉土經驗，努力表現人與土地改變的鄉土世界。譬如關仁山的小說《麥河》就在人與土地關係的視閾中書寫了鄉村土地權益流轉的現實問題，豐富表現了在此基礎上的農民生活的動盪和精神世界的微妙變化。總而言之，人與土地關係的改變從不同的層面深刻影響著當下鄉土文學的創作，鄉土文學還遠遠沒有完成對這種關係的書寫。隨著中國經濟文化的日益發展，人與土地的關係仍將面臨著時代的繼續調整，如何能夠突破歷史的局限，完成對鄉土中國更為精彩的文學書寫，則是中國鄉土作家需要長期面對的問題。

# 講評

◎石曉楓[*]

　　本篇論文的脈絡相當清楚，主要分成三節，扣緊主標題，分別對鄉土「情結」、鄉土「現實」，以及鄉土「想像」進行論述，並提出各自不同的類型分析與「命名」。例如第一節，郝教授首先對鄉土情結進行分類，接著提出他的質問：這些作品是否能夠有效地表現變化中的鄉土世界？以下第二節便區分鄉土現實中人與土地的關係，並批評當今作家與土地關係之疏離。第三節進一步論述在這樣的疏離情境下，作家創作鄉土小說時，乃以「結構性想像」、「闡釋性想像」掩飾自我對人與土地認識之不足。

　　整體而言，論文的論述進程相當有層次，而作者最後導出的結論，則是回應一開始的提問，指出當今的鄉土文學，對於人與土地關係的變化，並無法得到真實的藝術呈現。整篇論文鎖定的焦點，其實是當今作家的鄉土寫作，是否真正立足／紮根於鄉土的問題。

　　這篇論文給我甚多啟發，但其實也產生了不少的困惑。首先，印象最深刻的便是郝教授的不斷分類、命名，但是分類本身其實存在著危險性與可能的闕漏，在這樣的分類系統裡，我也許可以提出不少的「例外」，例如為什麼沒有「批判式」鄉土情結的書寫？部分對鄉土文化進行深入反思的作家，可不可能被遺漏在這樣的分類系統裡？而這些取樣文本裡，又是否存在著主流與非主流小說的差距？此外，分類的危險性又在於，即使以郝教授目前所提出的類型而言，這三類情結的表現其實是難以截然劃分的，同一部小說，它可能便兼具了「懷

---

[*] 國立臺灣師範大學國文系教授。

戀」與「聯想」，或「聯想」與「寓言」等情結，這點或許郝教授可以在論文裡稍微作點補充說明。

其次，我想指出這些所謂的「鄉土情結」，其實都前有所承，例如「懷戀式」書寫早在一九二、三〇年代作家如蹇先艾等筆下便出現過。也因此，既然要談鄉土情結的各種不同型態，關於鄉土小說的發展脈絡，從 1920 年代以來由魯迅、沈從文不同路向所延伸出來一種較具人文批判氣息，一種充滿牧歌色彩的小說；到四、五〇年代延安文學及十七年文學中「模式化」的農村題材小說；乃至 1980 年代的尋根小說等，都有所變化與發展，之後才接續到 1990 年代以來鄉土小說的各種表現。其中有承續、有發展，雖然這只是一篇小型論文，但在進行類型歸納和敘述時，似乎應該稍微指出鄉土情結脈絡的所承與所續。

接下來在第二節，郝教授首先論述人與土地的關係，而後筆鋒一轉，指出作家由於「鄉土情結形態的不同，往往不能夠較好地實施對人與土地關係的整體把握」。在此節後半，郝教授又指出當下作家由於欠缺在土地上的生活實感，因此形成鄉土歷史經驗的斷裂。文中所謂由於「鄉土情結形態的不同，往往不能夠較好地實施對人與土地關係的整體把握」究竟何所指？至於必須先有完整的農村經驗，才能進行鄉土小說的寫作，難道目前沒有作家進行這樣的努力和書寫嗎？陳應松、關仁山等寫土地流轉狀況的鄉土小說，是否在這樣的論斷裡被忽略了？

第三節開始，郝教授批評當今作家因為鄉土經驗的不足，多經由想像去補足小說敘述上的空白與缺失。而此節最後，郝教授更以尤鳳偉《泥鰍》為例，指出這部小說的創作起點是「從農民工在城市裡的生活場景開始的，並沒有從國瑞所走出的那塊土地上去尋找人物的精神蹤跡」，並建議「如果小說從國瑞離開的土地展開敘事，打開人與土地關係變化的時代縱深，也許更能充分地表現人物豐富、複雜的精

神世界。」這當然是很有建設性的意見，但是，我以爲尤鳳偉創作這部小說的動機，或許意不在寫鄉村中「人與土地」關係的變化，而是更重視在這樣的變化趨勢中，農民工來到城市「之後」，整個低層勞工龐大階級的處境。

郝教授於結論指出在目前人與土地關係繼續調整的狀況下，如何「完成對鄉土中國更爲精彩的文學書寫，是中國鄉土作家需要長期面對的問題。」我想提出的思考是，所謂「鄉土中國」的圖像到底是什麼？城市算不算是另一種鄉土？時至今日，鄉土的定義、鄉土的寫法是否需要有一些重新的解釋？

回到這篇論文的題目，副標題所謂「關於『當下』『鄉土文學』中人與土地關係的思考」，如果如郝教授所言，當鄉土小說的敘事邊界不斷擴大之際，那麼，對於論文裡所討論的「鄉土文學」，我們的理解究竟應該是什麼？諸如「農民工進城」、「城市異鄉者」這些題材，儘管主角的身分是農民，可是如果作家更著意於農民進城後與整個城市的對應關係，那還算是鄉土小說嗎？而論文題目所謂的「當下」又指向何方？它的分界和取材範圍在哪裡？當然從論文表述看來，自然是 1990 年代以後到現在，但是我想對於「當下」的範疇、對於「鄉土文學」的認定，在進行論文寫作和批評之前，也許都應該做更清楚的界定，而後關於對於「鄉土中國」各種圖像的展現，以及相關的討論及批評，才可能由此展開。

# 第四場討論會

# 「鄉土」的流離

## 兩岸文學敘事的一個比較

◎沈慶利[*]

　　眾所周知，漢民族是一個安土重遷的民族，不到萬不得已，絕不離鄉背井。而且無論走得多遠，總是要葉落歸根。可以說，眷戀鄉土、根植於鄉土，是傳統宗法社會的根本特徵。但在另一方面，歷史上卻又有大量的遷移與移民現象，其中官方強迫與組織的不過占其中的一小部分，大量的則是底層農民的自發運動。遠的不說，從近代中國的「走西口」、「闖關東」和走出國門的「下南洋」，到當代中國改革開放後湧現的、因大量民工進城而導致的「盲流」，以及發端於上世紀六、七十年代的臺灣，80 年代後又在中國大陸勃興的被戲稱為「洋插隊」的，以西方國家為目標的「移民潮」。這些規模宏大的遷移活動即使從全球眼光看都堪稱蔚為壯觀。

　　而伴隨西方侵略與殖民所帶來的「現代」社會轉型，對傳統中國的鄉土社會與鄉土觀念所帶來的衝擊更是全所未有。正是在這樣的衝擊下，現代與傳統、城市與鄉土、西方觀念的普及與本土文化的捍衛等，也就處在了既「生死較量」又彼此糾結乃至包容的複雜態勢之中。對此臺灣作家王幼華在其作品《兩鎮演談》中曾有精到的概括：「四鄉的人想辦法移到鎮上來，鎮上的人移到大城市去，大城市的人變賣了財產移民到美洲、日本。土地已經失去了幾十年前和人密切不可分的關係。」本文正是從這一觀念出發，以兩岸當代作家於梨華、白先勇、黃春明、陳映真、宋澤萊、劉慶邦、施叔青、劉恒、邱華棟等人的作品為主要研究對象，通過對海峽兩岸文學「守土」、「離土」（遷

---

[*] 北京師範大學文學院教授。

移）敘事的粗略梳理，一方面系統觀照一下兩岸鄉土作家在「戀土」、「懷鄉」、「原鄉」情懷中的迷離彷徨，另一方面又通過他們對（殖民）現代性衝擊下底層農民的失土（地）、離土（進城），在城鄉之間流離失所之命運的特殊關注，以及知識分子處在去國（跨國）文化夾縫中的「失土」、「失根」之焦慮徘徊，探討一下兩岸文人在「城與鄉」、東方與西方、傳統與現代之間的複雜糾結。

## 一、土地的守望：「鄉土」、「戀土」與「狗日的糧食」

正如著名社會學家費孝通先生所說，「從基層上看去，中國社會是鄉土性的。」[1]「鄉土」中的「土」自然指的是泥土，在以農耕文明爲基礎的華夏文明中，農民與土地自古就有著天然的聯繫，土地被認爲是農民的安身立命之本；「鄉」則指的是鄉村。與西方社會尤其是美國擁有廣袤的土地不同，地少人多是中國農村社會的基本特徵，再加上漢民族根深柢固的群居性特徵，導致了我們的農村中很少出現像美國鄉下那樣由一戶人家自成一個單位，經營一個土地農莊的情況，相反大多「聚村而居」，形成村落。村民之間則進一步由「同血共屬」（血緣）意識，發展爲「鄉土共屬」之觀念。費孝通先生更指，傳統鄉土社會的地緣不過是血緣的投影，兩者不可分離。「生，也就是血，決定了他的地。世代間人口的繁殖，像一個根上長出來的樹苗，在地域上靠近在一夥。地域上的靠近可以說是血緣上親疏的一種反映，區位是社會化了的空間。」[2]照此說來，一個人的「血」決定了他的「地」，而「地」又決定了他的「位」，從而由「地」的關聯派生出了複雜的社會關係網絡。對此臺灣歷史學者戴炎輝也認爲，同一村莊的人由於共同居住在同一塊土地之上，朝夕相見而產生了出入爲友、彼此親近的感情；同時由於依靠同一村莊內的土地，共同以農耕

---

[1] 費孝通：《鄉土中國　生育制度》，北京大學出版社 1998 年版，第 6 頁。
[2] 費孝通：《鄉土中國　生育制度》，北京大學出版社 1998 年版，第 71 頁。

維持生活，因此抱有相依爲命、守望相助的「土地共屬意識」。[3]俗語有云：「老鄉見老鄉，兩眼淚汪汪」，正是這種由守望相助積聚而成的親近情感的自然流露。而正如「同血」觀念可以由同一家庭向外延伸到同族同宗及同姓，土地共屬意識也可發於近鄰而及於莊，再擴及於一裡、一堡、一縣，甚至一省一國。孔子所說的「推己及人」，孟子所講的「老吾老以及人之老，幼吾幼以及人之幼」，也可視爲鄉土情感的延續與擴展。可以說，由「血緣」、「族緣」和「地緣」，以及在此基礎上形成的「神緣」，共同組成了華人社會源遠流長的鄉土承傳。

根植於土地的農民，對自己固守的一方鄉土往往產生一種「黏附性」，生於斯、長於斯、死於斯。中國現代詩人臧克家有一首題爲〈三代〉的短詩：「孩子，在土裡洗澡／爸爸，在土裡流汗／爺爺，在土裡葬埋。」可謂是鄉土社會中土地與人生死相依的生動寫照。而在中國當代作家鄭義的中篇小說〈老井〉中，我們看到位於黃土高坡的老井村人即使面臨著吃水的嚴重困難，仍然不願意搬往他鄉，而是拚死也要打出一口能出水的「新井」，對土地的黏附已致極端。在這樣一種文化心理定勢中，土地與人不僅相依爲命，而且幾乎合而爲一。作爲「土地」化身的底層農民形象，如「大地般的父親」或「地母般的女性」，在兩岸作家筆下可謂比比皆是。在此特別值得一提的是黃春明〈青番公的故事〉中的青番公，年輕時一場突如其來的洪水，奪去了除他本人外全家人的性命，將他們的家園化作一片「石頭荒地」。但青番公還是堅韌地活了下來，他和村人一起重建了自己的家園，並與「丈夫和三個小孩也都被大水沖走了」的同樣孤身一人的阿菊結了婚。多年以後，曾經孤苦伶仃的青番已經發展爲兒孫滿堂的大家庭。生命就是這樣生生不息地呈現出堅韌頑強、不可毀滅、不容蔑視的偉大力量。青番公一家的「死而復生」，既是傳奇般的家族史，又像是一個古老的民族寓言，象徵著臺灣人民乃至中華民族歷經一次次浩

---

[3] 戴炎輝：《清代臺灣之鄉治》，臺北聯經出版事業有限公司 1992 年版，第 331 頁。

劫，卻總能「劫後重生」，奇跡般地走到今天的光輝歷史。黃春明滿懷深情地探尋著蘊藏於這些與土地廝守的廣大底層百姓身上的堅忍品質與善良本性，並幫他們尋找到生命的希望。在小說中我們看到，倚賴土地、熱愛土地的青番一家，是把土地公當成最親近和最知心的神明供奉的。不僅種田得了好收成要感謝土地公，甚至是他們要購買一頭豬母，也要到土地公前占卜一番，求得土地公的「贊成」。雖然這種傳統的小農經濟常常經不起自然災害的打擊，但像青番公這樣世世代代居住在這裡、依靠土地吃飯的農民，卻從未懷疑過土地公對自己的眷顧與恩賜。他們與土地公（當然還有他所象徵的土地）之間，是一種根深柢固、牢不可破的彼此信賴與依戀的關係。而那飽經滄桑、歷經困難卻堅不可摧的青番公這一形象，完全又是「土地公」的典型化身。對青番公來說，兒孫就是他生命的寄託與希望；他則像土地公一樣保護著自己的子孫後代生生不息、發揚壯大。「土地」在這裡又極其自然地轉化為了人的祖先。他既像神靈一樣保佑著生活在這片土地上的人們，又像親人一樣悉心呵護著他們。哪怕是他們處在最無助、最邊緣，甚至是「喪心病狂」的時候，也對他們不捨不棄，就像〈甘庚伯的黃昏〉中的老庚伯悉心照料著「比死人更慘」的心智全失的瘋傻兒子阿興一樣。透過黃春明的這些作品，我們不難找到這樣一種信念：只要土地還在，生存就會繼續，生活就不會喪失依靠和希望，天就不會塌下來。而與在土地上播種、收穫的「周而復始」一樣，農民們也將人類自我的「生生不息」看作價值體現與神聖信仰的核心內容。對祖先的崇拜表達了對生殖的崇拜，對土地的依戀自然也轉化為對生存的膜拜。不僅魯迅筆下的阿 Q 在小尼姑「斷子絕孫」的罵語刺激下，會不顧一切地向吳媽下跪「求愛」；連在城市中淪落風塵的年輕姑娘白梅，也因無法找到如意郎君結婚成家，依然在「做母親」心願的驅使下通過性交易成功懷孕，體現出生殖繁衍的終究意義。（黃春明：〈看海的日子〉）

　　傳統鄉土社會即使有大規模的遷移和移民，例如 19 世紀中期清朝境內的大量剩餘人口流向滿洲（東北）、臺灣島及寧夏河套地區、河西走廊，最終不過是將舊有的鄉土社會「移植」到新的土地。當今臺灣社會的家族文化要比中國大陸的很多地區更加發達；以漂移他鄉而聞名於世的客家人，也比其他族群更加看重家族觀念，就是最典型的例證之一。此種近乎複製的「鄉土移植」模式，直至西方人將「現代」的「國族」觀念「送來」之後才被打破。而將底層農民與「國族」相連，乃至把他們看成整個民族（國族）的象徵，不過是接受了西方先進思想觀念的現代知識分子在西方「現代性」指引下的一種自覺選擇。海峽兩岸現代作家幾乎都沿著「農民─人民─大地母親（父親）─民族」這樣一種情感認同軌跡塑造著自己的父老鄉親，足可見出此種「現代性」建構的巨大威力。但在古代中國的鄉土社會中，「鄉」與「國」的關聯其實並不密切。絕不像西方社會中的「鄉」與「國」，似乎總是有著某種必然的扭結，這可從英語中的 country 一詞既可以指「鄉」，又可以指「國」的語義關聯中明顯看得出來。中國古人一方面把自己的最高統治者想像成代表上天統治全世界（天下）所有臣民的「天子」，把自己事實上的地區性國家當成了世界的全部，即所謂「普天之下莫非王土，率土之濱莫非王臣」；另一方面被認為掌控天下一切的皇帝，卻僅僅停留在理論或者說幻想層面。中國人心目中的皇權雖然無邊無際、無所不在，享有唯一的獨斷性，這又深刻影響了他們「大一統」（天下一統）的文化心理觀念。但對處於社會底層的廣大農民來說，卻畢竟是「天高皇帝遠」，遠不如身邊的家長或族長更具現實意義。他們與皇帝及其背後的官府、「公家」乃至後來的「國家」彼此隔膜，甚至互不相干。儒家雖然以家庭內部的人倫道德「父為子綱、夫為妻綱」，隱喻社會層面的「君為臣綱」（還有事實上的「官為民綱」），以此作為帝王統治的理論基礎，但在現實操作中，除了深受儒家文化影響的士大夫階層之外，以家族、鄉土所體現的底

層社會與整個國家機器、皇權體制之間的聯繫，卻是相當疏遠而鬆散的。

　　正因如此，古代文人士大夫常常將「告老還鄉」、退隱鄉野（山林或者江湖）視爲逃脫官府（廟堂）羈絆、脫離世俗塵網的手段。他們眼中的鄉野農村，不僅與遠離塵世紛擾的田園風光、自然風景連爲一體，甚至可演變爲體現著美好理想的「世外桃源」。歷朝歷代的山水田園詩人都在反覆表現著鄉村田園的詩境畫意：輕煙嬝嬝、蔥綠濃蔭、小村深巷、山水相連、天地合一，一切都那麼令人神往和流連忘返。至於廣大底層農民的艱辛和貧困，除了少數幾首名垂青史的〈憫農〉詩之外，其他大多數文人騷客幾乎很少觸及。與之形成鮮明對比的，則是在一種「現代」視野的燭照下，以魯迅爲代表的中國現代作家們不約而同地「發現」了鄉野農村令人觸目驚心的落後與黑暗。生活在那裡的人們不僅苦苦掙扎在死亡線上，備受地主階級等黑惡勢力的壓迫欺凌，而且愚昧麻木、懦弱卑怯，急需來自城市的先進知識分子的「啓蒙」。魯迅之後的現代作家，從王統照、臺靜農、到沙汀、蕭紅等等，無不在反覆書寫並控訴著鄉村社會的貧窮、愚昧與殘酷。這一點在臺灣文學同樣如此：不僅在日據時期的臺灣小說中，我們看到了太多掙扎於社會底層的人們像牛馬一樣悲苦地生活，像螻蟻一樣微不足道地走向死亡；看到了一個又一個父母雙亡的孤兒被社會所拋棄，被他人虐待，長大成人後又同樣無法擺脫牛馬不如的生活。最能代表臺灣文學中的本土形象的，毫無疑問是那些掙扎在社會最底層的「放屎百姓」，是那些倍受欺凌與壓迫的侮辱者傷害的底層農民，是那些像豬狗一樣生與死的孤苦無依的社會邊緣者；而且當代作家黃春明、王拓、王禎和等人也都寫盡了農民的艱辛與悲涼。在黃春明的短篇小說〈魚〉中，透過爺爺與孫子阿蒼之間不經意的對話：「一擔山芋的錢，才差不多是一條三斤的鰹仔魚的錢……」，已見出農民的悲哀與無奈：在臺灣那樣一個四面環海的海島地區，魚的價格比土裡生

長的番薯、山芋要高很多倍，足可見「拿鋤頭的」是何等「不值錢」了！

　　農民的悲苦乃至走投無路，很大程度上與他們被剝奪了對土地的所有權密切相關。中國歷朝歷代的戰亂和農民起義莫不與日益嚴重的土地兼併直接相連，土地問題的重要性和敏感性早已為歷史學者關注。中國大陸 1940 年代的「土改運動」，曾破天荒地讓廣大農民擁有了自己的土地，使那些底層農民真正嘗到了「翻身解放」的喜悅。但他們還沒來得及細細領略這種「當家作主」的快樂，手中的土地就被以「集體化」的名義剝奪。1949 年後隨著新的社會制度與社會秩序的確立，分到農民手中的土地不僅被「集體化」，農民自身也被「人民公社化」：他們只有加入「人民公社」，成為其中的「社員」，才能有擁有自己合法的農民身分。此後他們的命運則像一個個螺絲釘一樣被固定在某個「生產隊」之中。社員們每天早出晚歸，在生產隊裡通過勞動取掙一點可憐的「工分」，然後憑藉這些「工分」換取生產隊分配的一些難以填飽肚皮的糧食。這種集體化的封閉式體制更加強化了傳統鄉土社會中閉塞與保守、原始與落後的一面，導致生活在 20 世紀的農民們依然連起碼的生存問題都難以解決。當代大陸作家劉恆在〈狗日的糧食〉一作中，通過農民楊天寬與妻子「瘻袋」的「半世情緣」和令人心酸的悲苦遭遇，生動揭示了「糧食（土地）」與「生殖（生存）」之間相輔相成的複雜關聯：楊天寬用「二百斤穀子」買來一個「瘻袋（肉瘤）在肩上晃來晃去」的醜婆娘。他最關心的不是婆娘的面貌如何，而是胸脯上的瘻袋是否「礙生」。——對於他這樣的農民來說，傳宗接代畢竟是最重要的。「瘻袋」果然不負所望，接二連三給他生了六個孩子：「大兒子喚做大穀，下邊一溜兒四個女兒，是大豆、小豆、紅豆、綠豆，煞尾的又是兒子，叫個二穀。」可謂是兒女雙全又「五穀豐登」。但兒女雙全的楊天寬卻無論如何做不到真正意義的「五穀豐登」。面對如何讓全家填飽肚子的難題，夫婦倆想

盡了千方百計卻又一籌莫展。富有飢餓經驗且生存能力極強的「瘦袋」甚至從撿拾來的騾糞中淘洗出「整的碎的玉米粒」，才使得他們家熬的「粥」中，在「一鍋煮糟的杏葉上」看到幾顆「金光四射的糧食星星」。這一極富「典型意義」的細節無疑是上世紀六、七十年代中國底層農民真實狀況的傳神寫照。而另一個更爲幽默且辛酸的細節則蘊含著多重的象徵意味：楊天寬與「瘦袋」在月光底下做「那事」，「瘦袋」不經意的一句「明兒個吃啥」，一下子使得兩人興致全無：

> 天寬愣住了。「吃啥？」自己問自己，隨後就悶悶地拎著褲子蹲下。好像一下子解了謎，在這一做一吃之間尋到了聯繫。他順著頭兒往回想，就抓到了比二百斤穀子更早的一些模糊事，彷彿看到不捨面的祖宗做著、吃著，一個向另一個嘮叨：「明兒個吃啥？」

俗話說：「食色性也」，幾千年代代相沿的鄉土社會幾乎都沒有跳出這兩大基本「主題」之外。「食」的問題解決不了，「色」的欲求當然只能暫時擱置。正如古代先哲倡導的「爲後也，非爲性」，「色」的欲求指向的其實是人類更加根深柢固的生殖本能。從這一意義上講人的生存與動物的生存並無二致：首先是填飽肚皮求得自身生命的延續，其次是通過生殖求得種群的延續。然而就是這樣簡單原始的動物式生存，卻成爲鄉土社會中祖祖輩輩都必須面對的難題。一句「狗日的……糧食！」雖然稱不上千古文人的一聲長歎，卻道出了底層農民積蓄千年的無限悲哀與心酸。漢民族可以說是世界上最善於生存的民族，他們在源遠流長、生生不息的歷史長河中表現出的超乎尋常的生存意志足以令全世界爲之震撼。但當這種生存意志僅僅停留於動物式的、卑微而原始的生存狀態，無法體現出人之爲人的特質時，我們是否也會像楊天寬那樣，發出一聲五味俱全的喟歎：「狗日的……生存！狗日的……鄉土？」

　　如同孩子投胎到自己的父母那裡一樣，人們把自己的命運交付給了屬自己的那一片鄉土，但那土地起碼要養活得起人們的生命，否則誰又能保證人與土地的生死相依、不舍不棄呢？〈老井〉中的孫旺泉至死不願離開養育自己的一方鄉土，但他的戀人巧英卻已下定決心，要到城市裡開創一片新天地；〈看海的日子〉中的白梅，雖然最終回到故鄉農村療養人生的傷口，但她對兒子的期待卻是：「你長大以後不要做討海人，你要坐大船越過這個海去讀書，你要做一個了不起的人。」要成為「了不起的人」就要遠離故土，「漂洋過海」浪跡天涯。可那「了不起」的背後又充滿了更多的辛酸、無奈和蒼涼，以及對「鄉土」的回望與不捨！

## 二、「城」「鄉」的糾結：「失土」、「盲流」及「到城裡去」

　　日據時期的臺灣作家林海成（筆名林越峰），發表過一篇題為〈到城市去〉的短篇小說，[4] 講述了一個名叫忘八的農民因受不過農村生活的困頓窘迫而流落到城市。他原本以為那繁華摩登的城市裡不僅遍布高聳的洋樓和寬闊的馬路，還幾乎遍地黃金。但令他沒想到的是城市只是富人的天堂，對於處在社會底層的窮人來而言卻不啻人間地獄。忘八先是成為一名洋車夫，不久就因一場大病弄到山窮水盡的地步。喪失了力氣的他只好做起路邊擦鞋的生意，過著入不敷出、得過且過的生活。最後終於走投無路而淪為盜賊，並不幸落水身亡。雖然就藝術性而言，林海成的這篇小說更像是一段粗糙而簡單的素描。但主人公忘八的遭遇卻頗有典型意義，這一人物很容易使我們想起現代文學巨匠魯迅筆下的阿Q和老舍筆下的祥子：阿Q作為一個失去土地、無依無靠的「盲流」，原本流落在未莊給人家當雇工。當他因「向吳媽下跪求愛」而聲名狼藉，面臨著空前的「生計問題」時，只好「打

---

4　原載 1934 年 11 月 5 日《臺灣文藝》創刊號，收入鍾肇政、葉石濤主編《日據時期臺灣文學全集》第 4 卷，本文引用日據時期臺灣作家作品均出自該書，恕不一一注明。

定了進城的主意」。而在陌生的城市裡，阿 Q 同樣完成了由「盲流」到「流氓」的人生轉折，加入了盜賊的團夥。當「發跡」後的他再次回到長期落腳的未莊時，莊子裡所有的人，甚至權傾一時的趙太爺都對他刮目相看，不過他也很快從「中興」走向人生的「末路」。雖然阿 Q「生逢其時」地趕上了辛亥革命那樣天翻地覆的大變動，甚至也因之產生過不切實際的美妙幻想，卻最終被革命政府草菅了自己的性命；與之類似的還有老舍精心創造的祥子這一人物形象，他更加滿懷希望地來到北京這座大都市，當了一名洋車夫，卻同樣被城市的黑暗所吞噬，成為徹底喪失了理想和寄託的、比阿 Q 不如的行屍走肉。在傳統的以宗法制為基本社會關係的鄉土社會，「失（故）土」常常與「失所」緊密相連，流離失所的「流民」也就很容易變成無所依賴的「無賴」與「流氓」，阿 Q 與祥子的流氓化就是典型例證，這些人物形象相當典型地揭示了中國社會文化中相當深刻而隱秘的某些方面。

相對而言，在差不多同時代的日據時期臺灣作家這裡，雖然少了些魯迅式的深邃冷峻，卻不乏義憤填膺式的控訴。他們更多地表現著底層農民如何被生活所迫，或者被高舉「現代性」大旗的日本殖民當局驅趕到城市之後，陷入到走投無路、乃至死路一條的困境中。與林海成的〈到城市去〉頗為相似的作品在日據時期臺灣文學中還有很多，如張慶堂的〈鮮血〉、〈他是流淚了〉等等，同樣描述了一無所有的農民在村莊無法生活，來到城市後繼續飽受壓榨與欺凌，最後只剩下死路一條的悲劇。與大陸作家相比，曾經遭受日本殖民當局高壓統治的臺灣作家們無疑更敏感於現代性與殖民性之間的複雜關聯，糾結於現代化和城市化進程對廣大固守「本土」的底層農民的傷害，並對此進行了持久的批判與反思。從臺灣現代文學的創始者賴和開始，到楊逵、呂赫若、吳濁流，以及當代文壇上的黃春明、陳映真、王拓、王禎和等人，無不延續著臺灣文學這一最具「主流」意味的文學傳統。透過楊逵的〈送報夫〉（1934）我們看到，日本殖民當局強制推行的

「現代化」農場，怎樣逼迫得原為自耕農的農民們家破人亡、流離失所；而在時隔三十多年後黃春明發表的〈溺死一隻老貓〉（1967）中，儘管時代已完全不同，但固守著一方土地的老農阿盛伯仍然寧死也不讓「街仔人」在他們的清泉村修建現代化的游泳池。他慷慨激昂且理直氣壯地宣稱：「清泉的水是要拿來種稻米的，不是要拿來讓街仔人洗澡用！……清泉的人不稀罕通車，我們有一雙腿就夠了。我們只關心我們的田，我們的水……」[5]他眼中的清泉村地理就是一個「龍頭地」，村子裡的那口老井則是「龍目」。清泉村人祖祖輩輩都受著這條神龍的保佑，如今修建的現代化游泳池卻要把「龍目」生生毀掉，豈不將清泉村的古老風水徹底破壞？黃春明是要通過阿盛伯這類農民的決絕抗爭，表達一種對城市現代文明日益侵蝕古老鄉土文明的憂慮和批判。如果再反觀他筆下那些遭受洪水等滅頂之災而仍能「起死回生」的青番公等人，就會發現與青番公堪稱同一譜系的阿盛伯，在面臨著現代化文明的衝擊時只能絕望地以命相抵。對這些固守一方土地的老農而言，導致「天」真正塌下來的，不是傳統鄉土文明內「周而復始」的自然災害，而是「要命」的現代文明不可阻擋的擴張與侵蝕。

　　同樣由於長期被殖民的特殊歷史境遇和對「殖民現代性」的反思，使得臺灣作家筆下的「城市」更加突顯出作為罪惡與墮落之象徵的負面意義。我們隨處可見城市裡的人如何趨炎附勢、裝腔作勢，道貌岸然又自私自利。他們眼中普通人家的一條人命，遠不如闊太太的一張出境證更為重要（王禎和：〈小林到臺北〉）；城市裡的人如何勾心鬥角、互相欺騙，在不擇手段地追逐財富、名望和權勢的過程中迷失了自己。而城市這個巨大的名利場既可以使人一炮走紅，也可以迅速導致人的身敗名列、妻離子散，直至被奪走健康與生命（黃凡：〈大時代〉）；城市充滿了欲望的誘惑和導致人性墮落的陷阱，任你怎樣掙

---

[5] 引自《黃春明小說選》，福建人民出版社，第48頁，本文引述黃春明小說文字均出自該書，恕不一一註明。

扎都無法逃脫。尤其是年輕、漂亮的女孩子，要想「守身如玉」簡直「難於上青天」（曾心儀：《彩鳳的心願》）；城市集中了各種商業化、娛樂化的綜合消費設施，提供了各種意想不到的便利，最大限度地刺激起人們的消費欲望和原始本能。臺灣當代作家宋澤萊在長篇小說《廢墟臺灣》中描寫了一座位於城市鬧市中心的「粉腿大樓」，人們可以從第一層樓開始，「藉著藥物、刺激品、女人一直往上娛樂到最高層，而達到生命刺激的高潮。」另一位臺灣女作家曾心儀也同樣描述城市裡的商廈：「時代大廈的地下樓和一、二、三層樓是時代百貨公司。四樓是浙菜館。五樓是粵菜館。六樓、七樓是保齡球館。八、九、十樓依次是兒童電動遊樂場所、歌廳、花園蒙古烤肉。舉凡現代人的消費項目，都一網打盡，在這兒供應。」（《彩鳳的心願》）相信每一個都市人對類似的綜合性消費區域都不會陌生。不僅如此，臺灣作家們還不無誇張地展示了城市中「天堂」與「地獄」間令人觸目驚心的對比：一方面是「巨大的樓房像森林一般地矗立著」，另一方面是摩天大樓旁邊雜處的底層小巷和壁隙；一方面是摩天大樓裡豪華無比的舞廳、酒家、按摩院、成人劇院，供人醉生夢死、揮霍享受，另一方面則是垃圾圍城，霧霾彌漫。城市最可怕的是它所造成的日益嚴重、難以根治的生態污染，城市的污染與罪惡還連累了鄉村，侵蝕著鄉村純淨自然的空氣、水和土壤。（《廢墟臺灣》）而更令人憂心的還是城市文明對人性道德的毒化。在小說《彩鳳的心願》中，曾心儀通過女主人公彩鳳之口如此質問：

> 怎麼有這樣懸殊的差別呢？有的人拚命勞累，掙得幾個錢，肚子還填不飽。有的人卻大把大把鈔票要塞給他屬意的人，唯恐對方不收下。有些地方賺錢又那麼容易，好像遍地都是鈔票等著你去撿。……但是那辛勞的尊嚴在哪裡呢？被誰尊重呢？誰在乎你

累，你餓肚子？[6]

　　城市正越來越使人喪失其尊嚴，使人淪落爲原始欲望和邪惡本能的奴隸。這種對城市的批判與諷刺也同樣出現於大陸作家筆下，茅盾的《子夜》和曹禺的《日出》等經典作品都曾涉及對現代城市文明的深刻批判，只不過他們將這種批判隱含在了一向秉持的馬克思主義左翼立場。相對而言，當代一些新生代作家對城市的揭露與批判要直露許多。90 年代崛起於文壇的青年作家邱華棟尖銳諷刺道：城市「就像一塊腫瘤一樣在生長著，而人們卻像癌細胞一樣從四面八方彙集而來。」（《所有的駿馬》）人們來到城市，靠出賣肉體和智慧生存，他們不得不買賣夢想，「然後在物質中消耗自身，成爲更爲簡單的物質。」因此城市裡的人們就像被驅趕的馬匹一樣拚命奔跑，被自己不斷膨脹的欲望追趕得筋疲力盡（《城市中的馬群》）；城市裡根本沒有真實的情感，更不要說天才地久的愛情。當代都市的情感就是「以當下爲主流精神，以欲望爲核心」，這樣的情感「迅速、火熱、刺激、偷偷摸摸而又稍縱即逝。」（《手上的星光》）於是邱華棟表現了一個又一個美貌出眾且雄心勃勃的年輕女孩從外地來到北京打拚，通過情感、身體和才華的交換最終獲得成功的人生故事。《手上的星光》中的廖靜茹通過結識「小闊佬」楊哭，又在楊哭的介紹下認識了「國際藝苑畫廊」的總經理柳先生，從而使自己的繪畫天賦在商業上一舉成功。而年輕貌美的她也自然地從楊哭身邊投向了「柳老頭兒」蒼老的懷抱。但邱華棟講述這類故事的語氣卻值得玩味：既尖酸刻薄、滿懷驚詫，又不無豔羨和津津樂道，與明清市井小說慣常的諷喻手法不無相像。

　　與海峽對岸文壇不時湧現的聲勢浩大的城市批判潮流相比，大陸作家講述得更多的卻是人們對城市的嚮往與羨慕。早在李劼人上世紀

---

[6] 曾心儀：《彩鳳的心願》，見人民文學出版社編輯出版《臺灣小說選》第一卷，第 404 頁。本文引用的臺灣小說文本，未注明出處者皆出自該選集，恕不一一列出。

30年代創作的《死水微瀾》中，我們就已看到農村出身的鄧么姑因爲居住在離成都不遠的郊區，從小就對大城市成都充滿了嚮往。爲了實現自己到城裡生活的夢想，她甚至寧願嫁給成都大戶人家的老太爺「做小」，未能遂願後才「退而求其次」地嫁給了天回鎮上一家雜貨鋪的老闆蔡興順。──小鎮雖然比不上成都那樣的大城市，但總比在鄉村種田好了許多。鄧么姑的城市夢想，可以視爲20世紀中國廣大農村人共同的理想。鄧么姑之後，則有無數農村出身的青年男女飛蛾撲火般地奔向城市，追求著那裡的現代生活。對於很多農村人來說，所謂「中國夢」不過就是他們夢寐以求的「城市夢」。正因如此，一部部形形色色地表現著「城鄉之戀」的作品才爭先恐後地登上文壇，並打動了無數讀者的心靈。上世紀80年代，路遙的中篇小說《人生》及其改編的同名電影，之所以在當時引起了全社會的轟動效應，就在於它抓住了「城─鄉」這個敏感的社會神經。而像路遙那樣「樸拙」的作家竟能在當代中國大陸擁有如此眾多的讀者群，原因就在於他表達了億萬農村青年力求掙脫鄉土束縛，嚮往現代城市的真切心聲。

　　1949年後的中國大陸所實行的戶籍制度和計劃經濟體制，不僅將廣大農民牢牢限定在某一鄉村的土地之上，也造成了農村與城市、農民與城鎮職工之間懸殊的社會等級關係。城與鄉的分野，不僅是先進與落後、傳統與現代的象徵，更是上層與下層、邊緣與中心、衣食無憂的「國家職工」與食不果腹的社會底層之間的嚴峻差別。這一嚴重的城鄉差距進一步加劇了農民對城市及其「城市人」的嚮往與豔羨。文學作爲社會生活的一面鏡子，不可能對此視若無睹。差不多與路遙同時代的山西作家李銳，在其短篇小說〈古老峪〉（1986）中，以極短的篇幅描述了一位被組織安排到「古老峪」鄉村「支教」的城市男青年所感受到的農村女孩對他的豔羨：「你們公家人都好看，看這手細的，像是戲上的人。……愛巧就嫁給你們公家人了，在煤窯上。」在這赤裸裸的「愛的表白」中，連「公家人」近乎喪失男子氣概的細

細的手指，都成爲農村婦女豔羨的對象。這雖然談不上審美觀念的畸形，卻無疑折射出農村人對「公家人」饑渴般的嚮往。著名導演張藝謀根據大陸作家鮑十的小說《紀念》改編的電影《我的父親母親》（1999），同樣在當時引起了廣泛的關注。儘管表面看來，電影講述的是一個純情而唯美的愛情故事，但男女主人公身分的差異卻不能不讓人注意：農村姑娘招娣暗戀上了來到他們村小學校教書的青年駱老師，幾經周折兩人終成眷屬，一愛就是 40 年。電影中的「駱老師」雖然絕對談不上多麼高貴與顯赫，但其「公家人」（城裡人）的身分，卻足以讓當時只能「在土裡刨食」的廣大農村人羨慕有加。美麗淳樸的招娣之所以對駱老師「一見鍾情」並陷入癡戀，除了他「讀書識字」所形成的不同於農村人的獨特氣質之外，就是他頭頂上那個金光燦燦的「公家人（城裡人）」身分，即使是他被打成了「右派」（這恰恰是「城裡人」才有的一項「特權」），被暫時「下放」到農村，但相對廣大農村人依然是「高人一等」甚至「高不可攀」的。

經過 1980 年代的改革開放，中國大陸的城鄉差距雖有所緩解，農村中過剩的勞動力開始擺脫土地的約束，向城鎮與城市轉移，但嚴格的具有限定人身自由性質的戶籍制度依然將他們的「戶口」束縛在農村老家，於是就有了大量農民在城鄉之間的輾轉遷徙，就有了農村裡大量的「留守兒童」與老人，以及夫妻的長期分居等種種社會問題。甚至每到最具「團圓」意義的春節前後則出現舉世聞名的「春運」現象。大陸作家劉慶邦在其中篇小說《到城裡去》（2002）中，形象地揭示了半個世紀以來的底層農民在城鄉之間的苦苦掙扎。小說女主人公宋家銀與《死水微瀾》中的鄧么姑一樣，相貌出眾、風采過人，其心計也不亞於當年在成都郊區愛得死去活來的那位「蔡大嫂」（鄧么姑）。我們看到時隔半個多世紀之後，農民對城市的夢想依然執著而又遙不可及。宋家銀年輕時被介紹的第一個「對象」，是一位新疆工人的兒子。「都說那個對象將來也會去新疆當工人」，她便下死命巴結

對方，「爲了讓那個人當了工人後還能對她好，她就把自己的身子給了那個人。」後來那個人果真去新疆當了工人，但當了工人的他卻將宋家銀甩在了腦後。宋家銀只好與 30 年代的鄧么姑一樣，「退而求其次」地嫁給了其貌不揚，在縣城「水泥預製件廠」當臨時工的楊成方。小說中的楊成方「個字不高，人柴，臉黑」，相貌奇醜，卻因爲頂了個「工人」的身分而「一俊遮百醜」。在宋家銀看來「臨時工也是工。是工強似農。」這樣的邏輯簡直不可思議，但在上個世紀的六、七十年代卻是一個不爭的事實。後來楊成方所在的工廠解散，他回到家裡卻被老婆宋家銀趕出家門：「要不是看你是個工人，我還不嫁給你呢。你當工人，就得給我當到底，別回來噁心我。」楊成方只好離開家鄉，先後輾轉鄭州與北京等大城市打工謀生，甚至只能靠撿拾垃圾「發財致富」。宋家銀與楊成方的遭遇及心態，可以說是無數農民共同命運的一個縮影：無論怎樣追求與努力，他們都無法成爲真正的「城裡人」。正如宋家銀去了一趟北京後對城市產生的「新認識」：「城市是城裡人的。你去城裡打工，不管你受多少苦，出多大力，也不管你在城裡幹多少年，城市也不承認你，不接納你。」除非你在城市升官發財，具備了經濟實力和政治權勢基礎，否則永遠不可能成爲城市的真正主人。

宋家銀和楊成方的身影，在海峽對岸的臺灣文壇上同樣不陌生。除了前文提及的流落到城市後處處碰壁、處處被拒斥的忘八等人，當代作家黃春明〈兩個油漆匠〉中的猴子與施叔青〈倒放的天梯〉中的潘地霖，一個懸在 24 層高樓的半空，油漆著大廈牆面上的一副巨型廣告；一個則在海拔兩千公尺的高空，從事著一座「一共有一百二十公尺長」的吊橋的建造。同樣單調而乏味的體力勞動，同樣心靈上的虛空與無聊，導致了他們完全相似的命運：一個得了嚴重的心理疾病；一個雖然尙屬「正常」，卻在一場「意外」的鬧劇中從空中跌下，草草結束了自己年輕的生命。不無巧合的是兩位作家都刻意表現了這

些來到城市邊緣的農村打工者遠離鄉土、脫離土地之後所產生的「上不著天、下不觸地」的懸空感。離開故土來到城市那片陌生而異己的土地，闖入早已被別人主導的「地盤」，似乎註定只能遭受城市「主人」們的盤剝與欺凌。而當那些盤剝者和欺凌者又與外國資本和西方強國的經濟霸權相互聯結時，還會油然生起一種民族自尊，並與長期積聚的個人自尊糾結，從而產生一種「是可忍孰不可忍」的強烈憤懣之情。在黃春明的《莎喲哪啦‧再見》、曾心儀的《彩鳳的心願》和大陸作家邱華棟的《所有的駿馬》中，都有日本商人來到中國趾高氣揚地買春的細節，表達的是同一種對第三世界民族和地區「後殖民性」的批判。陳映真的《上班族的一日》則相當深邃地揭示了黃靜雄這類在跨國公司打拚，一步步「從一個謹慎的、謙卑的、擠公共汽車的職員，變成比較狡猾、世故，以計程車代步——終於有了情婦的小主管」的城市白領，在自尊與欲望之間的彷徨與無奈。雖然充滿了痛苦、屈辱和不滿，黃靜雄始終離不開那個給他「優雅生活」的跨國公司體制。但富有民族主義情懷的陳映真畢竟是義憤和決絕的，在他那篇產生了更大社會影響的〈夜行貨車〉中，終於讓自己心愛的主人公詹奕宏帶上情人，義無反顧地登上了駛向「南方的他的故鄉的貨車」，離開了那個給了他優越生活和無數屈辱的臺北。這與《到城裡去》的宋家銀在自己的「城市夢」破滅之後，依然將其寄託到兒子身上的癡迷不悟，形成了鮮明對比，儘管後者與民族自尊無關。僅就城鄉的去留這一點而言，身為臺灣作家的陳映真與大陸作家劉慶邦似乎是「同途殊歸」。但筆者不能不懷疑深受現代文明滋養、已經習慣了城市生活的詹奕宏們，是否真的能適應鄉村中單調而清貧的生活？如同宋家銀的城市夢最終破碎一樣，詹奕宏的鄉村夢就一定容易實現嗎？

## 三、跨「海」的滄桑：「離土」、「留洋」及「擺蕩的人」

　　根據《舊約‧創世紀》的敘述，遠古時期的人們說著同一種語言，

彼此之間進行著方便快捷的交流。他們曾打算創建一座城市和通往天國的巴別塔，將四散分離的人們聚集起來。但這卻遭到天父耶和華的忌憚，他命令天國的隨從破壞掉人類的計劃，並打亂人們的口音。於是人類又只好分散開來，在世界各地的土地上繁衍生息。這則寓言似乎在暗示：老實本分地「紮根」於自己的鄉土才是對上帝意志的真正順從；而背離鄉土去投奔或創建什麼城市，則可謂之對上帝（命運）的冒犯。但不安分的人們還是建造了形形色色大大小小的城市。在科技高度發達的今天，類似於巴別塔的摩天大樓也紛紛在城市中拔地而起。也許有一天，人類終將建造一座集合起全人類的巴別塔，徹底擺脫土地的束縛。該寓言同時在暗示：城市及其「巴別塔」是很容易將散居各地的人類聚合起來的。由西方文明所導致的席捲全球的「現代化」進程，不正是打造這一「人類巴別塔」的偉大歷程嗎？

　　因為現代意義的城市與城市文明，完全可以說是西方文明在全球擴張的一種副產品。世界上最具典型意義的國際大都市非倫敦莫屬，它伴隨大英帝國的海外殖民和全球貿易而崛起，一度成為整個世界的中心；此後取而代之的紐約，以及步這兩座國際都市之「後塵」的東京、上海、香港、新加坡等東亞城市，莫不與西方國家的文化衝擊乃至殖民拓展有直接關係。從外在的城市風貌到內在的精神價值，當今世界的許多現代化大都市都被高度西方化了。甚至連北京這樣一個最具中國特性的古老都市，在追求現代化的「摩登」過程中也變得越來越不「中國」，其中的很多新潮建築和新興市區，已經與西方大城市接近雷同。難怪在大陸當代作家邱華棟筆下，一度出現了這樣的印象：「有時候我們驅車從長安街向建國門外方向飛馳，國際飯店、海關大廈、凱萊大酒店……亮馬河大廈、燕莎購物中心、京信大廈、東方藝術大廈和希爾頓酒店等再次一一在身邊掠過，你會疑心自己在這一刻置身於美國底特律、休斯頓或紐約的某個局部地區，從而在一陣驚歎中暫時忘卻了自己。」（《手上的星光》）

　　城市化一方面離不開全球化與西方化，全球化與西方化又在進一步加劇著現代城市化的進程。如果說相對於落後閉塞的廣大鄉村，城市是一個國家或地區範圍之內的「現代」與時尚中心，那麼美國等西方國家則稱得上「現代」在全球範圍內的發展頂點及「中心的中心」，她們無疑處在了這座「人類巴別塔」的最高層。正因如此，走出國門來到西方都市的人們，「離土」與「懸空」的感覺會更加強烈。施叔青〈困〉中的女主人公葉洽第一次坐飛機到美國，「從飛機離開松山機場，葉洽就迷失在那無垠的銀空，不知身在何處，……全是白花花的白天，表停了，也不知現在幾點，臺灣在哪個方向，自己在哪兒，她全不知道。從這一刻起，她的日子是漂浮著過的，摻雜了好多困惑不解的情緒」。而〈完美的丈夫〉中的李愫，對美國生活的最大感覺則是像被關在懸空的鐵匣子裡一樣，「上不著天，下不著地。」她既無處可去，又無處可躲；除了與自己的感情「早就死了」的丈夫，既無親人又沒有朋友，只能在公寓或者電梯一類的「鐵匣子」中度日如年。這種「懸空」感與「禁閉」感很容易使我們聯想起前文中提及的〈倒放的天梯〉中的潘地霖，黃春明〈兩個油漆匠〉中的猴子等人。不論是從農村來到陌生城市的「農民工」，還是跨海越洋飛到美國的「新移民」，其背離故土之後「上不著天，下不著地」的懸空和空虛感，以及處在社會與文化夾縫中的游離感都何其相似！只不過後者因為游離故土更遠，以及文化和語言的衝擊，其心理的不適與震撼就更為突出。縈繞於他們心頭的不僅是因離開堅實的大地、由「懸空」而導致的無所適從的不安全感，更有一種文化心理上的「失根」感。於梨華一語道破的「我們都是失根的一代」，表達了一代又一代飄零海外的遊子們共同的心聲。

　　縱觀兩岸文壇上的留學生及「新移民」文學，那些遠離故國、漂泊海外的遊子們在異國他鄉遭遇的人生變故，尤其是他們所承受的各種壓力、挫敗與屈辱，所體驗的超乎常人的寂寞、孤獨與無助，一向

是作家們共同關注的焦點。從上世紀 20 年代郁達夫的《沉淪》、老舍的《二馬》到六、七十年代於梨華的《又見棕櫚 又見棕櫚》、聶華苓的《桑青與桃紅》，以及白先勇的一系列短篇小說；再到八、九十年代中國大陸當代文壇湧現的《北京人在紐約》、《美國愛情》、《陪讀夫人》等作品，無不寫盡了留學與移民的辛酸屈辱。《又見棕櫚 又見棕櫚》（1966）中的牟天磊，出國之前原本過著養尊處優、高人一等的「公子哥兒」式的生活，到美國後他卻發現一下子掉進了地獄般的社會底層，整天要為自己原本最不必關心的食宿問題擔憂。尤其是每到暑假期間，他「就不得不像失去了窩的野狗，四處亂鑽，找個棲身之處。」為了生存，他從最初的餐館洗碗工和服務員做起，還當過長途貨運卡車的司機，開著一輛「像一節火車那麼長的卡車」，從夜裡 12 點到凌晨五時，往返於「三藩市與卡美爾之間」，受盡了辛勞、苦楚和屈辱。作為兩岸當代留學生文學的「開山之作」，於梨華的這種表現具有相當「典範」的意義。甚至在時隔三十多年後，從北京來到紐約的王起明同樣面臨著類似的困境：他和妻子走下飛機，等待著他們的竟然是貧民窟裡的底層生活。他不僅要告別在北京時拉大提琴的「優雅生活方式」，也不得不擯棄了那份「中產階級」知識分子的清高，與牟天磊一樣從最簡單也最低級的餐館「洗碗工」做起。（《北京人在紐約》，1991）至於白先勇與聶華苓等人筆下那些達官貴人的落魄後代，先是從中國大陸「飄零」到偏居一隅的臺灣島，此後又進一步被「放逐」到歐美等西方國家。他們筆下的那個處在「巴別塔」最高層的美國摩登社會，簡直變成了男女主人公們受苦受難，甚至精神崩潰、自殺身亡或者自甘墮落的人間地獄。白先勇《謫仙記》中的李彤和《謫仙怨》裡的黃鳳儀，以及聶華苓《桑青與桃紅》中的桃紅（桑青），其人格的裂變和精神的崩潰完全一脈相承。黃鳳儀的墮落、「桑青」變為「桃紅」的身心畸變、李彤的自殺及象徵意義的「中國死了」，無不讓人在籲歎之餘感受到一種國破家亡的哀痛。白先勇《芝加哥之

死》中的吳漢魂在情欲苦悶與人生失意之餘走向徹底崩潰，更暗示了那些游離家國之外的人們失去民族文化傳統歸宿（漢魂）後的精神危機。作家筆下的這些遊子雖然身在美國及西歐，但其心靈卻與整個老中國的命運緊緊融為一體。而這些作品也因其深厚闊大的家國敘事，與中國古代文學源遠流長的「黍離之悲」傳統連接起來，從而將中國傳統文學的悲情藝術在異國他鄉進行了「絕唱」般的演繹。作為兩岸留學生及新移民文學的代表性作品，《北京人在紐約》與《又見棕櫚 又見棕櫚》的最大不同，應是兩位主人公在「去留」之間的抉擇：牟天磊最終決定返回祖國，而王起明則選擇了留在美國，並經過「脫胎換骨」式的打拚與波折最終混出了「模樣」，成為美國社會成功的「新移民」。在筆者看來這相當典型地折射出兩岸留學生及新移民文學的區別：與臺灣鄉土作家著力於對城市文化的批判相似，臺灣的留學生文學從「起步」階段開始，就表現出對「崇洋」心理的批判與反思；70 年代後的中國大陸作家卻同樣出於對城市及其「現代」的嚮往，表現出對西方現代物質文明難以掩藏的羨慕。

　　不過對那些不顧一切地追求「摩登」（現代）、追隨時尚的人們而言，西方國家成為他們心中最嚮往的「天堂」和人生旅途堅定不移的目的地絕無奇怪之處。為了實現這一「終極理想」，或者僅僅為了獲得美國的一張「綠卡」，不知有多少正當青春且才華橫溢或者容貌超群的年輕人費盡心機也付出了昂貴的代價。如同大量農民工的進城一度超出了北京、上海等大城市的承載能力一樣，歐洲與北美等發達國家的當地居民也一度在「中國人來了！」的驚呼中，對來自中國的移民大軍心存疑慮。頗有意味的是，兩岸作家尤其是男性作家都不約而同地對那些活力十足、欲望十足，甚至不惜以身體為代價而奔向西方國家的年輕「女奮鬥者」進行了辛辣的嘲諷和不無刻薄的表現。在臺灣作家柏楊筆下，那一個個「看起來高貴得不得了」卻「只知道要錢」的唯利是圖的城市女孩，「只要能送她出國，她便連豬都肯嫁」（《秘

密》);《平衡》中的豔婦樊玲則毫不猶豫地拋棄了自己一度熱戀的小公務員丈夫姜隆,嫁給了即將「去美國做寓公」的大富翁劉泉康。同樣可以相比的是,在海峽此岸的青年作家邱華棟筆下,北京不過是那些年輕「女奮鬥者」人生中的一個「中轉站」,她們的最終目標是更加時尚也更加現代化的西方國家,是紐約、波士頓或者倫敦等西方大城市。《手上的星光》中的廖靜茹很快就甩掉了幫她一舉成名的「柳總經理」,嫁給了一個「紐約派詩人」,「去美國發展了」;同樣被大款們「捧紅」了的林薇先是從北京到了更加現代化也更加殖民化的香港,不久她又從香港消失,「後來有人在澳洲也見過她,說她開一輛二手的龐蒂亞克車在悉尼的街上出現過。」甚至《所有的駿馬》中淪落爲賣唱女和日本老闆德田總經理之「小秘」的藍玲,也期待著掙到「大錢」後「去美國或歐洲念書」。難怪即使在酒店吃飯的空隙,她的眼睛也常常「注視著走動的幾個美國人」,像隨時警覺的獵人一樣搜尋著心中的獵物。

被美國所吸引的當然不止那些年輕的美貌女性,事實上對當今很多第三世界國家和地區的人們來說,走向美國(西歐)或者到美國鍍金,不僅是一件榮耀的事情,也是他們走向成功的不可替代的標誌之一。2013 年中國大陸上映的兩部票房和口碑皆佳的本土電影,《致青春》與《中國合夥人》都包含著或隱或現的美國因子:《致青春》中女主人公鄭微的兩任男友先後到美國留學鍍金,返回國內後就搖身變爲「成功人士」;《中國合夥人》則以中國大陸最著名的英文補習學校「新東方」爲原型,再次演繹了無數中國先進青年的「美國夢」。影片中的孟曉駿在美國留學時倍受屈辱,回到中國後卻依靠向美國輸送「人才」而致富成功,並力主所在公司到紐約上市。這部電影的主人公們不僅將「占領華爾街」作爲成功與財富的最高象徵,還視其爲宣洩中國民族主義情緒的集中突破口,背後的文化心理情懷實在耐人尋味。四十多年前,於梨華通過小說主人公牟天磊之口就發出這樣的感

慨：「上到大學生，下到廚子，都想往美國跑；去讀博士，去賺錢，去討洋太太，反正是要離開這個地方，真叫人想不通。」[7]這一「20世紀最奇怪的現象」不僅很可能會成為「21世紀最奇怪的現象」，甚至在可預見的未來都不會消失。單單就此而言，歷史的確具有一定的「定格」特徵。美國及其整個西方社會究竟是天堂還是地獄？或者說既是天堂又是地獄，既不是天堂又不是地獄？在美居住十年，對美國社會有著冷峻觀察和深切瞭解的牟天磊，當然清楚美國在其光鮮的表面背後，與其他國家一樣隱藏著不堪入目的貧困與醜惡。他去過「曼哈頓的黑人區，芝加哥的南面，洛杉磯的瓦茲街」之後，才知道「美國的醜惡原來都是藏匿起來的，而一旦發現了之後使人覺得格外的驚愕，因為它們所代表的貧窮不亞於地球上任何一個國家的貧民。」[8]但或許是由於美國光鮮的一面實在太過炫目，使得大多數中國人對她背後那醜惡與貧困的一面常常忽略或視而不見。

　　作為一種充滿勃勃生機的現代文明，美國及西歐文化的源頭乃是西方社會悠久深遠的海洋文明，以及所孕育的開拓進取、冒險競爭、自由貿易的文化傳統。但華夏民族卻不像古希臘等西方民族那樣以蔚藍色的海洋文明為中心，在中國古人看來，海洋更像是一個異己而可怕的、深不可知、遙不可測的龐然大物。不僅漢語裡的「海」即是「害」的諧音，《爾雅・釋地》更有「九夷，八狄、七戎、六蠻，謂之四海」的說法，可見「四海」幾乎涵蓋了古人視野所及的整個世界。照此邏輯推斷下去，「海外」就指的是比「夷」、「蠻」等荒遠之地還要偏僻遙遠的「世界之外」了。所以古人雖有「四海之內皆兄弟」的說法，卻從未提過「海內海外皆兄弟」。當然與「海」對應的另一個字「洋」則要「正面」許多，因為漢字中所有以「羊」為部首的字都體現著美好的意義，它明顯是由南方沿海地區的人們首先所創並逐漸流行起來

---

[7] 於梨華：《又見棕櫚　又見棕櫚》，江蘇文藝出版社 2010 年版，第 185 頁。
[8] 於梨華：《又見棕櫚　又見棕櫚》，第 181 頁。

的。雖然「海洋」一詞的組合形象地折射出南北文化、沿海與內地的融匯交融，然而有著根深柢固華夏中心觀念的古代先民，歷來就沒有將「夷狄」與「海外」放在「眼上」，只是近代西方列強的船堅炮利才驚醒了國人「天朝上國」的美夢與幻夢。如同晚清末年的「夷務」搖身變爲「洋務」，被人鄙視和無視的西方「海外」也很快變成象徵世界中心的「西洋」。「跨海」的滄桑與無奈也自然而然地演化爲廣受羨慕的「留洋」。可見對代表了「洋氣」和時髦的美國及西方社會的嚮往，反映出的其實是古老的鄉土社會對現代文明的熱切追求。而兩岸留學生小說的男女主人公們在美國與中國、西方與東方之間「走」與「留」的糾結，則又體現了他們在傳統與現代之間的複雜心態。《又見棕櫚 又見棕櫚》中的牟天磊回到臺灣後，最想做的事情就是「不再回到美國去」；但比他小十歲的未婚妻意姍最想做的卻就是要到美國去。她甚至明確「威脅」天磊：「你如果要和我結婚，就要立刻帶我去美國。」去國十年重又返回故國的牟天磊，倍感親切和倍加珍惜的乃是父母的關愛及周圍濃得化不開的親情、友情等「人情」，但這一「人情社會」恰恰又是意姍最想逃離與避開的：「這麼樣一個小地方，這麼些人，這樣小的生活圈子，十幾年來都困在這裡，……撞來撞去的都是這幾張臉，過來過去都是老套的生活，我就是想出去透透氣，難道這是過分的要求嗎？」對於歷經滄桑，厭倦了嚴酷競爭的牟天磊來說，尋求一種心靈的寧靜和歸宿，追尋一種簡單而知足的生活，已成爲他人生的最大追求。他甚至羨慕臺南鄉下農家人自足自樂的鄉居生活，他在那裡探尋到一種古代陶淵明式的、「久在樊籠裡，復得返自然」的怡然自得；然而對於年輕氣盛、對未來滿懷憧憬的意姍而言，天磊所要逃離的「樊籠」卻正是她嚮往的「大千世界」。一個在異國他鄉的漂泊流離中失去了自我；一個卻在養尊處優、父母關愛和親情環繞的生活環境中，同樣丟失了真實的自我。一個爲了追尋自我而渴求著親情的溫暖，渴望著回到「家」的懷抱；一個卻要拼命

逃離這個被親情纏繞得過於嚴實的「牢籠」，而盼望著到外面的世界「透一透氣」，他們兩人的相遇正好趕在了「錯誤的時間與錯誤的地點」。

同樣值得關注和品味的，則是呈現於這些作品中的故國與祖國形象。在白先勇、於梨華、聶華苓、施叔青等「失根的一代」作家筆下，涉及故國、祖國乃至中國大陸的物象，幾乎都無一例外地指向了傳統與過去，指向了那些被現代劇變所淘汰的舊事物、舊習俗。同時他們又表達了對這些舊人物、舊事物、舊傳統、舊習俗的深切懷念與留戀。白先勇筆下那些被時代拋棄的老長官、「老弟臺」、老侍從、老前輩，無不與那個行將遠去的「老中國」休戚相關，這一點批評界早已有了深入研究；施叔青〈擺盪的人〉中那位放了「一把火」將自家「提督府」燒了個一乾二淨的「小少爺」，則與白先勇〈思舊賦〉中已成白癡的「少爺仔」十分相像。而那位當年在提督府做過下女的耳聾眼瞎的老婦人，絮絮叨叨講述的一大堆「瑣碎的、一個大家族的興衰史」，自然也與〈思舊賦〉中的羅伯娘、順恩嫂等人一樣，充滿了類似於「白髮宮女在，閑坐說玄宗」式的蒼涼。事實上這種將傳統與古老中國、現代與西化或者殖民化分別連為一體的敘事模式，早在日據時期的臺灣文學中就已屢見不鮮：那些「陳腐落後」、「不識抬舉」、苦苦堅守著民族氣節的「時代落伍者」們，與趨炎附勢地追逐時尚、向殖民當局認賊作父的「識時務者」們之間，總是進行著決絕而實力懸殊的抗爭。吳濁流〈先生媽〉（1944）中那位善良淳樸的老母親，面對自己那「欺師滅祖」的「不爭氣」的兒子，除了絮絮的抱怨之外毫無辦法。在老母親與兒子錢新發之間，典型地體現了「皇民化」時期廣大固守良善本性與傳統習俗的底層百姓與少數喪失民族節操和道德良知的權貴人物之間的尖銳矛盾。但那些少數民族敗類卻每每能翻手為雲、覆手為雨，興風作浪，從而產生很大的社會能量；至於像「先生媽」那樣「橫眉冷對」的普通民眾，卻只能成為「沉默的大多數」或任人

宰割、敢怒不敢言的「無辜的羔羊」。這固然體現了臺灣作家們對日據時期「世道不公」的批判與嘲諷，卻也折射出當人性之「惡」裏挾著「現代」文明一起到來的時候，就如同滾滾而來的時代洪流一樣勢不可擋的巨大力量。

　　在國外「無根」的寂寞中，牟天磊深切感受到的是「祖國已不是一個整體的實質，而是一個抽象的、想起來的時候心裡充滿著哀傷又歡喜的鄉思的一種凌空的夢境，……祖國變成了一個沒有實質而僅有回憶的夢境。」(《又見棕櫚 又見棕櫚》)同樣在施叔青的〈擺蕩的人〉中，去國多年的 R 先生已找不到「回家的路」。小時候奔波在逃亡的路上，祖母曾指著夜空裡的一顆明星告訴他：「那顆星，那顆星能夠帶我們回老家去。」可如今他再也尋不到那顆能指引他回到故鄉的星星了。小說一方面呈現了守望一方土地的那些「古老」的人與物的衰敗凋零，一方面又刻意抒寫著另一群充滿活力的人遠離故土、遠走異國他鄉，在另一個日新月異的社會裡「腳不著地」的拚命追逐，最終迷失自我的人生悲劇。R 即使已回到臺灣，卻仍感覺如在異國他鄉一樣的陌生隔膜。而海峽對岸的中國大陸之形象，更被簡單地幻化為影視棚裡人為搭建的「東北街景」。──與真實的大陸中國差之千里。正是在這「離散中國」的歎息聲中，祖國的身影漸行漸遠，漸漸模糊了她的本來面目。但正因如此，卻因被蒙上一層夢幻般的神秘面紗，從而顯得更加美麗和令人神往。一方面是現實的「中國」越來越模糊，逐漸成為一個遙不可及的夢境；一方面則是夢境裡的祖國越來越清晰，也越來越成為一種甜美的回憶。一方面是不認同於現實裡的「政治中國」，另一方面則盡情暢想與建構著那個夢幻般唯美的「文化中國」。作家施叔青以「擺蕩的人」這一意象，極為傳神地表達了這群遊子的真實處境與複雜情懷：向前擺得越遠，向後反彈的力量就越大。

　　《又見棕櫚 又見棕櫚》中的牟天磊，曾站在金門遙望著海峽對岸那「想望而不敢回去的地方」而思緒萬千：

站在堡壘邊，頭上是藍天，大家共同的藍天，資本主義、共產主
義、落後民族、殖民地、非洲、海地、大家共有的天！腳下是水、
是河、是海、水兩邊的同胞，以及水那邊一部分原來是同胞而後
來變成了敵人的人。而他站在水的這邊，望著水的那邊的，他曾
熟悉而如今是陌生的地方。他們在做什麼？他們是否像他一樣，
迷失了？[9]

　　於梨華寫下這段文字的時間大約在 1965 年下半年至 1966 年初，
在海峽對岸的中國大陸，最高領袖正醞釀發動「史無前例」的文化大
革命。一場轟轟烈烈且慘烈無比的政治風暴不知使多少人陷入到迷狂
與迷悟中。在西方現代文明和意識形態的強力衝擊下，兩岸炎黃子孫
都曾一度迷失了自我。相比於牟天磊、於梨華們因流亡和流離而成為
「失根的一代」，幾代大陸人因與傳統的決裂而造成的「失根」，無疑
更讓世界瞠目和唏噓。正因如此，當以留學生為主體的「失根的一代」
漸漸淡出臺灣文壇的 80 年代中期，大陸的「尋根文學」卻迅速勃興，
並成為當代文學最主要的「搖籃」之一。甚至高行健的長篇筆記小說
《靈山》也可視為「尋根文學」的收官之作。從「失根的一代」到「尋
根的一代」，似乎也印證著兩岸文學的彼此呼應乃至再一次的「殊途
同歸」。

## 四、鄉土的尊嚴：「本土」、「現代」與「二嫁的老娘」

　　費孝通先生指出，「……只有直接有賴於泥土的生活才會像植物
一般的在一個地方生下根，這些生了根在一個小地方的人，才能在悠
長的時間中，從容地去摸熟每個人的生活，像母親對於她的兒女一

----

[9] 於梨華：《又見棕櫚，又見棕櫚》，第 144 頁。

般。」[10]在熟悉到極點的親人之間或者「親人般」的鄉土社會內部，彼此已達成一種「外人」難以洞察的默契，甚至連語言都成了多餘。正因如此，也就極易產生一種持久的信任和倚賴，以及「一致對外」的特殊文化心理。而以植物的根植象徵鄉土社會的生活方式，在中西文學都不乏例證，其中臺灣作家尤為突出。──日據時期的臺灣作家呂赫若在其小說〈山川草木〉中，通過人物寶蓮之口如此表達了自己的人生理想：

> 這棵蓮霧已經二十年了，二十年間，這棵樹在這兒動也沒動過。而且它的葉子年年新鮮翠綠。我認為這種生活方式是很美的，這點在我們的生活中有嗎？我們在藝術、學問中打轉，是否遺忘了什麼？……和這些比起來，我覺得我們像個患了夢遊症的人。

　　像一棵樹一樣紮根於一方土地，固守著這片土地。在皇民化高壓下的呂赫若寫下這段文字，自然有批判日本殖民統治者不安於「本土」、四處覬覦他人土地的用意。無獨有偶的是在於梨華的《又見棕櫚 又見棕櫚》中也出現了類似的文字，當牟天磊到臺灣大學料理他至愛的老師邱尚峰先生的後事之時，被學校門口兩排挺直的棕櫚樹所吸引：「他看到邱先生的為人，不就是一棵棕櫚樹嗎？他沒有像別人那樣留在美國，他也沒有像別人那樣為了結婚而結婚，……他就在棕櫚樹下徘徊，想著邱先生，以及他十年前在同樣的樹下發過的願望。」寶蓮與天磊，一個是在殖民高壓下默默堅守的「土鱉」鄉村教師，一個則是在美國獲得了博士學位卻無所適從的「海歸」知識分子，而且時代與社會環境也大不相同，但他們都嚮往著像一棵樹一樣根植式的生活。那一棵棵既沒有語言也不會行走的樹木，無疑給人類以豐富的啟示。像樹一樣根植與「在地」，總是在引導著人們走向內心的安寧

---

[10] 費孝通：《鄉土中國 生育制度》，北京大學出版社1998年版，第10頁。

和平靜，──釋迦摩尼就是在菩提樹下悟道成佛的。但更多時候人卻不能像樹木那樣「安分守己」，卻總有一種冒險與開拓的「進取」以及對陌生「新地方」的好奇。事實上人類作爲「高級動物」的一種，更多地具有好動、探索、攻擊，乃至嗜血的天性。於是離開鄉土「闖入」他鄉，和固守「本土」對抗外來「闖入者」之間常常發生難以調和的矛盾。而當這一矛盾進一步與個人或集體利益，乃至家國大義扭結在一起時，自然又引發了種種擴張與抵抗、同化等不可避免的「進步」，以及侵略、殖民、武力對抗等社會災難。具體到當今全球範圍的「本土」運動，它的興起與現代化和西方化的日益擴張緊密相連。包括現代西方文化在內的人類強勢文明，其對外擴張採取的都是「順我者昌，逆我者亡」的強勢姿態：你可以不理會它，但它卻總是要招惹你，並且使你無從逃遁。北美大地上的「原住民」印第安人，在歐洲白人面前既無對抗之力又無變通和學習的能力，更缺乏「師夷長技以制夷」的理性策略。最終不僅喪失了絕大部分的「本土」，而且幾乎慘遭種族滅絕的命運，其教訓不能不令人深省。

　　作爲全文的最後一節，本節既可以看作是全文的「總結」，也可以視爲它的「餘論」。筆者在這一節裡試圖以海峽兩岸作家根據「一妻二夫」這類獨特社會現象創作的幾部小說爲考察對象，尤其以王禎和的〈嫁粧一牛車〉爲中心，依據「本土」視角探討一下從中折射出的臺灣文學之特質，以及這一特質對海峽兩岸文學的啓示。

　　王禎和的〈嫁粧一牛車〉（1967）不僅被公認是最「標準」的臺灣文學經典之一，還被視作最能體現臺灣本土意識的代表性作品。小說主人公萬發作爲一名不折不扣的底層農民，因家境貧寒且患有「八分聾」的耳疾而被村人輕視。他依靠替人拉牛車、出賣苦力換得一點兒「稀粥的酬金」，勉強維持著貧困而平靜的生活。但隨著一個「姓簡的鹿港人」闖入他的生活，成爲他家的「新鄰居」之後，萬發的命運就被徹底改變了。「姓簡的」是一個衣服販子，雖然相貌醜陋，而

且有著異常難聞的狐臭。卻因倒賣衣服頗能賺錢，於是很得萬髮妻子阿好的好感。沒過多久，兩人竟然背著萬發「凹凸上」了。得知風聲的萬發起初雖然試圖「興師問罪」，卻終究敵不過「財大氣粗」的簡姓商人對他錢財上的「照應」。尤其是當萬發在拉車途中不幸發生了一起意外事故之後：「因為牛的發野性，撞碎了一個三歲的男孩的小頭。」萬發不僅賠錢賠得叫苦連天，還被官府判了「很有一段時間的刑獄。」經此事變的萬發終於徹底向自己的命運，自然也向「照應」了他妻兒老小的「姓簡的」低下了頭，僅僅為了維持起碼的生存。當然他也承受著一般人難以承受的道德壓力，內心深處隨時升騰著「不甘」、「不平」的憤怒之火。即使是面對「簡先生」給他買的那輛嶄新的牛車，他依然「很生氣自己起自己來──可卑的啊！竟是用妻換來的！」在靈魂的嚴厲拷問和良心的痛苦煎熬中，萬發的內心深處產生了強烈的自我貶斥情緒，只能通過酒精的暫時麻醉得過且過。

　　僅就情節內容而言，類似此種「一妻二夫」的故事在海峽兩岸現代文學可謂屢見不鮮。從上世紀祖國大陸鄉土作家筆下經常出現的「典妻」現象，到上個世紀六、七十年代西北地區農村依舊存在的「招夫養家」習俗，都可視之為「一妻二夫」婚姻模式的變形。而在漫長的中國歷史上，嚴格意義的「一夫一妻制」並沒有實施太久，有權有勢的男人擁有三妻四妾向來被認為是天經地義。傳統社會中女性對於男人的隸屬關係，與那些從屬男人的貴重物品並無本質區別。只要條件允許，男人們同樣具有不可抑止的「女性（美女）收藏癖」。最突出的例子是歷朝皇帝為了滿足自己一人的癖好，就將萬千女性網羅到皇宮後院那「見不得人」的去處，不容他人染指。與之形成對比的則是社會下層「典妻」乃至「共妻」現象的發生。男人們之所以能忍受被「戴綠帽子」的屈辱，當然也是生存壓力使然。上世紀 30 年代的老舍寫過一篇不太起眼的小說〈也是三角〉，講述了兩個在戰亂中發了一筆「小財」的大兵，「合夥」買了一個妻子的「三角」故事。作

家在一種幽默滑稽的語氣中隱含著辛辣的嘲諷和批判。而不論「典妻」還是「共妻」，依然都未脫離把女性作爲物品「使用」的傳統觀念，處於社會最底層的永遠都是最弱小的群體。當然不是沒有例外，上世紀 20 年代許地山在其〈春桃〉一作中，一改女性被壓迫被凌辱的主流寫法，將「一女二夫」的女主角春桃塑造爲驚天動地又感天動地的「聖母」形象；春桃的丈夫李茂因長期戰亂而不知死活，於是她與一起撿拾垃圾的劉向高相依爲命。想不到有一天，已經半身不遂的丈夫李茂又回到了她的身邊。在婚姻與愛情、道德義務與人間真情之間，春桃作出了驚世駭俗又合乎常情的抉擇：收留了殘疾的丈夫李茂，又不與健康的情人分手。這種基於人道主義的人生抉擇，與西北地區的「招夫養家」習俗可謂有異曲同工之妙。儘管作家賦予了他所摯愛的女主人公春桃以宗教般的光輝意義，但掩藏不住的仍是生存的辛酸與悲哀。

　　前輩作家成功的藝術實踐，再加上當地並不鮮見的「拉邊套」習俗，無疑大大啓發了 80 年代崛起的兩位陝西作家賈平凹、鄭義的創作靈感。鄭義的《遠村》（1983）和賈平凹的《天狗》（1985），其情節幾乎可以看作是〈春桃〉的某種翻版。《遠村》的男主人公楊萬牛年輕時就與善良美麗的葉葉「相好」，但當他帶著滿身的傷疤和一大把戰爭紀念獎章，從朝鮮戰場上回到家鄉時，卻發現心上人已被她父母以「豆腐換親」的習俗，嫁給了同村的張四奎。幾經周折後，爲了能跟自己刻骨銘心相愛著的葉葉在一起，楊萬牛不得不向當地的傳統習俗「低頭」，到張四奎家「拉邊套」。在一種畸形而扭曲的婚戀關係中，踏上了一條屈辱而堅忍的人生路；同樣在《天狗》中，已經 36 歲的獨身農民天狗，拜以打井爲生的李正爲師。與李正的狹隘保守，不輕易向徒弟傳授打井「秘技」形成鮮明對比的是，年長天狗三歲的師娘卻對天狗照顧有加，成了天狗心中暗戀的「女菩薩」。在一次打井中，李正不幸被塌下的石塊砸成了半身不遂。癱在床上的李正不得

不請來天狗「拉邊套」，組成一個特殊的家庭。──如果說許地山在〈春桃〉中，刻意弘揚的是一種宗教般的人道主義情懷，那麼鄭義與賈平凹更看重的則是相濡以沫、至死不渝的愛情。他們都讚頌了人們在苦難中的堅忍頑強、惻隱與互助。雖然在《天狗》中，天狗礙於師徒名分而遲遲不肯跟女人「圓房」，從而「逼迫」心高氣傲的李正最終以自殺的方式「成全」了他們。同時也以這樣的方式將自家妻兒「託付」給了天狗。但無論如何都與王禎和的〈嫁粧一牛車〉大異其趣。

王禎和在〈嫁粧一牛車〉中著力探討的既不是生存問題，更不是愛情問題，而是人之爲人的尊嚴問題。作者要叩問的是：即使像萬發那樣（或者像李正與李茂那樣）窮困潦倒到生活難以爲繼的地步，就可以出賣自己的尊嚴與妻子，不擇手段地爲生存而生存嗎？王禎和盡情嘲諷了萬發一類喪失靈魂、丟失尊嚴的苟且生活。在小說結尾處，作者還不忘加上這樣令人噴飯的細節描寫：「幾乎是一定地，每禮拜姓簡的都給他一瓶啤酒著他晚間到料理店去享用一頓。頗能知趣地，他總盤桓到很夜才家來。……總是七天裡送一次酒，從不多一回，姓簡的保健知識也相當的有一些的哩！」對於萬發這種「屁股倒長在頭上」的生活方式，不僅同村裡的人也無一例外地給予了嘲笑和鄙棄，連作者本人也態度鮮明地也加入嘲笑和鄙棄的行列中。甚至小說的題名〈嫁粧一牛車〉，也源自村人們口耳交傳的「在室女（處女）一盒餅，二嫁的老娘一牛車」一類民謠。但如果我們站到萬發這類社會邊緣的底層百姓角度設身處地的加以思考，卻難免不感歎其中的是與非、善與惡、高貴與卑劣絕非如此一清二楚、簡單明瞭。正如針對中國西北農村一度存在的「拉邊套」習俗，雖不能簡單認定「存在的就是合理的」，卻也不能要求每個人都像古代的「廉者」一樣「不受嗟來之食」。正因如此，將〈嫁粧一牛車〉與《遠村》、《天狗》、〈春桃〉等作品並置在一起加以閱讀，會很容易得出一種更加多元和寬容的價值評判體系。而〈嫁粧一牛車〉中的「姓簡的」作爲一名外來者，不

但完全是「不請自來」，還帶著一股咄咄逼人的強勢和霸道，他在「周濟」和「幫助」萬發一家的同時又帶給他無盡的屈辱與傷痕。這完全與〈春桃〉中的「第三者」劉向高的自我犧牲，《遠村》中楊萬牛的屈辱與默默奉獻，《天狗》中天狗的弱勢和小心翼翼等形成了鮮明的對比。「姓簡的」與萬發之間的關係，在某種程度上自然也可視為對「殖民現代性」的一種絕妙隱喻。

如果說略顯尖酸刻薄的王禎和在臺灣文學中尚不具有完全的普遍性，那麼像黃春明那樣溫和寬厚的臺灣作家似乎更有代表性。黃春明在〈蘋果的滋味〉一作中表達的思想內蘊早已為人熟知：蘋果的滋味雖然美妙，卻不是沒有任何代價就能白白品嘗得到的。美國大兵可以慷慨地把蘋果送到你的嘴邊，甚至給你最高水平的醫療、最無微不至的照顧，以及天價般的經濟補償，但前提卻是用他們的軍車把你撞成殘疾。坐在輪椅上的江阿發雖然可以衣食無憂，再也不必為後半生的生計而發愁，但他卻是以自己的健康與生命，以及自由行動的能力為代價「換來」的。人要人一樣的活著，卻絕不能僅僅滿足於動物式的填飽肚皮，動物式的交配生殖等原始本能層面的需要。人還必須有超越物質的精神探尋，有神聖不可侵犯的人格尊嚴。

筆者發現那些最為經典的臺灣文學作品，常常與人及其土地的尊嚴不可分割。而所謂「鄉土的尊嚴」，不僅指那些與土地連為一體、不可分割的人的尊嚴，同時也是一種文化傳統、乃至一種擁有悠久輝煌歷史的文明之尊嚴。接踵而至的一個問題就是：人民是否擁有選擇或者維護自己生活方式的權力？哪怕依照「現代」眼光，他們所要維護和追求的生活是「落後」或者原始的，但他們是否擁有拒絕被現代化，拒絕被城市化所吞噬的權力？正如賴和等人早在上世紀二、三十年代就敏銳觀察到的，如果農村的工業化與現代化不僅不能使得底層農民得不到實際的生活改善，反而讓其深受其害，那麼這樣畸形而不人道的社會進步，是否還值得追隨和讚頌呢？現代性的到來一方面極

大地解放了人的自由與冒險之天性，催生了人們的創造欲望和開拓能力，另一方面也最大限度地釋放了人們的原始本能，包括那些被傳統道德所壓制和掩蓋的原始欲望和邪惡本性。更不要說在現代性的擴張中，還時常伴隨著西方列強的霸權和暴力了。臺灣現代作家一再表現出的對「殖民現代性」的質疑和反思，無疑對海峽對岸的大陸文學，乃至整個社會的現代性追求具有直接的啟示價值，尤其在整個國家民族面臨著劇烈的社會轉型和城市化進程的今天。

　　而在臺灣當代文學中，當這一「尊嚴」問題不僅與鄉土的流離、「故國（園）的淪亡」以及異族強加於頭上的殖民現代性聯繫在一起，還牽扯到「本土」的追尋與捍衛，以及對「外來勢力」的排斥等議題時，我們又不能不感歎蘊含其中的超乎尋常的敏感與複雜。高度民主化與大眾化的結果，不僅可以使「本土」成為最具正當性乃至神聖性的旗幟，也可以將其蛻化為最有欺罔性及反諷性的概念。「本土」雖然來自於「鄉土」，卻在某種程度上完全「超越」了鄉土。「本土主義」不僅賦予「鄉土」以更多的狂熱激情和政治意味，同時又強化了「鄉土」的保守、褊狹，和難以抑止的自我中心、自我封閉。但在當今全球化愈演愈烈的時代，大到國家民族，小到一村一巷，都絕無可能重新走向完全的封閉自守狀態。我們已再無可能回到古人所講的「雞犬之聲相聞，老死不相往來」的「小國寡民」的理想情境之中了。筆者深信那些高舉「本土」大旗的當代臺灣作家及文人，對這一簡單的事實早已心知肚明。為了更好地說明這一問題，筆者以一篇充滿鄉土特色，同時又富含臺灣本土意識的小說作品──宋澤萊的〈打牛湳村〉為例略加分析：儘管作者的主觀意圖或許只是表現以肖貴、肖笙這類底層農民為代表的打牛湳村人無論怎樣輾轉掙扎，都擺脫不了「外來商人」及現代商品經濟的擺佈和盤剝這樣一個生存悲劇，但這部作品卻相當典型地表現了「本土意識」的某種尷尬與困境。一方面是「外來商人」及其整個現代商品經濟大潮早已布下了「天羅地網」，任憑

肖貴與肖笙們怎樣掙扎都無法逃脫；另一方面則是肖貴、肖笙及打牛湳村的村人們則無論如何都離不開那些「可惡的瓜販仔」。因為他們種植的瓜果總要通過「外來商人」才能銷往外地，而不可能「自給自足」地自己生產自己消費。既然如此，如何走出「本土農民」與「外來商人」之間既相互需要，又彼此對立甚至仇視的惡性關係模式，建立一種相對平等和「共贏」的新型關係，才是最值得細細思量與反復斟酌的。無論如何這都比任由「外來商人」的擺布與宰割，或不惜採取「自絕生路」的方式「對抗到底」要強很多倍。不過這卻需要更加高瞻遠矚的戰略目光，以及更富創造性的理性智慧。只是其中的道理原本很簡單，簡單到常常被忽視和遺忘的地步。

# 講評

◎楊　翠<sup>*</sup>

　　這篇論文基本上從四個角度來探討鄉土的現代流離，第一是從「戀鄉」的角度切入，探討人與鄉土的關係，觸及了土地、血緣、親族、社群乃至於國家等各種面向；第二是處理「去鄉」到城市的經驗與精神圖像，扣緊台灣與大陸兩方的文本，對於其間關於失土、失所、失常等議題的相關書寫，進行脈絡性與文本內容的比較；第三則是對於美國的想像，牽涉到全球化的視角；第四是回到了普世價值的角度，論及個人與台灣本土主體性的尊嚴。全篇以一個宏觀的格局，涵攝許多文本，時間跨幅頗大，橫跨1920至1990年代，掌握兩岸文學創作的共相，信手拈來，將許多不同背景的作者與作品貫串其間，進行討論，提供了一個具有寬幅的文學圖像。

　　然而，一篇論文所能容納的範圍畢竟有限，本論文也不免顧此失彼，以下幾點意見，提供沈教授參考。首先，論文在討論若干文本時，有去歷史化、去脈絡化的問題，亦即，兩方的某些文本固然有其類似性，值得並置論述，然而，其間亦有不少差異性，兩方的文本，背後有著不同的歷史情境與時代課題，若這個部分能夠進行各多的交叉比對、辯證性探討，將更能凸顯共相之外的殊相，以及兩方歷史意識的幽微之處，強化比較研究的論述層次。其次，這篇論文雖然也企圖討論兩岸的差異性，而這樣的差異性究竟是如何產生的，又該如何加以解釋，雖然文中略有論述，但或許礙於篇幅，觸及的時代與文本過多，難以深入探討。

---

<sup>*</sup> 國立東華大學華文文學系副教授。

　　其三，關於理論使用部分，沈教授於論文及口頭報告中均提及，這篇論文主要是想論述「鄉土的現代流離」，因此，如果能以「現代性」理論為主要的詮釋概念，應該會有更大的詮釋效度。論文中所指涉的「離鄉」一詞，與單純離鄉、出外工作的意義不太一樣，它牽涉到了對鄉土、文化、國族的想像，乃至於認為「現代化」與「西化」兩種文化想像的複雜糾結，無論是大陸或台灣的文本中，都不乏此種文化想像，如果能藉用「現代性」理論，扣緊此種文化想像，或許這篇論文的論述能夠貫穿到底，更能顯現主題。其四，在作家與文本的討論之中，台灣作家洪醒夫未被提及，他在 70 年代的作品相當典型，大量探觸城鄉糾結、矛盾與焦慮的部分，對現代性與城市發展有許多反思和批判，若論文中能加入洪醒夫的作品進行討論，將更能強化本文的論述力道。

　　其五，論文的第二節提到失土與失所，台灣所呈現出來的多半是衝突與矛盾，而大陸則是偏向對城市的想像與嚮往，這樣的差異是因何而來，此點很有意思，建議再強化論述。其六，文中提到李銳與鮑十作品中對於「公家人」的想像，我認為此種想像可能不僅是城市的，也包含了對階級、知識社群的多重想像，所以如對現代性能夠有更完整的詮釋向度，相信有助於釐清這些複雜的文化想像觀點。其七，第三節探討美國對於兩岸的影響，50 年代的美援文化造成台灣當時的作家們產生矛盾的心靈結構，這段獨特的時代經驗，也可加以補充。其八，最後一節推演談到了人性尊嚴與普世價值，但話鋒一轉，卻由此推論台灣本土主義是「褊狹的」，並以《打牛湳村》為例，這樣論述轉折，首先在邏輯上呈顯了斷裂性，其次，《打牛湳村》與國族主義脈絡下的「本土主義」關係不大，這一系列小說主要是在揭露國家體制（農會）與市場機制（中盤商）的共利結構對農民的剝削等問題，其中〈笙仔與貴仔的傳奇〉一文，甚至對農村與農民自身，都有銳利的內部批判與反省，絕非「褊狹的

本土主義」，這是全論文中我比較不能理解的，在此就教於沈教授。

# 影像詩的媒體越界與符號消費
## 以臺灣作品爲例

◎陳徵蔚[*]

## 摘要

　　詩源於文字，但又不斷試圖越界，以其他形式的媒體傳達詩意。詩總是不甘於平凡，因而成爲了挑戰語言極限的文體。詩人總嘗試各種方法，創造新的美學可能。因此，詩可謂語言與藝術的前衛實驗室。「影像詩」自 1970 年代出現，1980 年代引進臺灣，一度受到重視，但沉寂至 2007 年前後，方才再度復甦。影像詩跨越媒體疆界，是「文字」、「影像」與「聲音」三者的交互競合，因此解讀時不只得「閱讀」，同時需要「觀看」甚至「聆聽」。在三種感官領域匯合後，影像詩擦出了與過去截然不同的創作火花。本文首先介紹影像詩的定義、起源，其跨越媒體的嘗試，以及跨越媒體的必要性。其次，再具體分析影像詩中的文字、影像、聲音三者間之競合關係，並以臺灣影像詩作品爲例，將作品分爲「文字、聲音與影像均衡互補」、「文字凌駕於影音之上」、「影像爲主，音樂爲輔，文字爲框架」三大類，並且各以一首詩爲代表進行分析解讀。最後，則探討「影像詩」與「微電影」兩者間的差異，分析究竟是影像併吞了文字媒體，或是文字跨越符號疆界，兼容了影像的世界。

**關鍵字：詩、影像、影像詩、錄影詩、媒體詩、多媒體詩、音詩畫、多媒體、媒體越界、跨文類藝術、跨藝術互文、適人、感官懸置、班**

---

[*] 健行科技大學應用外語系助理教授。

雅民、李文森、麥克魯漢、皮爾斯

Keywords: poetry, video poetry, media poetry, cene-poetry, multimedia poetry, interart intertextuality, transgeneric arts, sensory suspense, Walter Benjamin, Paul Levinson, Marshall McLuhan, Charles S. Peirce

# 一、前言

「影像詩」（video poetry），或稱爲「錄影詩」、「媒體詩」（media poetry）、「電影詩」（cin（e）-poetry）等，中國大陸則稱之爲「音詩畫」，是一種結合動態影像、聲音與文字詩的跨界創作。它的發展與錄影、影像編輯技術、行動閱讀介面的普及有關。由於在創作、編輯與觀看過程中，這類型作品幾乎必須在數位環境（電腦、平板、智慧型手機）中進行，而無法被移植到紙張之上，因此，影像詩屬於數位文學的一種形式；而詩中所呈現的影像，未必需爲真實拍攝的場景，亦可利用電腦動畫甚至虛擬實境（virtual reality）等效果製作，因此這類型的創作，深受數位科技文化的發展所影響。

美國早在 1978 年，就已出現類似作品。康尼夫斯（Tom Konyves）所創作的〈與戰同悲〉（"Sympathies of War"），被視爲最早結合影像與文字詩的創作。他後來於 2008 年深入研究，並在 2011 年發表〈影像詩宣言〉（Videopoetry: A Manifesto），將之定義爲「一種在螢幕上呈現之詩體，其特色爲巧妙安排時間節奏，將文字、聲音與影像以詩意方式並置（juxtaposition）。當上述三種成分妥適融合後，影像詩便可在讀者眼前營造出詩意經驗」。在臺灣，影像詩約興起於 1980 年代，一開始使用的是傳統類比錄影技術。林燿德於 1984 年在〈不安海域〉中指出：「錄影詩加入了視覺與音響，並且挪用電影分鏡表的操作形態，突破現代詩的三大類型（分行詩、分段詩與圖像詩），呈露現代詩形式上的新貌」。此外，羅青 1985 年發表〈「錄影詩學」之理論基礎〉中，也認爲詩以「文字爲表達元素；錄影帶則以圖像、音樂、文字綜合構想爲主，以畫面膠卷爲表現元素，分屬兩個不同的藝術範疇，但其背後的思考模式，卻可以互通有無」。

在林燿德、羅青的引介下，影像詩曾引起臺灣詩壇短暫注意，然旋歸於沉寂，這可能與當時錄影、剪接技術未臻成熟，或個人創作影像作品成本過高等因素有關。如林燿德於 1990 年所發表的〈八〇年

代臺灣都市文學〉一文中，曾批評臺灣當時部分的錄影詩，僅於傳統文字詩中加入「淡入」、「淡出」、「特寫」、「伸縮鏡頭」等「機械語言」，而這些機械語言「可能都是贅字」，也「缺乏空間設計的裝飾功能」。在創作者尚未熟悉影像錄製技巧，而數位科技又未提供友善便捷的服務下，臺灣早期的影像詩亦難嶄露頭角；直至近年，臺灣影像詩不但有復甦之勢，有些作品甚至已受到國際的肯定。如 2013 年，臺灣詩人葉覓覓的影像詩作品〈我是在移動的移動裡被移動的嗎？〉，從全球 4,960 件作品中脫穎而出，入選「奧柏豪森國際短片電影節」（International Short Film Festival Oberhausen），並於此年 5 月 5 日在電影節首映；而她本人更受邀參加柏林前衛藝廊（Berlin Avantgarde）所舉辦的「臺灣影像詩之夜」。對於近年來臺灣影像詩的創作，陳徵蔚曾在〈跨界獨舞：臺灣影像詩試論〉中，將 2007 年以來的作品型式粗分為四類：1. 原詩的影像重製（原詩改編）、2. 文字為主影像為輔的原創詩、3. 有聲文字輔以影像強化的原創詩、4. 文字影像化的原創詩。他並於文中提到，「上述四種影像詩所運用的技巧與效果經常彼此交互應用，並不一定侷限於特定類型。因此在詩意呈現中，有效跨越了多種媒體的界線，展現出強烈的後現代性」。臺灣影像詩近年重新受到重視，究其原因有三：其一，隨著影音科技的發達，電腦介面所提供的數位錄影與編輯功能日漸簡便；其二，相關文學獎的設立，有助於鼓舞提振此股創作風潮。如柏林詩歌節兩年一度的「斑馬影像詩獎」（ZEBRA Poetry Film Award）、美國詩歌協會每兩年辦理一次影像詩徵選，都是影像詩人的創作舞臺；而臺北大學飛鳶文學獎[1]以

---

[1] 臺北大學飛鳶文學獎於 2007 年增設「數位影像文學製作」類，但 2008 年後更名為「數位文學廣告」類，從獎項名稱中，可看出該獎項似乎希望將詩的創作與「文化創意產業」連結的企圖。雖然名為「廣告」，但其實參賽作品大多選擇某個文學名著，改編為影像作品。其參賽規則為「可自由選擇中文文學、外國文學的任何一部古典或現代文學書籍（限中文本或中譯本），製作一支以 100 秒為上限的數位文學廣告，可使用任何軟體，

及臺北詩歌節等，亦不約而同於 2007 年增設「影像詩」類，使創作態勢逐漸明朗；其三，2007 年 Youtube 正體中文版成立，其它網路影音分享平臺也陸續出現，而公共電視更推出一系列節目引介影像詩，這些媒體與分享平臺對於影像詩的傳播，均掀起推波助瀾之效。

影像詩，是一種跨越媒體界線與傳統紙本文學的文體；然而創作者將內心的美感經驗，透過不同媒材加以整合表達，這似乎素來是藝術創作者的本能。《詩經・毛詩序》曾說：「詩者，志之所之也，在心為志，發言為詩，情動於中而形於言，言之不足，故嗟歎之，嗟歎之不足，故詠歌之，詠歌之不足，不知手之舞之足之蹈之也」。當創作者對於美的主觀感動極其強烈，便難以限制其以單一媒體表達。沃茲華斯（William Wordsworth）相信詩是「強烈情感的自然流露」，而這種悸動沛然無法遏抑，只能疏導、引流至不同的媒介。此外，正如同萊辛（Gotthold Ephraim Lessing）在《拉奧孔：詩與畫的界線》中所述，雖然藝術呈現的「共感」源自於對自然的「擬仿」，而不同媒介間確有交互滲透之處，但各種媒介有其侷限，也因而對美的表達各有所長，亦顯不足。因為這種「缺憾」，創作者便會自然而然尋找各種方式，跨越媒體疆界，呈現出最大的美學可能。

楊宗翰於《逾越：臺灣跨界詩歌選》序寫道：「文學界線有何作用？一是供讀者參考，二是讓作者跨越」。他自林亨泰、詹冰的「圖像詩」或「具體詩」算起，認為臺灣跨界創意至今已逾半世紀。1980年代以降，「詩人畫會上街展」（1983）、「視覺詩人十人展」（1986）、「詩的聲光」（1986 年後持續多年）、1990 年代後期「全方位藝術家聯盟」、2005 年起「玩詩合作社」，都讓詩壇吹起跨界風，「詩／畫／影／劇／聲／光，六者間的曖昧模糊，融合交媾，既構成了作者的挑戰，亦擴展了讀者的想像」，也因而出現了圖像詩、小說詩、歌詩或

---

但最後必須轉存成 Quick Time 播放形式，錄製成光碟。此廣告必須展現個人創意、數位視覺效果，並強調此書的可讀性或文學價值」。因此該獎較為類似文學名著的影像改編。

詩意歌詞、演詩或詩劇、視覺詩、物件詩、裝置詩、數位詩、影像詩、行動詩與詩行動⋯⋯」。

　　雖然「跨界」、「逾越」是創作的本能，但在影像詩跨越媒體界線的過程中，我們不禁興起幾個問題。一、在詩的創作上，媒體越界是否必要？它將為詩開闢新的疆域，抑或使詩的創作界線變得更加模糊？二、文字、影像各自有其表現語法，及其解讀方式。當詩與影像融合後，該要以何種美學標準理解，並評估其價值？文字與影像的交會，究竟是詩意加乘，還是互蝕消減？最後，倘若將詩融入影像中，這與今日普遍風行的「微電影」又該如何區分？這樣的跨界，究竟是詩併吞了影像，抑或是影像吞噬了文字？這是本文試圖釐清的三個面向。

## 二、媒體越界之必要？

　　詩的可貴之處，在於能以最簡練的文字，激發出最大的想像；然當將詩中極富幻彩的想像落實於視聽媒體之後，這究竟是詩意的發揚，抑或是想像力的扼殺，其實多有爭論。猶如「潑墨山水」中寫意的風格，引領觀看者自行填補畫面中的留白，又或者如京劇舞臺上極簡的道具與動作，激發觀眾自行的想像；倘若將潑墨化為工筆，或是在京劇舞臺上添飾猶如西方戲劇繁複而精緻的道具，雖然看起來華麗耀眼，卻也失去了這些簡樸藝術的本質。詩意的最大化，有時往往來自於媒體的極簡化，特別是當文字的象徵功能被放大後，經由讀者的解讀，意義亦無限延伸。因此或許在追求「真」的新聞報導，或是電影紀錄片中，使用完整感官呈現的影音，能夠讓觀眾更加貼近真實；然而在尋找「善」與「美」的過程中，或許若隱若現、間接委婉的表達，比赤裸裸的多媒體呈現更有表現力。

　　然而在另一方面，文字固然可以引發想像（imagination），但觀看影像（image）卻一直是人類最基本的直覺渴望。事實上，若從英

文字根來看，「想像」就是心靈的視覺再現，而「觀看」則是人類感官中最爲直覺的方式，也因此在藝術表現中，具象畫面呈現，特別是「會動的畫面」，一直是科技進步後所試圖實現的關鍵目標。西漢南越王墓博物館研究學者滕壽平博士發現，早在距今兩千多年前的青銅提桶上，就已經繪製著疑似世界最早的「動畫」，這些圖片重複迴環，明顯利用「視覺暫留」效果，將圖片構成連續動作。王雅倫認爲：「若使用現代電腦幻燈技術和 flash 技術將四幅圖畫連續播放，便證實：他們的的確確是動畫」（余爲政 25）。倘若我們不要追溯到遠古中國，那麼最早的動畫技術大約源自於十九世紀法國「旋轉圓筒走馬燈」（zeotrope）；而 1889 年愛迪生（Thomas Alva Edison）利用賽璐珞片（celluloid）所研發的「動態西洋鏡」（kinetoscope），則被視爲電影的濫觴；法國盧米埃兄弟（Auguste and Louis Lumière）將動態影像結合投影技術，更是讓電影欣賞從單純、私密的「窺秀盒」（peep show box），搖身一變成爲多人共享的大衆藝術。

　　影像詩這種藝術文類的出現，或許是爲了同時滿足人類對於詩意的想像與觀看影像的慾望。李文森（Paul Levinson）相信，技術的不足，無可避免讓早期媒體必須犧牲特定感官。例如文字犧牲了即時呈現的影像與聲音，只爲確保資訊穩定保存。然而，科技始終具有「適人」（anthropotropic）的趨勢，意即當技術條件許可後，媒體就會朝向更加感官直覺的方向發展。他指出：「我們在媒體中所調協的（視／聽）平衡，其實反映出了人類內在、先天的感官平衡」（60）。因此，現今影像科技「重拾了人類歷史中，因技術不足而被迫犧牲的生物基本溝通要件」（99）。劉紀蕙將這種跨越文字、聲音、圖片、影像的藝術創作型式稱爲「跨藝術互文」（interart intertextuality），而類似觀念也與陳徵蔚所提出的「跨文類藝術」（transgeneric arts）不謀而合（2008 7-14）。

　　黑格爾（Georg Wilhelm Friedrich Hegel）曾在《美學》一書中指

出：「藝術類型發展到了最後階段，藝術就不再侷限於某一類型的特殊表現方式，而是超然於一切特殊類型之上。在各門藝術之中，詩更有可能這樣朝向多方面發展。這種可能性在詩的創作過程中可以兩種方式得到實現，一種是通過對每一種特殊類型的實際加工，使其盡量發展；另一種是通過解脫束縛，使其不再受某一類型的特殊內容和構思方式的限制，無論它是象徵型的、古典型的，還是浪漫型的」。此外，班雅民在〈單行道〉一文中也相信：「真正的文學活動不可能渴望其在一個文學框架中發生；相反這是它貧乏內容的慣性表達。意義重大的文學效應即發生在行動與寫作的嚴格交替中，它必須培養不顯眼的型式，而這些不顯眼的型式─傳單、小冊子、文章和布告，比起書籍中矯揉造作、普遍的姿態來，更適合它在積極社群中的影響」。麥克魯漢同樣認為，當新媒體吸納舊媒體，使後者成為前者的內容時，前者的力量便開始茁壯。由此觀之，整合多種媒體的藝術形式，似乎是藝術創作的必然趨勢。

　　媒體跨界既然是藝術創作的必然趨勢，那麼當影音媒體匯入詩中，該如何避免諸媒體對於詩意的扼殺？這個疑問更根源的問題，其實在於媒體能否表達詩意，抑或只能扼殺詩意？因此接下來的討論，須先確定「影音媒體」與「詩意」二者間的關連。法國當代美學家洪席耶（Jacques Ranciere）指出，影像從未是一種單純的現實，電影的影像首先就是操作，是可述與可見之間的連繫，也是玩味著之前與之後、因與果的手法。透過這些操作，藝術的影像可以製造出某種差距與離似（dissemblance），以清晰化或模糊化某個想法（36-8）。換言之，創作者不但可在文字中經營詩意，也可在影像裡呈現個人的觀點。影像看來好像僅是客觀事實的呈現，所表達的是某種「攝影真實」（photographic truth）；然而事實上，每一個鏡頭的捕捉都是極其主觀的，透過角度的選擇、構圖的安排、景深的運用、光圈與快門的搭配，作者實際上對影像進行了不為人知的干預、安排，從「黑箱作業」中，

呈現出個人的觀點與風格（史特肯 35-6）。

　　關於詩意，陳徵蔚認為「感官懸置」（sensory suspense），乃是一種營造此效果的重要手法（2008 197）。值得注意的是，所謂的「感官懸置」並非「媒體棄置」，它是一種「選擇」與「安排」，而非「摒棄」。例如在影像詩的世界中，文字、聲音與影像皆待詩人使用，這是創作資源無比豐沛的年代，而作品層次高低的差異，並非來自於媒體本身，而是詩人如何善用媒體，表達詩意，達到文字、影像與聲音相互輔助、加乘的效果。透過作者的對於影像的安排，在取景的過程中，選擇入鏡與不入鏡的影像，早已經遂行了初步的「感官懸置」。接著，當影像被剪接、拼裝[2]（bricolage）、挪用（appropriation）、轉碼（transcoding）之後，原本的影像意義可以產生無數的衍生，同樣可以激發出無比想像。也因此，創作的本質不應侷限在某種特定媒材，而應該探究在媒體資源豐沛，創作環境優渥的情況下，詩人如何做好「取」與「捨」，令文字、聲音與影像相互競合，以達到最大的創作效果。

　　由上述的討論可知，影像詩中文字、影像與聲音的交會越界，其實提供了創作者更多馳騁想像的媒材。文字與視覺的搭配，的確可形成意義強化，同時也能彌補文字敘述的不足，甚至帶來更多想像空間。因此史特肯（Marita Sturken）於《觀看的實踐》中曾指出：「我們活在影像逐漸滲透的社會中，在這裡，繪畫、照片和電子影像依賴彼此產生意義」（31）。倘若我們將影像詩的「象徵」效果畫成三維的「笛卡兒空間」（Cartesian Space），那麼「影像」、「聲音」、「文字」三軸便是構成「詩意」的基本元素。在這個空間中，「影像」與「聲音」、「聲音」與「文字」、「文字」與「影像」各自形成一個「敘述平

---

[2] 拼裝一詞最早為李維史陀(Claude Lévi-Strauss)所用，而後何柏第(Dick Hebdige)也沿用此詞彙。拼裝原指利用手邊可以取得的素材來拼湊出自己的文化，是一種就地取材、兼容並蓄、將就組合的過程。何柏第將之用來描述年輕人利用手邊可以取得的商品，以便打造個人風格的「青少年次文化」現象。事實上，在網路世界中拼裝及其普遍，而拼裝也是創作者挪用當權、流行符號，重新組置後產生新意義的過程。

面」，在這三大平面之勢力互有消長，其中權力運作產生的意義也將
有所不同。在某些影像詩中，文字較為強勢，影像、聲音成為輔助；
然而在另外一些作品中，可能影像構成較為重要，文字反而成為點
綴，甚至完全沒有文字，構成「空間之詩」。也因此，影像詩所構成
的象徵義涵未必如下圖般呈現等邊三角形，而是各種向度長短不一的
形狀。

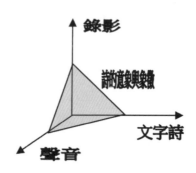

　　附帶一提的是，在詩的象徵空間中，不只作者可以表達，讀者也
能夠任意的詮釋。由於「『看』（to see）是觀察和認識周遭世界的一
個過程。『觀看』（to look）則是主動去為這個世界製造意義」，而且
「『觀看』也涉及權力關係」（史特肯 29），就影像詩而言，影像的匯
入所帶來的詮釋空間，將較純文字詩更為廣大，而作者與讀者間的詮
釋角力，也將更為激烈。

## 三、文字、聲音與影像的競合：以三首影像詩為例

　　在影像詩中，「影像」、「聲音」、「文字」三軸是構成「詩意」的
基本元素。本節將以〈孤獨〉、〈異鄉人〉、〈造詩術〉等三首作品為例，
探討此三軸之競合關係。

### 1. 文字、聲音與影像均衡互補

《2009 第二屆 WOW！eye Taiwan 全民影音創作大賽[3]》中的影像詩〈孤獨〉之結構，在文字、聲音與影像三大敘述平面的發展較爲均衡。此詩由《關於孤獨》、《對於孤獨》、《那麼…》等三個段落所構成：

### 《關於孤獨》

彷彿一場獨舞的圓舞曲／在夜裡輕歌／我在裡面奏著／看不見未來的旅程／一個人哼著聽不到的曲／在空蕩蕩的舞臺　無聲／有時　我好愛這片刻／有時卻好恨／關於孤獨／我們的交情很深

### 《對於孤獨》

印象深刻／我知道那令人傷神／有時／揮之不去只得悶不吭聲／拿它沒轍／它無論什麼時候都來的自然無聲／就算有人可以摒棄與它共度的時分／仍不免耗氣虛神／如果它是男人／我會狠狠揍他一頓！！

### 《那麼…》

是秋天的深／是秋天的氛／用淡紫漸層美化黃昏／用粉嫩畫筆圖上雲層／空氣因而稀薄幾分／音聲因而秋瑟幾何／一種狀態飽和了／周遭忽然輕靈了／原來／孤獨換來的／還可以是一段旅程

倘若純就文字閱讀，前兩首詩中的敘述者「我」似乎像同一個人，他（她）因孤獨而展開了一段「獨舞」。第一首詩中看不出敘述者的具體性別；然而第二首詩「如果它是男人／我會狠狠揍他一頓！！」，卻似乎暗示詩中人物是位女性。進一步深究，《關於孤獨》似乎是種對於孤獨的「旁觀」陳述，而《對於孤獨》，則是實際身處孤獨的「主

---

[3] 「WOW！eye Taiwan 全民影音創作大賽」由行政院新聞局主辦，目的在發掘、培植更多影視新秀，並鼓勵民眾參與數位影音創作，透過全民多元角度觀點來推薦臺灣，讓全世界多認識臺灣、更熟悉臺灣。然而 2008、2009 年舉辦兩屆後，至今並未繼續舉辦。

觀」感受。因此，兩首詩也許可以被分化成為孤獨的「客體」與「主體」，前者因旁觀而感染其氛圍，後者則因置身其中故散發出強烈的「孤獨」氣息。

　　加上影像與聲音後，文字意象將更顯清晰。《關於孤獨》由一位男子朗讀。鏡頭，彷彿是他的視角，觀眾跟隨鏡頭，目不轉睛地盯著女孩，從各種角度穿越視覺障礙，從忙碌來往的人潮縫隙中，以視線糾纏、愛撫她的身體。本詩後段，甚至利用鏡頭聚焦於女生特定部位（如高跟鞋、半身側影），以象徵男子對女孩恣意的凝視。高跟鞋前的停等分隔線，象徵男子與女孩間無形的界線。朝向女孩指去的箭頭，卻又暗示男子希向女孩奔去的渴求（如下圖）。這位男性似乎是個溫柔的跟蹤者，偷偷尾隨著女孩的腳步，展開一段旅程。這是場「獨舞的圓舞曲」，倘若愛情是兩個人共舞，那麼單戀就是男生跟蹤。因為單戀，所以男子「一個人哼著聽不到的曲」，女生未必知道，知道了也未必會接受。男子始終尾隨，不知道女孩子目的地為何，自然是段「看不見未來的旅程」。然而，卻似乎因為無法鼓起勇氣告白，而感到某種熟悉的孤獨。想必，這男子不是第一次尾隨女孩了，也因此在這場單戀中，他與孤獨「交情很深」。

　　第二首《對於孤獨》則由女子朗讀。相對於男子對女孩目不轉睛的凝視，代表女孩視線的鏡頭卻不斷游移，一方面出現捷運、車窗外的城市、燈火等畫面，另一方面卻又不自覺地飄到某個男子身上，表現出迷惘的心情。女孩似乎很靦腆，視線不敢在男生身上停留太久，立刻會飄向周遭的城市街景，左顧右盼起來。這個男子，是否是前面詩中那位？又或者另有其人？我們不得而知，但是她不斷游移的眼神，卻說明了心中「傷神」與「揮之不去」的孤獨（如下圖）。女孩搭著捷運，居高臨下觀看城市夜色。相對於前首詩中明亮的日間場景，女孩所身處的環境，相對黑暗得多。倘若明亮象徵男子暗戀的竊喜，那黑暗，或許暗示著女孩幽怨的心境。女孩心中是充滿煎熬、掙扎與怨念的，在那「但見淚痕濕、不知心恨誰」的時刻，女孩氣鼓鼓地說，倘若孤獨是男人，她會「狠狠揍他一頓」。或許，他的孤獨來自於某個男人的離開或背叛，又或者，同樣來自於暗戀而無法告白。即使告白了，或許也因為男方裝傻，而令她想要揍他一頓。詩中男生的被動與羞澀，只敢以視覺接觸，對比於女孩主動踏上旅程，勇敢地採取行動，利用雙腳走出自己的方向，形成了有趣的對比。

　　當前兩首詩的鏡頭帶出「男」與「女」、「凝視」與「被凝視」、「跟蹤」與「旅行」、「被動」與「主動」、「白日」與「黑夜」等對比後，詩裡的意象頓時鮮明了起來。兩個不同聲音的前後呼應，也配合著影像，形成了鮮明的對比。於是，詩的文字與影像、聲音間構成了三維向度的意象空間，交織出城市男女孤獨而渴望愛情，既期待又怕受傷害，因而欲拒還迎的矛盾心情。正因如此，當第三首《那麼…》由男女間的對話交織時，一切恍若順理成章。只是，這對男女（又或者是兩男一女？）真能打破孤獨，而相守在一起嗎？倘若「孤獨換來的／還可以是一段旅程」，那麼這對男女，卻似乎是影像中所呈現的，上下兩條平行線，又或者是鐵軌，雖然彼此如此趨近，且朝著同樣的方向移動，但卻難以交會（如下圖）。而正因為如此，他們仍不禁感到無以名狀的孤獨。

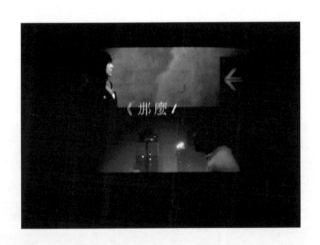

　　〈孤獨〉是場「凝視」（gaze）與「被凝視」（gazed）的過程。史特肯從拉康（Jacques Lacan）的「鏡像理論」（mirror stage hypothesis）談起，引述「嬰兒對於鏡中自我反射形象的凝視，是他建構自我主體的第一步」，進一步論證包德瑞（Jean-Louis Baudry）的觀點：「我們

之所以對電影如此著迷，理由之一就是來自黑暗的戲院以及注視如同鏡子一般的銀幕，因為這會讓觀看者退回到如孩童般的狀態」。有趣的是，包德瑞認為，「當觀看者對銀幕世界中的有利位置產生認同時，他或她是在經歷一段暫時性的喪失自我」（98-99）。而包德瑞理論中這種「暫時性喪失自我」的經驗，不正與〈孤獨〉這首影像詩中，男子凝視著女性，因無可告白而感到孤獨，以及女孩展開一段旅程，凝視窗外事物，以及偶爾瞥向某個不知名的男子，因而倍感孤獨無助一般，是種因「喪失自我」而「無家可歸」的「孤獨」？

## 2. 文字凌駕於影音之上

　　徐紫柔的〈異鄉人〉，曾獲「2012 臺北詩歌節」評審團大獎。雖然作者大學就讀電影系，畢業後任教於莊敬高職影視科，但這首作品卻令人驚訝地是個文字表述較影音效果強烈的作品。也就是說，即使將影音完全拿掉，這首詩的文字仍然是好篇作品，它自行獨立於影音系統之外，意義敘述結構完整，影像與聲音頂多錦上添花，卻不似前篇作品，影像為解讀作品的必要元件。作者在講述其創作發想時明確指出：「臺北，對其它縣市來說，它至今仍是一個夢，雖然沒有像美國夢這樣的龐大，但它自成一國的模式，仍讓人不可遏制地對臺北有著綺麗的嚮往。以自身在臺北租屋的經驗，搖晃在這美麗外表下卑微狹小的居住空間，輕嘆這個城市再怎麼不斷更新包裝，異鄉人永遠是那樣的格格不入⋯⋯」，而這樣的概念，幾乎毫無隱晦地在〈異鄉人〉中描繪：

### 異鄉人

翻開報紙，家鄉的新聞少之又少／異鄉人，你住的城市叫做臺北國／晚餐是精緻雞腿便當／只有你自己知道它比不過隔壁鄰居媽媽的／蘿蔔排骨湯／不可擅自闖入合菜館／只有頂樓加蓋小房間桌上的那雙鐵製免洗筷／單人床，不用改變／電視機，純粹

仿造雙人對話／一場大雨，浸濕了昨日曬了的衣裳／它又將被霉菌包圍／疲軟的被晾在屋簷上／悶熱寡歡的騷味，未釀先醺的鄉愁／寄居的生命都在對話／瘀滯的通水孔／剝離的電管線／瑟縮的鏽門把／禁錮的鐵鋁窗／邊緣化混著雨水打在鐵皮屋上／嘎嘎作響／驟雨停了／你的寄居生命，卻也不會因此而停止

　　〈異鄉人〉明確破題，簡單扼要，開頭朗讀者先是一聲長嘆，才開始朗誦詩文。這聲長嘆雖無文字，卻很能具體傳達異鄉遊子的心情，定位出以下詩文的氛圍，而「翻開報紙，家鄉的新聞少之又少」亦直接指出異鄉遊子的鄉愁。「臺北國」（又被某些其他縣市的人戲稱爲「天龍國」）自成封閉區域，外來者無論在這片土地居住多久，都始終像是「外國人」，很難融入，也無法覓得認同感；詩中「精緻雞腿便當」的「精緻」二字，常烙見於便當餐盒上。作者在此有些嘲諷的意味，似指便當外盒即使再白紙黑字標示著精緻，終究也只不過是個感受不到親情溫暖的冰冷商品；隔壁鄰居媽媽親手熬煮的蘿蔔排骨湯，雖只是一道家常餐點，無任何廣告標語，甚至只是種不落有形文字的無形氣味，但當那氣味散開滿溢之際，卻是令異鄉遊子羨煞已久的溫暖親情；詩中又提醒異鄉人「不可擅入合菜館」，因爲「合菜館」本適於「闔家蒞臨」，形單影隻的異鄉遊子若誤入此地，放眼望去高朋滿座、和樂融融之用餐氛圍，反襯出一己之落寞孤單。桌上合菜雖多，但拼貼在桌面，酸甜苦辣間更顯得格格不入；孤獨的意象，透過樓頂加蓋小屋、破敝的屋內陳設、看似成雙但隨時可能落單的鐵製免洗筷（如果是鐵製，應該是「環保筷」吧？）、單人床、無語看電視的時刻、突如其來的大雨，將這些如「蒙太奇」般被拼貼在一起。在文字中，詩人運用了許多意象，成功經營出異鄉人獨自生活在陌生城市的「孤獨」。不需要影像，文字本身就帶有強烈的感染力。

　　這種文字的蒙太奇效果，其實大可運用在影像中，如同小說家狄

更斯啓發「蒙太奇之父」艾森斯坦（Sergei Eisenstein）一般。然而，徐紫柔在影像呈現上卻似乎非常地「極簡主義」（minimalism），並沒有大幅發揮影像的表達效果。自頭至尾，這首影像詩的畫面都被侷限在正中央一小塊長方型的區域，一方面下方的黑色區域適合清楚呈現文字，另一方面也彷彿呼應著這首詩的基本命題：侷限在狹小居住空間的孤獨異鄉人。畫面並不清楚，甚至還頗爲模糊，除了略顯黑暗的空間，桎梏身體與心靈的陽臺鐵窗，也成爲了這首詩在影像表達上的重要意像。在影片中，原本遼闊的空間被鐵窗切割成長條方格，光線同樣也被剪得一段又一段（如下圖）。鏡頭突兀地上下跳動，彷彿象徵遊子漂流動盪的生活。突如其來的大雨，讓陽臺曬乾的衣裳再度濕透。在影片中，陽臺晾著兩件衣服，一件黑白橫條，一件紅色洋裝，看來似乎成雙成對，但其實屬於同一個人，只因形隻影單而不願收下，以致在大雨中，再度被城市的「淚水」浸溼，初來臺北的熱情，變得一團糟。影片後段從 1 分至 1 分 6 秒出現了燃燒成灰燼的火焰，那是雨後取暖的火光？抑或是夢想熊熊燃燒，而後化爲灰燼的幻滅？從詩中來看，答案應該相當明顯。整體來說，〈異鄉人〉的影像呈現較爲單純而簡單，它給予讀者明確指引，清晰易懂，但想像空間反而有限，因爲影像幾乎立刻被顯示的文字「鎖定」，而朝向較爲單一的敘述目標前進。因此這首詩，是屬於文字影響力大於影音的一例。

## 3. 影像為主，音樂為輔，文字為框架

　　「2009臺北詩歌節」得獎作品游書珣的〈造詩術〉，則是影像比重高於文字的作品。於這首影像詩中，文字相對而言只是敘述框架，而非主軸。在顧爾德（Glenn Gould）彈奏巴哈郭德堡變奏曲（Goldberg Variations）的旋律裡，游書珣以廁所場景開始這首詩。相傳顧爾德演奏時口中總是喃喃低吟，而這首巴哈寫給失眠好友古爾德伯爵以幫助入眠的曲子，其旋律輕柔平和，無比沉靜。在背景音樂中，隱約已經可以感受到「吟唱」與「旋律」間糾結的關係。如此安排，彷彿一色真人漫畫《琴之森》中的角色丸山譽子，每逢參加鋼琴比賽都會過度緊張而情緒失控、表現失常，唯有她在心中冥想廁所場景，並抱著心愛的狗時，才能感到心靈平靜。

　　在〈造詩術〉裡，舒緩的音樂旋律進行著，一隻手按下了抽水馬桶，馬桶邊有不少書，似乎是主角平時進行「廁所文學」的閱讀材料。此時，一本筆記本開啟，左半頁寫著下方的詩：

**造詩術**
字的眼睛一直注視著我，過了許久，／第七支筆經過，頭鼻耳朵，都是／尖的／他偷偷告訴我／字的身體是瘦的，眼球是灰的。／有人暗地將書入鍋烹煮，／大啖時不經意吞下／帶字的骨頭，在胃液裡消解成／脆弱的詩句，一讀便要／化為粉末

　　這首詩寫到這兒，該如何接續呢？透過影像表達，詩人走出了文字的疆域，進入影像的世界，筆記本的右半頁被撕下，摺成一艘紙船，展開了「尋找靈感」的航程。從上方文字與接續的影像來看，似乎暗示「造詩術」是種「文字消化」然後「排泄」的過程，這個過程在醞釀時漲痛難耐，但只要排泄出來，那就無比爽適解脫。在創作過程中，詩人咀嚼、吞嚥書中文字，化為養分，完全吸收後，再排泄出詩句。

靈感猶如馬桶的水，自上而下，自大腦而至筆端（又或者至肛門！？），排泄而出的詩受沖刷回歸母體，循環再生。然而進一步深究，創作本身怎麼會被拿來與排泄連結？這不禁令人想起馬塞勒・杜象（Marcel Duchamp）於1917年4月在他協辦的畫展中，以假名R. Mutt展出一只小便斗，並且將之標題爲「噴泉」（The Fountain）。杜象的行動被達達運動（Dadaism）奉爲圭臬，因爲他質疑了藝術品本身的價值根源：藝術品究竟是因爲被擺放的場所而顯得高雅尊貴，抑或是它本身真的具有如此高的藝術價值？《造詩術》的影像中，彷彿也透露著類似的戲謔氣氛，質疑著詩的本質。

　　在這首影像詩中，一開頭的文字只是框架，預示觀眾「造詩術」（或「航海術」？）即將展開。當筆記紙摺成紙船航行後，文字就幾乎完全消失了，詩人脫離了文字的枷鎖，駕著尋找詩意的紙船，隨著靈感逐波而去。靈感從馬桶水轉化而爲臉盆、魚缸中的水，帶領詩人的紙船繼續前進，象徵在不落文字的世界裡，靈感以各種形式出現，上窮碧落（天花板）下黃泉（虛擬世界）、走過時間洪流（八卦形時鐘似乎象徵陰陽滾動所化生的宇宙洪荒），試圖尋找「存在」，卻似乎未果（信封載明「查無此人」），只能在夢中拼湊詩意（睡夢的女人），最後小船終於返航，攤平成一張紙，上面寫著兩行詩：「爲了收集古老的樹皮，詩人停下他的筆，／把自己摺成紙船，循著氣味前行」，文字再度成爲結束影像的框架。（如下圖）

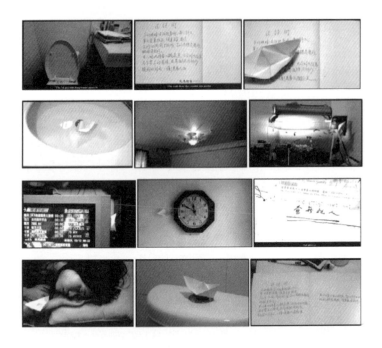

　　寫詩，究竟是種如同在廁所中「逐臭」的過程，抑或是一場駕著靈感的風帆順流而下，只為尋找夢幻的空氣中桃花源氣息的「航行」與「追尋」？這首詩並未明確解答，然而透過「定格攝影動畫」（stop motion animation），〈造詩術〉成功表現了創作過程中介於「文字」與「非文字」的靈感醞釀，那種始於文字，經歷消化吸收，最後又回歸文字，既疼痛又爽快、時斷時續的排泄過程，經由影像生動地表達了出來。

## 四、文字與影像的交鋒：是誰併吞誰？

　　透過前幾節的討論可知，整合多媒體的藝術形式，是藝術創作的必然趨勢；而在影像詩中，文字、影像與聲音的交會越界，實則提供創作者更多馳騁想像的可能。然而在影像詩的發展過程中，經常有人

質疑，這樣的創作模式與當前火紅的「微電影」究竟有何不同？當影像詩的視覺效果發展到極致，是否會被電影媒體所併吞，最後失卻詩人最後的文字淨土？事實上，類似的疑慮或非空穴來風。試觀詩人鴻鴻在〈因誤讀而相逢〉中，對於影像詩的定義：

> （影像詩是一種）將詩拍成影像的作品。不管原詩在影片中，是以文字或聲音、完整或片段地呈現——沒錯，就是根據詩改編的電影。就像有許多電影根據小說、戲劇、漫畫、或是某位名人的離奇死亡改編而成一樣。

鴻鴻在此明確指出，影像詩是一種根據原詩而加以改編的電影。經過此番改編，原詩的特質受到銷蝕而影像的特質得到彰顯。換言之，影像詩所強調的往往在於影象的呈現，而未必是文字的書寫。據此而論，將影像詩劃入微電影的範疇，似更能標識其自身的特質。就當前影像詩的創作而言，不乏此類作品。例如楊士毅五分鐘版〈爸爸的手指頭〉，入圍「2007 年臺北詩歌節」的影像詩，然其表現手法其實更像是部微電影，而很難讓人意識到其詩歌的特質。它具有強烈的敘事性，講述了爸爸與孩子間的親子疏離[4]；而這部作品的另外一個十七分鐘版本，便入圍當年度的金馬獎創意短片，這個獎項證明了它

---

[4] 這個影片是純敘事性的。一開頭，爸爸躺在病床上被推入醫院急救，爸爸的左手自然地垂在床外，食指明顯少了一節。鏡頭此時轉向兒子目瞪口呆的表情，眼睛直盯著爸爸的斷指，旁白開始出現：「自從我有記憶以來，我好像就沒有牽過爸爸的手。跟爸爸總是一直保持著距離。但我很難不去注意爸爸那少了一節手指頭的手。雖然我一直很好奇，但我從來不敢去問。總是看著爸爸殘缺的手指頭，從爸爸從事過的各種行業，猜想著爸爸失去手指頭的原因。印象中，爸爸做的每一個工作，好像都有它的危險性……」接著，鏡頭帶到爸爸拿著長長西瓜刀在市場叫賣西瓜、可愛的鱷魚玩具吞下了小老鼠，或許也有可能吞去爸爸的手指，以及一群人賭博時爸爸出老千，他們要剁掉爸爸手指的場景。這些場景的運鏡敘述，純粹是電影的語言，一句話、一個文字都沒有，純粹是用影像與音樂來營造氣氛，說導演想表達的故事。影片到了後面，這又出現台詞：「我一直好奇著，爸爸的靈魂會不會也因此缺少了一塊…… 而那一塊靈魂是不是已在某個地方等著爸爸的所有靈魂去跟他會合……看著爸爸的健康越來越糟，我想我該趁著爸爸所有的靈魂去與那截手指頭的靈魂會合之前，學習再牽爸爸的手」。

的電影血統，及其歸屬於詩歌文類的模糊之處；此外，「2008 年臺北詩歌節」影像詩競賽首獎〈使景遷〉的作者，就是臺灣電影導演侯季然，由此可明顯看出電影工作者進入影像詩創作的跨界嘗試；而本文前述葉覓覓進軍德國的影像詩作品〈我是在移動的移動裡被移動的嗎？〉，參加的不是詩歌節，卻是「奧柏豪森國際短片電影節」，這也是影像詩與微電影間界線模糊的另一個例子。

　　若從上述例證觀之，究竟影像詩與微電影差距在何處呢？筆者個人認為可以借助皮爾斯（Charles S. Peirce）的符號學概念來釐清。皮爾斯認為，符號可以分為三大類：肖似性（iconic）、指示性（indexical）與象徵性（symbolic）。「肖似性」是符號與被指涉的對象十分相似，例如電視或電影影像、照片、繪畫，都具肖似性，因此看圖就可以知道它們在描寫甚麼；「指示性」則是符號與被指涉對象間，具有某種共同的「存在性」（existential），兩者同時存在於某時某地。例如用手指朝特定位置指引，則手指便是指示性符號。同樣地，風向球指示出風的方向、癥狀指示出疾病的類型、指紋指出一個人的身分，都屬於

指示性符號；最後，「象徵」則是利用武斷指定（arbitrary designation），將符號與被指涉物連結在一起。例如文字就是一種「象徵」符號。英文「cat」、中文「貓」都指向同一種動物，但是英文與中文詞彙卻使用不同的文字符號來指涉同樣的動物，而這種武斷指定的符號，就是「象徵性」的。（史特肯 165-65）

　　根據皮爾斯的理論，圖片（或影像）同時具有「肖似性」與「指示性」兩種意義。影片所傳達的「攝影真實」是肖似性的，例如當觀眾看見即將在北極海域溺死北極熊報導，就會立刻了解到畫面中所呈現的是何種動物，以及他們身處的區域。然而，這個影像同時也有「指示性」效果，倘若觀眾對於近年來的環境議題有所了解，便會明白北極熊善於游泳，原本不可能在海中溺死。但由於溫室效應，北極海過度融冰，造成北極熊覓食困難，並且需要長途游泳尋找食物，而且無法找得到浮冰休息。最後北極熊筋疲力竭，竟在海中溺斃。因此，北極熊的溺斃，其實是個指示性符號，指涉了「全球暖化」的嚴肅議題。

　　在實務面，「影像詩」與「微電影」很難完全明確劃分其符號特性，但是如果將「肖似」、「指示」與「象徵」以三維的光譜（spectrum）呈現，那麼兩者的基本美學差異在於，「影像詩」較偏向「象徵性」符號，而「微電影」則較朝向「肖似性」與「指示性」傾斜。微電影通常具有較為強烈的故事性與敘述性，無論是對於歷史的陳述、時事的針砭，或是人生百態的描寫，往往都具有某種程度的肖似，或以「縮影」方式呈現，它可能是具體而微的 miniature，也可能是如羅蘭・巴特（Roland Barthes）所描述，從「知面」（studium）上尋找「刺點」（punctum）以凸顯出平凡事物的不凡之處，呈現出一葉知秋情境的 epitome。大體上而言，微電影的畫面經營是具有強烈情節敘述性的，因而在符號運用上，必須具有一定程度的「肖似性」與「指示性」。

　　影像詩則不然，詩意的文字，通常是委婉而曲折的，不太可能焚琴煮鶴般直接切入原意。正如羅蘭巴特於《 S／Z 》一書中所述，文

學創作中的「理想文本」（ideal text），應該是由「意符的銀河」（galaxy of signifiers）所構成，而非展現「意旨的結構」（structure of signified）；意思就是說，優秀的文學作品應該是由無數象徵符號彼此連結，產生多重意義，形成讀者與作者皆能互動詮釋的「可供書寫的文本」（writerly text），並不會固定於單一意義的呈現。也因此，詩的語言是強烈的「象徵」符號，這個符號往往獨立於「意旨」之外；讀者透過「個人經驗」、「社會慣例」、「文化共識」等不同的背景，因而產生各種意義的連結。同樣一首詩，在不同的情境中解讀，會有截然迥異的意義。詩意的「無限延伸性」，因而成為有別於「小說」與「戲劇」等高度情節性文體的特殊文類。在影像詩中，「影像」的匯入同樣是為了傳達此種具有更深層「象徵」含義的詩意，而非僅是「肖似」或「指示」符號。因此在影像詩中，不只文字具有高度的符號性、意義衍生性，甚至連「影像真實」都可以被挪用、置換、錯置、轉化、拼貼、拼裝、嫁接、甚至誤讀、斷章取義，以形成詩意的效果。

　　例如「2012年臺北詩歌節」中顏家祺的作品〈Sea Star〉，就是非常「象徵」性的作品。影片全長1分4秒，如果以「微電影」的敘事角度來看，這絕對不是一部吸引人的作品，直立拍攝的取景，畫面狹窄，致使左右兩邊大片黑色死角。鏡頭中，只見紅通通的番茄沉浸在稍感混濁的水中，水面漂浮著一些綠色的番茄蒂。背景聲音是咕嚕嚕的水聲，只有在28秒時出現一聲如招魂鈴般的「噹！」

　　文字則自影片開始6秒後從鏡頭由上角出現，自上往下移動，因而閱讀時必須逆反閱讀線，由下往上讀回去：「海星／、／番茄／是一體的。／海星第一次游泳，／是在／被迫和番茄分離的時候，／之後／也沒機會游了。／海星逐漸乾枯而死，／番茄／卻被認定為／是死的比較有價值」（如下圖）。

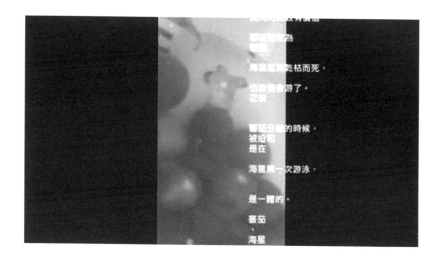

　　從微電影的角度來看，這不算是有趣的作品；然而若從影像詩的「象徵」手法來觀察，卻可發現幾許耐人尋味處。番茄蒂、海星兩者間的異質性遠高於同質性；然而卻因兩者形狀類似及都出現於水中，被武斷指涉在一起。僅僅藉由微弱的同質性將異質存在連結，並且相互衍生意義，這正是修辭學中的「隱喻」（metaphor），而這樣的修辭，通常指涉著更深遠的概念，也因而足以引導讀試圖與影像協商，以產生意義。

　　顏家祺的〈Sea Star〉令人聯想起福斯汽車 1960 年代的知名廣告「檸檬車」。在下圖畫面中，有一臺福斯經典車款金龜車，車子下方卻大大寫著「檸檬」（lemon）。在當時，這則廣告令大家感到驚訝，因為販賣車子的廣告，居然聲稱自己的產品為「檸檬車」（意即「瑕疵車」）。透過檸檬下方的文字說明，觀看者方才明白，福斯想要表達的概念，是在公司嚴格的品質把關之下，即使是消費者所無法發現的細微瑕疵，也會被品管人員發現。也因此，這臺看似完美的車子其實是被品管人員檢查出來的「檸檬車」，無法登船運送販賣。在這個廣

告當中,「檸檬」被反向挪用,非但不是在譏諷自己的產品品質不佳,反而是在強調,在極其嚴格的品質管控中,每一臺在市面上銷售的金龜車都擁有物超所值的品質保證,無懈可擊。

同樣地,顏家祺的〈Sea Star〉亦象徵著超出「海星」與「番茄」本身的意義。海中生物「海星」的英文名稱也可以是 starfish,然而倘若使用後者,那麼顯然就是五條「腕」的棘皮動物了;使用 Sea star 則使意義更寬廣,那可能是海洋生物,但又未必確指何物,也可能是藍天中的星星。如此一來,詩中的「游泳」就有可能是「飛行」,而「死亡」或許是某種「昇華」或「離開」。那麼在象徵符號意義上,這首詩就具備了多重解讀的空間。而這樣的文本開放性 (textual openness),正是來自於文字、影像兩種符號之間的高度「象徵性」。這種象徵性不利於微電影的表現,特別在陳述情節時,容易造成故事

的隱晦難解；然而在影像詩中，卻有著高度的意義延伸效率，可以令
作品充滿令人「靈光一現」的小驚喜。

## 五、結論

　　充滿詩意的「象徵」手法，很難被電影敘事中的「肖似」、「指示」
性符號併吞。事實上，那就像游書珣〈造詩術〉中所謂「帶字的骨頭」，
詩句始終容易梗在影像的喉頭，難以下嚥。然而，倘若巧妙點綴，運
用影像詩中的詩意象徵技巧，電影的表現也能夠更加充滿深度的意
涵。美好的藝術形式總是在跨界的平衡中，尋找其存在的價值，也因
而「詩」、「畫」、「影像」、「音樂」等各種形式始終交互滲透，相輔相
成。蘇軾讀王維五言絕句〈山中[5]〉時感嘆：「味王摩詰之詩，詩中有
畫；觀王摩詰之畫，畫中有詩」，正說明了對美的主觀感受，流轉於
不同藝術類型的跨界經驗。如同詩人濟慈（John Keats）在〈恩狄米
昂〉（"Endymion"）一詩中所說：「美好的事物是永恆的喜悅」，而
這種「美」的喜悅感受，游走於個人的感官經驗之間，成為「真」、「善」、
「美」的競衡，也因此詩人在〈希臘古甕頌〉（"Ode to a Grecian Urn"）
寫道：「美即是真，真即是美，此乃／你在這世上所知之全部，也是
你所必須知道的一切」。而對於美的堅持與呈現，其實也就是跨界、
跨媒體藝術工作者所追求的目標。

---

[5] 藍田白石出，玉川紅葉稀，山路原無雨，空翠濕人衣。

## 參考資料

- 陳徵蔚。〈跨界獨舞：臺灣影像詩試論〉。《臺灣詩學‧吹鼓吹詩論》。16 期。

- ---。《電子網路科技與文學創意：臺灣數位文學史（1992—2012》。臺南市：國立臺灣文學館，2012。

- ---。《跨文類網絡與媒體整合：以狄更斯及其作品為例》。國立政治大學英國語文學研究所博士論文，2008。

- 黑格爾,《美學》,朱孟實譯。臺北市：里仁,1982。頁 10—11。

- 鴻鴻。〈因誤讀而相逢──我讀《2007 影像詩》〉。<http://blog.roodo.com/hhung/archives/3544501.html>.

- 洪席耶,賈克（Jacques Ranciere）。《影像的宿命》[Le Destin des Images]。黃建宏譯、國立編譯館主譯。臺北市：典藏藝術家庭,2012。

- 劉紀蕙。〈故宮博物院 vs.超現實拼貼：臺灣現代讀畫詩中兩種文化認同建構之模式〉。<http://www.srcs.nctu.edu.tw/joyceliu/mworks/mw-taiwanlit/PalaceMuseum/PalaceMuseum.html >.

- 羅青。〈「錄影詩學」之理論基礎〉。《錄影詩學》。臺北市：書林,1988。頁 263-76。

- 呂學誠、邱澔珥等。〈孤獨〉。《2009 年 WOW!eye 臺灣全民影音創作大賽 》。<http://www.youtube.com/watch?v=R5p7PERTVLs>.

- 史特肯,瑪莉塔與麗莎‧卡萊特（Marita Sturken and Lisa Cartwright）。《觀看的實踐》。陳品秀譯。臺北市：臉譜、城邦文化,2009。

- 王騫。〈影像與詩的共舞：臺灣影像詩走進德國〉。《歐洲新報網》。

&lt;http://www.xinbao.de/xinbao/xinbao/ozsh/2013-06-14/32710
3.html&gt;.

- 徐學，楊宗翰。《逾越：臺灣跨界詩歌選》。福州：海風，
2012。

- 徐紫柔。〈異鄉人〉。《2012 臺北詩歌節》。
&lt;http://www.youtube.com/watch?v=-Nqbf0mCvcE&gt;.

- 顏家祺。〈海星〉。《2012 臺北詩歌節》。
&lt;https://www.youtube.com/watch?feature=player_embedded&
v=_JkMch2zRx4&gt;.

- 葉覓覓。〈我是在移動的移動裡被移動的嗎〉。
&lt;http://www.youtube.com/watch?v=WuqIZsuARRQ&gt;.

- 游書珣。〈造詩術〉。《2009 臺北詩歌節》。
&lt;http://www.youtube.com/watch?v=uDjSGU9I4l0&gt;.

- 余為政。《影像筆記》。臺南：國立臺南藝術大學，2007。

- Benjamin, Walter. "The Work of Art in the Age of Mechanical
Reproduction." *Illuminations*. New York: Schocken Books,
1986: 217-51.

- ---. "One Way Street." *One Way Street and Other Writings*.
London: NLB, 1979. 45-104.
&lt;http://monoskop.org/File:Benjamin_Walter_One-Way_Street
_and_Other_Writings.pdf&gt;.

- Lessing, Gotthold Ephraim. *Laocoon: An Essay on the Limits of
Painting and Poetry*.

- Levinson, Paul. *The Soft Edge: a Natural History and Future of
the Information Revolution*. New York: Routledge, 1997.

- ---. *Digital McLuhan: a Guide to the Information Millennium*.
New York: Routledge, 1999.

- McLuhan, Marshall. *Understanding Media: the Extensions of Man*. New York: McGraw-Hill, 1964.
- Steward, Garrett. "Dickens, Eisenstein, Film." John Glavin, ed. *Dickens on Screen*. Cambridge: Cambridge UP, 2003. 122-144.

# 講評

◎鄭慧如[*]

## 1. 越界：

● 　詩的越界，是跨越媒體的疆界，還是文類的疆界？
P185：「詩源於文字，但又不斷試圖越界，以其他形式的媒體傳達情意。」、「本文首先介紹影像詩的定義、起源，其跨越媒體的嘗試，以及跨越媒體的必要性。」→越界指的是取代文字的表現方式。

● 　如果越界的界線指的是媒體的轉換，則主標題：「影像詩的媒體越界」就陷在套套邏輯裡，成為本文第二節「跨越媒體的必要性」多餘的嘗試。影像詩以一個既定的名稱，最遲在 2011 年康尼夫斯發表〈影像詩宣言〉就合理化（P187）；一件合理化的事物，就其發揚蹈厲者而言自然有其必要性，但是影像詩跨越媒體的軌跡，則在歷史的溯源裡考其流變即可。因為如果越界已經是影像詩的既定事實，也就不需討論「在詩的創作上，媒體越界是否必要」、「它是否使詩的創作界線變得更加模糊」（P190）。說穿了，所謂「影像詩」，乃以文字以外的多媒體為必然元素，文字是否存在已經不是重點（例如 P205 鴻鴻對影像詩的定義）；然而完全沒有文字的影像創作還可以叫做詩，根本自欺欺人。

● 　假如本文作者認為影像詩的跨界既然仍然未跨過這個文類，則仍應以對待詩的標準來看待、閱讀影像詩。關於這一點，本文享有極大的延展空間。例如，既然影像詩仍然是詩，本文值得進一步探究的，就不必是本文第四節影像詩與微電影之間的差異；而無寧可以討論影

像詩與一般以純文字爲表現媒體的詩，在意象運用與效果上的差異。

## 2. 影像詩：

• 　本文對影像詩的界定前後矛盾，影像與詩誰主誰從，從本文 P187
的「錄影詩」、「媒體詩」、「電影詩」、「音詩畫」，引用康尼夫斯、羅
青、林燿德等人的說法，一路從詩向影像傾斜，以致舉了 2013 年葉
覓覓作品：〈我是在移動的移動裡被移動的嗎？〉之後，到了 P206 再
次引用時，以「影像詩與微電影間界線模糊的例子」作結。葉覓覓該
作品參加的「奧柏豪森國際短片電影節」，本來就是短片電影來定位
的；其後葉覓覓受邀參加柏林舉辦的「臺灣影像詩之夜」（P188），〈我
是在移動的移動裡被移動的嗎？〉是否同時參展，從論文中不得而
知，如果參展，則可看做電影短片消費現代詩的例子：本文所謂的「符
號消費」，從此可見一斑。

• 　影像與文字在本文行進中的綢繆交織既然超越文類的定位而原
意在各種藝術媒介中取得傳播的便利，則與其窮究「影像詩」的符號
及美學特性（P208），何妨真正「越界」，從文類上消除其爲詩的一端，
而認定那就是次文化成長中的互相依存現象，它不是原始意義下的
詩，也不是單純的影像表現，或能跳出定名中的迷思，而在一定的高
度上審視文字與影像的互動與互耗。

## 3. 美學認知與詮釋：

• 　本文以潑墨山水和工筆山水的對映爲喻，比較詩和影像創作的
差異（P190），結論爲「若隱若現、間接委婉的表達，比赤裸裸的多
媒體呈現更有表現力。」似嫌片面。一來以文字爲主的創作，未必都
「間接委婉、若隱若現」，以影多媒體爲主的創作也未必都「赤裸裸」，
我們讀過赤裸裸的文字作品，也看過隱約委婉的影像創作；再則以潑
墨山水比喻純文字創作的詩，說詩本質上的「寫意」、「簡樸」，也亟
待斟酌。

# 第五場討論會

# 網絡時代，「鄉土」不再？

◎邵燕君[*]

　　網絡文學的迅猛發展，對「傳統主流文學」地位構成有力的挑戰。甚至有研究者提出，隨著 2012 年城鎮人口首超農村人口、「兩基」（基本普及九年義務教育和基本掃除青壯年文盲）的歷史性完成，「主流文藝」將進入「新文藝，新時代」──「新中國」以來，以「工農群眾」為核心受眾的「人民的文藝」將轉換為以城鎮網民為核心受眾的「網民的文藝」。網絡不再是年輕的「網絡一代」自娛自樂的亞文化區域，而將成為國家「主流文藝」的「主陣地」。

　　然而在以類型化小說為主的網絡文學中，「鄉土文學」付之闕如。原因一方面在於文學生產機制的轉型，一方面在於「新文學」傳統的斷裂。與新生的網絡文學相對的「傳統主流文學」是與「新文學」傳統一脈相承的。「洋派」的「新文學」其實一直以「鄉土文學」為主導，而網絡文學完全建立在商業機制上，在文學傳承上則完全繞過了「新文學」傳統。今天，我們要探討網絡時代是否還有地方安放鄉土情懷，首先需要考察的是，相對於「傳統主流文學」，網絡文學生產機制發生了怎樣的轉型？「新文學」傳統又如何在這裡發生了斷裂？是否還有再生和接續的可能？

　　中華人民共和國成立以後建立起來的當代文學生產機制是以各級作協為領導、以作協主辦的文學期刊為中心的網狀結構。與「作協──期刊」相配套的是「專業──業餘」作家體制。中國作協和各省市級作協都有專業作家編制，雖然人數僅在數千，但與此相配的是一支堪

* 北京大學中文系副教授。

稱百萬大軍的業餘作者隊伍。他們分布在生活的第一線，從各級文學期刊到廠礦田間的牆報都是他們的發表空間。無論我們今天如何評論這一文學體制和文藝政策的影響功過，都不能否認一個事實，它在一個文盲眾多的國度，迅速地建立起一個全民參與的文學閱讀─寫作系統，這個系統是「新時期」文學復蘇和產生轟動效應的基礎。可以說，「專業─業餘」作家培養體制下，構成中國作家主體隊伍的是廣大出身農村、自學成才、在價值觀和審美觀乃至情感結構上都相當傳統的「鄉土文學」作家。

進入「新時期」以後，文學權力開始向文學期刊集中。文學編輯在享有極大的改稿權力的同時，也形成了優秀的伯樂傳統，資深編輯和業餘作家之間形成了一種切實的「師徒關係」。「新時期」文學期間，這一編輯系統發揮了重大作用，從「傷痕文學」到「先鋒文學」，每一種文學潮流興起的背後，都可以看到引領風騷的名編們強大的文學導向能力和組織能力。特別有趣的是「先鋒文學」，在這個以「回歸文學自身」為宗旨的「純文學」運動中，至今令人印象深刻的是李陀那樣的大刊名編樹起大旗，余華那樣的縣城青年衝鋒陷陣。對於像余華這樣千千萬萬的基層文學青年來講，從「業餘作者」到「專業作家」之間，有一條現實可行的夢想之路。

然而，這條路恰恰在余華等「先鋒作家」之後被漸漸阻隔了。其中一個重要原因就是，「純文學」的理念使發表門檻大幅提高，廣大土生土長的「業餘作家」驟然失去了晉身的階梯。與此同時，文學期刊未能在社會整體市場化轉型的進程中成功地完成自身轉型，迅速萎縮，面臨嚴峻的生存壓力。這些都使文學新人的成長既失去土壤又失去方向。

正是在「傳統主流文學」荒蕪的田野上，網絡文學的野草旺盛地生長起來。如果說新中國文學機制是靠政治力量建構的，這裡的龐然大物是資本。資本使最初非功利的、五花八門的網絡寫作迅速「格式

化」爲類型化。但凡事都有一體兩面，就像當年的「革命暴力」把作家變成了「文學工作者」，但與此同時在工農兵中建立起一支前所未有的業餘作者百萬大軍，今天的「資本暴力」又在把作家再度變爲「網絡寫手」的同時，迅速建立一個無論在數量上還是覆蓋規模上都足以和當年的「專業─作家」匹敵的作家網絡。網站編輯在一定程度上代替了期刊編輯的職能。當然，一切都以商業利益爲唯一標準。網絡寫手的生存條件可以說極爲殘酷，門檻極低，千萬人競發，一日數更，一更幾千字的寫作強度使之幾乎成爲一種高風險的青春行業。最後能存活下來的「大神」都得有「小強」般的生命力。不過，不少沒有寫作經驗的寫手也正是這麼硬寫出來了。今天小鎮上的「余華們」是會投奔文學期刊還是文學網站呢？恐怕是後者。這裡沒有褒貶的意思，我們不能小看粗俗的名利動機對文學的催動作用，沒有一種生命力旺盛的藝術是生長在蒸餾水裡的。總是先有泥沙俱下，才有大浪淘沙。一個文學的大國需要文學人口的基數，應該說，網絡文學恢復了億萬民眾心中的文學夢，修復了千萬文學青年腳下的作家路。

　　和引導型的「精英文學」不同，商業性是類型化的網絡文學的基本屬性。在網絡文學的生產過程中，粉絲的欲望佔據著核心的位置。以粉絲爲中心的網絡寫作徹底顛覆了傳統意義上作家和讀者的關係，作家不再是被膜拜者，而提供分享者，商業寫作者更是服務者。這是和「新文學」的「精英傳統」相背的。如果我們盤點中國網絡文學的文化資源，不難發現一個觸目驚心的事實，在古今中外的文化傳統中，單單是五四以來確立的「新文學」傳統被繞過去了。這資源大致可以分爲三類。一類是中國傳統文化資源，既有被五四「新文學」傳統指定爲經典的雅文學，如四大名著，以及偏於這一脈絡的現當代作家，如張愛玲、白先勇；也有被當年的「新文學」壓抑下去的種種「舊文類」，仙俠鬼怪，蝴蝶鴛鴦，官場黑幕，以及這一脈絡的當代港臺武俠言情小說。這些構成了玄幻、穿越、武俠、官場、都市、言

情等類型的主要資源。第二類是美國好萊塢大片、網遊以及包括科幻、奇幻（Fantasy）在內的歐美類型文學，特別是科幻文學關於未來宇宙的推演設定和《指環王》、《哈利波特》等奇幻文學打造的魔法世界，構成了以「九州系列」爲代表的中國奇幻小說（以紙版爲主）和以「小白文」[1]爲代表的網絡玄幻小說想像力的來源之一。第三類是日本動漫，尤其是其中的耽美文化[2]，是「耽美文」「同人文」[3]的直接來源。當然，網絡文學的各種類型，特別是其中最具有中國本土和時代特色的新類型，如玄幻、穿越、盜墓等，都是綜合以上各文化資源的再創造。

　　「鄉土文學」的概念範疇自從 1920 年代誕生起[4]，就是「爲人生」的現實主義文學傳統的重要組成部分。網絡時代，「鄉土文學」能不能繼續，取決於鄉土還能不能走出作家，他們的鄉土情懷還有沒有地方安放？

　　從網絡文學的發展態勢來看，這樣的契機不是不存在的。尤其是

---

[1] 「小白文」是在網絡文學中非常火爆尤其在「網遊一代」中極受歡迎的一種文類，與其說是一種文類，不如說是一種寫作風格。「小白」有「小白癡」的意思，指讀者頭腦簡單，有諷刺也有親昵之意；也指文字通俗、意思淺白。「小白文」以「爽文」自居，遵循簡單的快樂原則，主人公往往無比強大，情節是以「打怪升級」爲主，所以「第二世界」的內部邏輯不甚嚴密，基本屬於「低度幻想類」幻想文學。

[2] 「耽美」（たんび）一詞最早是出現在日本近代文學中，爲反對「自然主義」文學而呈現的另一種文學寫作風格，日文發音「TANBI」，本義爲「唯美、浪漫」之意，耽美即沉溺於美，一切可以給讀者一種純粹美享受的東西都是耽美的題材，BL（Boy's Love，即男─男之愛）只是屬於耽美的一部分。但就目前而言，我們提及耽美 99%指的是與 BL 相關的文化現象，「耽美」也就被引申爲代指男性之間不涉及繁殖的戀愛感情。這種感情是「女性向」的，不僅作者和受眾基本是女性，而且對立於傳統文學的男性視點，純粹從女性的審美出發，一切寫作的目的都是爲了滿足女性的心理、生理需求。

[3] 我們現在常用的「同人」這一概念，來自日文「DOUJIN」的發音，取其「由漫畫、動畫、遊戲、小說、影視等作品甚至現實裡已知的人物、設定衍生出來的文章及其他如圖片影音遊戲等創作」之含義；在英文中，「同人文」通常被稱爲「粉絲小說」（Fan-fiction），字面意思爲粉絲創作的小說。維基百科將其定義爲「Fans 以原著的設定和人物創作的故事」。「同人」從來就不單指「耽美同人」，但「耽美同人」是「同人」作品中的很大一個分支。

[4] 上個世紀 20 年代，現代文壇上出現了一批比較接近農村的年輕作家，他們的創作較多受到魯迅影響（尤其是短篇小說〈故鄉〉），以農村生活爲題材，以農民疾苦爲主要內容，形成所謂「鄉土文學」。代表作家有彭家煌、魯彥、許傑、許欽文、王任叔、臺靜農等。「鄉土文學」是在「爲人生」文學主張的影響和發展下出現的，是現實主義文學之一種。

2011 年以來，被商業模式格式化了網絡文學又開始出現分層、分化的跡象，這主要是由於讀者的分流。一方面，伴隨被稱爲「網絡文學第二次革命」的手機閱讀的推廣，大量中小學生、農民工等讀者加入，低年齡、低層次讀者比率的升高勢必帶來「閱讀下沉」；另一方面，隨著技術門檻的降低和網絡文學的「主流化」傾向，以往網絡之外的傳統讀者也逐漸加入。從這個角度說，網絡文學也不再是專屬「網絡一代」的文學，網絡將真正成爲一種媒介載體，各種文學趣味的人都可以在此開闢自己的園地。在互聯網技術的支持下，網絡文學的受眾市場本來就是無限細分的。可以設想，既然網絡的出現使各類帶有亞文化色彩的小眾文學（如「耽美文」「同人文」「女尊文」等）有了生存空間，爲什麼不能爲包括「鄉土文學」在內的「精英文學」搭建平臺？在這方面，2011 年底豆瓣網「豆瓣閱讀」的創建是一個極爲重要的嘗試。

　　成立於 2005 年 3 月 6 日豆瓣網（www.douban.com），以書評、影評、樂評爲網站特色，截止到 2013 年 6 月，網站註冊用戶數已超過7000 萬。在豆瓣吸引的大批「豆友」中，1970 年以後出生、受過高等教育的大學生、白領占絕大多數，「文青范兒」一直是豆瓣網的文化占位特色，因此也被稱爲「文青養成基地」。以前，豆瓣網文學方面的「文青情結」一直彌散在「豆瓣閱讀」的書評和直播貼中。2011年底，「豆瓣讀書」的子版塊「豆瓣閱讀」的推出[5]，則直承文學期刊的發表方式和傳統，以鮮明的「純文學」立場發表諸多中短篇小說，其中包括農村題材的小說（如 2012 年且東的〈香蕉林密室〉、〈斷魂〉，2013 年趙志明的中短篇小說集《I am Z》），從而使「鄉土文學」——這一五四「新文學」開創的最獨特的文學傳統終於在網絡文學的領地

---

[5] 「豆瓣閱讀」在半年內完成了從免費閱讀到付費閱讀的模式運行（2011 年 11 月 11 日發布個人作者投稿系統，2012 年 1 月 19 日發布閱讀器和免費作品，2012 年 5 月 7 日豆瓣閱讀「作品商店」上線，開始正式發布付費作品），付費系統運行一個月後，付費用戶已經超過 30 萬。截止到 2013 年 6 月，豆瓣閱讀的用戶量已超過 150 萬，近 500 位作者發布作品，上架作品總數超過 1000 部（總投稿作品約 3000 部）。

有了落腳之地。

相對於傳統的文學期刊,「豆瓣閱讀」最大的突破就在於打破了「圈子化」。借助 7000 萬的豆瓣用戶,搭建起一個平臺,使「純文學」的作者和讀者能夠「互相找到」,發生密切的互動關係。據參與創建「豆瓣閱讀」的作品編輯范筒(本名范超然)介紹,「豆瓣閱讀」的根本理念是「自出版」,即作者通過豆瓣直接與讀者發生聯繫,「豆瓣閱讀」作為一個發布平臺,使中短篇小說不經過發表、出版,直接被讀者通過下載購買(利潤三七分,作者七成,豆瓣三成)。不過,為了維持「純文學」的風格定位,「豆瓣閱讀」沒有採取大多數文學網站「零門檻」的方式(作者入駐無標準,只要註冊帳號,即可開始寫作,而對於作品的取捨則完全交給讀者,能否被認可皆由讀者評判),而設了兩道門檻——作者認證和人工審稿。所謂作者認證,是「豆瓣閱讀」的投稿作者必須之前在任意期刊發表過兩篇以上作品,這就借助了傳統期刊的評審體系,也為兩個平臺之間的連同搭建了一條通道。而人工審稿,則是由豆瓣編輯在眾多稿件中選擇可以發表甚至收費的作品,質量高的放在首頁推廣,這其實相當類似文學期刊的審核方式。雖然豆瓣編輯的「把關」職能和權力比起傳統期刊編輯有所弱化,但並非只是技術管理者或「版主」,所以,他們的文學理念和文學素養還是相當重要的。目前幾位負責的編輯年紀都不大,范筒稱,他們都深受「純文學」餵養(他自己於 2011 年畢業於北大中文系),是「純文學的『腦殘粉』」,「我們真心希望能在網絡時代給純文學一個安置自身的空間」。

雖然在文學理念上「豆瓣閱讀」與「純文學」有血脈親緣,但在運營理念上則絕不是「背對讀者」,而是以豆瓣用戶為核心。我們看到,它合作的機構和團體都是在「新一代」文青中有廣泛讀者和影響力的,而不是僅在主流文壇中有權威地位的「名社」「大刊」;它對個人約稿和投稿的挑選標準,更注重豆瓣網絡自身系統的接納歡迎度。

個人投稿的基本是豆瓣的資深用戶，挑選的已成名作家，也大都在豆瓣上有自己的「作者小站」（site.douban.com），這些小站基本由作家自己管理，上傳新作。從這些小站的被關注度可以印證其作品被豆瓣讀者的歡迎度。此外，「豆瓣閱讀」和許多相關網站一樣，採取了作者與讀者直接互動的模式，作者可以隨時看到讀者的反饋與評價，而讀者亦可以與作者進行交流，「豆瓣閱讀」幾乎所有作者都有屬自己的賬號及小站，這樣的實質是將 SNS（即社交網站）的功能與文學平臺合二爲一。

目前「豆瓣閱讀」的作者以「70 後」和「80 後」爲主體，他們的寫作也有一些代際差別，如范筒編輯所言：「70 後作者們大多擁有文史哲一類的學科背景，注重與純文學資源的對話，風格相對厚重；80 後作者在保持純文學的人文關懷、獨立精神的同時，也兼顧『類型』，他們尤其喜歡科幻、奇幻、懸疑等方式，但是能夠保證質量。」不過，這些作者都深通網絡的規則和潛規則，熟悉豆瓣文化，和他們的讀者共同生長在一個網絡文化的「共同體」中。在這個「共同體」之外，逐步發展起來的「豆瓣閱讀」也在積極吸納傳統期刊體系的作家資源。其中一個重要的舉措是於 2013 年 8 月中旬啓動的「第一屆豆瓣閱讀徵文大賽」，該大賽以「復興中篇」和「我的非虛構寫作」爲旗幟，在更大的範圍內，吸納優秀作者，從而也更鮮明地與以幻想爲主、超長規模的網絡類型小說拉開了的距離。

年輕的研究者白惠元（北大中文系博士研究生，同時是豆瓣的資深用戶）在對「豆瓣閱讀」進行採訪研究後，提出的一個引人的觀點——網絡時代的「純文學」移民。他指出：「以豆瓣網用戶爲核心，正在形成一個全新的文學場域。而豆瓣網無形成中成爲一個『門檻』，或者說一個活動的邊界，它將有選擇地吸收入場者，形成一種有特色的文學生態。」他認爲：「這或可看作對網絡文學版圖的一次重要補白。」（白惠元、范筒：〈豆瓣閱讀：網絡時代的「純文學」移民——

訪「豆瓣閱讀」作品編輯范筒〉,《網絡文學評論》總第3期,廣東省作協主辦,花城出版社2012年。本文中引用的范筒編輯的有關說法也來源於此採訪)。

在筆者看來,意義不止如此。如果「豆瓣閱讀」真能形成一個以「純文學」為旨趣、以豆瓣網為邊界、發表─付費─閱讀─評論機制完整、作者和讀者在「粉絲經濟」的意義上親密互動的「文學場域」的話,它不僅是對網絡文學版圖的補白,也是對整個當代文學版圖的補白,因為它終於建立起來了「傳統主流文學」這些年未能建立起來的「小眾文學」市場。一旦這個金字塔「塔尖」和大眾類型文學的「塔座」對接起來,整個中國當代文學的版圖也將發生改變。

「豆瓣閱讀」的發展對於多年限於困境的文學期刊來講是一種挑戰也是一種啓迪。如果「純文學」的網絡移民能夠在網絡文學內部發生,為什麼傳統的文學期刊和出版社不能進行一場網絡遷徙?當然,也絕不僅僅是媒介革命的問題,而是必須伴隨文學生產方式、審美趣味原則的整體變革。然而,我們必須認識到的是,未來能對主流讀者產生影響的「主流文學」必須依託於主流媒介。只有「精英文學」成功地實現「網絡移民」,包括「鄉土文學」在內的各種精英文學傳統才能網絡時代再生。

# 講評

◎李順興[*]

　　這篇論文的主要工作在於嘗試解釋鄉土文學為何在網絡文學中「付之闕如」，以及鄉土文學如何在「豆瓣網」的「豆瓣閱讀」區中有了「落腳」之處。關於「付之闕如」一事，作者提供了兩個理由，一、「文學生產機制的轉型」；二、五四「『新文學』傳統的斷裂」。所謂「轉型」，指傳統主流文學的編輯、出版和行銷模式，目前已被網絡文學的編輯、出版和行銷模式給打敗。而所謂「斷裂」，指的是網絡文學的寫作題材與「新文學」截然不同。依作者的觀察，網絡文學的內容素材和想像，走向有三：一、「新文學」打壓的「舊文類」；二、歐美類型文學；三、日本動漫，尤其是其中的耽美文化。

　　作者明確指出，網絡文學的生存本質是商業性，與其相關的用詞包括一：「資本暴力」，二：「粉絲經濟」。

　　資本暴力這個術語的用法有點不明確，究竟是指高門檻資本暴力（跨國企業型資本，如谷歌）或微成本暴力（如遍地開花的個人網站或部落格）？或兩者通行？不論是何種情況，作者堅稱商業掛帥是網絡文學的最高指標。關於網絡文學寫作，作者有一段很生動的描述：「一切都以商業利益為唯一標準。網絡寫手的生存條件可以說極為殘酷，門檻極低，千萬人競發，一日數更，一更幾千字的寫作強度使之幾乎成為一種高風險的青春行業。最後能存活下來的『大神』都得『小強』般的生命力⋯⋯。今天小鎮上的『余華們』是會投奔文學期刊還是文學網站呢？」

---

[*] 國立中興大學外國語文學系教授。

　　「粉絲經濟」的要旨是：沒有粉絲，網絡寫作者便沒戲可唱。作者的詮釋非常獨到：「在網絡文學的生產過程中，粉絲的欲望佔據著核心的位置。以粉絲為中心的網絡寫作徹底顛覆了傳統意義上作家和讀者的關係，作家不再是被膜拜者，而提供分享者，商業寫作者更是服務者。」

　　作者以豆瓣網的豆瓣閱讀區為例，花了長篇幅介紹網絡文學的新傳播模式。在這當中，兩次回到「鄉土文學」的話題，內容有點簡略：

　　第一段內容如下：「2011年底，『豆瓣讀書』的子版塊『豆瓣閱讀』的推出，則直承文學期刊的發表方式和傳統，以鮮明的『純文學』立場發表諸多中短篇小說，其中包括農村題材的小說（如2012年且東的〈香蕉林密室〉、〈斷魂〉，2013年趙志明的中短篇小說集《I am Z》），從而使『鄉土文學』──這一五四『新文學』開創的最獨特的文學傳統終於在網絡文學的領地有了落腳之地。」

　　另一段出現在結語：「未來能對主流讀者產生影響的『主流文學』必須依託於主流媒介（按：指網絡）。只有『精英文學』成功地實現『網絡移民』，包括『鄉土文學』在內的各種精英文學傳統才能網絡時代再生。」簡言之，精英文學移民到網絡，才能生存。

　　我們若緊扣論文的主題，由此檢視這兩段文字，有若干問題值得再思，試舉二例：

　　1、鄉土文學終於在網絡文學的領地有了落腳之地？

　　20年前在臺灣很流行的BBS上，就有鄉土文學作品，雖然數量零零星星，在大陸方面，鄉土文學是否曾出現在「豆瓣閱讀」區誕生之前，則有點查證。另，當我們說「落腳」，意思好像是鄉土文學又（將）復活了，但實際上如何呢？我總覺得「豆瓣閱讀」裡的鄉土文學是一件意外，因為之後並沒有看到具說服力的持續寫作和數量。若有的話，作者應該引述出來。五四時代發動的鄉土文學曾是一股文學運動，運動已逝，如今以一種類型文學存在，點點滴滴散佈在平面和

網絡。它的興起，無關商業，它的消逝，也非全關乎商業，能否存活，端看有心人，不是看商業或網絡。

2、文學移民到網絡，才能生存？

我完全同意這個論點，因網絡將全面取代平面，成爲最強勢的文學發表平臺，但有三個現象值得注意：

（1）網絡文學網站與商業行爲不一定掛勾。

（2）鄉土文學與商業行爲不一定掛勾。

（3）鄉土文學與網絡文學網站的關係是開放的，有商業的，非商業的。

以下是我的一些淺見：鄉土文學（和其它精英文學）必須移民到網絡才能生存，但不見得只移民到商業型的網絡文學網站才行；鄉土文學未能在網絡中茁壯，也不見得和五四「『新文學』傳統的斷裂」有關。有沒有人願意寫，才是重點。

另，我們對鄉土以及鄉土文學的內涵也應略作調整。五四是農業時代，鄉土之苦難主要來自階級壓迫，大陸經濟開放後，第一期是工業時代，鄉土之苦難主要來自資本主義的侵襲，現在是網絡時代，鄉土之苦難的源頭之一來自虛擬世界的擴張。由此，我們可以試問：在豆瓣閱讀區出現的鄉土文學，指的是哪一種鄉土？我個人認爲，此時此刻，描述網絡時代的鄉土，才比較貼近五四強調「新」的新文學精神，才比較像是五四新文學傳統的繼承者。若還是在寫農業時代和工業時代的鄉土，也無妨，但總少了些 fu。

# 重繪勞動者的身影
## 讀《努力工作》和《家工廠》

◎李欣倫*

## 摘要

吳億偉（1978～）的《努力工作》（2010）透過諸多標記著世代記憶的空間（如宿舍）或物件（如電視、保力達 B），揣想身為女工的母親在加工廠的生活，以及作為土水工父親的青春歲月，鄭順聰（1976～）的《家工廠》（2011）也用諸多表徵父母親勞動生活的物件，拼組出「客廳即工廠」的臺灣勞動史，不同於楊青矗在 80 年代刻畫的受迫害的苦難勞工圖，這兩位 70 後出生的（六年級）臺灣作家，在 21 世紀的第一個十年，以空間、物件、工具等「零件」及與之相符的斷片似的敘事策略，並以同情理解的角度重構勞動家族的生命故事，不僅側面地點出勞動者之苦，更多的是充滿娛樂趣味的生活片段，不僅藉此總結個人成長記憶，更重繪了臺灣勞動者的身影。

**關鍵字：臺灣 70 後作家、客廳即工廠、物件書寫、吳億偉、鄭順聰**

* 靜宜大學臺灣文學系助理教授。

## 一、前言：另一種「工廠人」的形象

　　1975 年，楊青矗出版了小說集《工廠人》，替社會的勞動者道盡心酸，尤其著名的〈低等人〉（1971 年）描述一個收垃圾的臨時工，最後以殉職來換取較高的薪水和升遷，在對「低等」的臨時工寄予深切同情的同時，也批判了工廠老闆對勞工的無情和苛刻，1976 年，楊青矗寫了數篇「工廠的女兒圈」系列小說，其中〈龜爬壁與水崩山〉以刺繡廠女工呂清蘭為敘事者，以手記的方式記錄了工廠女工工資廉價、工廠伙食不佳，又被男工欺凌、後雖公殤但工廠主事者不願付醫藥費等等「龜爬壁」（意指女工賺錢的速度）的待遇和悲涼生活。[1] 這一年，鄭順聰於嘉義出生，35 年後，出版了同樣以工廠為空間背景、同樣是臺灣經濟起飛為時代背景；但內容大異其趣的散文集《家工廠》（2011 年）。1978 年，楊青矗出版小說集《工廠人的心願》、《廠煙下》，更多挖掘勞動階層外在境遇和內心世界的篇章出爐，彷若成了替工人發聲的「工人作家」代表，同年，另一位 70 後的臺灣作家吳億偉誕生，32 年後，出版了《努力工作》（2010），描述父母為了生計，奮鬥於加工廠、工地、夜市甚至自己開著貨車到處賣衛生紙和生活用品的勞動簡史，雖然其中部分也以 70 年代前後臺灣林立的工廠為背景，但也呈現了不同的「工廠人」景觀。

　　吳億偉和鄭順聰，這兩位出生於 70 年後的作家，出生於父母親皆奔忙於加工廠的年代，成長於臺灣經濟開始起飛的「家工廠」時代，兩人的孩提時代皆有家庭代工的記憶──用吳億偉的說法是：在家被要求協助「家庭」作業，[2] 而長大後的他，也參與了不少打工生活（其中之一是早餐店，〈美而美王國〉）。同樣受到「家工廠」的氣氛影響，

---

[1] 在文本中，楊青矗藉由黃宿嘉之口解釋「水崩山」和「龜爬壁」的意思，前者指老闆賺錢的速度，後者則是勞工們。見楊青矗，《工廠女兒圈──工廠人第二卷》（高雄：敦理出版社，1978），頁 117。

[2] 吳億偉，《努力工作──我的家族勞動記事》（臺北：印刻文學生活雜誌出版有限公司，2010），頁 61。

童年時代的鄭順聰竟也懂得賺錢的重要，將辛苦拔雞毛的錢換取百香果冰，事後回想，遂也有了對當年經濟起飛時代的遙想：「在那個界線模糊、輕易就可跨越的年代，家庭即工廠、工作及休閒」，而他這個小小的童工竟「也參與時代巨輪的運轉，在臺灣傲人的經濟成就中，貢獻雞毛般的力量。」[3]（91）經濟起飛下隨之而生的（家）工廠及其造就的傲人經濟高水平，固然同時也釀鑄了許多負面的景象：暴利的經營者對勞工的壓迫和剝削、對環境不可逆的嚴重污染，但從兩位 70 年後作家回想父母勞動歲月和童年憶往的散文集中，讀者似乎也窺見了這個「家庭即工廠」的另一個側面：穿插著辛酸和溫暖的生命敘事，再者，對吳億偉和鄭順聰兩位作家來說，記憶與記述父母的勞動簡史不僅是遙想並拼貼父母如何在（家）工廠度過了他們的青春，更重要的也是以文字的力量重構父母及他們對往昔的「家」的想像。 由是，本文以《努力工作》和《家工廠》這兩本散文集為閱讀文本，試圖探討吳億偉和鄭順聰是以何種方式重繪勞動者的身影。

## 二、以物件拼貼父母的勞動記事

> 他（阿輝）沒想到，在臺灣經濟起飛的民國六十年代，有許多像他這樣的青年，一同走向創業的路，整座臺灣島，大興土木，從南到北，最響亮的，是工廠的鑽、搥、切、焊。（《家工廠》，32）

70 年代正值臺灣經濟起飛，蔣經國曾鼓勵臺灣婦女同胞們：「把家裡當作小工廠，讓臺灣經濟起飛！」（《努力工作》，70）；更確切地說，是在 1972 年謝東閔擔任臺灣省主席之後，為了推廣小本創業，提倡了「客廳即工場」運動，鼓勵家庭代工，擴大外銷，不僅為家庭

---

[3] 鄭順聰，《家工廠》（臺北：聯合文學出版社股份有限公司，2011），頁 91。

創造財富，更為臺灣帶來了經濟的利益。[4]在這樣的大環境下，吳億偉家裡進行著採冥紙、織手套等家庭代工，阿姨則操作黏鞋跟、縫雨傘、剪線頭、穿電線等勞動，也許是因為「家工廠」而非集體作業和統一管束的大型工廠，文章中多半呈現出母親阿姨樂於工作、努力工作的景象，即使是在工廠上班，也多半將焦點放在下工後的生活休閒娛樂，不過，在描述家庭代工前，吳億偉亦在「女命」一卷中勾勒母親、阿姨的青春勞動記事，吳億偉遙想、勾勒出 60 年代高雄加工出口區的風景：連串成線的工廠、廠房、竄動的勞工如同黑潮，而後揣想十五、六歲的母親和阿姨從屏東離鄉至高雄工作，如同楊青矗筆下的呂清蘭也是在 16 歲時離開家鄉／農村，為了負擔家計而投入生產，然而不太相同；或說可作為互補式閱讀的，便是女工們的生活──而這正也是不同作者書寫所強調的重點所在。如果說楊青矗的書寫動機和策略便是藉由對比老闆獲取的暴利和女作業員的廉價工資，那麼女工辛勤、規律而單一的工作以及簡陋的餐食、受辱的插曲便會成為書寫的著重點，在這樣的寫作策略下，女工即便有休閒娛樂，也會令人有窒迫悲哀的覺受，例如透過呂清蘭的視角，一群放工後聊天唱歌的女孩即使歡快地高唱失戀歌，摻雜在機械擠壓聲中，也會變成「一灣嗚咽的流水，潺潺流走我們這些少女被機械榨剩的青春。」（109）

此種對女工將美好青春（肉身）皆獻給機械工廠的喟嘆，吳億偉也稍微點到，在他看來，機械擠壓聲確然是生命情節相互重疊的女工們的共同配樂（49）；他也特別用「單一的龐大」來形容這些年輕勞工們沒有身分、僅如工廠螺絲釘那樣僅是構成集體的一小部分，然在大部份的篇什裡，他所重組的片段和緊扣的主題多半是為楊青矗所淡寫、或即使寫來也不無哀嘆意味的放工時間──單一的娛樂（唯一的

---

[4] 謝東閔在回憶「客廳即工場」時特別提到，他是指「客廳兼為工作場所」，並非指「客廳即工『廠』」，有些誤以為後者的人，因此趁機在家裝擾人安寧的馬達機器等，這一倡導遭到曲解，還說希望新聞界能澄清此誤會，但就現有相關資料和其後提及的作家鄭順聰所使用的辭彙也都是「客廳即工廠」，在此特為說明。見謝東閔《歸返》（臺北：聯經出版事業公司，1988），頁 317。

網球場乃老闆的苛吝員工的證據）；男女聯誼情事最終也淪爲男工欺凌女工的傷心慘目之事——例如上教會聊天的母親、放工後有插花課、烹飪課等多樣技藝課程作爲休閒調劑，聯誼則是「純純的愛」式的聯誼，包括機車狂飆的假日、溪邊煮食嬉遊等等，男女工的互動不但不見悲情的男凌女故事，反而由小事凸顯母親的霸氣：女工愛珠受到眾男工傾慕，因而有人擊破女生宿舍的窗戶，只爲求見愛珠一面，吳億偉描述母親如何還擊，甚至追至男生宿舍嗆聲（67～68）；連最能象徵集體管束、剝奪個體自由的「制服」，寫來竟都趣味十足，頗有戲劇效果：若非因爲繡著「國際手套公司」字樣的藍色制服在陽臺飄揚，一群要到朋友家、但卻不知地址的女工們不會順利找到朋友家（56～57），在此制服不但沒有管束並簡化個體的意味，反而替假日喜愛串門子的女工們提供了類似於「路標」的功能。

　　不過要特別說明的是，筆者其實無意將不同年代的作家楊青矗和吳億偉（或之後所要談及的鄭順聰）及其作品進行等質等量的比較，因爲無論是就書寫的動機（一者可能是揭發資方剝削勞動者的相狀，一者可能僅是藉由拼組一輩子都在工作的父親與一輩子都嘗試在找工作的母親的前半生，重整自身成長史與家族記憶）、具體表現的形式（一者散文一者小說）；甚至更細緻地來說，內文所牽涉到的民營工廠的政策等層面，皆無法進行所謂質量上的比較，但筆者以爲將兩者對讀仍有其意義，或可藉此併陳不同年代的作家對於勞動者形象的勾勒與想像，而極有可能地，兩者皆共同呈現了臺灣經濟起飛前後，一群群「工廠人」生命中的某種「真實」。

　　至於如何重構父母勞動青春與自我成長的某種「真」？捨棄按年份進行的結構安排，吳億偉揀擇了諸多乘載記憶的物件，如電線、冥紙、作業簿、制服、衛生紙等，無論是母親／女工們上工、下班後的生活；父親從水土勞作到賣衛生紙的往昔，抑或自我成長過程中的點滴，皆多半以物件爲開展議題的媒介，並提供讀者得以有效無誤地按

圖索驥。[5]即便「物」是散文書寫的抒情傳統之一，但筆者以為 60、70 後的作家近十年來對物的書寫已不再滿足於「詠物」或藉物思情，也許對他們而言，一方面因經濟水平提升，較有被物質包圍的經驗──這邊所指的不單是擁有消費較多物質的能力，更關鍵的是用以指涉在家庭代工的環境裡；被堆積如山的零件、什物等包圍的可能，因此若要再現家庭代工氛圍，以物件為座標似乎是個最為貼近當時情境的管道。物件似乎也為試圖重築記憶的作者提供了一種簡便的憑藉，透過一個個物件，諸多無法被分類歸檔的記憶出匣湧現，而對物的注目也開展了更多新的可能，甚連小孩都彷彿成為一種當時女人的工作「配件」，若從整本書的架構來看，筆者以為「物」是個「退可攻、進可守」的書寫形式，許多纏繞蔓生的記憶和素材可攀附在具體可見的一個個物件上，進行更多的連結和發揮，或是經濟簡約地呈現出來，篇幅可大可小，替文章的整體結構提供了極富彈性的靈活路徑。除了作為小標題的物件之外，筆者以為更重要的物件便是老照片：書中那些充分被剪裁、拼貼的老照片不是只有美編設計上的考量，用以營造出懷舊的氛圍，更是寫作者重要的參考媒介，尤其在遙想父母青春（自己未曾參與的空白）或幼童時期（已參與但記憶渺遠的灰色地帶）之際，例如一張「記錄著吳家兄弟們如何胼手胝足」的「大屋」照片中（91），吳億偉便以照片文字作為想像「水土家庭」的起點，同時，也提供讀者想像父親勞動生活的原料，例如父親的打鍾卡、量尺、工作與家用記錄等。

　　以圖像佐敘事是《努力工作》的特點之一，在鍾文音（1966～）散文集《昨日重現》（2001）便早已用影像來記憶、拼貼童年往事和家族史，而陳俊志（1967～）也以往昔關於人和物件的照片來述說動人的生命成長故事，在這種以圖和物件拼組個人成長記憶的形式上，

---

[5] 例如提到父親以貨車沿街販售衛生紙的部分，可從 164 頁中從貨車後方拍攝、可見車內塞滿生活什物的照片；以及 295 頁那三種不同品牌的衛生紙照片中拼組出其父親曾經的生活「實況」。

《努力工作》更類似於《昨日重現》的呈現方式，後者也以許多物件（如洗衣機、保力達 B、愛國獎卷、發財車等）作為小標題，並以此小物件演繹一段父母親的故事，此一圖文交錯的方式，協助敘事者透過昨日的影像來重述、再現昨日，提供書寫者拼貼——這是很重要的技法，面對迷霧般的回憶，中壯年的寫作者只能一點一滴地拼貼出昨日——祖父母、父母輩的青春，正如吳億偉所言，過去母親和阿姨不常談述自己的年輕情史，但她倆昔日的聯誼照片「卻訴說著許多可能」（66），讓作者不自覺地幻想黑白照中與陌生男子併肩站立的、身穿束腰長袖花襯衫及喇叭褲的母親的青春情事，給予寫作者拼貼「我」出生之前的、「我」無從在場的歷史軌跡。。除了翻尋老照片之外，《努力工作》還有對比於昔日的、較接近於「現在」的照片，在這些看起來是後來（相較於父母親的老照片）才拍攝的照片中，有幾張照片有作者現今的身影，其中一張看來是吳億偉的背面，身旁有一個人指著舊厝，彷彿在解說老屋的歷史種種（88～89），另外一張則是作者和黃師傅的合影（134），相較於老照片裡作為鏡頭捕捉的被動的身影，以資作為憶往的媒介；這些較接近「現在」的照片則顯示了作者欲以探問、書寫的主動方式來再現記憶，兩兩交錯，詮釋了作者書寫此書的軌跡。

　　雖然書中沒有老照片的點綴，對同樣也在「家庭工廠」長大、鎮日與工具為伍的鄭順聰來說，「物件」也成為敘寫的重要元素。《家工廠》既是看起來有整體概念和核心主軸的「主題書」，鄭順聰嘗試用不同的方法拼貼出家工廠的各個面向：從仿小說的阿輝的奮鬥史、工具的角度、師傅的個性，以及絕大多數的是童年的回憶，以片段的童年鏡照出以家工廠為時空背景的生命敘事，除了描述童年事件之外（戲水、頂頭水池、決鬥等），「物件」的跡影分佈於書中各篇章，〈工具〉以擬人的筆法特寫了工廠必備的工具：螺絲、扳手、榔頭等，在作者看來，螺絲是無所不在的、成千上萬個眼睛，

扳手是鎖死獵物的工廠主掠食者，榔頭則是交不到朋友的暴烈分子……鄭順聰化身為「物」的視角，揣摩這些工具在工廠裡的諸種心事。不僅從文本中的文字的敘述可見物件、工具成為作者發想並羅織敘事的媒介，亦可從副文本及編輯的概念中窺其重要性：這些工具的圖樣不僅成為篇章裡、段落間的分隔物件，從封面下方所陳列的字樣裡，我們看到諸多「物件」，這些物件不單是按照篇章名稱來分類，更細緻地拆解了每篇文章中、作為索引標籤的「關鍵字」，其中和工廠相關之工具者如鑽孔機、水泥包、推高機、千斤頂等，尚有其他類屬；但能清楚且有效地標記某個時代（同時也作為經濟起飛的「家工廠」背景）的關鍵字／物件，如蔣公、洪榮宏的「美姑娘仔」、任天堂等，雖然在整體結構的安排上，《努力工作》和《家工廠》各有其旨趣，然從「物件」這個元素來看，皆是文本敘事相當倚重的線索。

不僅如此，「物件」的屬性可以更具彈性，不單是自外於身體的獨立的客體，更可能是潛藏於身體表層的「物件」，例如鄭順聰凝視並細寫疤痕，欲從這個載錄往昔於家工廠奔跑嬉遊的童年「印記」中（「渾身的傷口，架構了過去的工廠」，196），折射個人在家工廠探險的點滴：被鐵片刮傷的大拇指、被電火布絆倒因而撞傷眉角、小腿被燒紅的鐵所烙傷等肉眼可見的傷，到工廠人事流動所造成的心痛，這些仿如徽章的傷疤，不單僅銘記了作者童年的貪玩好動，更重要的是作者欲藉此說明對「家即工廠、工廠即家」的孩子而言；在那個經濟起飛而雙親皆忙於勞動的年代裡，工廠不僅是家，更是一處提供娛樂的遊樂場，儘管身手矯健的孩子們在此仍不免皮破肉綻。

## 三、對勞工與老闆（也是父親）的同情理解

因此，「家工廠」是兩個屬私、屬公空間的結合，對吳億偉而言，家除了曾是家庭代工的場所，也是讓父親得以出外做生意的、大量貨品堆放的儲藏室，可說是工廠的延伸；對家開設工廠的鄭順聰來說，

工廠和家更密不可分，全都是生活於其間的、遊戲的囝仔空間。較諸於流動的時間感，空間顯得更為具體可感，能悉數裱褙生活其間的人們的集體記憶，例如宿舍、餐廳、工業區，將抽象流動的記憶定錨的諸種物件全都在更大的「空間」的容攝裡，正如吳億偉說：「流逝的時間需要不變的空間來記憶，我正試探著空間的可能，尋找曾經流動的身影與眼睛，透過這個窗外。」（70）「空間」在 60、70 年後的書寫相當重要，不過對吳億偉和鄭順聰來說，對空間的關注或也來自於兩位作者的父親的職業曾蓋房子，這點在吳億偉的作品中更為鮮明，在卷二「大屋」中，除了前幾篇以撿番薯、撿子彈為題來描寫父親童年時的童趣記憶，便以諸多與「空間」相關的關鍵字如設計圖、販厝、土埆厝等，重現父親在工地的歲月，在吳億偉的描述下，父親和一群同樣年輕的工人為了賺錢，不覺辛苦並甘願住在鐵皮浪板烘烤的工寮中，在他的描述下，這群年輕勞工喜歡拿到錢時聚賭、樂於去寶斗里看聚集的鶯鶯燕燕，寫來彷彿都是正盛青春，較少見勞動的苦楚或被老闆剝削等事，反倒凸顯了正向且充滿期待的夢想，因此即便起居處所簡陋，但在吳億偉的想像中卻不乏抒情詩意：「木工廠微微發亮的橘黃燈泡未熄，遠遠看去，一個個蚊帳像是一顆顆卵，孕育著這些年輕人的希望。總有一天不再流浪。」（114）對年輕勞工生活和夢想的捕捉，和黃春明藉由小說中的油漆工來省思資本主義下勞工階層的處境相當不同，雖然兩個油漆工阿力和猴子也是懷抱著（賺多一點錢）的希望，從東部山間至大城裡工作，但最終卻在反覆塗著女星巨大乳房的看板中，感到茫然和迷失。

　　工地，是房子；也是家的未完成式，這個曖昧的、過渡期的空間本身，貯存著人們對家的想像和企盼，因此乍看之下，寫來雖皆是父親勞動的歷程，並以標記時間的物件（如打鐘卡）和銘刻空間的座標重現父親營造工事之簡史，但也側面地映照出父親對「家」（而不僅只是房子）的期望，因此即使家族關係出現裂痕，父親仍定期返家，

並對不願返家過中秋節的作者感到不滿。此外，老房子改建的故事則記錄了人事變遷和家庭觀念淡薄，「水土家庭」在收入豐厚的時代決定將傳統磚造輾轆把老房改建成大樓房，但吳億偉不喜歡變身後的大屋，反倒懷念起過往家族年節的歡聚氛圍，以及雖舊陋但溫暖的家族記憶，而新蓋的樓房所帶來的貸款問題，也讓後來生意出現危機的「水土家庭」的成員產生嫌隙，大家不願意聚在一起，房子的空間相形之下變大變多，家開始崩毀。

　　從房子到家，從蓋房子到對自身家族根連恆久的期盼，皆從工地（這個家的過去式空間）而來，由於水土建築的工作，或是家與工廠的相連，我們看到兩位作者刻畫了「家」從具體到抽象的層面，也許正因家和工廠密不可分，其中牽動著父母的青春和辛勞、自己的根與成長記憶，在記述時自然便流露出抒情與體貼的成分，也讓他們無法（或其實並無意）從批判的角度重審那個家家是工廠、處處是工地的昨日島嶼；更進一步地，吳億偉和鄭順聰藉文字拼組家工廠和水土家庭的集體記憶版圖的同時，也試圖了解曾為勞工或老闆的父親的內心世界，因此即便在《努力工作》和《家工廠》的後半部包含了不少作者的童年記事，但仍可見兩位作者對父親(或可說是當時整個勞動階層的縮影)的同情理解，以及重新看待自己與父親的情感距離，例如後來吳億偉的父親開著貨車推銷衛生紙──吳億偉稱之為「軟磚頭」，繼原先在工地裡鏟土、搬磚塊後的另一樣差事，筆者以為雖然表面上一硬一軟，但從肩起全家生活經濟重擔的角度來看，「軟磚頭」和扎腳的厚磚，皆是勞工父親生命中不可承受之重──或是至夜市擺攤，吳億偉皆試圖用父親的視角，來揣摩父親可能懷有的孤獨，或是父親對他的體貼照顧所給他的複雜感受，在〈二分之一〉一文裡，作者遂以兩種不同字體同時呈現父母親的揮汗勞動以及自己無知的童年：以新細明體勾勒出的是父母開貨車賣水果的辛酸生活，標楷體所呈現的則是童年時代自己無憂無慮（也是無知）的快樂學習和嬉戲，

以此交錯的敘事方式試圖體貼／貼近父母親的勞苦歲月。又或是以小
說式的筆法，敘寫生於「水土家庭」的 W，目睹家中叔伯曾經在工地
忙得不可開交的輝煌歲月，如今卻等不到工作，只能閒在家中看連續
劇，寫來也是輕描淡寫，僅藉由「桌上沉甸甸的帳單和貨款單」、阿
叔抽菸、「大家心裡想著明天要去哪裡，就要開始一個長長的假期」
來暗示「水土家庭」今非昔比之境（154）。在鄭順聰的〈疤痕〉亦可
見他從自身的疤痕和整理強迫症，在重建家工廠輝煌的勞動歲月的同
時，也嘗試以文字來體貼理解母親機械般勞動的辛酸。

　　於是，當水土家庭與家工廠不僅只作為經濟起飛的觀察指標；而
是細緻地牽連到個人成長養分和血脈時，有父母的勞苦和童年的諸種
點滴匯聚其中，敘事的方式變得較為抒緩，敘事者的口吻似乎也變得
更加溫柔，也許他們並無意於推翻、改寫「工廠人」曾遭受的剝削和
刻薄對待，但他們溫柔敘事或也提供了另一種觀看（家）工廠人的版
本，提供一種與歷經諸多負面遭遇的工廠人同樣為「真」的敘事。筆
者以為，批判和體解這兩種敘事的態度和出發點，同樣皆可能有效地
呈現出一個工廠人的「真」。由是，透過書寫爬梳父母親的勞動歲月，
兩位作者對上一代的生活增添了更多的同情理解，或是從勞工的角度
來凸顯其娛樂休閒、為家奔波的諸種心事，又或者因家即工廠；父親
又是經營者，我們看到了（在小說中總被強調或暗示為暴發的、醜惡
的）資方的另一個同樣為真的版本，不但不見剝削員工，在勞資互動
的過程中反被下屬背叛：得父親信任的員工刊瘦最後與外人聯合，自
立門戶並模仿父親的產品，勾連會計竊取客戶資料，以較低廉的價格
和原公司競爭，讓原工廠面臨了極大的生存危機。筆者以為，與其單
一地強化資方和老闆的惡劣態度，兩位作者似乎更回到一個「人」而
不僅是「工廠人」的身心狀態，因此，勞資雙方並沒有明顯的強、弱
勢之分，因此曾為勞工的阿輝（應是參酌鄭順聰父親形象）反而是多
次落跑想換頭路、自立門戶因而讓老闆頭痛的人物，而老闆最終似乎

也只能接受阿輝的選擇，讓他自由。

　　因此，兩位作者所呈現的多半是經濟起飛下溫暖的家工廠故事，相較於造就經濟起飛的另一幽暗汙染面，兩位作者遂僅略微提及，換言之，較諸於直截了當地彰顯和責難，他們皆以文學的象徵筆法或曲筆帶過，如前述吳億偉點出勞工的集體單一性，又如較諸於細寫、聚焦於女工耗費青春與勞作時的機械性，吳億偉以形象化的方法揣想在加工區的時間感（61）；至於工廠另一個為人所詬病的污染問題，鄭順聰也稍微觸及，對於金紙工廠造成的汙染，他僅在文中輕描淡寫，藉由〈溪底〉這篇文章最末隱微地描摹出來：國中時代的作者為了完成對兒時玩伴阿信的承諾，帶他重返過去戲水的野溪，但卻發現此時的溪水或因金紙工廠排放汙水所致，顏色偏紅的水浮泛著泡沫，雖作者仍有興致戲水，阿信卻猶疑不決，並透過兩人的爭辯來暗示工廠破壞大自然，清涼乾淨的野溪早已不再，不過即便如此，筆者仍以為與其說作者批判工廠汙染，不如說是帶著惘悵的情緒來悼祭往昔的童年基地，或許正如作者在序言中隱約提及其寫作動機：藉由書寫，重返不為人們所喜愛的骯髒和零碎的工廠，試著「體會壞氣味的迷人處，瑣碎零件的建構力」（10），而與其說要替勞工階級發聲爭取權益，他只是想回憶工廠草創時期，老闆與員工齊心協力度過艱困、創造美好未來的那種初衷，因此，《家工廠》在歌頌工廠勞工、零件雖髒汙但造就卓然成果同時，當然也並沒有否認它可能造成的汙染等問題，只是凸顯的點不同。

　　對於經濟起飛的副作用──其中之一為工廠所造成的污染──常為作家所著眼留心，在此各以兩位女作家的作品作為參照。60後作家如鍾文音在其「島嶼百年物語」第二部《短歌行》也有不少刻畫男性勞工因經濟起飛的工商榮景而造成的工殤慘狀：斷指、腳瘸、臭耳、目盲、皮膚燒傷等，[6]而最後一部描寫鍾家女眷的《傷歌行》裡，鍾

---

[6] 鍾文音，《短歌行》（臺北：大田出版有限公司，2010），頁227。

文音特別指出六輕所造成的空氣污染，不僅讓雲林天空時時覆蓋著詭
譎變異的煙雲，更對居民造成嚴重的身心斲傷，[7]在回顧家族、家鄉
歷史的同時，也描畫了臺灣人的身心苦難史。另外，70後女作家吳音
寧（1972～）的《江湖在哪裡──臺灣農業觀察》雖然以回溯臺灣農
業（苦難）史爲主，但對於臺灣總體大環境的趨勢和政策發展有完整
的史料蒐集和深刻的觀察，她在文中提及了所謂的「把客廳當工廠」
以及許多以鐵皮蓋成違章小工廠的80年代，交叉使用文學作品（如
夏宇的詩）和史料數據，不無批判意謂地指出「接受訂單，隨時出貨」
的蓬勃外銷市場，乃「生產、污染自太平洋上一小塊，因板塊運動而
隆起的島嶼（名叫臺灣）」，感嘆賺錢的人們無從也無力管束工廠任意
將污水、廢水、毒水排放進村庄。[8]無論是鍾文音家族史式的長篇小
說，抑或吳音寧以楊儒門的故事爲起始，進而回顧整理臺灣農業發展
的報導文學，其中皆讓讀者窺見了經濟起飛下（家）工廠林立之惡，
但同樣能感受兩位女作家對生養自身及家族的土地的深情回眸。而
《努力工作》和《家工廠》以父母的勞動爲原點，進而回顧父母如何
爲家庭家族奮鬥的故事，則呈現了經濟起飛下（家）工廠的另一個面
貌，與其凸顯勞動者的被動與悲哀，讀者看到更多的是勞動者和從勞
動者變成老闆的夢想、娛樂、積極打拚的身影（雖然同時並存著生活
磨難和經濟壓力）。

## 四、書寫（家）工廠，貼近家族樹：代結語

「客廳即工廠」是70年代臺灣政府推動的、新型態的經濟模式
熱潮，似乎也成了出生、成長於這個年代的（從農村遷移至城鎮）的
人們的集體記憶，在另一位70年後作家王盛弘（1970）最新的散文
集《大風吹》中憶往童年的部分，也稍微提及了自家製傘代工的經驗，

[7] 鍾文音，《傷歌行》（臺北：大田出版有限公司，2011），頁323-325。
[8] 吳音寧，《江湖在哪裡──臺灣農業觀察》（臺北：印刻出版有限公司，2007），頁196-198。

不僅家族的堂姊妹皆在紡織廠待過，他的課餘時間也多半「消耗在雨傘代工，指甲縫有洗不去的髒污」，當傘工廠叔叔運來一捆捆的半成品後，孩子們便衝出三合院來幫忙；而他的六叔六嬸也曾在工地勞動，見證了臺灣大量蓋起販厝的年代[9]，雖然此散文集旨非憶述作者家庭代工的昔日，但仍可見家工廠的勞動歲月確實像印記般地烙印在70年代後作家們的心中。而方提及的鍾文音，在她《愛別離》裡的情婦莊美鳳也是個成長於「客廳即工廠」的年代，父親在家製做各式各樣的塑膠飾品，這些多彩塑膠形體「參與了我的童年又沉默又喧嘩的孤獨世界。」[10]

　　雖即《努力工作》和《家工廠》提供了讀者另一個觀看經濟起飛下（家）工廠、勞動者和資方的版本，但在寫作的最初與最終，仍舊是基於散文書寫裡相當大宗的、對「家」（家人、家庭、家族）的追憶，同時也是對自我成長史的重新翻整，因此即便有時不免懷疑書寫的意義，但吳億偉以為這是他貼近「家族樹」的方式（161），而為了填補記憶，他和父親交談，從父親口中得知了許多勞動的細節、術語和步驟，甚至細心的父親還自製了個人的大事年表，讓吳億偉能按圖索驥（292），藉由口述進而文字，勞動者父親的生命勞動史得以確立，而父子之間的難以表述的情感似乎也因此而有了新的進展。相較於藉書寫逆溯生命之流，書寫和想像是在家工廠成長的鄭順聰最好的陪伴者，因為白手起家的父母無暇看管兩個孩子，放任他和手足盡情冒險，而自由空想、編造故事遂成了他「寫作的電源」（10），因此丟掉榔頭、握起筆桿的他藉由書寫再度進入家工廠，以此試著體貼仍在工廠勞作的父母。也許正因如此，《努力工作》和《家工廠》較少見到被壓榨的苦勞身影，勞動者仍存有的壓力和苦楚被轉化，更多的是和血汗同時存在且緊密相連的夢想與企盼，對兩位後來皆無繼承家業、

---

[9]　王盛弘，《大風吹》（臺北：聯經出版事業股份有限公司，2013），頁67、122、116。
[10]　鍾文音，《愛別離》（臺北：大田出版有限公司，2004），頁150。

並選擇了家人不見得能理解的文字工作的吳億偉和鄭順聰而言，這是他們回顧家族和個人成長的生命敘事，由是，《努力工作》和《家工廠》這兩本聚焦於父母勞動的散文集，不僅側面地提供了臺灣經濟發展與變化下，勞動個體的日常生活點滴，或亦可視爲家族家譜的延伸書寫。

## 參考資料

- 王盛弘，《大風吹》（臺北：聯經出版事業股份有限公司，2013。

- 吳音寧，《江湖在哪裡——臺灣農業觀察》，臺北：印刻出版有限公司，2007。

- 吳億偉，《努力工作——我的家族勞動記事》，臺北：印刻文學生活雜誌出版有限公司，2010。

- 楊青矗，《工廠女兒圈——工廠人第二卷》，高雄：敦理出版社，1978。

- 鄭順聰，《家工廠》，臺北：聯合文學出版社股份有限公司，2011。

- 謝東閔，《歸返》，臺北：聯經出版事業公司，1988。

- 鍾文音，《愛別離》，臺北：大田出版有限公司，2004。

- 鍾文音，《短歌行》，臺北：大田出版有限公司，2010。

- 鍾文音，《傷歌行》，臺北：大田出版有限公司，2011。

# 講評

## ◎張燕玲[*]

　　感謝《文訊》，感謝中國現代文學館讓我有機緣在臺北與李欣倫相遇，我以為這是一種緣分。因為我喜歡他文章出眾的才情，剛才相見頗為驚豔──我沒料到她竟然與我一樣同為女性，難怪有如此溫潤的文字！我及我就職的《南方文壇》一直鍾情富有才情和批評鋒芒的批評文字，也以關注青年作家批評家為己任的。

　　李欣倫以隨筆的筆調，以學問帶文學，以文學帶學問的細讀方式，解讀和辨析了楊青矗與吳億偉、鄭順聰兩代作家對勞動者的不同書寫，並與之形成了有效對話。文章視角新穎，從文本的「物件」切入，即小切口進入大世界；論述細緻，平和通達；批評文字寓同情理解於體貼自然中，顯示了論者出色的感受力與判斷力。我以為這是一篇有溫度和深度的用心之作。

　　溫度，首先來自論者用心靈與評論對象對話。我知道，李欣倫一直的學術研究與寫作關懷多以受苦肉身為對象的。而心靈的甘苦，當然發乎於身體。關懷肉身，實則關懷人性、人心，乃至人文。大陸也有一位學者費振鐘（他的文學評論在八、九十年代的大陸頗具影響），他也與李欣倫一樣出身於中醫世家，近十年他也以平和沖淡的文字致力於醫案的研究（這也是我一開始便誤以為李欣倫為男性才俊之故），他認為中醫不僅是國粹，也代表中國人的生命觀及價值觀。可見，關注受苦肉身的李欣倫有著如何悲憫、敏感和柔軟的心性，也唯此她才可能溫柔敦厚、感性敏銳，充滿理解地解讀甚至與評論對象對

話。其次，評論對象（兩部文本）也是在重整自身成長史和家族記憶中深情回眸自己的血脈或者文脈，充滿溫情乃至娛樂趣味（下工以後的娛樂），重繪了一種樂生的勞動者身影（包括作家自身）。我說的樂生，正是他們筆下那些重負之下，努力工作、樂於工作的親人勞動者們，擇善而生的普通勞動者的生活，其實更接近生活的本相，在座的我們不也就是這樣生活的嗎？

　　吳億偉《努力工作：我的家族勞動紀事》、鄭順聰《家工廠》都是以鮮活的細節，紀錄片式的真誠扎實的寫實精神自述了自己父輩以及自己少兒成長和工作記憶，嘗試還原這些漸行漸遠的工作記憶，一般人可能忽略的勞動者及其家庭的日常微不足道的事情，並賦予它豐潤的故事性。比如吳億偉筆下的母親與阿姨的女工生活，自己賣衛生紙的宣傳車；鄭順聰作為工廠時代的孩子以工廠散落的物件為玩具，還有放學之後（下工之後）的家庭手工，工廠物件的家庭擺設等等。李欣倫從中讀出二者是在以「物件」拼貼父母的勞動紀事（大陸文學近年也有不少寫物件，如傳統農具的消失來紀事時代與社會變遷的），及其樂生的不同于楊青矗時代充滿血淚的勞動者形象，並從中追尋各自成長的生命之源，也就是各自的故土和家園。面對故園和家族，寫作自然充滿同情理解，自然帶著疼痛和體溫，所謂有溫度的寫作。

　　而論文的深度就在於，溫度的寫作使文本介於得與失之間的懷舊中。得，在於對故園的追憶，這是作者的心願之作（作家對自己生命節點的必然選擇）；失，因而缺乏對根源的責難和追問。李欣倫指出，即使有責難，也是曲筆。吳億偉和鄭順聰既不同於楊青矗的批判，也不同於執著農案的吳音寧對經濟起飛工廠林立之惡的控訴，吳、鄭是同情理解，用李欣倫的說法是「體解」（體諒理解），是對勞資關係（如對父親老闆的同情理解）的另一種書寫。這種比對，頗具深度。

　　同時，以個人視角追述記憶，李教授指出這是一代人的集體記

憶，而且是一代人追夢的進取奮鬥的故事，她的結論：兩本散文集書寫的臺灣一個時代一個個勞動個體的日常點點滴滴，種出了一株茂盛的家族樹，或者說是家族史的另一種書寫，並彌補了臺灣農工史的缺頁。

由此，便想請教李教授：因我未能讀完兩部作品：一，兩部作品是否有一種更深層次的感恩？不僅對父母的養育恩和奮鬥辛酸史，兒女心有的戚戚焉，是否還對勞動者的感恩？因爲社會的進步，根本動力在於勞動者；沒有他們，一切無從談起。李教授是否還可挖掘作品對勞動者真摯的關懷與感恩？二，是否有多重身分上的多重審視？由於作者的多重身份（勞動者之子，少年勞動者，作家等），其中是否有交叉糾結的視角去思考勞動、時代、生存、尊嚴、生命，尤其勞資關係，包括思考自己不知道的故事——父母的故事？以此追問，想像，體認乃至審視和反思？大陸 1970 年代也有這樣的「家工廠」，也有少年勞動者記憶的書寫，包括今天與之相像的「打工文學」也都不止於呈現，更多對現代性的反思等等，這樣也許論文會更具深度與豐厚。以此就教於李教授。

# 文學「鄉土」的地方精神
## 以「中原突破」為例

◎李丹夢[*]

## 摘要

　　文學「鄉土」在本質上是個體認同的構造。「中原突破」乃是一種文化創傷籠罩下的書寫，這種創傷源於中原由盛轉衰的鬱結與失語。倘若用一個詞來概括「文學豫軍」對歷史的記憶，那就是「中國棄兒」，它亦可作為「文學豫軍」集體身分的命名。「棄兒」意識深深影響著「中原突破」中的鄉土書寫與主體建構。「棄兒」式的韌性與智慧、自利與虛無，讓「文學豫軍」相當自然地融入了 90 年代以來的「市場」與「個人化書寫」的潮流。在創傷的牽動下，「尋根」成為「文學豫軍」的寫作宿命。其間，「中原」（地方）與「中國」的糾葛系最微妙的部分。

**關鍵詞：文學「鄉土 」、「中原突破」、 地方認同**

---

[*] 華東師範大學中文系副教授。

中國新文學史上的文學「鄉土」（通稱鄉土文學）並非一般認爲的僅是農村題材或農民小說，「鄉土」與農民、農村有關，但本質上是個體認同的構造。在「鄉土」中著力要解決的問題是：我是誰？我屬於哪一類？「鄉土」之所以會在中國凸顯爲「問題」，並成爲新文學史上的關鍵詞與主潮，實與「他國之外鑠我」（章太炎語）而導致的民族危機的刺激有關。一個現代「中國」，成爲作家們在鄉土文學中詢喚與奔赴的鵠的。而究其實，這體現了個體對自我現代身分的自覺與想像，即通過在「鄉土」中對「中國」的設計，來劃定自我的邊界。

1990 年代以來，隨著市場理念的全方位滲透，「鄉土—中國」的認同構造日漸衰微，文學「鄉土」的創作跌入了一個失重的自由空間。這裡主導的是帶有功利性的、強勁而執著的個人化思維。然而，就在看似無序紛亂的個人化的鄉土書寫中，地方文化悄然興起，它填補了作爲價值的「中國」在式微後形成的個體認同的結構性空缺。就作家而言，他常常是不經意的。與其說作家選擇了文化，毋寧說文化選擇了他們。

地方文化的輪廓，建立在個體釋放各種不同層次的原始記憶、情感或依戀的基礎上。它顯示了全球化背景下，人們對矛盾和不確定性的防衛式拒絕；追溯、皈依地方文化的過程與爭取和描述自我的連續性，互爲表裡。其間，地方文化與同居於記憶一角的、意識形態化的「中國」間的互動，系「鄉土」個人化書寫中最微妙的部分。它絕不僅是與「中國」較勁或簡單的反向書寫，一個爭奪自我話語權的訴求潛伏其中：即誰是「中國」的正宗？哪種地方文化，能涵容「中國」？

以上系本篇思考的背景。對此，筆者另有專文論述，此處僅述概要。明白了文學「鄉土」和地方文化的關係，我們轉入正題。

關於「文學豫軍」與「中原突破」[1]的提法在文壇上已有段時間

---

[1] 「文學豫軍」和「中原突破」是 1990 年代文壇的重要收穫。這兩個概念是連在一起的。

了。儘管它們與作家個性確認的需求尚有距離，但作為一個整體，河南作家受人重視且應該是件好事。對黯然已久的河南而言（詳見下文），委實需要「中國」的矚目來激勵下了。此處涉及的作者很多，老一輩的張一弓、二月河、周同賓，50 年代出生的李佩甫、周大新、閻連科、劉震雲、劉慶邦、張宇、墨白，新生代的李洱、行者，等等。他們大多來自農村，可稱為「農裔知識分子」。這種與農民、農村及農業的血脈關聯是筆者將「文學豫軍」的創作納入鄉土文學考察的重要原因。即使他們寫的不是諸如農村題材類的傳統「鄉土」，仍舊帶有濃重的鄉土氣息，那是與身俱來的。不僅如此，其作品裡顯示的「農裔知識分子」的自我揚棄與超越（即主體[2]建構），恰是作為個體認同構造的文學「鄉土」的重要內涵與典型形態。

　　鑒於「河南」與「中國」之間的歷史文化親緣以及二者在現代化、全球化進程中同樣邊緣的位置，探討豫籍作家的文學「鄉土」構造與認同變遷也就帶上了「中國」的一般意味。從我的閱讀感受而言，「中原突破」的提法是頗有意味的。它並非只是從地方著眼的籠統稱謂，而是觸到了河南作家群的精神內核與隱痛。

## 一、「中」的失落與陣痛

　　從歷史的角度看，河南地處中原，一度為兵家必爭之地，開封、洛陽作為幾朝古都，便是以往輝煌的證明。但這種情形已一去不返，如今的河南只是一個內陸省份，無論經濟還是文化均毫無優勢可言。

---

　　1999 年春，由河南文學院主辦，在新鄉召開了「文學豫軍」研討會。討論的小說有李佩甫的《羊的門》、周大新的《第二十幕》、劉震雲的《故鄉面和花朵》、閻連科的《日光流年》、田中禾的《匪首》等。後來，有人在總結這次會議時，稱之為「中原突破」。參見江胡、木耳：〈中原突破：「文學豫軍」長篇小說研討會紀要〉，《小說評論》，2000 年 2 期。

[2] 本文言及的「主體」，與作者密切相關，但並不完全等同。它是作者在作品裡不斷追躡的、希望與之趨同的形象。用尼采的話說，即「成為自己」。主體是作者、敘述人與作品人物、內容、敘述交織、互動後得出的一個「我」之印象。

這種整體的衰落與滯後，在「文學豫軍」中引發了類似集體無意識的
失落感。

豫籍現代學者嵇文甫（1895～1963）曾就中原人文興衰有一番系
統的論述：

> 河南號稱中原，亦曰中州，蓋自古中國文化之中心地也。夫羲皇
> 之事，邈哉邈矣！莫可得而言。然五千年之仰韶文化，三千年之
> 殷墟文化，在考古學上各劃一新時代，而皆在河南境內，則既信
> 而有征矣。自周公宅洛，鬱鬱乎文，後世政教，概源於此。五霸
> 之所經營，七雄之所逐鹿，大抵環繞此中心而活動者也。嗣後千
> 餘年間，屢建帝都，東漢、北宋，稱尤盛焉。夫王畿帝都之所在，
> 冠蓋輻輳，人文薈萃。故巨人長德，恢宏魁碩之士，往往出乎其
> 間，而為一世所宗仰。……河南人文之衰，其起于宋室南渡之後
> 乎？其時北方淪陷，文化南移。七百年來，此中國古文化中心地，
> 雖不無一二豪傑之士挺生其間，然以視昔日蹌蹌濟濟，輝煌燦爛
> 之景色，則邈乎不相及矣。[3]

最後幾句頗有些黯然自傷的味道。燦爛輝煌的河南人文確乎斷裂
了麼？僅以文學為例，現代文壇上的河南作家寥若星辰。在《中國新
文學大系》（1927～1937）的「史料‧索引」卷中，編者統計了近 200
位作家，其中浙江 29 人，湖南 15 人，其後依次是四川、江蘇、福建
等，而河南只有四位。1950 年代以前，河南本土的創作異常蕭條。能
舉出名來的豫籍作家甚少：徐玉諾、馮沅君、蔣光慈[4]、師陀、姚雪
垠、王實味、李季……他們或英年早逝（王實味、蔣光慈），或因困
窘輟筆（徐玉諾），或轉行他業（馮沅君轉志文學史），能堅持下來並

---

[3] 嵇文甫：〈河南精神〉，《河南大學文學院學術叢刊》，1940 年 1 卷。
[4] 蔣光慈祖籍河南，其就讀的志成小學、固始中學都在河南固始縣。

在中國有些影響力的豫籍作家屈指可數。

50 年代後，河南突然冒出了幾個當紅作家：姚雪垠、魏巍、李準。他們後來還各自憑藉《李自成》、《東方》、《黃河東流去》相繼獲得了第一屆（1982）、第二屆（1985）茅盾文學獎。可惜光彩照人的日子沒有持續太久，由於跟「中國」（國家意識形態）的關係過於曖昧，他們的作品在其身前身後的評價差別極大。在某些持否定意見的人看來，那不過是緊跟形勢、圖解政治的「過氣」作品，甚至不無投機的意味。河南再度陷入尷尬與失語……。

90 年代「中原突破」或「文學豫軍」便生長在這看去荒蕪的土壤與記憶中。河南究竟發生了什麼？怎麼就落到了這步田地？這是作為個體認同構造的文學「鄉土」無可回避的問題。

一切似乎都出在「中」上。它是一個常掛在河南人嘴邊的字，陰平聲。意思是適當、可行。在表示理解、讚賞時，河南人就會說：「中，中啊！」傳說黃帝在新鄭建都，曾立一石柱，柱頂刻有「天心石」三字，代表這裡是天地之中心。由此開啟了河南「中」的命運前程：天地之中，居土之中，中國、政治中心、文化中心、中原、內陸……幾番起落，卻怎麼也跳不出「中」的格局：「說你中，不中也中，說你不中，中也不中。」

這個「中」字，亦是儒家哲學「中庸」的「中」，道家哲學「守中」的「中」，它包孕著豐富的哲學內涵，潛藏著中華民族文化心理的深厚積澱。作為古老的哲學和記憶，「中」已化為一種氣質，滲進了河南人的血脈。

李準曾以「侉子」來命名河南人的精神：「一般人管河南農民叫『侉子』，『侉』是什麼東西？我理解是既渾厚善良，又機智狡黠，看去外表笨拙，內裡卻精明幽默，小事吝嗇，大事卻非常豪爽。我想這

大約是黃河給予他們的性格。」[5]將河南人精神與黃河聯繫起來，這本能的感知相當準確。在當今的河南精神中，帝都、黃河與戰爭是甚為核心的語彙。帝都，牽扯著悠久的政治文化與歷史；而黃河及戰爭，則是河南由中國中心到邊緣變動中的關鍵因素。某種程度上，河南人的歷史就是一部黃河的變遷史。曾經孕育了古老發達的中原農耕文明的黃河，多次改道、決口[6]，它深深影響和改變了河南的生態、經濟與人文環境。今天看那儼然是預示河南命運轉折的「天兆」：古都開封一帶備受河患困擾，繁華、喧鬧的朱仙鎮一次次被淤泥掩埋，最終淪為無名的村寨；隋朝開闢的大運河不斷淤積，河南失去了漕運之便，曾經驕傲的居中變成了不折不扣的內陸缺陷；由於河流治理投入大，見效慢，元代重修運河時，索性繞過中原。洛陽、開封從中國的經濟交通動脈中被甩脫出來；明初朱元璋一度想將都城遷回中原，卻礙著戰亂與水患終未成行，河南大勢已去。

　　近現代的河南，總體是災害頻繁、兵匪交乘的亂世。文化、教育一落千丈，1911 年辛亥革命爆發，在袁世凱緊密控制下的河南，是為數不多的沒有宣布獨立的省份之一；抗戰與內戰時期，河南作為鄂豫皖、豫皖蘇及晉冀魯豫根據地的一部分，其地位無法與陝西、延安相比，至多算是「中心的邊緣」。河南能讓人記得的，就剩下它「居中」的戰略位置了。於是一有戰爭，甚少能漏掉河南。各路人馬「逐鹿中原」，卻只是把河南當作棋子、戰場或臨時補給地，鮮見培育、維護之舉。1938 年 6 月，為阻日軍西進，蔣介石下令在鄭州花園口掘開黃河大堤，致使 1200 萬人受災，390 萬人流離失所，89 萬人淹死，河南首當其衝，成了汪洋澤國。可補充的是，利用黃河、「以水代兵」的做法，並非蔣的發明，此前早有「坺本」：南宋建炎二年（1128 年），

---

[5] 李準：〈我想告訴讀者一點什麼？（代後記）〉，《黃河東流去》，頁 707，人民文學出版社 2005 年版。

[6] 對於黃河的災變，歷代統治者對中原地區的過度開發，要付主要責任。僅以北宋為例：由於西北軍事的需要，40 餘萬軍隊駐紮黃河中游。規模空前的土地屯墾，嚴重破壞了森林植被。北宋的 160 年間，黃河在中原地區決堤氾濫高達 47 次，幾乎每三年就發生一次。

東京留守杜充就曾讓手下決黃河當金兵,導致黃河「由泗(水)入淮」,嚴重改道。800 年後歷史重演,與其說是循環,不如說是停滯。這是一片被拋棄、忘卻的土地,自南宋以來,就沒有變過!南宋以後,河南沒有歷史!

如今的河南,其地位與黃河類似:曾經的母親河,現在成了條沙河、懸河、地上河,不識「抬舉」,得防著它治理它。由於不能通航行商和直接灌溉,黃河幾乎失去了作為「河」的資格,就像「醜陋的河南人」被看作中國的另類、現代主體的「他者」一般。

本來,當隴海、京漢鐵路開通後,河南的情況是有所改觀的。但在經濟開發的過程中,南方與沿海的優勢越來越明顯,現代文明的風氣,與這塊內陸腹地總是若即若離。與周圍的省份相比,河南仿佛一塊低窪、蹩腳的盆地,很難得到「中國」的青睞與眷顧。這種局面在當下依舊延續。在沿海搞活、西部大開發的政策下,「河南」又成了被遺忘的角落。

## 二、「中國棄兒」與流民社會

就此而言,用「中國棄兒」來指陳豫籍作家的集體身分與無意識,較之李準的「侉子」,可能更切中要害。所謂「侉子」,其實是「棄兒」生存意志與智慧的演繹,其本色大抵是草根、民間的,這與豫籍作家的鄉土出身相應。雖然在文學「鄉土」的價值構造上建樹不大,但有一點豫籍作家們卻旗幟鮮明,步調一致:即生存正義。中原史上二程理學中強調的「修心養性」在此的回聲極其微弱,幾乎可忽略不計。在「棄兒」們看來,它既奢侈又虛偽。他們不求中正與「內聖」,一切書寫均貼著生存,本能地展開,以致生存成了無法穿透的石頭,所有的昇華與超拔之念及此都被反彈回來。

在這方面,劉震雲的《一句頂一萬句》如同「中國棄兒」信仰狀態的寓言。意大利傳教士老詹苦口婆心的上帝言說總是進不了延津民

眾的心眼兒。老詹說：「信主吧，信了他，你就知道你是誰，從哪兒來，到哪兒去。」延津人的回答則是：「我本來就知道呀，我是一殺豬的，從曾家莊來，到各村去殺豬。」老詹說：「主能寬恕他的仇敵。耶穌被釘在十字架上，還是他徒弟出賣的。主事先知道，也沒有跑。」延津人的回話是：「死到臨頭還不跑，腦袋有問題呀？」喜劇式的對話活現了宗教話語與生存話語間的隔閡與錯位。「中國棄兒」是無暇念及主與拯救的，他們的人生被活或生存占滿了，由此實難發展出形而上的需要與思維。連老詹贈送給徒弟吳摩西的神聖法器，銀十字架，也被吳的老婆回了爐，打成一副水滴耳墜。

　　《一句頂一萬句》中人物眾多，大都帶有流民[7]的特質。譬如，吳摩西一輩子爲命運捉弄驅遣，居無定所，頻換職業；勾引吳摩西老婆的老高，祖上是從山東討荒來的；私塾教師老汪的女兒死了，老汪決意離開延津，「不爲找娃，走到哪兒不想娃，就在哪兒落腳。」

　　流民形象似乎特別受劉震雲的鍾愛，尤其值得一提的是〈溫故一九四二〉。作者曾說：「〈溫故一九四二〉是我無意中寫出的比較滿意的一個中篇。」[8]其間「無意」和「滿意」的對舉，讓人深思。就外觀而言，「中原流民」不啻爲「中國棄兒」的創造性複現。近代以來，由於戰亂天災頻仍，人民顛簸遷轉，河南成了流民蔓延的區域。借用河南精神中的核心語彙來表述，中原流民系肆虐的黃河與戰爭聯手的產物。倘若念及這層背景與記憶，豫籍作家讓「中原流民」充當「中國棄兒」的載體，便再自然不過。一種冥冥裡的奔赴與依偎。這大概就是劉震雲所謂的「無意中」的「滿意」吧？小說敘事人的道白更能說明問題：「我要蓬頭垢面地回到赤野千里、遍地餓殍的河南災區。

---

[7] 此處的「流民」概念，採納學者池子華的界定。流，是流亡、流浪、流動的意思，民，指農民。流民大體包括以下四類人：「喪失土地而無所依歸的農民；因饑荒歲月或躲避戰亂而流亡他鄉的農民；四處乞討的農民；因自然經濟解體的推力和城市近代化的吸力而盲目流入城市謀生的農民，儘管他們有的可能還保有小塊的土地。」參見池子華：《流民史話》，頁 1～2，社會科學文獻出版社 2011 年版。

[8] 劉震雲：《溫故流傳‧自序》，江蘇文藝出版社 1996 年版。

這不能說明別的，只能說明我從一九四二年起，就註定是這些慌亂下賤的災民的後裔。」

　　在那些灰頭土臉的流民身上，主體顯然找到了某種類似集體的歸宿感，它觸目地表現在文中對「我們」稱謂的運用上。〈溫故一九四二〉充滿了「棄兒」／流民對「中國」的悲憤與絕望，在這方面，「我」與流民「同一聲氣」：

> 一九四二年，中國還是有「可口的咖啡」，雖然我故鄉的人民在吃樹皮、柴火、稻草和使人身體中毒發腫的「霉花」，最後餓死三百萬人……

> 為了生存，有奶便是娘，吃了日本的糧，是賣國，是漢奸，這個國又有什麼不可以賣的呢？有什麼可以留戀的呢？你們為了同日軍作戰，為了同共產黨作戰，為了同盟國，為了東南亞戰爭，為了史迪威，對我們橫徵暴斂，我們回過頭就支持日軍，支持侵略者侵略我們。

尖銳極端的聲音讓人想到決堤的黃河：那被人徵用壓榨夠了又備遭冷漠白眼的「母親河」，以不合規矩的決堤方式來宣洩它的壓抑，張揚浪擲生命的能量。這跟「中原突破」的精神何其相像，幾乎稱得上心心相印。在〈溫故一九四二〉裡，能感受到一股與「中國」凝聚相對的強大離心力，就文學「鄉土」的認同構造而言，此當是從「中國」到「地方」轉化的一個顯證。

　　對於從主流社會組織類型「脫軌」出的流民群體及相應的文化，學界向來重視不夠，但我以為，它卻是河南精神中相當重要的部分。在近現代的某些時期，因流民數量急劇擴張，流民精神一度構成河南文化的主流。就此而言，說當今的河南精神系由流民文化衍生、化托

而來，並不過分。至於從戰爭中掙得自身的現代中國，流民亦是股不可小覷的潛流[9]。除了推進文化傳播、群體融合的正面效應，流民亦帶來了社會的震盪與失序：如農村土地荒蕪、乞丐職業化、盜匪橫行、城市棚戶區問題……透過由鄉土文學發展而來的民工小說及底層文學，我們不難感覺流民文化的影子與氣息。山東作家尤鳳偉的長篇《泥鰍》中的蔡義江，便是一個從農村打工者演變為城裡黑幫老大的典型。與之相類的，還有劉慶邦《一個人的村莊》中的惡棍葉海洋：一個被城市放逐的打工仔回到故鄉，以其對「空心」村莊的破壞來顯示他的活力與能量。

　　流民身上集聚著中原文化或中國傳統裂變的跡象與勢能。具體到「中原突破」，伴隨「河南」與「中國」的間離，以中庸、忠恕為代表的價值認同體系，搖墜顛簸。可以肯定，一個「新型」、另類的現代個體將從中醞釀而生。豫籍作家在文學「鄉土」中呈現的主體建構便是例證。除了《一句頂一萬句》、〈溫故一九四二〉外，李佩甫的《李氏家族》、閻連科的《受活》、《天宮圖》中亦寫到流民。「棄兒」或流民式的韌性與智慧，自利與虛無，讓豫籍作家相當自然地融入了 90年代以來「市場」以及「個人化書寫」的潮流。

　　仍以《一句頂一萬句》為例。這部略嫌怪異、似乎找不到創作「家譜」的作品，僅就其中那看去靜止、莫名的社會形態而言，其實頗有歷史的淵源（殊無可怪的）。它是流民的「鄉土中國」與「市場中國」的雜交混合，系歷史意識錯綜的產物。在眾多形象裡，沒有一個典型的農民。農耕社會裡念念不忘的土地被刪除了；連帶抹去的，還有宗族家庭的教諭、倫理。吳摩西跟父兄、妻子格格不入；他仿佛是個鄉村手工業者，又像自由、廉價的市場勞動力或無產者。從作品渲染的唯利是圖的人心驅動來看，《一句頂一萬句》的社會形態很有點市場的「現代」意味。主人公頻換職業、雇主對下屬說炒就炒，亦加深了

---

[9] 參見池子華：《中國近代流民》，社會科學文獻出版社 2007 年版。

上述聯想。小說分上下兩部：「出延津記」與「回延津記」，這貌似《聖經》「出埃及記」一類的「史詩結構」，但也僅是「貌似」而已。摩西的出埃及是為了擺脫埃及人對猶太人的奴役，成就猶太人民族獨立的偉業；而吳摩西出延津是為了尋找與人私奔的老婆，而且不是他想找，是找給別人做樣子的。一個不折不扣的《聖經》「戲仿」。沒有集體的牽繫、溫暖，更別說民族、國家了。人與人之間的理解、認同，已降至一句可憐的「對心話」！70 年後吳摩西的孫子牛愛國為找私奔的老婆回延津，結果徒留找的動作。跟吳摩西相比，這是巧合，還是輪回？《一句頂一萬句》中，個人的利益、生存，個人的煩心事、窩囊事，輾轉循環，跟市場社會中的「原子」個體有得一比。

　　在此意義上，市場理念與流民精神是彼此激發、相互澄明的。二者的交集或支點即是焦慮的自我、膨脹的個體意識。或許正是因為有流民精神「打底」，市場理念才得以深入人心，進而在中華大地如火如荼地瀰漫開去。

## 三、「棄兒尋根」與「文化創傷」

　　對本地歷史文化的追溯、探討及情感記憶，系河南作家構思的核心與興奮點。80 年代聲名鵲起的喬典運一心開鑿他的西峽「小井」，周大新念念不忘「南陽盆地」，閻連科徜徉於「耙耬山」，墨白則在「潁河鎮」上遊蕩。有人在此基礎上提煉出河南作家的「村莊情結」[10]，我以為尚不夠確切，它們更像是自我尋根的文學行動，即在精神上重返自己原初的生存世界，以新的目光打量它，以新的熱情激活它。墨白這樣描述他的潁河：「在我童年的記憶裡，潁河是神秘的。12 歲以前，我從沒離開過鎮子，我與外部世界聯繫的惟一通道，就是鎮子那邊的那條河。……在後來我弄清了潁河的地理位置和走向時，也悟出了另一層道理，這條河同時是從過去流來的，她一直流到現在，她還

---

[10] 梁鴻：〈所謂「中原突破」——當代河南作家批判分析〉，《文藝爭鳴》，2004 年 2 期。

會一直流下去。這條河流，承載著歷史、現在和未來。」[11]

　　同樣的追溯意識在李佩甫的「平原三部曲」[12]中體現出來。李將人看作植物，著力發掘土地與人性間的關聯：即萬千人性如何從土壤中生長出來？新近出版的《生命冊》裡，作者在開頭寫道：

> 我是一粒種子。
>
> 我把自己移栽進了城市。
>
> 我要說，我是一粒成熟的種子。我的成熟是在十二歲之前完成的。我還告訴你，我是一個有背景的人。

「背景」一詞的運用殊堪回味。它自非通常所講的財力、地位或人脈，而是「種子」帶出的土壤、記憶和文化，由此而言的「有背景」顯示了自我歷史化的自覺，「背景」讓生命有了來源、厚度與深度。這亦當是文學「鄉土」的寫作給予河南作家最寶貴的精神饋贈。

　　與 80 年代的尋根作者相比，豫籍作家並未試圖從文化或土壤的聚焦式靜描中來提粹、樹立民族之「根」——他們顯然缺乏這樣的文學抱負與野心——其敘寫或許有一定的「中國」概括力，但更多地只對自己有意義。他們擅長描寫人性，包括善惡出人意表的調配與轉折，以及對惡的層次與極致的發掘等。其中的書寫態度甚是微妙：贊同？批駁？欣賞？排斥？痛恨？似乎都有點，但又簸蕩顫動、左顧右盼。某種程度上，寫作對豫籍作家來說就像一個自我對象化後的內部辨認、梳理與妥協的過程。人物愈是複雜，那對自身評判與價值統一的終極答案也就愈被延宕、懸擱；複雜或惡的人性背後藏匿著惘然與失措。雖口口聲聲地要從土地中尋找人性的理由，但並未尋到明確的東西或因果指令。至多給出一個神秘的符號：如刻在石頭上的格子網

---

[11] 墨白：《霍亂‧後記》，頁 314，群眾出版社 2004 年版。

[12] 「平原三部曲」包括《羊的門》（華夏出版社 1999 年版）、《城的燈》（長江文藝出版社 2003 年版）、《生命冊》（作家出版社 2012 年版）。

圖案，它在尚家命運的轉折處屢屢出現（《第二十幕》）；家族中的雙指甲蓋成為彼此血親關聯的天啓標誌（《李氏家族》）。文學對土地內涵或地方（文化）根性的開掘明顯力怯，它的特長或作爲在於將人性與土地並置，讓前者做無言土地的鮮活腳注，一種蒙太奇般的暗示、比附。盤桓往復的永遠是厚重的人性氣息，極少超拔之念。土地不僅是人性的源泉，更是包容者，所謂「堅守人類的精神家園」，看多了不無軟弱、托詞的意味。或許這也正是文學的本性？

　　想到蕭紅的《生死場》。貧窮讓金枝和母親的關係變得淡漠而畸形，為了荣棵，母親可以瘋狂地折磨女兒。然而，當金枝在城裡遭男性淩辱時，她於絕望掙扎中嘶叫的卻是「娘」：「對不起娘呀！……對不起娘……」這是《生死場》中最讓人動容的細節，我們很難把金枝口裡的「娘」與她現實的母親聯繫起來。如此面目可憎的母親，又怎麼會讓危難中的女兒如神祇般地祭起、呼喚？這裡沒什麼邏輯與理性可談，只是本能的驅使。就金枝而言，既然被拋擲到世上做了女兒身，女兒的話語方式（包括對母親的依賴、貞操的恪守以及失貞的罪孽感等）就是一種隱性的文化規定。人會在不自覺中按照這種話語方式來抒發情愫，釋放恐懼，金枝便自然、本能地踐行了這種規則。豫籍作家與土地的關係，跟金枝對娘的呼喚類似，他們需要一個「娘」似的「名」，它既是庇護又是準則，既是容讓又是評判。洋洋灑灑的「平原三部曲」是以「土地」的名義展開的，這已觸及「鄉土」認同的核心，雖然我們講不清楚「土地」究竟是什麼。

　　我想逆著「棄兒尋根」的意識回溯，看能否找到一種原初的「我思」。與人們通常認爲的相反，豫籍作家遠非被紊亂紛雜的精神生活之流裏挾，他們似乎具有一種基本的品質，能夠時時刻刻把握住他們的任務。雖然作家們總是單獨行動並總想與眾不同，但結果卻像是基本品質千方百計地自我達成與實踐。原初的「我思」跟胡塞爾的「純

粹意識」有相似之處，但筆者不想沾染他的先驗色彩。在我看來，按照現象學的還原方法，將一切經驗性的內容排除，並不會蒸餾出什麼「純粹意識」；只會顯露片斷的符號與代碼——如同福柯的「陳述」概念——把它們連成序列，並內化爲生命的秩序，全然是意識執著、欲望疊積的效應。此種執著是「我思」的根本，亦是筆者力圖髮露的核心。在此，我們仿佛看到一個「自我」陡然從虛空中冒出來。那是人與存在最初接觸的刹那，經由一種直接的統覺把握住自身。這種情形跟海倫‧凱勒突然領會「water」的道理相當：「在靈光一閃的當兒，我領悟了 w－a－t－e－r的手勢，指的正是那種奇妙的、清涼的、從我手上流過的東西。」[13]這個字活了，而海倫也就此走出了黑暗啞默的世界，真正成爲人類共同體中的一員。她的「我」確立了。

在「棄兒尋根」的「開端」，奠基著一個無聲的文化失範結構，它從南宋開始醞釀，一個歷史的孔洞、空白或窟窿。如果把中原文化視爲一個發展、變動的有機整體，便不難發覺這一孔洞的存在。孔洞是因歷史驟然變向（由盛轉衰）而導致的斷裂與陷落，一種符號化的象徵造型。它很難具體描述，可大致以中心與邊緣的翻轉、原本一體的「中原」與「中國」的錯位間離，來表示。這種邏輯倒錯，讓世代累積的（集體）文化認同模式遭到驅逐，人們陡然發現自我的重要部分消失了，相應的「我們」變得搖擺不定，個體與本來篤定的認同歸屬，「中國」，的關係鬆動了。前文述及的〈溫故一九四二〉是很明顯的例子：每一個代詞「我們」（流民集體）出沒之處，都是自我與「中國」、歷史的決裂點。

由孔洞引發了「**原始的匱乏感**」，棄兒的身分認定，尋根的衝動均是後來附加的，多拜匱乏所賜。一種「透視性形變」。較之本來中性或「死的」文化失範構造，它們已帶上了「生命」的體征：即人類獨有的價值與情緒色調（屈辱、自卑等），就像海倫‧凱勒對「water」

---

[13] Helen Keller, *My Teacher*, 見 http://ishare.iask.sina.com.cn/f/20800665.html。

欣喜若狂地領會、內化一般。

在「中原突破」的小說裡，處處能感受到孔洞的影子與壓迫，仿佛整個河南還沉浸在對過去情況的「檢討」中，沒完沒了。通常所說的「現代轉型」對河南而言並不確切，它的轉型從南宋就已開始，卻一直沒有到位。豫籍作家筆下密集的苦難、官場、歷史及底層話語，都要追溯到那個「孔洞」。也就在「檢討」與「孔洞」對視的一刻，回憶湧向外部……。

客觀地講，這種「檢討」式的尋根具有一定的治療效果，可看作中原文化的自我調節：它試圖填補那個孔洞，解釋那段空白。然而，「檢討」也造成了相當程度的自我遮蔽。以苦難、官場、歷史、底層敘述爲標誌的文學尋根行動，無疑與「孔洞」有關，可以說它們就是應了「孔洞」的匱乏而啓動的：有的起覆蓋、淡化、轉移「孔洞」的作用（如歷史），有的由「孔洞」激發、轉喻而來（官場、權力），有的則硬結成塊，變爲「情結」（苦難、底層），不僅揮之不去，反而會扭曲變形其他經驗，障礙整個意識活動的成熟與協調（如墨白、閻連科的小說）。然而，「孔洞」本身（包括邊界、結構）卻始終拒絕進入「檢討」的視域。它原封不動地潛伏在那裡，運籌帷幄著所有話語、情感的生產，最終又將釋放的情緒統統回收。一個抒情的黑洞，記憶的盲點。「文學豫軍」創作的最大不足就在這裡。總體而言，其作品缺少自我反思的自覺，而這幾乎是「天生」的。用現象學的語式來表述：這些作品將意識意向著的界限「自明」爲反思的本源。

在這個意義上，河南小說屬於典型的文化創傷書寫。從失範的結構到創傷的形成，是一個潛移默化的集體意識賦值（心理內化）過程。正所謂苦樂由心，炎涼自我。弗洛伊德把創傷（traumatic neurosis）的病源歸因於「創傷發生之時的執著」，「一種經驗如果在很短暫的時期內，使心靈受一種最高度的刺激，以致不能用正常的方法謀求適

應，從而使心靈的有效能力的分配受到永久的擾亂。我們便稱這種經驗為創傷的。」[14]創傷的典型症候是創傷者強迫性地重現或想像過去的創傷情景；創口一面需要撫慰、道白，一面又頑強地拒絕觸碰。

　　較之弗氏的創傷理論，多米尼克‧開普拉的觀點更進一層。他指出：「創傷是一種經驗的斷裂或停頓，這種斷裂或停頓使經驗破碎，具有滯後效應」，「從普遍意義上說，書寫創傷是一種能指活動。它意味著要復活創傷『經驗』，探尋創傷機制，而且在某種程度上說，要分析並『喊出』過去，研製出與創傷『經驗』有限事件及其在不同組合中，以不同方式顯示的象徵性效應相一致的過程。」[15]

　　這種「象徵性」的「一致」構造，為主體的想像預留了空間，並規劃了想像的邊界與結構性框架。「文學豫軍」創作中帶有悖論意味的「紀惡」性（如關於苦難、權力的高密度書寫），原因就在於此。它既是主體與文化創傷廝守、糾纏的表現，又是「創口」（局限）自我掩飾的戰慄與痙攣。對於豫籍作家而言，創傷並非透明的所在，它存有「說不出」的部分，而主體的盡力「道白」，往往一開口便落入敘事性記憶的模式與規則，或者已然是文化邏輯與詮釋的一部分了。

　　這種文化創傷性的書寫，不獨河南文學或「中原突破」所有，整個的中國現代鄉土文學亦是如此。清末以來，中西對抗過程中「中國」一系列的挫敗、屈辱以及暴露出的黑暗與負面性成為文學『鄉土』最初的核心構造。之所以會誕生文學「鄉土」，乃是中國在世界格局中的地位旁落所致：從「天下」之「中」到邊緣的「第三世界」。這與河南文學何其相似！由是，「中原突破」裡顯露的創傷性反應、構造與「活力」，亦可作為全球化、現代化語境中，中國文學「鄉土」在當下與未來發展的參照與縮影。

　　張志揚曾把對「創傷記憶」的承擔與領受，視為中國現代哲學的

---

[14] 弗洛伊德：《精神分析引論》，高覺敷譯，頁 216，商務印書館 1986 年版。
[15] La Capra, Dominick. *Writing History, Writing Trauma*, Baltimore: The Johns Hopkins University Press, 2001, p.186.

門檻。它並非一次就能被跨越，而是始終內蘊於「現代」的進程。「創
傷記憶，歷來就是自我重複的固置形式。」以爲「靠新生活的自然換
代而無須經過他人與自我的深刻反省便可毫無因襲地完成自己堪與
時符的現代人轉型」，[16]實乃天真的童話。

　　「棄兒尋根」，是對「中原突破」精神的一個總體描述，它源於
創作主體在面對創傷時的匱乏反應。匱乏在身分與動作兩個方面分別
落實爲「棄兒」與「尋根」，這幾乎是不假思索的認定。而這兩個詞
實際是一個概念，它們彼此澄清、確立。有棄兒，必有尋根；正是因
爲尋根，才讓棄兒的身分固定下來。一個朦朧而堅執的「我思」。至
於苦難、官場、歷史、底層等話語的計度、生成，則是次一步的事情
了。

　　必須聲明，中原文化創傷並非抽象、絕對的開端，相反，它通體
都是歷史的。創傷系生存有限性及歷史不容回旋的極端證明，它是一
個族群對某種邏輯與情境（如中心、正統、權力、苦難等）的滯留與
紀念。


　　從常識的角度，一種極端效應能在當下發揮作用，有賴於存在相
似條件的激發與催化。我們已知，豫籍作家大多出身農村，是「農裔
知識分子」。如何實現由傳統向現代的轉變，完成農業社會向工業社
會的轉移，是困擾中國已久的難題。曾經擔任中國革命的主力軍、爲
革命作出重大貢獻的農民，在這一過程中身價陡跌，莫名其妙地成了
「落後」與「掃尾」的部分。他們發現，取代傳統士農工商社會階層
排列的，是城鄉之間的鮮明差距，是以損害和犧牲農民利益爲代價促
進工業發展的傾斜政策。農民被忘記了，他們走進了一個時代的「騙
局」！這種個體境遇便是復活中原創傷的觸媒，二者都建基在「中國」
邊緣的構造上，且都有輝煌的「中心」記憶。當個體通過文學來申述

---

[16] 張志揚：《創傷記憶：中國現代哲學的門檻》，頁 5，上海三聯書店 1999 年版。

自生自滅的壓抑和委屈，回溯到存有對應結構的中原創傷中並把它揚厲地「創造」出來，是極為自然的舉動。一言以蔽之，他把文化創傷作為了確定自我主體身分（個體認同）的基礎與中心任務。

經由以上論述我已說明，為什麼會把中原創傷視為整個河南現代文學的「開端」。「傷口」中烙刻的思維、邏輯與紊亂沒有過時，河南現代文學（包括「中原突破」）是一個由潛伏的「傷口」敞開、設定並給予意義的統一序列。

必須注意文化創傷與當下情境，尤其是現代化之間的關係。在主體與地方文化的互動中，隱含著通常不自明的現代立場與態度。「現代」雖然不能任意塗抹和改寫創傷，卻在一定程度上激發與形塑了創傷具體化的方向（包括事項的選擇、美學追求、風格化等）。事實上，倘若承認農民的邊緣化處境乃是復活文化創傷的條件與構造，便已經把創傷跟現代化的重要內容，城市化，聯繫在一起了。就豫籍作家而言，他在主動回溯和體驗文化創傷的過程中，亦將自身經歷的農民身分的困惑與創痛疊印了上去……。

可補充的是，很多時候，某種形式或情感的重複與回歸，與其說是因為後來的作者有意識地模仿和呈現過去，不如說是發源於符號本身所凝聚的引發記憶的能量。明瞭此點甚為關鍵，它能夠解釋創傷的代際傳承與共享的疑問：即為什麼後來那些非創傷親歷者，依舊會被創傷影響與俘獲？

## 四、「傷口」凝視下的「中原突破」

某種程度上，我們可以把中原創傷視為一種集體無意識的「語法」。在「文學豫軍」的時空想像、抒情感知與作品的深度模式中，能感受到它的存在與毛細血管般的滲透與擴張。以周大新的「南陽盆地」系列小說為例，作者有句口頭禪：「南陽盆地是個圓的」。可惜，此「圓」並非圓轉圓融、了無障礙，卻是人與人彼此折磨的痛苦怪圈

與惡性循環。它是宿命的，不可解的。

以此看作品〈老轍〉，題目上便有「重蹈覆轍」的意味。主人公費丙成的母親被地主柳老七凌辱後生下了他，費自小被人稱作「野種」，這種身分不明的奇恥大辱卻不能以直截了當的復仇方式來了結。當費知悉原委時，柳老七已死。費丙成失去對象的復仇，導向了曾經鄙視他的世人與整個世界。當他成為村中首富時，居然用和當年柳老七同樣的方法去強迫為經濟所困、曾拒絕他求愛的姚勝芳。一輪復仇的循環開始了，結果尚屬「喜劇」。當就要獻出貞操的姚勝芳提出不想懷一個「野種」時，這個詞狠狠打擊了費丙成。他重重摔在地上，神志不清。復仇的循環被一個純偶然的舉動中止，這除了表明循環的強大和作者既悲觀又強烈的善良意志外，很難再有別的解釋。從另一面看，復仇循環的暫時中止，又開啟了另一個循環：即「野種」身分的循環。費丙成永遠無法驗明正身，從他出生那一刻，他就被打上了「野種」的烙印，註定走不出「野種」的「老轍」。這後一種循環我以為是作者更傾心描述的——周大新對故事的偏好和均衡用力的筆法，多少掩蓋了這一點——它沒有太多的歷史普泛性與說服力，但讓人動容的就是它。

某種程度上，費丙成的故事就像河南作家整體處境的身分寓言，一個被父親／中國遺忘的棄兒，在現實中找不到復仇／發洩的對象。他們的對象是過去在當下的投影，走到哪裡都感覺得到，卻又踩不實它。寫作的困境、魅力及動力均於此展開。類似費丙成的人物還有〈走出盆地〉的鄒艾、〈香魂女〉裡的郜二嫂等。

周大新就這樣設置著人物的圓形命運，而他自己也被套了進去。「有時，一篇小說開筆前，他警告自己別寫成悲劇，可到結束時一看，卻仍是悲劇。」[17]有人說周大新的盆地小說「未能用發展變化的歷史

---

[17] 王理性：〈走出盆地——記作家周大新〉，《出版廣角》，1998 年 6 期。

眼光考察和審視人生」，[18]這恰從反面揭示了「盆地」的特質：它不再等價於那個偏安於中原大地西南角的沉陷腹地了，而成為「中原傷口」的借寓。「盆地」對主體的吸附以及凌駕於理性解釋之上，證明了這點。一個封閉循環、彷彿凝滯的時空體。透過人物命定的身分，以及「從哪裡來，仍要回到哪裡去」的命運走向，可以感覺到一個名為「盆地」、具有吞噬力的深不可測的「黑洞」或匱乏所在。唯其吞噬，方顯匱乏；愈是匱乏，愈要權力與生命的殉葬。連作者也不自覺地投其所好，用悲劇來響應和「供奉」它。

　　所有的敘述都是關於「黑洞」的，卻並非「黑洞」本體。主體從不指望穿透它，只傾向於單純的貼近、毗鄰。話語、敘述所起的功能就像索引或轉喻的指示牌，它要求我們看某個特定的方向，但並不告訴我們在這個方向上最終能看到什麼（整體）。敘述滿足於單純的索引性，強烈敦請自我與他者通過它將個體情感與聯想投射到過去的某個部分，卻並不希望有人把它們（敘述）區分為直趨「黑洞」實質（假定存在這樣的實質）與不作此想的。這「黑洞」式的「盆地」不是「傷口」，又是什麼呢？

　　除了周大新的「南陽盆地」，評論界在提及河南作家時公認的「村莊情結」與「權力情結」，亦當作如是觀。村莊、權力的聚焦中有指涉歷史的意味，它們讓人想到曾經的帝都、悠久的農耕史；村莊與權力，就像歷史殘骸或遺跡中的界碑，深深地插入當下的敘事訴求中。雖然主體並未打算客觀地呈現以往的歷史事件，這只是個不經意的構思動作，卻讓自己連同作品打上了標誌歷史滯留的「過去」戳印。至於對村莊、權力不厭其煩的書寫「情結」，則是明顯的「創傷」反應了。

　　新時期以來，中國的鄉土文學開始盛行「審醜」，如暴力美學、

<hr>

[18] 廖開順、高佳俊：〈周大新能走出「盆地」嗎？──評周大新的南陽盆地系列小說〉，《南都學壇》，1992年3期。

對人性惡的敏感與開掘，性欲的粗鄙化描寫，等等，它體現了社會道德的混亂與個體意識的崛起。河南作家在這方面的表現絕不遜色，看下《夢遊症患者》（墨白）中的酷刑，《城的燈》（李佩甫）末尾的奸殺，就會明白。連素來平和的劉慶邦在處理暴力與復仇題材時，亦毫不示弱。〈五月榴花〉中丈夫殺害失貞的妻子，行為殘酷得讓人髮指：「用腳踏住她的一條胳膊，雙手抓住另一條腿，像掀鍘刀似的那麼一掀，就把塗雲從陰部那兒撕開了，撕成了兩半。」集體出色的「審醜」展現除了適應時代潮流的意味外，跟「傷口」的牽動不無干係。仇殺、暴力這類過激的反應模式與舉措，與中原歷史上因長期被漠視、由盛轉衰而形成的「傷口」之間，存在某種親和力。正是這親和力導致了河南作家對「審醜」的自然接受，就像他們對權力、村莊集體執拗地「凝視」一樣。通過對「審醜」熱切激情的感受與抒寫，主體不自覺地移向了「傷口」的核心地帶，以致那些暴力、仇殺就如同隔著千年的「傷口」直接發出的抽搐、尖叫與嘶鳴。

　　豫籍作家的創作有個共通的特點，即沉溺性。他們的興奮點相對集中單一，一旦展開，便步步緊逼，很少旁逸斜出的舉動。劉震雲仿佛是懂幽默的，《一句頂一萬句》中充滿了心酸、擰巴的笑料，但幽默與笑聲是緊跟主題的：人與人之間永遠找不到一句對心話，說了半天還是誤會隔膜，一句話成了三句話，一顆心變成了幾顆心。這麼個單純意思，被劉震雲鋪排、演繹得煞是多姿。各色人物，各種話題，連同幽默，都動用了。從功能上看，它們就像主題的「論據」，一種論證式的敘述與思維。正面與反面的，不同角度、層次的，其精緻細密堪比黛玉那段關於知己的玲瓏心思。雖然歎為觀止，但未免太滿了，讓人透不過氣。讀劉震雲的作品，你必須學會耐著性子承受單調與壓抑，如果要欣賞他的繁複與巧妙的話。這也成就了「中原突破」創作中特有的「深度」模式。但何妨在這「世界」開個窗呢？這並非

意在顯擺瀟灑或情趣,而是對自我與讀者的提醒與警示:「我」所書寫的是個有限的東東,不管牽扯到的記憶與經驗再痛,也就那麼回事。

然而,這對河南作家卻是可望不可即的,他們傾其心力構築的「世界」就是其「全部」。它是「圓」的,沒有「此外」或「他方」。你可以感覺到主體凝視的目光:專注、懇切,漸而眩惑、駭異,那源於觀念的固執以及對與觀念相應的不尋常之物的信念。在墨白的〈討債者〉、〈幽玄之門〉中,這種目光無所不在。他的「穎河鎮」就是一個由「看」或「審視」創生與勘鑽出的世界。那刺入骨髓的、一味的陰冷之地,是奇跡,亦是誘惑。看久了還會出現「疊影」和「眼翳」,這或許可用來指代、比喻其作品中的文學性,特別是那出其不意、無可名狀的變形扭曲與陌生化效應。主體似乎也被眼前的景致驚詫了,為了保持這類似「幻視」的感覺,他不得不更加竭盡全力,把自己投向難以把捉的符號漩渦。其間充滿刺激與變數,多少有點入魔。但寫作對主體的魅力,很大部分來源於此。

我把這種書寫稱為「抒情」,亦可用它來統稱「文學豫軍」的風格。這是一個「抒情」的主體群落,雖然內部存在不小的參差,但作品給人的總體感受與傾向是:寫得甜暢淋漓、為了深刻可以不遺餘力、甚至無暇顧及是否直露與偏執。這種逮住不放、一觸即著的抒寫與創傷後的強迫反應相當類似。張宇的《疼痛與撫摸》、李佩甫的《金屋》與「平原三部曲」、劉慶邦的煤礦小說都有這樣的特質。那被主體擒(嗆)住的苦難、權力、村莊、底層等,作為創傷記憶中灼痛與屈辱的部分,是無可質疑的出發點,永遠不能被「歷史化」。而寫作的過程與其說是對它們的釋解,不如說是對它們的「世界化」與戲劇化。

有點特別的是李洱的《花腔》,這是「中原突破」中智性書寫的代表。裡面縈繞、回蕩著各種聲音的喧嘩與交響。每個聲音都自有一

套脈絡、格局，本來它們明明都是關涉主人公葛任的，但言說的最終
卻「淘汰」、刪除了他。只剩下葛任早年那首淒婉的詩歌〈誰曾經是
我〉還保留著與真人的「瓜葛」。葛任是不可抵達與索解的，他成為
活脫脫的「傷口」標記。把葛任（個人）、創作主體與那首〈誰曾經
是我〉聯繫起來，更能明白地領悟：這是一部不折不扣的關涉個體認
同的文學「鄉土」的尋找、構建之作，在那源於歷史與過去、作為「傷
口」標記的「葛任」中，突突顫動著自我認同的痛楚、誘惑與謎團：
「誰於暗中叮囑我，誰從人群中走向我，誰讓鏡子碎成了一片片，讓
一個我變成了無數個我。」

　　某種程度上，《花腔》就像一部「創傷」記憶的元小說，李洱已
經意識到記憶書寫的「世界」局限，但依舊不能跳出深陷「世界」的
怪圈。《花腔》的不同凡響在於它把創傷記憶化為了一種儘管難以抑
制卻基本保持在可控範圍的、充滿斷點又恍惚連續的絕望「抒情」。
主體以自我囚禁的符號冒險與自虐來維繫著與「葛任」的牽繫，這恐
怕是在不超越「創傷」的情況下、主體與之對話的最理性、智慧與神
聖的方式。

## 五、「尋根」的宿命

　　河南現代文學向來有「尋根」的傳統，從一開始它就是「地方」
的。這在師陀、蔣光慈、李季的作品中都有所體現。「尋根」文學在
中國形成氣候是在 1980 年代中期，它是文學「鄉土」地方認同興起
的標誌及個人化書寫的先聲。在此，地方文化的凸顯與自我的伸張互
為因果。很難找到比豫籍作家更具「個人主義」的集體了，說到底這
也是拙樸與執著的表現。一朝被蛇咬，十年怕草繩。一個感覺被世界
欺騙和拋棄的人，他打量周遭的眼光就是如此吧。一種自我保護的弱
者哲學，它務實而犬儒。我一直認為，豫籍作家其實是不大關注「中
國」的。一個明顯的例證在於，河南小說中基本沒有旨在正面述說或

探討中國現代前途與出路的作品，他們寫的是「中原」與「中國」的最大公約數或最小公倍數：人。除了人性的喜怒哀樂，欲望痛苦，再無他物。人性，既是開啟歷史的鑰匙，又是歷史思考的終結。

不妨把周大新的《第二十幕》、劉震雲的《故鄉相處流傳》跟《白鹿原》比較下。像《白鹿原》那樣用一個村莊的歷史來跟中國正史互動，並試圖重寫正史的衝動與抱負，在豫籍河家中相當稀缺。《第二十幕》寫一個絲織世家的命運，作者著力發掘的是與個體關係更密切的家族如何在歷史的流變中屹立不倒，念茲在茲的是家族意志的完整與延續。至於中國的歷史走向，那是捎帶出的。《故鄉相處流傳》則從個體權欲心理出發，把幾千年的歷史漫畫化了。雖然這亦屬重述歷史的方式之一，但豫籍作家從未指望別人會將自己的作品當作正史的替代。他們說的僅是一家之言，僅對自己的那方世界有效。

這種發言的姿態、意識，跟河南在中國長期邊緣化的處境是對稱的。所謂人微言輕，索性不作正史的非分之想了。而當代陝西作家在創作中一貫的大敘事，跟陝西（延安）曾是中國的中心不無關聯。它始於柳青，經路遙、陳忠實等一脈相傳。《白鹿原》中的歷史書寫，亦是鏈接在陝西這一獨特的地方傳統上的。胸中有一龐大的國家讀者或聽眾，且要設法讓其接受，其言說行文大抵深沉中正，風格亦相對厚重；而只想發出自己聲音的人，其言說則自由得多。或一門心思往深刻裡開掘，或肆無忌憚地朝「新與異」上走。你不是要「現代」麼？我可以比你更「現代」！你不是要「後現代」麼？我可以比你更「後」！

以上所述並非說豫籍作家不愛國，只想表明國家這一共同體概念對他們而言似乎抽象、渺遠了些；中國，只有跟個人的生計冷暖或地方文化記憶相系，才能被他們感知和具有意義。豫籍作家可以表現得很革命積極，但這大都建立在自我保全或統一的基礎上，一種卑微、堅執的個體意志。

　　張宇在《守望中原》裡曾談到中原文化裡「忠誠」精神的漸次消解。它與前文提到的豫籍作家對傳統中和、守中精神的沖決一道，成為「文學豫軍」破除歷來籠罩在河南頭頂的「中」字魔咒的現代嘗試與努力。

> 岳飛的被皇帝屈殺，是一個重要的事件……河南人在嶽飛死後忽然明白，不僅反抗皇帝有生命危險，而且忠於皇帝也是有生命危險的。因為生存永遠是人第一性的反映，河南人在嶽飛死後真正感到了進退兩難，於是悄悄地在內心深處就產生自我保護的意識了。這種意識的產生，使河南人的性格結構發生了變化……開始出現表面上是一回事，然而內心深處是另一回事的有趣現象，形成了起碼是雙重性格甚至是多重性格的性格結構。[19]

　　以上對皇帝的集體認知及情感變化，亦可適用於「中國」。沒有神聖的物什，一切都得靠自己。「文學豫軍」的作品儘管不乏想像豐富、內容深刻的，卻殊少昇華與寬容的氣象，便跟這種自認為對世界「看透了」的感覺有關。上述引文表面拿嶽飛說事，其實卻是一個從農村打拼出的作者最直接、肺腑的世界觀。河南人的「雙重性格」或許可用來解釋《堅硬如水》的分裂敘述：按照生存第一性的原則，高愛軍根本無暇顧及身心是否分裂，或者，他認為那種雖然虛幻自欺卻權色並享的分裂，較之憋屈沉重的人生，尚屬利大於弊的優選。
　　這種生存意志讓豫籍作家在 1990 年代以來個人化的文學「鄉土」書寫中順風順水，他們仿佛一下就踩中了時代的節拍。可補充的是，「文學豫軍」作為一個整體被發現，「中原突破」作為不容忽視的文學現象被提出，跟文壇「尋根」的整體轉向有關。大家都去找「中國」的根性，卻發現誰都沒有豫籍作家找得準，挖得深。

---

[19] 張宇：《與自己和平相處》，頁 35～36，時代文藝出版社 2001 年版。

以最具「尋根」形態的《羊的門》為例。它的推出驚詫了文壇，大量的讚美之詞無不與「中國」有關。譬如：「《羊的門》探索的是中國文化的根部，是中國人內在的靈魂，是那些埋在土裡不容易被人看到的東西。」（王富仁）「這是一部改變了 50 年來中國鄉農文學面貌的作品，一部前所未有地演繹和再現了『封建共產主義』的特質的作品。」（李潔非）就作者而言，這些評價多少有些陰差陽錯。李佩甫其實並無尋找「中國」之根或概括「中國」的雄心。《羊的門》寫得很清楚，呼家堡就像歷史潮流中的「孤島」、「棄兒」，即使在「文革」那上下一片紅的日子裡，呼家堡依舊按自己的節奏行事。這的確有點匪夷所思。

呼家堡的「孤島」或「飛地」意識從何而來？不少人將呼家堡與河南臨潁縣的南街村[20]相提並論，它不無道理，但目光尚可放得遠些。我認為，無論現實的南街村，還是虛構的呼家堡，都與河南近現代以來接連不斷的「地方自治」實踐有關。由於長年的戰火、災荒及匪禍，河南民不聊生。而中央政府和省級政府對此根本無力或無暇應對，以致河南局部地區長期處於無政府狀態。這激發了地方精英強烈的自治願望與行動，後者可視為「中國棄兒」的自救措施。河南的地方自治始於清末民初，最具影響力的要屬 30 年代以別廷芳為首的宛西自治。[21]與當時梁漱溟在山東鄒平實行的鄉村建設實驗以及晏陽初的河北定縣實驗相比，宛西不是一個國家認可的「合法」實驗區，它自始至終都處在國家（其時為國民黨政府）的懷疑與敵視中。別廷芳憑藉強大的地方武裝迫使國民黨勢力退出宛西，通過軍事手段建立了一個不受國家權力轄制的自治政府，並在它的帶領下開展鄉村建設實驗。這讓

---

[20] 南街村是全國十大名村之一，是集體主義經濟的代名詞。它堅持用毛澤東思想教育人，以雷鋒精神鼓舞人，以革命歌曲激勵人，營造了濃厚的集體主義氛圍。全村黨員幹部、職工村民發揚「二百五」的「傻子」精神，實行「外圓內方」的治村方略，人人敬業愛崗、樂於奉獻。在南街村，基本實現了共同富裕，社會和諧，經濟平穩發展，人民安居樂業。

[21] 宛西自治的區域包括河南省南陽市西部的鎮平、內鄉（今內鄉、西峽兩縣）、鄧縣、淅川四縣。

宛西自治成爲了中國鄉村建設運動中一個非常特殊的類型。

在南街村，民兵是重要的社會組織。南街村的年輕人要服兵役，黨委書記王洪彬認爲此舉可以有效改變農民的散漫作風。呼家堡也有民兵，不僅如此，它的整體管理風格、理念都帶有濃重的軍事色彩：村民早晨聽晨曲《東方紅》起床，來到廣場集合；鐘聲（後改爲電鈴）是工作指令。單聲爲上工，雙聲是下工，三聲是開會或緊急集合；獎懲法又叫「刺刀見紅」。在此，能依稀瞥見當年宛西自治的影子。軍事化的管理不僅是苛嚴的權力操作程序，還隱含著「中國棄兒」對外的緊張與不信任。多少年了，沒有人去真正關心這片土地！由此，或許能夠解釋「呼家堡」的遺世獨立？

性格方面，別廷芳與呼天成頗多相似之處。別廷芳一生廉潔，凡事以身作則，幼時家中三畝地，死後遺產依舊三畝地；呼天成爲人低調，絕不貪圖物質享受，爲了做「主」，不惜招滅欲望。豫西盛產西瓜，偷瓜者眾，瓜農損失慘重，別廷芳佈告四方：「偷瓜者死」。不想女婿途中口渴摘了個西瓜。此事爲別廷芳知曉後，他全然不顧女兒的哀求，吩咐衛兵將女婿即刻推出槍斃。此舉較之呼天成對村民的「管教」與「洗腦」，更爲極端。宛西的治理最終卓有成效，路不拾遺，門不閉戶，跟呼天成建造的呼家堡「淨土」不相伯仲。有時候，甚至恍惚覺得呼家堡就是宛西自治的輪迴轉世，經由文學的「創造」與「呼喚」。

如此對舉，並非指認呼天成系別廷芳的「翻版」，只想辨認和梳理下《羊的門》中那潛伏的歷史脈絡。「呼家堡」不是中國的「飛地」，而恰是中原那「棄兒」似的生存歷史與處境的流露與寫照。它的權力運作，有相當部分出自「地方自治」的記憶與思維。然而，又是這個「地方」，跟（傳統）中國有那麼久遠的親緣！《羊的門》讓我們既熟悉又陌生、既驚愕又叫絕的原因就在這裡。在呼天成、別廷芳身上，能感受到濃重的「清官」崇拜意味。當中原作爲「地方」建立它的「王

國」時，它在政權形式上相當自然地挪用了中國千年來的封建集權體制。呼天成即是呼家堡的君王，一個富有德性而天才的皇上、清官。這樣的「人才」，現代科班教育很難複製。他永遠屬中原土壤中的「這一個」，是由中國政治文化與農民文化共同澆鑄的君王「精粹」與「典型」。

歷史在此開了個玩笑。只是樸素抒寫自我「創傷」、探尋「創傷」地方根源的豫籍作家，卻在1990年代歪打正著地成為了闡釋「中國」根性的權威發言者。本以為「中國」已經遺忘、拋棄了這片土地，不想「中原」今日的創作卻又藉著二者昔日的密切關係（一種象徵「中國」的歷史資本）被文壇、中國矚目。這也讓「文學豫軍」的「突破」帶上了荒誕與悖論的意味。難道左沖右突的結果，還是要回到「中國」麼？「中」的魔咒何時能破？

看來，「中原」永遠甩不掉那段歷史了，它無法逃離「傷口」的凝視與誘惑。這就是河南的「命」！用《李氏家族》的話說：「血脈不是連著的麼，一代一代相連，一支一支接續下去。」

# 講評

◎黃美娥[*]

　　本文論者注意到 1990 年代以後中國文學史上有關「鄉土文學」命題內部思維結構的變化，她發現一方面因為市場生產消費機制導致「鄉土─中國」認同漸告衰退，但另外一方面卻又因為地方文化而受到重視，故二者之間產生了微妙的拉扯與共生結構關係，促成「中國」做為一種意識型態，在全球化的發展脈絡下，更與鄉土／地方／個人之間有著緊密連結。而為了清楚彰顯論者對於上述現象的觀察所得，本文特以 1990 年代以來再中國文壇甚為活躍的河南作家群「文學豫軍」為例，指出文學豫軍的創作並非只從地方著眼，作家群體筆下的文學鄉土構造，實際更是個人鄉土／國家認同變遷、辯證的指涉與投射。此外，因為豫軍鄉土認同構造的中原情結，與中國長期以來的歷史親緣，以及在全球化、現代化中同處邊緣，於是本文更進一步去談其間與中國文化/歷史的關涉，並以此展開對河南作家群精神內涵與文化創傷的追索。就此，全文共羅列出五項要點，包括：（1）「中」的失落與陣痛（2）「中國棄兒」與「流民意識」（3）「棄兒尋根」與「文化創傷」（4）傷口凝視下的「中原突破」（5）尋根的宿命。大抵，藉由文中所論，可以清楚發現本文不同於一般常見的鄉土文學研究方法，本文不從慣見的地方人物形象刻畫或語言藝術的討論入徑，而是企圖帶入思想研究的向度，並將鄉土／地方／中國／現代性／全球化等問題進行串連，故在方法論與詮釋框架上，頗有新意，也彰顯了較為宏觀的研究企圖與關注視域。因此，本文的寫法，不在於文本內部

---

[*] 國立臺灣大學臺灣文學研究所教授。

細節分析，而是將創作文本與歷史、地理、社會中國連結，為文學豫
軍作家形塑出新定位與新書寫角色意義。

　　　　而除了上述有關本文論述要點及價值性的闡述之外，以下另
外列出數點意見提供參考：

　　1、論文題目：因為豫軍鄉土文學、地方精神與（傳統、現實）
中國關係，是本文重點，因此如果題目只寫〈文學「鄉土」的地方精
神：以「中原突破」為例〉，則從題意上面無法完全展演出文章內容
要義，因此建議再加潤飾與調整。

　　2、本文沒有進行前行研究回顧，因此難以確切掌握本文論點的
突破性，尤其對於臺灣讀者而言，本文所論範疇較為陌生，故若能補
上較佳。

　　3、關於文學豫軍「中原突破」的文學史評價意義，是否必須將
地方鄉土與中國認同聯繫起來的擴大化談法方可？倘若回到文學創
作藝術性的技藝突破進行評價，是否也能有其他發現？或是二者並存
更顯周全？也就是說，文學豫軍的鄉土書寫，其自身表現是否有其特
色意義？尤其是從 1920 年代中國自魯迅以降，所發展出來的鄉土文
學歷經多重的轉變，從書寫單純鄉村愚昧、封建思維到一樣是 90 年
代韓少功所寫《馬橋辭典》的下放知識分子觀看農村，產生了政治現
實如何介入鄉土書寫的狀況，相較於此，文學豫軍的文學鄉土究竟如
何呢？

　　4、論者考量了 90 年代以後市場消費機制所導致的鄉土─中國構
造認同的衰退，因而選由鄉土/中國辯證關係框架去評論文學豫軍鄉
土文學創作的意義，但如此的談法，是否綁架了鄉土的能動性？尤其
是全球化框架下地方性的自我主體意義。

　　5、關於鄉土文學的定義，是否得在外國（所謂現代性）的衝擊
下，才能獲致真正彰顯？繼而才能從鄉土中去尋求、建構自我認同？
且在此定義下，文中將外國與中國相對，現代與鄉土相對，意即中國

與鄉土被劃上等號。本文於是討論河南作家群（即文學豫軍）如何展現文學鄉土精神，並繞了一大圈，把作為現代後進性的中國等於邊緣，而消極一大段時間的河南作家群也視為邊緣，將（邊緣）中國與（邊緣）河南化約成等質關係，亦即河南作家群在中國近現代文學中的失語等同中國於現代性下的失落。但，這種連結是否有些冒險？或者是迂曲了些？

　　6、關於棄兒意識與文化創傷部分，文中一再提到棄兒意識是從南宋一路延續下來，河南作家直視「中原」與「中國」的斷裂，而就此一再「檢討」。但是究其作家閻連科、李洱《花腔》的書寫，會發現多半是集中在描寫政治的荒謬性與鄉土意識的彼此辯證，並不能將其創傷意識完全歸納在「中國在現代邊緣」此一理由。同樣的，這種創傷與鄉土經驗的書寫亦常出現在其他省份作家的作品，如：韓少功《馬橋辭典》、賈平凹《秦腔》。則其間差異何在？所謂根性意識、原鄉意識、歷史意識又該如何細緻釐辨？換言之，在討論本文關注議題時，河南豫軍的個別性與集體性表現，或是創作趨向中有關鄉土／中國認同問題的寫作思考與實踐，在個別作家創作中的比重情形如何？乃至小說、新詩與散文文類之間是否也存在著書寫的差異性？以上情形，後續或可再加思量與探討。

　　7、文學豫軍對於鄉土／中國認同的摹寫，在90年代全球化、市場化機制下，究係文化消費或文化失憶的寫照？二者之間的模稜處如何被思辯與檢討？

　　8、河南的「鄉土空間」都是懷舊、創傷與失根嗎？本人在現場講評時所提90年代在鄭州禹縣所見農村中有關舞廳與電影院經營情形，正暗示了全球化、現代性與農村鄉土的新型態建構關係？這樣的新型態的空間，在文學豫軍筆下是存或不存？見或不見？那麼，本文作者做為一位有關文學豫軍的「中原突破」現象的評論者，又該如何進行思考與對話？

# 第六場討論會

# 原 young・原樣
## 70 後原住民新生代漢語作家書寫初探

◎董恕明[*]

## 摘要

　　當代原住民作家的漢語書寫，自 1980 年代起揭開了歷史性的新頁，其中戰後出生的重要作家如莫那能（排灣族，1956～）、夏曼・藍波安（達悟族，1957～）、霍斯陸曼・伐伐（布農族，1958～2007）、拓拔斯・塔瑪匹瑪（布農族，1960～）、瓦歷斯・諾幹（泰雅族，1961～）、里慕伊，阿紀（泰雅族，1962～） ……等人，確實爲持續發展中的原住民文學，開拓出一片山歌海舞的天地。踵繼戰後作家的新生代寫手如：亞榮隆・撒可努（排灣族，1972～）、多馬斯（泰雅族，1972～）、乜寇・索魯克曼（布農族，1975～）、讓阿淥・達入拉雅之（排灣族，1976～）、沙力浪（布農族，1981～）、阿綺骨（阿美族，1983～）、甘炤文（布農族，1983～）……等人也不遑多讓前賢，既有原 young 丰姿，也是原樣本色。本文將從一、在隱與現之間的民族身分；二、在收與放之間的文化再製；三、在形與意之間的文學創造等面向入手，觀察這群新生代作者在寫作上的「原色」。

**關鍵字：原住民文學**

---

[*] 國立臺東大學華語文學系副教授。

## 一、引言：青春本色，山海容顏

　　當代原住民作家的漢語書寫，自 1980 年代起揭開了歷史性的新頁，其中戰後出生的作家群如莫那能（排灣族，1956～）、夏曼・藍波安（達悟族，1957～）、霍曼歷斯・伐伐（布農族，1958～2007）、拓拔斯・塔瑪匹瑪（布農族，1960～）、瓦歷斯・諾幹（泰雅族，1961～）、里慕伊，阿紀（泰雅族，1962～）……等人，確實為持續發展中的原住民文學，開拓出一片新天地[1]。踵繼 40、50、60 後的作家前輩，70 後的新生代寫手如：亞榮隆・撒可努（排灣族，1972～）、多馬斯（泰雅族，1972～）、乜寇・索魯克曼（布農族，1975～）、讓阿淥・達入拉雅之（排灣族，1976～）、伍聖馨（布農族，1978～）、沙力浪（布農族，1981～）、阿綺骨（阿美族，1983～）[2]、甘炤文（布農族，1985～）……等人在寫作上，也不遑多讓，他們的書寫，既有原 young 丰姿，也是原樣本色。

---

[1] 對原住民文學之整體發展狀況，可參見浦忠成《原住民族文學史綱》（上・下），上冊主要是以原住民文學的「古典」即口傳文學作為研究探討之對象，下冊則以作家創作為主進行分析討論；認識原住民族漢語文學發展的重要選本，可參見孫大川主編《臺灣原住民族漢語文學選集》（評論上下卷、小說上下卷、散文上下卷、詩歌依卷）；讀者如關切戰後原住民族文學的形成，魏貽君以文化社會學與文學社會學的角度為進路完成之《戰後臺灣原住民族文學形成的探察》極具可讀性。

[2] 阿綺骨作者個人之資料，僅見其書頁介紹，因不確知其出生部落，雖然阿美族主要分布在花、東一帶，未確知前，於地圖中暫不列入。

　　上圖將臺灣以顏色區分作北（藍）、中（橘）、南（綠）、東（紫紅）等區塊，圖上的作家大多已有出版品，其中少數作家作品出現在選本或得獎作品集中，這類的書寫者，多半也是深具潛力的 70 後或 80 後寫手。本文中主要探討的對象，在圖中以紅色標示，他們正是原住民文學 70 後具代表性的新生代作家。這些作者的寫作特色，以及他們在當代原住民族漢語文學發展歷程中所具有的意義，以下即分別從書寫主體的獨立性：在隱與現之間的民族身分；書寫主題的延展性：在收與放之間的文化再製；書寫表現的豐富性：在形與意之間的文學創造等面向入手，觀察這群新生代作者在寫作表現與傳達出的「原色」。

## 二、書寫主體的獨立性：在隱與現之間的民族身分

　　70 後原住民作家群中的寫作與他們的父執輩，甚至是 Vuvu 輩的作家群相較，彼此間是否具有「本質」上的差異？換句話說在當代原住民漢語文學發展的現況中，以「世代」的概念進行對原住民作家作品的認識，是不是有效的？在魏貽君《戰後臺灣原住民族文學形成的探察》一書中的第六章〈原住民族文學的建構運動與典律形塑〉[3]裡，將原住民作家以 1970 年代作主要斷限，從其進入文學場域的方式、寫作風格與年紀，區分爲「前原運世代作家」、「原運世代作家」以及「山海世代作者」。在論述中進行有效的區別，雖然不易，但仍非致命的難題，但在現實中，當里慕伊，阿紀的第一本著作《山野笛聲》在 2001 年問世時，已遭學者問道：「這樣的作品，可以說是原住民文學嗎？」，那麼 2002 年阿綺骨出版《安娜・禁忌・門》[4]，應可爲上述提問，作有力的回應。

　　在《安娜・禁忌・門》裡的主角「韓」，是一個安靜沉默的少年，

---

[3] 參見《戰後臺灣原住民族文學形成的探察》，頁 303～332。
[4] 臺北：小知堂文化。2002 年初版。

同學還常笑他是「娘娘腔」。他有個和他一樣安靜的母親，最常對他說的話是「你爸爸從來不會……」或「你爸爸最喜歡……」。「韓」因為一個偶然的機緣，遇見了「安娜」，安娜是從他房間衣櫥內，一扇門裡出來的人，她的出現，把韓捲進了父母的愛恨情仇中……」。

　　整篇小說裡的主要角色，母親、父親凱、安娜、韓，除了那位短暫與韓交會過的少女薇薇，在小說中帶了一點溫柔光明的色調，其他人都像是生命找不到出路，或根本就不需要有路的人。母親是為了丈夫凱而活，兒子韓也只是父親「凱」的替代品，然而韓一心愛著媽媽，只希望她看著她時看到的是自己「韓」，不是爸爸「凱」。明明爸爸早已不在中了，媽媽卻還仔細打掃住家的一切，等著爸爸回來。而爸爸明明對媽媽冷漠甚至惡行惡狀拳腳相向，媽媽卻一逕只說著爸爸的溫柔體貼。在韓的記憶中，爸爸甚至曾經這麼對待過他們母子：

> 我小時候，曾擁有過一個塑膠游泳池，那是我外公買給我的聖誕禮物，而父親送我一條蛇，就放在我書桌的抽屜裡，它差點要了我的命；他在我游泳的時候，把一隻死貓丟進我的專屬泳池裡，不知情的我一直到水被染紅時才發現那隻死貓的存在，現在想想還真噁心，因為我當時還不知情的喝了幾口死貓水。
>
> 還記得有一次，不曉得什麼原因，他抓起母親的頭髮，在她臉上猛打巴掌，還不停的罵著「婊子」、「妓女」。身為做丈夫的與做父親角色的他並沒有手下留情，他燃燒著憤怒的巴掌把母親的嘴角和鼻孔打到流出了血。而母親也沒做任何反抗，就只是接受事實般的放鬆全身，讓父親在他身上發洩著怒氣。她看起來像個破爛娃娃。
>
> 我很害怕母親會這樣被打死。我放聲大哭，父親轉身對著我大吼：「韓！給我閉嘴」。
>
> 他大步的邁向我，揮了我一拳，但我卻沒有停止哭泣。

「我叫你閉嘴！」

父親一把將我抓起，我感覺我的身體被他凌空的提了起來。

他就這樣一邊叫罵，一邊像是抓兔子般抓著我頸後的衣服，把我給提到了浴室。我的頭被他壓進裝滿水的浴缸。我掙扎，卻不敵他的力氣。就算隔著水，我仍然聽得見他的叫罵聲。[5]

　　整個場景在描寫「家暴」：憤怒的父親、無助的母親和驚恐的孩子。這是什麼樣的家庭，會出現用這樣的方式來表達夫妻、母子與父子之情？父親視妻子為「婊子」，那父親對母親而言又是甚麼角色，是嫖客、流氓、無賴，顯然母親不是這樣想，所以她的眼裡才看不到孩子韓？父親對孩子不論是一條蛇或是投進泳池裡的死貓，都是一種毫不留情的「作弄」，這又是出於甚麼心理？至於孩子因為看到父親對母暴力對待而生的恐懼和哭泣，最後父親決定是將孩子的頭壓進了注滿水的浴缸裡……。在阿綺骨的這篇小說，正是充斥著這類激烈的場面和激切的感情，表面上看似平靜無波的生活，翻開來的生命底層，都是帶著命運中無能為力的重創，從親情到愛情都是如此，愛人的不被愛，相愛的不在一起，不愛的卻又非得綑綁在一塊兒。

　　而小說中的安娜，像是唯一的自由人，她完全不受規範束縛，百無禁忌。某天，她來到了韓的房間，然後她和韓上床，嘴裡說的卻是別人的名字（其實是韓的父親凱的小名）。當有一天韓質問他為何要和他上床時，她說：「我想」。韓接著問：「只要你想，就可以嗎？」安娜的回答是：「嗯」。在兩人一來一往的詰問中，安娜舉例子要韓去掉許多「人類的框框」，不論是貞操、名字或道德，而在他們兩人的問答裡，韓雖然難以苟同，卻似乎也很難辯駁：

　　……「我覺得，道德是某個人類忽然癲狂的念頭，也就是創世以

---

[5] 參見阿綺骨《安娜‧禁忌‧門》。頁31～32。

來第一個想要自我設限瘋子發明的東西。」

「瘋子？」

我一點也不明白安娜到底在說些什麼。是年紀的差別？還是環境因素？

說到這，我才徹底明瞭到我一點也不了解安娜。其實這也是事實，我打從一開始就不了解她。不過說穿了，這世界上又有誰能完全了解一個人呢？我們甚至連自己也不了解。

「嗯。就像頭一個想穿衣服的人類一樣，選擇了自我設限，再將這個癲狂的念頭像是傳教似的引誘人信服；於是乎形成了一股強大的力量，這股力量設限全人類的思想與行為，人人皆因道理觀而生存於框框之中。道德的出現引進了宗教與律法，於是人類的本性被剝奪，人的本能因而因而受到限制。」

「可是倘若人心失去了道德，人潛在的破壞性就沒有了束縛，人心就會瘋狂，世界會被瘋狂的人性所毀滅。」

「倘若失去道德人便會變得瘋狂，這也是天成的，這個宇宙創造我們便是給予我們這種能力，我們何必去壓抑？若是人的過度瘋狂是不為宇宙所接受的，宇宙便不會給我們這種危險的天性；宇宙創造事物一定有他的牽制在，只是我們從未瘋狂過，不會明白牽制我們的會是何種東西」[6]。

安娜這麼和韓侃侃而談她認爲的「人類的本性」，能輕易看見這些想法在她腦子裡已自成了一套合情合理的說解，韓的「道德」（保守）在此是毫無招架之力，他只能聽著她說這些他不了解的言論，然後用誰都不了解誰，甚至連自己也不了解自己這樣的話來自我寬慰。

韓的困惑和安娜的篤定在這裡成了一組鮮明的對比，韓原是爲了要讓安娜能看到自己是韓，不是別人，事實上安娜卻讓誰都看不清自

---

[6] 參見阿綺骨《安娜‧禁忌‧門》。頁97～98。

己。「安娜」的這個形象，在原住民作家的典型書寫中簡直就是「異類」，是真正的「離經叛道」者。但她出現在阿綺骨的小說中，似乎很合情合理，她原是凱的青梅竹馬，因為韓的母親介入，這個對凱懷抱著「純粹的愛」的女子，為了愛，不顧一切設計拆開了安娜和凱這對情人，結果因此出現了兩個破碎的家庭，當安娜重回凱的身邊，凱在殺死安娜的丈夫後自殺。小說中處處都是「非如此不可的命運」以及「無可挽回的事件」，這個絕望的結果，還是建立在一種「日復一日重複如環狀結構不斷重複」的現實，如韓在最後反覆的提問：

> 若是把罪推給某個人我們就能獲得重生的話，那我們能不能把罪全數推給命運？我們能不能把罪推給命運中齒輪錯誤的轉動？我們能不能？
> 我們能不能把所有錯誤，都推給那所謂「命運」裡，一個又一個相互連結再連結的「環」？
> 我們能不能說完：「每一段全新的開始全都是延續著舊有的節奏。這是一段又一段重複上演的故事。這該死如環狀結構般的現實世界。」之後便心安理得的過完我們接下來的日子？我們能不能？
> 我們能不能就這麼以為：「這個宇宙的組成就好比一個又一個的環，一個關卡連結著另一個關卡，一個事件引發了另一個事件，一扇門後等待著的又是一扇門。開啟後關上，然後再度開啟，重複著開啟再關上再開啟的動作。這多數都不是全新的開始。」然後藉此逃避，然後自我欺騙，然後自我安慰，然後把這一切都視為「不得已」？
> ⋯⋯
> 我有什麼力量？
> 我掌中僅存著的，只是無止盡的空洞。

　　而空洞的盡頭，還是無止盡的空洞。[7]

　　韓的每個問句都很真實，說明也很有力，當他找到「環」的比喻，緊緊扣住故事中人各自的命運，這一切便都天衣無縫的結合起來，成為人的命運？韓還用了「罪」這個字去探問母親、父親和安妮的人生，這些「大人」若都有非如此不可的理由，作為孩子的韓又「何罪之有」？偏偏命運中齒輪開始了「錯誤的轉動」，每一個全新的開始是延續著舊有的節奏，韓就出現在這齒輪轉動的序列中，他「正好」是父母「無可挽回的錯誤」，不是他們「愛的禮物」。韓掌中僅存的空洞裡，不只是無止盡的空洞，還有看不到空洞盡頭的虛無與絕望。

　　阿綺骨《安娜‧禁忌‧門》是在原住民文學中極少數同時表現出一種殘忍的生活、黑暗的人性和絕望的人生的「黑色小說」。很多原住民作家擅長寫底層同胞的苦難，但「苦難」通常可以轉化成一種「苦中作樂」的自嘲，就如拓跋斯‧塔馬匹瑪小說中的角色人物；或是如瓦歷斯‧諾幹的文字有「打落牙齒和血吞」的溫柔與剽悍；再或即使出現了真正的絕望與墮落，周圍還是有希望與光明，如同莫那能的詩作，他的作品無論有多少的悲憤與眼淚，字字句句都在燃燒一股熱情，要穿透命運的擺弄。在阿綺骨的小說裡，雖然一樣充滿了熱情，甚至是激情，愛的如此濃烈又絕對，恨的是如此的爆烈與徹底，結果有愛有恨的人全都成了「無情無愛」之人。作者在書中幾乎是完全不留餘地的將「人類」可能創造的可貴價值都搗碎了再重來，只是重來的是什麼？卻是一個連接一個的環，是那關上開啟再關上再開啟的門，最終正是一個無休止的「空洞」過程……。

　　阿綺骨在 2002 年寫了這篇「非典型之作」，距 80 年代中期原住民當代漢語書寫蜂起的時期相去並不遠，學界留意到此作品的存在[8]，卻

---

[7] 參見阿綺骨《安娜‧禁忌‧門》。頁 181～182。

[8] 在 2003 年董恕明《邊緣主體的建構－－臺灣當代原住民文學研究》的博士論文僅將此書放在參考書目中，到 2007 年學者楊翠在「2007 臺灣文學與文化跨界研究－－當代臺灣

不特別談論它的主要理由應該是，若不是在作者簡介中提到她的「阿美族」身分，全書幾乎看不到「所謂阿美族」（族群）的痕跡，這種「民族符號」的不可見，對於「原住民文學的基本樣貌」，顯然是一種「歧出」，卑南族學者孫大川認為：「將『原住民文學』的界定，扣緊在身分（indentity）的焦點上是極為正確的，我們認為這是確立『原住民文學』不可退讓的阿基米德點」[9]。所以在這個身分基點上的「作家」表現甚麼與如何表現，阿綺骨的作品應是展現了作者創作的自由，她寫她想寫的，不是寫別人期待的「某一族作品」。換個方式說，與其我們要期待的是某種「原住民的寫法」，或者更應思考的是「原住民的讀法」？亦即原住民族作為民族、階級、性別上的少數、邊緣、弱勢與底層的「異質性」，可以放進我們閱讀的視角，形塑出一種認識世界的方式（途徑）？阿綺骨出版《安娜・禁忌・門》時年僅 19 歲，這樣一個處在青春年華的少女，她的作者簡介如是說：

> 網路化名土狼／純種阿美原住民／母的／擁有新聞臺與報臺／……／天馬行空亂亂想用手指進行猥褻文字的動作／喜歡一個人出門被寂寞強將覺得很爽／……／性別概念缺乏／性別不確定算是一種病的話就是雙性戀患者／有嚴重睡眠障礙不知道算不算是患了失眠症／決定 40 歲便去自殺／進精神病院是最大目標／想成為殘忍的人卻覺得好難／想擁有一間酒吧以度過自我解決前的人生／……／一天打出來的字也許是說出來的話的三倍以上／……／喜歡全部死光光電影／聽世紀音樂跟輕音樂跟重金屬跟搖滾／鍾情瘦高抽菸樣子很有有味道的男人當然至少超過 170／日夜顛倒混吃等死

女性理論與臺灣實踐」暑期研究生研習營中的「臺灣原住民女性文學」講綱已納入此書，作為具體討論分析之對象。

[9] 參見孫大川〈原住民文學的困境——黃昏或黎明〉，《山海文化創刊號》，1993 年 11 月。頁 100。

　　以上所言若非虛言，阿綺骨和她的作品即是一「真實的存在」，因此也是我們無法無視的「原住民文學」面貌之一。

## 三、書寫主題的延展性：在收與放之間的文化再製

　　80後阿綺骨的作品如若已挑戰與解構了「典型的原住民文學」，70後乜寇・索克魯曼《東谷沙飛傳奇》則是進入「民族素材」中沉潛、悠游、發想、實踐，進而重整、拼貼、翻轉與再製了Bunun（布農）此一「民族」的形象與靈魂。這部小說由《魔戒》得到啓發，卻又是立基在作者生長之地——望鄉部落，一個打開門便天天可以見到「東谷沙飛」（即玉山）的地方。乜寇撰寫這部小說花了兩年時間，彷彿是用他的「此在此生」回答布農對他的召喚，不論是從奇幻的「魔戒」到實存的「東谷沙飛」，是傳奇，是小說，更是乜寇筆下布農文化的「真實」。如同他在2013年於臺灣文學館與臺南市政府民族事務委員會主辦的「文學作爲實踐祖先話語的途徑」原住民文學論壇手冊中如是寫著：

　　遲至2008年我才推出我的第一部小說創作《東谷沙飛傳奇》（印刻），這　是一部我個人號稱是臺灣版的魔戒小說，主要原因是我是受到電影魔戒的刺激產生創作的靈感，二方面自己也長期在部落致力文化工作，採集了許多的部落故事，「小說」成為我表達我所思所想的一種方式，也就是透過文學的寫作表達我所認為的Bunun（布農）民族為何？我個人認為這部小說有幾個特色：其一、它是臺灣文學界中罕見的奇幻文學創作，並且係完全以臺灣原住民布農族世界觀想像為元素的創作，寫就一個古老遙遠的Bunun神話傳說世界，與魔戒最大的不同在於，魔戒是架空的中土世界，我則是有血有肉的「東谷沙飛世界」；其二、一個自主

且強烈的 Bunun 空間意識的展現，小說的地理空間其實是由筆者
之家園部落所延伸的整個環境世界，乃至於臺灣，然而卻是從
Bunun 的語言命名切入思索，如「東谷沙飛」（Tongku Saveq）即
是臺灣第一高峰「玉山」，「拉蒙鞍」（Lamongan）即是指「臺灣」
等等，展現布農族的臺灣；其三、強烈的 Bunun 語言意識，「語
言即世界」的表現在本書表達的非常極致，透過中文與 Bunun 語
言相互的翻譯、詮釋，解放了 Bunun 的語言世界，讓中文世界的
讀者可一覷如何是 Bunun 的世界！[10]

　　乜寇和他的前輩作家霍斯陸曼・伐伐相較，伐伐是擅長將布農傳
統文化「故事化」的作家，如他的代表作《玉山魂》，即是透過孩子
從出生到成年的養成過程，一一按時間先後次序把布農族傳統文化中
對於人、自然、生活儀節、歲時祭儀……等「什麼是布農」的具體內
涵，羅列在事件中推衍鋪陳，因此與其說他在寫小說，不如說他是運
用了小說最原初說故事的形式在傳述文化。乜寇則是如他對《東谷沙
飛傳奇》的自述，他確是一位善用小說文類思考的人，他不只將真實
具體的文化敘事奇幻化，同時也清楚認識到小說對於人物、事件、情
節、結構、主題……要如何組織編排，方能使閱讀長篇小說的讀者「欲
罷不能」。《東谷沙飛傳奇》這部類形化小說的主結構是以殞落始，以
重生作結，而使此一結構完整的關鍵，便是月亮之子普彎要完成身負
的使命——消滅火魔，守護聖山東谷沙飛。普彎在救難解危的歷程
中，遭遇各種災難與試鍊，逐步使他成為一個「真正的布農」。角色
人物除了在「歷險」中成長，作者同時透過對布農文化的再現，為普
彎的內在生命灌注文化活水，從小說中隨處可見的神話、傳說、故事、
典章到祭儀、祭司、神鬼、萬物精靈……，都構成了「有血有肉的『東
谷沙飛世界』」，如乜寇在小說中對「巴西布特布特」的描繪：

---

[10] 參見臺灣文學館「文學作為實踐祖先話語的途徑」原住民文學論壇手冊（2013・9.14-15）。

主祭司呢喃著模糊的祭詞，有一群年輕的男女提著木杵在祭場邊咚咚咚地擊奏杵音，圍繞著祭火的人們同時慢慢地往右移動，速度緩慢但有規律，一直到眾人呼吸一樣，心跳一樣，此時黑夜取代了白晝，滿天的星斗猶如明亮的琉璃珠般灑在無盡的夜空上，地位崇高的耆老烏馬斯開始領唱山林野地美妙的旋律，那是屬於土地的歌聲，伴隨著土壤的芬芳，耆老烏馬斯吟唱的時候，人們也同時思想屬於自己的音域，於是有人接著唱起了風的歌聲，這之後有人唱起了流水的歌聲，接著又有人唱起了下雨的歌聲，有人唱起了瀑布的歌聲，有人唱起了地殼震動的歌聲，有人唱起了閃電的歌聲，有人唱起了火的歌聲，有人唱起了森林的歌聲，有人唱起了各類動物的歌聲，有人唱起了各類鳥兒的歌聲，有人唱起了各類蛙蟲的歌聲，有人唱起了各類花兒的歌聲，沒有規定要唱什麼，或怎麼唱，但按著各人的生命音域吟唱來自宇宙天地各類存在生命的吟詠，時而低吟沉悶撼動大地，時而高亢宏亮攪亂夜霧，音域之間互不干涉、互不衝突，反而彼此相擁，互為彼此；這首祭歌喀里布鞍人稱之為〈巴西布特布特〉，或稱為〈天地頌〉，以宇宙各類存在生命的歌聲來頌讚天地的榮美[11]。

對非布農族的族群而言，「八部合音」[12]應是布農族極具代表性的文化之一，這在乜寇的描寫中，不是「八部」在音樂學上唱起來有多麼的不容易，而是經由這一形式與內涵傳達出族人是如何「以宇宙各類存在生命的歌聲來頌讚天地的榮美」。族人在耆老烏馬斯的領唱中，依序找到自己在天地萬物中所能「參與」的位置，「音域之間互不干涉、互不衝突，反而彼此相擁，互為彼此」。在樂音中的眾聲諧和進退有

---

[11] 參見《東谷沙飛傳奇》，臺北：印刻。2008，頁 56。
[12] 「八部合音」這個語彙對布農族人而言，遠不如「巴西布特布特」的文化意義。

據，正如同天地對待萬物的尊重與包容，族人唱出自己聲音的同時，要聽到別人，別人與自己能互不干擾，卻也要彼此相擁融爲一體。人是在萬物之中發現肯定自身，不見得要「首出萬物」進化爲「萬物之靈」之後才能稱爲人。乜寇在小說中不只一處描繪到「巴西布特布特」，這一祭儀不僅是布農文化的實錄，更是在文本中有極大解釋力的文化隱喻。

　　除此而外，乜寇將神話、傳說、故事化作小說裡的事件、情節和結構，推動主人公等「消滅火魔，守護聖山」的歷程，「說故事」便不是爲要記錄一則故事，是意有所指，如作者說到：

> 根據喀里布鞍人沙目板曆上的啟示，以及傳承自古老年代聖山東谷沙飛祭歌的傳述，後人可以確知的是在世紀大洪水氾濫以前，整個世界原只是一塊大陸地，沒有海洋，人稱拉蒙鞍大陸，或古拉蒙鞍，意為「藤蔓覆蓋於灌木形如斗篷，造成天然遮蔭之地」，也有人會稱它為邁亞桑，意思是「曾經的家園」，或「故鄉」；彼時在古拉蒙鞍的心臟地帶，有一座直直插入天地的高地，那是唯一的最高的地方，是世界的背脊，為大地頂住了天宇，不讓天空壓下來，古時人們稱之為蘇入幹，意思是「突出之地」，因為那個時代尚未有山的概念，只能說它是突出的地方。
>
> 關於蘇入幹，有如下的傳說：
>
> 世界形成初始，天與地是緊緊地貼在一起，太陽、月亮與星星都只在人的上頭而已，有一天出生了一個男孩，天生是個巨人，每天每夜都在快速地生長，人們叫他為蘇入幹，因為他是最突出的人，蘇入幹被天壓得很難過，於是就每天每天用力地將天往上頂，天空就這樣離地面越來越遠了，一直到蘇入幹死後依然是頭頂著天空[13]。

---

[13] 參見《東谷沙飛傳奇》，臺北：印刻。2008，頁 225。

從以上的敘述，乜寇用「喀里布鞍人沙目板曆」和「傳承自古老年代聖山東谷沙飛祭歌」稱「世界」初生之貌為「拉蒙鞍大陸」（或古拉蒙鞍），其意是「藤蔓覆蓋於灌木形如斗篷，造成天然遮蔭之地」，同一處亦稱「邁亞桑」，意指「曾經的家園」，或「故鄉」。這兩個地名一從形態樣貌，一從人與地方的關係命名，不論那個名稱都顯出此地作為世界與先民「初始」的重要性。其中對「古拉蒙鞍」心臟地帶插入天地的高地「蘇入幹」這一「突出之地」，作者更引述「傳說」證明其由來：「蘇入幹」本是一位天生的巨人，他因日夜生長而「被天壓得很難過」，於是「每天每天用力地將天往上頂」，至死都「頭頂著天空」。藉由傳說，世界最初的形貌在此更為傳神：天與地原是緊密相貼，太陽、月亮與星星都只在人頭頂上的高度，而蘇入幹的誕生，使天地必須為他調整伸展，日月星辰也一同「升天」。蘇入幹在他化成天地之間「突出之地」的同時，不再只是一個讓天壓得很難受的巨人，還是一個為生存而從不放棄奮鬥努力的生命，他的存在等於為世界重新立樁設界，撐出了一片天。

　　乜寇貫串在《東谷沙飛傳奇》中再現、重組、拼貼與再製布農文化的用心，構成整個作品生活、思想、歷史、文化、情感與想像的深度和廣度，他在活化布農的古典與傳統之時，也創造了臺灣文學發展中獨特的視野，那是一個奠基在「有血有肉的『東谷沙飛』」的「布農式世界觀」，換言之，對一群人而言的奇幻未嘗不是另一群人的真實，乜寇恰是那位將奇幻布農化，布農普世化的轉譯者，他在最在地的素材裡，創發最「鮮美」的生命力。

## 四、書寫表現的豐富性：在形與意之間的文學創造

　　2013年布農族伍聖馨（Abus）出版詩集《單・自》[14]，這對當代

---

[14] 伍聖馨《單・自》。臺北：山海文化。2013年。

原住民漢語文學中的女性詩歌創作，應是很有意義的一件事。這三十
多年來，原住民漢語文學在不同世代作家的努力下，逐漸形成一個若
要認識臺灣在社會、歷史、文化、自然……的多樣性，就不能忽略的
窗口，而伍聖馨的詩會為這扇窗加上一點或減去一點什麼？首先是詩
人的創作，再次凸顯了─寫作是作家「自己的事」。長久以來，對於
原住民文學「究竟為何」的討論從不曾間斷，論者花了不少時間為原
住民文學「應該是什麼」，做了種種細緻的區辨釐清，彷彿原住民文
學經過如此這般嚴密謹慎的論述、規範、定義後，作家自此就可按表
操課，讀者便能按圖索驥了。文學的萌發興替若像報表帳單，未嘗不
可，但為什麼我們只能選擇這一種，而不是別的樣式？在〈誰〉[15]中，
伍聖馨寫著：

> 莎士比亞說：我就是我
> 而我說：我是誰？
> 因我無法是浪漫主義覺得的　我應該存在
> 也無存於現實主義的　我就是存在
> 其實我嚮往巴洛克那種華麗詭異頹唐
> 但我卻連邊也沾不上
> 我只能說：我不是我
> ……

同樣問起誰是誰的還有讓阿淥‧達入拉雅之，他在〈你們說的是
誰〉一詩中是這麼寫的：

> 牛樟樹這麼說著
> 有一位老人走到森林裡

---

[15] 伍聖馨《單‧自》。頁 177～179。

鐮刀還留在那裡忘了帶走
相思樹這麼說著
有一個鐵橇放在水源地已經很久了
不知道是誰的

……

Rutjamkam 祖父抽著菸斗愜意地坐在砌石之上
路上的草是他除的
Ljiuc 祖父咬著檳榔　頭上綁著毛巾
屋瓦是他幫忙做的
ljemavam 祖母和 maljeveljev 姨媽包著檳榔乾
ljamilingan 姨丈正在除去他褲子上的擾人草

你們說的是誰[16]

　　作者在書寫的世界，上友古人或與同代人往返對話，是極自然之事，而「誰是誰」、「誰是我」、「我是誰」、「我不是誰」……，這是每一個對生命有追尋、有期待、有疑惑、有想法、有……都會觸碰到的問題，聖馨的詩是在追問任何一個「可能的我」，而讓阿㳛則是讓我們很具體的進入了「誰與誰」能形成的「歸屬」，萬事萬物沒有無意義的存在，只有有意和徹底的忽略與漠視，方會使人不再覺察體恤「人／我」的份際。讀者不見得都能在詩人的探問中找到解答，但卻可以透過詩人的心眼，重新照看人世間究竟有那些是真正屬於「自己的事」。

　　若自己的事的確是重要的，作家也會把「別人的事」視作「自己

---

[16] 參見讓阿㳛‧達入拉雅之《北大武山之巔──排灣族新詩》。臺中：晨星。2010年出版。頁21。

的事」。

在 1987 年吳錦發編選《悲情的山林──山地小說選》中，主要收錄有布農族作家田雅各（拓拔斯・塔瑪匹瑪）的初生之作，而其他則多爲漢人作家以原住民題材撰寫的作品。在此選本中，是編者也是作家的吳錦發，很平實也很懇切的表達出他編選此書的立意，除了因爲是好作品，同時也潛藏了一種屬於「漢人的原罪」，這種心情（心事）對 21 世紀的讀者們，還具有意義嗎？換句話說，爲什麼作家會有這樣的盼望，盼望著我的喜樂與你同享，你的悲傷與我同擔？詩人在〈隱〉中是這麼想的：

我是風箏厭煩那風的吹送
我是搖晃欲念的荷葉，汲取一滴露水的眼淚
我是綻放的桔梗，放肆渲染憂鬱的顏色


有一天
急風將風箏的長線剝去
荷葉被埋葬在塵土裡
花瓣的顏色在綠萼下也會悄然黯淡凋落
這一天
請接受
它們的隱
並掉落一滴水珠的悼念[17]
……


詩人用（問）世可以溫柔婉約，含蓄蘊藉，當然也能有沙力浪這般

---

[17] 伍聖馨《單・自》。頁 70～71。

的迅猛簡潔，鏗鏘有力，如他的〈三合一〉[18]：

　　自調的三合一
　　米酒、咖啡、國農

　　混入後世界（tastudalaq[19]─kinuz[20]）、後部落（asang─kinuz）
　　後物質主義（qaimangsut[21]─kinuz）、後福特主義（vudut[22]─kinuz）
　　後現代主義（laupaku[23]─kinuz）、後卡拉 OK（kalaOK[24]─kinuz）
　　調製成　混種性的酒

　　萎縮在邊陲的花蓮
　　吐出混種化的穢物

在這繽紛多姿的世間，人會不自覺的想找尋自己的位置，同樣也會期
待人與人（萬物）能「真正的相遇」，在相互摸索、試探、了解的過
程中，會冒出種種因為無知、自信、自負……而生的苦痛挫折，也難
免不會因為自卑、自欺、自憐……而錯過天地間諸多盎然生機，甚或
正是因著真實的「墜（醉・罪）入」而「後」於一切？後於所有正在
前進中的各式人間謬誤。每一個生命不論是面對雨露風霜或光怪陸
離，正是因著曾經深刻經歷「混入」與「凋落」的「隱」（癮），才成
為如今這一個豐富且可貴的人。
　　作家從自己的事到別人的事都能無役不與，他同樣也可以「無所

---

[18] 參見沙力浪・達岌斯菲萊藍《笛娜的話》。花蓮：花蓮文化局。2010 年。頁 25。
[19] 布農語世界之意（作者原註）。
[20] 布農語後、最後、跟隨之意（作者原註）。
[21] 布農語東西、物品之意（作者原註）。
[22] 布農語音譯福特之意（作者原註）。
[23] 布農語現在、當下之意（作者原註）。
[24] 布農語後卡拉 OK 音譯（作者原註）。

事事」，只要捕捉住世界曾對他展現出的美，如〈寧〉[25]：

> 人生風景聽過多少？
> 我只聽過
> 錫鐵人體會那顆善良的心
> 獅子提起勇氣繼續走下去
> 稻草人珍惜那經歷多事的智慧
> 而陶樂絲終於從虛幻回到現實
>
> 現在的我
> 沒戀上一個人卻愛上整個人間
> 沒戀上濃郁的酒卻愛上清澈的水
> 沒戀上思念卻愛上回憶
> 這很好的
> ……

走過一幕幕人生的風景之後，換來心靈的澄澈和篤定，也有景物的瞬間定格，讓人走進景中，如同〈霧頭山的霧〉：

> 夏雨洗淨了滿佈的烏雲
>
> 潔白的雲出現在遠方的天邊
> 佩掛在霧頭山的頸項上
> 乘著
> 徐徐的山風　輕撫髮膚
> 清晰的詩意　油然唸起

---

[25] 參見伍聖馨《單・自》。頁 199～200。

> 眼睛看見的不是景
> 而是景色裡的我被綿綿白雲
> 框住[26]

生活裡的常情常景小情小愛無處不在，在原住民作家的筆下，本也有它從容自得的一面，不過身為一「原住民」的種種實存之境，往往也使得這種尋常日子中稍縱即逝的「小確幸」，在「民族文化」的大纛下隱而不顯，或是顯而不表。作為一個「原住民」如果沒有控訴、抗議、悲情……，他似乎就不能證明「他自身」存在的價值與意義，然而，文學的表現何以「只能如此」？就像在原住民作家群中有高知名度的撒可努，在他的作品裡固然不乏描寫童年生活因貧困而生的窘迫與苦難，但他寫的更多的是長者的智慧與慈愛，以及孩子的天真與單純，例如他在〈外公的酒〉[27]中的發現：

> 外公開始加入他們的酒團和戰局。「撒可努你去那邊玩。」外公指了一個地方。我去到了「那邊」，可是真的沒有什麼好玩的，所以又走回去找外公。對著外公說：「那邊什麼都沒有啊！」
> 「你就自擬己跟『那邊』玩嘛！」
> 每每跟著外公，外公總是要我自己去玩，跟自己玩久之後，因而讓我玩出自己一個人可以玩的方法，所以我會像外公酒醉時一樣，可以對著石頭、樹、空氣、雞、鴨亂說一通，想像他們都是我的好朋友。有時候一個人玩累了，就會跑去趴在外公的身上，外公知道玩累的我想睡了，他會將自己的身子往前後或是往左右的搖晃，我的身體就隨那熟悉、喜歡的節奏，很快的就在外公的

---

[26] 參見讓阿淥‧達入拉雅之《北大武山之巔──排灣族新詩》。頁59。
[27] 參見亞榮隆‧撒可努《外公的海》。臺北：耶魯。2011年。頁92～100。

身上睡著了。

……

原來喝酒是一種完全的寧靜，外公喝酒像小孩一樣，可以沒有任何的顧慮，像穿越了歲數的城牆，一直跟我說「外公很愛你」，酒後回程的路上騎不到家，我們就睡在路旁，他將睡在路旁的床鋪好，很舒適很溫暖，他抱著我，在冬天冷的夜晚，用酒後他燙燙的身體給我保暖，又有時候拿出口袋所剩的零錢叫我去買喜歡吃的東西。我愛死了喝酒的那個阿公，他會變得很溫柔很浪漫沒有勉強、沒有不可以，只有烏威、烏威、烏威（好的、好的、好的），這完全跟我的父親不同。慢慢的我開始發現，外公和父親喝酒的樣子是不一樣，我深刻的體會到酒沒有問題，有問題的是人，不是每個人喝了酒後都會大吼大叫、亂踢亂槌、大聲怒罵和亂了性子[28]。

原住民與酒的關係從人類學到社會學的討論不一而足，而撒可努在「外公的酒」裡的體會，則是非常的「生活化」和「人性化」，是有血有肉，有溫度有情感的「實存實在」。拋開各種在學理上的高深宏旨，長大以後的撒可努選擇了外公的喝酒方式，也有了他自身的體悟：

多年以後，酒的那個醉，讓我不斷的穿越找到、回到和看見酒，乾淨的醉，原來是那麼的接近純粹的自己[29]。

若說大江大海波瀾壯闊的風雲變幻，起伏開闔驚心動魄固然澆人塊壘，然而每一個生命都有她（他、牠、它）非到此一遊不可的理由，無論是虛實幻夢，或沉重或輕盈，或工筆或寫意，都是作家心上點起

---

[28] 參見亞榮隆・撒可努《外公的海》。頁 96～99。
[29] 參見亞榮隆・撒可努《外公的海》。頁 100。

的小小燭火，有時溫暖有時啓明，有時甚至還可以只是在天地，無晴無雨，好好呼吸。

## 五、結語：文化不息，青春永駐

　　綜觀 70 後原住民新生代作家的寫作確是原 young，也是原樣，青春中的叛逆與老成、單純與繁複、傳統與現代、理想與現實……無一不是這些作家筆下一頁頁獨特的景緻，他們有各自獨立的面目神采，其實也有來自部落民族的浸潤習染，正像「布農文學」已非「虛設」，而是有一不同世代與文類書寫的創作者形塑建構[30]；泰雅族的作家在瓦歷斯‧諾幹、里慕依‧阿紀之後，出現了另一全才型的作者多馬斯，他從散文寫到小說，小說寫到詩，詩再到評論，無一不能寫，也逐年寫出了佳績，他的「少作」《北橫多馬斯》裡的散文，像是對瓦歷斯《永遠的部落》遙相致意。在描繪部落生活中的片段場景，他也會適時帶出一點「番刀式的幽默」，如部落裡失業陣線聯盟的盟友在聊天，話題原本聚焦在一位年輕貌美的小學女老師，突然有人話鋒一轉，提到了隔壁部落尤幹的遭遇：

　　突然其中一個人打斷了所有人的畫面，他說：「隔壁部落的尤幹，被警察抓起來了，聽說要被關還要被罰十幾萬」我說：「為什麼！」「尤幹打到一隻保育類的飛鼠，回來被人家報案」嚇到，當場在喝酒的人臉都比肝硬化的人還黑，我旁邊的人馬上生氣的說：「什麼連飛鼠也保育類，山羌跟水鹿也都保育不能打了，乾脆把原住民綁在樹上讓他們打好了，到底瞭不瞭解原住民的生活」有人跟著說：「一下保留地，一下國家公園，一下保育山上野生動物，一下封溪保護魚類，原住民到底算什麼，有沒有尊重我們是人！」

---

[30] 參見魏貽君〈第九章　「布農文學」的形成及構造的初步考察〉，《戰後臺灣原住民族文學形成的探察》。臺北：印刻。2013 年出版。頁 411～451。

我看著逐漸升高的分員，腦海裡面的女老師收起甜美的笑容，穿起後重的衣服消失的無影無蹤，大家臉色凝重的看著桌上那一盤昨天剛射下來的飛鼠，每個人的心裡，都有說不出的沉重[31]。

生活裡有明月清風，有閒情逸致，也始終存在著一種因掌權立法者「無視差異存在」的挫敗感。當然同時也不乏族群內部的「錯置」與「誤會」，如：

大家都是同胞無須對自己人這樣嘛，因為泰雅族人走到漢人的社會，無論是外表輪廓漢人看到我們都是山地人，不會因為工作是公務人員會把你當做是閩南人或客家人，不過也會有看錯的時候，他們會把你看成外勞倒是真的，我有一次到 7－11 買東西，店員竟然比手劃腳跟我講英文，嚇到，我立刻用臺語跟他講：「挖洗臺灣狼（我是臺灣人）」[32]

發生在生活中這類尷尬的情境，合該也反應了臺灣的鄉土不論有多麼正港的「本土」，臺灣的文化不管是多麼燦爛的多元，即使「我們都是一家人」說得唱得很好聽了，人我之間終還是有很真實的限制，不論那是我們的偏見、盲見或不見，我們總要在這底層之人的生命中，學會看到聽到，學習認識與欣賞，尊重與容忍，最終是同情與理解：

世間的烽火從不曾為誰暫歇，而青春正在霜雪的
天地發芽，奮力拔高，彷彿群星垂下眼來，照見
盲者的行路。悠悠揚起的弦音，翻過重重的時光
盤桓在每一株低垂的稻穗上，歡歌如秋。

---

[31] 參見多馬斯《北橫多瑪斯》。桃園：巨侖美術。頁 77～78。
[32] 參見多馬斯《北橫多瑪斯》。頁 80。

誰來的如此溫柔，如此輕盈，如無聲飄落的
葉，日日老去也漸漸長大，輕拂著歡樂的人們，
醉臥在他的懷裡酣眠，如夢如詩如酒的豪壯！
闔上暗夜翻開黎明，獵人的慓悍和動物的逃竄
在山林田野間交織著生的歡愉，死的憂傷，秋是

一滴淚，在睡眼迷濛的曙光中醒來，歌唱這
世界啊，請彎下腰來撿起那朵未歸的雲，回家
療傷，彷彿只是在身上作畫[33]

---

[33] 參見董恕明《纏來纏去》。臺北：新地。

# 參考書目

## 一、作家作品

- 乜寇・索魯克曼《東谷沙飛傳奇》，臺北：印刻。2008 年。
- 乜寇・索魯克曼《Ina Bunun！布農青春》。臺北：巴巴文化。2013 年。
- 多馬斯《北橫多瑪斯》。桃園：巨侖美術。2002 年。
- 阿綺骨《安娜・禁忌・門》。臺北：小知堂文化。2002 年。
- 伍聖馨《單・自》。臺北：山海文化。2013 年。
- 亞榮隆・撒可努，《山豬・飛鼠・撒可努》。臺北：耶魯國際，1998。
- 亞榮隆・撒可努，《走風的人》。臺北：思想生活屋。2002 年。
- 亞榮隆・撒可努《外公的海》。臺北：耶魯。2011 年。
- 明夏，(禮幸・蜜薔)《她及她的詩生活》。臺北：白象，2007。
- 沙力浪・達岌斯菲萊藍《笛娜的話》。花蓮：花蓮文化局。2010 年。
- 沙力浪・達岌斯菲萊藍《祖居地・部落・人 mai-sang・aisang・bunun》，臺北：山海文化。2011 年。
- 讓阿淥・達入拉雅之《北大武山之巔─排灣族新詩》。臺中：晨星。2010年。
- 董恕明《纏來纏去》。臺北：新地。2012 年。

## 二、專書、論文

- 浦忠成《原住民族文學史綱》(上・下)，臺北：里仁。2009 年。
- 孫大川主編《臺灣原住民族漢語文學選集》(評論上下卷、小說上下卷、散文上下卷、詩歌一卷)。臺北：印刻，2003

年。

- 魏貽君《戰後臺灣原住民族文學形成的探察》。臺北：印刻。
  2013 年。

- 楊翠「2007 臺灣文學與文化跨界研究──當代臺灣女性理
  論與臺灣實踐」暑期研究生研習營中的「臺灣原住民女性
  文學」講綱。

- 孫大川〈原住民文學的困境──黃昏或黎明〉,《山海文化
  創刊號》,1993 年 11 月。

- 臺灣文學館「文學作為實踐祖先話語的途徑」原住民文學
  論壇手冊（2013‧9.14-15）。

# 講評

◎游勝冠[*]

　　恕明的論文題目爲「原 young.原樣」，探討的是 70 後新生代原住民作家漢語書寫不同於上一世代作家的特殊性，恕明本文以寫作是作家「自己的事」爲新生代原住民作家「非典型的」漢語書寫辯護，認爲不寫原漢衝突關係、不寫有異於漢人的原住民文化的典型內容，也是一種「原樣」。儘管恕明本文只是提出這一說法，對個別作家及其作品僅止於印象式、同義反覆的批評，並不能充分論証這個命題。

　　純就論述邏輯來看，我同意本文這個命題，不過把這一命題放到現實中檢視，是經不起考驗的，正如本文所論，寫作的確是作家個人的事，不過作家並不只是「個人」，他或她既是社會中的「個人」，就不可能孤立存在，他必定與其他人發生關係，而被放在一定社會「權力關係」之中，是女性就難免受制於父權社會，而遭受有形無形的壓迫；作爲原住民作家，既生存在臺灣，當然也難免和漢人發生關係，而置身典型原住民文學所書寫原漢不平等的權力關係之中。只寫個人，不寫民族苦難，不是新生代原住民作家的專利，原運興起前的原住民作家早就這樣，這種有歷史淵源的駝鳥心態只是對現實問題的視而不見，是一種逃避的態度，並不因爲不寫，就不存在或不必承受這種壓迫關係。所以，承認只要身分是原住民，寫的就是原住民文學，是學術定義的問題，合理就成立，不過這種定義如果是對現實問題的不想正視，那就很難讓人接受。

　　我任教的成大臺文系在大學部提供三名原住民學生的保障入學

---

[*] 國立成功大學臺灣文學系教授。

名額，多年來入學的多爲都市原住民學生，他們對漢文化的熟悉度原本就高於自已民族文化，讓他們在主流社會更有競爭力，這些學生積極融入主流文化，對自己的文化差異性並不太在意，也不太願意表現出來。藉此我要說的是，這些新生代作家書寫之不具民族性，究竟是像這些學生，遭到主流漢文化同化的後果？還是對上一個世代書寫的反抗，那是要仔細分辨清楚的，不同的問題就要有不同的切入視角進行考查、反省或肯定，不能在脈絡都還沒有釐清之前，就一味地肯定。

　　恕明本文想釐清新生代原住民作家和上一個世代之間的差異性，最後我也想請問恕明，作爲新生代的原住民文學研究者，你的研究和上一個世代的研究者又有何不同？是否已經超越了前輩？只一方面，據我所知，恕明是新生代原住民文學學者中唯一具原住民身分者，你這個世代的同行絕多數是漢人的競爭對手，他們漢文論述能力既比你強，多數又比你更嫻熟西方理論，你要拿什麼跟他們一爭高下？面對這兩方面的對手，恕明應該更有自覺，對自己要有更高的期許，尤其是面對後者，因爲對手是漢人身分的同儕，當中還牽涉隱而不彰的歷史詮釋權爭奪這一重大問題。

# 風中的煙火
## 安妮寶貝作品中的孤獨感

◎朱嘉雯[*]

## 一、總是在春天：愛情化為煙燼

　　愛情是滿天燦爛的煙火，而且在風中。

　　安妮寶貝曾在〈風中的煙火〉裡，透露她面對愛情稍縱即逝的悲觀情緒。「你低低的歌聲好像不屬於這個喧囂的世界。在夜色中，它像一隻流浪的鳥，飛到它可以停留的地方去。」愛人的聲音彷彿是一隻在黑夜裡漂泊的鳥，作者的詩句裡充滿了孤獨的意識。敘述者以「我可愛的孩子」稱呼情人，又形容他是「容顏如風的男人」。面對愛情，作者鋪展出她柔軟易感的靈魂，以及缺乏安全感的惆悵心境。從癡纏、追索、激烈，竟而頹敗，愛情逐漸遙遠得像一座城市，原本近在眉睫的溫暖氣息，彷彿一整個天空的美麗煙火，也曾喚起人們心底的野性與陰暗，直到纏綿如熱浪的煙火漸漸熄滅在風中，化作冰冷的煙塵，世人也許不再相信愛情，「愛情是絕望的……讓我們看完這場煙火好嗎？」文中的敘述者站在制高點上俯瞰走過愛情的塵世男女，其中也定然有她自己的身影。直到愛情的盡頭，人們也可以是沉淪在世界末日的快樂裡，只要感覺還未完全麻木，冷酷絕然和極致的無望，仍然撫慰了傷痛者的心靈。

　　愛情在生命的夜空裡乍然閃現的那一刻，已注定了它將逐漸消逝直到了無蹤影的命運，它是在風中道別的「詩人的孩子」，也是作者在心裡養育的小小寶貝。在這首小詩裡，作者最後寫道：「在風中輕

---

[*] 佛光大學中國文學與應用學系副教授。

輕牽住我的手……不要讓我看見離別。」

　　曾於中國銀行、廣告公司、網站和雜誌社等多處擔任各種工作的大陸當代名作家安妮寶貝，自 1998 年起陸續發表小說作品，題材大多聚焦在城市邊緣的游離者身上，藉以探索人物內心及其外界的關係。安妮寶貝至今所出版的長篇小說、短篇小說集、攝影圖文集與隨筆集等，計有：《告別薇安》、《薔薇島嶼》、《清醒紀》、《蓮花》、《素年錦時》等。本文主要以她的小說和散文作為研究對象，分析文中所透顯的自省與疏離，同時評析她的寫作風格與創作意識。

## 二、燦爛的陽光不屬於我：城市生活的冷漠之感

　　安妮寶貝在小說〈小鎮生活〉裡，延續愛情書寫裡心境孤寂的獨白體語言：「真的不難過了。只是有一點點寂寞。那種寂寞，好像流淌在血管裡。寂靜的冰涼的。慢慢侵蝕到身體的每一寸骨骼和肌肉。我想我是不是在逐漸地冰凍。」現代都會與情感世界對於敘述者而言，無疑是雙重疏離的夾擊，人們在笑臉中看見彼此眼神中的抑鬱，它無處閃躲，唯有酒精可以紓解眼光中犀利的抑鬱之情，使得愈來愈冰冷的靈魂找到暫時取得溫暖的迷醉。安妮寶貝將現代都會男女的寂寞心情，以充滿醇酒的胃、冰涼的手指和懷念起往昔戀人的種種美好回憶，盡情地表現敘述者當下無盡的寂寞與空虛。「她輕輕地碰了我的杯子。為往事乾杯。我突然明白她其實早就看出我的寂寞。」苦澀的酒精帶動了身體劇烈燃燒的灼熱感，像一把無名的火焰將所有痛苦和快樂都一起吞噬，人們只能在那一瞬間，捂住自己的胸口而發不出任何聲音。

　　現代人的疲憊心態在安妮寶貝的小說裡，始終佔據著明顯的位置。「其實任何一個人離開我們的生活，生活始終都還在繼續。沒有人必須為我們停留。我們也不會為任何人停留。」因此，每一回醉酒之後劇烈的嘔吐，其實都是流不出的淚水的替代品。吐過之後，不僅

是臉色變得更蒼白，而且是心靈變愈加地空洞，寂寞的人在此時此際，更需要得到溫暖。「我們轉到一個黑暗偏僻的牆角裡，他擁抱住我。他的臉埋在我的脖子裡。他低聲地說，到底有沒有愛情。我閉上眼睛，沒有發出任何聲音。」這是兩個各自處在失戀階段裡，抑鬱而難以自拔的人，彼此激盪著內心不能平靜的浪濤。

　　新世代男女在安妮寶貝的敘述中，又像是找不到港灣的泊舟，他／她們最可憐也最可愛的地方，就在於無法為自己的生活做出規劃。「因為我對生活從來不抱任何期待。除了寫稿，大部分也就是和錢有關了。可是這個問題到最後總是使人鬱悶。比如王菲做個百事可樂的廣告，就有上千萬美元的收入。我花上三生三世的時間寫稿子，也賺不了那麼多。所以她可以做出酷的表情，對任何人愛理不理。即使是唱片公司的老闆，也不用看他太久的臉色。因為她說五年後就打算退休。」新世代青年即使思緒散漫，卻又很輕易得到面對生活的結論：「繼續寫稿。兩天後去電臺領稿費。」「寫完稿子是早上八點鐘了。一邊列印，一邊去廚房拿冰牛奶喝。然後把房間的窗簾拉嚴。燦爛的陽光和湧動的人群都不屬於我。在床上躺下來以後，我把被子蓋住自己的頭。」

　　她既不屬於陽光燦爛的晨間，只好將自己推入夢境般黑暗的被窩，然而此情此景卻恰好觸碰到前天夜晚的真實夢境：「很奇怪，以前我從來沒有做過這樣的夢。是一條夜色中寂靜的黑暗的河流。我站在旁邊，看著它。它被茂盛的浮萍所遮蓋，已經看不到河水。只有浮萍開出來的藍紫色花朵散發出詭異的光澤。我看著它們。我內心被誘惑的心動終於無法克制。於是我走了過去。我的腳下是一片虛無。在浮萍斷裂的聲音中，我慢慢地下沉。腐爛芳香的氣息和冰涼的河水無聲地把我浸潤。可是我的心裡卻有無限快樂。」夢境的真實表現在充滿誘惑性詭異花朵裡，花朵發出幽幽的藍紫色光澤，卻是漂浮在一片腐爛氣息的浮萍之上，當河水浸潤人心的時候，也是生命感到最空虛

無依的時刻。此時，如果藉由腐爛的芳香氣息，藕斷絲連地想起一個人、一段往事，生命彷彿又找到了依附的救生艇，即使生活隨波逐流，周遭盡是未曾謀面的陌生人，靈魂也彷彿有所依憑。

「我喜歡看到陌生人。看他們一群群從我身邊走過。我們之間的距離最近的時候只有兩公分。可彼此的靈魂卻相隔千里。城市的生活給人的感覺總是冷漠。」新世代年輕男女踽踽獨行在冷漠的城市，與其說他們感到畏懼或孤寂，不如說感到好奇，更為精準一點。「我是個好奇的人。小時候，我常常一動不動地看著別人的眼睛。那時候別人常對我父母說，這個女孩子一點都不怕生。長大以後，有很多人提醒過我，不能放肆地看別人的眼睛。尤其是對男人。因為這對他們來說，可能是種誘惑。可是我已經改不過來。」當女主角進入回憶的時候，眼前這個處處是陌生人的城市裡，突然閃現初戀情人的身影，「一個高個子的男人走過來叫我，小安。我的嘴張了半天，終於叫出他的名字。你好你好。一個穿著粉紅色毛衣的女人微笑著跟在他的身後，他說，我的妻子，我陪她去醫院。我看到她的肚子。我連忙又說，恭喜恭喜。太客套了。我幾乎不想說話。」

敘述者在偌大城市，茫茫人海中，獨自面對六年來沒有見面的分手情人。失去緣分以後的再相見也算奇緣，因為即使是在同一個城市裡生活，重逢的機會也已渺然。如果真的碰巧遇上了，也只有認真地看看對方，然後珍重地說道：「你要好好照顧自己。」眼看著這個男人把手搭在他的妻子的腰上，扶著她慢慢地走了。女主角內心浮現的畫面是「十六歲的時候，看完夜場的電影，他送我回家。」其後腦海中有彷彿見到了，在黑暗的樓道上兩人沉默而激烈的親吻……。然而所有的溫柔甜蜜的回憶，在陌生的人海街道上，也只是凝固成一個平淡畫面，平時因為壓抑得夠深，所以並不輕易想起，分手的原因往往屬於事後歸納的課題，總不外乎：「那並不是我理想中的愛情。」

安妮寶貝善於以淡漠的筆觸娓娓細訴關於城市愛情終點線的那

道風景。她在〈無處告別〉裡,一開頭先描寫道:「我和這個男人一起等在街邊花店的遮陽蓬下時,一場突然的大雨正橫掃這個城市。」當時,女主角聞到潮濕的冷風中有枯萎的玫瑰花香,並順著玫瑰花的氣息,作者帶領我們意識到故事背景是一場盛大的婚宴。然而,盛宴尚未開始,鮮花已經乾枯,憔悴得像是沒有靈魂的木乃伊。不是所有的植物都像眼前這乾涸的生命,作者隱喻著愛情的衰敗,也許源於男女相見伊始,但並非自始便毫無新鮮感。然而,令人感傷的是,找尋愛情的鮮醇美好,似乎只能從記憶中挖掘:「小時候,是一個有點古怪的女孩。最喜歡的事情,是一個人跑到湖邊的草地上去捉蝴蝶。那時寄養在郊外奶奶家裡。把捉來的蝴蝶都關在一個紙盒子裡。一天,一隻蝴蝶死掉了。恐懼地想到,這些美麗的生命都會離我而去。無法抵擋。」也許自敘者就是從那一刻起,意識到愛情也有其生命的週期,一旦死亡便不再復生。「在一個下午,跑到湖邊挖了一個洞,然後把還在撲閃著翅膀的蝴蝶一隻只活埋。」

「最初的告別」成為安妮寶貝書寫的主題之一,也是作者寫作城市愛情故事常見的淒涼心境的反映。更精確地說,兩人相識的最初,便是一生不免疼痛回憶的開始。那時「他正從隔壁的教室走出來。陽光細細碎碎地灑在他的黑髮上,那是一張明亮的讓人愉悅的臉。一直到死,我都是個會對美麗動容的人。那種疼痛的觸動,像一隻手,輕輕地握住我的心。」當時,女主角 14 歲,出眾而又孤僻,總是在黃昏的時候,獨自在操場上跑步。更喜歡於暮色彌漫的寂靜空闊中,遙望天空鳥群飛過。「我一圈又一圈地跑著,在激烈的風速中體會心跳的掙扎,直至自己筋疲力盡。」這樣的描寫,本身體現女主角的自我壓抑,對於心儀的對象——隔壁班的班長,溫和而潔身自好的男生——的自我抑制。也許是因為她心裡清晰地洞見了將有別離的一天。「六年以後,林第一次來我家看我。他考上北方的大學,來向我道別。」三年中學生涯,兩人之間平淡而持續的書信往返,「對於我來說,這

是一種無聲的潰爛。」外表平靜，內心卻隱含了無數激烈的想像。那段日子裡，每逢夏天晴朗的夜晚，風中就有盛開的薔薇花香。男孩淺藍的襯衣肩上也經常沾黏著飄落的粉白花瓣。「我伸出手去，輕輕拂掉他肩上的花瓣。林微笑地低下頭去。」

遙想當年，午後的陽光一如流水，窗外寧靜的空氣中，還有一株古老的櫻花樹。只要是在春天，「粉白粉白的花朵，開得好像要燒起來。」那時他們相信，總有一天會相吻。思緒逐漸回到枯萎的玫瑰氣息瀰漫的當下，過往的時光荏苒像風一般從指間滑走，平靜的生活裡只剩下，上班對著電腦工作，下班對著電腦寫稿。現在如果和一個陌生的男人一起聽音樂，還要不停地找話題，對他微笑，或是做個好聽眾。無論做什麼事，那都只會是一件令人感覺疲憊的事情。而當年在寂靜空闊的大操場上，沉浸在暮色的籠罩下，仰望天空中有鳥群飛過。只要想起隔壁班的男孩，那激烈的風聲和心跳迫人窒息，16 歲的少女在暈眩般的痛苦和快樂中，感覺到自己和鳥一樣，在風中疾飛。今昔對照，安妮寶貝真正告別的對象，其實是自己的年少的青春。

## 三、藏在大山裡的幽靜：鄉村歲月

除了今昔的對照，安妮寶貝也在小說裡鋪陳她對於城鄉生活差距的感受。

> 小時候，印象最深的事情，是到鄉下外婆家過年。
> 記得村裡的祠堂，每年春節都會唱上三天的戲。全村的人都會聚在那個古老的大祠堂裡看戲。

在她的記憶中，外婆家祠堂門口是很大的一棵老樹，樹下面有人賣葵花子和黃蘿蔔，後者便是孩子們的零嘴。兒時的記憶裡，戲臺廣大而陳舊，臺上的人，穿漂亮的古裝，演才子佳人的唏噓愛情，使臺

下的人則跟著長吁短歎。因為社戲的日子總是伴隨著熱鬧而溫情的節日氣氛，因此在女孩的記憶中留下了鮮亮的畫面。「外公常常帶我去看戲。那時我是從城市裡來的小女孩，穿整潔漂亮的衣服，和村裡活潑的孩子不同。」每一回到了深夜，社戲結束之後，城市來的小女孩都是趴在外公的背上昏昏欲睡。在她模糊中印象中，曾經有很多人同時走在田間的小路上，那裡充滿了田野清香的泥土氣息，以及手電筒晃動的光影。偶爾會有人來撩蓋在女孩頭上的圍巾，仔細地看她的小臉，然後輕聲對外公說，是美的女兒嗎？「美是我媽媽的名字。媽媽是這個幽靜的藏在大山深處的小村裡，第一個嫁到城市裡去的女孩。」

　　外婆和母親的形象，成為作者勾勒城鄉差異的具體輪廓。在山裡的歲月，「晚上我和外婆睡在她的大木床上，外婆的大棉被是用洗得很舊的潔白的棉布縫起來。她在燈下輕輕地唱讚美詩，然後在黑暗中祈禱。」外婆喜歡種植花草，在庭院和平臺上種滿了牽牛、太陽花、茶花、梔子和蘭花。每到黃昏，她便煮一大鍋的南瓜和紅薯，餵養豬圈裡的大母豬。此外，她還養了一些雞和鴨。記憶中，外婆心靈手巧，會做許多好吃的糯米團子，有豆沙餡的、鹹菜筍絲餡的……。每逢過年的時候，她也自己炒花生和葵花子，又做紅薯片和凍米糖。這些都是鄉下常見的零食。夏季，外婆喜歡把菜瓜、西瓜放在井水裡。孩子們睡過午覺，即拿上來吃，那冰涼的滋味，使人難忘。晚上在屋頂平臺上放一張大涼席，仰躺著就能看到滿天星光。有時還可以看到流星。到那時，外婆就會搖著扇子說故事。「田園的安謐和恬淡，以及於大自然的無限貼近，是我心裡深刻的快樂。」相較於城市生活的疲憊不堪與情愛掙扎所留下的痛苦回憶，鄉村生活真是歡愉的嘉年華。

　　有一次和外公一起去掏蘭花。外公帶著我爬上很高的山坡，一直在幽深的山谷裡走。野生的蘭花是生長在很寂寞的地方。外公說。那一次我在山頂看到山的另一面，是一個很大的水庫。安靜

明亮。在太陽下就好象一面鏡子。映著藍天白雲，好象世外桃源。
在竹林裡有清涼的山泉，有人削了竹筒，可以盛水來喝。清脆的
鳥聲，在寂靜的風中迴蕩。

對於一個城市的孩子來說，能擁有這樣的童年經歷。我感覺是幸
福的。

小女孩和外公一起去刨土豆、採番茄、摘豆子、趕著鵝群去吃草。
那清澈見底的溪水之下有成群的小魚兒游動著……。

安妮寶貝長大以後，很少再有機會再到鄉下享受田園生活，然而
田園的樂趣對她的影響一直都存在。「很多時候，我都不像一個太純
粹的城市女孩。性格裡有慵懶，恬淡的部分，喜歡植物，衣服只穿棉
布，對自然的景色和季節的變換有細膩的感受。」這樣的自述與童年
以來鄉村認同意識有密切的關聯。甚至於見到城市街道兩旁的梧桐樹
被砍掉的時候，作者會不由自主地心痛起來。每當想起日後孩子們也
許連稻子和麥子都不懂得區分了，那份喪失了對自然和生命感受的失
落感，也讓她倍感惆悵。

居住在鄉村的時候，作者經常一個人爬到高山頂上，坐在大岩石
上，感受著溫暖的陽光和寂靜的山風。遍野的映山紅和潔白的野山茶
綻放在眼前。「我這樣會獨自坐很長時間。不需要任何言語和思想。」
因為在自然的懷抱裡，人們更接近於自己的靈魂，而當一個人從城市
的喧囂塵煙裡出走，漫步在田野和山風之間，他就更能體會到靈魂的
孤獨。此後，生活便不至於那麼輕易地將自我淹沒。

## 四、撒在心田深處：孤獨和心痛的種子

在夜裡享受風的溫暖，也是非常自我的事。安妮寶貝在〈一個春
天的晚上〉描述獨自散步的眼中景、心中情。「走了很久，一直走到
郊外的田野。月光像一些遺失掉的語言。灑在心的深處。」在城市裡

住久了，許多內心的疼痛是無處傾訴的。所以城市裡的人們往往拒絕傾訴。爲有在告別的時候，大家會振作精神地說：「開心啊！大家都開心一點！」其實每天夜裡，網路上擠滿了睡不著覺的人，他們都被往事和寂寞淹沒了。心裡的話只能說給一個遙遠的人聽。這樣的感覺，像是在黑暗中接觸到一雙輕撫的手，既疼痛又溫暖。

一天當中，最孤獨的時光還在於黃昏的時候，作者經常選在這個引人落寞的時刻到熟悉的唱片行去尋找喜歡的 CD。「老闆已經認識我了。只要他的店裡有 IRISH MUSIC，就會買下來的女孩。」「帶著兩張心愛的 CD 回家去的感覺是快樂的。」而欣賞音樂也是非常孤獨的享受。那瞬間流瀉出來的其實也是房間裡的寂靜。「流水般的音樂突然把自己纏繞。清涼空靈。是風笛高亢憂鬱的旋律，帶著透明的無孔不入的宛轉。雖然已經很熟悉這樣的音色。但是心裡還是再一次的。疼痛起來。」深愛某一類型的音樂，都與天生氣質有關，也與私密的想像空間取得神秘的聯繫。「沒有任何理由地深愛著愛爾蘭的音樂。那片神秘的土地似乎蘊藏著無盡的傳說。天生的憂鬱氣質。但是在一些奔放的舞曲裡，卻又不羈而爛漫。」獨自聽著無法與人分享的音樂，安妮寶貝在〈音樂如水〉裡說：「我的沉淪，像一場沒有開始也沒有結束的愛情。只有自己的想像。是美麗的。也是孤獨的。」在一個悶熱的夏季夜晚，獨自與純粹的音樂相對的時候，感覺像是在陌生的群體裡，體會到自我的存在。

安妮寶貝以孤獨的情懷送走生命中的愛情，帶入童年時代和外公、外婆同居息的山居歲月，她聽音樂，也獨自散步。此外，她也帶著一分孤獨感走過許多地方。而這些地方不外是城市和山村。她喜歡爬山，特別喜愛那些艱難和空洞的起落地形，及至攀登到達山頂的那一刻，她曾經強烈地感受到眼前的美景是個人所無法擁有的，於是在山頂的巨風中沉默許久，又在下山的時刻，重新體驗著回到最初的虛無。

「在不同的城市裡遊蕩的時候，夾在陌生人群裡可以體會它的獨特氣息。」從繁華的大街轉進冷僻的小巷，有時在菜館裡好好地吃上一頓，但也寧可花一個下午的時間，挑一家咖啡店靠窗的位置，坐在溫暖的陽光中，凝望著異鄉的塵煙與風情。其實在人們的內心深處都想走得更遠，只是有時受到很多限制，於是心裡始終有一個遠行的目的地，在沒有實現之前，反而是快樂的。因為心在路途上，還未曾停歇。

安妮寶貝喜歡的城市之一是南京。「去中山陵的途中，大路旁邊有高而粗壯的梧桐。下雨的時候，綠色的大片樹葉會發出聲音。這樣幽靜的感覺，是在南京停留了很長時間以後，才有的體味。」體味一座城市，需要靜下心來，也需要孤獨。賞析像南京這樣典雅美麗的古城，其實是需要承受一定程度的迷醉，和迷醉過度之後淒清的倦怠。安妮寶貝引述其他作家對南京的評論：「說起它一貫的頹唐。曾經的紙醉金迷，秦淮河流淌過煙花般的糜爛和華麗。所以在此建都的朝代都不長久。異常脆弱地傾倒。在杭州建都的朝代也很短命。江南是皇帝的溫柔鄉，容易使他們遺忘烽火的危機，民眾的煎熬。對著湖光山色，只有了沉淪。就像有漂亮妻子的男人，總是容易缺乏上進心。有些美麗，遠觀賞心悅目。深陷其中，卻會疲倦。城市也一樣。」南京城的風韻使她思量過多，久而久之，竟有一種不能承受的重量感，壓抑在心頭。

然而提起武漢，安妮寶貝便又重新提煉出一股名之為「沸騰」的感官意象，意欲走出疲倦感，好好地重整旗鼓，搖著筆桿迎接這座充滿商業氣息的城市。「一到晚上，霓虹閃爍，人群湧動。看過去燈紅酒綠的感覺。」她曾經在一個叫名「剪」時髦髮廊裡洗頭髮。那裡的生意特別好，有一幫年輕女孩子以普通話混雜著武漢話聊天。當地人把染髮叫做「上點顏色」。再從髮廊裡出來的時候，安妮寶貝的前髮已經被一名造型前衛的男人剪成了如同六歲女孩兒一般的瀏海。然後

她在晚間乘著長江輪從武漢到九江，目的地是著名的廬山。透過玻璃窗，啜飲著咖啡，看著夜色中的武漢，心裡獲得平靜。「也許以後不會再經過這個城市。它在我的生命中出現一次。但是我卻可以記得它的夜色和咖啡。記得從江面上傳來的輪船鳴笛聲。記得豆皮和它的蹦蹦車。記得它永遠不會停息的沸騰生活。」

當安妮寶貝走在大連寬闊乾淨的大街兩旁，所有的法國梧桐葉子都落盡了。只有光禿的樹椏，凝肅地橫向天空。紅磚尖頂的房子與寂靜的大廣場映襯出成群鴿子的靈動。一大片黃色的樹林也和藍色的天空揉合成特殊的情調，那中間的媒介便是灑滿的燦爛陽光。間或有計程車在有坡度的街道上，飛快而輕聲地疾馳。安妮寶貝曾經撰文描寫過這座東北美麗的海濱城市，她說：「在街上拍的一張風景照，同事看了都說像歐洲的某個街景。」有時在路邊看到一幢紅磚尖頂的建築，立刻為它古典和陳舊的氣息中所透出優雅韻味所吸引。「那時淡淡的冬日陽光剛好在空曠的大街上投下一片陰影。我用黑白底片和佳能的變焦相機把它拍下來，效果卻出奇的好。遠遠看過去的時候，它像一個電影畫面。有我喜歡的氣氛和味道。」

大連冬季的海岸也曾為安妮寶貝所捕捉。「蔚藍寂靜的海面，有潔白的海鳥盤旋著飛過。溫暖而淡泊的陽光。」她是在老虎灘上看海，那時風很大，她站在堤岸上，任頭髮飛揚。卻不由自主地意識到「這片大海顯得非常男性」。她於是和幾個孩子一起爬到海邊的礁石上，心想如果是在夏天來，應該會有更多的樂趣！然而卻也是因為正值冬天，大海特別給予人孤獨之感。「沒有喧囂，卻留下了沉思。」

值得形諸文字的城市還有西安。「從機場到達市區的時候，夜色一片黑暗。看到窗外掠過的建築老式而頹敗。雨水潮濕冰涼，但不阻擋我對這個古老城市的溫柔心情。」安妮寶貝珍惜那飛越千里而來，就是為了觸摸它滄桑容顏的珍貴機遇。於是她不顧淋著雨，在一條偏僻的街道上獨行。偶然瞥見一處燈火明亮的小吃攤正在售賣餛飩和粉

蒸肉。「矮矮的小桌子，圍著幾條簡陋的長凳。但熱氣騰騰的看過去很溫暖。」看來粉蒸肉的生意很好，許多騎著自行車路過的人都會停下來買了帶走。桌上有一碗乾的蒜頭，是準備讓客人用手剝了皮，直接放在嘴巴裡嚼。這樣的飲食習慣也讓作者印象深刻，因爲「在南方，蒜頭只有在做菜的時候才用。切得碎碎的，用來調味道。」儘管平時很少接觸攤頭，安妮寶貝到達西安的第一個夜晚，爲了感受到這個城市獨特的樸實陳舊的氣氛，那粉蒸肉和蒜頭的小攤就成了最好的開始。

安妮寶貝真正的住所在北京，儘管如此，也是一年裡搬個三次家，亦不足爲奇。她曾經搬到亞運村附近的公寓。「很幽靜的居住區。紅磚牆面，老式的舊公寓樓。有大片花園和樹林。草坪很家常，能夠讓小狗和孩子在上面嬉戲。槐樹搭出一條綠蔭濃密的走廊，陽光從翠綠的樹葉間滲透下來。」石榴、桃、蘋果，還有許多不知名的黃色小花點綴得田徑而繽紛。樹木都很茁壯，並且常有老人在樹下支個小板凳，坐在那兒剝豆子乘涼。相較於曾經遊走的各大城市，安妮寶貝筆下的北京才真正有了家的味道。

> 洗了床單，也可以放到花園裏去曬。陽光把棉布曬得香噴噴的。似乎又回到了童年時住在大院落裏的日子。一切都變得可親近。租下的房間，有乾淨的木地板和貼著碎花瓷磚的小廚房。推開窗，就能聞到風中樹葉和薔薇的清香。
> 花園裏種滿了薔薇。大蓬大蓬的豔紅，粉白的小花，一枝能開上近五十朵花。讓我想起故鄉的院子牆頭，一到夏天就探出來的大簇花枝。還有人種月季。枝莖粗壯，開出的花有碗口大。這些花開得轟轟烈烈，此起彼伏。如同一場盛大的演出。

找到這樣愜意的住所，一切都是爲了寫作。那是生活中唯一沒有

變化的事情，唯有寫作。哪怕有時候一連寫上十個鐘頭；有時候只寫五分鐘。

## 五、天亮就該睡了

城市生活的麻木、感情世界的倦意、對於鄉間外祖父母的留戀，以及遊走在中國各大城市之間，貫穿安妮寶貝寫作風格的基調是那份強烈的孤獨感。她的母親在上海，身為女兒卻選擇離開上海，獨自在北京尋找家的感覺。母親希望她有個家庭，那是期盼她結婚生子的意思，但這卻不是安妮寶貝心目中對於家的定義。「她擔心我獨自在異鄉，困頓脆弱。我笑笑，沒有話說。我們要對一個人產生與之相對一生的願望，多麼的難。」理由很簡單，因為溫暖的男人太少了。「我們無法在與人的關係裡獲得長久的安全，一向如此。」而至於娛樂的激情，那已經是青春期的往事，而不是成年人的生活方式。回憶起中學時代隔壁班的男孩，以及陽光下的大操場，直到這一刻，才體會到自己的心已經有多麼疲累。

安妮寶貝曾經在越南的透藍大海中，看到一些翠綠的島嶼。「星羅棋佈，彼此隔絕，各得其所。這些島嶼沒有出口，也無法橫渡。」安妮寶貝直覺地理解到：我們的家就是我們的靈魂，身在繁囂的城市裡，也始終是一座島嶼，彼此隔絕，無法橫渡。這樣孤獨，也是各得其所，而形成了各自蒼翠和繁盛。

溫暖安靜的男人，乾淨的房間和一條小狗，有窗簾被大風吹起的映滿綠色樹蔭的露臺。失眠的時候，還可以彼此擁抱。以上純屬於幻覺中的薔薇島嶼，需要依靠想像來成就一個平凡的家庭。安妮寶貝的孤獨之感使她放棄了這份想像力。「我沒有對母親說，只有經濟不獨立或害怕孤獨的女人和男人，才會想用婚姻去改變生活，獲得安全。而對我來說，那已不是最重要的事。」「我過得很好。因為我知道我要什麼。我熱愛大海一樣的生活。有潮水，有平靜，但是始終一往無

前。大海的孤獨，不會發出聲音。」現代都會男女彼此相愛，又選擇分離，所付出的代價也一律概括承受。「沒有人可以在生活裡同時謀求自由和安全。那是不可能的。」安妮寶貝面對自己的孤獨，體認得真切。

　　每到凌晨四點鐘，花園樹林裡的鳥群開始囂叫。一片清脆的音響，此起彼伏。天空是蒙上一層灰的郁藍，然後逐漸地清晰透亮。這時候早起趕車的人帶著微微的睡意，聽著身旁的人聲話語，猶似還在夢中，而新的一天已經在展開在眼前。經過一夜的寫作和孤獨，安妮寶貝通常在此時走到露臺上，看著樓下沉寂的花園，感受到遠處馬路上隱約傳來的汽車聲音。這時城市開始蘇醒了。天空的顏色一直在變化，好像有一塊藍布一點一點地被掀開，直到天色完全發亮，天際便出現一抹玫瑰紅。這又會是個明亮的一天。

　　此刻「天亮了。我也就該睡了。」安妮寶貝總是這麼說。

# 引用書目

- 《眠空》，北京十月文藝出版社，2013-01-01。
- 《且以永日》，長江文藝出版社，2013-08-01。
- 《古書之美》，新星出版社，2013-01-01。
- 《八月未央》，作家出版社，2012-02-01。
- 《春宴》，遠流出版，2011-12-01。
- 《彼岸花》，北京十月文藝出版社，2011-08-01。
- 《清醒紀》，北京十月文藝出版社，2011-08-01。
- 《大方》，北京十月文藝出版社，2011-03-01。
- 《蓮花》，遠流，2007-12-28。

# 講評

◎郭強生*

　　朱教授以當代中國具有代表性的暢銷作家安妮寶貝為研究對象，原本應可成為對對岸大眾文化在全球化下其發展脈絡的一個有趣觀照。但朱教授另有意圖，並未將安妮寶貝視為暢銷現象加以討論，而把重點放在安妮寶貝在作品中一再出現的「孤獨感」。但是全文除大量地描述安妮寶貝的生平與生活點滴，強化讀者對安妮寶貝行事作風之印象外，並未提供閱讀其作品的不同策略，這便讓本論文的研究主題與方法出現了瑕疵，讀來頗像一篇媒體對安妮寶貝所做的人物特寫。

　　首先論文中對於「孤獨感」此一概念便缺乏較明確的定義。是哲學性的存在意識？是某一派書寫傳統中的修辭美學？甚或是大眾文化中的一種表演姿態？孤獨感，它更是不同文化脈絡與語境下的產物，我說我孤獨，與卡夫卡說他孤獨，都是不同的一種訴說。孤獨二字並不能藉由字面的意義成為一種人類共識，因此對於朱教授認定的孤獨究竟為何物，這存在著許多疑點。而論文中更將安妮寶貝的寫作視為因孤獨所造成的僅有出口，並不具說服力。

　　我們更可質疑安妮寶貝所企圖向讀者傳遞的孤獨感，是一種消費與販賣的操作，畢竟「安妮寶貝」這個名字所帶來的想像已經過大量的傳遞轉貼複製，此角色的孤獨感或許可經由閱讀分析發現與流行音樂、與影像生產、與網路人際間的互生。但這在本論文中都未有著墨，甚至可以說，論文作者相當程度地自我投射於「安妮寶貝」這個角色

* 國立東華大學英美語文學系教授。

上，以相當大的情感認同取代了分析討論，似乎成爲安妮寶貝粉絲團的一則貼文，吊詭地印證了何以「安妮寶貝的孤獨感」可以成功地成爲品牌的實例。

　　這點尤其可從論文作者的文字愈讀愈顯趨近安妮寶貝的散文化風格可見其嚴重性。論文作者與化名「安妮寶貝」的暢銷作家一同起舞，難以劃分哪些是論文作者的意見，哪些又是安妮寶貝的文章改寫。甚至論文中更以小說式的虛構，企圖「再現」安妮寶貝如何夜裡寫作，到了清晨如何走出陽臺，感受城市的甦醒……等等敘述，朱教授對與安妮寶貝在此已成爲主客一體的奇觀。散文是否可以虛構在近日成爲報章上的筆戰熱門話題，本篇論文更進一步讓人驚覺論文之虛構化已然發生。

　　無論就論述性或研究主題而言，本篇論文都顯得不夠深入周延。從安妮寶貝的作品中揣想描摩出她的寫作習慣與個人生活情趣成了本論文的主要著力之處，難免不讓人懷疑，安妮寶貝的真正「作品」不是那些章句，而是她所創造出的那個叫「安妮寶貝」的人物。

# 論鯨向海詩中的「青春」

◎陳政彥[*]

## 摘要

　　六年級詩人鯨向海的詩中始終關注青春，從語言風格到題材內容上，許多詩作都讓同世代讀者看了產生強烈共鳴。但是鯨向海的詩作更深刻地嘗試挑戰成人世界的語言與體制，在詩的領域中，刻意用網路語言、日常語言、穢物髒話顛覆大眾習慣乾淨成熟精鍊的詩語言。在題材上用心經營的同志詩，突顯出青少年面對性別認同的猶豫掙扎，對社會體制例如政治與醫療等，都顯示追求自主不隨眾的特質。而從刻畫父親的詩中可以看出鯨向海挑戰社會既定的象徵體系觀念，嘗試走出自己方向的特質。以克莉斯蒂娃的理論來說，鯨向海詩中不只是有「象徵態」，同時也有豐富的「符號態」表現。這正是鯨向海的詩顯得面目清楚獨特的原因。

**關鍵詞：現代詩、鯨向海、青春、性別、克莉絲蒂娃**

[*] 國立嘉義大學中國文學系副教授。

# 一、前言

> 一群奇怪的學長學弟擠在狹小的社辦裡
> 一口一口齊心協力把時間吹遠
> 小小的甬道偶爾傳來口水滴落譜架的輕響
>
> 幹！離開校門口時黃昏總是那付德行
>
> 就，過去了過去了
> 那些過站不停的公車司機
> 咒罵聲一天天無力的歲月[1]

　　這首看似白描的〈高中男生練習曲〉用語簡單，透過第一人稱視角捕捉高中生活點滴，面對回不來的歲月，此中惆悵自然感傷。青春正是鯨向海[2]詩作給人的第一印象。

　　鯨向海是六年級詩人的重要代表。李瑞騰談到《新詩三十家》中最年輕的詩人鯨向海（1976）與楊佳嫻（1978）時，肯定他們是：「相較於同輩詩人，他們活動力強，作品質量皆佳，確實是最新世代詩人之佼佼者。」[3]青春則是鯨向海長期在詩中書寫的主題，初戀的青澀苦楚，網路上窮極無聊哈啦的內容，對未來充滿期待卻鄙視卑微自己，詩中這些元素與優美的詩句相互衝激形成突兀卻和諧的基調，也

---

[1] 鯨向海：〈高中男生練習曲〉，《犄角》（臺北：大塊文化，2012.7），頁 215。

[2] 鯨向海（1976.9～），本名林志光，現任精神科醫生。曾獲 PC home Online 明日報網路文學獎首獎、全國優秀青年詩人獎、大專學生文學獎、全國學生文學獎新詩組首獎、教育部文藝創作獎等，作品並入選八十九年、九十年《年度詩選》、九歌版《新詩三十家》。出版《通緝犯》、《精神病院》、《大雄》、《犄角》四本詩集，與楊佳嫻共同編選《青春無敵早點詩》，為臺灣新生代重要詩人。

[3] 李瑞騰：〈那年秋天的動機已經變成落葉－談鯨向海入選《新詩三十家》的五首詩〉，《幼獅文藝》653 期（2008 年 5 月），頁 58。

讓鯨向海受到眾多讀者的喜歡。[4]鯨向海曾在詩集《大雄》一書的後記中說：

> 心理學家 Dan Killey 於一九八三年提出「彼得潘症候群」（Peter Pan Syndrome），用以代表那肉身已衰、思考與言行卻仍像小孩般天真的人。……有些學者更重組出一個新字「kidult」（kid＋adult）來稱呼這些具有兒童心態的成人。然而詩歌最美好之處，不正彷彿時光機與任意門？……最強大的詩集都應該有「kidult」的 fu。[5]

「kidult」既是成人（adult）也是兒童（kid），介於童年與成年中間的，正是青少年階段，也就是所謂的青春。鯨向海選擇將「kidult」做為一種理想的詩觀，代表鯨向海對於青春有深刻獨到的思考與迷戀，值得我們思考。進一步分析鯨向海詩中的青春之前，我們可以先思考什麼是「青春」。

青春是人生命中的一段歷程，更準確地說為「青春期」，或是「青少年期」。關於青少年期的期限各家說法不一，這是因為生理發育狀況個別差異大，心理成熟如何判定更是複雜，歸納起來，青少年時期大約在 10 歲到 24 歲之間。學者為青少年期所下的定義是：「就社會學之意義而言，青少年期乃從『依賴性』的兒童進入『自主性』的成人期之過渡階段。就心理學之意義而言；青少年期乃從特定的社會環境下，從『兒童行為』轉變成『成人行為』過程中，謀求重新調適的

---

[4] 李翠瑛統計鯨向海的詩集、散文集普遍賣到三、四刷，並分析道：「比較一般詩集面臨只有一刷的銷售成績，或者一刷賣好幾年的庫存壓力，鯨向海的詩集出版與銷售狀況來看，卻是令人驚豔的好成績。」見李翠瑛：〈落差、矛盾與通俗－論鯨向海大眾詩歌之表現風貌與網路寫作現象〉收錄於黃金明等主編《網路世紀故里情懷論文集》（臺北：萬卷樓，2012.12），頁 160。

[5] 鯨向海：〈重組樂園〉《大雄》（臺北：麥田，2009.5），頁 186。

邊界人的狀態。」[6]從身體發育第二性徵開始，經歷身心轉換，順利由兒童轉變成為生活自主的成年人。青春期便是這樣一段既不是兒童也不是成人，介於中間的過渡時間。

　　青春期不只是生理的轉變，更可以是一種心理結構。張小虹引述克莉斯蒂娃[7]對青春期的看法：「『青少年』不僅僅只是以生理年齡為標的劃分的社會學分類概念，『青少年』可以是一種『心理結構』一種在迷亂躁動中摸索嘗試的不確定顛擾，是困惑是迷惘是期盼是渴求，貫穿個個不同的年齡層。」[8]不管生理年齡到幾歲，在人的意識中，都可以重現當時的心理狀態，因為青春不只是代表一段轉變過程，更是人證明自己活著，自己存在的意識狀態。

　　青春就是從兒童轉變成大人的歷程，表現在具體行為上，就是接受成人世界所規定的語言以及行為規範，再也不能隨心所欲說自己想說的話，做自己想做的事。而成人世界的語言、體制以及背後所牽涉到整個時代的座架，早就在過去的歷史中被決定完成，我們只能接受這一整套體系。成長就是被丟擲在既定的歷史與文化脈絡中，學會如何依循其所置身的社會法則說出適當的發言。

　　克莉斯蒂娃的理論中提到，主體透過語言才能形塑出自我的界線，但是語言卻是先與自我的存在：「一個至高他者早已駐紮在將成為『自我』的空間內。這並不是一個我對其產生認同、或將其內化的他者（autre），而是一個先於我、且佔有我的至高他者（Autre），但我之所以能存在，還需仰賴於這個佔有狀態。這個比我更早發生的佔有狀態，即為象徵界的既存狀態。」[9]此處的「至高他者」，就是指先於自己存在的語言體系，以及奠基在語言之上所建構起來的文明社會

---

[6]　王煥琛，柯華崴著：《青少年心理學》（臺北：心理出版社，1999），頁 2。
[7]　茱莉亞·克莉斯蒂娃（Julia Kristeva，1941.6.24~），法籍保加利亞裔哲學家、文學評論家、精神分析學家、社會學家及女性主義者。她師承羅蘭巴特學習符號學，繼承拉岡將語言符號介入精神主體形成的概念，進一步闡釋語言對精神的影響。克莉斯蒂娃研究橫跨語言學、文學理論、精神分析、政治文化分析、藝術史等多種領域。
[8]　張小虹：《感覺結構》（臺北：聯合文學，2005.3），頁 62。
[9]　克莉斯蒂娃著・彭仁郁譯《恐怖的力量》（臺北：桂冠，2003.5），頁 14。

規則制度。主體趨向異於自己的語言體系來形塑自我，不容許混雜、骯髒、無意義，在親子關係中可以用父親的角色來象徵。

在自我成形的心智發展過程中，有了語言符號以及背後所代表的文明體系，主體才得以藉由趨向至高他者（語言符號體系），來界定自我的存在，成爲符號，產生意義。但是在趨向至高他者的過程中並非那麼順利，人無法順利趨近至高他者，因爲無法擺脫來自潛意識，無以名狀的、混亂的深層欲望驅力，克莉斯蒂娃將其命名爲「母性空間」（chora），像母親的子宮一樣，包容了所有混亂、混雜、尚未被符號所界定的欲望驅力。[10]

於是克莉斯蒂娃提出說話主體（Speaking Subject）具有被社會體系制約（至高他者）以及遊戲愉悅與欲望（母性空間）雙重面向：「『說話主體』是分裂的主體，擺盪於社會結構制約與無意識欲力的兩軸之間。」[11] 青春正有這層意義。兒童階段說話主體偏向無意識欲力多些，恣縱想像，享受身體的律動、音樂與白日夢。但是進入成人階段後，主體受到社會結構約束，必須服從各種規定，根據場合調整自己的行爲。於是語言也有了兩個面向，一種是傾向社會結構，要求清楚明確能夠與人溝通，另一種是傾向混亂、毫無意義但卻連結欲望與愉快。克莉斯蒂娃說：「這種直截了當的意義就是所指的語言，我就稱它爲『象徵態』。不過，還存有一種訴諸於節奏的『詩性語言』的無限可能性。在這當中，顏色和聲音相互回應，同時也回應了我們最爲私密的無意識，並回應了語言裡的幼童體驗，以及回應了所有我們能賦予某個聲音、某個文字的潛意識內涵這塊語言的祕密大陸裡，香氣、顏

---

[10] 克莉斯蒂娃著‧彭仁郁譯《恐怖的力量》（臺北：桂冠，2003.5），頁18。克莉斯蒂娃在《恐怖的力量》中說明至高他者的力量太強或太弱，會造成人必須以暴力割除異己他者的方式來強調主體的界線。在另一本代表作《黑太陽：抑鬱症與憂鬱》提出，人如果無法順利接受至高他者，也就是語言，主體將沈溺於無以名狀的「母性空間」（chora）死亡驅力中，憂鬱就是精神主體緩慢被殺死的過程。

[11] 劉紀蕙〈導讀：文化主體的賤斥〉收錄於克莉斯蒂娃著‧彭仁郁譯《恐怖的力量》（臺北：桂冠，2003.5），頁ⅩⅩ。

色和聲音相互協調一致,我就稱它爲『符號態。』」[12]

所謂「象徵態」(the symbolic)就是成人世界語言使用的方式,必須講求精準,傳達意義,但是符號態(the semiotic)是詩性語言,回歸幼童初次使用語言時的愉快,以聲音與顏色訴說我們最深沈的潛意識。唯有將兒童充滿生機與創意的力量,帶入成人的遊戲規則中,造成改變,語言才有更新變化的契機。在語言的各種使用方式當中,詩是最能夠容許白日夢,奇幻想像的文類,也最能彰顯自己的獨特存在。這也正是鯨向海所說:「最強大的詩集都應該有『kidult』的 fu」。

鯨向海詩中刻畫青春,不只是單純書寫關於自己青少年時期的生活,更值得觀察的是鯨向海有意識地借用了兒童或是青少年時期的語言與題材,試圖挑戰衝撞成人世界習以爲常的語言模式以及社會權力體制。鯨向海的詩看似幼稚,實是以幼稚顛覆僵化成人世界。以下分成詩的語言風格以及題材內容兩方面來談鯨向海詩中的青春。

## 二、矛盾的語言風格

因爲人類幫萬物命名,有了語言,萬物才得以進入人的思緒之中,同樣的,人類憑藉語言,才得以思考自己之存有以及自己與萬物間的關連性。因此當語言用來交涉溝通日常生活的瑣事,此時的人與世界一起被遮蔽庸碌繁忙當中。而看似最沒有用途的詩,卻是證明人的存有最有力的方式,因爲詩不但表明了詩人獨一無二的情性,也揭露詩人存在於世界的獨特姿態。因此海德格說:「作詩乃是人之棲居的基本能力。」[13]詩人展現出自己的真實性情,也要表現出自己與所處世界之間的關連性。詩人所使用的語言風格當中,可以看出其作爲一個人如何生活、如何感知他所處的時代。

鯨向海詩語言最特殊之處在於風格的矛盾,不同語言風格之間落

---

[12] 茱莉亞・克莉斯蒂娃著・納瓦蘿訪談、吳錫德譯《思考之危境:克莉斯蒂娃訪談錄》(臺北:麥田,2005),頁 144。
[13] 海德格爾著・孫周興譯《演講與論文集》(北京:三聯書店,2005.10),頁 214。

差相當大，刻意營造出不統一的對立，簡政珍就曾經指出：「鯨向海的《精神病院》是近年來極少數詩集裡，同一部作品中詩質優劣如此懸殊對比的例證。」[14]更仔細的觀察就可以知道，鯨向海詩中語言風格對立的二端，往往一方面是大眾普遍認知的詩語言風格，另一方面則是過去被認為非詩的、不精緻的語言。我們可以從三個面向來看：

## （一）雅俗並陳（詩語言／網路語言）

詩被認為是最精簡的語言藝術，追求原創性，以最少的字句創造出強烈的美感，讓人印象深刻。古今中外都不乏燃燒生命構思奇句的苦吟詩人。因為詩人們認定詩是流傳久遠的藝術品，值得投注心力奉獻。鯨向海當然也是這樣想，身為精神科醫生的他，寫詩純粹只是興趣，並無強制力。但是從 BBS 時代他步入詩壇開始，到個人新聞臺的經營，至今幾乎每隔兩、三天就會在臉書發佈論詩短文，或是比較不同時代詩人同一主題詩句，或是短語抒發詩的看法，對於現代詩的熱愛在詩壇有目共睹。鯨向海有許多創作反思寫詩一事。例如〈彼此的病症與痛〉一詩洩漏自己是詩的密教徒，只能被這個功利的社會迫害，最終：「醫師們脫去我神秘的斗蓬／大霧茫茫，此時體溫到達最低／愛過的那些詩靈全部圍在床邊／齊聲朗誦／衰弱／但是發光的詩句」[15]詩人幻想當生命終結，一切都隨時間消滅，詩句終將化成靈魂，超越時空的侷限，團聚取暖。

但是相對於對詩的重視，鯨向海卻又大量引用網路語言入詩。網路語言是指網路上的使用者，在網路論壇（如 BBS）、各種通訊軟體（如 NSN、LINE）當中使用的特定語言，多取材於各種方言俗語、諧音誤植、乃至於用注音以及圖像完成表音表義的作用。之所以出現是因為網路聊天的即時與快速，必須節省時間，只求達意，不求正確，

---

[14] 簡政珍：〈詩的慣性書寫與意象思維－評鯨向海的《精神病院》〉《文訊》250 期（2006年8月），頁96。
[15] 鯨向海：《通緝犯》（臺北：木馬出版，2002），頁107。

只求趣味，不求傳世。對於維護語言正確的人們來說，網路語言簡直
一無是處，甚至被戲稱「火星文」來表示無法理解。

　　但鯨向海卻無懼於批判，大膽援引網路語言入詩，並且充分利用
網路語言的特質，穿插各種方言俗語、諧音誤植、乃至於用注音以及
圖像創造詩意。例如〈熊熊〉一詩：

　　　聖誕老公公也是熊
　　　（咦）
　　　自己就是
　　　對方想要的聖誕禮物
　　　（大誤）
　　　汗水淋漓的脂肪啊
　　　（灰熊棕熊北極熊大雄鐵雄）
　　　層層相撲對峙
　　　終於靠背靠腰（淚奔）
　　　在一起的感動
　　　（戳）
　　　他們的吻與夢
　　　不可兼得（菸）＆（茶）¹⁶

　　這首詩充分使用常見的網路語言，首先括弧（ ）是補充聊天時在
語言之外的附加動作。因此故作幽默說反話就會加上（大誤）表示開
玩笑。（淚奔）是為了表示感動，做出流淚跑開的動作。（戳）表示促
狹地用手指戳對方，（菸）＆（茶）是抽煙喝茶，作久經世事的老江
湖貌。加上這些動作的補充，讓詩句不只表義，還插入了畫面及動作。
此外「靠背靠腰」有臺語髒話的諧音，「灰熊棕熊北極熊大雄鐵雄」

---

¹⁶ 鯨向海：《犄角》（臺北：大塊文化，2012），頁 34、35。

又帶出卡通人物的名字。熟悉網路語言的新生代讀者，自然從詩中體
會到詩人所安排的趣味與美感。

　　網路語言流通於網路此一全新的發表平臺上。對於網路上使用語
言的正確與否，並沒有太多管制，因為網路語言多作為私人聊天用途，
並沒有絕對講究正確使用的必要性，最終形成了語言的無政府狀態。
但是除了使用錯誤之外，卻也有許多諧音、圖像、音樂成分的新語言
為了好笑有趣而出現。這種狀況一如巴赫金對民間文化的描述：「一直
追求以笑聲戰勝官方文化的一切主要思想、形象和象徵，使它們清醒
過來，並把它們改造成（具雙重意義的）物質肉體下部語言。」[17]網
路此一相對於官方的庶民性格特質，其中便有語言新生的契機。

　　鯨向海也愛玩諧音的文字遊戲，這點也是拜網路語言所賜。原本
文字有正確的使用方式，在特定語言脈絡當中，特定的字才能表達正
確的含意。但在鯨向海的詩中，他故意用諧音字，不是不知道正確的
用法，而是透過諧音的異字，傳達更多層次的含意，例如〈吶喊直到
盛開〉：「眾人竊笑之中我們承認閃光／是無人知曉的星星／我們承認
親吻是雲雨／不能縮的祕密」[18]詩中的「閃光」是網路語言，指戀人
相戀時旁若無人的親密動作太過刺眼，而「不能縮的祕密」一方面影
射周杰倫的電影名稱「不能說的・祕密」，將「說」改成「縮」，也聲
張對愛的堅持毫不退縮。這些不被正統學院派認同的網路語言，在日
常生活中卻隨處可見，鯨向海有意識地使用網路語言入詩，與他講究
精準優美原創性語言的詩大異其趣。

## （二）古今同時（古典風格／現代語言）

　　現代詩又稱為語體詩、白話詩，自然是以我們生活中所使用的口
頭語言為主。但是貼近生活的口頭語言，因為使用起來最自然簡單，
所以現代詩在戰後臺灣發展過程中一直受到許多歧視，被認為比不上

---

[17] 巴赫金著・李兆林、夏忠憲等譯《拉伯雷研究》（河北：河北教育出版社，1998），頁 458。
[18] 鯨向海：《犄角》（臺北：大塊文化，2012），頁 52。

唐詩、宋詞等古典詩文類來得有文化內涵。在此特殊背景下，許多詩人憑天分轉化古典詞彙與文言句法入現代詩，開創出臺灣現代詩壇獨特的古典風格詩人譜系。從 50 年代的鄭愁予開始，周夢蝶、余光中、楊牧、張錯、楊澤、羅智成、陳義芝乃至年輕一輩的楊佳嫻，古典抒情一直是臺灣現代詩當中最受讀者歡迎的風格，至今仍有許多人深深著迷。

嫻熟現代詩的鯨向海其實也有許多古典風格的詩作。例如〈圖書館。夜讀芥川秋山圖〉，是日本小說家芥川龍之介所寫的短篇小說〈秋山圖〉，鋪陳清初畫家惲壽平的筆記故事，寫元四大家黃公望的一幅《秋山圖》，讓觀賞者在不同時間不同場合觀賞時，意境高低深淺竟也隨之變不同的一段故事。從一幅畫到一樁清初畫壇逸事，再到日本小說大師筆下重現，最終到鯨向海以詩賦之：「讀著讀著，一陣淋漓浩氣／我已經不在座位上了／想像的一幅畫裡焱點騰湧，設色萬鈞／筆觸直戳天神的眼瞳／雲意隱隱，灰燼闌珊之處／一隻妖怪被打回原形」[19]

但是古代生活畢竟脫離當代時空太多，我們今日的閱讀經驗中，除了課文之外，最常看到古典筆法的讀物，則以武俠小說為主。鯨向海也有一系列借用武俠小說語言的詩作，例如這首〈破曉式〉：「黎明的酒箭一沖／星星來不及躲避，已然全數暈去／／鳥群運起歌聲相抗／霧嵐身形飄忽／一掌一掌擊打著陽光／晨風的五臟六腑，震碎又聚生」[20]借金庸《笑傲江湖》中令狐沖的招式為名，以武俠招式寫黎明破曉之勢，讀來令人莞爾。此外還有寫狐仙、鬼神、妖怪的詩，往往也藉古典語言營造氣氛。例如類似的詩作還有〈這封信請轉交給妖怪〉、〈掌門師兄〉、〈有鬼〉、〈我要到達的武俠境界〉等等。

雖然有不少古典風格作品，但鯨向海更為人熟知的是以當代語言

---

[19] 鯨向海：《通緝犯》（臺北：木馬出版，2002），頁 32。

[20] 鯨向海：《通緝犯》（臺北：木馬出版，2002），頁 60。

刻畫當代生活。題材不脫離我們的日常生活，在語言上當然也全面貼近。例如〈什麼樣的女孩喔〉：「那個時候我功課爛得不得了所以總是輸給她／輸給她的還有青春的形狀和愛情的模樣／什麼樣的時代喔什麼樣的女孩／女孩喔總得有男生去追追」[21]這首詩有意模仿高中生口吻，回憶高中單戀的女生。語言上既不精鍊也不簡潔，甚至最後故作可愛重複「追」字，與古典風格的精鍊簡潔相去甚遠。此外鯨向海還將模擬真實對話嵌入詩體中。例如〈遠距離網友初見面〉：

「別對我有太多幻想，好嗎？
……」
「你怎知我對你有幻想？」
「一般都是如此，我只是猜測
那你有嗎？」[22]

　　這段對話完全是網友約見面的日常語言對話，之後才開始真正的詩行。但是全詩最有趣的卻也是這段對話，生動寫出網友的不安與期待。

　　由於語言隨著使用者而日新月異地更新，所以緊隨現代生活的鯨向海詩中也可以看到最新流行的語言。例如〈偽文青〉中說：「他們總說你我漠不關心／但你關心臺拉維夫街頭身懷自殺炸彈的一個癡情的巴勒斯坦同性戀／我關心香港黑幫的民主選舉，曼谷空保特瓶推起來的大雪山／你關心罹癌的壯漢死前如何於養豬農場找到幸福／我關心十八世紀華鐸與歐本諾根本是同一個人？」[23]偽文青是2010年前後，才在網路出現的詞語，出處已不可考，文青是文藝青年的簡稱，偽文青則是嘲笑故意作態想要扮演文藝青年博取尊敬的人，特徵

[21] 鯨向海：《通緝犯》（臺北：木馬出版，2002），頁26。
[22] 鯨向海：《大雄》（臺北：麥田，2009），頁50。
[23] 鯨向海：《犄角》（臺北：大塊文化，2012），頁178

包括喜歡戴眼鏡搭配素 T 搭配針織衫，喜歡作家一定是村上春樹，喜歡歐洲電影勝過好萊塢片，喜歡熱血討論社運卻往往不參與行動。這些在 BBS 上流傳的笑話被鯨向海借用成詩，詩的最後說：「何必害羞呢？／我還在乎你自己」[24]原本只是網路上的笑談，此處卻被轉化成爲不經意表露愛意的告白之語，由搞笑轉而深情告白的落差，情境自然卻又令人驚喜。這些日常語言與 20 世紀末臺灣的特殊時空緊緊相連，就像 50 年代的反共文學、60 年代的現代主義文學，這些只有在臺灣特有的流行語言其實才最有屬地的特殊性。我們可以在鯨向海詩中讀到一個知識青年熱切地描述自己如何在臺灣度過他的青春歲月。

## （三）穢淨同居（純潔空靈／穢物髒話）

　　文學作品旨在喚起美感，使人感覺愉悅或是思想的深刻。詩是文字的藝術品，要創造意境，講究意在言外，讓作者與讀者在文字構造當中獲致心靈相通的快樂。鯨向海許多詩作都具備這種簡潔空靈的妙處。例如這首〈比幸福更頑強〉：「枝椏間的一隻蜘蛛鎮日編織／我羨慕牠的專心／羨慕牠並不需要我的羨慕／忽來一場大雨眼看／要打斷我們今天的進度／牠瞬間接過雨絲／無私地繼續編織了下去」[25]詩句簡單不複雜，寫出蜘蛛專注織網的神情，也對比出人類終日不安，悽惶不如蜘蛛。而這種乾淨空靈的語言推得更遠，就到達宗教的語彙。在所有文化中，宗教語彙都被視爲最純潔高尚的語言。鯨向海也會使用佛教詞彙構造詩意。例如這首〈餵給霧〉：「落葉在掉落中途／成爲經書／眼前的湖水／深邃之缽／天空割斷陽光／餵給霧／／億萬個夏天焚燒而過／沒有一種蟬鳴是我的說法／我只是靜」[26]在落葉與經書之間還有「成爲」來連結，到了湖水與缽則是直接跳接，不需要多費說明，億萬漫長的夏天有無數的蟬鳴叫，凡有爲法必有終時，

[24] 鯨向海：《犄角》（臺北：大塊文化，2012），頁 178
[25] 鯨向海：《精神病院》（臺北：大塊文化，2006），頁 161。
[26] 鯨向海：《通緝犯》（臺北：木馬出版，2002），頁 144。

所說真正的法不在其中，只是靜默，詩人所設下的機鋒耐人尋味。

但是鯨向海所信仰的宗教只有詩，佛教用語只是借來宣說詩的真理。在〈背給你聽。月光經〉之中，鯨向海大量挪用佛經用語以及諸佛名字宣揚詩教：「諦聽！諦聽！／誰鼓聲而來／群鬼在枯塚裡張開喉嚨／我可以給你的／遠比你想像的更加凶劇／只因心中已經有了詩的形／今樂生極樂世界，阿彌陀佛／更好的詩之形／唯願世尊教我思維」[27]更好的詩值得詩人跨越生死，進到極樂世界去追尋。

相對於宗教詞彙的潔淨，鯨向海的詩中卻更多髒話與穢物詞彙。兒童從小就被教導要維持乾淨，學會正確地排泄屎尿是「長大」的一種里程碑。我們所受的教育強調屎尿穢物是必須去除之物。落實在詞彙當中，則成爲令人反感排斥的字詞，更不用說進入詩中。但是鯨向海卻大膽將採用穢物詞彙構詩。例如開宗明義來寫的〈大糞〉：「長長一生中／總有幾次不堪回首／在拉下褲頭／雙腿開開背後／表情生動／正好撞見／持續推疊簇擁／黑暗內心／深裏且多形的夢」[28]大糞從人身體黑暗的深處被排出，維持人的健康與清潔，彷彿比喻人的精神裡灰暗骯髒的念頭也必須被消除，才能在世界上挺立生存，但是人身體裡面始終有大糞，再怎麼排都排不完，就像內心深處總是蔓生不足外人道的黑暗夢想，人與大糞的面對面，其實是正視了不願意面對的真實自己。

穢物除了糞便，還有尿。例如〈很C而且沒禮貌〉：「謝謝你謝謝你一切就從那日開始／一起站直勇敢對著絕崖深谷小便／背後是一片鳥聲的江湖／我自覺暈眩／覺得是一個善人／（何況我們的尿尿真的都是分岔的）／必須得到被愛的報應」[29]兩個男人一起對著深谷小便，從中獲得某種感情的堅固證明，同時穿插「尿尿分岔」此一臺灣俗諺中嘲笑性功能障礙的俚語，以暗示了同性戀情的萌芽。類似的詩

[27] 鯨向海：《犄角》（臺北：大塊文化，2012），頁121。
[28] 鯨向海：《犄角》（臺北：大塊文化，2012），頁180。
[29] 鯨向海：《大雄》（臺北：麥田，2009），頁54。

作還有《大雄》中的〈就坐在馬桶上等待〉、《犄角》中〈用若有所失
的溫泉語氣〉。

　　除了穢物詞彙之外，鯨向海詩中也時常可見髒話。髒話被視為粗
俗無文的象徵，但是髒話有強調男子氣概以及分享男性友誼的特質，
讓髒話成為男性世界中溝通重要的詞彙，甚至是青春期男生掛在嘴邊
的口頭禪。〈男生宿舍〉中描寫：「洗澡途中他突然說呃／我蹲在馬桶
上很想說嗨／／兩個光屁股的男人／就這樣隔著一道牆壁感知了彼
此／／感知了彼此的孔洞／孔洞裡恆常有什麼在流出／／啊請不要
再放屁了／不要再假裝男高音／／洗澡途中他突然說媽的／我蹲在
馬桶上很幹但是大不出來」[30]此詩將禪宗故事裡不需言語，以心印心
的情境，荒謬化成為〈男生宿舍〉生活的一景，髒話、糞便、器官發
揮了關鍵效果。

　　傅柯也曾討論主體與權力體制之間的關係，兒童與成人的區別，
在於成人擁有高度自我控制的技術：「以使個體通過自己的力量，或
他人的幫忙，進行一系列對自身的身體及靈魂、思想、行為、存在方
式的控制，以此達成自我的轉變，以求獲得某種幸福、純潔、智慧、
完美或不朽的狀態。」[31]這些成人世界體制的要求，表現在詩語言之
上就是純潔空靈、古典風格、原創性的語言；相對立的是不能被視為
詩的語言，包含戲耍拼貼的網路語言，囉唆累贅的日常語言甚至是髒
話與穢物，這些被視為不夠成熟的兒童或青少年用語。

　　但此二者卻在鯨向海的創意發想當中比鄰而居，突兀結合。有能
力操持詩語言表示詩人是有能力為之，而非詩的語言仍然出現詩中，
就證明詩人是故意而為，保持這種不協調的語言風格正是鯨向海自己
所期許：「持續地遊戲持續地對詩充滿熱情，需要保持一些天真和叛
逆；與其乖馴地被設定為某世代螢幕的基本布幕，我確實更期望能夠

---

[30] 鯨向海：《精神病院》（臺北：大塊文化，2006），頁89。
[31] 傅柯‧吳燕譯：〈自我技術〉汪民安主編《福柯讀本》（北京：北京大學出版社，2010），
頁241。

不斷搞笑抵觸這種理所當然的衰老論述，冒犯挑釁那些被禁止的不堪意象和形式，成為永遠更新程式的獨角獸。」[32]鯨向海詩中語言看似童騃荒唐，除了是青春歲月實際使用的口語之外，更是詩人有意援引這些語言進入詩的領域，意圖造成詩語言創新的變革，能否被接受成為另一種永恆，目前尚未可知。但是這種結合，卻是詩人青春最真實地展現。

## 三、嘲笑體制的主題

如果從主題內容來看，鯨向海詩中較明顯的主題是對青春生活的描寫。在他筆下舉凡網路聊天、KTV 夜唱、網友約見面、減肥健身、騎腳踏車上合歡山、泡溫泉、逛夜市等等都可以是寫詩題材。但是除此之外的其他主題似乎顯得駁雜不易歸納，但仔細審視鯨向海的詩作，可以發現，其實他的詩主題有一個共通的方向，那就是嘗試嘲弄現有的體制或者碰觸禁忌，而嘲弄體制與挑戰禁忌往往是一體兩面。以下分別舉出三點討論：

### （一）性的禁忌

性是人類生活中受到最多關注卻又被蒙上最多禁忌的事物，性必須接受規範，必須要符合婚姻制度，然後在宗教（西方教會式婚禮）或者社會（東方公眾宴客式婚禮）的監督之下，才能合法地發生。除此之外的性行為都沒有正當性，往往被視為犯罪或是敗德。除了不可以作，甚至不能夠說，就算在詩作中呈現，也難免受到敗德的非議。

鯨向海卻反其道而行，勇於寫作關於性的詩作。例如這首〈四腳獸〉：「此時，一些冷霜對於／進出有所幫助／不由自主地吟著／一瓶葡萄酒塞住我們的嘴／接下來／就是永恆的藝術電影」[33]四腳獸起源於新聞報導，暗指在公廁或宿舍浴室男女交合時，只能看到四隻腳。

---

[32] 鯨向海：〈序〉《犄角》（臺北：大塊文化，2012），頁 18。
[33] 鯨向海：《大雄》（臺北：麥田，2009），頁 75。

大膽以此為題，但詩中意象卻隱晦曖昧，似是而非。讓人搞不清楚性事是符指還是符徵。書寫情色在現代詩領域已有太多詩人前行，不算突破，但是鯨向海則更進一步寫更禁忌的行為，例如〈小事〉：「因為一些小事／用濕紙巾擦拭身體／因為一些小事／轉入多眠／微妙而朦朧／在床上相識，而笑了／窗外風暴靜靜的／太多死亡了／疲勞而悲傷著／而它們不知道／我們的擁抱／竟是不相愛的」[34]在床上才相識，或者擁抱是不相愛的，暗示這件「小事」是一夜情，是目前社會上存在卻又不被衛道人士接受的行為，就像題目一樣，只能當成是一件不明說的小事，存在卻被眾人視若無睹。

說到更禁忌的性，鯨向海詩集中隨處可見關於同志詩的寫作，鯨向海自己寫討論同志詩的短文，而研究者也把鯨向海的詩作納入同志詩的範圍來討論。[35]在這個還沒完全接受同性戀的社會裡，毫不避諱地一再書寫同志題材就是鯨向海最明顯的挑戰，例如〈童子軍之夜〉：「什麼都沒有了／隱沒的湖沼，天使偶然相擁的睏倦／就在是夜，青春健壯的純色小獸／如一陣氣味／永遠奔入了我的心中／／我想你說的是對的／我是個恐怖的人，我善良的人生／是夜，不能是別的。」[36]童子軍的露營，同性友朋在野外帳棚中自然發生的情事，伴隨的是自我否定恐懼害怕，判定了自己的人生不能見天日，愛只能在黑夜中活躍。

當然鯨向海詩中的同志並不都是如此退縮，例如〈族人〉一詩：「在父親和父親的花園／攀過流血的石牆／無夢的大軍在街頭／挺立風雨中的骨架／揮舞內心深處／鋼鐵的彩虹旗」[37]1969 年美國的石牆流血暴動啟發了美國與全世界同性戀權利運動，彩虹旗則是代表同

---

[34] 鯨向海：《大雄》（臺北：麥田，2009），頁 178。
[35] 參見鯨向海：〈我有不被發現的快樂？──再談同志詩〉《臺灣詩學學刊》13 期（2009 年 08 月），頁 239-242。劉章佐：〈同志詩的閱讀與陰性書寫策略──以陳克華、鯨向海、孫梓評為例〉《臺灣詩學學刊》13 期（2009 年 08 月），頁 209-238。林佩苓：〈隱／現於詩句中的同志意象──以鯨向海為觀察對象〉《當代詩學》5 期（2009 年 12 月），頁 5-30。
[36] 鯨向海：《犄角》（臺北：大塊文化，2012），頁 70、71。
[37] 鯨向海：《通緝犯》（臺北：木馬出版，2002），頁 173。

性戀運動的旗幟，題目「族人」也有畫出同類界線之意，詩中洋溢一種同志爭取權益的氣氛。

面對自己同志詩的寫作，鯨向海詮釋道：「我則更傾向於一種沒有明確性別，游移動盪，可能『雙性』或『中性』或『無性』的詩。我認爲任何一個詩人（創作者）在創作中都不該固定自己的性傾向，他應該是開放性關係，隨時準備和任何人物談戀愛。因此我所傾訴的對象不是盡量隱藏性別，便是露骨地故佈疑陣，使一切更加曖昧。」[38]實則不管是同性戀、異性戀，鯨向海不願意輕易的服從既定體制的規範，而在詩中透過符號象徵的鬥爭，傳達人類生存還有不同的可能性。

傅柯說：「如果性受到壓抑也就是說性被禁止、性是虛無的、對性要保持沈默，那麼談論性及其壓抑的唯一事實就是一種故意的犯禁行爲。誰這樣談性，他就站到了權力之外的某一位置上了」[39]鯨向海有意挑戰禁忌，書寫與性有關的題材，就是把自己站到了社會規範權力體系的對立面去。

## （二）嘲弄體制

鯨向海的詩中我們很少看到「大敘述」，有關臺灣前程該何去何從，如何拯救地球的未來等等偉大的議題似乎都沒有進入鯨向海的視野之中。若有碰觸，也是以一種嘲弄、保持距離的態度呈現這類議題。例如鯨向海難得以政治爲主題的詩〈我的一票投入光影之隙0〉：「有人在耕種民主這嘆詞，譬如／啊民主／整個下午霧來了，雪也從心理飄起來／選戰的人馬猶豫在渡口／譬如／民主啊／我也在其中／胸罩和腦袋之間／滑板褲和飛行之間／髮雕的香味渾渾噩噩」[40]當「民主」被當成口號喊得漫天價響，政治狂熱的群眾相信自己投身於能夠

---

[38] 鯨向海：《犄角》（臺北：大塊文化，2012），頁 13、14。
[39] 米歇爾・福柯著，佘碧平譯：《性經驗史》（上海：上海人民出版社，2002），頁 14。
[40] 鯨向海：《通緝犯》（臺北：木馬出版，2002），頁 77。

讓自己更偉大的事物之中，但其中卻看不到任何個人的獨特性。群眾運動被完成時只留下參與人數多寡，抽象的政治理念以及可疑的政治效果。詩人只是冷眼旁觀，覺得民主作為詞彙，並不比胸罩、腦袋、滑板褲、飛行或髮雕更可靠。這點在〈我的一票投入光影之隙 1〉中看得更清楚：「欲滅還明。一群走索的和弦，危危顫顫／要攀附誰的主旋律？／一個接著一個熟悉的節奏過去／歧異陌生的發聲器／是我頑固的低音」[41]不是不關心，只是對於有自己獨特的思考方式，不隨波逐流，彷彿大合奏中不和諧的樂器，發出令周遭不悅的噪音。

　　面對國家抱持大義所引發的戰爭，詩人依然嘲諷不已，〈戰事〉一詩中說：「褲底下千軍萬馬／嘿放心有我堅強地頂著／這是從未有一個軍事家能企及的偉大境界／／不管你家的芭樂吃了會拉出子彈／還是他家的啤酒肚引燃了可以啓動坦克／嘿，come on／英勇的戰士們都該健身去／我們拼命攻打的只是／一望無際，連神也無法明白的空蕩……」[42]面對戰爭此一嚴肅的主題，詩人以褲襠玩笑及臺語俗諺來嘲弄其本質的虛無，因為人類戰爭的目的與結果，在神看來是否就跟詩人的玩笑一樣無聊？

　　除了嘲諷政治，鯨向海本身是一位精神科醫生，對於醫療體制，也抱持同樣的態度，並非否認精神醫學的效力，但是在醫生與精神病患的天平上，詩人卻是傾向病患這邊多點。〈精神病院〉一詩中說：「哈囉，天氣真好／昨夜夢中割腕／順利否？／那些外星人離開／屋頂沒？你今天還是觀世音菩薩的淨水瓶／轉世啊？……下次一起／當總統好吧？／ByeBye，／記得乖乖吃藥／噓，你不覺得可憐的主治醫生／不知道他自己／有病嗎？」[43]詩前半是精神醫生為了建立關係順著病患想像的口吻，但最後三句卻立場翻轉，反而由病患同情醫生，在這個將一切成就都數據化的時代裡，終日忙碌所謂正常的人們，是

---

[41]　鯨向海：《通緝犯》（臺北：木馬出版，2002），頁 80。
[42]　鯨向海：《精神病院》（臺北：大塊文化，2006），頁 190。
[43]　鯨向海：《精神病院》（臺北：大塊文化，2006），頁 112、113。

否真的就比精神病患正常呢？

　　言語曖昧含糊，解讀不易，挖掘潛意識太深，連意識本身都模糊了，詩人與精神病患間有太多相似之處。鯨向海說：「一處肆無忌憚，放任想像力與創造力之所在，正是詩歌要追求的；充滿儀式與規範的精神病院，以仿同宗教的模式來治療不安定的靈魂，亦宛如詩歌。」[44]因此詩人在治療病患之餘，時常也被病患的奇幻想像以及不可思議的語句所感動。〈診間〉一詩中說：「我們的聊天也可以是長詩／縱使失業，殘病，流浪街頭／也可以為你怦然心動／縱使老去，大象也可以／為你在霧靄中漂浮／多希望／那些時光的子彈全都被我一人阻擋／互相追逐的花豹／消失在自己的斑點之中」[45]醫生仍然心繫病患，但仍不禁為治療時漫談的趣味與奇想而感動。

　　傅柯在《瘋癲與文明》中說精神病患在古代甚至被視為神的代言人，在文明日漸進步之下，病患的位置被排擠推遠，現代人畫出瘋癲的界線來證明文明的存在。傅柯說：「現代安寧的精神病世界中，現代人不再與瘋人交流。一方面，有理性的人讓醫生去對付瘋癲，從而認可了只能透過疾病的抽象普遍性所建立的關係；另一方面，瘋癲的人也只能透過同樣抽象的理性與社會交流。這種理性就是社會秩序、肉體和道德的約束，群體的無形壓力以及從眾（conformity）的要求。」[46]我們站在文明與多數的這一邊，排斥鄙視文明界線另一邊的老弱醜怪、精神病患、畸形異端、少數性向。鯨向海卻反其道而行，跨越文明彼端，崇尚界線另一邊的人們，他在〈瘋狂與優美之巔〉中感嘆：「在淚水裡飄盪著，割腕流浪者／用同樣的感動／把詩句唸到最響／每每還差一個句子，臨時起意／又跨了過去／在瘋狂和優美的盡頭／有些人回來／就變成最好的詩人」[47]被心靈所苦的病患，跨過死亡與瘋狂的界線，成為歷

---

[44] 鯨向海：《通緝犯》（臺北：木馬出版，2002），頁 12。
[45] 鯨向海：《犄角》（臺北：大塊文化，2012），頁 284、285。
[46] 傅柯（Michel Foucault）著，劉北成、楊遠嬰譯：《瘋癲與文明》（臺北：桂冠圖書，2002年），頁 12。
[47] 鯨向海：《精神病院》（臺北：大塊文化，2006），頁 153。

劫歸來的英雄，帶著滿載的美好詩句。挑戰性的禁忌，嘲弄政治與戰爭，翻轉精神病患的地位，這些都可以看出鯨向海主題的傾向。這點我們可在他書寫父親的詩作中看得更清楚。

## （三）父親的意義

　　鯨向海詩中刻畫父親的詩作不多，但值得我們深思。父親最早出現在鯨向海同志詩當中。〈致你們的父親〉中說：「父親，我可以對你坦白嗎？／我是 G 的。／我和你有多少分相像？／你也是 G 的嗎？／如果有一天我也愛上一個像你的男人／你能夠原諒我嗎？」[48] 這首詩的後記寫到「父親節，獻給所有與父親失和，或本身也是父親的男同志」，在崇尚陽剛氣質的男性世界中，父子間原本就少有情感的溝通交流，相對於母親與子女的感情緊密連結，父子關係多半緊張。詩中主角向嚴肅的父親坦承自己是同志，可以想像會有巨大衝突與矛盾。

　　但是身為同性戀是天生的性取向，在異性戀文明所建構起來的世界裡，父親所代表的社會規範，約束著與生俱來的天性，使詩中主角必須壓抑。〈衛浴地帶1〉中說：「我深愛黑暗中／發光的父親／我也愛你／父親是滂沱衛浴中的大堤／阻止那些洪流／與浪濤坦裎相對／保護著你，我多年夢見的裸體」[49]詩中父親的角色以光明、大堤代表，相對的情慾則是黑暗，是造成災難的洪水。父親阻擋著詩中敘述者（我）以及潛意識中真實情慾（夢見的裸體）之間。敘述者相信只要有父親的存在，自己就不至於被洪水沖走。但這是一個明顯的反諷，眾所皆知治水來說，堰塞不如疏導，要順從天性還是要合乎社會期待，成為詩中懸而未解的質疑。

　　父親的形象在鯨向海的詩中很清楚地就是「至高他者」的呈現，不容許混亂脫軌越界的力量，深植在父親的身上，在鯨向海詩中以形

---

[48] 鯨向海：《通緝犯》（臺北：木馬出版，2002），頁168。
[49] 鯨向海：《犄角》（臺北：大塊文化，2012），頁47。

象化的幽靈來呈現。他說：「父親幽靈們之長長的階梯上／還坐著一個幽靈的父親，之上還坐著／之上另一個，懷抱著更多悔恨的……／悔恨使他們遠離我們／／而我深愛他們／還未變成幽靈前的男人／還未變成父親前的男人／還未被一整個文明強行從我心上抹去的那種男人」[50]無止盡向上延伸的階梯就是歷史，而一個個幽靈也就是代代傳承的語言符號，一代代的男性主體經歷了接受語言以及背後一整套父系社會體制的約束，內化成為另一個說話主體，並且將「父親的幽靈」傳承下去，要求兒子服從同樣的規則，成為男人（另一個父親）。鯨向海詩中的主角清楚說出，唯有在父親的幽靈將男孩還沒變成男人之前，父子間還是可以相愛的。

但是這種意欲為父親脫去「父親的幽靈」的兒子，就跳出了權力控制的範圍，跑到失序混亂的另一邊。詩的尾聲中說：「不能原諒，在他還活著的時刻／就開始為他的幽靈賦詩的兒子／一個他所不能掌控的／兒子的幽靈。／／這正是一直以來／我們讓彼此所擔心的啊。」[51]詩中主角逃離了父親，卻擔心自己掌控了權力，卻仍然成為另一個背負著「父親的幽靈」的父親。

為了逃離父親的幽靈，朝著混沌的母性空間遁逃。走向深處之際，卻又不時回顧父親的身影。這種在至高他者與母性空間之間擺盪的特色，就是鯨向海詩整體呈現的走向。熟悉鯨向海詩風的楊佳嫻說：「同樣致力於拓展詩的邊界，唐捐明確地在詩中和前輩們對話，挑明了，然後逆子那樣地捧打父親們，鯨向海則是隱性的，暗著來，搔搔父親們的癢處。他們都是熟悉傳統，因此可以推拓新意的詩人。」[52]誠如斯言，鯨向海並非全然推翻，他時而跟隨、時而逸離，徘徊童心與成規之間。

---

[50] 鯨向海：《精神病院》（臺北：大塊文化，2006），頁 230、231。
[51] 鯨向海：《精神病院》（臺北：大塊文化，2006），頁 230、231。
[52] 楊佳嫻：〈這時代的突出物啊－讀鯨向海《犄角》〉《文訊》322 期（2012 年 08 月），頁 127。

　　從語言來說，鯨向海擺盪在純潔空靈、古典風格、原創性的詩語言以及混亂雜沓但是充滿樂趣的網路語言、日常語言乃至於穢物髒話之間。在題材內容部份，鯨向海偏好書寫介於正常與怪異、強勢與弱勢之間的角色，包括同性戀、妖怪、精神病患、網路宅男乃至於詩人。鯨向海勇敢地書寫並且相當大程度地認同這些角色的意象，不無挑戰崇尚完美、智慧、永恆等符合社會規範的期許。鯨向海這種嘗試可能會引起他人的排斥批評，因為他混雜了明確界線，造成了混亂。但這也正是他詩的最大特色。

## 四、結語

　　六年級詩人鯨向海在 20 世紀末踏入詩壇，從網路論壇 BBS 上崛起，經歷個人網頁到臉書，從 20 世紀末到 21 世紀初，詩中始終關注青春，從語言風格上到題材內容上，都有許多讓同世代讀者看了會產生強烈共鳴的創作。但是鯨向海的詩作更深刻地嘗試挑戰成人世界的語言與體制，在詩的領域中，刻意用網路語言、日常語言、穢物髒話顛覆大眾習慣乾淨成熟精鍊的詩語言。在題材上用心經營的同志詩，突顯出青少年面對性別認同的猶豫掙扎，對社會體制例如政治與醫療等，都顯示追求自主不隨眾的特質。而從刻畫父親的詩中可以看出鯨向海挑戰社會既定的象徵體系觀念，嘗試走出自己方向，這正是專屬於青春的特質。以克莉斯蒂娃的理論來說，鯨向海詩中不只是有「象徵態」，同時也有豐富的「符號態」表現。有意的不統一、混亂正是鯨向海在六年級詩人群當中顯得面目清楚獨特的要素。

　　克莉斯蒂娃說的也是這個道理，人是創發文明的主體，如果一切行動都只是依循現有的秩序，沒有人挑戰現行體制，沒人故意犯規的話，文明怎麼能前進？克莉斯蒂娃說：「如果孩子們不會反抗父母，青少年們不會搞些花招來對抗父母、學校或者國家，那就跟死人沒兩樣！他們便如同機器人那樣，不可能更新，也不可能創造什麼新事

物。」[53]在現代詩領域屢屢踩線的鯨向海，又若無其事地步回詩之常規中，當讀者與詩人爲此促狹地相視而笑時，或許這正是鯨向海詩最迷人之處。

---

[53] 茱莉亞・克莉斯蒂娃著、納瓦蘿訪談、吳錫德譯《思考之危境：克莉斯蒂娃訪談錄》（臺北：麥田，2005），頁 60。

# 講評

◎劉正忠[*]

　　這篇論文選擇了鯨向海詩中一種重要的因素：「青春」，嘗試為我們揭開一些詩的祕密。具有探討問題的企圖，並找到不錯的論述方向。篤實談詩，鄭重推論，也有許多獨到的心得，很令人敬佩。我謹提出一些無足輕重的小意見，以供參酌：

　　第一、「青春」其實是大主題，在鯨向海這裡需要被更複雜地看待，才能區隔於其他作家。比方在他詩裡，通過語言實踐出來的那種白爛趣味，還可分析或展示得更多些。又這裡一直討論「青春期」的精神狀態如何如何，但我們應該注意，創作主體不是青春期的少年，而是一個十分眷戀青春的青年。所以，或可把更多心力拿來討論詩人自己所提示的「彼得潘症候群」的主體狀態。此外，眷戀「青春」因素不必然導致橫恣出軌，不合體制的詩風（在某些詩人那裡，「青春」情結可能導致浪漫、激情或蒼白）。這裡引用克莉斯蒂娃的理論，有參考作用，但不能以之證明鯨向海為何而又如何把自己弄成這副模樣。

　　第二、第二節引用了簡政珍教授的「優劣懸殊」之論，但這跟風格矛盾、語言落差應該是兩回事。這裡不斷地想要呈現鯨向海語言的雙面性，且下了三個標題：「雅俗並陳（詩語言／網路語言）」、「古今同時（古典風格／現代語言）」、「穢淨同居（純潔空靈／穢物髒話）」。我覺得「鯨向海詩的內部」可能並不存在著這樣相抗衡的兩端。例如：古典風格是我們的國語，或一般詩人鋪好的底色，鯨的特

---

[*] 國立清華大學中國文學系副教授。

色便是在這種背景下放進當代感的語言。又如：詩語和網路語的對比，在一般情況下或許存在，但鯨的特色應該是能夠拿網路語來當詩語，「雅」的東西不足以拉到「並陳」的位置。又講穢的部分，最好注意他跟別人（陳克華、陳黎等）有何不同，畢竟，大便也有大便的層次感。

　　第三、第三節用了許多「嘲笑」、「嘲弄」，我想，像鯨向海這樣的詩人，並不是那麼斬截的。我們可以更多地注意到他常居於猥下的位置，也常自嘲的，不做太多決絕的抗爭。在講同志詩的部分，可能要注意到鯨自己談論同志詩的那篇文章，其實消解（更精確講是「融化」）了同志詩刻意成類的思維模式。又父親形象在鯨詩之中，真是「至高他者」嗎？「父親」固然在精神分析上居於一種奇特的符號位置，但在許多好看的詩篇裡，又是有血有肉，去符號化的。

# 作家自述

# 我寫詩，不是只為了成為經典而已！

◎丁威仁

　　我現在讀詩不會像以前一樣以好壞進行討論，畢竟不同的美學觀點底下，一定會有許多閱讀傾向的差異性。就好像文學獎評審現場，往往產生最大分歧的部分多半是新詩組，然後得獎作品又常常被罵，我常笑說這是所謂不同美學觀點相互妥協的結果，要產生李魁賢所言「現實經驗論的藝術功能導向」，也就是以現實經驗（外在性）為基點，融合藝術表現（內在性），幾乎是不可能的。這是一種理想的中道，但我認為要達成這個目標仍須注重文字語言的精鍊性，卻又必須放開這個精鍊性，以至於無物的境地，既是錘鍊，又看不出錘鍊。另外的問題是現實經驗，所謂外在性若只限於地方書寫或者土地書寫，那難道都市或自身經驗不屬於現實性嗎？因而李魁賢所提之命題，就詩學理論系統是難以達到的，所以才是位移的觀點。而不是二分法。

　　因而我現在讀詩、評詩，甚至於參與各大小文學獎的評審，以至於自己寫詩，思考的都不是好壞的問題，而是所謂的「完成度」，也就是說若將「語言文字意象」、「韻律節結構奏」、「內容情感哲思」視為三角形的三個頂點，那麼完成度最高的詩應該是正三角形，也就是等邊三角形。換言之，一首詩是否能達到高完成度，就必須把三者之間的關聯性拉到對等的位置，哪種主題內容，就應該採用哪種型式的語言或文字，運用哪種韻律與結構，每一首詩都有其獨立的位置，只是端賴其是否能夠達到三邊的均衡，這與行數多寡無關，因為行數多寡也取決於三角形的一邊。若能將完成度視為寫每一首詩的觀念與標準，那麼就不會產生文勝於質、質勝於文、情溢乎辭、辭溢乎情等問

題與現象，而內在觀點與外在觀點也可以統合，也比較容易達成李魁賢上述的理想。

　　關於什麼是詩這件事，真的沒有人能說清楚，渡也曾說詩是跳躍，散文是走路；某位西方哲學家說詩是抽菸，散文是吸菸斗。有人批評席慕蓉的詩，說根本是去掉標點符號的散文分行，但她卻是全臺灣詩集的暢銷記錄保持人；《笠》與《創世記》在戰後現代詩史上的糾結與紛爭，不也呈現了這個命題的詭異度，比鬼故事還靈異驚悚。再加上有一種奇怪的文類叫做散文詩，到底這東西與詩化的散文又有何不同，那小說詩與詩化的小說差異又在哪裡。在這個文類界限泯滅與跨界的年代，詩都可以變成各種遊戲，從夏宇的個人品牌經營，到玩詩合作社的創意無限，不也是詩概念的一種展演或表述嗎？

　　然而，或許我是傳統了些，我能接受並理解這些對於詩的遊戲或者跨界，也認為這些作品的完成度極高，但我總是任為這些遊戲價值高的詩作或者類詩作，其實存在著「一次性」的弔詭，很多創意在被發明（發現）之時，都相當的震撼，但卻無法被繼續延伸或仿擬。因而我一直認為詩的創意除了外在形式的呈現之外，更多的應該回歸詩文本本身提供的創意性，那或許是語言文字的，或許是意念情感的，無論如何這樣的內部創意，往往可以超越時代而感動許多讀者。杜甫名句「稻香啄餘鸚鵡粒，碧梧棲老鳳凰枝」就現在來看都必須承認兩句簡直就是破壞語法且創造新的語境，難到這不是創意嗎？

　　所以我願意接受「詩不是去掉標點符號的散文分行」這樣的說法，雖然傳統但卻清楚直接。若你是初學者，要如何檢查自己的作品是不是屬於一般性的詩概念，很簡單，若把你的作品加上一些標點符號、連接詞、代名詞、副詞、形容詞之後，變成散文的段落，且充分合理地像是一篇浮濫的散文或者你平常的日記與隨手塗鴉，那可以確定你那一首不是詩。因為，一首完成度高的詩，是無法去更動或結合其詩句與字詞的。

　　所以，詩是一種語言經過壓縮後精鍊化的文類，意象使用的準確度與有效性是詩新創作非常重要的部分，往往詩會產生閱讀上的障礙與晦澀感，起因於幾點：

（一）　語言意象導致的形式晦澀——無效孤立意象太多
（二）　情感內容過度自我的內涵晦澀——變成自我夢囈
（三）　雙重晦澀

而節奏感（語調、起伏、頓挫）與整體設計（意義的統一性）也是寫好一首詩必備的注意部分。而上述這三個形式層面（意象、節奏感、整體設計），最後都必須通向詩作所傳達的情感內涵與思考深度。換言之，只有形式層面與內容層面產生有機的協調性時，這首詩才呈現了它的自我完成。而許多在網路上大量張貼的詩作，卻常常產生語言形式與內容情感無法呈現和諧的情況，有些詩的孤立意象使用無法令人索解，有些詩產生佳句卻無佳篇，有些詩節奏感相當不良，有些詩產生了整體設計不夠統一的情況，甚至於部分作品根本就是去掉標點符號的散文分行。

　　當然，一首詩應視為一個完整的有機體，無法割裂成單一句子與單一句子的集合，因此一首詩並不會因為一個金句可以被摘出就成為好詩，而通常一首好詩，則未必會產生驚人的句子，往往是生活語言和現實經驗透過準確的意象，傳達出來使讀者得到相應的感動。因此，意象或者是說 image 並不是修辭技巧，或是以文字扭曲語言，而是在「生活經驗的錘鍊」中得到領悟之後完成的，詩的特點應該在於清晰準確的意象，詩的實質必須透過深刻但明朗的意象去完成。從上述觀點我們可以知道，詩人透過即物的過程，準確地掌握並運用意象，把物象與詩人內在之意，以現實的基礎，巧妙地連接，從精神涉入物象，放大至人生之意義，以至於「我」被置入物象中，再還原成

爲自身存在的反省。於是詩人便透過準確性的意象，表現了自身與現實客體的聯繫，也因此使一首實在而不空泛的好詩被書寫出來。「即物性」，的確是處理「意象」的一個重要方法與特色，也讓詩具備了高度的「詩性現實」。

　　至於經典的價值是否來自於共謀？經典的架設似乎是爲了區隔正統與異端，一大群被經典架構排他的文本（作者），是否可以建立另一種性格的經典系統？非常明顯的，經典位置的安放的確就是一個排除異己的過程，這些所謂的「偉大作品」是經過一道令人困惑的繁複操作手續，建立一個統治文本的高級地位。難道我們總是用泛歷史淘汰論來說明經典的完成嗎？至少從那次的「意識活動」中看不出來，我們只看到某些焦慮的文本（屍體）在媒體與政治的共謀當中，被評選以至於被動且尷尬地站上經典的位置，而大量批評聲浪的出現，更是可以看出媒體界與政治界的偉大用心（好意？）被大家曲解（誤讀？）。然而，我的困惑依舊尚未解決，到底號稱文學經典的東東，它的偉大是在於文本內緣，還是文本外緣？

　　當然，經典的誕生是因爲「某些高貴的人，爲了決定哪些作品可以成爲規範（CANON），哪些不可以成爲規範」（引自《文學批評術語》，牛津大學出版社，P.321），他們便透過投票（推薦）的方式，取決出社會整體對於文化的期待視野（請注意「社會整體」四個字）。在菁英式民主主義的思維裡，所強調的正是一種「少數政治」，但這種知識分子式的「少數政治」，他們的誕生依舊是透過民眾的選票而完成，所以他們依然具備「代言人」的身分。請再一次注意「文學經典」產生的操作模式，這些「高貴的」學者或評審者，他們的代表性從何而來？民眾嗎？當然不是，他們的代表性是「社會結構」所賦予的「存在位置」，以及來自於媒體與政治有意識的選擇，於是種族、階層、性別等等就在特殊環境的操作下，排除（欽點）了敵對者的勢力範疇，試圖壓制（控制）另一種聲音的浮現，你能說這不是一種文

化浩劫（陰謀？）嗎？

　　當然，你可以質疑我，你可以說難道這些經典不是佳作嗎？其實，當你在質疑的過程中，已經犯了邏輯學上「文不對題的謬誤」，我本來就不是要去探討某文本寫得好壞的問題，更何況文本的質素與成為經典這兩件事，在有趣的權力活動中，似乎並沒有絕對必然的關聯性。我依舊好奇的是，為何我們急於在歷史動線的滄海一粟中去架構所謂的經典？這樣的焦慮從何而來？甚至於有些文本似乎還不需急於蓋棺論定（作者也沒消失在世上）？而事實也證明，想建構一個永恆偉大文學的丈量尺度，明顯是有困境的。

　　「如果規範形成的歷史真的是一個嚴密的排除過程，那麼就應該從現行被壓制的、從規範中排除的歷史中找出大量作品」（引自《文學批評術語》，牛津大學出版社，P.325）。的確，要如何從舊有的權力架構內（外），殺出一條血路（另外架構一個新的權力機制），這是必須面對的問題。顯然經典絕不能製造出來，那種製造模式不過是菁英文化工業的思維量產，是披著學術外衣的文化暴力，這樣規範出來的新閱讀方式，想把意識形態透過「經典」的包裝與媒體炒作，試圖看看是否能夠影響當代的文化場域，藉此徹底排除文學作品中的異己。所以，我們必須自救，可以採用對抗式的思考，生產另一種新的建築去展示被排除在外的新經典，透過各種不同的結構，你將會看到多元經典系統的展示，彼此可能有對峙，也可能有交集，我們透過大量製造（粗製濫造）的經典工業，你將會發覺不同類型與意識型態的經典可能在這塊土地上氾濫，也正因為嚴重氾濫，也就被彼此嚴重稀釋，然後「經典是什麼？」這個問號也就會變成一個加了絕對值的驚歎號。

# 是花蓮的山水把我運過來

◎葉覓覓

　　我的詩是從花蓮的山和花蓮的海，一絲一絲提煉出來的。從 18 歲到 25 歲，我人生裡最精華、最波瀾也最寧靜的七年，就在花蓮度過。那時，我住在壽豐鄉一間五角形的學生套房裡，窗外有棵相思樹，海岸山脈就連綿在不遠處，當太陽從山邊升起時，樹影搖曳，滿室金黃。我喜歡在清晨的時候，一邊騎著腳踏車、一邊貪看被陽光綴亮的山的面容，到志學村裡的唯一一條鬧街上買早餐。

　　因為住在縱谷的關係，沒有辦法天天看海，但是我還是很愛海，常常在日子與日子的縫隙裡，往海邊跑。2005 年夏天，我從花蓮搬家到綠島，連戶籍地址都遷過去了，名義上是去當國中實習老師，實際上，是為了體驗小島生活，為了在書寫文學創作研究所的畢業作品時，能夠徹徹底底被海洋環抱。就在那一年，我成了不折不扣的島民，經常一個人靜靜坐在海邊的祕密基地，把各種奇怪的思緒，掐成一瓣又一瓣，丟進海裡餵魚，有時候，那些思緒會從浪裡彈回來，變成大片幅的海風來吹刮我，然後鑽進毛細孔，順著血液往心臟流，於是身體裡面就有了詩。這些細碎的詩塊很輕盈、沒有聲音，唯有當我打開電腦、敲起鍵盤時，它們才會全部聚集到我的十個指尖，叮噹作響。

　　我常常在想，如果當年沒有到花蓮求學、接受大自然的洗禮，我還會成為詩人嗎？我跟土地之間的關係，又會變得如何？然而，從某個角度來說，這個問題本身並不成立，因為我對於「隱身於大自然自由創作」這件事的渴望，早在十二歲時，就有跡可循，那種強烈的嚮往與期盼，在我還沒有起步時，就已經把我推向那條注定的路途，既

然終點已經確定了，只要努力往前行走即可。

　　國小畢業時，大家流行在花俏的畢業紀念簿裡寫小檔案和留言，那時候，在「偶像」一欄裡，我填的不是劉德華也不是郭富城，而是陶淵明。「採菊東籬下，悠然見南山」這兩句詩就像一座小小的鞦韆架，把我的心盪得很高很高，盪著盪著，我竟變成一名渴望成為隱士的兒童。高中時，我非常喜歡梭羅的《湖濱散記》，經常幻想著有一天，自己也可以在湖邊蓋一棟小木屋，一個人簡單生活，觀察自然四季之美。多年之後，我到阿拉斯加的奇奈河和麋鹿河交叉之地打工度假，住在營地提供的小木屋裡，雖然每天跟一群猛抽大麻和狂灌啤酒的美國青少年生活在一起，當我獨自沿著河邊漫步，聆聽野地的聲響時，我的心情卻很梭羅。

　　我極少在詩裡直接頌讚大自然，那是因為大自然已經是我靈感的源泉，無需再被文字綁縛，就像一隻鍋子，它用火和沙拉油煎煮出美味的菜餚，即使沒有任何一種菜餚長得像鍋子，所有的菜餚在被烹調的過程裡，都吸收了鍋子的氣味與精神。以「海」為例，我是在寫過許多包含著「海」這個字眼的詩之後，才驚覺「海」已經滲入我的血液之中，變成我的詩裡的基本演員，比如：「我們覺得尷尬極了／從嘴裡吐出一層海」、「有人披著肉色的海波跳舞」、「和海和大家所有人討論命運」……我非常不喜歡寫重複的東西，可是唯獨「海」，是可以讓我一寫再寫，把它與其他不同元素結合、而不感到膩煩的意象。

　　從美國留學回來之後，我就搬到臺北城了，花蓮的山水、綠島的海灘、芝加哥的密西根湖、紐約的森林小丘……這些我曾經鍾愛的自然風光，都已經離我遠去，只能在夢裡細細回味。在城市裡居住，沒有好山好水可看，我只好趁著搭公車和捷運時看人，看來來往往的陌生人。臺灣人身上配戴著的那股鄉土臺味，一直是我所喜愛的，即使是在臺北這樣的大城市裡，許多中老年人那種被翻褶被粉飾過後的臺味，依然濃烈。那些俚俗的言語和手勢幾乎不需經過任何包裝，就可

以自動成爲詩。因此，現在「人味」暫時取代了「野味」，成爲我在都市生活裡的創作素材。我甚至曾經突發奇想，如果我徒步環島一週，到每一個城市和鄉鎮蒐集路人不經意講出來的美妙句子，蒐集一千句，把它們隨機排列組合一下，說不定就可以出版一整本詩集了呢。

　　我既不寫臺語詩，又極少將土地和環境議題入詩，我的詩比較偏重內在感覺和押韻戲耍，但是如果要論「鄉土關懷」，我不認爲自己的作品裡的「鄉土關懷」比別人少，畢竟，當我把心靈投射進鄉土之中，關懷也就跟著反射出來了。過去十年來，我一直在地球上不斷地搬遷和旅行，「鄉土」的概念之於我，絕對是超越時空和地域的，從甘蔗田到甘蔗汁，從聖誕大餐到廚餘，從指南針到 GPS，從投幣孔到儲值卡……無論外在形式如何變化，最核心的本質始終不變，是什麼樣的本質呢？那就是我個人對於大自然的愛與崇敬。

# 文學與僑移

◎金仁順

　　上個世紀 30 年代末，我父母從朝鮮新義州來到中國的丹東。我爸媽過來的時候，都是兩歲。他們之間，年齡相差也是兩歲。1940年，他們都在中國落戶了。

　　那個時候，在丹東、桓仁，以及其周邊的農村地區，有很多像我爺爺奶奶這樣的移民，朝鮮人和日本人非常多，還有少量的俄羅斯人。

　　我的爺爺奶奶、以及我爸媽，他們日常使用的語言是朝鮮語，讀小學時，我爸爸上日本語學校，媽媽上朝鮮語學校。

　　他們的小學生活始終伴著戰亂，先是抗日戰爭，後來是解放戰爭。

　　這段時間，我爺爺奶奶先是在桓仁開旅館和餐館，解放戰爭時期，他們逃到鄉村，遭遇了席捲全國的土地改革運動。我爺爺在這場運動中被關押、批鬥，導致他後來中年離世。

　　50 年代的時候，朝鮮人有一次規模浩大的返國遷移，我伯父舉家遷回朝鮮，此次一別，他跟我奶奶、我爸爸即是永別。

　　60 年代時，伯父跟爸爸陸續有通信，告知彼此的生活狀況，隨著中國文化大革命運動的不斷延伸，他們之間的通信也中斷了。

　　我上小學的時候，家裡還保留了幾十封書信，它們被捆紮起來，藏在衣櫃的角落裡。信封、信封上面的朝鮮郵票，以及信紙上的朝鮮文字，對我而言，它們陌生而危險，同時，也有種暗藏了祕密的欣喜。

　　少數民族，必然是少數派，戰爭時期或者和平時期、散居，或者民族自治區，少數派的弱勢是天生的，因為弱勢，他們會比普通人更

在乎團體，更在意相同之中存在的差異性，更渴望在差異中間尋找共同性。

我小時候，家裡常有客人來。在門外，他們是工程師、機關幹部、校長、工人或者農民，進了門，他們都講朝鮮語，在做別的事情之前，他們先要到我祖母跟前鞠躬問安。

有客人來的時候，家裡總是歡聲笑語，女人們在廚房裡面忙活，男人們坐在桌邊暢飲，酒至半酣，他們還要唱歌跳舞。當我是個小學生的時候，這群人在我眼裡永遠歡樂開懷，即使他們跟愁苦正面相遇，只怕也會醉醺醺舉手打招呼：最近還好嗎？憂愁兄？

在我最初寫作時，我從來沒想過自己的民族身分。就像我的生活自然而然地埋沒、同化在漢族人的生活中一樣，我的寫作也和其他漢語作家沒什麼區別。我也從來沒標註過自己的民族身分，畢竟我是用漢語寫作的。

但同樣自然而然的是，從我的寫作一開始，我的民族身分就沒有缺席過。我很下意識地在寫古典題材的小說時，把故事背景推遠到朝鮮半島。時空給了想像力無限的空間，同時又根深葉茂地紮根於人文歷史中間，我很有興趣和耐心在小說裡面描述一段舞蹈，幾截對白，衣食住行中某個細節，我在所閱讀的相關資料基礎上，大肆發揮，這些虛構的人物在故事裡面：欣喜時，兩袖清風舞鶴；沉靜處，一軒明月讀經。

我的長篇小說《春香》，也是基於朝鮮半島流傳甚廣的一個民間傳說，小時候我被這個《羅蜜歐與朱麗葉》般的故事迷惑，當我成為作家，我試圖用我的方式把那些人物重新建立起來。我感興趣的不再是傳說，而是傳說為什麼、以及憑藉什麼，成為傳說。

最近幾年，我開始寫一些時下的朝鮮族人群的生活。事實上，在經濟飛速發展的全球化時代，新的僑移正在發生，成千上萬的中國朝鮮族人去韓國打工、留學、定居；而同樣成千上萬的韓國人，來到中

國大陸，求學，交流、創業，或者僅僅是生活本身。新時代僑移的發
動力，不是戰爭，而是金錢和夢想。故事有時代和境遇的區別，但人
性的複雜和深刻，其含金量在哪個時代都是一樣的。重要的是，作家
有沒有能力從這些繁雜曲折的故事裡面提煉出真金。

　　在全球化的今天，僑移已經成爲世界文學的重要話題。血緣的濃
情與薄義，溝通的渴望與絕望，孤獨的相對與絕對，等等，等等，這
些主題既可以在微小處突出地呈現，又可能在全球範圍內普遍蔓延。

　　民族身分把我變成了邊緣人。在朝鮮──我是指朝鮮半島北部的
朝鮮──和韓國人眼裡，我是中國的朝鮮族人；在中國的漢族人眼
裡，我是少數民族，朝鮮族；在中國的朝鮮族眼裡，我雖然是朝鮮族，
可是我講漢語，用漢語寫作。我跟每個族群都有不一致，都處於邊緣
地帶。對於生活而言，這無所謂好，也無所謂不好；對於寫作而言，
這個邊緣的身分，實在是很好。它讓我失去了立場，卻贏得了更多的
視角。

　　有一天，我會寫寫這些事情。寫寫我的來龍去脈，寫寫我的邊緣
生活。我當然會有很多感慨，回顧所來徑，蒼蒼橫翠薇；或者是，過
盡千帆皆不是，斜暉脈脈水悠悠。

# 在北京想像中國

◎徐則臣

　　2009 年 10 月法蘭克福書展，在我的一本小說德文版首發式上，一位德國記者問：你生長在鄉村，爲什麼不寫鄉土文學，反倒寫起了北京？他的意思是，大家都知道，中國當代文學的主流是鄉土文學，大作家幾乎都寫鄉村。臺灣朋友比較熟悉的莫言、賈平凹、閻連科、劉震雲等，都是鄉土文學的一等一高手。他又問了另外一個問題，我寫北京，爲什麼不寫白領、公務員、教授、資本家，不寫那些可以掛上大都市標籤的各類高尙人士，卻寫了一群城市的邊緣人。這個問題後來我曾被反覆問及，但法蘭克福書展上的那一次是頭一回。我對這次提問記憶猶新，是因爲在那個首發式上，我第一次開始認真考慮這個問題。也是因爲這個提問，我基本上發現了歐美對中國當代文學的認識和興奮點。事實也證明，後來我去美國、瑞士、荷蘭、挪威、英國等國家，這也的確是記者們重複率最高的問題。

　　我爲什麼寫起了北京？其實我也寫鄉村，寫得還不算少，只是沒有像寫北京的那些小說受關注。但現在，的確是不太寫了。原因之一是，我對當下的鄉村越來越陌生，我覺得沒有足夠的能力把握好鄉村；原因之二，前輩作家已經把鄉土文學寫到了極致，可供開掘的空間越來越小，至少對我來說是如此。

　　我在鄉村生活了 18 年，11 歲開始出門念書。儘管學校所在的鄉鎮和縣城被巨大的鄉村包圍，從城鎮的中心往任何一個方向騎 20 分鐘自行車，就能看見無邊的野地和莊稼，但課業繁重，在學校裡待久了，還是遠離稼穡，逐漸對很多農活兒開始生疏，對土地和自然的知

識也逐漸淡忘。到 18 歲去城市裡念大學時，我對各種農作物的生長週期和特性的記憶，對農曆二十四節氣的推算，功力節節敗退了。接下來念書、念書、再念書，工作再工作，僅存的一點心得最後也沒了；現在寫作中涉及農事，趕緊打電話問我爸媽。這些年一直在城市，寒暑假或者空閒時回家，經常凳子沒焐熱人就走了。所以，在我感覺裡，成長的過程，基本上就是遠離鄉村和土地的過程——不僅是物理意義上的遠離，更是精神意義上的遠離。大概從二十四、五歲時起，回到家，我已經覺得自己完全是故鄉的異鄉人了。在我離開的時候，很多河流乾涸，很多樓房建起來，很多老人死去，很多孩子出生，很多道路已經改道，我和過去一樣穿過野地回家時，發現記憶裡的那條路竟然通往了別的方向。

如果說這些變化我尚能承受，那另外一些變化對我就是實實在在的打擊了。比如，小時候一起光屁股玩大的夥伴，多年後再見，突然發現彼此間有了深淵般的沉默和隔膜，那種被浩蕩的時光放大了的陌生與不安感讓我恐懼和絕望。近鄉情更怯，不敢問來人；魯迅〈故鄉〉裡的迅哥之再見閏土，大約就是這個意思。這種時候，我不得不確認自己已經是故鄉的局外人。

這些年鄉村變化的細節我沒有及時地看見，這些年故鄉的人事我也沒能真正地理解，尤其是當下中國複雜的城鎮化進程中人與土地的關係，我一知半解，作為一個「現實主義者」，我沒法說服自己依靠天馬行空的虛構去接近我的故鄉和遼闊的鄉土中國，所以，我寫當下鄉村越來越少。

當然，這其中也有寫作方向的考量。臺灣的朋友可能都知道，大陸正在經歷前所未有的社會轉型，現代化和城市化戰塵滾滾，一路吞噬鄉村，所謂的田園牧歌正在成為傳說，人與土地的關係變得空前地曖昧和痛切——換句話說，一個鄉土的中國正快速地、以畸形的方式在消失：鄉土中國消失了，鄉土精神消失了，皮之不存毛將焉附，鄉

土文學的前景可想而知。我倒不是因此勢利地規避了鄉土寫作，而是我的確感到鄉土敘事在莫言、賈平凹那一代作家的筆下達到了峰值。鄉土性之於他們那一代作家，是髮膚血肉，是世界觀和方法論；他們見證了鄉土中國最後的輝煌，見證了鄉村魔幻般地走向衰微。這些都是我，可能也是我們這一代人，所不能具備的天時地利人和。當然，儘管我感到力有不逮，我還是希望同齡人中，有能力也有志於鄉土文學的作家能夠薪火相傳，接續上前一代作家的衣缽。

　　規避鄉土寫作非勢利，選擇城市文學更非勢利。瞭解大陸當代文學的朋友肯定知道，在以鄉土敘事爲主導的當代文學中，城市文學是極爲邊緣的支脈。上個世紀 30 年代的上海，曾興起過一個施蟄存、劉吶鷗、穆時英爲代表的新感覺派，致力於都市生活的書寫，但這一度「極現代」的文學一脈，在戰爭、新中國之後成了絕響，1949 年以來的當代文學完全由鄉土文學一統天下，城市文學只是草蛇灰線般地存活著，在寫作技巧的積累、對寫作資源的開掘以及城市書寫的審美系統與意義空間的建構等方面，依然貧弱。一個豐沛、自足的城市書寫的傳統遠沒能建立；面對「枯藤老樹昏鴉，小橋流水人家」這樣的句子，我們的想像力永遠要無數倍地高於「鋼筋水泥混凝土，高樓馬路咖啡館」，與城市相關的每一個意象，它所負載的詩意與闡釋空間都要遠遠地貧薄於鄉村；想像一個鄉村家庭的「屋漏偏逢連陰雨」，我們的故事永遠要比城市人的遭遇更精彩更漫長，城市文學中故事與細節的積累，不足鄉土文學的九牛一毛。這就是中國當代文學的現狀。也就是說，中國當代文學中的城市文學才剛剛起步。把它作爲文學的方向，你得做好當烈士的準備，你得能夠忍受你可能會被「浪費掉」的前景。所以，選擇城市文學，在當代的中國文學，實在不是一件可以勢利的事。

　　但是我還是更願意寫一寫城市，因爲生活在其中，它是我最基本的日常生活，貼近髮膚和血肉。我所遭遇的生活與精神疑難，是一個

出門撞見城市的人必然面對的問題。

　　不過我們的城市生活遠不如想像的那麼完善，整個中國都就處於這樣一個狀態——圓滿自足、真正意義上的城市化遠沒有完成。城市化的程度，跟高樓大廈和經濟發達不能劃等號，如果生活其間的人難以具備充分的「城市性」，那也只是一個鄉村多了幾棟樓而已。住在城市，並不意味你就是一個城市人。中國的城市化更像一個簡單地掠奪和拋棄鄉村的進程，一路走一路吞併和甩棄，大躍進式的城市化，好像把農民和耕牛趕進筒子樓裡就算完成了。一大批身心離散、精神動盪的人群出現了。他們以不同的方式從小地方擁向城市，成為城市人、半個城市人或者城市裡匆忙的過客，每個人帶著各自的背景，讓中國的城市變得無比複雜，鄉村和小城鎮被人為地、生硬地嵌進了城市裡。在這個意義上，可以說，中國的城市有一半非城市性；或者說，中國的城市有一半的鄉土性；或者說，理解中國的城市，必須以理解中國的鄉村為前提，拋開中國的鄉村去理解中國的城市，是片面的。

　　現在，數以億記的中國人正走在通往城市的半道上，中國的城市化也在半路上。即便在北京上海這樣的現代乃至後現代的大都市裡，也必須在巨大的鄉土中國的大背景下才能真正地理解它們的現代和後現代。我對城市感興趣，對走在半路上的城市感興趣，歸根結底是對走在半路上的中國人感興趣。北京充滿了這樣「半路上」的人，而我碰巧生活在北京，他們就成了我的課題。其實，當我把他們的生活背景放在北京時，我明白，他們同時也正生活在「整個中國」。

2013/9/17，知春里

# 亞榮隆・撒可努創作自述

◎亞榮隆・撒可努

我開始會寫文章，我確定那不是我的老師教會我的，因爲我使用的語法、文字結構、想像、空間感……等，都是來自於我身體內在原本就有的，那個古老靈魂的養分。很多人很好奇，問我：「爲什麼讀你的文章會有畫面跑出來？會被你的故事帶進去？」我要説的是，這就是我們——原住民——在敘述一件事實，要能傳達完整，是必須透過很多的詮釋和自我想像，以及親身的經歷，透過轉換再轉換，讓人要能夠有想像和情境的。這對我來説是我所熟悉的方式。

小時候我就喜歡跟在老人家旁聽他們説故事，有時說到好笑的，我笑的會比任何一個在場的人還要大聲及專注。部落的老人給我取綽號 「牙《一比」，這個名稱意義爲「聆聽著」的意思。我愛聽故事，什麼故事都愛聽，不論神話或傳説，過去、近代或現代的，我都愛聽。因爲那是去理解知道建構我們這個民族，所發生、經歷過，被改變、轉變的真實的歷史。

國小我的老師讀不懂我的作文，在我的作文簿批示「文藻詞彙不通、跳躍式邏輯、天馬行空、不切實際」，就只因我不會去形容水果很多的樣子。當我的同學都用成語去形容，「堆積如山、滿山滿谷、像繁星一樣多」的水果，而我的形容卻是「我的眼睛裝不滿」。老師要我們去形容太陽下山，我沒有辦法像我的同學一樣寫出，「夕陽西下」，或「太陽公公滾著火輪子回去了」的形容詞。

對我來説，我熟悉的是生活所反映出的態度和邏輯，以及自我所屬。文字的本身開啓了每一個想像和浪漫的主張，又連接在每個字的

背後，所呈現或可能傳達的是另一層意義和代表。文字如時空穿梭的密碼，連接了過去和現在兩個時空可往來的空間的具體呈現。它可以是一個想像和畫面，可以是一個聲音和味道，更可以是記憶和未來。文字由本身的結構到解構，我看見的以不是簡單而單純的符號那樣而已。

我來自卡剌打斯（排灣語太陽西下的地方）的地方，太陽由海平面升起，在山的另一邊落下，但小時候跟外公外婆生活的我，有著所有思維概念的在地化，和排灣族人意識的開始形成。外婆和外公是這樣去形容太陽下山的：「太陽要被山的陵線吃掉了。」那是催促，提醒太陽要下山了，要準備收工回家，如果再晚一點太陽下山，看不到太陽時，森林裡會比外面的天還要快暗下來，回程的路上在森林裡走路會看不到路，不好走又有另一種無形會讓人害怕的山鬼會跑出來捉弄人。太陽的下山雖是形容詞，卻是語言動詞的相關語。

在那個年代這樣的寫法，會被我們以為或所認知的文學完全的否定，尤其那個時候，我們很多的老師所受的教育，都是單一所謂大中國文化的思想薰陶，又所謂的正統和素養，對我這種會寫出這樣文類的人是會被排拒，認為低俗，它不是文學的一個體統。但我要說的是，我的文學所有的出處、思想、思考、思維、思緒，及想像和創造，也都是來自那個最基礎的母體文化，也是孕育原住民文學主張絕對的優勢。

70 至 80 年代正為臺灣社會面臨關鍵性轉變之際，不論在政治、社會、文化的面向上，莫不以臺灣「本土化」作為最強烈的改革訴求。歷史扭曲、經濟剝削、土地喪失、尊嚴受創、傳統文化消逝等文化符號，使原住民運動也於此波的熱潮趁勝興起。在不斷的熱血抗爭中，開始凝聚出屬於原住民自己的「族群意識」，原住民文學也在當時漸漸地萌芽興起和看見，也替臺灣的文學延伸出不同的品相。也是在那個時候，80 年代，我感受著文學的穿透和可穿越的力量；也在那個

時候，我開始寫東西，一直寫一直寫，沒有想停止，像土石流般的狂流。我愛寫筆記，有時候亂亂寫，有感受就寫，想到就寫，也不知道寫的好不好，這樣寫對不對。

我想要去談的是所謂純粹的原住民文學，我不去談所謂的的原住民廣義文學，什麼身分血統或相關題材的問題，我要談的是生命最出處的那個起點開始──山林、河川、大自然跟原住民一體的經驗，在大自然經歷成為體驗的實感，要如何將所體驗的實感轉換文字，文字的被看見是一種傳遞和對另一個族群文化的了解和理解也是證實原住民跟土地和大自然緊密聯合的關係，臺灣的原住民過去都在大自然生活食、衣、住、行、育、樂都是。

有一天我開始去省思我的文學涵養是在什麼時候養成時，我不難發現，原來在我很小的時候，我的文學就已開始被形塑、定調了。但如果我們在討論的文學，有它的自我所謂的標準時，原住民的文學就不會在這樣的標準模式下被看見。舉個例子，英國人說他的英文最正統、標準，那美國人和澳洲人他們也都在說英文，菲律賓、香港、大洋洲很多地方英屬及美屬的殖民地也都使用英文，雖然在使用英文時，會有各地方的口語，在地的語言化。原本使用英文的人聽不懂，就很容易陷入「去他法」的概念，認為他說的英文不標準。用所謂的正不正統去看一個人、一個民族、一個地方的價值，對我來說我們應該尊重的去看這個民族使用語言時，已經發展、創造出跟原來語言所不相同的語系出來，那正是屬於當地的語言。就如臺灣原住民的文學也已慢慢的找到屬於可以詮釋自己在地而回歸的那種本質。

# 水色昨日

◎徐國能

　　散文的寫作根源於生活，但同時也超越於生活之上。

　　有時我很羨慕《魯拜集》的作者奧音・伽瑪，他的詩篇穿梭於天地山海，花叢酒甕，幾乎全是神話與冥想的結晶，他是行走在風上的人，現實的大地上找不到他的足跡，他的詩是對塵寰的嘲弄與憐憫，是對天堂的呼喚與歌頌，他雖也在人間，但早已不屬人間。這樣的作者所給予人世的並非作品，而是綽約的身姿，他的詩句只是為了讓後人看見那身姿的一面鏡子或是一抹秋天的湖面罷了。

　　我們失去了那樣的時代，縫不出那襲袍服釀不出那種酒，只能寒愴地活在「現代」，城市為我們虛擬出一根樹枝，我們就像莊子的鷦鷯在其上安營一個集；世界每日流成一條杜撰的河，我們便做一頭喝滿水的鼴鼠，挺著裝滿污染物的肚子踽踽獨行，回到黝暗的地洞中。日子周而復始，生命卻逐漸凋零，此刻我也回憶起我當初拿筆寫作的一些往事，也許是在學校的挫折太大，也許是受到歷史與文化的教育太深，不知是誰的聲音告訴我：寫作是唯一能自我解救的方法，當一些悲哀寫成了文字，當追索著一個意象去隱喻某個情懷或努力安置一個詞彙以傳遞剎那的感受，那些現實裡的挫敗、人生裡的困苦，忽然變得不再真實，反而成了我追捕與遊戲的對象，最後一一將它們馴服，豢養於文句間時，忽焉體會了真正的自由與滿足。

　　寫作最難的是自覺，我們永遠無法成為自己的觀點外的另一讀者來閱讀自己，因此永遠無法知道自己的優劣，故所謂的學習寫作，其實只是學習評價作品的方法與可能性，期待藉此自評而自進。傳統的

課堂老師不教寫作，或說能真正理解寫作為何物的教師少之又少，因此在寫作中，大多數的技藝都非正傳，往往東拿一鱗，西取半爪。在資訊困難的年代，古典主義可以說是我最初的啟蒙師，裡面的意境與涵養為我指出一條向上之路。童年的印象往往影響最深，就像一個走遍江湖的漢子，總是不斷在後來的各種際遇裡去印證師門的第一個架勢。當現代主義的洪流淹我而來，我也考慮過存在、虛無、疏離和荒謬這些悲哀的字眼，也對個人的生命產生了另一種深沉的悲哀。就像大海洶湧的深藍，就像夏日無盡的長空，這些生命本質性的體會沉我於深深的憂鬱，以至於無法寫出一個字來表述這樣的狀態。

然時光很快將我推上當代製造業環環相扣的鎖鏈，不待我去尋思存在之本質為何，我已被迫面對那傳說中「時代的巨輪」。在小心應付人生過程中，心底總是集結了一批與現實格格不入的反抗軍，既不滿於世人庸俗的價值，復不屑於反對世俗的偽善，正所謂「適俗逃禪兩未能」，人生竟爾不知不覺朝向年輕時琢磨過，卻並不十分理解「虛無」擺蕩而去。

因此攀住現實生活的一根細絲，人生便有不必跌落深淵的可能，這是我寫作的唯一契機。城市裡那些明確又悲傷的面孔，那些歡喜又荒唐的時節，那些每一個時期共同注目過的事物，那些包容了我也遺棄了我的青春廣場或廢樓陰影，那些擦肩而過卻恆駐心底的日子啊……，彷彿車窗外倏忽風景，我必須不斷書寫塗改，漸漸我認出了，筆下所寫的，不過是浮印在那些風景上的一個玻璃車窗上的側影，一個矇矓的自我輪廓──原來所有的寫作，就是在急速前行的車上，去捕捉那所有風景上半透明的自己罷了。

如今我已十分幸福地擁有一些日子和一張書桌，一個每天要面對的世界與一臺電腦，也許這對寫作者來說就是最好的結果。我無法期待自己寫出什麼，只是希望能記得那被眾人所遺忘的，某個平凡的一天。也許因為文字的堆砌，因為一個句子同時隱含了兩種以上的可

能，那平凡的一天也就有了意味深長的暗示，工作、勞動、爭執與懷恨，都不再是原本那樣樸素，而在文字裡具有了木質的紋理或絃歌的鬱揚。

　　水是無色的，卻並非無味。有一天，當人們口渴時，也許會有許多形容詞加諸於水的上面，但那並未改變水的本質與滋味；同時，水依然是無色透明，維持著神祕的靜止之態，那就像我們活過，也死過的許多昨天。

# 伊格言創作自述

◎伊格言

歌德爾（Kurt Gödel）的不完備定理（Incompleteness Theorem）：「對任何聲稱能確證──也就是證明或否證──所有算數陳述的一致性形式系統 F 而言，必至少存在一個既不能在此系統中證明也不能否證的算數命題。」

如果人類所創生的文字符號是這樣的系統 F。如果所有的人類文明就是這樣的系統 F。那麼我想，優秀的文學作品就是那條既無法證明亦無法否證的算數命題。它存在，足以繞過任何形式系統 F 所給予的支援或障礙，邏輯或直覺，愛與冷漠，恨與其悖反，引力與其反作用力……它存在。毋須證明，我們確信其爲真。

# 滕肖瀾創作自述

◎滕肖瀾

　　相比以鄉村為背景的小說，城市小說似乎從一開始便有它尷尬的地方。氣質上看，城市這座水泥森林如何敵得過鄉村的自然清癯？就像半老徐娘再怎樣妝扮，也很難勝過荳蔻少女。同樣是苦痛，一個老農民失去土地，在群山環繞間放聲一哭，那景象是何等的蒼涼悲壯；倘若換成一個工人下崗，痛是痛的，卻多少總覺得格局不大。──這是先天不足。

　　後天上看，城市小說往往容易流於日常化，將日常生活簡單地再現，缺乏進一步地思考與探索；或是為了滿足讀者獵奇的心態，將城市生活中光怪陸離的部分不加提煉，便一股腦地端出來。事實上，目前的城市小說，以寫底層與上層為多，要麼是無邊無際的苦難，要麼便是紙醉金迷。不管往哪邊傾斜，其實都是重口味。重口味能吊鮮，卻也是偷懶的一種。好的小說需要慢火烘焙，滋味一點點從裡面出來。城市小說的主角，永遠都該是占城市百姓絕大多數的那一群，即金字塔中間的那一群。不很富有，卻也不至窮困潦倒，日出而作日落而息，自給自足，有苦有樂，有失望甚至絕望，但也有希望。他們是最普通的那一群人，看著最最沒有特色，卻是最有代表性的城市人群。

　　我生在上海，也居住在上海。因此，我的小說便多以上海為背景。上海是近代文學的發源地，一路走來自成體系。海派小說自有其味道，沿襲至今。前輩作家藝術家們留下的瑰寶，站在巨人肩膀上，讓後輩受用無窮。但同時，上海是不斷發展變化著的，如果作品靜止不動，只抱著一些原有的上海元素不放，那便很難寫出有意義的作品。

在許多人的心目中，上海一方面是繁華到極點的東方大都市，是「大」，一方面又是「小」──作天作地的上海女孩，不夠硬氣的上海男人，門檻精、尖酸會算計，小家小戶。這幾乎已經成了一種思維定勢。他們以為這就是上海，這就是上海人。其實身處其中的人都知道，上海不全是這樣，上海人也不全是這樣。有時甚至是完全相反的。上海人的待人處世，面上是各行各路、冷暖自知，骨子裡卻是與人為善的，一團和氣，也是大氣的。與許多文藝作品中那些完全不同。

　　寫一篇看似很「上海」的小說，其實不難。但身為上海作家，總想寫出當下真正的上海。我理想中的海派小說，是給上海人看的，這樣便作不得假，蒙混不了。土生土長的老上海人也好，遷移來的新上海人也罷，讓他們看後叫一聲，「這才是真正的上海」。空間時間都是不錯的，不遠不近，不老不舊，不嘩眾取寵奪人眼球，也不故作勢態淡而化之。正如前面所說，我想寫的上海，是金字塔中間的那一群人。他們的悲喜境遇，是我所感興趣的。我並不害怕這樣寫會失卻原有的「上海味道」。事實上，這樣做確實有風險。每個城市的這部分人，其實都過著差不多的生活，拋卻那些地標性的鏡頭，把他們放在一起，不說話，你根本很難分辨誰是上海人，誰是北京人，誰是廣州人。那麼，「上海味道」該如何凸顯，這問題便擺在我們每個想書寫上海的作者面前。

　　其實，看似平淡無奇的生活，上海人與別處還是不同的。上海人有自己的處世哲學，做人的講究。那些對待事物的特定反應，只有上海人才懂的會心一笑，彼此間的默契，思考問題的慣性態勢，甚至是一個眼神，一個手勢，一聲招呼，上海人都有自己的套路。寫出來，便是上海味道。字裡行間自然流露，應是妥貼熨服許多。

　　城市小說最怕寫碎了，成了一本記事帳。僅僅提供信息量那肯定是不行的。究其根本，還是要寫「人」，寫「人性」。我手寫我心，我心也似你心。人世間有些東西是共通的，與地域階層無關。寫作要將

心比心，以心換心。

# 另種鄉愁

◎東　紫

第一次離家是 1986 年，16 歲的我提著柳條箱子獨自到外地求學。一心嚮往遠方的我從未想到——離家的第二天，家就擴展成了家鄉，就變成了故鄉。在夜晚，在校園飄來蕩去的笛聲裡，用眼淚包繞著故鄉曾給我的記憶——村莊、田野、小山、樹林、河流、堤壩、父老鄉親……包括那些曾經熟視無睹的人和事，景和物。每天，我用撒嬌的筆觸寫著信寫著日記和詩歌。思念，懷戀，憂傷，酸楚，甜蜜。放假了，迫不及待地趕回去，隔老遠就委屈得淚眼婆娑。隔老遠就在心裡霸道地對她說——你是我的村莊我的田野我的山我的樹我的堤壩我的河我的父老鄉親！我的！我的！彷彿，遠離不是我當初的嚮往；彷彿，遠離不是自己的選擇；彷彿，遠離是失去的同謀。回家，是種失而復得，是獨享的權利。

後來，費翔把〈故鄉的雲〉從臺灣唱到了大陸，唱到了每個遊子的心裡。再後來，最初離家時的豪情萬丈真如他歌裡唱的——逐漸衰減成「空空的行囊」。漂泊的疲憊和挫折一再的揉搓硬化了淚腺，只有在回家的時刻它才重新柔軟、柔弱。每次，回家的路上，心裡都旋蕩著〈故鄉的雲〉。回到家，在母親疼愛的絮叨和鄉親們的問候裡，我總是要到處走走，看我的家鄉，我的！在養育了我陪伴了我見證了我成長的事物面前——那樣的時刻，你會發現自己是世界的主角，會發現故鄉的一切都是無字的書寫——只為你而記錄。這樣的時候，會真切地感受到生命的延續性，會意識到當下的遭遇僅僅是延續的一小部分，一個小的段落而已。這樣的時候，故鄉泥土的芬芳，故鄉的風，

故鄉的雲，都是懂你的疼愛你的撫慰你的推動你的寬厚手掌。這樣的時候，鄉愁是溫暖的，是甜蜜的，是安定的……用她的恆久和緩慢的蒼老。這樣的時候，我真就以爲我的鄉愁是席慕蓉說的——鄉愁是一棵沒有年輪的樹，永不老去。

然而，社會發展的巨輪不可抗拒地碾壓過來。在每個人的家鄉轟隆作響。不管你的家鄉是城市還是鄉村，都要和巨輪一起向前衝，費勁氣力去滋養一種叫 GDP 的數字。逐漸的，那曾在我心裡被霸道地用「我的」來限定的一切被蠶食了——泥土不見了，車轍不見了，田野不見了，房屋不見了，天變了，地變了，山變了堤壩變了……就連鄉音都變了，曾經爲你無字書寫記錄生命歷程的一切都變了，你的故鄉在故土上丟失，你的「主角」感被剔除了，那些曾經溫暖你甜蜜你安定你的鄉愁不得不枯萎老去。家，原來被離別擴展成的家鄉，在心裡萎縮成父母的指代——儘管家鄉的名字所涵蓋的地域因爲城鎮化、都市化的需要而大大擴展了。這也使得成長於鄉村寄居在都市中的我，寫作出現鄉土淡出、對鄉土和故鄉的認同出現糾結的現象。

如果，失去的、改變的僅僅是故鄉的景物，僅僅是鄉土的縮小，或許只能令一個人的鄉愁老去、沉睡或模糊的懷想——因爲故土不是一代人的故土，誰也沒有理由因保護「我的」而阻止她的變化和進步——

正如那前面有車後面有轍的路之概念不能隨天地終老不變，它應該有更方便民生的進步和變化；正如茅草房的記憶屬於我們的上一代、磚瓦房的記憶屬我們，水泥樓宇的記憶也該屬於下一代……但當某種變化從根上改變了故鄉時，對一個遊子來講，他的鄉愁就不再是老去、沉睡和模糊的懷想，而是清醒地裂變成真正的愁——憂愁。

故鄉的根，物質的是水和土；精神的是道德良知。當「天下熙熙皆爲利來，天下攘攘皆爲利往」真就成爲了現實的寫照時，尤其是在熙熙攘攘的過程中，人們丟開了對天地的敬畏、對鬼神的敬畏、對君

子之言的敬畏時，利益只如巨大的獸爪抓住了人們的心思，道德良知一落千丈——人們笑貧不笑娼，笑貧不笑貪。這樣的時候，任何人的故鄉都難逃蹂躪——那些只重利益的人為了利益可以不顧水資源的污染、土地的污染、人心的污染，他們擦著法律的邊緣鑽著法律的空子利用著那些被利益薰了心目的人的合作，膽大妄為，致使很多地方出現了癌症村。癌，是惡魔剝奪人們生命的咒符，是父老鄉親因病返貧的第一大殺手，是每個生命最恐懼最憂慮的未來……這樣的時候，鄉愁不再是單純的憂愁還有悲哀和憤怒。我發表在《中國作家》第六期的中篇〈偽綠色時代的掙扎〉就是在這樣的情緒下寫成的，或許它不是一篇成功的作品——用一位評論家的話說它裡面有明顯的作者情緒，但它是我最為心痛最為悲哀和憤怒的作品，是我懷著對祖國對人民對我們賴以生存的環境的責任和愛寫出的。

這另種鄉愁還含有另種憂慮。故鄉的精神之根都會成為人一生行為的坐標點，不管是都市的還是鄉土的。在精神之根被唯利是圖污染之後，我們的後代會有怎樣的成長？我們的民族會有怎樣的未來？對寫作者而言，這個坐標點尤為重要，因為它不但會影響其自身的行為，還會有意無意地在文字中進行書寫、傳播。那些在污染中成長起來的寫作者會有怎樣的書寫和傳播？

這另種鄉愁，改變了鄉愁在我生命體驗中的概念，停止了我對故鄉撒嬌式的書寫，停止了我對故鄉精神上的索取，也停止了故鄉對我「空空行囊」的撫慰。這另種鄉愁，在我的心裡成為故鄉一個呼救信號，讓身為寫作者的遊子用筆來幫它救治，我認為這應該是寫作者今後寫作的一個重要母題和責任。

# 然後星星亮了

　　我小時候很靜，只要扔來什麼印了字的紙頭就捏著讀，可以不言不語一整個下午，起初父母十分欣喜，後來才發現這是性子孤僻，但已經來不及了。比較奇怪的是我一開始沒學注音，先認方塊字，父親最得意並常驕其友朋一事便是讓三歲多的我給大人們讀報紙，眾人稱奇稱善（諸位，這又是一個小時了了的例子）。幼兒看天地，事事都新，中文字裡更是彷彿有妖，例如一個「美」，從前鉛字排版時候，這「美」有好幾種字體，底下「大」字右邊那撇，有的連在一起，有的分開，或者分得更遠些，只需這一點點兒差異，在當時的我眼裡，就完全是各種面目美人：神情柔軟的，明快有鋒的，甜笑微微的，總之是浮想聯翩。

　　但沒有想過自己長大後會吃這一行飯。說起來我直到大學畢業都渾渾噩噩，從沒真正想過以後該靠什麼過日子？畢業不多久，我進了報社，做了一陣子副刊編輯，那幾乎是上一個十年的事了，台灣報業當時標標準準已是百足之蟲，死而不僵；副刊如瀕危動物（容我借用女詩人騷夏書名）身上快要發炎的盲腸，晚秋裡時有風聲，割？不割？我們只能在前代留下夕陽如血裡，猜想夜晚何時要來。

　　然而即使是這樣，許多人仍覺得副刊編輯的生活十分清貴，無比神祕，彷彿仙人指路。或許曾經是的。但到了我這一代，我們的桌面（電腦裡的，與實際上的）也就和每個上班族一樣，隔間牆大概還來自同樣廠商。我搭電梯，抵達高樓，打卡，開電腦，看稿子，打電話給陌生或不陌生的人（我最討厭打電話，心裡那個躊躇啊），催稿（這

時常見悲劇），和同事一起用餐（這時大多喜劇），開會，收信回信，看版面……我時時爲了自己是前幾個讀見此代精銳心靈的人，而感到幸運；我也時時驚訝，啊，雖然都說現在少年人不讀書了，但也有這麼年輕的孩子，寫出這麼好的文字；可我真正最敬佩的，其實是那些稿件雖然從未留用，仍能氣定神閒、一投再投的寫作者。他淡定，他不慍不火，他從來不在信裡對我們這些假權力者發出任何怨言，他寫在稿紙上的字體甚至愈來愈工整……此時你或許想像了一個溫馨故事，好比說，我應該回一封文情並茂的信給他……但我想的是：光爲了他這堅持，他這篤定，我已沒有任何資格站在高處「鼓勵」他，「指導」他：事實反而是他鼓勵了我，指導了我。我只能把他的稿子整整齊齊摺起來，放進回郵信封。有一天，他寫來一首詩，很有意思，於是很快登出，我相信我與同事比作者本人還開心。

也有許多人認爲，所謂文人雅士們，境界必然是高的，那麼容我再借王鼎鈞先生回憶錄四部曲最後一書書名「文學江湖」，四個字，也就說完了。這裡仍然看見傾軋，仍然看見怨妒；仍有人看上不看下，仍有人圖名又圖利。藝術或者創作或者文學，有時被人當作一床大被子，晃浪浪一攤開，底下不宜聞問的東西，就蓋住了，看上去一樣整整齊齊。但我認爲，那也不必幻滅，我反而學會了平常心。仗義半從屠狗輩，負心多是讀書人。而人到哪裡，都還是人。江湖風波雖惡，可是也有俠（雖然不多），神天也總有大乘除（雖然未必馬上看見計算結果）。

現在，我不以文學行當爲正職好一陣子了，然而其實不管去到哪裡，我都看見廢墟，只差在崩潰快慢而已。有時我懷疑：我們這一代人來，難道就爲了看最好的時間過去，當那個最後離開派對、收拾碎杯殘酒的人？可是，我也沒忘記，這個提早發育的時代，後面趕上了那麼多早慧的人兒，看著他們我總是想，天啊，我念高中念大學的時候怎麼顯得這麼傻？還好有這麼聰明的他們啊。我也沒有忘記，副刊

與平面媒體的影響力愈來愈少，話語權愈來愈小，十年過去，這大概是蓋棺論定，沒有疑義了，這或許是我們這一行的悲劇，但是，我們這一小撮人的悲劇，實則是更多人的喜劇：有麝自然香，你有部落格，你有 facebook，你不需要一個陌生人決定你的聲音能不能被誰聽見，你不需要我或任何人決定你的作品是不是「夠水準」，你不需要一尾巨獸站在門前，你有筆，就像有劍，這是任何時代都不會變的事。

　　至於我們，我們守著廢墟。但廢墟也有廢墟的道理，你沒看見古羅馬競技場如此美麗？前代人留下夕陽，我這一代站在邊界時刻，雖然夜晚終於來了，然而也有星星來了，他們奮力點亮天空，抬起頭，我感到慶幸。

（本文原刊於《聯合報・副刊》，2013 年 1 月 8 日）

# 有父親、母親存在的「故鄉」

在記憶影響下的寫作

◎李　浩

　　我想從我的父親母親進入到「故鄉」。在我以往的諸多文字中，我很少涉及我和我個人的生活，我缺少給自己的生活留什麼「信史」的願望，甚至對此有很強烈的敵意。更多的時候，我願意剪斷自我生活和「創造世界」之間的連線，而讓在我的小說中、詩歌中出現的那個世界自己生出意味和意義。也許，我可以重複巴爾加斯‧略薩的強調，「小說是生活的臨時代用品。回到現實中去總是一種殘忍的貧困化：證實了我們總是不如我們所夢想的。」小說構建的世界寄予著我的理想、幻想和夢想，在那裡，我可以變成甲蟲或者飛鳥，可以擁有世界也可以被封在果殼裡，可以一生生活在樹上。我覺得，小說是我所面對的「現實」的延展並且是必要的延展，故而，至今，我寫我所處的當下生活的作品是最少的。我也不在我的小說中爲「我」建立信史。

　　當然，梳理「自我」和寫作之間的關係，自我和故鄉的關係還是很有必要的。它不僅僅出自於對我們「新鄉故土‧眺望回眸」這一主題的尊重。今年年初，我剛剛完成一部長篇《鏡子裡的父親》，它本來應叫「父親簡史」，但在出版社朋友的勸說下我最終改成了現在的這個。儘管我不希望通過自己的寫作建立信史，但自覺不自覺中，對自己經歷的、故土的、童年意識的書寫還是潛在地占有了相當的比重，儘管它被我一次次改頭換面，被我有意塗改和模糊，它的存在，卻始終那麼堅固。在寫到這段文字的時候，我突然想到一個詞，症候，症候式寫作：是的，我的寫作明顯帶有某種的症候性，它之所以成爲

現在的樣子與我經歷中的某些症候有著內在的關聯。所以，我說，我想從我的父親、母親進入到「故鄉」。

在我小的時候，上初中之前，我是跟著我的姥姥、姥爺一起生活的，奶奶家、父母家、姥姥家在一個村子裡。那時，我的父親、母親忙於工作，根本無暇顧及我和小我兩歲的弟弟，直到我上了初中這種狀況也有了改變。在很長的一段時間，我的父親、母親於我都是陌生的、局外的，我和他們有距離，很大的距離，有時候去他們家，是的，我和弟弟都叫「他們家」，有時會偷偷給姥姥偷些東西過來，因為「我們家」沒有。我父親是教師，他是那種傳統的、或被我們稱為「封建」式的家長，對我幾乎沒有過笑臉，我的所想所做在他眼裡一向一無是處，從未對過。有位朋友曾對我談及他的父親，他說他父親與他對話，一般只有兩個字，一個是「屁」，一個是「滾」──我父親也是這樣，絕對有過之無不及。「屁」，就是不認同，就是否認，就是鄙視，他不會帶出聆聽的耳朵；「滾」，就是取消對話權力，不給予對話資格，這時，他也不會帶出聆聽的耳朵。我當然不能無視這兩個有份量的字。因為後面緊緊跟著的就是暴力。所以我在姥姥家很不願意父親出現，而初中時進入到「他們家」，則感覺自己進入到籠子裡，是封在果殼裡的囚徒。父親固執地「要面子」，為此他付出過不少的代價但始終不肯變化；而我母親，則完全是另一類人，她極其懂得世俗和世故，見風使舵，我的同學到我們家她也會根據她的判斷分出三六九等分別使用不同的語言和臉色。我父親極瞧不上她的這點兒，而我母親又對我父親僵硬刻板的「要面子」頗有微詞。即使現在，即使在我母親去世之後，回想起來他們之間的生活基本毫無愛意可言，我所能記起的就是爭吵，追打，突然摔碎的碗，等等。平靜的間歇很短，一向很短，而我和弟弟，時時還要充當一下出氣筒，挨一頓毫無來由的拳腳。放學回家，時時會感覺有陰雲籠罩，總想盡可能地從他們尤其是父親的眼皮下面溜走，彷彿是一隻街頭的老鼠──而我父親又見不慣我的這

一舉動，它等於是火上澆油，自尊而感覺懷才不遇的父親怎麼能允許自己的兒子像一隻老鼠？於是……

　　這是我的童年。在我的童年裡還有我的姥爺──姥姥是改嫁過來的，這個姥爺非常老實而木訥，似乎從不說話，多數時候他就像一塊多餘的、不顯眼的木頭。我的姥姥、大姨、和母親都瞧不起他，這點她們也不隱瞞，他自己也知道。他充當那種木頭人的角色一直到死。直到他死去，他連歎息都不會。

　　現在想起來，他們塑造了我也塑造了我的寫作，塑造了我看世界的眼，塑造了體現於我寫作中的特質和症候。多重的、大約也複雜的因素影響著我的寫作，但如果不是生在這樣一個家庭，如果不是童年記憶的影響和滲透，我想我的寫作會是另一個樣子。肯定和現在不一樣。童年的、故鄉的記憶對我影響巨大。陰著臉出現的父親讓我領略權力的籠罩和強大，包括某種的非理性，懲罰對罪惡的尋找等等。我需要察言也需要觀色，習慣把事情、把懲罰往嚴重處想，習慣了怯懦和盡可能回避；而母親，從她那裡我見到了斤斤計較，對得失的細緻衡量，見到了如何更好地隨波逐流。我的姥爺，他在我的小說中也曾多次出現，小說中，他和我的父親結合變成另一個「父親」，叔叔，或者爺爺──我把他的存在看成是「生存中的死亡」。

　　也許，我的父親母親都站在了各自的極端，我的姥爺也是一個極端吧！我和他們生活在一起，在內心裡暗暗地、卻是反復地抵抗：我不想讓自己成為父親那樣的人，我不想讓自己成為母親那樣的人，我也不想自己成為姥爺那樣的人……但他們在著，就在我的抵抗中進入到我的身體和骨血。他們在著，即使我以詩歌和小說的方式構建的另一個世界。上初中的時候，我閱讀李煜，閱讀他書寫回憶和喪失的詞，感覺他是我的前生，感覺那些詞，應當是我所寫下的，我們的靈魂中有著某種的深度重疊；後來，我閱讀卡夫卡──有時，我感覺他寫下的也是我，是鏡子裡的我。很長一段時間我都不敢更多地閱讀他，我

希望自己也做一些抵擋，在他那裡，我看到的是和我幾近相同的文學症候。我害怕被籠罩。我害怕他巨大的吸力淹沒掉我，讓我陷入影響焦慮之中。

　　我寫作，是因為我在果殼裡有一顆心的存在，它時常痛苦但又不甘；我寫作，是因為我需要訴說和減壓，而我也羞於把我的真實坦露給另一個人；我寫作，是因為我希望，幻想，並希望我寫下的人物承擔幻想和夢的全部後果。

# 梅雨的隱喻

◎王十月

　　我的故鄉在長江中游的荊州，那裡巫風盛行。巫鬼文化影響了我看世界的方式，也影響我的寫作。記得我六歲那年冬天，在長江邊的樹林裡拾被寒風吹落的枯枝，不覺天已近黑，我獨在那荒寒的樹林裡，突然過來一個黑瘦的女人，問我是誰家的孩，並冷笑，說要將我捉了去。我嚇得昏死過去，醒來已是三天後。我得了大病，求醫問藥一月餘不見好，縣城醫院的大夫對我父母說這孩子保不住了，讓我父母別再浪費錢。母親不甘心，轉求巫醫。巫醫羅老人拿刀片劃開我右手小指，放了許多血，將那血滴在黃裱紙上，做了一道符，命我母親夜晚在家門前的竹林裡燒了，又讓我母親每晚爲我叫魂。叫魂一直持續到冬去春來，我的病才好起來。我母親在我 11 歲時逝於意外，如今，回想起母親，最深的記憶，是母親站在村頭的寒風中爲我叫魂的聲音。我母親逝於梅雨季節，因爲雨季要來，又颳了長江中游少見的颱風，母親害怕梅雨季節雨水倒灌進房裡，於是在颱風中清理屋簷下的排水溝，不幸被颱風卷起的一塊瓦片打中了頭部。母親死了。村裡的醫生這樣說。家人按荊楚習俗，爲我母親請來道士做齋超度亡靈，三天三夜。我實在是太睏，第三夜，我睡著了，做了個夢，夢見母親拉著我的手，不停地說她沒死。我醒後，齋事已畢。次日上午，母親要入土爲安時，人們發現棺木下面在滴血。親人們於是打開棺木，我母親面色如生，身體溫軟。馬上找醫生，但那時，離我家最近的鎮醫院有 16 里，只有一條亂石鋪就的路，又不通電話。親人騎自行車到鎮上，再叫來醫生時，已經晚了。醫生說我母親之前並沒有死，只是

休克了。若是交通方便，一個電話到鎮醫院，我母親或許就有救了。我一直很後悔，爲什麼母親托夢告訴我她沒有死，而我卻無視了母親的夢。人死之後，是否真的有靈魂？對此，我一直深信不疑。我相信，一定還有一個我們未知的人死後的世界存在著。

因爲我母親的逝去與故鄉的貧窮落後有關，讓我對故鄉近三十年來經濟發展帶來的改變，有著複雜的認識。我的故鄉，現在從鎮上到我的村子，早修通了水泥路，農民用起了手機，許多人家有小汽車，摩托車更是家家有，家家住起了小洋樓，再不用爲梅雨季節家裡漏雨而發愁。我就想，如果我母親是在今天遇到當時的事，只要十多分鐘，就可以送到鎮醫院，半個小時就可送到市醫院。經濟發展，讓本來偏遠的農村，享受到了工業文明的成果，但與此同時，也帶來了負面的東西。比如，因爲道路修通，工廠開進了村莊，特別是高污染的漂染廠、化工廠。過去，湖裡的水捧起就能喝，現在，湖裡的魚蝦開始絕跡了。過去村裡的人日子雖然苦，但寧靜自得，現在村莊喧囂，人心浮躁了。過去，村裡人過春節時，家門口貼的春聯是「家居青山綠水畔，人在春風和氣中。」「遵祖宗二字格言，曰勤曰儉；教子孫兩條正路，惟讀惟耕。」現在，都貼「步步登高走鴻運，歲歲平安發大財」。環境的變化是外在的，而人心的變化是骨子裡的。許多美德，被人拋棄和譏諷。

但是，我們有資格去批評他們，指責他們嗎？

我想起在一次文學論壇，大陸一位以寫鄉土散文著稱的作家，說起了他對當下中國農村的印象時，痛心疾首地說，「現在中國已經沒有了鄉土，沒有了鄉村，只有農村。」他說現在的農村，水泥路通到了田間，家家住一模一樣的小洋樓，再沒了往日的詩意。散文家回憶了他記憶中美好的鄉村，回憶了光腳踩在泥濘的田埂上，腳丫與泥土親近的那種感受，回憶起了夜宿點著煤油燈的老式木屋的感覺，他說那時的鄉村是詩意的，是文學的。也有畫家，認爲過去的鄉村是可以

直接入畫的，現在的鄉村，已失去了畫意。這樣的言談，其實代表了許多人的看法，認為鄉村應該保留原始的風貌，保持那些延傳千年的民俗，不要和城市一樣，被時代的快車裹挾了前行。他們從詩意，自然，環保，文化傳承等諸多方面來佐證自己的觀點，唯獨忘記了人的存在。那些生活在鄉村裡的人，他們的選擇。我當時反駁了那位散文家，我說，每個人都有過上幸福生活的權力，每個人都有享受工業文明成果的權力。沒理由讓你享受著工業文明帶來的便利，卻讓別人活在落後的農耕社會，用他們的苦難來完成你詩意的想像。但又有人反駁我，說自然是萬物的自然，人沒有權去獨占。但問題是，為什麼人們默認了城市對自然的毀壞，卻要苛求鄉土。於是又有人說，城市已然如是，我們要保護僅存的鄉土，亡羊補牢，為時未晚。對於這樣矯情的論調，我懶得再去辯駁。因為在我看來，人是平等的，人的權利也是平等的。許多人並沒有意識到，他們的骨子裡，都是有著特權思想的。當我們站在都市審視鄉土時，我們的思想裡，就多多少少帶有了這種特權思想。對於這類人，我回覆說：夏蟲不可語冰。自然，我這樣說，不是鼓吹鄉村可以無節制開發，更不是說我們可以無視環境，而是要提醒大家，我們要看到問題的複雜性。我們要多一些自省，而不是一味指責。我們關注鄉土，首先，是要關注鄉土上生存的人。基於此，我的鄉土寫作，在批判鄉土陷落的同時，更多的，是在反思我們自身。否則，落入「都市惡，鄉村美」的窠臼。這樣的寫作，就失去了意義。

這次，我提交論壇的小說篇名叫〈梅雨〉。

因為母親逝於梅雨季節，我對這個季節，一直有著無法釋懷的糾結。有過鄉村生活經驗的人大抵會知道，梅雨季節，是萬物生長的季節。充沛的雨水讓植物瘋長，動物們也進入了瘋狂的發情期。這是動植物們的歡樂季。這個季節，也是腐爛的季節，瘋長的細菌，讓鄉村到處飄浮著腐朽的氣息。生與死。極樂與悲哀。在這個季節裡，都表

現得格外極端。這像極了我們今天所處的時代，像極了當下中國大陸的鄉村。經濟飛速發展，人們開始物質的狂歡，一些新的東西在瘋狂生長，而一些千百年來形成的傳統在消亡。我在小說中，寫下了這種瘋長與消亡，寫下了我的故鄉正在經歷的現實。但我不甘心於此，因為這樣，又落入了「過去美，現在惡」的無用感傷之中。於是我在小說中寫下了馬福老人：老人在這個季節突然開了天眼，他看到了別人看不到的世界，一個美妙的世界。在那個世界裡，湖不再是污穢的，而是開滿了鮮花，純淨透明。於是，在小說的最後，馬福老人划了船，去尋找那個世界。

　　我想說，梅雨是我們這個時代的象徵，而我們，需要更多馬福老人那樣，心中有淨土，並願意去為尋找淨土而努力的人，而不是叉著腰的指責與無用的歎息。我是一個信奉行動至上的人。

　　我行，故我在。

# 劉梓潔創作自述

◎劉梓潔

其實，我的人生是很沒創意的。

我從小是個愛看書的小孩，國小、國中都代表班上參加作文比賽，從國小開始就知道「投稿」是怎麼一回事，拿到稿費，就馬上拿去買想看的書。高中加入校刊社，大學讀新聞，研究所讀文學，畢業後在書店的雜誌部門當編輯，之後又當記者，跑什麼新聞呢？出版。

以致於，如果說，除了寫字之外，我什麼事都不會做。這絕對不是謙虛。（我到現在按提款機都像在拆炸彈一樣緊張。）

我 14 歲以前住在農村裡。母親是公務員，國小就在母親工作的鄉公所對面，我們每天放學就到鄉公所的會議室寫功課。鎮上沒有一家書店，有些圖書經銷商，大概知道鄉公所每天下午會有些員工小孩出沒，便帶著樣書到中庭（那好美的光復初期灰牆建築，現在全拆了）擺書攤，我和哥哥妹妹及其他小孩寫完功課就泡在書攤上。從那時開始，學會填劃撥單郵購，體會到一大箱子的書寄來家裡，準備拆箱的雀躍感。

而我在書裡看到的廣闊世界，逼著我想離開著窮鄉僻壤。終於，在高中聯考之後實現，我考上第一志願，成為外宿生。我在「臺中」這城市進行了第一次的「都市化」，學會吃一點洋食，有音樂會可以聽、有美術館展覽、舞臺劇可以看，更重要是有大書店。對一個從小愛看書的小孩來講，我從此無需在流動書攤上辛苦地找書。我高中一年級的時候，第一次在「誠品書店」買了一本書，回來後把那墨綠色的紙袋，非常小心地攤開，在床墊底下壓平，因為覺得那東西好美、

好神聖。

接著，第二次北伐機會來了，大學聯考。這次我要直達那個「文學首都」，臺北，所有出版社、所有書店、還有那些我喜愛的作家們，都在那裡。我考運還算不錯，考上了師大。上大學那年，誠品敦南店開始24小時不打烊。我經常晚上11點多搭末班公車，從師大到誠品去，看整晚的書，然後早上再搭第一班公車，回宿舍補眠。我跟一些分屬在北部不同大學的高中校刊社同學，大家會半夜不睡覺，先去 live house 看場表演，再到誠品敦南店看書，再去便利商店買啤酒，坐在誠品前面喝，覺得自己是好熱血的文藝青年哦！現在想起來，幹嘛半夜不睡呢？整個大學就在那樣有一點點瘋狂、有一點點文藝憤怒中度過。

大學還曾跑去誠品當工讀生，那是一個非常勞力的工作，每天搬書、上書，可是因為可以穿上那件黑色背心，整個人就覺得好有氣質。上研究所後，我的第一份工作，還是到誠品當編輯（那時誠品有份刊物叫《誠品好讀》）。誠品的辦公室設計也跟書店一樣，空間非常舒適，座位很寬敞，每個人都有一面很大的書櫃。每天的工作，就是打電話給作家，採訪邀稿。正當我覺得我的文學夢想，好像逐步實現的時候，卻發生了一件大事，重新把我丟回鄉下去——我的父親過世了。我還記得，我感覺像是被人從漂亮的木頭座位裡，硬生生給拔起來，丟回到鄉野。

為什麼會有這麼大的突兀感？很多我的前輩、四五年級的作家們，在作品中常提到，他們從中南部北上念大學，一開口就感覺自己是外來的，因為中南部的腔調。可是到了我們這一代，從小接觸的媒介都是國語，甚至現在鄉下小孩也不太會講閩南語，已經沒有語言隔閡了。我離開彰化那樣一個鄉鎮，到臺中、再到臺北，其實適應得非常好，從來不覺得自己是鄉下人。這是一種很有趣的切換能力，譬如我上一通電話還用非常客氣有禮的標準國語跟作家或出版社對話，下

一通我媽打來，我可以馬上：賀啦、災啦、賣擱唸啊啦……在語言上切換自如。但當我被那樣丟到完全鄉野、葬禮的情境的時候，竟然不知所措、感覺格格不入，不知道自己要站在哪個位子。這也迫使我用另一雙眼睛，去看整個葬禮的過程。

而真正觸動我去寫〈父後七日〉這篇文章的，是當葬儀社的人員幫爸爸換好衣服後，道士穿著五顏六色的道袍進來，拉開布簾，非常虔敬地對爸爸鞠了躬，然後用文雅的臺語對他說：「今嘛你的身軀攏總好了，無傷無痕，無病無煞，親像少年時欲去打拚。」讓我非常震撼。我研究所讀臺文所，以為只有在學術殿堂裡，才能夠讀到這麼典雅婉約的臺語，沒想到在鄉下、在我出生長大的窮鄉僻壤，從一個看起來粗獷、感覺沒讀過什麼書的道士口中，竟然能用這麼莊重的語氣，念出像漢詩一般的文句。雖然那時我跪在旁邊，可是我心裡一直反覆默誦這句話，當晚燒腳尾錢時，拿了日曆紙，把它寫了下來。後來，它成了〈父後七日〉散文的開頭。

作家最不可取代的是腔調與語言。而我經過十多年的摸索，歷經張腔、村上風、英美翻譯文學的倒裝、子句層疊包夾的長句，才慢慢找回我的母語，把臺語的語感融合在華文寫作裡。而這，亦是我找到了我的位置：我是一個鄉下來的小孩，住在都市。

位置找到了之後，剩下的，唯「練」而已。不再是內容與詞句的問題，而是標點與用字。標點如對話有時有引號有時沒有，那不是漏了忘了，那關乎「氣」。用字如哭爸或靠背或靠北就琢磨了好久，那也沒有所謂正不正確，僅關乎「形」。是氣與形，成就了「格」。

我還一直在練。

# 故鄉，作為經驗的容器

◎計文君

　　我從 2000 年開始寫小說，至今為止幾乎全部的作品，都與那個叫「鈞州」的地方有關。地理意義上，鈞州不具真實性，鈞州是作為寫作者的我，文學意義上的故鄉。

　　那是一個中原腹地上的小城，有著悠遠的歷史，也有著和中國其他城市一樣的現代、當代命運。我現實中的故鄉是河南許昌，讀過《三國演義》的人大概知道它的位置，它似乎就是這樣一個城市。然而鈞州並不是許昌，當然不只因為我無中生有地給了它一條白沙河，甚至也不是許昌的象徵、比喻或者變形，它和作為寫作者的我的關係，遠遠比和那個現實中的具體城市的關係更為本質而深刻。

　　很多寫作者都移山填海地給自己創作了這樣一個故鄉。這樣的故鄉，從索隱的角度來考察，有趣味，卻無意義——它是盛放作家經驗的容器。作為經驗容器的故鄉，固然有些質素來自寫作者真實生命經歷中地理、文化意義上的故鄉，但更為本質的來源，是這一寫作者在人類漫長敘事譜系中的位置。很多寫作者窮盡一生之力在陶鑄、打磨、完善這樣的容器，無論作家人在故鄉，還是他鄉；描寫的是故鄉，還是遠方。描寫故鄉本身，是故鄉作為經驗容器的顯性表現形式，描寫異域經驗，則是故鄉作為經驗容器的隱形表現形式。無論是外鄉人的都市經驗，還是恰恰相反，來自都市的寫作者進入原始之地產生的異域經驗，都無法離開故鄉這個參照系，換言之，異域經驗依然要放入故鄉這個容器之中。失去這個容器，那些經驗多半要成為失魂落魄的一堆碎片，無法撿拾。

　　雖然，作家文學上的故鄉無形而隱祕，藏在他們心靈的深處，但最終，我們將在作品中，看到作家盛放經驗的容器的形狀和質地。

　　有人的容器是晶瑩剔透的玻璃器皿，如沈從文的湘西，有人的容器是雄渾神祕的陶器、青銅器，如莫言的高密……一個作家能擁有什麼樣的容器盛放自己的生命經驗，多半由不得自己做主。正所謂一方水土養一方人，又所謂個體永遠是時代的人質，一個寫作者天生稟賦的文化氣質和歷史際遇決定了他所能持有的容器。這麼說，似乎取消了作家的主體性，很多作家的文學故鄉都是他（她）主動建構出來的，而非從命運那裡被動領受來的，也就是說，很多作家的容器是自己燒造的，而非被贈與的。只是，這樣的主體性和能動性，其本質上的影響力非常有限，尤其在寫作者個體與故鄉之間的關係中，寫作者無法改變根本的被決定狀態。

　　這樣的有限性之中，卻又蘊含著某種無限性。從湘西或者像湘西一樣美麗淳樸的自然中國鄉村來到的都市的現代作家，不只沈從文一個，但也不是人人都帶著一尊綠琉璃；上世紀50年代出生的山東作家，也沒有人手一隻紅陶酒罈。同樣的泥土，會燒造出不同的容器。作為個體的寫作者，既在被動地領受著故鄉，也在主動地建構著故鄉，如磋如磨，至於最後能不能成器，成什麼樣的器，充滿了偶然。無論後來的文學史和批評家從這種種偶然中分析出多少論據充分的必然來，對於寫作者個體來說，燒造、獲得這個容器的過程，依然是充滿命運感和未知數的冒險。

　　作為上世紀70年代出生的寫作者，我非常豔羨前輩作家擁有的斑斕有效的「寶器」，也有大手筆已然將自己的故鄉幻化成了鐘鼎一樣的「禮器」、「國器」。羨慕只是羨慕，作家和作品都只能領受自己的命運。我不大願意誇張所謂一代人的艱難──每一代人都有每一代人的艱難，具體內容不同而已。我時常發現自己的容器千瘡百孔，對於盛放當下如此紛繁複雜的生命經驗，顯得徒勞且無效。我不知道這

樣的無效性與無力感，是不是具有普遍性，就我非常有限的觀察和瞭解，似乎並不是我個人的困難。

對別人有效的容器，對我未必有效，這是基本的清醒。如果今天你還想仿效沈從文打造琉璃尊，最大的可能性是收穫廉價、淺薄的塑料瓶。從上世紀 70 年代末到今天，這三十多年的中國經驗，即使放在整個人類文明史的坐標系裡進行考察，其豐富性、複雜性和重要性，都是不容忽視的，這是我們的經驗，而且是沒有得到充分理解和表達的經驗。換言之，我們還沒有燒造出理想的安放這些經驗的容器。

我陷在自己的困難中，有時會產生一種可怕的想法，也許，我已經失去了自己的故鄉，再也找不到盛放自己經驗的容器了……我在最近的一篇小說〈無家別〉裡，借主人公的口，發了一番這樣的感慨：

「祖父的故事是史詩，按照歷史的邏輯，有著詩性的悲劇結局；祖母的故事是傳奇，按照生活的邏輯，絢爛繁華終歸於慘淡艱難；父親母親的故事是現實主義小說，無論他們的人生際遇還是人生選擇，就連他們最後的去世，都意義鮮明，深刻動人，總有些什麼讓你仇恨，熱愛，讚美，歎息，感動……而我的故事，卻是一堆前言不搭後語的段子，禁不起追問，莫名其妙，悲哀也變成了可笑……」

如果無立足之地的失鄉已是命中註定，那麼與其捧著千瘡百孔的容器悲哀，不如索性撒手，摔出一地碎片來，我們將擁有一種不器之器，也未可知……

# 在割裂之中

◎李修文

　　時至今日，我的故鄉已然割裂了：神話與俗世的割裂，人心與道統的割裂，存在與指望的割裂，現在與歷史的割裂，如果我們誠實，我們就應當承認這種割裂幾乎無處不在。在我們幾乎每個人的故鄉，經過持續多年的鄉村改造和城鎮化建設，土地和人一起流亡了──他們流亡到了城市和典型的城市欲望之中，枉顧左右，形跡可疑，成爲了今日中國最司空見慣的圖景，也使得寫作者的鄉村與家族書寫變得困難重重。

　　風俗不再重要，宗法不再重要，對於城市的艱難抵達不再重要，從來沒有哪一個時代像現在：一間城市裡的房子，一部蘋果手機，「分期付款」、「必有一款適合你」之類舉目可見的廣告詞，它們作爲一種嶄新而無可置疑的當代信仰出現，迅速席捲了當今中國幾乎所有地區，也抹消了過去的寫作者一再書寫的對立與鴻溝，城市與鄉村組成了一個巨大的平面世界，在這個世界裡，神和神的庇佑消失了，人對土地的單純信仰消失了，夸父追日也好，精衛填海也罷，目的地全都變了，現在，唯一的目的地，是欲望。

　　至少從閱讀趣味上來說，我已經不信任那些桃花源式的小說，我甚至不相信寫作者們對美和風俗唱出的挽歌，因爲它們並不是迫切和當務之急的，我心中的當務之急，是捕捉和記錄那些焦灼而東奔西走的個體，這些前度農民，今天的快遞員、洗碗工、飯店服務員，他們是如何在自己的國度裡變成了流亡者；而那還停留在地理意義的鄉村又當如何？以我看來，在文化上，它已然死寂，在產生過《聊齋》的

土地上，妖怪仙狐今日再來，面臨的卻是窮途末路，新的街談巷議和村野趣聞一直也在誕生，但美和風俗都消失了，取而代之的，和城市裡一樣，是報紙上的新聞，是成功人士的財富神話，是對創業軼事的津津樂道，是啊，即使田野依然存在，但田野上的人也成爲了和我們一樣的人——多麼怪異啊：深重的割裂以粗暴的方式進入，卻並未使當事者產生喪失之痛，對新神話、新欲望的無法觸及，才是最普遍最清晰的痛苦，這痛苦再將每個人抹平，成爲了一個個被蠅頭小利所撫慰的符號。

　　好在是，對於一個寫作者來說，這顯然是一個奇跡降臨的時代，這些日日誕生的流亡者，你要說他們是春秋時期的小國質子，是《聖經》裡的〈出埃及記〉，在我看來也沒錯到哪裡去，對它們的書寫，值得成爲一個寫作者的功課，也使得一個文學道統在今天有了建立的可能。我以爲，文學道統是重要的，所謂「以詩證史」，《了不起的蓋茨比》送給了我們美國的 20 年代，福克納送給了我們美國南方，還有傑出的卡夫卡，以奇幻各異的作品宣告了一個物質、機械、工業社會對人類展開重壓的時代的來臨，這些，便是我眼中的文學道統和人間正道。可是，以幾十年以來的當代中國文學而論，我們沒有這樣的道統，寫作者們大多以單打獨鬥的方式存在，他們忽而尋根，忽而先鋒，展現的卻是喜上眉梢的個體實用主義——寫作者們似乎並未生活在日日誕生割裂與變異的中國土地上。

　　以城市生活而論，情形並未好到哪裡去，在城市生活中，「個人化」一詞，從來沒有哪個時代比今時今日更加被突出彰顯，我們人人都懷揣著幽默感、生活方式乃至被人稱道的怪癖，互相靠近，卻成爲了一個面目蒼白的集體。在這裡，真正的悲劇不存在了，它以故事開始，到故事爲止，報紙、電影、綜藝節目就可以展開悲劇的誕生與塑造，戲劇化成了驅動力，悲劇與悲劇裡的人無需再在日常生活裡經歷和驗證，而真實的個體痛苦，卻在戲劇化的道路上變得越來越輕，越

來越似是而非，越來越更像是他人的痛苦。

　　──對於一個寫作者而言，這依然是我們的福分，嶄新的書寫可能已經來到了身邊，卻首先要求我們回到誠實：誠實的取消寫作者的身分，變為一個生活意義上的人；誠實的投入到眾生共同面臨的處境之中，獲取令人信服的情感和價值源泉。如果你是嚴肅的，當此千年未有之變局，你實在是再也無法成為時代的看客了。

# 主題演講

# 如何進口耕作土地？
## 我的農村詩作與我的土地觀

◎吳　晟

一、

　　這次的講題原本擬定「從壓榨到掠奪」，顯然太過嚴肅甚至太嚴厲，但也直接地表露出我對臺灣農業的困境，無比沉重的憂心。為了平和些，又不失我的主要訴求，更改為「如何進口耕作土地？」，希望能提供一些思考與檢討，帶來警惕作用。或許有助於更多人來重視全球化糧食危機，臺灣如何去面對、去因應。

　　我要坦承我欠缺學術訓練，不擅長論述，我的發言，只能依據從幼年到老邁，超過一甲子歲月，定居農村、並親身從事農業耕作的實際經驗，同時出身農業科系，長年以來關注作物、土地、自然環境，和農業政策的心得，配合我多首孕育自農村生活的詩作，來做印證。很多政策的制定，其實都牽涉很複雜的背景因素，我沒有足夠學養去做深入分析，發言時間有限，也不允許。只能大綱式的粗略報告。

　　臺灣向來以農立國，具有優勢的農業條件，農民勤勞、水源充沛、土壤肥沃、氣候適宜，耕作技術不斷改良，生活在這片土地上的居民，不僅物產豐饒、豐衣足食，糧食自給率超過百分之百，從不虞匱乏，很多農產品出口外銷，曾經占了外匯比例的大宗。

　　日本政府統治臺灣半世紀，暫且不論殖民統治的本質，和時代背景，從農業推廣、建設而言，廣設農業學校、農業改良場、農業試驗所、普及灌溉系統等，確實為臺灣農業奠定了厚實的基礎。

　　國民政府接收日本統治權，在「重工輕農」的大方向政策下，以

農業扶植工業，更正確的說，犧牲農業、優惠工業，而發展出工業掛帥，所有農業學校、農業機構快速萎縮、消失，或成為附庸，非但不做平衡發展，反而放任工業節節進逼，農業節節敗退。

加上經濟強權捲起所謂的全球化浪潮，從政府部門到社會大眾，逐漸陷入國際化迷思而不自知危機。在資本主義經濟思維推波助瀾下，二者又環環相扣，緊密相連。

歸納而言，臺灣農業節節敗退，有二大迷思。其一是過度崇尚工業，其二是過度迷信國際化。

## 二、

工業滅殺農業的情況，最明顯的是工業污染。

最近臺灣社會連續爆發一連串的塑化劑、毒澱粉、棉籽油、違禁藥、重金屬的摻雜等食品安全事件，使得人心惶惶，社會一團亂，卻沒有妥善解決之道。這些黑心廠商利欲薰心，泯滅天良的惡意犯罪，不只對全民健康造成永久而巨大的傷害，同時造成臺灣產業在國際的形象毀壞，信譽受損，更影響社會內部最可貴的互信，無形中崩盤，實在罪大惡極，絕對不可饒恕。

其實工業污染事件也是層出不窮，不曾間斷。許多污染來自工業廢水，因為臺灣大多的水圳與河川是灌排不分，甚至有不肖的工業廠商埋設暗管，偷偷排放污水，農民無辜受害毫無他法，鎘米、毒鴨蛋、綠牡蠣……這些農產品受到工業污染而遭殃，環保與衛生單位往往十分被動，只有推諉之詞，幾乎沒有有效遏止的積極行動。

例如彰化臺化工廠所排放的黑煙廢氣，經由雨水落下，八卦山附近方圓幾公里土地上的果樹，大都不能結果，水稻也無法飽穗，這些植物患上了不孕症，人類終究也不可倖免。臺灣的生育率很低，社會上總以經濟條件不佳，很多人養不起小孩而不敢生。事實上，不孕症才嚴重。

如今不時炫耀富裕飽嗝
我們的千頃稻作
未成熟竟已紛紛枯乾
這有殼無實的稻穀，如何收成？

──〈不妊症〉，1996

　　更悲哀的是污染的不只是土地、水源，還有土地倫理的淪喪。有些農民不再珍惜土地，提供工業、特殊事業廢棄物入侵，進行「一魚三吃」，指的就是將大好的農田拿去高額貸款，之後進行開挖，將品質好的土壤、沙石，挖去販賣，最後回填廢棄物，再賺一筆；土地完全破壞後，就任由拋棄或拍賣。有些不知情、或假裝不知情的買家，仍在這片土地上種作，農作物也就完全受到污染了。土地道義與環境倫理，如此沉淪與墮落，實在讓人痛心疾首。

　　其次是挾開發之名，行掠奪之實。

　　資本主義下的工業發展，包庇了、縱容了地方政客、建商、財團壟斷，形成龐大的圈地體系。

　　許多單位往往以「開發」的名義，挾著一紙「投資意願書」，政府就可以「依法」強制徵收大片土地，「依法」進行工程。舉二個最近的例子。其一是彰化二林「中科四期」，雖然預定投資的面板公司表明放棄進駐，但是開發工程照樣不停工。這無疑擺明是掠奪的行徑。我的詩作〈土地公〉就是陳述先民世代辛勤開墾的良田，在一夕之間遭受毀棄的辛酸，連土地公也被迫流離失所。

　　其二則是苗栗縣政府假開發之名，強制徵收彎寶、大埔等遼闊農田，2010年6月9日半夜，派出兩百多名警力，包圍大埔農地、驅逐農民、護航多部怪手開進稻田，鏟除農民辛苦種植已懷孕飽穗即將收成的稻作，這件惡行在半夜進行，沒有媒體知道，還好有當地公民記

者，驚覺發現，將這段過程記錄下來，對外公布，使得全民譁然。每次觀看這段過程，都讓我流下淚來。

> 農民沒有武器、沒有計謀
>
> 只知道信賴厚實的土壤
>
> 種下什麼，就回報什麼
>
> 從不怨嘆霜寒烈日
>
> 卻不知如何抵擋怪手橫行
>
> 天公伯啊，你已沉默太久
>
> 可否請你來指示
>
> 如何喚醒荒蕪的天地良心
>
> 尋回土地的生機
>
> ──〈怪手開進稻田〉，2010

　　搶奪了土地，緊接著必須搶奪大量水源。

　　工業發展需要大量的用水，但水源哪裡來？於是搶奪了土地又要與農民搶奪水源，類似事例不勝枚舉。臺灣的河川一條一條枯竭。以第一大河流濁水溪為例，2001 年，在中游集集河段，興建了一座集集攔河堰，將濁水溪的水全面攔截，官方說法列出 15 大項功能，其實大家都心知肚明，最大的目的，是要維持每天 30 萬噸以上的水量，供給麥寮臺塑六輕使用。然而，六輕「回饋」給土地、空氣、海洋的是什麼呢？是無從估計的污染與禍害。近期的中科四期，也在想盡辦法搶奪濁水溪支流的灌溉用水。在工業發展過程中，農業和環境，成為挾經濟之名的祭品。

三、

　　這幾年，因為直接參與幾波所謂「開發案」的抗爭，我必須耐性

閱讀很多《環境影響評估報告書》，最大的心得是，不客氣的說，只有一句語詞來形容，大都是「胡扯」，編列一大串又一大串數據，彷如煙火般虛幻，令人目眩神迷。

每個所謂的「開發案」，必要聘請什麼專家學者、開發公司，撰寫《環境影響評估報告書》之類的計畫書，無非是提出振興經濟的效益，可以「創造」多少就業機會、可以「創造」多少經濟產值等美好前景。

農民、漁民不是就業嗎？農業、漁業沒有經濟產值嗎？世世代代安身立命的傳承，沒有價值嗎？

事實上，評估歸評估，誰能真正掌握？誰敢保證、怎樣保證？就算真心實意去經營，時代變遷那麼大，所謂計畫趕不上變化，怎麼可能估算？

我曾經發現不少離譜到匪夷所思的規畫，然而被抓包了，反正只要退回修改，再提出重審，不必任何解釋，不必負什麼責任，未被發現當然就矇混過去。

我舉一個最小的例子，我的家鄉有一家大型輪胎公司要擴廠，計畫書提到廢棄物如何處理，要置放我們家鄉的掩埋場，我們提出這處掩埋場早在多年前已封掉不再使用，他們只要拿回去重新規畫，照樣很快再提出來。如果我們沒發現，大量廢棄物將去何處？

矇混啊！

有多少環評委員、審查專家，那麼認真、那麼內行、實實在在花心思在審查？更重要的是，真正秉持學術良知在審查？

最荒謬的是「有條件通過」。有條件通過的意思是，還有某些條件有缺失，未符合標準，必須修正；但是為了趕時間，不可延宕時機，先通過、先動工再說，慢慢再補件。然而一旦動工了，通常不可能再停工，等到完工了，如何修正？如何監督？

至於「開發」之後，付出多大社會成本，造成多大衝擊和禍害，

例如污染、例如健康風險、例如被驅趕的農漁民如何營生等，總是輕描淡寫矇混過去。最常見最不可理喻的一句話是「在可接受範圍之內」。

　　就像當年臺塑六輕，原本要在宜蘭設廠，縣長陳定南堅決反對，和王永慶在電視上那一場辯論，發人深省。王永慶不是信誓旦旦安全無顧慮，掛保證零污染嗎？事實上呢？在一次又一次爆炸、一場又一場火災，面對熊熊烈焰的火光，捲起黑煙瀰漫天空，隨風飄散、隨雨降落，無遠弗屆；請問多少傷害，是在可接受範圍之內？

　　　怎樣的發展，可以容許烏煙瀰漫
　　　遮蔽湛藍的天空？
　　　怎樣的進步，可以封閉遼闊視野
　　　阻絕清風拂過樹梢？
　　　怎樣的繁榮，可以放任污水漫流
　　　消滅萬物欣然成長？

　　　親愛的家鄉啊
　　　究竟什麼人有權力決定
　　　毀棄上天恩賜、生生不息的資源
　　　究竟編造什麼樣的數據
　　　可以評估，一座小小島嶼
　　　承受多大污染源的凌虐
　　　承受多大劫難的傷痛
　　　是在可接受範圍之內

　　　　　　　　　　　　　　　　──〈親愛的家鄉〉，2011

# 四、

　　影響農民、左右農業發展的大因素，不是看天吃飯，而是農業政策。嚴格而言，我們的農業政策，很多明顯是在放棄農業。

　　早年以農業扶植工業，農民必須承擔各種苛捐重稅和壓榨，如壓低糧價，如肥料換穀（大約一百斤稻穀才能換取糧食局委由農會專賣的一包肥料），如田賦必須繳交實穀、如水利會的水租，逾期未繳則毫不留情，法院出面半夜來捉人等；甚至巧立各種名目，「隨賦代徵」，如保家衛國的「防衛捐」、1959 年八七水災後的「水災復興建設捐」、1968 年，九年國民義務教育開始實施，農民的田賦通知單上，又多了「教育捐」的欄目……很多種稻的農家，反而沒有白米飯吃，只能吃混少許米粒的番薯籤飯。

　　種田，當農民，被視為最沒「出脫」的行業，哪有多少有「志氣」的農家子弟願意留下來務農？

　　1980 年代中期之後，政府主要稅收，漸漸不再倚賴農業，農民負擔逐漸減輕，然而政府非但不是設法扶植農業，反而放任工商財團搶地搶水源，而且，竟然鼓勵休耕。

　　1983 年政府開始鼓勵農地轉作水稻之外的作物，90 年代開始全面實施休耕政策，鼓勵農民停止耕作轉而給予補助。這個政策的背景有兩大因素，一是工業用水的需求量越來越大，只好壓縮農業用水，以半鼓勵半強迫的方式讓農民休耕，1997 年經濟部更用「水旱田利用調整計畫」的名義，會同權力位階較低的農委會，全島發放休耕補助，估計有 20 萬公頃以上的土地因此休耕；二是米糧過剩。臺灣米糧過剩的原因很複雜，牽涉多元的文化認同與食性的改變，又隨著「國際化」的推波助瀾，以商業利益為主導，政府無力或無意阻擋強權的傾銷，大量開放外國食物進口，讓許多人相信糧食只要仰賴進口很方便，以經濟價值全權衡量農業，認為臺灣發展農業不符合經濟產值的效益而予以打壓。

　　休耕政策帶來巨大的後遺症,顛覆農民有耕耘才有收穫的勞動觀念,嚴重扭曲土地的價值觀,田地的價值,並非為了耕作,而是用來炒作。90年代的行政部門,曾提出一個論說:「農民是臺灣經濟的絆腳石,農業是臺灣經濟發展的拖累。」這是什麼話?農村是糧食的基本保障,農業絕對不能用經濟產值的眼光來衡量。

> 母親,你實在難以想像
> 你一粒一粒這樣惜寶的米糧
> 只要仰賴國際強權的傾銷
> 並要求自己的田地休耕,任其荒廢
>
> ──〈你不必再操煩〉,1994

　　我們檢討休耕政策,最大的錯誤是全面休耕,放任大好良田荒廢。必須趕緊補救。我願針對水稻田,提出初步建議,改變耕作模式。

　　一期作(春耕),天氣冷涼,春雨綿綿,依我家經驗,不噴灑農藥,也沒有大礙,收成量大約減少三成左右,收成不足之數,政府編列友善土地「無毒耕作獎勵金」,作為補償。

　　二期作適逢溽暑,天氣炎熱,水稻容易罹患蟲害疾病,農藥使用量大增,收成量卻比一期作減少,而且農民加倍辛苦,熱死老農的事件,時有所聞。這一期可以休耕,政府全額補助。讓水田休養生息,恢復野生動植物生機,農民也可以「放暑假」。

　　在我童年、少年階段,臺灣早年農家,二期稻作收成之後,原本都有小麥、大麥、高粱、大豆、番薯等雜糧作物的種作,可惜卻在時代的風潮中消失。而今國人的食性,既然已經大改變,米食需求量降低、麵食量提高(包含麵包、蛋糕、饅頭等),如果恢復這些雜糧作物的種作,就不必再過度依賴外國進口,農民也可增加收入。已有麵包業者,非常有心,具有前瞻性,和在地農民契作。

# 五、

　　可能有人會認爲我是反工業，或是抱持著農業本位主義，其實各位只要看看我們四周充斥著不安全的食物以及工業污染的不斷入侵，就可以知道我的擔心不是杞人憂天。我們當下最重要的任務，是爲下一代留下乾淨的環境與土地、留下安全而健康的飲水與食物，幸福才有保障。我母親常說，「不是自己好就好」，只顧自己而不顧他人，是最自私的想法，也遺害最深。

　　我從屏東農專畢業，隨即返鄉教書，課餘假日跟隨母親從事農田耕作，烈日炙熱、寒風冷霜霜，甚爲辛勞，收益又不成比例，難免有所抱怨母親「跟不上時代」，母親常教訓我：「時代不管怎麼進步，人總要有糧食才能活下去；科學不管有多發達，總是要種作才有糧食。」要耕作，則農民、土地與水源缺一不可，這才是我們生存的根本與基礎。

　　這是母親一生依靠土地最堅定的信仰，也是我的文學創作，最重要的「靈感」來源。

　　我一再呼喚大眾關心農業，不只是關心農民的生存權力，而是關心你自己。農業攸關糧食，乃是全民生存的基本命脈，一旦匱乏，涉及國家安全，這是十分淺顯的道理。

　　臺灣島嶼（包含離島）四面環海，在全球氣候異常、糧食生產太多變數、糧食危機的警訊頻傳下，世界各國，都在尋求本國的糧食保護政策，我們反而放棄自給自足的條件，過度依賴進口，糧食自給率快速下降低於 30%。

　　如果我們全民再不警覺，繼續被只顧謀取私利的少數人操縱，陷溺在國際化的迷思，總有一天，外國食物不能進口，而我們可耕作的土地，已淪陷大半，一旦毀棄，萬劫不復；屆時如何進口土地？

假日帶兒子去郊遊

來不及準備早餐
兒子輕鬆的說：無啥要緊
拿出奶粉沖泡很方便
商標上註明：歐洲原裝進口

假日出遊不該有感嘆
就近買個麥當勞漢堡很方便
商標上註明：美洲原味進口

自備純淨礦泉水很方便
商標上註明：澳洲原裝進口

忽然豪雨嘩啦啦而下
塌陷峭壁、斷裂橋樑、阻絕了山路
受困於土石滾滾奔流圍繞
彷若島嶼沈浮海洋的波濤
兒子抱緊進口食物飲料的空罐
哭喪著臉色問我：該怎麼辦？

──〈出遊不該有感嘆〉，1996

# 1990 年代以來的大陸「新生代」小說家論

◎吳義勤

## 一、背景‧命名

從「新生代」這個概念誕生之日起，很多人就質疑其合法性。這種質疑包含下述幾個方面的內涵：一是「新生代」這個概念本身就具有模糊性與空洞性，「新」與「舊」是相對的，在文學領域裡，「新」與「舊」的區分尤其沒有意義；二是從「代」的角度來談論文學也是非常冒險和不負責任的說法，更何況 90 年代以來中國文學界這個所謂的「新生代」實際上包括了 50 年代生、60 年代生、70 年代生、80 年代生的不同類型的作家，因此，從「代」的角度總結的「新生代」的特徵其實是根本不可信的；三是 20 世紀 90 年代是中國文學漸趨多元的時代，在這樣的時代裡作家的個性與自由應是文學首先注重的目標，「新生代」實際是一種簡單化的偷懶的命名方式，它延續的是中國文學界根深柢固的集體主義命名慣性，是以對年輕作家個性的遮蔽為代價換取自身話語的合法性；四是批評界這些年來對「新生代」這個概念符號化的濫用，實際上證明了批評界對新生代作家個體闡釋能力的缺乏，它是多年來中國批評界務虛不務實的不良傾向的一種體現。

從嚴格的意義上說，這種對「新生代」概念的質疑是完全合理的。但文學批評和文學研究又是一種非常特殊的文學活動，離開了理論和

命名，不僅文學批評的有效性會大打折扣，甚至文學批評能否展開就是一個問題。因此，儘管各種理論、概念和命名有其明顯的局限，但批評對其的依賴卻日益加強。我們沒必要對各種概念和命名取絕對化的態度，而應該既不迷信，也不苛求，從相對性的意義上來對待它、認同它。在我看來，「新生代」就不應視爲一個嚴格的命名，更不必去爭奪所謂命名權，它是一個寬泛的概念，指稱的是90年代成名於中國文壇的一批年輕的小說家，既不是某幾個作家的集團，也不是某一種風格類型的作家的「專利」，它本身的組成就是複雜的、多元的。同樣，它也不是某一種「特權」的指稱，而是一個流動、變化著的文學存在，它是一個客觀的概念，任何情緒性地對其神聖化或妖魔化的做法都是不妥的。事實上，我們研究新生代作家，使用新生代這個概念，不是爲了掌控某種話語特權，不是爲了「規範」它或狹隘化地占有它，而是應進一步解放它、豐富它。在這個意義上，「新生代」這個命名的合法性就體現在：其一，它使一個較大時空跨度內的複雜批評對象具有了在一種整體視野內被談論或研究的可能。從文學與時代的關係來說，「新生代」對應的是20世紀90年代以來的中國大陸文學，從作家的代際關係來說，「新生代」指稱的是涵蓋50年代生、60年代生、70年代生、80年代生四個年齡段的年輕作家的創作。因此，作爲一個有很強包容性的概念，何頓、張旻、陳染、林白、荊歌、畢飛宇、李洱、艾偉、東西、鬼子、韓東、朱文、魯羊、紅柯、麥家、邱華棟、刁鬥、葉彌、朱文穎、徐坤、潘向黎、魏微、盛可以、衛慧、棉棉、陳希我、李馮、李大衛、李修文、戴來、羅望子、張生、王宏圖、夏商、黃詠梅、張悅然、韓寒、郭敬明、李浩、徐則臣、金仁順、李修文、東紫等，這樣一個龐大而不斷延伸的譜系都是其理所當然的對象性內容。其二，它加強了批評界對文學現場的介入能力，使得在文學日益邊緣化的今天，批評界還能某種程度上保持對文學的敏感以及對新生文學力量的敏感，它體現了批評界對一種新的文學可能性的

期待。其三，在大眾傳媒日顯其統治力和覆蓋力的時代，「新生代」的命名方式，有效避免了文學批評的「失語」，它以與傳媒相契合的發聲方式避免了文學話語被傳媒淹沒的命運，它證明的是文學在大眾傳媒時代自我調適的生存能力。

　　「新生代」的命名以及新生代小說家的崛起是以 20 世紀 80 年代的先鋒小說家為參照系的。這個參照系我們可以從正反兩個不同的維度來認識：一方面，新生代小說是 80 年代先鋒小說的自然延續和發展。先鋒小說的觀念革命作為一種既有成果為新生代作家所繼承，他們對禁忌的破除解除了新生代作家的文化思想負擔；先鋒小說的藝術實驗成果作為一種既成的文學事實墊高了新生代作家的藝術起點；先鋒小說的藝術局限為新生代小說提供了可貴的借鑒與警示，在體驗性敘事的增強、「現實失語症」的克服、西方話語模式向個人話語模式的轉化等方面，新生代小說家都是在克服先鋒小說的藝術失誤的基礎上朝前邁進的。另一方面，新生代小說家又是在反抗先鋒小說家的意義上走上文壇的。他們既反抗先鋒小說本身（比如形式主義的美學），又更不滿先鋒小說家由此獲得的光榮與地位。新生代小說家認為先鋒小說家已經失去了他們誕生之時的革命性與反叛性，他們已經被現行的文學秩序招安並已成為秩序的一部分。作為籠罩在新生代作家頭上的一種壓抑性的陰影，他們理應被「PASS」、被超越。

　　其次，新生代小說的崛起也是 20 世紀 90 年代以來中國大陸文學邊緣化處境的產物。邊緣化既意味著文學中心地位的喪失，又意味著文學的獲得解放，意味著文學的某種自由。但是，自由恰恰是一種最大的考驗。中國作家正是在邊緣化和「自由」面前發生了劇烈的分化，這種分化與「五四」落潮時知識分子的分化有某種遙相呼應的意味，但對比於世紀初的「政治性」而言，此時的分化主要是「利益性」的。如果說，過去的作家是在「政治」、「意識形態」的陰影中強制性地只能從事某種創作，那麼，現在的作家則更多的在利益的誘惑下偏離了

純文學的軌道，喪失了批判的精神。我覺得，這種分化才是一種本質性的分化，它顯示了中國作家的價值困境、價值迷茫。而新生代作家正是試圖以自己的反叛性、挑戰性的姿態確立自我堅定的個體化的價值立場。

## 二、新生代小說的生活倫理

新生代小說家的寫作是以對於「生活」的重新發現與開掘為發端的。在這裡，我們看到了一種非常有趣的矛盾：一方面，新生代作家對傳統的、主流的文學秩序、文學現狀極度反感，另一方面他們卻對「生活」表現出了前所未有的熱情；一方面是義憤填膺，一方面又寬宏大量。這當然具有雙重的反動意義：既對80年代先鋒作家以犧牲生活本身的原生性、豐富性為代價的符號化、理念化的寫作方式構成了反動；又對長期以來中國大陸主流文學對生活的政治化、意識形態化的「宏大敘事」趣味構成了反動。他們批判文學，但不批判生活，力求重新建立文學與生活之間親密、健康的關係，不僅不再如前期先鋒小說那樣抵制生活和現實、否認文學與生活的關係，而且一再強調生活對於文學無可替代的價值。他們能夠以一種寬容、平和、同情、淡泊、超越的心情來觀照、理解和表現生活。可以說，正是本著這樣的生活觀以及修復文學與生活關係的願望，新生代小說家建構了自己的生活倫理，那就是：回到肉身，回到感性，回到生活的切膚之感、切膚之痛。

新生代作家大多以「在邊緣處」相標榜，一方面，「在邊緣處」是新生代作家回避「國族宏大敘事」以及「革命」、「歷史」等巨型話語的有效方式；另一方面，在「邊緣處」也顯示了新生代作家自我生存方式的獨特性。「在邊緣處」意味著對於自我私人經驗的強調和對於公眾經驗的遠離，意味著沒被污染、同化的個人化「生活經驗」的被培育、被塑造、被建構，意味著與私人經驗的呈現、挖掘相關的經

驗化美學的登場。隨著「經驗」對小說的大面積入侵，新生代小說的
美學面貌發生了很大的變化，從前那種對於生活的體制性、集體性的
想像已經失效：「呈現」的美學取代了「闡釋」的美學，「感受」的美
學取代了「評判」的美學，「模糊」「混沌」的美學取代了「清晰」的
美學，「人性」的美學取代了「政治」的美學，「形而下」的美學取代
了「形而上」的美學。而從「無我」到「有我」、從「集體」到「私
人」、從「大敘事」到「小敘事」、從「時間性」到「空間性」，正是
新生代作家實現其經驗敘事美學的基本路徑。

　　與此相關，新生代作家也開始了對「中國經驗」的重新敘述與改
寫。這種敘述與改寫沿著兩個維度展開：一是對未被表現的、邊緣性
的、新出現的或被遮蔽的「中國經驗」的挖掘；一是對既有的、符號
化的、集體性的「中國經驗」的改寫。新生代作家表達了對既有「中
國經驗」的懷疑與顛覆。由政治和意識形態話語塑造的中國經驗某種
程度上是一種集體性的共同經驗，這種經驗塑造的「中國形象」具有
其天生的假定性、虛構性與不真實感。新生代作家反抗這種中國敘事
的方式有兩種：一是把經驗視點從「家國敘事」回輾自我的「小經驗」，
以世俗、民間、私人、瑣碎、日常之「小」來對抗「家國敘事」之「宏
大」。一是以消解的、反諷的敘事對於「國家民族」的敘事經驗進行
正面的解構。

## 三、新生代小說的敘事倫理

　　新生代作家在敘事心態方面是極度自由、放鬆的，與中國作家長
期以來的焦慮性敘事相比，新生代作家對於焦慮的克服，正是決定其
小說敘事倫理緯度的重要因素。

　　其一，「欲望化」的狂歡敘事。對新生代作家來說，「欲望」是他
們觀照生活和時代的一個重要視角。新生代作家在他們的小說中對欲
望的解放和身體的解放傾注了巨大的熱情。很多人對其小說的欲望化

景觀持批判的態度，但這種批判是簡單化的，他們忽視了新生代作家欲望表現的合法性與現代性。五四以來中國文學的現代性一直有兩條線索：一是國家民族的現代性，一是人的現代性。但人的現代性一直受前者的壓制，而人的現代性內部又存在著情感、理性、道德等對於欲望、本能的壓制。在這個意義上，新生代作家對欲望的書寫實際上要完成的是對五四以來中國文學路徑的反思，是對於中國文學被遮蔽、壓抑和犧牲部分的重現。

新生代小說對於欲望的「確認」主要從兩個維度展開：一是重申物欲的合法性。二是正面確立了性欲和身體的合法性。在新生代作家的小說裡，「身體」尤其是女性「身體」的形象得到了正面的建構。「性欲望」的意識形態想像和文化禁忌意味開始被清除，欲望開始呈現其自然性、生理性和本能性的特徵。

對於新生代作家來說，欲望的發現既是自我的解放又是文學的解放。他們清除了欲望的禁忌和欲望的「罪感」，從而建立了一種新的敘事倫理：從罪感的欲望到快感的欲望、從隱藏的欲望到袒露的欲望、從羞澀曖昧的欲望到大膽狂歡的欲望。他們由此建構了一個欲望的世界，這個世界既是當今世界的「鏡像」，又是他們自我的寫照並寄寓了他們的文學理想。

其二，啟蒙敘事、道德敘事傳統的背離。如果說 20 世紀中國文學的傳統是一種啟蒙敘事傳統的話，那麼到了新生代作家這裡，這個傳統遭到了背離。新生代小說有一種「反啟蒙」傾向。在新生代的小說裡，知識分子不再是啟蒙者，他們失去了啟蒙權威，開始成為被啟蒙者。而在新生代小說中，知識分子啟蒙性的喪失就不再源於外在的強制性的因素，而是源於一種本體的「墮落」。

新生代小說對於啟蒙敘事的顛覆還表現在對於道德和倫理本身的懷疑。中國文學歷來有著很強的道德感，這種道德感一方面建立在歷史的現代性和國家民族現代性的立場上，另一方面也建立在政治意

識形態的規訓以及源遠流長的文化道德傳統基礎上。與此同時,對於文學功能的過分誇大與期待,國民強烈的道德情結,也強化了文學的道德傾向。但新生代作家顯然不願意呈現一種道德形象,在他們看來,「道德」本身也是一種文化壓抑和文學壓抑,對於追求「解放」與「快樂」的文學來說,它是一個必須被粉碎的對象。因此,新生代小說既表現出了對道德話語的褻瀆熱情,又以對經典道德形象的解構為突破口,開始了對於新的生活道德與倫理的建構。劉建東《全家福》中的「母親」、艾偉的《愛人同志》則以對「英雄」和「聖母」的雙重解構,控訴了符號化、道德化的生活對人性的壓抑與扭曲。

## 四、新生代的意義與限度

首先,新生代小說家是文學在商業語境和意識形態語境中面臨雙重失語危機的情形下崛起的,它既證明了中國文學具有自我調適以應對各種考驗的生存能力,也從普遍的意義上證明了文學的生命力和永恆性。在一個對文學普遍持悲觀和懷疑主義態度,甚至有人宣稱「文學即將死亡」的時代,新生代作家充滿活力和時尚性的出場方式讓我們看到了文學的未來與希望。

其次,新生代小說是中國文學現代性敘事歷程中的一個重要環節。新生代小說把中國文學現代性敘事中許多被壓抑、被省略、被遮蔽、被犧牲的敘事因素重新開發、呈現出來,這既使得中國文學的現代性敘事變得更為豐滿、更為完整,同時也使得中國文學在處理國家民族現代性、人的現代性與文化現代性的關係時不再那麼機械、呆板,而是具有了更為從容、更為理性的模式。也正是在這個意義上,新生代小說從審美現代性層面上對於歷史現代性和社會現代性的反思與超越就不再僅僅是道德理想主義式的理念說教,而是更為人性化與生活化。新生代小說所呈現的新的審美經驗、藝術經驗和「現實模式」,不再是前期先鋒小說那種靠閱讀或想像而來的與歷史現代性完

全割裂的「審美現代性」，而是從歷史現代性中孕育又超越歷史現代性的，充分展示了生活的「可能性」和藝術的「可能性」的與歷史現代性水乳交融的審美現代性。

再次，新生代小說的敘事風格具有文學史的意義。新生代小說是20 世紀中國文學在敘事藝術領域進行探索的一個重要階段，新生代小說的敘事是一種具有高度現代性的敘事，這種敘事融合了一個世紀以來中國文學敘事藝術的成果，又克服了 80 年代先鋒小說對西方敘事技術表演性的生硬「複製」所帶來的局限。他們的文本遠離極端呈現出更為健康的形態，不僅「技術」的歐化痕跡消退， 而且敘事已經完全「中國化」、本土化和個人化了。

當然，我們在充分肯定新生代小說的意義的同時，也要看到，新生代小說仍是一種「過渡性」的文學形態，遠不是終極和理想形態的文學，它的局限和它的意義一樣令人注目。

其一，新生代小說家是以反抗的立場和對價值質疑態度開始他們的文學創作的，對政治意識形態話語的反抗、對 80 年代話語的反抗、對西方話語的反抗都具有重要的文學意義，但與此同時，他們在價值重構方面的能力就明顯不足。他們對個人話語的建構仍然是以極端化的方式實現的，他們通過吸毒、犯罪等私人領域來顯示個人性的行為無疑是飲鴆止渴的行為。更何況，他們對於私人經驗的癡迷還可能帶來另一個惡果，那就是想像的被窮盡，經驗的堆砌、雷同和重複可能恰恰擠壓的就是想像的空間。

其二，新生代小說家貴族化的寫作態度，對自我過高的估價，其實也會影響自身的前進動力。

其三，過於強烈的排他性，只要求別人寬容、理解，卻又不寬容、理解別人，這不是一種真正的面對「自由」的態度，而是「專制」變種，是另一種形態的「專制」，是對於真正的文學「多元化」和文學可能性的否定。

# 作家對話

# 鄉土與城市

## 「2013 兩岸青年文學會議」作家對話 1

主持人：李進文

與談人：丁威仁、金仁順、徐則臣、葉覓覓

◎翟翱記錄整理

　　第一場作家對話的主持人爲聯合文學出版社總編輯、詩人李進文，對話作家分別爲台灣的丁威仁、葉覓覓與大陸的金仁順、徐則臣。

　　一開始李進文就指出當我們在討論「新鄉故土」這個議題之時，首須廓清：何謂鄉土？各人對話中的「鄉土」是否具備同等的意涵？

　　李進文指出，對台灣而言，「鄉土」一詞的意義毋寧是多舛的。1945 年終戰之後台灣的鄉土想像隨著國府播遷而被置換成神州大陸，遲至 1970 年代台灣本土運動風起雲湧，知識分子開始思考鄉土問題，人們對鄉土的目光才重新回到島上。其後的鍾肇政、李喬、黃春明等作家紛紛交出了以台灣本島爲主體的小說創作。1977 年的鄉土文學論戰則定調鄉土在此不在彼的共識。距離論戰已逾 30 年，在全球化日益的當下，李進文以爲鄉土一詞的意義已轉變爲在地者「面向世界的臉孔」與「反思自我的方式」，近年來許多作家投入地誌書寫的工程，可與此一轉變齊觀。

　　接著，李進文請四位作家分別談一談他們對鄉土的想像與定義爲何。

## 丁威仁：文學獎讓人認識故鄉

　　丁威仁舉自身的遭遇爲例，說明「鄉土爲何」這個問題至今仍是糾纏不清的。他問過許多小學教師台灣現代詩的起源爲何？很多人回

答五四。這讓丁威仁有不少感慨,在陳千武高舉「兩個球根論」多年後,第一線的教育工作者仍對於台灣文學的源起認識淺薄。

認識鄉土的過程可能很艱難,丁威仁回首自己的創作過程表示,最初他寫的詩充滿中國想像、神州情懷,直到有天被宋澤萊一語點破他其實未曾駐足那些地方,何以寫的盡是彼岸?待他到台中求學、參與笠詩社之後,才真正認識了台灣文學,告別了抒情化中國的詩想像。

至於六、七年級甚至八年級的寫作者要如何認識鄉土?丁威仁認為文學獎不失為一個可堪的手段。丁威仁說台灣時常指責地方性的文學獎浮濫,但正是眾多的地方文學獎提供了年輕寫作者認識在地／外地的機會,因為地方文學獎為人所知的「得獎公式」是:須以該地方為主題,多少能促使有心得獎的寫手去觀察、踏查地方,丁威仁即以「人們吸收地方知識的毛細孔」來比喻地方文學獎。更有甚者,文學獎可觀的獎金也供給了尚未出社會的寫作者遊歷各處,以及不虞匱乏的經濟基礎。然而卻除文學獎以外的詩作,丁威仁不免好奇到底有多少六、七、八年級詩人將主力放在書寫這塊土地?若要認真統計下來,答案可能教人「感到悲涼」。正因如此,地方文學獎在地方書寫上仍舊扮演著積極角色。丁威仁最後自我砥礪也勉勵其他年輕詩人:「要努力集滿各地文學獎的郵戳。」他表示自己出生在基隆,定居於台中,在各縣市教過書,這些地方是他個人的「鄉」,其餘的台灣土地是他的母土,他將隨著文學獎的腳步也好,盡力走過並寫過這些地方。

## 葉覓覓:背負鄉的移動者

葉覓覓與鄉土的連結側重在「土」而非「鄉」,鄉土之於她,毋寧說是一種自然的感召。葉覓覓表示接到這個主題時感到有些疑惑,因為「鄉土」在她的詩作中似乎不是顯而易見的主題。若真要論鄉土於她的意義,葉覓覓認為應是在於內在的影響與寫作的孕育。葉覓覓說自己寫作的起源是在花蓮求學的時候,她在研究所時開始寫詩,住

在縱谷望向海的日子對她的詩人之路有不可磨滅的影響。研究所結束後，葉覓覓一度到綠島當教師，只爲了能夠「徹徹底底被海洋環抱」，在小島寫詩葉覓覓形容是：海風與詩緒交混吹進她的毛細孔，每當她敲下鍵盤時「全部匯集到我的指尖，叮噹作響」。之後葉覓覓遠赴芝加哥念電影，面對廣袤如海的密西根湖時仍常想起太平洋，再後來搬到紐約仍選擇住在皇后區的森林小丘。葉覓覓過著逐水草而居的生活，主持人李進文也開玩笑說難怪葉覓覓會取了一個這樣的筆名。葉覓覓回憶她小時候的偶像不是明星藝人而是竹林七賢跟陶淵明，現在回想起來，說不定已注定了她與自然的機緣。葉覓覓表示，自己常試想倘若未曾到花蓮求學、浸淫在自然之中，她是否還會成爲一位詩人？而她與土地之間的關係又將如何？

　　葉覓覓認爲雖然她的詩作偏向內在感覺與遊戲性，但這一切詩的發生都是源於自然，談及鄉土關懷，葉覓覓有不落人後的自信。而她以遷徙移動去感受地球各地的「鄉土」，放置在全球化的脈絡下來看其實頗爲典型。

　　李進文在兩位詩人發言完後表示，詩有動靜兩種節奏，人們對鄉土的感知亦若是，寄寓在鄉是靜，從鄉離開是動。鄉的意義往往要在這二者變化之間才能顯出；不曾遠離故鄉的人，不會有意欲告人的鄉愁。而葉覓覓的鄉土無疑是背負在身上，隨之移動的「動」的節奏。

## 金仁順：僑移身分帶來的影響

　　來自東北、本身是朝鮮族的金仁順，對於鄉的想像與追求當與其他在國界內移動或同族群間流轉的作家有所不同。金仁順娓娓道出了關於她以及她家族的從花果飄零到靈根自植的僑移史。在上個世紀 30 年代末，她的父母從朝鮮移往中國丹東。彼時的東北因爲列強勢力介入，局勢危殆而帶有一股奇異的色彩，混居著日本人、朝鮮人與俄羅斯人。金仁順的祖父母就在這樣國界游移、族裔混雜的丹東開旅館、餐館過活，直至國共內戰爲避戰火而逃往鄉村。豈料「解放」之

後又遇上席捲全國的土地改革，金仁順的祖父在運動中吃了不少苦頭，鬱鬱而終。定居中國、正逐漸習慣他鄉的日子，又因50年代的大規模回遷朝鮮運動而有變數，金仁順的伯父在這次運動中選擇回到朝鮮，而於文革之時斷了音訊。

金仁順回憶那時候的大人往往在外操著漢語，關起門來才轉換成朝鮮語，嚴肅的長輩唯有在同親族的環繞之中才放鬆下來。生長在這樣不確定身在異鄉還是故鄉的環境，金仁順自小就感到與他人的差異，以及自己身處弱勢這件事。金仁順說：「因為弱勢，他們（少數派）會比普通人更在乎團體，更在意相同之中存在的差異性，更渴望在差異中間尋找共同性。」金仁順小的時候很排斥穿朝鮮服，害怕與他人之間有差異的烙痕銘刻於身。

金仁順說，曾有作家友人告訴她，這樣曲折的經歷是寫作的寶庫。然而金仁順表示，自己初拾筆時並未意識到「寶庫」的存在，是在寫作已逾十年後，才意識到自己的「身分問題」可以有許多故事可寫。但另一方面，民族身分自始即影響著她的書寫，她在寫古典題材的小說時，即將背景推遠到朝鮮半島，其長篇《春香》也是基於朝鮮半島的民間傳說而來。近年來金仁順將寫作主題聚焦在中國朝鮮人的生活情境，當是對她個人的族裔身分的回望。

## 徐則臣：我為何寫城市？

接在之後的徐則臣表示自己最害怕被問到有關鄉土文學的問題，許多人常問多以北京為故事背景的他為何不寫鄉土文學。徐則臣說，這個問題隱約透露出的邏輯是：寫鄉土文學是正當的，出生在鄉村的作家不寫鄉土是件可怪的事。因此，針對今日的主題，徐則臣選擇從反面——「我為何寫城市？」——來回答。

選擇城市而非鄉村為故事舞台，老家在江蘇的徐則臣歸結出三個原因。首先，他自認無論在時間或距離上皆去鄉已遠，現在對那裡的現況缺乏了解，只能依憑陳舊的記憶書寫故鄉；再者，徐則臣以為有

賈平凹、莫言、劉震雲等鄉土名家在前，他這一代人回頭寫鄉土恐怕
也難以企及他們的成就；最後一點是中國的鄉村在現代化的巨流衝擊
下，早已面目全非，鄉村文化式微，貧土難有榮枝，即便憑著昔年舊
憶書寫故鄉的美好，也無疑是與現代中國脫節的。

　　徐則臣承認，他個人對故鄉的感受並不全然是美好的，因此不敢
輕啟筆端。每每回到故鄉常覺得自己是局外人，與地方的人事終有一
層隔閡，如同魯迅〈故鄉〉裡頭的主人翁與故土之間的差距，終無法
趨於一致。

　　回過頭來談城市文學，徐則臣以為相較於鄉土文學已建立出一套
美學系統，城市文學始終止步在主流的邊緣、大眾的先鋒，屬於點綴
性質；他舉例說人們可以輕易從「枯藤老樹昏鴉」這幾個字中建構出
田園想像，而無法以「鋼筋水泥高樓」召喚出城市的詩意與闡釋空間。
正因如此，徐則臣更願意投入到城市文學建構的行伍之中，即便只為
「被遺忘的先烈」也甘願。徐則臣解釋，他的自信來自於：書寫生活
在其中的城市，書寫他自身的生活與疑難，即是在書寫為數上億的城
市人他們每天出門所必須面對的問題。

　　之後開放現場聽眾提問。有聽眾認為，對台灣作家而言，久居城
市，城市也可以作為鄉土，大陸作家則似乎把二者劃分得很清楚，兩
岸對於鄉土概念的差異為何？主持人李進文以為人們對鄉土的定義
可能有別，其中的關鍵是：地方關懷的有無。在他鄉可作故鄉的全球
化脈絡下，鄉土一詞的要義已轉變為「人對於土地的關係」，實際上
生長在那裡與否顯得較為無關了。徐則臣的回應是，台灣作家重視的
是「鄉」，大陸作家著重的在「土」，所以城市可以為鄉。鄉土究竟是
心靈上的，抑或是生活其中？徐則臣認為不妨以光譜的概念來看待鄉
土，它不定於一尊，化作在文學中因而姿態萬千。

　　最後，有聽眾請問徐則臣創作跟理論的關係為何？是相悖還是相
成？徐則臣表示，文學絕非只靠靈感、神祕、直覺成就，更多時候需
要理性的規畫，「最準確的不確定性乃由理性所出」，因此徐則臣認為

理性主導下的理論有其必要之處。

# 本身的不可取代性

## 「2013 兩岸青年文學會議」作家對話 2

主持人：張輝誠

與談人：伊格言、亞榮隆‧撒可努、東紫、徐國能、滕肖瀾

第二場作家對話的主持人是任教中山女高也是作家的張輝誠，與談作家分別為台灣的亞榮隆‧撒可努、徐國能、伊格言和大陸的滕肖瀾、東紫。

張輝誠首先請與會作家談一談自己的創作起源，之後再談談「鄉土」對他們的創作有何影響。

## 撒可努：原鄉的召喚

第一位發言的是來自台東的排灣族作家撒可努，撒可努認為他的創作源頭與其原民身分密不可分，而他對個人身分的思考又與原住民在台灣的遭遇息息相關。撒可努舉例，在取名上或語言上，原住民始終被迫按照漢人的遊戲規則走。他的漢名是戴志強，之所以會姓戴是戶政人員幫他們「抽」到的，取名方式十足荒謬；而他在國小寫作文時，老師給的評語是「詞彙不通、天馬行空、不切實際」，只因為他在作文中描述原住民有別於漢人的思維邏輯：當他的同學都用如結實纍纍之類的成語去描述水果之多之豐時，他的形容卻是「我的眼睛裝不滿」，極富視覺感而直觀，但顯然不符合漢人教師對「國語」該怎麼寫的「想像」。

撒可努直言，他會寫文章絕對不是他的老師教會他的，而是來自於內在本有的、古老靈魂的養分。原住民或許「國語」不好，但仍保

有語言的純度，乃因語言之於他們先於文字，語言之於他們更多時候是肢體、是腔調、是聲調的抑揚頓挫。撒可努如果是位說故事的高手，只因為他的族人早已暂於說故事這項老技藝了。

撒可努接著說，原住民文學在民國七十年代隨著原住民權益運動展開，他因趕上當時的運動風潮開始寫作，不去管寫得如何，只知道自己想寫。撒可努以為最純粹的原住民文學追求的是山林、河川、自然與個人合為一體的經驗，要如何將自然的體驗轉換成文字，即是他寫作時主要的思考方向。因此鄉土對原住民作家而言，等於是與自然之間的共感經驗，然而現今的原住民作家追求的鄉土「已是回不去的家了」，即便住在部落也難以回到真正的「家」，部落山林乃至原民固有的生活方式早在百年前漢人來台時就被破壞。對鄉土／家的追求，於是轉化成文學的浪漫，而永遠有一個野性而古老的召喚在文字之中向他招手，就如同他父親常說的，沒有爬過三千公尺的山，不算跟祖先在一塊。

寫作即是為了爬那三千公尺的崇山峻嶺。

## 滕肖瀾：鄉的上海味道

第二位發言的是上海作家滕肖瀾。說到為何寫作，滕肖瀾表示自己在浦東機場工作，一個星期只需工作幾天因此有很多空閒時間，當時有股想寫的衝動也正好有時間，便寫了第一份稿子投到編輯那去。

至於故鄉對個人寫作的影響，滕肖瀾表示自己雖是上海人，但因父母曾是下鄉知青，父母始終帶著離鄉背井的失落，這股失落時刻影響著她，對於上海她也帶著一份距離感。這份距離感反而使得滕肖瀾能以不同的位置來看上海，因為懂得有可依戀之處的可貴，所以珍惜這座城市。或因如此，滕肖瀾說，關於上海，自己不太敢亂寫。面對一座如此大的城市，滕肖瀾一度苦惱該從何寫起，她試過以全景的方式鳥瞰上海，也「劍走偏鋒」專注於刻畫某個定點，到頭來滕肖瀾給自己的標準是：寫故鄉就是要寫給同鄉看的，把同鄉當寫作的考官便

作不得假，下筆誇耀或作態都難逃考官法眼。

　　這樣的寫作思考關係著滕肖瀾的書寫企圖，她不斷自問：到底什麼是上海味道？即便身為上海人，滕肖瀾似乎也難輕易回答這個問題。滕肖瀾認為上海變化之快已讓過往的海派文學也有了時代差異。她舉例說，20 年前在公開場合不說上海話而說普通話是很奇怪的，現今已完全顛倒過來了。倘若以海派文學來看待上海，那麼上海早已不復在，現下此刻這座名為「上海」的城市又是什麼？因此，上海味道該如何捕捉、如何凸顯，成為了海派作家以降的上海作者面臨的問題。滕肖瀾個人對上海味道的詮釋是：拋去地標性的鏡頭告訴讀者「這裡是上海」，而轉向寫出上海人特具的處世哲學與特定反應，例如某個手勢、某句上海人才懂的玩笑話、某個意義深遠而外人參不透的眼神。

　　上海，這座中國的對外之窗，鴛鴦蝴蝶曾經的棲所，歷經封鎖又開放的海上花，透過上海人的詮釋不斷重組於焉矗立。

## 伊格言：鄉在寫作的時間軸上

　　接著回到台灣作家，由小說家伊格言接續對話。伊格言表示，在討論鄉土文學／書寫的場合，自己像是反面的代表。他讀完對話作家們的創作自述後，內心浮現的疑問是：作家的第一本書是否都與自己的出身有關？伊格言自認出身很「無聊」，出生在缺乏鄉野色彩的小鎮，家裡是普通的中產階級，作為寫作者彷彿少了那麼一點身世傳奇。儘管如此，在寫作之初資源有限下，伊格言的第一本《甕中人》仍不乏以故鄉新營為背景的篇章，第一本小說問世後有評論家將伊格言歸類在所謂的「新鄉土」。到了第二本小說《噬夢人》，伊格言以生化人作為主角，融合了科幻、諜報、推理等次文類題材，交出一部擺盪在純文學與娛樂小說之間的作品。

　　《噬夢人》一出，就有人以為伊格言是為了刻意擺脫新鄉土的標籤，才選擇不在此刻的未來為小說場景。然而伊格言並不同意這樣的

說法。他以為自己想寫的主題與思考存在腦中多時，不過是在寫作的時間軸上分段將之取出，看似在實驗不同的主題，但其實未曾偏移他自身的書寫方向，至於新作《零地點》將書寫關懷轉移到核災議題，亦是同樣的道理。

伊格言表示，此時此刻人們對於鄉土文學的「定義」其實是一個再定義的過程，例如外省人寫的作品也是鄉土文學的一部分。而他的碩士論文其實就是研究鄉土文學的另一個面向──其與現代主義相疊的部分。通過伊格言的小說，讀者可以理解他對鄉土文學的詮釋，鄉土究竟要座落何處，對讀者與作者而言才是有意義的。

## 東紫：鄉在病痛之中

之後發言的是來自山東的東紫。東紫表示她的創作源於貧窮，物質上的貧窮有時反而能換來心靈的富足，東紫或許是最好的例子。東紫回憶小時候每天都要早起去撿榆樹的樹葉跟樹皮以供家用，在山林與山嵐之間穿梭的記憶如霧不散。而她的母親是位對生活極富智慧與歷練的女子，家裡雖窮，但她的母親用盡一切方法不使她的孩子體會貧窮的悲苦。東紫說她印象最深刻的是，小時候看到有別戶人家在包餡料飽滿的餃子，她母親不落人後，發明了一種叫「氣包餃子」的東西。對小孩來說，嚐到的是空氣，飽足的是心。東紫的母親不識字，而有滿腹的鄉野傳說，東紫一生忘不了的場景是全家邊吃著炒玉米葉邊圍在一塊聽母親說故事，講到驚心處小孩們甚至不敢背朝向外，深怕故事中的鬼怪在後頭。東紫說，母親身上的人生睿智與她說不完的故事，是她寫作天賦的來源。

談及鄉土東紫表示，早上聽吳晟的演講，吳晟言談之中那股為鄉土站在第一線的氣魄，令她特別有感觸。本業是藥師的東紫看到故鄉的病與痛，在醫院執業面對的是被污染的身體，人滿為患的病人正顯示大陸的土地已出現嚴重的問題；鄉土正在被污染蠶食。正因如此，對東紫而言，鄉愁是對自然的嚮往。過往人們寫到自己的鄉土，常以

追昔美好的心情為旋律，東紫認為現代人書寫鄉土，恐怕只能是痛苦的哀慮了。如何透過寫作傳達百姓被污染的身體與故土，獲得更多人的注目，以期改善，是鄉土之於東紫在寫作上的心念，比如她曾寫過一篇小說叫〈偽綠色時代的掙扎〉，談的就是現代夫妻不孕與食安問題的故事。最後，東紫說倘若讀者覺得她的小說太過情緒、太過激切，這是無法避免的，因為現實的危殆已容不得她語帶溫吞。

## 徐國能：眺望鄉的不可取代性

最後發言的是散文家徐國能。徐國能的文學養成來自古典主義，目前也在中文系任教，或因如此，他的作品總給人老成之感。徐國能回憶說，在他小時候閱讀資源非常有限，僅有《中央日報》、《吾愛吾家》、《讀者文摘》等刊物。所幸他的家人非常熱愛文學，只要有閒錢就會添購新書，他才有機會接觸到其他文字作品。徐國能說他自小就覺得自己在各方面是平凡人，唯在文學路上有發揮餘地，正因「從文學中看到了人生的另一可能」，因此他願意用一生去實踐文學之路。

從小生長在台北的他自承算不上鄉土作家，來到這個場合談這個主題，不免擔心自己夠不夠格。而他接觸到台灣鄉土是非常晚遲的事，到了大學出了台北才真正見識到台灣鄉村的面貌。當他第一次到南部，發現人們操著他聽不懂的台語讓他非常震撼。在此之前他對於鄉土的想像全來自文學，因而無法體會到語言或者說聲音自身即形構了他人與「我」、此地與彼地的不同。徐國能雖不以鄉土作家聞名，但他始終好奇人們談的鄉土文學究竟該如何定義？過往在鄉土文學中讀到作家寫自己的鄉土，總帶有狂暴與悲情的成分，他由是好奇，鄉土果真是如此嗎？

徐國能以為鄉土文學在歷來的論戰中，其定義不斷變化，才產生現今人們對於鄉土文學的想像。他認為相較於過往人們對鄉土文學的追求與再確認，我們應該眺望在全球化時代之下，鄉土文學該何去何從？而徐國能以為，在現今全球化、複製生產、技術轉移的時代，個

人被取代的焦慮油然而生，因此「自身的不可取代性」是地方／鄉土文學意義之依歸。

最後，徐國能呼籲作家應該思考，在關懷土地、民族之餘，如何能夠把鄉土的意義擴大成不只是地方色彩的結合，而是世界性的人性見證。

# 棲身於文字之鄉
## 「2013 兩岸青年文學會議」作家對話 3
主持人：王聰威

與談人：王十月、李浩、黃麗群

◎翟翱記錄整理

第三場作家對話的主持人為《聯合文學》總編輯、小說家王聰威，對話作家有台灣的黃麗群和大陸的李浩、王十月。

王聰威首先請作家們談一談對鄉土的印象與看法，王十月對鄉土的感受來自幼時的一樁奇遇；李浩的鄉土則是他抵抗的對象，但抵抗本身就是極為滲透的影響，李浩的掙扎反映了「故鄉」同時具備了逃離與嚮往的雙重意義；至於生長在城市的黃麗群，一方面認同所在的故鄉台北，一方面又失落於不在的祖籍山東，鄉土之於她，萌生的是一種奇異的漂流感。

## 王十月：故鄉的魅影

王十月出身楚地湖北，楚人尚巫，頗信鬼神之說，楚文化的這項特質深深影響王十月看待世界的方式。王十月表示，他相信世間有人們難以理解的力量存在，會有此看法卻除楚文化的影響外，更與他幼時的記憶有關。接著王十月為我們講述了一則關於迷夢與巫術，死亡與還魂，以及他自身寫作始源的故事。

王十月六歲那年，在家鄉樹林遇到一位黑瘦的女人，冷笑問他是誰家的孩子，並作勢要捉他，王十月嚇得昏死過去，醒來已是三天後。之後王十月久病不癒，縣裡醫生束手無策之際，他的母親轉求巫醫幫助。村裡的巫醫劃開王十月的小指放血，將他的血滴在符紙上，命他

母親在門前燒了，並每晚爲他叫魂。叫魂持續了一整個冬季，王十月的病才好了，此後王十月反覆作著一個相同的夢，夢裡有一條連向天際的線，線上是無數的螞蟻，無止盡地爬向宇宙深處。王十月說這個離奇的夢自此介入他的生命，他爲了解這個夢的意涵，開始大量閱讀，想在書中找到解答。然而追逐解答本身就像是爬向宇宙深處的螞蟻，永無止息之日。就此來看，王十月六歲那年的遭遇，像是一個開啓寫作的寓言。

王十月的母親──那位曾在冬季每晚爲他叫魂的女子──在他11歲時意外過世。他的母親不巧被一塊瓦片打中頭部，家人以爲她死了便將之入棺，請道士來作齋超渡。直到次日要入土時家人發現棺木下有血，開棺一看才發現母親根本沒死，急忙找醫生來，但當時村裡交通不便又沒電話，醫生終究是遲了。這椿意外形塑了王十月看待世界的想法。王十月說，母親入棺後曾托夢給他說她並沒有死，但王十月當時未解夢的真假，並未理會，發現母親枉死後王十月相信人確有靈魂。

村裡交通不便與資訊不及導致母親過世，也讓王十月對於中國鄉村的前景有著不同的看法。王十月曾在某個場合聽聞某位以鄉土散文知名的作家痛心地說：「中國已經沒有了鄉村。」並表示現今的鄉下是一間間的洋樓，一條條的水泥路，過往的田園詩意已然消失。王十月不同意這樣站在審美情調看待鄉土的方式，他以爲鄉村樣貌與時俱進（或者說與時俱亡），代表貧窮的苦難已過去，他並反問：「農村爲何要承擔城市人的田園想像？」看待鄉土更應關注在鄉土中生息的人。基於此，他的寫作更多時候是站在反思自身的立場看待這個鄉土將蕪的年代。

## 李浩：以否定證明故鄉

若說王十月是在除不盡的魅影中確立自身對鄉土的想像，李浩則以否定的姿態證明了鄉土對他的影響。

　　李浩對故鄉的記憶連結著他對父母的不滿，所以在他的寫作中很少涉及他個人的過往，是有意識地切斷與過往／故鄉／父母的聯繫。李浩表示他小時候有很長一段時間是跟著姥姥爺爺長大的，與父母的關係很疏遠。他不諱言地表示，自己會被託付給姥爺帶，是因為他的父母想花時間找樂趣。之後即便回到父母身旁，他也難以親近他們。李浩說他的父親是個冷漠的人，母親則世故得教人受不了，他自小便覺得難以理解父親母親。對他來說，家不啻牢籠，離家之所在的故鄉愈近，便愈覺得窒息。童年的故鄉記憶對他的影響甚鉅，他始終感覺故鄉被龐大逼仄的父權話語籠罩。成長的經驗對李浩而言，是漫長的抵抗：抵抗成為像父親、母親那樣的人，抵抗家庭的血液進入他的血骨與肉⋯⋯

　　現實中他以離鄉的方式與家斷絕聯繫，轉而棲身在由世界上寫作者共同構築的文字之鄉。李浩說他讀李後主的詞，覺得彷彿是自己寫下的，讀卡夫卡，覺得彷彿是在寫他自己。透過文學，李浩得以另闢他與現實的通道。李浩說他的寫作剪斷跟世界的連結，讓小說世界自出意義，那是一個可夢想的空間。他寫作是因為在武裝之下的心需要訴說、減壓，透過書寫，他筆下的人物可以幻想與作夢，也承擔著幻想與夢的後果。他作為這些人物的創作者，也一併理解、吸收這些夢與夢滅，而獲得昇華。

## 黃麗群：奇異的漂流感

　　接在兩位大陸作家之後的黃麗群，表示她從小到大都生長在台北，也未曾離開城市生活，鄉土二字無論在情感或地理上，對她來說都很遙遠；身為外省第三代的祖籍山東則是一個更遙遠的異地。黃麗群說，即便她父執輩以上的人——真正有在原鄉生活過的一群人——想回到祖籍地找尋故鄉，也是注定失落的一件事。在時間的風化與人力的破壞下，半個世紀前離開的鄉早已不成原樣。相較於其他寫作者，黃麗群說自己彷彿少了一個「大後方」可供書寫。

　　饒是這樣，生活在城市中的人就無法訴說自己的故鄉嗎？黃麗群並不這樣認為。鄉的不可見或者說難以親見，或許更能觸發城市裡的作家去找尋周身可書寫的事物。黃麗群說自己有一種奇異的漂流感，乃因她在台北無土，在山東無鄉；知道故鄉在哪，知道自己從何而來，卻無處可回。

　　這種徘徊在有根與失根之間的漂流感之於寫作是好是壞，黃麗群表示她仍無法確定。無疑的是，正是因為故鄉在有無間，人們才有了去尋找一個新故鄉的動力。而身在此刻的台灣，島上的政治環境與人文社會儼然已自成一格，安放所有流離、晚到、新來的無鄉與惑鄉之人。

　　其後有聽眾表示，讀了黃麗群的〈海邊的房間〉，但不懂作者到底要說什麼？所以想現場請問黃麗群這篇小說的旨趣所在。面對這個讀者的疑惑，黃麗群說最怕解釋自己的小說這類問題。她開玩笑地說，寫作本身就是「鬼上身」，靈感是奇異的召喚，寫作的念頭跟真正寫完之間可能有難以告人的落差，她其實也很難回答「這篇小說在寫什麼？」不過黃麗群說，如果讀者願意的話，當然可以把這篇作品跟今日的主題──她本人的無鄉狀態──連結，解讀成：女主角被拔除人際與土地的脈絡，淪為一個被擺放在「海邊的房間」中的靜物。

　　另一位聽眾表示，前面聽王十月對故鄉變化的看法，似乎是贊成故鄉完全朝城市化。因此想請問王十月，如果有一天鄉村跟城市完全一樣了，曾經令他悸動的景觀都告消失，他是否會感到失落？王十月回應表示，這樣的情懷在個體而言誠然存在，但放遠來看其實不是那麼重要。比如說現在有人在呼籲要保存騎樓，但那些騎樓不過才一百多年的歷史，倘若人們過於念舊、執著於過去，將難進步。王十月進一步表示，新的東西也有可能成為古蹟，因此他不執著於記憶中的鄉土跟現實的鄉土必須保持等式。

# 鄉已不在，何處安放自身？

## 「2013 兩岸青年文學會議」作家對話 4

主持人：李維菁

與談人：李修文、計文君、劉梓潔

◎翟翱記錄整理

　　第四場作家對話的主持人為李維菁，對話作家分別為台灣的劉梓潔和大陸的計文君、李修文。

　　李維菁善於描寫都會女性遊走在消費文化與男性話語間的黠慧姿態，她認為生長在 80 年代的人們對故鄉的看法，因為網路而有了巨變，過往固著一地的歸屬感已隨著疆界的消失而告流散。對現代人而言，只要連上網路，處處可作故鄉，相反的，人與土地的連結不再，處處也將是異鄉。李維菁表示，三位作家的人生經歷都很豐富，都遊走在國界與國界，因此好奇他們如何看待土地、鄉土在個人寫作史的位置。

## 劉梓潔：鄉是語言的雙聲道

　　第一位發言的是曾以《父後七日》中流利達練的台語敘述驚豔台灣文壇的劉梓潔，劉梓潔說她第一本書就受到很大的注目，帶給她不少壓力。「我是哪裡人？」是她拾筆之初就不斷思索的主題。本身是彰化人的她高中在台中讀書，大學考上台北的學校，研究所以後混跡台北，做過編輯、記者、編劇等工作。離鄉多年，劉梓潔自認與故鄉已有斷裂。每每寫到彰化的時候，劉梓潔有意無意地選擇以兒時的記憶復刻故鄉。之所以如此，劉梓潔表示是因為她有意逃避青春期的不快樂；而求學時逃離故鄉的階段，順勢成為她在書寫故鄉時的閃躲對

象。此外，鄉里常見的畸零人，也是她故鄉回憶的黑點。以上三者的缺席，構成了劉梓潔與故鄉之間的無可逆的距離。

「北伐」生涯已逾 20 年，雖然在台北待了那麼長的時間，但她的心底仍不認為自己是台北人。她表示，在進入台北城與離城之間都得經過國台語的切換，聲音語言的切換提醒著她「自己是哪裡人」以及「自己不是哪裡人」。而這也成為了劉梓潔與故鄉對話的切入點：如何將這種切換在文學裡呈現，成為她最初寫作努力的方向。

劉梓潔以為腔調與語言是一位作家不可取代之處，她自己也是在摸索多年以後才找到了融母語與國語於一爐的語言技術，語言的位置即是一個人的位置，提醒著她：自己是鄉下的孩子，並且住在都市。

甫出版新小說的劉梓潔，這一回將故事場景設定在跨國移動之間，故鄉與本國之外的異鄉如何產生連結／對話，將是她之後的寫作方向。

## 計文君：鄉是盛放自己的容器

第二位發言的是來自河南的計文君。計文君試圖以群體與個人之間的互動來看待故鄉對寫作者的影響。計文君說，一位作者很大一部分的養成來自於故鄉環境與時代經驗。作者可能窮盡一生之力描寫故鄉，例如高密之於莫言，湘西之於沈從文，紹興之於魯迅，然而這些作者打造的鄉是在文字上，放諸現實它們並不存在，它們是屬於作者本身的文學之鄉。這關乎著寫作者如何尋求個人定位，「故鄉，是作者盛放自己的容器」，企圖在漫長的人類文明系譜上留下姓名。而這個互動模式其實是雙向的，鄉關何處不是作者可以選擇的，但作者並非被動的領受，同時也主動塑造文學意義的鄉。計文君以燒瓷為喻，指出過程中充滿了不確定性，同樣的材料在各人的手下可能會燒出各異的容器。同理，別人的「容器」對你未必有效，甚至試圖去複製也是枉然。倘若現今還有作家想仿效沈從文建構田園牧歌式的鄉土「琉璃尊」，其結果很可能不過是不成樣的塑料瓶。

　　計文君說，從上個世紀的 70 年代到當代，30 年來中國經歷的變化何其龐大，何其複雜。如何以小說捕捉當下的現實經驗與歷史思考，「燒出適當的容器來安放這些經驗」，是不容逃避的寫作方向。計文君以為，恐怕現在中國作家仍未有人完成這項任務。

　　面對珠玉在前的鄉土作家，計文君坦承遇到的困難是現今「我們」是否還有一個故鄉可供書寫，安放自身？如果答案是否定的，那如何呈現這樣的失鄉之鄉，不器之器，亦是寫作者必須面對的課題。

## 李修文：鬼怪狐仙的鄉土焉在？

　　接著發言的是湖北的李修文。李修文的母親以唱戲為業，他自小生長在戲班。母親不識字，不了解戲曲的文字，而是以充滿情感的聲調詮釋故事。這使得李修文對「文字」本身產生了迷戀與嚮往，可以說，戲曲是他的文學啟蒙。

　　至於李修文對故鄉的思考則與計文君有部分類似，他同樣認為故鄉之於我們已是遠颺的陣風。李修文表示，今人對故鄉的概念與前代有了斷裂。對當代來說，醇美的、蘊含著神靈對人庇佑的故鄉已不復在，曾經孕育出《聊齋》鬼怪狐仙的土地面臨的是「故事」的窮途末路。李修文亦指出，最直截的體現在於現今「我們」的語言都失去了土味、鄉味，而代之以「《讀者文摘》式的格言警句」。

　　李修文直言，我們標舉的鄉土作家如沈從文或魯迅，其實並未建構一個共通的故鄉與倫理系統，湘西或紹興之於他們二人是「單打獨鬥的美學依歸」──此處，李修文的看法也可與計文君相呼應。距離魯、沈遠矣，李修文說他個人已不相信那些謳歌田園風景、桃花源式的小說，甚至連寫作者對將消失的鄉土風俗而起的輓歌，對李修文來說也無關至要。「因為它們並不是當務之急」，李修文以為相較於此，那些為了生存辛勤焦急的眾生個體才是需要關切的對象。

　　李修文說，張承志的《心靈史》帶給他無比的震撼，了解到先投入生活再建立文學，將使寫作的關懷充斥力量。他說，作家應該先取

消寫字者的身分，回到生活意義上的人，回到眾生痛苦或掙扎著的共通處境，方能「獲取令人信服的情感和價值泉源」。

　　接著，有聽眾問李修文心目中理想的鄉土爲何，李修文表示現實中已不存在這樣的鄉土───一塊自有一套清晰的倫理道德醞釀的土地。也有聽眾好奇李修文所謂「《聊齋》鬼怪狐仙的土地消失了」所指爲何。李修文從譬喻上解，回答是指現今缺乏一個可供作家陌異化審美的土地，例如高密之於莫言。綜觀李修文、計文君二人的說法，倘若鄉已不在，認清這個事實並計畫下一步該如何描繪無鄉的現世，當是中國作家在改革開放 30 年以來，面臨重大社會變遷的書寫危機與契機。

# 觀察報告

# 江湖在哪裡？

「2013 兩岸青年文學會議」觀察報告 1

◎言叔夏

　　從彰化趕來赴會的吳晟老師演講時說，他已許久不讀文學作品，讀得最多的是政府或環評單位的「研究報告」。朗誦的詩作也平白淺顯，卻有些令人動容。吳晟是長期駐在鄉土前線的作家，也是自身理念的實踐者。但令我印象深刻的卻不是他的演說本身，而是在整場演講裡，他大概前後對自己話語裡不得不的「偏激」與「批判」，表達了三次以上的歉意。這個道歉意味著什麼？長期在學術生產的工作之中，我大約已很久沒聽過有人是這樣真誠地擔心著自己的話語，也許會在什麼地方尖銳地刺傷他人了；生活是更真實的，窒礙的，有時甚且是艱難的，而學術機制下產生的話語往往是過耳東風，轉瞬即逝，也許離開了這個場所，也不會有多少人真當它是一回事。因此，那樣的一個道歉的姿態意味著什麼呢？吳晟說：「我母親從小告訴我，不要自己好就好，要大家都好。」那大抵是一種來自土地的教養罷。在學院裡，傳統的現代主義（這本身也是個悖反）告訴我們：任何一個他者，都是一間無法理解與進入的房間；而吳晟那被土地所包覆、涵養的、來自於母親的教誨卻要說：即使我不能理解你，我仍想要柔軟地對待你。在一個以土地與故鄉、過去與未來為命題的研討會，以及作為這一話語生產場域的學術場合裡，吳晟的演說其實具有一種涵涉性的意味；它總括也開場了兩天會議裡一個彼此相關、卻又相互悖反的命題，即是土地、話語與倫理。

　　這三個層次的問題彼此纏繞，成為一組共生的結構體，有時是一種相互守備的關係，有時它們竟也彼此拉扯，難以在這個 T 三角形的

結構體裡找到各自可能的出口。其中最顯而易解的「土地」，也是兩天會期裡，無論兩岸的作家會談抑或論文發表中，最經常被提及的概念。而隨著與會者個別身世的差異，「土地」往往勾連出一些裙帶的概念，比如遷徙（如大陸的朝鮮裔作家金仁順）、比如容納或排斥（如原住民作家撒可努）、比如無根或失根（如台灣作家黃麗群）。金仁順提及她自身的成長史，「即使我出生在中國，受中國式的教育，在其他同齡的小孩眼裡，我就是個韓國人。」又比如撒可努，「我們的祖先住在樹上，漢人來了，告訴我們，樹上很危險，快下來吧；等到我們真的下來了，他們又說：你不是原住民嗎？為什麼不回到樹上去？」這些大量的代名詞語彙：「我」、「我們」、「他」、「他們」……宛如一條條筆直黑亮的墨線，將彼此立足的土地切割得畸零破碎。它的主體性是族群，是大寫的「我」、「他」、「我們」、「他們」……。

　　大抵那從 1970 年代以降、台灣文學史上被廣泛認知的「鄉土」語彙，在這些紛陳的討論裡，早已演進了另一種層次的語境。若你還記得黃春明、王禎和小說中的那些「小林」與「油漆匠」們，關於鄉土與現代的扞格，人與土地的親密關連，還有「白梅」──〈看海的日子〉裡最後回到故鄉，產下孩子，藉由一種原鄉的母性力量來洗滌自身的女子。土地與現代性的關係儘管充滿對峙，那對峙卻也竟是一種十分「古典」的關係。而這兩天的會期裡被不斷藉由個人生命經驗反覆陳述的「鄉土」，無論是它自身的定義，抑或從它輻射向周邊「現代性」話語之間的關係，都早已是複雜、重層，且充滿辯證的對位。更多的思考來自於離鄉者對自身「位置」本身，包括話語權的合法性（如大陸學者楊慶祥）、對知識生產者自身脈絡的反思（如大陸學者李丹夢、台灣學者董恕明），以及倫理實踐上的問題（如簡義明）。可以看見，鄉土與現代不再是一種純粹（且秩序）的對立；相反地，「土地」這個語彙一旦被拋置進了整個現代性話語的蛛網裡，便免不了產生那些彷彿被高速漩渦旋轉後、所急遽拋擲開來的話語的渣滓，無法

被單純的對立所收攝。換言之，我們所理解的、那作爲「土地」向來對立面的「現代」，已不是一個平整的、沒有起伏的抽象詞彙；它早以它自身的變形，滲透、內化進各式各樣的知識、法律、政治、文化甚至財團（作爲典型的資本主義象徵）中，形成一個共謀的論述集團。這個「現代」，是一個巨大的話語岩塊。如同楊慶祥在會中所指出的，中國現代城市（以上海爲例）早已形成一種龐大的景觀化地貌。是這一作爲話語的「景觀」敘事了我們。

　　換句話說，當「土地」本身也成爲一個話語的地點，最直接的一個問題將是：那麼，知識分子的位置究竟是什麼？作爲文本製作第一線的書寫者，其所產出的那些和自身土地相關經驗的論述或寫作，又該如何定義其自身、而免於被這一龐大話語政治的網絡所捕獲？比方會中受到矚目的討論對象、也是近年在中國極受關注的《中國在梁莊》、《出梁莊記》，最後仍須回到作者梁鴻自身的身分政治問題──作爲一個離鄉的知識分子，鄉愁是可能的嗎？鄉愁這一純粹的情感經驗，該以什麼樣的形式現身？借用吳晟引用自己的女兒吳音寧的書名《江湖在哪裡？》，這一和土地攸關的書名，或者也可以在這樣的語脈裡被誤讀、並且提出一個另一面向的問題──江湖在哪裡？當所有的土地或位置，都是話語的江湖；當身分、寫作無一不被話語轉譯爲政治，那麼，出口是可能的嗎？吳晟在演講中提及，他近年來關注的許多開發案，都經常被一句「依法行事」給完全遮蔽。而別忘了，現代性話語的基架其實正是「法」──是「法」決定、安排了那些話語的「江湖」。而穿越了這一話語密林的背後，我們要問的或許是那個最爲簡單的問題──1970 年代的鄉土文學景觀裡，那樣一個來自土地自身的、素樸的救贖，是否仍然可能？

　　座談會的主持人之一、長期任職出版媒體的王聰威，也提及 2000年左右出現在台灣文學場域的「新鄉土」概念。但那畢竟是非常短暫的存在物，是其時台灣文化政治、地方運動與文本性當道的氛圍下的

產物，絕大部分缺少倫理性的動機，終致完全萎縮。有意思的是，在王聰威所列舉的幾個例子中，至今仍持續在這條道路上，並且將之整個完全深化、提煉進現代主義美學道路上的，大概是童偉格。童偉格的《西北雨》、《王考》等作品，「鄉土」這一概念既不是那表面的符號形式或象徵代碼，它就是作者個人的語言世界。童偉格的近期寫作展現了極為驚人的美學向度，或許也指出了一條關於土地的美學形式的路徑，可以使我們撥開那充滿雜訊的話語的密林，重回那個人經驗的根源。而那或許才是形式的根基之地。是書寫真正能潤澤自身的一座取之不盡、用之不竭的「江湖」。

　　形式問題的另一條岔路，是倫理實踐的問題。原住民作家撒可努的論述，或許將整個會議裡不斷反覆辯證、對位的土地與知識話語，進行了一個相當具啓發性的談話。「平地的男人到動物園去，總是跟身邊的人說：好可愛，我們要保護牠們；可山上的男人不同。山上的男人到了動物園去，只會問對方：你有沒有吃過？」撒可努說。在未來，知識話語與土地的辯證或許將是更為加劇的。那也意味著土地的倫理實踐將面臨更為抽象的挑戰；當然，反過來說，那由現代性一路延長至今、且被高度知識化的話語，也將面臨來自土地更為真實的挑戰。我們或許可以藉此去更進一步地探問：實踐本身的機制（那個開關）在哪裡？如同撒可努所說的：「未來的男人要找肉給女人吃。」這一機制的開關，或許也正是一條通往那片真實的、扎根於現實土地的「江湖」之路。

# 見證與反省
## 「2013兩岸青年文學會議」觀察報告 2

◎黎湘萍

　　「新鄉·故土／眺望·回眸——2013兩岸青年文學會議」在台北召開，這是兩岸青年作家、評論家和學者坐在一起就文學議題進行研討和對話的第二次聯席會議。我對策畫和組織這次會議的中國作家協會和台北《文訊》雜誌社深表敬意和謝意：他們為兩岸青年文學進行交流和切磋提供的平台，可能是世界上最富於創意、最具有現實意義和歷史價值的活動。放眼寰球，我們似乎還很少看到類似的例子，例如統一之前的東西德國之間，南北越南之間；現在的南北朝鮮之間，以色列和巴勒斯坦之間等，在「敵意」和「猜忌」猶存的時期，能夠有勇氣讓文學家、藝術家和學者們借助「文學」這一最具「跨界」本性的人類創造物，談文論藝，握手言和，比拿著刀劍怒目而視要明智得多。作為一個早已進入「知天命」之年的人，我本沒有資格參加這樣充滿了青春活力的會議，卻因了與「文學」的因緣而被主辦方垂青邀請，見證了這一美好而意義深遠的歷史時刻，真是三生有幸，倍加珍惜。

　　19世紀20年代，美國作家華盛頓·歐文曾寫過一篇小說〈李伯大夢〉（Rip van Winkle），樵夫李伯和他的愛犬去打獵，在森林深處遇到一老，隨之與一群世外人在一起玩樂喝酒之後大醉，醉後醒來，發現已是20年之後，世事全非：親友故去，美國獨立，滿目都是新城新人。我來參加這個會議，就有一種如夢如幻、醒後發現自己成了李伯似的「歷史舊人」的感覺：不論是來自台灣還是大陸的作家，都是我從未謀面的新人，他們的作品有的也是我疏於瞭解的「新作」，

　　儘管他們有的也已到了不惑之年，他們的作品已有不少獲獎，或改編成電影、電視劇。我聽到了朝鮮族作家金仁順的家族流徙的故事，此前我曾看過根據她的小說改編的姜文、趙薇主演的電影《綠茶》，卻竟不知道這位作家有著如此令人動容的家族傳說，她的家族經驗足以讓她有潛力呈現近代東亞在戰爭和離散之中的悲歡離合；滕肖瀾的上海傳說，東紫從饑餓和母親的故事那裡接受的文學啟蒙；李浩的卡夫卡式的故事，王十月令人驚愕的「死裡逃生」的童年往事，他們在鄉村與城市之間的徘徊和觀察，使自己的創作成為當代中國社會的一面「鏡子」，與丁威仁、葉覓覓、伊格言、黃麗群、劉梓潔在台灣的新鄉故土中的流動的生活經驗及其創造性的故事和想像，是多麼不同。排灣族作家亞榮隆‧撒可努，更是以他排山倒海般的幽默和天才的歌唱、演說才能，讓我們享受他帶來的驟雨般的語言美餐之後，感覺到了「受傷的現代人心裡的老靈魂」所具有的撫慰效用。也許，當所有的邏輯語言帶來的緊張思考飄散之後，一個會議給人留下的「理論」也漸漸消失，但那些訴諸感性和感覺的音容笑貌卻沉澱下來，成為與會者長久的記憶，而這正是這場青年的「文學饗宴」所帶給人們最美好的「文學性」之一。

　　讓我這個旁觀的「李伯」感到驚訝的，還有會議安排的一場別開生面的劇場表演：東華大學秋野芒劇團根據台灣青年散文家言叔夏的同名作品改編的《辯術之城》。我置身亦真亦幻的劇場，聽到了文學最有能力呈現的被淹沒在喧囂的都市噪音之中的心的細語，那是關於愛，關於自我，關於親人的獨白和對話，是關於學術生產，關於他者，關於複製式的「思辨」的反省和質疑。這個短劇是中場的意外插曲，是「噱頭」，也是對我們仍在堅持不懈／不屑的理論思辨和學術研究及其文字生產的認真、沉重而無奈的反思。《辯術之城》是用文學／藝術的方式呈現出來的關於文學之意義與價值的「另類」思辨，我想，多年以後，也許我們會忘記我們在這個會議上聽到的許多高論，卻可

能會記住這個小劇場對文學研究從業者們的善意的揶揄，機智的提醒。

由文學出發的討論確實是魅力無窮的。

會議首日，我們就聽到了詩人吳晟用他的八首詩所做的主題演講，這是用詩寫的「論文」：詩人批判所謂的「國際化迷思」時，朗誦了獻給母親的〈你不必再操煩〉；詩人抗議工業污染，寫下他的〈誰願意傾聽〉、〈不妊症〉；詩人控訴官商勾結「挾開發之名，行掠奪之實」，舉起了他的〈土地公〉、〈怪手開進稻田〉；詩人指責廠商「搶奪水源」，高聲吟誦他的〈水啊水啊〉、〈親愛的家鄉〉。看到工商化浪潮下農業的衰落，農民的屈辱，人類環境的日益惡化，詩人抑制不住自己的怒火，卻請聽眾原諒他的憤激，他說，實際上，他與其說是憤怒，不如說是悲傷。

無論是新鄉還是故土，無論是眺望還是回眸，我們都面臨著如何面對我們的生存環境日益改變、甚至惡化的嚴峻的問題，而這正是這場研討會給人們提出的重要議題。

為此，評論家吳義勤綜述了 1990 年代以來大陸的「新生代」作家在小說的生活倫理、敘事倫理方面發生的變化，論述了新生代小說家的意義及其限度，較為全面地介紹了新生代作家在當代文學生活的位置和文學史上的意義。大陸青年學者張莉關於莫言書寫故鄉的方法的論述，評論家李雲雷關於新時期以來中國人與土地關係的變化的分析，楊慶祥關於梁鴻《出梁莊記》的討論，沈慶利對兩岸文學中關於「鄉土」題材的梳理，都緊扣會議的議題，呈現了大陸學者獨有的觀察。而北大中文系副教授邵燕君關於「網路時代」中「鄉土」書寫存廢的討論，可能會延伸出如何在後現代的網路、資訊社會重新定義「鄉土」的問題。在這方面，台灣學者的思考開出了另外的格局。譬如洪士惠的論文討論柴春芽關於西藏題材的小說中的「漢人流浪主題」，引起與會者的熱議，其問題集中於漢藏文化的異同和政治治理的方

式，對理解「鄉土」的流徙其實也有重要的參考價值。簡義明的論文論述台灣晚近自然書寫發展的動向，最有意思的是與其說是發現了劉克襄寫作題材的擴張，自然觀察領域的拓展，不如說是發現了「地方感」的重要性和局限性。李欣倫的論文〈重繪勞動者的身影：讀《努力工作》和《家工廠》〉讓我難忘，因為她發現了工人寫作的新因素，那是勞動的喜悅，是互助與互愛，這些作品已經跟 70 年代的同類題材有了很大的差別。大陸評論家張燕玲則從中讀出了「勞動」與「感恩」的主題，此論也是令人眼睛一亮。

這次會議安排了兩個主題演講，六場討論會，四次作家對話，16篇論文發表和講評，一共有 49 人正式發言。形式多樣，氣氛熱烈，是我參加過的最富文學色彩的會議之一，也是對當代人及其學術研究提出最富啟發性的問題的會議之一。

成功的「文學會議」意味著什麼？成功的「兩岸青年文學會議」又意味著什麼？參加了兩天密集的學術討論之後，我想，參加會議的人們──包括作家、評論家、學者和研究生、文學青年、關心文學藝術發展的聽眾等──都會留下自己關於會議的印象和判斷，並根據各自的視野來觀察會議的進程，總結會議的成果。就我而言，參加會議意味著見證與反省歷史──借著文學這種形態來進入歷史、社會的內面，又從那裡走出來，重新思考一些被我們普遍關注或者曾經遺忘的問題。

我想到了 1827 年 10 月 8 日那一天，黑格爾到歌德的府上拜訪時，他們共同討論的話題之一是哈曼，哈曼是康德的同鄉，也是康德思想的批判者。哈曼對理性的力量有足夠的認識，更提醒人們注意到理性的局限性。在他的影響下產生的歐洲的浪漫主義運動，實際上乃是作為日益成為全球性的工業化為主導的現代化運動的批判的力量。那一天，黑格爾談了關於哈曼的深刻的見解，但記錄這場談話的愛克曼沒有留下黑格爾對哈曼的意見，反而記錄了歌德對黑格爾的「辯證法」

的委婉的批評。黑格爾說：「辯證法不過是每個人所固有的矛盾精神經過規律化和系統化而發展出來的。這種辯證才能在辨別真偽時起著巨大的作用。」歌德擔心這種辯證技藝被人誤用來「把真說成偽，把偽說成真」，他指出：「辯證法的許多毛病可以從研究自然中得到有效的治療。」[1]

　　我們現代人的許多疾患，可能都因我們越來越脫離了自然有關。這次會議不僅讓我們重新親近了文學，更重要的是，讓我們重新認識了重返自然這個偉大而永恆的故鄉的重要意義。

---

[1] 愛克曼輯錄《歌德談話錄》，第 162 頁。朱光潛譯，北京：人民文學出版社，1978 年 9 月初版。

# 會議側記

# 鄉土邊界的無盡擴大
## 「2013 兩岸青年文學會議」側記

◎盛浩偉記錄整理

2013 年，由文化部指導，國立台灣文學館、國家圖書館主辦，中國現代文學館合辦，台灣大學台灣文學研究所協辦，財團法人台灣文學發展基金會策畫，文訊雜誌社執行的「2013 兩岸青年文學會議」，於 10 月 26、27 日，假國家圖書館國際會議廳舉行。此次會議主題為「新鄉・故土／眺望・回眸」，可說是以「鄉土」為核心概念，並以「新／舊」（作家作品及學術觀點）與「未來／過去」（展望未來方向同時回顧歷史脈絡）為座標，來開啓各種面向的討論。

「鄉土」的意義，究竟該是「土」還是「鄉」？而在時代的進程中，「鄉土」的內涵產生了什麼變貌？遭逢怎樣的衝擊？這些議題，皆在兩天的會議裡得到了十分充分而精彩的開拓。

## 序幕：「鄉土」的定錨

會議首日，開幕式在文訊雜誌社社長兼總編輯封德屏女士的主持下展開，並由台灣文學館李瑞騰館長率先致詞。他回顧「兩岸青年文學會議」舉辦過程的各種辛酸，如何經歷停辦又重辦，又是如何從北京再回到台灣；此外，他也期待兩岸青年學者們能在跨國的視野底下激盪出新的突破。接著由國家圖書館曾淑賢館長發言，她說明國家圖書館持續收集文史資料、作家手稿等，並建置各種平台與資料庫的種種努力，期望能使這些寶貴資產得到活用。中國現代文學館吳義勤館長則感謝各方努力，使兩岸文學會議能夠制度化地如期舉行，也表達了對此次會議的期待。最後由封德屏女士總結，除了概述此次會議的

架構之外，也介紹了專門替此次會議所編輯的《兩岸青年作家作品選》。開幕式的最後，便是將此書送給各主辦單位的贈書儀式。

　　贈書儀式結束後，緊接著就是第一場主題演講，由詩人吳晟主講「從壓榨到掠奪──我的土地觀與詩創作」。吳晟自陳他不擅長理論，但此次演講是依據自幼到老皆定居農村，並親身從事農業耕作的實際經驗而來。演講聚焦於台灣農業的困境，分成四個主題，並以兩首詩作來陳述。他時而高聲控訴現實，時而輕聲朗誦詩作，將台灣農業、農村，乃至整個社會價值目前所面臨的困難都深刻地描繪了出來。如此誠懇的演說，令在場的兩岸作家學者無不動容，也替此次的「鄉土」主題做了栩栩如生的刻畫，定下了基調。

## 首日上午：第一、二場討論會

　　首場討論會由東吳大學中文系鄭明娳教授主持，第一位則是天津師範大學文學院張莉副教授發表〈「不在」亦「在」：莫言書寫故鄉的方法〉。張莉認為中國當代作家中，莫言的「高密東北鄉」最適合做為討論「故鄉」議題的對象。文中提示了〈白狗秋千架〉、〈紅高粱〉、《蛙》作為閱讀徑路，且從中觀察「高粱地」空間如何進入莫言小說中並產生轉變，最後結論則定義了莫言之書寫位置。該文評論人是清華大學台灣文學研究所陳建忠副教授，他更加著眼於這三篇小說中對「生存」問題的思考，其帶有民間觀點，可能是和沈從文、魯迅不同之處；雖然他們三人與故鄉關係的「模式」類似，但莫言有特殊經歷，其「語境」畢竟也和沈、魯相異。他接著仔細分析文中提到的三篇小說，並探問：「若魯迅回鄉是為了要啟蒙，那莫言回鄉是為了什麼？」以此切入，陳建忠認為這三部作品反而呈現出莫言一脈相承的思考而非轉變，他總是站在民間，採取嘲諷態度，關切生存和當下現實的處境。

　　第二位是中國藝術研究院副研究員李雲雷，發表〈「田園將蕪，

胡不歸？」——新時期以來中國人與土地關係的變化〉。他說明寫作初衷是感受到當前中國農村的劇烈變化，此文便是由三個方面寫出此變化，並觀察文學作品如何體現當代社會。這三方面分別是「人與土地情感的巨大變化」、「『土地流轉』中的鄉村故事」、「『城鎮化』與中國鄉村的未來」，在詳盡的描述之後，他反省並思考道：「對於我們現代的中國人，有沒有可能回去鄉村，或是有沒有不同於現在發展模式的發展模式？」這篇文章由彰化師範大學台灣文學研究所徐秀慧副教授評論，她首先指出文中提到的作品在台灣難見，該論文主要著重是文學作品中反映出來的社會，故此文其實有助於台灣更加認識中國當下現況。此外，她也以台灣的情形為參照來提問：文中提到的這些小說數量多嗎？在大陸的讀書市場有影響力嗎？更甚，若實際一點來看，大陸學界對土地的關心能否引起體制的改變？

　　回應時間裡，張莉認為自己和陳建忠的意見其實殊途同歸，雖強調作家的變化，但並非否定一脈相承之處。此外，她也說明自己不同意中國大陸莫言研究裡一直強調「民間立場」，因他其實游離於民間與官方之間，也才能成為中間的報信人。李雲雷則回應，論文提到的作品之中，賈平凹的接受應是最好的，而這些作品在美學上，如喬葉〈蓋樓記〉亦有新的表現和成就。而大陸學界對土地問題的探討很多也已有實質影響。

　　緊接著的第二場討論會，由台灣師範大學台灣語文學系主任林芳玫教授主持，中國人民大學文學院楊慶祥副教授首先發表〈《出梁莊記》與「反景觀」寫作〉。該文為求對話，採取散文式寫作方式，以《出梁莊記》這部非虛構文學作品看見中國現狀，並思考人文知識分子該如何參與當下這個急遽的變化。他引述尼采，認為現代人應該重新學會去看、去聽，而文中「景觀」概念則是來自居伊·德波（Guy-Ernest Debord）的《景觀社會》，並指出梁鴻《出梁莊記》可視為「反景觀」式的寫作。他最後總結道，歷史是當下的問題，對中

國當下性不能滿足於過於簡化的理解，應充分尊重歷史的複雜性。之後由中正大學台灣文學研究所郝譽翔教授評論，她首先反省了台灣對大陸文壇動態接受的狹隘，也替與會者詳細介紹了梁鴻的另一部著作《中國在梁莊》。她同樣感嘆，小說家虛構的想像力似乎已經追不上時代的變遷，而紀實方法反映出來的世界已超越虛構的想像。關於論文本身，她認為文中沒有解釋「景觀」概念的來源，「反景觀」概念也可論述得更清晰。

其次由政治大學台灣文學研究所崔末順助理教授發表〈消失的民族傳統、游離的民眾現實──冷戰下台韓兩國的文學風景〉，主要探討戰後冷戰體制和思維對台灣文學造成的影響，其所採用的兩個方法，一是從文學論爭著手，二是以屬於同樣現代處境的韓國文學作為參照對象；並且，在此比較之下，她發現台韓兩地60、70年代皆有「民族（傳統）」、「民眾（現實）」兩個共同議題，此文便詳細梳理、描繪了這一情況。評論人中國社會科學院文學研究所研究員黎湘萍教授讚賞此文加入了韓國的視角，並敘述他自己與韓國的因緣，在認識韓國近代、當代歷史後，更能體會這種跨國比較視角的重要。而他認為文中提到的「消失的民族傳統」、「游離的民眾現實」可進一步申論，消失是如何消失，游離又是游離在何處。此外，他也注意到文中說明存在主義在韓國是作為解放工具被運用，這情況十分特殊，也和台灣不同，值得注意。

接著，兩位發表人先回應評論人意見，楊慶祥補充說明，他其實並不認為《中國在梁莊》、《出梁莊記》的寫實高度足以回應美學的問題，或許作家除了開眼看見現實之外，也必須要「變成一個瞎子」來省思內在的心之深度。崔末順則補充了「民族（傳統）」、「民眾（現實）」的內涵。此場次的提問踴躍，有與會者問道，《中國在梁莊》內提及作者寫作時盡量克制對其採訪對象生活的厭惡和反感，想請教楊慶祥如何理解梁鴻這種「克制」的作為；另外，也有人仍對「消失的

民族傳統」這個陳述抱有疑惑，因若是指台灣日治時期以降的台灣文學傳統，則其成為伏流時並未完全「消失」，故此詞似不恰當。最後再由兩位發表人回應，楊慶祥認為梁鴻的克制是複雜的問題，首先是在技術層面的考慮，沒有克制會陷入知識分子的偏見；其次是，這一代人多少都已有小資產階級的妥協性，所以不可能完全反思自己，故而和解、解決的方式，只靠克制是不夠的。崔教授則再次強調論文是從「論戰」的觀察出發，而論戰中說的民族傳統，指的是傳統中國性。最後郝譽翔也補充不同意見，她認為梁鴻身上不存在明顯的階級對立。

## 首日下午之一：作家對話 1 與第三場討論會

　　午餐過後，第一場作家對話舒緩嚴肅的學術討論氣氛。此場次由聯合文學出版社總編輯李進文主持，參與對話者有台灣詩人丁威仁、葉覓覓及中國大陸小說家金仁順、徐則臣，四人分別陳述自己對「鄉土」的思考，以及「鄉土」對自己作品造成何種影響。作家們豐富的創作經驗分享得到許多與會者的迴響。

　　第三場討論會則是由淡江大學中文系呂正惠教授主持，第一位是山東師範大學文學院中國現當代文學專業的房偉副教授，發表〈新世紀中國大陸小說都市體驗的「吾鄉書寫」〉。本文扣緊「都市」、「吾鄉」、「新世紀」等關鍵詞，討論當代在都市體驗下的吾鄉書寫情形，以及都市、鄉土經驗如何被看待。他最後總結出四個觀察到的變化，一是情感由道德批判變為尊重歷史的複雜性，二是歷史感大增，三是代際體驗更加豐富，四是「底層寫作」、「非虛構寫作」這種藝術觀念和手法的創新。評論人中央研究院中國文史哲研究所副研究員楊小濱認為，此文從城市經驗碰撞的角度探討「鄉土」相當新穎，亦有對現代文學傳統主題的回顧，然而，文中在評價方方〈奔跑的火光〉、關仁山《麥河》、賈平凹《秦腔》等作品時，都有過度類似宏大敘事的讚

揚，頗顯空洞；而概念上，「吾鄉」這個概念也非一般通用，此與「原鄉」是否接近，也有待房偉進一步論述。

　　其次是由元智大學中國語文學系洪士惠助理教授發表〈心間伏藏——柴春芽西藏小說中的漢人流浪主題〉，探討柴春芽這位中國的漢人作家如何對西藏認同，並寫出獨特之作。發表時，她首先訂正了摘要與內文排版、藏族語顯示的問題；進入正文後，則是從文化的角度來觀察柴春芽的思考，以此發現了柴春芽作品中批判和主流價值觀與現代秩序概念的表現、魔幻寫實背後的宗教觀，以及現實中對西藏宗教與政治關係的看法。這篇文章由福建師範大學袁勇麟教授擔任評論人。他認為這篇論文的「漢人流浪」角度選得聰明，因為「到西藏去」、「寫作」皆是姿態，與其對文字刨根究柢，不如從姿態觀察意義。但他也提醒，柴春芽的西藏寫作是有變化的，應注意此區分；此外，可否藉由寫作主題變化的分析，找出其將物質與宗教分離的原因，且還有其他以西藏為題材之作家，甚至這種遠離都市、放逐邊疆的寫作，世界上亦有其他例子，可互作比較。

　　第三位發表人是江蘇師範大學文學院郝敬波副教授，他的〈鄉土的情結、現實與想像：關於當下鄉土文學中人與土地關係的思考〉一文，從人與土地關係的視角來把握當下的鄉土文學創作，提供了詳細的分類。他認為鄉土情結是作家寫作的原點與動力，而鄉土情結又必須建立在人與土地關係的現實關照基礎，但多數作家因對鄉土的陌生而產生想像。他提到，人與土地的關係因時代變遷而不同，但中國鄉土作家還沒有完成對這種變遷關係的書寫，故期待作家思考如何脫離歷史局限。此文評論人是台灣師範大學國文系石曉楓教授，她認為此文脈絡清楚，也再次替郝敬波摘要論文，說明他善於命名與分類；但是，分類和命名本身就具有危險，而文中鄉土小說取樣的主流和非主流性也應交代。此外，小說的表現也難以用分類截然劃分。她認為，在分類之外，應補充指出鄉土情結脈絡的所承、所續。另外她也對文

中提及的小說詮釋提供了不同的角度，藉此在分類之前對鄉土概念有所反思。

發表結束，先由房偉回應。他補充自己主要是處理「新世紀以來」的作品，這是正在發生的現場，故其文章自然有局限；而對作品的分析和看法，則是從他自己閱讀的感受出發。至於「吾鄉」這個新概念，則是因為認為舊概念失去有效性，才想提出這種不同見解，重點在於強調農村中的觀念在都市裡碰撞所產生的新東西。洪士惠則回答，因為柴春芽目前尚有系列作品未出版完全，貿然分階段會有危險，她也說明了自己認為柴春芽與其他西藏作家如扎西達娃等人之不同；而關於宗教與政治的問題，她則認為政治意識形態不一定表現在文學中，此外是囿於自身學養，還難以梳理柴春芽作品中薩滿教和藏傳佛教間細緻的相同與相異，也難展開更廣泛的世界性比較，這有待未來持續鑽研。郝敬波則承認命名確實存在危險，而這種分類也確實無法涵蓋全部的文學情況，因為作家亦會做出突破。此外，他也發現到兩岸學者在面對「鄉土」概念時，其實情感仍是不同的，故會產生某些相異的見解。此場次主題特殊，主持人呂正惠教授認為評論十分精彩，促使他聯想到自己的農民工父親上台北之經過，亦有許多與會者回應抒發感想。

## 首日下午之二：「辯術之城」與作家對話2

第三場討論會後，司儀立刻廣播告知議程更動，劇場表演改為論文發表。之後便有一位女孩走上台，以投影幕說明她準備發表一題目十分荒謬的論文——原來，是秋野芒劇團的表演「辯術之城」已悄然開始。表演將戲劇嵌合到會議當下的時空，以國家圖書館會議廳為劇場，仿照學術發表的形式來諷刺學術語言。舞台上女孩發表著論文，而其餘演員則埋伏在聽眾席中，趁著發表論文的空檔，朗誦言叔夏《白馬走過天亮》中的散文段落並搭配吉他樂音。論文發表與散文朗誦持

續交錯，學術語言和此起彼落的文學語言互相交混，縈繞著整個空間，佐以投影幕上的幾句關鍵話語：「心是辯術」、「堆砌不是就可以往上蓋出什麼」等，以反差映照出了理性之混亂、感性之清晰。表演諷刺了現代學術的分類以及過度拘泥細節等病態，彷彿不斷探問：邏輯真的是萬能的嗎？情感難道不才是最真實的嗎？更深刻地質疑了文字本身的真確性、必然性。但是，無論如何諷刺、質疑、抗拒，仍有不可避免、非得到來的事物。結尾，所有原本在觀眾席間的演員都移動到了台上，換裝成學者模樣，演出了一場發表會的結束，也暗喻著從私人的青春生活走入學術人生的過程。和台下觀眾席裡的真正學者們形成了令人玩味的強烈張力。這場表演可謂相當前衛的嘗試，也使得此次會議有了更多面向的、對學術活動本身的反省和思考。

　　表演結束，便是首日的最後一個節目：作家對話之二。此場次由台灣散文作家張輝誠主持，參與者有台灣原住民作家亞榮隆‧薩可努、小說家伊格言和中國大陸小說家滕肖瀾、東紫，分別講述其自身創作過程與核心關懷，還有自己作品與鄉土之關係。此場次依舊保持秋野芒劇團表演所帶來的熱鬧氣氛，亦是對談得有聲有色，十分精彩，為第一天的議程畫下完美的句點。

## 次日上午：主題演講、第四場討論會與作家對話3

　　第二天的議程，以中國現代文學館常務副館長吳義勤的主題演講「1990年代以來的大陸新生代小說家」打頭陣，深入剖析「新世代」這個文學批評概念。吳義勤既梳理脈絡，闡明源流，又對此有各種角度的認識、辯護，同時不忘批評與反省。整場彙報提供了台灣認識大陸「新生代」小說的精準切入點，亦呈現了愛之深責之切的期待。

　　第四場討論會便彷彿延續「新」這個概念，緊鑼密鼓地展開。此場次由袁勇麟教授主持，北京師範大學中文系沈慶利教授發表第一篇論文〈「鄉土」的流離──兩岸文學敘事的一個比較〉。他開頭即補充，

此文其實應該是著重鄉土的「現代」流離，而全文分四個部分，第一部分討論傳統中國對「鄉土」概念的認識，第二部分則指出中國由鄉到城的發展特殊性，第三部分聚焦海峽兩岸在「海外」的創作，第四部分則關注台灣鄉土的獨特性，同時，每個部分亦舉出諸多文本作為例證。東華大學華文文學系楊翠副教授負責評論此文，她提到本文格局宏觀，時間跨度長，對共相的掌握值得嘉許，然而若扣緊對現代性的想像、批判、反思、焦慮，或許可以更凸顯焦點。此外，許多文本在討論時，可能多少有去歷史、去脈絡化的傾向，失去共相之外的殊相；而兩岸的殊異性僅提及而已，亦值得深入挖掘。此外，她也提出一些細部的問題，期望沈教授能增加其論證有效性。

第二位發表者則是健行科技大學應用外語系陳徵蔚助理教授。他在〈影像詩的媒體越界與符號消費：以台灣作品為例〉一文中，關注如何從文學的角度探討媒體的現象，並鎖定「影像詩」這一新起的特殊文類。除了引用麥克‧魯漢等媒介理論試圖為此文類下定義外，他也舉出幾部實際作品為例來呈現，並希望未來能探討影像詩與微電影的比較。此文評論人是逢甲大學中文系鄭慧如教授，她和陳徵蔚有著一百八十度相反的觀點。她質疑「越界」的使用，是指詩的越界？還是跨越媒體的疆界？抑或是跨越文類的疆界？而「影像詩」是以文字以外的多媒體加上文字，但是其中某些作品沒有文字，這樣還可以叫做詩嗎？她還認為，未來更需要的是影像詩跟詩的討論，而不是影像詩跟微電影的討論。此外，對於文中舉出的例子或美學認知，她亦直截地提出反論。

在一片硝煙中，第三位發表者簡義明上場，發表〈視域融合、地方感、行動主義：晚近台灣自然書寫發展的幾個新動向〉。因此文之研究對象仍是發展中的文學，所以他不傾向蓋棺論定，此外也與另一位自然書寫研究者吳明益教授有不太一樣的觀察，故也有對話之處。他採取「視域融合」、「地方感」、「行動主義」為三個分析視角來進行

論述，整理了晚近自然書寫發展。此文由東華大學華文文學系黃宗潔副教授評論，她首先讚美了文中採用的三個視角，尤其是「視域融合」的部分；但是她也認為，在文章細部的論證、作品的舉例等，都仍需加強。而在「地方感」的想像，她認為對徐銘謙的討論是更重要的，因為過去少被看見，同時，主婦聯盟也曾提出過類似千里步道協會的「自然步道」理念，或許可以把相關概念與實踐都納入。最後，「行動主義」的視角，她認為其實可以更細分為三種層次的討論：運動本身論述的變化、自然書寫者介入運動的變化、書寫者介入後實踐書寫的變化。

接著是回應時間，沈慶利說明自己寫作匆忙，也在過程中感到選題太大，應該針對一個問題探討，此外也補充、強化了結論的論述。陳徵蔚則認為「影像詩是不是詩？」是很有趣的話題，或許可以從「文學性」的有無來探討。簡義明則回應了主婦聯盟和千里步道協會的理念之差異以及一些文章研究對象比例上的問題，也口頭解釋了細部的論證。而與會者們似乎對影像詩有特別大的興趣或疑惑，許多人提出問題，而陳徵蔚亦一一回應。

次日上午的最後一個時段，則是作家對話第三場，由《聯合文學》雜誌總編輯王聰威主持，參與對談者有中國大陸小說家王十月、李浩和台灣小說家黃麗群。四人紛紛坦承自己文學上的經驗，對鄉土概念也有反思，整場討論熱烈。

## 次日下午之一：第五、六場討論會

下午，第五場討論會在中興大學台灣文學與跨國文化研究所廖振富所長的主持下開始。〈網路時代，「鄉土」不再？〉的發表者為北京大學中文系邵燕君副教授，她說明自己的研究方向是網路文學，而在網路文學中很難找到鄉土，故有此題目：探問網路時代是否還有安放鄉土情懷，繼續鄉土的可能性。她詳細分析了網路文學、網路文學沒

有鄉土的主因、網路文學含括「鄉土」之可能等議題。此文評論人為中興大學外文系李順興教授，他提出了不太一樣的觀點，認為網路本是虛擬，而鄉土總是真實，這兩者本來就有張力，而文章中也指出網路文學的核心和本質在於商業性，故此處值得思考。對於該文文末結論提到「豆瓣」網的網路文學，他則認為這些作品的出現是一種偶然，而非連續脈絡；另一方面，鄉土文學的出現和消失，都並非和商業有關，是故應更依賴有心人的努力。最後他也反思問到：「今日的鄉土，跟五四的鄉土，是一樣的嗎？」

靜宜大學台灣文學系李欣倫助理教授發表〈重繪勞動者的身影：讀《努力工作》和《家工廠》〉，文章認為《努力工作》、《家工廠》兩書作者都是70後男作家，且都有類近主題，而對比於早年楊青矗《工廠人》等作品的描繪，這兩部作品裡的勞動者形象無疑是一種「重繪」，而本論文即互補閱讀這兩種類型，試圖對話。她指出這種新型態的散文書寫著重「物件」的描寫，而這兩者都從同情、理解出發，展現了散文文類的可貴。評論人張燕玲是《南方論壇》雜誌主編、廣西文藝理論家協會副主席、中國作家協會理論批評委員會委員，她大力讚揚此論文依然透露了論者的抒情之才情，認為其文字溫潤，關懷肉身、人性，也就是關懷人文。她也提到，用物件重構經驗的勞動記事，在大陸70後世代的作品中也常見；此外，她也想深入了解論文所論的這兩部作品中，有無更多反省式的思考。

華東師範大學中文系李丹夢副教授則發表了〈文學「鄉土」的地方精神──以「中原突破」為例〉一文。她首先表達對前一日吳晟演講的共鳴與感動，可見這種樸實動人的力量是不分界線的。而她在文中，論析了「鄉土」概念，認為其不一定跟農村、農民等題材相關，而是一種自我認同。而「中原突破」指的是90年代河南作家群的異軍突起，她便是由這個角度切入，觀察河南作為中原之「中」的邏輯。她最後從自己的經驗認為，沒有本質的河南，其概念都是歷史的建

構。台灣大學台灣文學研究所黃美娥教授負責評論此文，她首先簡明扼要地補充了李丹夢文章的論述邏輯，說明其使用精神分析等理論，具高度論述性。然而，「鄉土」和「中國」的必然連結並未呈顯，而文中爲回顧前行研究，也就無法從中讀到李丹夢創見的獨到在哪裡。此外，她也質疑要證成中原突破，是否一定要連結到中國認同；而如果90年代的河南豫軍很重要，那自20年代以來的鄉土文學中，河南豫軍又在什麼位置？這些現象是90年代的河南豫軍才有，還是河南過去作品就有？這些都有待申論。

　　回應時間裡，邵燕君將文中提到的革命暴力與資本暴力，以及商業化在其中的運作，都解釋得更詳細，且認爲要看到其中的建設性意義。她強調今日「新機制」該被建立起來的重要性。李欣倫則舉出《努力工作》、《家工廠》的實際例子來回應，並衍伸說明，這兩位作者都具有多重身分，或許也是因此可以看到勞資雙方的多樣性。李丹夢則回應，「鄉土」概念在誕生之際，本來就是中國認同的建構，這是她論述背後的必然關聯；而她的主要目的是想解釋這群河南作家群姿態背後的文化因素。此場次發問也相當踴躍，一位與會者問道，《家工廠》的作者、出版社之自我定位爲小說而非散文，則文類界線會對李欣倫之論述產生何種影響；另一位與會者則詢問邵燕君，文學作品會不會反而在網路中被淹沒。兩位發表人依序回應，李欣倫補充她何以視此書爲散文之因，而邵燕玲則說明，對於「文學」和「鄉土」都不能太本質化地去理解，應注重整體生成機制。本場次在主持人廖振富教授的感想與總結下圓滿結束。

　　最後一場討論會，由台灣大學台灣文學研究所所長洪淑苓教授主持。率先上場的是台東大學華語文學系董恕明副教授，她發表〈原young・原樣——70後原住民新生代漢語作家書寫初探〉一文，說明她的初衷很單純，只是抱持著把原住民作家介紹給大家認識的心態，作出這一次的綜覽。她的切入點是70後的原住民作家和上一輩作家、

上上一輩作家，有什麼異同，由此，她介紹了阿綺骨、七寇·索魯克曼等，以及諸多原住民詩歌。雖然和既有的「原住民文學」形象似有不同，但她認為每個人在自己的位置上都可以發揮力量，希望藉這些新作家得到驗證，也希望苦難在某一代身上可以終結。此文評論人是成功大學台灣文學系游勝冠教授，他認為此文展現了與孫大川、浦忠成等原住民文學研究者不同的視野與可能性，但他也提醒原住民所面臨的結構性問題，可能無法就此解決。雖然游勝冠和董恕明有不同立場的論述，主要仍是在批判與反省漢人研究者的心態。

　　其次由佛光大學中國文學與應用學系主任暨研究所所長朱嘉雯教授發表〈風中的煙火——安妮寶貝作品中的孤獨感〉，她說明了選擇安妮寶貝作為研究對象之因，並關注她的書寫如何回應生命經驗。她認為安妮寶貝以夢境加上意識流來寫作，凸顯了「現代人踩不到泥土的窘境」，也可從中窺見70年代後城市女孩寫作的內在疲憊靈魂狀態。本文由東華大學英美語文學系郭強生教授評論，他首先對論文初稿時摘要和全文的不同表達了抗議，也對其中諸多論點展開批評，例如其中對「孤獨感」的見解，他認為這應該是一種普遍生存的狀態，而非寫作的文風。而安妮寶貝是新世代中國作家，故台灣、中國兩邊的文化脈絡才值得討論。另外，論文中提及的作品，很多沿襲了18、19世紀西方羅曼史小說的慣常使用技法，是故若由此推測安妮寶貝具有老靈魂，恐值得斟酌；大陸70年代新生代作家引用西方都市化的小說情節，其中如何轉化，得要再深入討論。

　　本次會議最後一篇論文，是嘉義大學中文系陳政彥副教授的〈論鯨向海詩中的「青春」〉。他說明自己是為符合大會「新世代」的主題，故選擇鯨向海。他首先定義「青春」，並以克莉斯蒂娃的理論架構展開分析，看鯨向海詩中擺盪在兒童與成人之間的狀態，是如何呈現。評論人是台灣重要詩人唐捐，即清華大學中國文學系劉正忠副教授。他認為，鯨向海的「青春」是種特別的狀態，有「白爛、哈拉、鬼扯

蛋的氣息，而非絕對的、主流的、抒情性的青春語言」。他也認爲，鯨向海詩中把自己放在猥瑣主體位置，但並沒有「鄙視卑微自己」的意味。此外，陳政彥在文中使用「彼得潘症候群」，實是談論成年人肉身年齡跟精神的矛盾狀態，卻不是在講青春期。他同時修正了幾個論述上的方向，最後補充鯨向海詩中的「糞」書寫，不同於陳克華的憤怒、陳黎的歡樂，其獨特性亦值得深入討論。

　　此場次先由與會者提問，三位發表人都各自接到不少問題，在回應時間裡，董恕明首先感謝游勝冠的「不滿意」，但她也強調在生活現場的人如何面對自己的經驗才是真實的。她期許自己做個好的讀者更勝於好的學者，也只希望讓這些作品被人看到。她結語道：「當『美』抵抗世界的時候，就有顛覆的力量」，對這些原住民文學新聲充滿希望。而朱嘉雯也補充了原先研究方向的幾個思考，藉此回應論述的不足之處。陳政彥感謝各種意見的交流，也回答兩岸「下半身寫作」的差異，他認爲中國方面仍具批判性，底蘊嚴肅，台灣則是多了點趣味。

## 次日下午之二：作家對話 4 與觀察報告

　　最後一場作家對談，由台灣作家李維菁主持，與台灣的劉梓潔、中國大陸的計文君和李修文展開對談，闡述了各自的創作、不同世代的鄉土觀等。作家們的故鄉故事總是引人入勝，最後現場觀眾亦踴躍發言交流。

　　而此次大會的觀察報告，由政治大學台灣文學研究所博士生也是散文作家言叔夏，與中國學者黎湘萍教授擔綱。言叔夏觀察這次的會議，首先是對於「鄉土」、「新鄉土」等概念的回顧，其中定義游移、辯證重層，更在年輕創作者身上展現了演繹的可能性。「故鄉是因否定而存在」，這已不同於過往的符號意義。她認爲，土地可以輻射出各種意義，但是到最後唯一留下來的，不是鄉與土，而是人──人會從鄉土突出，成爲論述的中心。同時，中國面臨的鄉土跟台灣並不相

同，是故在這鄉土裡要面對的不只是現代性，而是一個巨大精密的、完整的論述集團。在這之下，會產生怎樣的美學？知識分子的倫理位置是什麼？如何建構知識本身的力量與尊嚴？這些都是值得深入思考的問題。

　　黎湘萍教授則認為此次會議是穿越好幾世代的對話，而「辯術之城」戲劇表演帶來的反思十分重要。而吳晟的主題演講、金仁順、亞榮隆‧撒可努等作家的對談，亦帶來不同觀點，從中，他感到目前最重要的是，人跟自然的關係在現代是被切斷的，故他標舉了西方的幾個被忽略的思想家、作家，如和康德同時期的哈曼、寫作《土地的生長》而獲得諾貝爾獎的哈姆生、以《大地三部曲》書寫中國農民的賽珍珠等，認為當務之急，應是找回人跟自然之間被切斷的那部分。

## 尾聲：鄉土邊界的無盡擴大

　　兩日的會議終於來到閉幕，儀式由封德屏社長主持，李瑞騰館長認為學術會議是一種「開闢戰場」的方式，重點在於營造論述空間，建立場域，此外，他也表達了感謝之意。吳義勤館長則感謝各方單位的付出以及與會者，並且期待2015年，兩岸青年文學會議能在中國如期舉行。最後封德屏帶著感性的情緒，期待下次再相見。

　　本次會議的主題雖是「鄉土」，但實際上更是「鄉土」邊界的擴大。除了眾學者皆對此有所論述，作家座談中，也將過往不在「鄉土」概念中的作家網羅了進來，如此更是讓這些可能尚未深思鄉土主題的作家，有了回眸自我腳下之處的機會，這又何嘗不是「鄉土」開拓新未來的契機呢？何必非得要有親人過世的地方才稱得上是故鄉呢？鄉土的面貌是無盡的，這兩天的研討會與座談，恰恰應驗：人所立之處無非「土」，而人所在之處，就是「鄉」的證明。

# 附錄

## 10 月 26 日第一天議程

| 08：30～09：00 | 會議報到 | | |
|---|---|---|---|
| 09：00～09：30 | 開幕式致詞<br><br>李瑞騰（國立臺灣文學館館長）　　　　曾淑賢（國家圖書館館長）<br><br>吳義勤（中國現代文學館常務副館長）封德屏（文訊雜誌社社長）<br><br>《海峽兩岸青年作家作品選》新書發表會與贈書儀式 | | |
| 09：30～10：00 | 主題演講：吳　晟　從壓榨到掠奪──我的土地觀與詩創作 | | |
| 10：05～11：00<br><br>主持人：鄭明娳 | 發表人 | 第一場討論會 | 評論人 |
| | 張　莉 | 「不在」亦「在」：莫言書寫故鄉的方法 | 陳建忠 |
| | 李雲雷 | 「田園將蕪，胡不歸？」──新時期以來中國人與土地關係的變化 | 徐秀慧 |
| 11：05～12：00<br><br>主持人：林芳玫 | 發表人 | 第二場討論會 | 評論人 |
| | 楊慶祥 | 《出梁莊記》與「反景觀」寫作 | 郝譽翔 |
| | 崔末順 | 消失的民族傳統、遊離的民眾現實──冷戰下臺韓兩國的文學風景 | 黎湘萍 |
| 13：00～14：00<br><br>主持人：李進文 | 作家對話一<br><br>臺灣：丁威仁、葉覓覓　　大陸：金仁順、徐則臣 | | |
| 14：05～15：30<br><br>主持人：呂正惠 | 發表人 | 第三場討論會 | 評論人 |
| | 房　偉 | 新世紀中國大陸小說都市體驗的「吾鄉書寫」 | 楊小濱 |
| | 洪士惠 | 心間伏藏──柴春芽西藏小說中的漢人流浪主題 | 袁勇麟 |
| | 郝敬波 | 鄉土的情結、現實與想像：關於當下鄉土文學中人與土地關係的思考 | 石曉楓 |
| 15：30～15：50 | 文學劇場表演　秋野芒劇團──辯術之城（改編自言叔夏同名作品） | | |
| 16：20～17：30<br><br>主持人：張輝誠 | 作家對話二<br><br>臺灣：亞榮隆‧撒可努、徐國能、伊格言　　大陸：滕肖瀾、東　紫 | | |

## 10 月 27 日第二天議程

| 08：30～09：00 | 會議報到 | | |
|---|---|---|---|
| 09：00～09：30 | 主題演講：吳義勤——1990 年代以來的大陸新生代小說家 | | |
| 09：35～11：00<br><br>主持人：袁勇麟 | **發表人** | **第四場討論會** | **評論人** |
| | 沈慶利 | 「鄉土」的流離——兩岸文學敘事的一個比較 | 楊　翠 |
| | 陳徵蔚 | 影像詩的媒體越界與符號消費：以臺灣作品為例 | 鄭慧如 |
| | 簡義明 | 視域融合、地方感、行動主義：晚近臺灣自然書寫發展的幾個新動向 | 黃宗潔 |
| 11：05～12：00<br><br>主持人：王聰威 | **作家對話三** | | |
| | 臺灣：黃麗群　　大陸：李　浩、王十月 | | |
| 13：00～14：30<br><br>主持人：廖振富 | **發表人** | **第五場討論會** | **評論人** |
| | 邵燕君 | 網絡時代，鄉土不再？ | 李順興 |
| | 李欣倫 | 重繪勞動者的身影：讀《努力工作》和《家工廠》 | 張燕玲 |
| | 李丹夢 | 文學「鄉土」的地方精神——以「中原突破」為例 | 黃美娥 |
| 14：35～16：00<br><br>主持人：洪淑苓 | **發表人** | **第六場討論會** | **評論人** |
| | 董恕明 | 原 young・原樣——70 後原住民新生代漢語作家書寫初探 | 游勝冠 |
| | 朱嘉雯 | 風中的煙火——安妮寶貝作品中的孤獨感 | 郭強生 |
| | 陳政彥 | 論鯨向海詩中的「青春」 | 劉正忠 |
| 16：20～17：10<br><br>主持人：李維菁 | **作家對話四** | | |
| | 臺灣：劉梓潔　　大陸：計文君、李修文 | | |
| 17：15～17：45 | **觀察報告**<br><br>臺灣：言叔夏　　大陸：黎湘萍<br><br>**閉幕式** | | |

# 與會者簡介（依場次序）

## ◆開幕式致詞

**李瑞騰** 中國文化大學中文研究所博士。曾任《文訊》雜誌總編輯、中國古典文學研究會秘書長、中央大學文學院院長，現任國立臺灣文學館館長、中央大學中文系教授。著有《臺灣文學風貌》、《文學的出路》、《老殘夢與愛：《老殘遊記》的意象研究》、《新詩學》，散文集《有風就要停》，詩集《在中央》等。

**曾淑賢** 臺灣大學圖書資訊學研究所博士。現任國家圖書館館長兼漢學研究中心主任、中華民國圖書館學會理事長、政治大學圖書資訊與檔案學研究所、臺灣師範大學圖書資訊學研究所兼任教授。著有《公共圖書館管理》、《兒童圖書館經營管理與讀者服務》、《公共圖書館在終身學習社會中的經營策略與服務效能》、《兒童資訊需求、資訊素養及資訊尋求行為》、《公共圖書館讀者與非讀者特質分析》等書，另於重要圖書資訊學術刊物發表論文及研究報告近百篇，曾獲財團法人孫運璿學術基金會頒贈對國家建設有重大貢獻之傑出公務人員。

**吳義勤** 蘇州大學文學院博士畢業，曾任山東師範大學教授、博士生導師。現任中國現代文學館常務副館長，兼任中國小說學會副會長、中國當代文學研究會副會長、中國博物館學會文學專業委員會主任、中國作家協會全國委員會委員。在《文學評論》、《文藝研究》、《中國現代文學研究叢刊》等重要刊物發表論文二百餘篇，出版《長篇小說與藝術問題》等學術專著 10 部，獲魯迅文學獎、莊重文文學獎、中國文聯文藝評

論一等獎、山東省社會科學優秀成果一等獎等省部級以上獎
勵十餘項，被評為享受國務院政府津貼專家、山東省有突出
貢獻中青年專家，曾獲山東省十大傑出青年、山東省高校十
大優秀教師、山東省首屆優秀研究生指導教師等。

封德屏　淡江大學中文系博士。現任臺北市紀州庵新館館長、文訊雜
誌社社長兼總編輯、財團法人臺灣文學發展基金會執行長。
曾任「中華民國作家作品目錄 1999」、1996～1999「臺灣文
學年鑑」、「2007 臺灣作家作品目錄編印暨資料庫建置計
畫」、「臺灣現當代作家評論資料目錄」等專案主持人，《張
秀亞全集》、《文學作品讀法系列叢書》主編，《臺灣現當代
作家評論資料彙編》總策劃等。

## ◆主題演講

吳　晟　本名吳勝雄，屏東農專畜牧科畢業，曾任彰化縣溪州國中教
師、靜宜大學中國文學系兼任講師。現已退休，專事寫作。
曾獲優秀青年詩人獎、第一屆中國現代詩獎等。著有詩集《飄
搖裡》、《吾鄉印象》、《向孩子說》、《吳晟詩選》，散文集《農
婦》、《店仔頭》、《無悔》、《不如相忘》、《一首詩一個故事》、
《筆記濁水溪》、《吳晟散文選》等十餘冊作品。

## ◆主持人

鄭明娳　臺灣師範大學國文系碩士、博士。曾任國家文藝基金管理委
員會顧問、青年寫作協會理事長、新聞局大陸出版品諮詢委
員。曾任教於淡江大學、逢甲大學、東海大學、臺灣師範大
學、玄奘大學等大專院校中文系所。現任東吳大學中文系教
授。曾獲中國文藝協會文藝論評獎、教育部研究著作獎、國
家文藝文藝理論獎、十大傑出青年金手獎、中山文藝散文創

作獎、世界華文文學散文龍蟠獎等。著有《現代散文欣賞》、《現代散文縱橫論》、《當代文學氣象》、《現代散文構成論》、《現代散文現象論》等。編有《六十年短篇小說選》、《當代臺灣女性文學論》、《當代臺灣政治文學論》、《當代臺灣都市文學論》等。

**林芳玫**　美國賓夕法尼亞大學社會學博士。曾任政治大學新聞系教授、行政院青輔會主任委員、行政院北美事務協調委員會主任委員。現任臺灣師範大學臺灣語文學系教授兼系主任。曾獲《聯合報》年度十大好書，新聞局金鼎獎雜誌類最佳專欄寫作獎。著有《解讀瓊瑤愛情王國》、《女性與媒體再現——女性主義與社會建構論的觀點》、《色情研究——從言論自由到符號擬象》、《權力與美麗——超越浪漫說女性》、《跨界之旅》、《女神與鬼魅》等。

**呂正惠**　臺灣大學文學碩士，東吳大學文學博士。1982～2004 年任教於清華大學中文系，現為淡江大學中文系教授。主要研究領域為唐詩、漢魏六朝詩、現代小說。著有《杜甫與六朝詩人》、《抒情傳統與政治現實》、《小說與社會》、《戰後臺灣文學經驗》、《CD 流浪記》等。

**袁勇麟**　蘇州大學文學博士，復旦大學中文博士後、新聞傳播學博士後。現任福建師範大學教授，博士生導師，協和學院院長，兼任中國世界華文文學學會教學委員會主任、福建省臺港澳暨海外華文文學研究會副會長、福建省文化產業學會副會長等。曾獲教育部第二屆高校青年教師獎、福建省優秀教師等。主持教育部高等學校優秀青年教師教學和科研獎勵基金「世界華文文學研究」、國家廣電總局社科研究專案「新形勢下對臺廣播的傳播策略」、國家新聞出版總署課題「海峽兩岸書業交流與合作研究和「海峽兩岸少兒讀物出版合作研

究」等。出版論著《20世紀中國雜文史》(下)、《當代漢語散文流變論》、《文學藝術產業》、《中國當代文學編年史‧第十卷‧港澳臺文學(1949～2007)》,主編《陶然研究資料》、《文化創意產業十五講》、《新媒體傳播學叢書》、《文學欣賞與創作》、《中國現當代散文導讀》、《海外華文文學讀本‧散文卷》等,著作曾獲第四屆國家圖書獎提名獎、福建省社科優秀成果獎一等獎、第二屆冰心散文獎等。

廖振富　臺灣師範大學文學博士,曾任臺灣師範大學臺文所教授、中興大學文學院副院長,現任中興大學臺灣文學與跨國文化研究所教授兼所長。專長領域為中國古典文學、臺灣古典文學、臺灣近現代文學、日治時期在臺日人漢文學。著有《唐代詠史詩之發展與特質》、《櫟社研究新論》、《臺灣古典文學的時代刻痕:從晚清到二二八》,策劃「臺灣古典作家精選集」大型叢書,並主編《林癡仙集》、《林幼春集》、《在臺日人漢詩文集》三冊。目前主持國科會、臺灣文學館、臺中市文化局補助之多項研究計畫。

洪淑苓　臺灣大學中文系碩士、博士。曾任臺灣大學藝文中心主任。現任臺灣大學中文系教授、臺灣大學臺灣文學研究所所長兼教授。曾獲全國學生文學獎、教育部文藝創作獎、臺北文學獎、優秀青年詩人獎等。著有散文集《誰寵我,像十七歲的女生》、《深情記事》、《傅鐘下的歌唱》、《扛一棵樹回家》,詩集《合婚》、《預約的幸福──洪淑苓詩集》、《洪淑苓短詩選》,論述《關公民間造型之研究》、《民間文學的女性研究》、《現代詩新版圖》等,編有《在世界的裂縫:學院詩人群年度詩集(2004～2005)》及數屆《國立臺灣大學藝文年鑑》、《臺大文學獎作品集》。

# ◆論文發表人

張　莉　畢業於清華大學中文系及北京師範大學文學院，獲文學碩
士、文學博士學位。曾在南開大學中國文學博士後流動站工
作。現任天津師範大學文學院副教授、中國現代文學館首批
客座研究員。在《文藝研究》、《中國現代文學研究叢刊》、《人
民文學》等期刊發表學術論文及隨筆多篇，多次被年度批評
文選選載。論文曾獲中國婦女研究會第三屆婦女／性別研究
優秀博士論文二等獎、《南方文壇》年度優秀論文獎、第八
屆中國女性文學學術研究會優秀論文獎。出版學術著作《浮
出歷史地表之前：中國現代女性寫作的發生》、《魅力所在：
中國當代文學片論》。

李雲雷　畢業於北京大學中文系，獲博士學位。現任中國藝術研究院
副研究員、《文藝理論與批評》副主編、當代文藝批評中心
主任、文化部青聯常委，並任中國現代文學館特聘研究員、
《天下》雜誌（武漢）特約副主編、《今天》雜誌（香港）
評論編輯。主要研究中國現當代文學史、當代文學批評與當
代文化研究。曾獲 2008 年年度青年批評家獎、十月文學獎
等，著有評論集《如何講述中國的故事》、《重申「新文學」
的理想》。

楊慶祥　文學博士，曾任中國現代文學館首批客座研究員，現任中國
人民大學文學院副教授。主要從事中國當代文學研究，曾獲
《南方文壇》優秀論文獎、《人民文學》年度青年批評家獎、
第十屆華語文學傳媒大獎年度新人提名。著有《「重寫」的
限度》、《文學史的多重面孔》、《分裂的想像》，編有《文學
史的潛力》、《重讀路遙》、《中國新詩百年大典》（80 後卷）
等。同時從事詩歌寫作，出版有詩集《在邊緣上行走》、《虛
語》。曾獲《詩歌月刊》全國探索詩大賽一等獎、中國 80 後

詩歌十年成就獎。

崔末順　韓國人，現任政治大學臺灣文學研究所助理教授。研究領域
　　　　為：臺灣和東亞國家的現代文學，撰有博士論文《現代性與
　　　　臺灣文學的發展（1920-1949）》及〈日據時期臺灣左翼刊物
　　　　的朝鮮報導──以《臺灣大眾時報》和《新臺灣大眾時報》
　　　　為觀察對象〉、〈戰爭時期臺灣文學的審美化傾向及其意
　　　　義〉、〈1930年代臺灣文學脈絡中的張赫宙〉、〈新興殖民都
　　　　市的真相－以〈新興的悲哀〉與《濁流》為探討對象〉等論
　　　　文；另積極投入向學術界介紹韓國文學的工作，除了多次的
　　　　學術演講之外，亦在報章雜誌上發表〈韓國當代小說現況〉、
　　　　〈光復後韓國文學的發展面貌〉、〈韓國的現代性經驗與全球
　　　　化時代的課題〉、〈九〇年代後韓國文學的主流傾向──記憶
　　　　的形式，慾望的語言〉等文章。

房　偉　文學博士，曾任山東社科院文學藝術研究室副主任，現執教
　　　　山東師範大學文學院中國現當代文學專業，碩士生導師，副
　　　　教授，中國作家協會會員。著有學術專著《文化悖論與文學
　　　　創新》、《風景的誘惑》，長篇小說《英雄時代》等，獲國家
　　　　優秀博士學位論文提名獎，中國電視金鷹獎藝術論文獎，山
　　　　東優秀博士學位論文獎，泉城文藝獎。

洪士惠　中央大學中國文學系博士，現任元智大學中國語文學系助理
　　　　教授，研究領域聚焦於大陸當代文學、少數民族（原住民）
　　　　文學、弱勢族群文學等，曾獲陸委會中華發展基金管理會獎
　　　　助赴大陸地區研究，著有碩士論文《上海流戀與憂傷書寫─
　　　　─王安憶小說研究（1976-1995）》、博士論文《群山與自己
　　　　的歌者──論當代藏族作家阿來的漢語文學》，單篇論文〈壓
　　　　迫與吶喊──都市反支配力量對原住民文學的影響〉、〈在歷
　　　　史長廊中徘徊──《我們仨》與《往事並不如煙》在臺灣的

暢銷現象論析〉、〈眼看他房起、眼看他房傾——論高曉聲作品中的農民主題〉、〈誰在說原住民／少數民族的故事？——論杜修蘭《沃野之鹿》與遲子建《額爾古納河右岸》的歷史書寫〉等十餘篇作品。

**郝敬波**　文學博士，現爲江蘇師範大學文學院副教授，碩士研究生導師。長期從事中國現當代文學、臺港澳暨海外華文文學研究，近幾年來在《文藝研究》、《中國現代文學研究叢刊》等國內重要期刊發表學術論文數十篇，多項成果被《新華文摘》、《人大複印資料》等轉載；主持國家社科基金項目、省部級社科基金項目等多項。主要參與撰寫《多元文化與臺灣當代文學》，獲江蘇省 2012 年哲學社會科學成果一等獎。

**沈慶利**　文學博士，現任北京師範大學中文系教授。主要從事中國現代文學暨海外華文文學研究，發表學術論文六十餘篇。著有《「巫女」的眼光——中國現代文學文本細讀與史論》、《現代中國異域小說研究》、《啼血的行吟》、《中國新詩選讀》、《二十世紀中詩歌精選》、《多維視野中的魯迅研究》（合著）、《歷史題材創作重大問題研究》（合著）等，主編或參編教材多部。2011 年入選教育部新世紀人才支持計劃。

**陳徵蔚**　政治大學英美文學博士，現任健行科技大學應用外語系助理教授。著有《電子網路科技與文學創意——臺灣數位文學史 1992-2012》。

**簡義明**　清華大學中文系博士，現任成功大學臺灣文學系助理教授，曾爲 Fulbright 哈佛大學東亞系訪問學者（2009）。研究領域爲自然書寫、現代散文、保釣世代文藝與思潮、臺港文藝互動等，著有《書寫郭松棻：一個沒有位置和定義的寫作者》（博士論文）、〈當代臺灣自然寫作（1981-2000）的危機論述與論述危機〉、〈愛與冒險——論一九九〇年代之後劉克襄

　　　　的「都市轉向」〉、〈返鄉的歷程──交工樂隊《菊花夜行軍》
　　　　的文化史意義〉、〈冷戰時期臺港文藝思潮的形構與傳播──
　　　　以郭松棻〈談談臺灣的文學〉為線索〉等論文。

邵燕君　北京大學中文系博士，曾任中國新聞社記者，現任北大中文
　　　　系副教授，「北大評刊」論壇主持人。著有《傾斜的文學場──
　　　　中國當代文學生產機制的市場化轉型》、《美女文學現象研
　　　　究》、《新世紀文學脈象》等專著。主編《北大年選‧小說卷》
　　　　（2004-2009年度）。曾當選2006年度青年評論家；四度獲
　　　　得《南方文壇》年度優秀論文獎；2011年度華語傳媒大獎年
　　　　度批評家提名獎；2012 年獲《文學報‧新批評專刊》首屆
　　　　優秀論文獎。2013年獲第二屆唐弢青年文學研究獎。

李欣倫　中央大學中國文學博士，現任靜宜大學臺灣文學系助理教
　　　　授。學術研究與寫作關懷多以藥、醫病、受苦肉身為主，研
　　　　究著作包括《戰後臺灣疾病書寫研究》、《金瓶梅》之身體感
　　　　知與性別辯證：一個漢字閱讀觀點的建構》，散文集則有《藥
　　　　罐子》、《有病》與《重來》，作品曾入選年度散文選及數種
　　　　大學國文選本。

李丹夢　復旦大學文學博士，曾任出版社編輯、社長助理、副社長，
　　　　現任華東師範大學中文系副教授。研究方向為中國鄉土文
　　　　學、地域文學與文化關係、中國現當代文學流派及思潮，曾
　　　　入選《南方文壇》今日批評家、獲聘為中國現代文學館客座
　　　　研究員、獲得第二屆唐弢全國青年文學研究獎。著有《現代
　　　　文學「鄉土」的話語突圍與主體建構》、《文學返鄉之路》、《「文
　　　　學豫軍」的主體精神圖像》、《欲望的語言實踐》等專著。主
　　　　持國家社科基金項目：中原文化與20世紀河南文學、上海
　　　　社科基金項目：現代化進程中文學鄉土的話語變遷與主體建
　　　　構等科研項目。

董恕明　東海大學中文系碩士、博士，現任臺東大學華語文學系副教授。碩士論文《大陸新時期（1979-1989）小說中知識分子的處境與抉擇》（1997）、博士論文《邊緣主體的建構──臺灣當代原住民文學研究》（2003）。多篇散文、詩作與評論收錄於2003年孫大川主編《臺灣原住民族漢語文學選集》（詩歌卷・散文卷・評論卷），另有著有評論集《細雨微塵如星開闊──綜論臺灣當代原住民漢語書寫》，部落史《Ina傳唱的音符──Pinaski部落變遷中的女性（1980-1995）》，歌劇《逐鹿傳說》（作曲：蔡盛通　作詞：董恕明，2011），詩集《紀念品》、《纏來纏去》。

朱嘉雯　中央大學中國文學博士，曾任臺灣大學文學院語文中心教師、臺北市文化局林語堂故居執行長。現任佛光大學中國文學與應用學系系主任暨研究所所長、人文藝術中心主任。著有《唯有書寫──關於文學的小故事》、《篇篇起舞──文學／文化論集》、《追尋，文人的漂泊靈魂──女作家的離散文學》、《林黛玉的異想世界──紅樓夢論集》、《玫瑰，在她如此盛開的時候──探索女性文學的綺麗世界》、《最完美的女性藝術──珍・奧斯汀和她的小說》，以及《文學是什麼》等。

陳政彥　中央大學中國文學所碩士、博士。曾任中央大學、中原大學、長庚技術學院兼任講師，嘉義大學中文系助理教授。現任嘉義大學中文系副教授，臺灣詩學學刊社務委員。與李瑞騰、林淑貞、羅秀美、顧敏耀合著《南投文學發展史》上、下兩冊。個人著作有《蕭蕭詩學研究》、《戰後臺灣現代詩論戰史研究》、《臺灣現代詩的現象學批評》。

## ◆論文講評人

陳建忠　清華大學中文系碩士、博士。曾任教於中興大學臺文所、靜

宜大學臺灣文學系及中文系。現任清華大學臺灣文學研究所
副教授。曾獲府城文學獎文學評論獎、竹塹文學獎文學評論
獎、第一屆全國大專學生文學獎、中央日報文學獎、巫永福
文學評論獎等。著有《書寫臺灣・臺灣書寫：賴和的文學與
思想研究》、《日據時期臺灣作家論：現代性、本土性、殖民
性》、《被詛咒的文學：戰後初期（1945-1949）臺灣文學論
集》、《走向激進之愛：宋澤萊小說研究》等，編有《彰化縣
國民中小學臺灣文學讀本》、《臺灣詩人選集：吳晟集》、《跨
國的殖民記憶與冷戰經驗：臺灣文學的比較文學研究》等。

徐秀慧　淡江大學中文系碩士、清華大學中文系博士。曾任中山醫學
大學臺灣語文學系助理教授，現任彰化師範大學臺灣文學研
究所副教授。博士論文獲國立編譯館 96 年度「學術著作出
版補助」出版（《戰後初期臺灣的文化場域與文學思潮
（1945-1949）》），另有論著《跨際的臺灣文學研究：鄉土、
左翼與現代性的反思》等。

郝譽翔　臺灣大學中文系博士。曾任東華大學中文系副教授，現任中
正大學臺灣文學研究所所教授。曾獲聯合文學小說新人獎、
時報文學獎、中央日報文學獎、臺北文學獎、華航旅行文學
獎、新聞局優良電影劇本獎。著有小說集《溫泉洗去我們的
憂傷：追憶逝水空間》、《幽冥物語》、《逆旅》、《那年夏天，
最寧靜的海》，散文集《回來以後》、《一瞬之夢：我的中國紀
行》、《衣櫃裡的秘密旅行》，電影劇本《松鼠自殺事件》，學
術論著《大虛構時代──當代臺灣文學論》、《情慾世紀末──
──當代臺灣女性小說論》、《儺：中國儀式戲劇之研究》；編有
《當代臺灣文學教程：小說讀本》、《九十五年小說選》等。

黎湘萍　畢業於中國社會科學院研究生院文學系，文學博士。現任中
國社會科學院文學研究所研究員、研究生院文學系教授、博

士生導師；《文學評論》副主編、文學所臺港澳文學與文化室主任、學術委員會委員，兼任中國世界華文文學學會副會長。主要從事中國現當代文學研究，學術專長是臺港澳與海外華人文學研究和文藝學。曾應邀到德國魯爾大學東亞系訪學，先後到韓國朝鮮大學、日本一橋大學、臺灣清華大學、臺灣中興大學擔任客座教授或客座研究員。著有《臺灣的憂鬱：論陳映真的寫作與臺灣的文學精神》、《文學臺灣：臺灣知識者的文學敘事與理論想像》、《文藝美學原理》（合著）、《二十世紀中國文學史》（合著）等。

**楊小濱**　美國科羅拉多大學東方語文系碩士，美國耶魯大學東亞系博士。曾任美國密西西比大學現代語文系副教授、臺灣《現代詩》、《現在詩》特約主編。現任中央研究院中國文哲研究所副研究員。著有專書《欲望與絕爽：拉岡視野下的當代華語文學與文化》、《否定的美學：法蘭克福學派的文藝理論和文化批評》、《歷史與修辭》、*The Chinese Postmodern: Trauma and Irony in Chinese Avant-Garde Fiction*（《中國後現代：先鋒小說中的精神創傷與反諷》）、《語言的放逐：楊小濱詩學短論與對話》、《迷宮・雜耍・亂彈：楊小濱文學短論與文化隨筆》、《感性的形式：閱讀十二位西方理論大師》等，詩集《穿越陽光地帶、《景色與情節》、《為女太陽乾杯》等，並出版觀念攝影與抽象詩集《蹤跡與塗抹：後攝影主義》。

**石曉楓**　臺灣師範大學國文研究所博士，現任臺灣師範大學國文系教授。曾獲華航旅行文學獎、梁實秋文學獎、教育部文藝創作獎、全國大專學生文學獎。著有散文集《無窮花開——我的首爾歲月》、《臨界之旅》，學術論著《狂歡之聲與冷酷之眼：文革小說中的身體書寫》、《兩岸小說中的少年家變》、《白馬湖畔的輝光——豐子愷散文研究》等。

楊　翠　臺灣大學歷史系博士。曾任《民進週刊》及《自立晚報》副
　　　　刊編輯、《自立週報》全臺新聞主編、《臺灣文藝》執行主編、
　　　　臺中縣文化局文化諮詢委員、成功大學臺灣文學系助理教
　　　　授、靜宜大學臺灣文學系副教授、中興大學臺灣文學與跨國
　　　　文化研究所副教授等職。現任東華大學華文文學系副教授、
　　　　賴和文教基金會董事。曾獲全國學生文學獎。著有散文集《最
　　　　初的晚霞》、《斜眼的女孩》，學術論著《日據時期臺灣婦與
　　　　解放運動——以《臺灣民報》為分析場域（1920～1932）》、
　　　　《鄉土與記憶——七〇年代以來臺灣女性小說的時間意識
　　　　與空間語境》、《再現臺灣——臺灣婦女運動》、《再現臺灣—
　　　　—臺灣農民組合》等。

鄭慧如　政治大學中文系學士、碩士、博士。曾任《臺灣詩學學刊》
　　　　主編，逢甲大學中文系副教授兼國語文教學中心系主任、華
　　　　語教學中心主任。現任逢甲大學中國文學系教授。著有學術
　　　　論著《身體詩論（1970-1999・臺灣）》、《臺灣當代詩的詩藝
　　　　展示》等。

黃宗潔　臺灣師範大學國文系博士。曾任東華大學中文系助理教授，
　　　　現任東華大學華文文學系副教授。著有學術論著《生命倫理
　　　　的建構——以臺灣當代文學為例》、《當代臺灣文學的家族書
　　　　寫——以認同為中心的探討》。

李順興　美國華盛頓大學比較文學博士（西雅圖），中興大學外文系
　　　　教授。研究範圍包括數位文學、電玩及新媒體。1998 年規
　　　　劃網站《歧路花園》，專門刊登含非平面印刷成分的文學作
　　　　品。最近出版著作包括《雷根圖書館》（Reagan Library）和
　　　　《美麗新文字：數位文學形式研究》。《雷根圖書館》以 CD
　　　　及網路形式發表，屬數位文學翻譯。目前授課科目包括數
　　　　位文學、數位設計與文學教學。完整履歷表位於

http://benz.nchu.edu.tw/~sslee。

張燕玲　畢業於廣西師範大學中文系，現任《南方文壇》雜誌主編、編審，廣西文藝理論家協會副主席，系中國作家協會會員，中國作家協會理論批評委員會委員。主要從事文學評論和散文創作。有論著《瑪拉沁夫論》、《感覺與立論》、《批評的本色》、《廣西當代文藝理論家叢書·張燕玲卷》，散文集《靜默世界》、《廣西當代作家叢書·張燕玲卷》、《此岸，彼岸》等；主編有《南方批評書系》、《南方論叢》等二十餘部。曾獲第二屆獨秀文學獎，第三屆全國少數民族文學研究優秀成果獎，第三、第五屆廣西文藝創作銅鼓獎，第二、第三屆中國女性文學獎等；廣西有突出貢獻科技人員稱號，享受政府特殊津貼專家。

黃美娥　輔仁大學中文系博士。曾任教東南工專共同科、靜宜大學中文系、政治大學中文系與臺灣文學研究所，現任臺灣大學臺灣文學研究所教授。曾獲竹塹文學評論獎首獎、巫永福文學評論獎。著有《重層現代性鏡像：日治時代臺灣傳統文人的文化視域與文學想像》、《古典臺灣：文學史·詩社·作家論》，編有《張純甫全集》、《梅鶴齋吟草》、《日治時期臺北地區文學作品目錄》等。

游勝冠　清華大學中文系博士。曾任靜宜大學中文系副教授，成功大學臺灣文學系副教授兼系主任。現任成功大學臺灣文學系教授。曾獲巫永福文學評論獎。著有《殖民主義與文化抗爭：日據時期臺灣解殖文學》、《臺灣文學本土論的興起與發展》等。

郭強生　美國紐約大學（NYU）戲劇博士，現任東華大學英美語文學系教授。曾獲時報文學獎戲劇首獎、文建會劇本創作首獎、金鼎獎文學獎。著作有文學評論《在文學徬徨的年代》、論

述專書 *Ghost Nation--Rethinking American Gothic After 9/11*，散文集《我是我自己的新郎》、《就是捨不得》、《2003‧郭強生》、《書生》，小說《惑鄉之人》、《夜行之子》，劇本《在美國》等，並主編《99 年小說選》、《作家與海》等。

劉正忠　筆名唐捐，臺灣大學中文系博士。曾任東吳大學中文系、臺北教育大學臺文所、臺灣大學臺文所助理教授、《藍星詩刊》主編。現任清華大學中國文學系副教授。曾獲時報文學獎、聯合報文學獎、梁實秋文學獎、臺北文學獎、五四獎等。著有學術論著《現代漢詩的魔怪書寫》、《軍旅詩人的異端性格》、《王荊公金陵詩研究》，詩集《蚱哭蜢笑王子面》、《金臂勾》、《無血的大戮》、《暗中》、《意氣草》，散文集《大規模的沉默》等書。

## ◆作家對話

### 【主持人】

李進文　逢甲大學統計系畢業，曾任記者、編輯、明日工作室副總經理，現任聯合文學出版社總編輯，並為創世紀同仁。曾獲臺灣文學獎、臺北文學獎、時報文學獎、聯合報文學獎、林榮三文學獎等。著有詩集《雨天脫隊的點點滴滴》、《一枚西班牙錢幣的自助旅行》、《不可能；可能》、《長得像夏卡爾的光》、《除了野薑花，沒人在家》、《靜到突然》，散文集《蘋果香的眼睛》、《如果 MSN 是詩，E-mail 是散文》，圖文詩集《油菜花寫信》、動畫童詩繪本《騎鵝歷險記》、美術詩集《詩與藝的邂逅》，編有《Dear Epoch──創世紀詩選 1994～2004》等書。

張輝誠　臺灣師範大學國文學系博士，同時亦任教於臺北市立中山女高。作品曾獲時報文學獎、梁實秋文學獎、全國學生文學獎

等，著有散文集《相忘於江湖》、《我的心肝阿母》、《離別賦》、《毓老真精神》。

王聰威　臺灣大學藝術史研究所碩士。曾任臺灣《明報周刊》、《Marie Claire 美麗佳人》、《FHM 男人幫》副總編輯，現任《聯合文學》總編輯。曾獲巫永福文學大獎、中時開卷好書獎、臺北國際書展大獎決選、金鼎獎入圍、臺灣文學獎金典獎入圍、宗教文學獎、臺灣文學獎、打狗文學獎、棒球小說獎等。著有小說集《師身》、《濱線女兒——哈瑪星思戀起》、《複島》、《戀人曾經飛過》、《稍縱即逝的印象》、雜文集《中山北路行七擺》、《臺北不在場證明事件簿》、《作家的日常》等。

李維菁　臺灣大學農經系畢業、臺灣大學新聞研究所碩士。曾獲吳舜文新聞獎「文化專題報導獎」、臺北國際書展小說類大獎。著有藝文評論《程式不當藝世代 18》、《臺灣當代美術大系——商品與消費》、《名家文物鑑藏》、《我是這樣想的——蔡國強》，小說集《我是許涼涼》、《老派約會之必要》。

【 作家 】

丁威仁　東海大學中文系文學博士，現任新竹教育大學中文系副教授兼通識中心主任，曾獲全國優秀青年詩人獎、聯合報文學獎、教育部文藝創作獎、吳濁流文藝獎等數十獎項。研究方向為：魏晉文學、明代文學、中國古典詩文理論、戰後臺灣現代詩、中國古代房中思想、網路與數位文學等。出版詩集《末日新世紀》、《新特洛伊。NEW TROY。行星史誌》、《實驗的日常》、《流光季節》。出版論文專書《明洪武、建文時期地域詩學研究》、《三曹時期北地士人惜時生命觀研究》、《戰後臺灣現代詩史論》、《戰後臺灣現代詩的演變與特質（1949-2010）》等，即將出版《文心雕龍講錄》與《元末明初詩學的《詩經》詮釋》。另已發表學術論文亦有數十篇，

尚未結集。

**葉覓覓**　東華大學創作與英語文學研究所、芝加哥藝術學院電影創作藝術碩士。作品曾獲中央日報文學獎、教育部文藝創作獎、聯合文學小說新人獎、義大利羅馬影像詩影展最佳影片、柏林斑馬影像詩影展競賽單元、奧柏豪森國際短片影展競賽單元等。著有詩集《漆黑》與《越車越遠》。

**金仁順**　朝鮮族，畢業於吉林藝術學院戲劇文學專業，現為長春市文學藝術界聯合會專業作家。1997 年開始創作。迄今為止已完成小說、散文近二百萬字。出版有長篇小說《春香》，中短篇小說集《愛情冷氣流》、《月光啊月光》、《彼此》、《玻璃咖啡館》、《桃花》、《松樹鎮》，散文集《彷彿一場白日夢》、《美人有毒》、《時光的化骨綿掌》。在由其短篇小說《水邊的阿狄麗雅》改編的電影《綠茶》中擔任編劇擔任編劇。由其作品《愛情走過夏日的街》改編的電視劇《媽媽的醬湯館》由中韓兩國聯合投資、拍攝，2006 年年底在中央電視臺八套黃金時段播出。曾獲得春申原創文學獎、中國小說雙年獎、莊重文文學獎、作家出版集團獎、中國少數民族駿馬獎，等等。其中短篇小說及散文作品入選多種選本，部分作品被譯成日文、英文、德文、韓文。

**徐則臣**　北京大學中文系畢業，文學碩士，現為人民文學雜誌社編輯部副主任。著有長篇小說《午夜之門》、《夜火車》、《水邊書》，小說集《鴨子是怎樣飛上天的》、《跑步穿過中關村》、《天上人間》、《居延》、《古斯特城堡》，散文隨筆集《把大師掛在嘴上》、《到世界去》，作品集《通往烏托邦的旅程》等。曾獲春天文學獎、西湖・中國新銳文學獎、華語文學傳媒大獎・2007 年度最具潛力新人獎、莊重文文學獎、小說月報百花獎等。根據中篇小說《我們在北京相遇》改編的《北京你好》

獲第 14 屆北京大學生電影節最佳電視電影獎，參與編劇的《我堅強的小船》獲第四屆好萊塢 AOF 國際電影節最佳外語片獎。2009 年赴美國克瑞頓大學（Creighton University）做駐校作家，2010 年參加愛荷華大學國際寫作計劃（IWP）。部分作品被譯成德、韓、英、荷、日、蒙等語。曾在臺灣出版長篇小說《夜火車》。

**亞榮隆‧撒可努**　排灣族人，生於臺東太麻里香蘭部落，漢名戴志強。1998 年出版第一本著作《山豬‧飛鼠‧撒可努》，獲第 21 屆「巫永福文學獎」首獎，分別於 2005 年、2011 年改編成電影與動畫上映，其中多篇文章收錄於國高中教科書中。另有著作《拉勞蘭‧肥沃之地》、《走風的人：我的獵人父親》、《外公的海》等。除了文學創作外，也展現了美術方面的天份，曾為東吳大學英文系副教授林建隆創作的《動物新世紀——動物詩集》（關懷生命協會出版）繪製插畫，也曾受邀在玉山國家公園塔塔加遊客中心舉行「山豬‧飛鼠‧撒可努特展」，展出藝術創作。

**徐國能**　東海大學中文系畢業，臺灣師大文學博士，現任職於臺灣師大國文系。曾獲聯合報文學獎、時報文學獎、教育部文學獎、臺灣文學獎、文建會大專文學獎、全國學生文學獎等。著有散文集《第九味》、《煮字為藥》、《綠櫻桃》。

**伊格言**　臺灣大學心理系、臺北醫學大學醫學系肄業，淡江大學中文所碩士。曾任香港浸會大學國際作家工作坊訪問作家、成大駐校藝術家、元智大學駐校作家，現任臺北藝術大學兼任講師。著有小說集《甕中人》、《噬夢人》（《聯合文學》雜誌 2010 年度之書，2010、2011 博客來網路書店華文創作百大排行榜）、《拜訪糖果阿姨》、《零地點 GroundZero》，詩集《你

是穿入我瞳孔的光》。曾獲聯合文學小說新人獎、自由時報林榮三文學獎、臺灣十大潛力人物等等，並入圍英仕曼亞洲文學獎（Man Asian Literary Prize）、歐康納國際小說獎（Frank O'Connor International Short Story Award）、臺灣文學獎長篇小說金典獎等，並爲《聯合文學》雜誌 2010 年 8 月號封面人物。

滕肖瀾　復旦大學成人教育學院行政管理專業畢業，曾在上海浦東國際機場工作，現爲中國作協全委會委員，上海作家協會理事、專業作家。小說曾獲錦繡文學大獎、《上海文學》獎、《小說月報》百花獎、《北京文學中篇小說月報》獎等。迄今出版小說約兩百余萬字。作品多次被各種報章雜誌轉載，並曾入圍年度排行榜和各種年選本。中篇小說《童話》和《藍寶石戒指》曾被改編成同名電影。著有長篇小說《雙生花》、《城裏的月光》，小說集《大城小戀》、《這無法無天的愛》、《十朵玫瑰》。

東　紫　山東省日照市莒縣浮來山人，現供職於山東中醫藥大學第二附屬醫院，主管藥師，大學本科學歷。中國作家協會會員。山東省簽約作家。創作長篇《好日子就要來了》及中短篇小說若干。作品曾被《新華文摘》、《小說月報》、《北京文學‧中篇小說月報》、《小說選刊》、《作家文摘》、《作品與爭鳴》、《中篇小說選刊》等及多家年度選本選載。出版中篇小說集《天涯近》、《被復習的愛情》、《白貓》。作品曾入選中國小說學會年度排行榜、名家推薦中國原創小說年度排行榜。曾榮獲人民文學獎、中國作家新人獎、山東文學優秀作品獎、山東省泰山文藝獎、中篇小說月報獎等獎項。

黃麗群　畢業於政治大學哲學系，現任職媒體。曾獲時報文學獎短篇小說評審獎，聯合報文學獎短篇小說評審獎、短篇小說首

獎，林榮三文學獎短篇小說二獎。作品入選九歌《九十四年小說選》、《九十九年小說選》、《一○一年散文選》等。著有短篇小說集《海邊的房間》、散文集《背後歌》。

**李　浩**　大專文化，現爲河北省作家協會專業作家。曾發表詩歌、小說、評論等文字四百餘篇。著有小說集《誰生來是刺客》、《藍試紙》、《側面的鏡子》、《將軍的部隊》、《告密者》、《父親，鏡子和樹》；評論集《閱讀頌，虛構頌》，長篇小說《如歸旅店》、《鏡子裡的父親》等。有作品入選多種選集，並被譯爲英、法、日、韓文。曾獲魯迅文學獎，蒲松齡文學獎，莊重文文學獎，《人民文學》獎，《十月》文學獎，都市文學雙年獎，滇池文學獎等。

**王十月**　現任作品雜誌社總編辦主任，曾獲五屆魯迅文學獎中篇小說獎 、《人民文學》獎、《中國作家》鄂爾多斯文學獎、老舍散文獎、冰心散文獎、在場主義散文獎、廣東省第八屆魯迅文藝獎中篇小說獎、廣東省第九屆魯迅文藝獎長篇小說獎、首屆南粵出版獎、廣東省五個一工程獎、華語傳媒最具潛質新人獎提名、嬌子·未來大家 TOP20、長篇小說《無碑》被《中國日報》評爲 2009 年度十大好書，入選新世紀十年十五部中國文學佳作等。著有長篇小說《煩躁不安》、《31 區》、《無碑》、《米島》，中短篇小說集《國家訂單》、《安魂曲》、《開沖床的人》、《成長的儀式》，散文集《父與子的戰爭》。

**劉梓潔**　臺灣師大社教系新聞組畢業，清華大學臺灣文學研究所肄業，現爲專職作家、編劇。曾任《誠品好讀》編輯、琉璃工房文案、中國時報開卷週報記者。2003 年，以〈失明〉獲得聯合文學小說新人獎；2006 年以〈父後七日〉榮獲林榮三文學獎散文首獎，並擔任同名電影編導，於 2010 年贏得臺北電影節最佳編劇與金馬獎最佳改編劇本。著有散文集《父後

七日》、《此時此地》,最新作品爲短篇小說集《親愛的小孩》。

計文君　2000 年開始小說創作,2001 年開始發表小說作品。出版有小說集《天河》、《剔紅》。2008 年,在河南大學取得文學碩士學位;2012 年,在中國藝術研究院取得文學博士學位,研究方向爲「《紅樓夢》小說藝術現當代繼承問題」。現任職於中國現代文學館研究部。其小說作品曾獲人民文學獎、中國作家獎、人民文學中篇小說年度金獎等獎項。代表作有小說《天河》、《剔紅》、《帥旦》《此岸蘆葦》等。

李修文　畢業於湖北大學中文系,曾任文學編輯和報社記者,現爲湖北省作家協會副主席,武漢市文聯專業作家。曾獲第二屆春天文學獎。著有長篇小說《滴淚痣》、《捆綁上天堂》,小說集《不恰當的關係》、《浮草傳》、《裸奔指南》等。

## ◆觀察報告

言叔夏　東華大學中文系、政治大學中文所畢業。現爲政治大學臺灣文學研究所博士生。曾獲花蓮文學獎、臺北文學獎、全國學生文學獎、林榮三文學獎。著有散文集《白馬走過天亮》。

# 大會組織表

執 行 長：封德屏

執行秘書：王爲萱、陳欣怡

工作小組：杜秀卿、吳穎萍、孟德銘、黃靠婷、李文媛、詹宇霈
　　　　　汪黛妏、王文君、彭玉萍、張傳欣、莊雅晴、練麗敏
　　　　　江璧瑜、陳姵穎、鄧曼琳

攝　　影：李昌元、吳景騰

指　　導：文化部

主　　辦：國立台灣文學館、國家圖書館

合　　辦：中國現代文學館

協　　辦：台灣大學台灣文學研究所

策　　劃：財團法人台灣文學發展基金會

執　　行：文訊雜誌社

國家圖書館出版品預行編目資料

新鄉.故土/眺望.回眸：兩岸青年文學會議論文集. 2013 /
封德屏主編. -- 初版. -- 臺南市：臺灣文學館, 2013.12
　　面；　　公分
ISBN 978-986-03-9552-5(平裝)

1.中國文學 2.臺灣文學 3.文學評論

820.7　　　　　　　　　　　　　　　102025612

# 新鄉‧故土／眺望‧回眸
## 2013 兩岸青年文學會議論文集

發 行 人／ 李瑞騰
指導單位／ 文化部
出版單位／ 國立台灣文學館
地　　址／ 70041台南市中西區中正路1號
電　　話／ 06-2217201　　　　傳　　真／ 06-2218952
網　　址／ www.nmtl.gov.tw　　電子信箱／ pba@nmtl.gov.tw

主　　編／ 封德屏
執行編輯／ 王爲萱
編輯製作／ 文訊雜誌社
封面設計／ 翁國鈞‧不倒翁視覺創意
印　　刷／ 鴻柏印刷事業股份有限公司
著作財產權人／ 國立台灣文學館
本書保留所有權利。欲利用本書全部或部分內容者，須徵求著作財產權人同意或書面授
權。請洽國立台灣文學館研典組（電話：06-2217201）

經銷展售／ 國家書店松江門市（02-25180207）
　　　　　 國立台灣文學館—雪芙瑞文學咖啡坊（06-2214632）
　　　　　 南天書局（02-23620190）　　唐山出版社（02-23633072）
　　　　　 府城舊冊店（06-2763093）　 台灣的店（02-23625799）
　　　　　 啓發文化（02-29586713）　　三民書局（02-23617511）
　　　　　 草祭二手書店（06-2216872）五南文化廣場（04-22260330）
網路書店／ 國家書店網路書店www.govbooks.com.tw
　　　　　 五南文化廣場網路書店www.wunanbooks.com.tw
　　　　　 三民書局網路書店www.sanmin.com.tw
初 版／ 2013年12月
定 價／ 新臺幣400元整
GPN／ 1010203160
ISBN／ 978-986-03-9552-5